Karin Slaughter
LETZTE WORTE

Buch

Ein Mädchen nimmt sich eines Nachts an einem See das Leben. Am Ufer hat es seine Schuhe und eine Abschiedsnotiz hinterlassen. Doch der Messerstich im Nacken verheißt alles andere als Selbstmord ... Lena Adams und ihr Partner Frank Wallace stehen noch am selben Morgen dem vermeintlichen Mörder gegenüber. Er wehrt sich, sticht auf einen Kollegen ein und verletzt ihn schwer. Der Junge wird inhaftiert, gesteht, unterschreibt vor Lenas Augen das Geständnis – und bringt sich im ersten unbeaufsichtigten Moment in seiner Zelle um. Zuvor hat er noch mit seinem eigenen Blut an die Wand geschrieben: »Ich war's nicht.« Für Sara Linton ist es eindeutig: Lena Adams trägt Schuld am Tod des Jungen. Sie will Lena ein für alle Mal aus dem Verkehr ziehen und nimmt Kontakt zum Georgia Bureau of Investigation auf ...

Autorin

Karin Slaughter, Jahrgang 1971, stammt aus Atlanta, Georgia. 2003 erschien ihr Debütroman Belladonna, der sie sofort an die Spitze der internationalen Bestsellerlisten und auf den Thriller-Olymp katapultierte. Ihre Romane um Rechtsmedizinerin Sara Linton, Polizeichef Jeffrey Tolliver und Ermittler Will Trent sind inzwischen in 32 Sprachen übersetzt und weltweit mehr als 30 Millionen mal verkauft worden.

www.karin-slaughter.de
www.karinslaughter.com
www.blanvalet.de

Bei Blanvalet von Karin Slaughter bereits erschienen:

Belladonna (Grant County 1)
Vergiss mein nicht (Grant County 2)
Dreh dich nicht um (Grant County 3)
Schattenblume (Grant County 4, in Vorbereitung)
Gottlos (Grant County 5, in Vorbereitung)
Zerstört (Grant County 6)
Verstummt (Will Trent 1)
Entsetzen (Will Trent 2
Tote Augen (Georgia 1)
Letzte Worte (Georgia 2)
Harter Schnitt (Georgia 3)
Bittere Wunden (Georgia 4)
Unverstanden

KARIN SLAUGHTER

LETZTE WORTE

Thriller

Deutsch von Klaus Berr

blanvalet

Die Originalausgabe erschien 2010 unter dem Titel »Broken«
bei Delacorte Press, an imprint of The Random House Publishing
Group, a division of Random House, Inc., New York.

Verlagsgruppe Random House FSC® N001967
Das FSC®-zertifizierte Papier *Holmen Book Cream*
für dieses Buch liefert Holmen Paper, Hallstavik, Schweden.

1. Auflage
Taschenbuchausgabe September 2014 im Blanvalet Verlag, München,
einem Unternehmen der Verlagsgruppe Random House GmbH,
München.
Copyright © der Originalausgabe 2010 by Karin Slaughter
Copyright © der deutschsprachigen Ausgabe 2012
by Blanvalet Verlag, München,
in der Verlagsgruppe Random House GmbH.
Umschlaggestaltung: © bürosüd
Umschlagmotiv: Getty Images/Flickr/IlinaS
Herstellung: sam
Satz: Buch-Werkstatt GmbH, Bad Aibling
Druck und Einband: GGP Media GmbH, Pößneck
Printed in Germany
ISBN: 978-3-442-37816-6

www.blanvalet.de

Für Victoria

Prolog

Allison Spooner wollte in den Ferien aus der Stadt raus, aber sie wusste nicht, wohin sie fahren sollte. Es gab auch keinen Grund hierzubleiben, aber wenigstens war es billiger. Wenigstens hatte sie ein Dach über dem Kopf. Wenigstens funktionierte in ihrer Wohnung hin und wieder die Heizung. Wenigstens bekam sie in der Arbeit eine warme Mahlzeit. Wenigstens, wenigstens, wenigstens … Warum ging es in ihrem Leben immer um das Wenigste? Wann würde mal eine Zeit kommen, da es anfing, um das Meiste zu gehen?

Der Wind wurde stärker, und sie ballte in den Taschen ihrer dünnen Jacke die Fäuste. Es regnete kaum, es war eher ein feuchtkalter Dunst, der sich auf den Boden senkte, wie vor der Nase eines Hundes. Die eisige Kälte, die vom Lake Grant kam, machte es noch schlimmer. Sooft der Wind auffrischte, kam es ihr vor, als würden winzige, stumpfe Rasierklingen ihr die Haut ritzen. Eigentlich war man hier in South Georgia, nicht am verdammten Nordpol.

Während sie auf dem baumbestandenen Ufer nach sicherem Tritt suchte, kam es ihr vor, als würde jede Welle, die am Schlamm leckte, die Temperatur um ein weiteres Grad absenken. Sie fragte sich, ob ihre leichten Schuhe stabil genug waren, um Frostbeulen an ihren Zehen zu verhindern. Im Fernsehen hatte sie einen Mann gesehen, der alle Finger und Zehen an die Kälte verloren hatte. Er hatte gesagt, er sei dankbar, überhaupt noch am Leben zu sein, aber die

Leute sagten doch alles, nur um ins Fernsehen zu kommen. So wie Allisons Leben im Augenblick lief, würde die einzige Sendung, in die sie es je schaffen würde, die Abendnachrichten sein. Man würde ein Foto zeigen – wahrscheinlich das grässliche aus ihrem Highschool-Jahrbuch – und daneben die Wörter »Tragischer Tod«.

Allison erkannte durchaus die Ironie der Tatsache, dass sie für die Welt tot wichtiger wäre. Lebend scherte sich niemand einen Dreck um sie – die wenigen Dollar, die sie gerade noch so zusammenkratzen konnte, der beständige Kampf, im Studium mitzukommen und zugleich all die anderen Verantwortlichkeiten in ihrem Leben zu bewältigen. Nichts davon würde für irgendjemanden von Bedeutung sein, außer sie landete erfroren am Seeufer.

Wieder frischte der Wind auf. Allison drehte der Kälte den Rücken zu, spürte, wie ihre eisigen Finger ihr in den Brustkorb stachen, auf die Lunge drückten. Ein Zittern lief durch ihren Körper. Ihr Atem stand als Wolke vor ihr. Sie schloss die Augen. Der Sprechgesang ihrer Probleme drang zwischen ihren klappernden Zähnen hervor.

Jason. Uni. Geld. Auto. Jason. Uni. Geld. Auto.

Das Mantra durchbrach den kalten Wind. Allison öffnete die Augen. Sie schaute sich um. Die Sonne ging schneller unter, als sie gedacht hatte. Sie drehte sich zum College um. Sollte sie zurückgehen? Oder sollte sie weitergehen?

Sie entschloss sich weiterzugehen und zog den Kopf gegen den heulenden Wind ein.

Jason. Uni. Geld. Auto.

Jason. Ihr Freund hatte sich, scheinbar über Nacht, in ein Arschloch verwandelt.

Uni. Sie würde vom College fliegen, wenn sie nicht mehr Zeit zum Studieren fände.

Geld. Sie würde sich kaum das Leben sichern, geschweige

denn zur Uni gehen können, wenn sie ihre Arbeitsstunden noch weiter reduzierte.

Auto. Als sie es heute Morgen anließ, hatte es angefangen zu qualmen, was keine große Sache war, weil es seit Monaten qualmte, aber diesmal war der Rauch durch die Lüftungsschlitze ins Innere gedrungen. Auf der Fahrt zum College wäre sie beinahe erstickt.

Allison stapfte weiter und fügte ihrer Liste »Frostbeulen« hinzu, während sie um die Biegung des Sees ging. Wenn immer sie blinzelte, hatte sie das Gefühl, ihre Lider würden durch eine dünne Eisschicht schneiden.

Jason. Uni. Geld. Auto. Frostbeulen.

Die Angst vor Frostbeulen schien am drängendsten zu sein, obwohl sie widerwillig zugeben musste, dass ihr, je mehr sie darüber nachdachte, umso wärmer wurde. Vielleicht schlug ihr Herz schneller, oder sie ging schneller, als die Sonne langsam hinter dem Horizont verschwand und sie erkannte, dass ihr Jammern über den Tod in der Kälte Wirklichkeit werden würde, wenn sie sich, verdammt noch mal, nicht beeilte.

Allison stützte sich mit einer Hand an einem Baum ab, um ein Gewirr von Wurzeln zu überqueren, die im Wasser verschwanden. Die Rinde war feucht und fühlte sich unter ihren Fingerspitzen schwammig an. Ein Gast hatte heute Mittag einen Hamburger zurückgehen lassen, weil er meinte, das Brötchen sei zu schwammig. Es war ein kräftiger, schroffer Mann in voller Jagdausrüstung gewesen, von dem sie nie erwartet hätte, dass er ein Wort wie »schwammig« überhaupt in den Mund nehmen würde. Er hatte mit ihr geflirtet, und sie hatte zurückgeflirtet, und als er ging, gab er ihr bei seiner Rechnung von zehn Dollar ein Trinkgeld von fünfzig Cent. Er hatte ihr tatsächlich zugewinkt, als er zur Tür hinausging, so als hätte er ihr einen Gefallen getan.

Was für ein Leben wollte Allison für sich? Ein Leben, wie es in ihrem Blut geschrieben stand. Ihre Mutter hatte so eines gelebt. Ihre Großmutter hatte es gelebt. Ihre Tante Sheila hatte es gelebt, bis sie eine Schrotflinte auf ihren Onkel Boyd richtete und ihm damit beinahe den Kopf abgeschossen hätte. Alle drei Spooner-Frauen hatten an dem einen oder dem anderen Punkt alles für einen wertlosen Mann weggeworfen.

Allison hatte es bei ihrer Mutter so oft miterlebt, dass sie zu der Zeit, als Judy Spooner zum letzten Mal im Krankenhaus war, ihr ganzes Inneres zerfressen vom Krebs, über nichts anderes mehr nachdenken konnte als über die Verwüstungen im Leben ihrer Mutter. Sie sah sogar verwüstet aus. Sie war erst achtunddreißig Jahre alt, doch ihre Haare wurden bereits schütter und grau. Ihre Haut war stumpf. Ihre Hände waren wie Klauen nach den Jahren der Arbeit in der Reifenfabrik – die Reifen vom Band nehmen, den Druck prüfen und sie wieder aufs Band legen, dann den nächsten Reifen und den nächsten und den nächsten, zweihundert pro Tag, bis jedes Gelenk in ihrem Körper schmerzte, wenn sie abends ins Bett kroch. Achtunddreißig Jahre alt, und der Krebs war ihr willkommen. Die Erlösung war ihr willkommen.

Das waren so ziemlich die letzten Worte, die Judy zu Allison gesagt hatte, dass sie froh sei zu sterben, froh, dass sie nicht mehr allein sein müsse. Judy Spooner glaubte an den Himmel und die Erlösung. Sie glaubte, dass eines Tages goldene Straßen und prächtige Häuser die Kieseinfahrt und den Wohnwagen im Trailer-Park ihres irdischen Lebens ersetzen würden. Allison glaubte nur, dass sie ihrer Mutter nie genug gewesen war. Judys Glas war immer halb leer, und all die Liebe, die Allison im Lauf der Jahre in ihre Mutter gegossen hatte, hatte sie nie ganz ausgefüllt.

Judy war viel zu tief im Dreck versunken gewesen. Der

Dreck eines aussichtslosen Jobs. Der Dreck eines wertlosen Mannes nach dem anderen. Der Dreck eines Babys, das sie daran hinderte weiterzukommen.

Das College sollte Allisons Rettung sein. Sie war gut in den wissenschaftlichen Fächern. Wenn man ihre Familie betrachtete, schien das unverständlich, aber irgendwie begriff sie, wie Chemikalien funktionierten. Sie verstand die Grundlagen der Synthese von Makromolekülen. Die Kenntnis der synthetischen Polymere flog ihr praktisch zu. Und das Wichtigste: Sie konnte lernen. Sie wusste, dass es irgendwo auf der Welt ein Buch mit einer Antwort darin gab, und der beste Weg, diese Antwort zu finden, war, jedes Buch zu lesen, das sie in die Finger bekam.

Im Abschlussjahr der Highschool hatte sie es geschafft, sich von den Jungs und der Sauferei und dem Meth fernzuhalten, die Dinge, die so ziemlich jedes Mädchen ihres Alters in ihrer kleinen Heimatstadt Elba, Alabama, ruiniert hatten. Sie wollte nicht enden wie eines dieser seelenlosen, ausgelaugten Mädchen, die Nachtschicht arbeiteten und *Kools* rauchten, weil sie elegant aussehen wollten. Sie wollte nicht enden mit drei Kindern von drei verschiedenen Männern, bevor sie überhaupt dreißig Jahre alt wurde. Sie wollte nicht jeden Morgen aufwachen und die Augen nicht öffnen können, weil irgendein Mann sie in der Nacht zuvor verprügelt hatte. Sie wollte nicht tot und allein in einem Krankenhausbett enden wie ihre Mutter.

Zumindest hatte sie sich das so vorgestellt, als sie Elba vor drei Jahren verließ. Mr Mayweather, ihr Naturwissenschaftslehrer, hatte alle Fäden gezogen, die er konnte, damit sie in einem guten College aufgenommen wurde. Er wollte, dass sie so weit wie möglich wegging von Elba. Er wollte, dass sie eine Zukunft hatte.

Grant Tech befand sich in Georgia, und es war, was die

Entfernung anging, nicht so weit weg, wie es gefühlsmäßig weit weg war. Das College war riesig im Vergleich zu ihrer Highschool, die eine Abschlussklasse von neunundzwanzig Schülern hatte.

Allison hatte die erste Woche auf dem Campus mit der Frage zugebracht, wie es möglich war, sich in einen Ort zu verlieben. Ihre Klassen waren voll mit Jugendlichen, die mit einer Vielzahl von Möglichkeiten aufgewachsen waren und keinen Gedanken daran verschwendet hatten, *nicht* direkt nach der Highschool aufs College zu gehen. Keiner ihrer Kommilitonen kicherte höhnisch, wenn sie die Hand hob, um eine Frage zu beantworten. Sie glaubten nicht, man würde sich verkaufen, wenn man einem Lehrer tatsächlich zuhörte und versuchte, etwas anderes zu lernen, als sich künstliche Fingernägel aufzukleben und sich Haarverlängerungen einzuflechten.

Und die Umgebung des Colleges war hübsch. Elba war ein Elendsquartier, sogar fürs südliche Alabama. Heartsdale, die Stadt, in der die Grant Tech sich befand, fühlte sich an wie eine Stadt, die man sonst nur im Fernsehen sah. Jeder pflegte seinen Garten. Im Frühling säumten Blumen die High Street. Völlig Fremde winkten einem zu, ein Lächeln auf dem Gesicht. Und in dem Diner, in dem sie arbeitete, waren die Stammgäste freundlich, auch wenn sie wenig Trinkgeld gaben. Die Stadt war nicht so groß, dass sie sich verloren vorkam. Leider war sie nicht groß genug, um Jason aus dem Weg zu gehen.

Jason.

Sie hatte ihn in ihrem Anfangsjahr kennengelernt. Er war zwei Jahre älter, erfahrener und weltgewandter. Seine Vorstellung eines romantischen Rendezvous beschränkte sich nicht auf einen Kinobesuch und eine schnelle Nummer in der letzten Reihe, bevor der Geschäftsführer einen hinauswarf. Er führte sie in richtige Restaurants mit Stoffservietten auf den Tischen. Er hielt ihre Hand. Er hörte ihr zu. Beim Sex verstand sie endlich, warum die Leute es »Liebe machen« nannten. Jason wollte nicht einfach nur etwas Besseres für sich selbst. Er wollte auch etwas Besseres für Allison. Sie glaubte, dass das, was sie miteinander hatten, eine ernsthafte Sache wäre; die letzten zwei Jahre ihres Lebens hatte sie damit verbracht, mit ihm etwas Gemeinsames aufzubauen. Und dann hatte er sich plötzlich in einen völlig anderen Menschen verwandelt. Plötzlich war alles, was an ihrer Beziehung so großartig gewesen war, der Grund, warum sie in die Brüche ging.

Und wie es auch bei ihrer Mutter gewesen war, hatte Jason es irgendwie geschafft, ihr die Schuld für alles in die Schuhe zu schieben. Sie sei kalt. Sie sei distanziert. Sie sei zu fordernd. Sie habe nie Zeit für ihn. Als wäre Jason ein Heiliger, der den ganzen Tag nur darüber nachdachte, was Allison glücklich machen könnte. Sie war nicht diejenige, die mit Freunden auf nächtelange Sauftouren ging. Sie war nicht diejenige, die sich im College mit merkwürdigen Leuten einließ. Sie war, verdammt noch mal, nicht diejenige, die sich von diesem Trottel aus der Stadt hatte einwickeln lassen. Wie konnte das Allisons Schuld sein, wenn sie diesem Kerl noch nie ins Gesicht gesehen hatte?

Allison zitterte wieder. Bei jedem Schritt, den sie an diesem verdammten See entlangging, kam es ihr vor, als würde das Ufer noch einmal hundert Meter länger werden, nur um ihr eins auszuwischen. Sie schaute hinunter auf die nasse Erde unter ihren Füßen. Seit Wochen stürmte es. Eine Sturzflut hatte Straßen weggespült, Bäume umgerissen. Mit schlechtem Wetter hatte Allison noch nie gut umgehen können. Die Dunkelheit nagte an ihr, zog sie nach unten. Sie machte sie launisch und weinerlich. Die ganze Zeit wollte sie nur schlafen, bis die Sonne wieder herauskam.

»Scheiße!«, zischte Allison, als sie ausrutschte und sich gerade noch fangen konnte. Ihre Hosenbeine waren schlammverklebt fast bis zu den Knien, die Schuhe so gut wie durchweicht. Sie schaute auf den aufgewühlten See hinaus. Der Regen hängte sich ihr an die Wimpern. Sie strich sich die Haare mit den Fingern zurück, während sie das dunkle Wasser anstarrte. Vielleicht sollte sie ausrutschen. Vielleicht sollte sie sich in den See fallen lassen. Wie würde es sein, sich selbst loszulassen? Wie würde es sich anfühlen, sich von der Unterströmung immer weiter in die Mitte des Sees ziehen zu lassen, wo sie keinen Boden mehr unter den Füßen hatte und sie keine Luft mehr bekam?

Es war nicht das erste Mal, dass sie darüber nachdachte. Wahrscheinlich war es das Wetter, der unaufhörliche Regen und der trübe Himmel. Im Regen wirkte alles noch viel deprimierender. Und einige Dinge waren deprimierender als andere. Letzten Donnerstag hatte die Zeitung einen Artikel über eine Mutter mit ihrem Kind gebracht, die zwei Meilen vor der Stadt in ihrem VW Käfer ertrunken waren. Kurz vor der Third Baptist Church überschwemmte eine Sturzflut die Straße und riss sie mit. Wegen des Designs der Karosserie konnte der alte Käfer schwimmen, und auch dieses neuere Modell war geschwommen. Zumindest am Anfang.

Die Mitglieder der Kirchengemeinde, die eben von ihrem wöchentlichen gemeinsamen Potluck-Abendessen kamen, bei dem jeder etwas mitbrachte und auf einen Tisch stellte, wussten nicht, was sie tun sollten, weil jeder Angst hatte, selbst von der Flut erfasst zu werden. Voller Entsetzen sahen die Leute zu, wie der Käfer sich auf der Oberfläche drehte und dann nach hinten kippte. Wasser strömte in den Innenraum. Mutter und Kind wurden von der Strömung mitgerissen. Die Frau, die von der Zeitung interviewt wurde, sagte, sie werde für den Rest ihres Lebens abends beim Einschlafen und morgens beim Aufwachen die Hand des kleinen Dreijährigen sehen, die immer wieder aus dem Wasser herausschnellte, bevor das arme Kind schließlich in die Tiefe gezogen wurde.

Auch Allison konnte nicht aufhören, an das Kind zu denken, obwohl sie in der Bibliothek gewesen war, als es passierte. Obwohl sie die Frau und das Kind und auch die Dame nicht kannte, die mit der Zeitung gesprochen hatte, sah sie, sooft sie die Augen schloss, immer diese kleine Hand aus dem Wasser herausragen. Manchmal wurde die Hand größer. Manchmal war es ihre Mutter, die die Hand hilfesuchend nach ihr ausstreckte. Manchmal wachte sie schreiend auf, weil die Hand sie in die Tiefe zog.

Wenn sie ehrlich war, musste sie sagen, dass ihr schon lange vor dem Zeitungsartikel dunkle Gedanken durch den Kopf gegangen waren. Sie konnte nicht alles aufs Wetter schieben, doch mit Sicherheit hatten der ständige Regen und die unerbittlich graue Wolkendecke in ihrem Gemüt ihre ganz eigene Art der Verzweiflung heraufbeschworen. Um wie viel einfacher wäre es, wenn sie jetzt aufgäbe? Warum sollte sie nach Elba zurückkehren und zu einer zahnlosen, abgehärmten alten Frau mit achtzehn Kindern werden, da sie doch einfach in diesen See gehen und einmal ihr Schicksal selbst in die Hand nehmen könnte?

Sie wurde so schnell wie ihre Mutter, dass sie beinahe spürte, wie ihre Haare ergrauten. Sie war genauso schlimm wie Judy – sie glaubte, sie wäre verliebt, obwohl der Kerl nur daran interessiert war, was sie zwischen ihren Beinen hatte. Ihre Tante Sheila hatte letzte Woche am Telefon so etwas in der Richtung gesagt. Allison hatte sich über Jason beklagt, weil sie sich wunderte, dass er ihre Anrufe nicht erwiderte.

Ein Zug an ihrer Zigarette, und dann beim Ausatmen: »Du klingst genau wie deine Mutter.«

Ein Messer in der Brust wäre schneller, sauberer gewesen.

Das Schlimmste war, dass Sheila recht hatte. Allison liebte Jason. Sie liebte ihn viel zu sehr. Sie liebte ihn so, dass sie ihn zehnmal am Tag anrief, obwohl er nie abhob. Sie liebte ihn so sehr, dass sie alle zwei Minuten auf ihrem blöden Computer auf Empfangen klickte, nur um nachzusehen, ob er eine ihrer unzähligen E-Mails beantwortet hatte.

Sie liebte ihn so sehr, dass sie jetzt mitten in der Nacht hier draußen war und die Drecksarbeit erledigte, zu der er selbst nicht den Mut hatte.

Allison ging noch einen Schritt auf den See zu. Sie spürte, wie ihr Absatz zu rutschen anfing, aber der Selbsterhaltungstrieb ihres Körpers übernahm, bevor sie hinfiel. Dennoch leckte das Wasser an ihren Schuhen. Ihre Socken waren bereits durchnässt. Ihre Zehen waren mehr als taub, so kalt, dass ein scharfer Schmerz bis zum Knochen zu stechen schien. Würde es so sein – ein langsames, betäubendes Gleiten durch eine schmerzlose Röhre?

Sie hatte Angst vor dem Ersticken. Das war das Problem. Als Kind hatte sie das Meer geliebt, aber als sie dreizehn Jahre alt wurde, hatte sich das geändert. Ihr idiotischer Cousin Dillard hatte sie im örtlichen Schwimmbad unter Wasser gedrückt, und jetzt nahm sie nicht einmal mehr gerne Vollbäder, weil sie Angst hatte, Wasser in die Nase zu bekommen und in Panik zu geraten.

Wenn Dillard hier wäre, würde er sie wahrscheinlich in den See stoßen, ohne dass sie ihn darum bitten müsste. Als er sie damals das erste Mal unter Wasser hielt, hatte er nicht einen Funken Reue gezeigt. Allison hatte das Mittagessen wieder von sich gegeben. Ihr Körper hatte gebebt vor Schluchzen. Ihre Lunge hatte gebrannt, und er hatte nur »Ha-ha« gesagt wie ein alter Mann, der einen von hinten in den Arm zwickte, nur um einen aufkreischen zu hören.

Dillard war Sheilas Sohn, ihr einziges Kind, das noch enttäuschender für sie war als sein Vater, falls das überhaupt möglich war. Er schnüffelte so viel Lack, dass seine Nase immer eine andere Farbe hatte, wenn man ihn sah. Er rauchte Crystal. Er bestahl seine Mama. Als Letztes hatte Allison gehört, dass er im Gefängnis war, weil er versucht hatte, einen Schnapsladen mit einer Wasserpistole auszurauben. Als die Polizei kam, hatte ihm der Verkäufer bereits einen Baseballschläger über den Schädel gezogen. Als Folge davon war Dillard noch blöder als zuvor, aber eine gute Gelegenheit hätte er sich trotzdem nicht entgehen lassen. Er hätte Allison mit beiden Händen einen kräftigen Schubs gegeben, sodass sie kopfüber ins Wasser stürzte, während er sein kleines Lachen von sich gab: »Ha-ha.« Unterdessen hätte sie mit den Armen um sich geschlagen und vergeblich gegen das Ertrinken angekämpft.

Wie lange würde es dauern, bis sie ohnmächtig würde? Wie lange würde Allison in Todesangst leben müssen, bevor sie stürbe? Sie schloss wieder die Augen und versuchte, sich vorzustellen, wie das Wasser sie umgab, sie schluckte. Es wäre so kalt, dass es sich anfangs warm anfühlen würde. Ohne Luft konnte man nicht lange überleben. Man wurde ohnmächtig. Vielleicht überkam einen Panik, die eine Art hysterischer Ohnmacht zur Folge hatte. Oder vielleicht fühlte man sich sehr lebendig – euphorisiert vom Adrenalin, wie ein Eichhörnchen in einer Papiertüte.

Hinter sich hörte sie einen Ast knacken. Allison drehte sich überrascht um.

»O Gott!« Allison rutschte wieder aus, doch diesmal stürzte sie wirklich. Sie fuchtelte mit den Armen. Ein Knie gab nach. Der Schmerz raubte ihr den Atem. Mit dem Gesicht klatschte sie in den Schlamm. Eine Hand packte sie am Hinterkopf, zwang sie, unten zu bleiben. Allison atmete die bittere Kälte der Erde, den nassen, triefenden Dreck.

Instinktiv wehrte sie sich, kämpfte gegen das Wasser an und gegen die Panik, die ihr Gehirn überflutete. Sie spürte, wie ihr ein Knie ins Kreuz gerammt wurde und sie auf der Erde festnagelte. Ein brennender Schmerz schoss ihr ins Genick. Allison schmeckte Blut. Das war nicht sie. Sie wollte leben. Sie *musste* leben. Sie öffnete den Mund, um es aus Leibeskräften aus sich herauszuschreien.

Doch dann – Dunkelheit.

MONTAG

1. Kapitel

Zum Glück bedeutete das Winterwetter, dass die Leiche auf dem Grund des Sees gut erhalten sein würde, die Kälte am Ufer allerdings fuhr einem so in die Knochen, dass man Mühe hatte, sich zu erinnern, wie der August gewesen war. Die Sonne auf dem Gesicht. Der Schweiß, der einem den Rücken hinunterlief. Wie die Klimaanlage im Auto Nebel aus den Düsen blies, weil sie mit der Hitze nicht mehr mithalten konnte. Sosehr Lena sich auch zu erinnern versuchte, an diesem verregneten Novembermorgen wollten Gedanken an die Wärme einfach nicht kommen.

»Gefunden«, rief der Leiter des Tauchtrupps. Er dirigierte seine Männer vom Ufer aus, die Stimme gedämpft vom beständigen Rauschen des strömenden Regens. Als Lena die Hand hob, um zu winken, lief ihr Wasser in den Ärmel des dicken Parkas, den sie sich schnell übergeworfen hatte, als der Anruf sie um drei Uhr nachts erreichte. Es regnete nicht stark, aber unaufhörlich, trommelte beharrlich auf ihren Rücken, klatschte auf den Regenschirm, den sie auf der Schulter abstützte. Die Sicht betrug etwa zehn Meter. Alles dahinter war von einem dunstigen Nebel verhüllt. Sie schloss die Augen, dachte an ihr warmes Bett, den wärmeren Körper, der den ihren umschlungen hatte.

Das schrille Klingeln eines Telefons um drei Uhr in der Früh war nie ein gutes Geräusch, vor allem, wenn man Polizistin war. Mit pochendem Herzen war Lena aus dem Tiefschlaf aufgewacht, ihre Hand hatte automatisch nach dem

Hörer gegriffen und ihn sich ans Ohr gedrückt. Sie war die ranghöchste Detective mit Rufbereitschaft, und deshalb musste sie ihrerseits überall in South Georgia andere Telefone klingeln lassen. Das ihres Vorgesetzten, das des Coroners, das der Feuerwehr und der Rettung, das des Georgia Bureau of Investigation, um die Agenten wissen zu lassen, dass man auf öffentlichem Grund eine Leiche gefunden hatte, das der Georgia Emergency Management Authority, der Behörde zur Koordinierung von Notfalleinsätzen, die eine Liste mit einsatzwilligen zivilen Freiwilligen führte, die bereit waren, auf kurzfristige Alarmierung hin nach einer Leiche zu suchen.

Nun waren sie alle hier am See versammelt, aber die Schlauen warteten in ihren Fahrzeugen, die Heizung auf höchste Stufe gestellt, während der kalte Wind die Karosserie schaukelte wie eine Kinderwiege. Dan Brock, der Besitzer des örtlichen Begräbnisinstituts, der auch als Coroner der Stadt fungierte, schlief in seinem Transporter, den Kopf an der Nackenlehne, den Mund weit offen. Sogar die Notfallsanitäter saßen geschützt in ihrem Krankenwagen. Lena sah ihre Gesichter durch die Fenster in den Hecktüren spähen. Hin und wieder wurde eine Hand herausgestreckt, eine Zigarette glühte im dämmrigen Morgenlicht.

Lena hatte eine Beweismitteltüte in der Hand. Sie enthielt einen Brief, den man in Ufernähe gefunden hatte. Das Papier war von einem größeren Blatt abgerissen worden – liniertes Papier, in etwa DIN-A 5. Die Wörter waren in Großbuchstaben geschrieben. Mit Kugelschreiber. Eine Zeile. Keine Unterschrift. Nicht der übliche gehässige oder klägliche Abschied, sondern klar und deutlich: ICH WILL ES VORBEI HABEN.

In vielerlei Hinsicht sind die Ermittlungen bei einem Selbstmord schwieriger als bei einem Mord. Bei einem Ermordeten gibt es immer jemanden, dem man die Schuld geben kann. Es gibt Spuren, die einem zum Täter führen können, ein klares Muster, das man darlegen kann, um der Familie zu erklären, warum ihnen die geliebte Person entrissen worden ist. Oder wenn schon nicht warum, dann wer der Mistkerl ist, der ihr Leben ruiniert hat.

Bei Selbstmorden ist das Opfer der Mörder. Die Person, auf der die Schuld lastet, ist auch die Person, deren Verlust am tiefsten empfunden wird. Sie ist nicht mehr da, um sich den Anschuldigungen wegen ihres Todes zu stellen, der natürlichen Wut, die jeder empfindet, wenn er einen Verlust erlitten hat. Was die Toten stattdessen hinterlassen, ist eine Leere, die all der Schmerz und der Kummer in der Welt nie werden füllen können. Mutter und Vater, Schwestern, Brüder, Freunde und andere Verwandte – alle stehen mit leeren Händen da und finden niemanden, den sie für ihren Verlust bestrafen können.

Und die Menschen wollen immer bestrafen, wenn ein Leben unerwartet genommen wird.

Das war der Grund, warum es hier Aufgabe der Ermittler war, dafür zu sorgen, dass jeder Zentimeter des Fundorts und des Schauplatzes des Todes penibel vermessen und aufgezeichnet wurde. Jede Zigarettenkippe, jeder Papierfetzen, jedes Stück weggeworfenen Mülls musste katalogisiert, auf Fingerabdrücke überprüft und für eine Analyse ins Labor geschickt werden. Im Anfangsbericht wurde auch das Wetter notiert. Die verschiedenen Beamten und das Notfallpersonal wurden in einer separaten Liste registriert. Falls Schaulustige vorhanden waren, wurden Fotos gemacht. Autokennzeichen wurden überprüft. Das Leben des Selbstmordopfers wurde so gründlich durchleuchtet wie das eines Mordopfers: Wer waren ihre Freunde? Wer waren ihre Liebhaber? Gab es einen Ehemann? Einen Freund? Eine Freundin? Gab es wütende Nachbarn oder neidische Arbeitskollegen?

Lena wusste nur, was sie bis jetzt gefunden hatten: ein Paar Frauensportschuhe in Größe 8, darunter der Abschiedsbrief. Im linken Schuh lag ein billiger Ring – zwölfkarätiges Gold mit einem leblosen Rubin in der Mitte. Der rechte Schuh enthielt eine weiße Swiss-Army-Armbanduhr mit falschen Diamanten anstelle der Ziffern. Unter diesem Schuh lag der zusammengefaltete Zettel.

ICH WILL ES VORBEI HABEN.

Kein großer Trost für die Hinterbliebenen.

Plötzlich stieß, Wasser aufspritzend, einer der Taucher durch die Seeoberfläche. Sein Partner tauchte neben ihm auf. Beide mussten gegen den Schlick auf dem Seegrund ankämpfen, um die Leiche aus dem kalten Wasser und in den kalten Regen zu zerren. Das tote Mädchen war klein und zierlich, was ihre Anstrengungen übertrieben wirken ließ, aber Lena sah schnell den Grund dafür. Eine schwere Kette war um ihre Taille gewickelt und mit einem leuchtend gelben Vorhängeschloss befestigt, das ihr wie eine Gürtelschnalle ziemlich tief vor dem Bauch hing. An der Kette waren zwei Waschbetonblöcke befestigt.

Manchmal erlebte man bei der Polizeiarbeit Wunder. Die Frau hatte offensichtlich sicherstellen wollen, dass sie es nicht mehr aus dem See herausschaffte. Ohne das Gewicht der Waschbetonblöcke hätte die Strömung die Leiche wahrscheinlich in die Mitte des Sees getrieben, was es so gut wie unmöglich gemacht hätte, sie zu finden.

Lake Grant war ein etwa dreizehnhundert Hektar großes, künstlich angelegtes Gewässer, das an einigen Stellen bis zu hundert Meter tief war. Unter der Oberfläche standen verlassene Häuser, kleine Hütten und Schuppen, wo früher Menschen gelebt hatten, bevor das Gebiet in ein Wasserreservoir umgewandelt wurde. Es gab dort unten Geschäfte und Kirchen und eine Baumwollspinnerei, die den Bürgerkrieg überlebt hatte, nur um während der Depression geschlossen zu werden. Das alles war ausgelöscht worden von dem herabstürzenden Wasser des Ochawahee River, damit das Grant County eine zuverlässige Stromquelle erhielt.

Der Großteil des Sees gehörte dem National Forest Service, deutlich über vierhundert Hektar, die um den See lagen wie eine Kapuze. Eine Seite grenzte an das Wohngebiet, wo die Wohlhabenderen lebten, die andere ans Grant Institute of Technology, einer kleinen, aber aufstrebenden staatlichen Universität mit fast fünftausend Studenten.

Sechzig Prozent des achtzig Meilen langen Seeufers gehörte der State Forestry Division. Die bei weitem beliebteste Stelle war diese hier, Lover's Point, wie die Einheimischen sie nannten. Hier durften Camper ihre Zelte aufstellen. Teenager kamen hierher, um Partys zu feiern, und hinterließen oft leere Bierflaschen und benutzte Kondome. Hin und wieder gab es einen Anruf wegen eines Feuers, das irgendjemand hatte außer Kontrolle geraten lassen, und einmal war ein tollwütiger Bär gemeldet worden, der sich dann aber als altersschwacher Labrador erwies, der sich vom Lagerplatz seines Herrchens fortgeschlichen hatte.

Gelegentlich wurden hier auch Leichen gefunden. Einmal war ein Mädchen lebendig begraben worden. Mehrere Männer, Teenager, wie vorauszusehen gewesen war, waren ertrunken, als sie diverse Mutproben vollführten. Im letzten Sommer hatte ein Kind sich das Genick gebrochen, als es kopfüber in das flache Wasser der kleinen Bucht sprang.

Die beiden Taucher hielten inne und ließen das Wasser von ihren Anzügen tropfen, bevor sie ihre Arbeit wiederaufnahmen. Schließlich, nach zustimmendem Nicken von allen Umstehenden, wurde die junge Frau höher aufs Ufer gezogen. Die Waschbetonblöcke hinterließen tiefe Furchen in dem sandigen Boden. Es war halb sieben in der Früh, und der Mond schien zu blinzeln, als die Sonne langsam über den Horizont stieg. Die Türen des Krankenwagens gingen auf. Die Sanitäter fluchten über die bittere Kälte, als sie die Rollbahre herauszogen. Einer hatte einen Bolzenschneider über der Schulter. Er knallte mit der Hand auf die Motorhaube des Transporters des Coroner, und Dan Brock schreckte hoch und fuchtelte mit den Armen. Er schaute die Sanitäter streng an, blieb aber, wo er war. Lena konnte es ihm nicht verdenken, dass er keine Lust hatte, sich in den Regen zu stürzen. Das Opfer würde nirgendwo mehr hingehen außer in die Leichenhalle. Blinklichter und Sirenen waren hier nicht nötig.

Während Lena zu der Leiche lief, faltete sie die Beweismitteltüte mit dem Abschiedsbrief sorgfältig zusammen, steckte sie in ihre Parkatasche und zog einen Stift und ihr Spiralnotizbuch heraus. Den Regenschirm zwischen Hals und Schulter eingeklemmt, notierte sie sich Uhrzeit, Datum, Wetter, Anzahl der Sanitäter, Anzahl der Taucher und Anzahl der Fahrzeuge und Polizisten sowie eine kurze Beschreibung der Umgebung, wobei sie auch auf die ernst feierliche Stille der Szenerie und das völlige Fehlen von Schaulustigen einging – all die Details, die sie später genauso in ihren Bericht würde tippen müssen.

Das Opfer war ungefähr so groß wie Lena, etwa eins dreiundsechzig, aber viel zierlicher. Ihre Handgelenke waren zart wie Vogelknochen. Die Fingernägel waren unregelmäßig abgenagt. Sie hatte schwarze Haare und extrem weiße Haut. Vermutlich war sie Anfang zwanzig. Ihre geöffneten Augen waren matt wie Baumwolle. Der Mund war geschlossen. Die Lippen waren schartig, als hätte sie nervös darauf herumgekaut. Vielleicht hatte aber auch ein Fisch Hunger bekommen.

Ohne die Zugkraft des Wassers war die Leiche einfacher zu manövrieren, und so waren nur drei Sanitäter nötig, um sie auf die Rollbahre zu hieven. Schlick vom Seegrund bedeckte sie vom Kopf bis zu den Zehen. Wasser troff aus ihrer Kleidung – Bluejeans, ein schwarzes Fleece-Shirt, weiße Socken, keine Schuhe, eine offene, dunkelblaue Aufwärmjacke mit dem Nike-Logo auf der Vorderseite. Die Rollbahre schwankte, und ihr Kopf kippte von Lena weg.

Lena hörte auf zu schreiben. »Moment mal«, rief sie, weil sie spürte, dass hier irgendwas nicht stimmte. Sie steckte ihr Notizbuch in die Tasche und ging einen Schritt auf die Leiche zu. Im Nacken des Mädchens hatte sie etwas aufblitzen sehen – etwas Silbernes, vielleicht eine Halskette. Algen bedeckten Hals und Schultern des Mädchens wie ein Leichentuch. Mit der Spitze ihres Kugelschreibers schob Lena die glitschigen grünen Tentakel weg. Unter der Haut des Mädchens bewegte sich etwas, es kräuselte das Fleisch, wie der Regen die Wasseroberfläche kräuselte.

Auch den Tauchern fiel die Bewegung auf. Sie alle bückten sich, um genauer hinzusehen. Die Haut flatterte wie in einem Horrorfilm.

»Was zum …«

»O Gott!« Lena schrak zurück, als eine kleine Elritze aus einem Schlitz im Hals des Mädchens glitt.

Die Taucher lachten, wie Männer eben lachen, die nicht zugeben wollen, dass sie sich fast in die Hose gemacht hätten. Lena dagegen legte sich die Hand aufs Herz und hoffte, dass niemand mitbekommen hatte, wie ihr das Herz beinah aus der Brust gesprungen wäre. Sie atmete tief durch. Die Elritze zappelte im Schlamm. Einer der Männer hob sie auf und warf sie wieder in den Fluss. Der Leiter des Tauchtrupps riss den unvermeidlichen Witz, dass etwas hier fischig sei.

Lena warf ihm einen strengen Blick zu, bevor sie sich über die Leiche beugte. Der Schlitz, aus dem der Fisch gekommen war, befand sich im Nacken, knapp rechts neben der Wirbelsäule. Sie schätzte, dass die Wunde maximal zweieinhalb Zentimeter breit war. Das geöffnete Fleisch war im Wasser geschrumpelt, doch vor einiger Zeit musste die Verletzung sauber und präzise gewesen sein – ein Schnitt, wie er von einem sehr scharfen Messer verursacht wurde.

»Jemand muss Brock wecken«, sagte sie.

Jetzt war es plötzlich keine Selbstmordermittlung mehr.

2. Kapitel

In seinem dem County gehörenden Lincoln Town Car rauchte Frank Wallace nie, aber die Sitzbespannung hatte den Nikotingestank aufgenommen, der aus jeder seiner Poren sickerte. Er erinnerte Lena an Pig Pen aus dem Peanuts-Comic. Egal wie sauber er war oder wie oft er seine Kleidung wechselte, der Gestank folgte ihm wie eine Staubwolke.

»Was ist los?«, fragte er barsch und ließ ihr nicht einmal die Zeit, die Autotür zu schließen.

Lena warf den feuchten Parka auf den Wagenboden. Zuvor hatte sie zwei T-Shirts übereinander angezogen und darüber noch eine Jacke. Trotzdem und obwohl die Heizung auf voller Leistung lief, klapperten ihre Zähne noch immer. Es war, als hätte ihr Körper die ganze Kälte gespeichert, während sie draußen im Regen stand, und würde sie erst jetzt, da sie im Warmen war, wieder freigeben.

Sie hielt die Hände an den Lüftungsschlitz. »O Gott, es ist eiskalt.«

»Was ist los?«, wiederholte Frank. Demonstrativ schob er seinen schwarzen Lederhandschuh zurück, damit er auf die Uhr schauen konnte.

Lena zitterte unwillkürlich. Sie schaffte es nicht, ihrer Stimme die Aufregung nicht anmerken zu lassen. Kein Polizist würde es einem Zivilisten gegenüber je zugeben, aber Morde waren in der Arbeit die aufregendsten Fälle. Lena war randvoll mit Adrenalin, und es wunderte sie, dass sie die Kälte überhaupt spürte. Mit klappernden Zähnen sagte sie zu ihm: »Es ist kein Selbstmord.«

Frank wirkte noch verärgerter. »Ist Brock derselben Meinung?«

Brock war wieder zurück in seinem Transporter und schlief, während die Kette durchtrennt wurde, das sahen sie beide, weil sie sogar aus dem Auto heraus seine schwarzen Backenzähne erkennen konnten. »Brock kann doch seinen Arsch nicht von einem Loch im Boden unterscheiden«, keifte sie zurück. Sie rieb sich die Arme, um ein wenig Wärme in den Körper zu bekommen.

Frank zog seinen Flachmann heraus und gab ihn ihr. Sie nahm einen schnellen Schluck, und der Whiskey brannte sich durch ihre Kehle in den Magen. Auch Frank nahm einen kräftigen Zug, bevor er sich den Flachmann wieder in die Jackentasche steckte.

»Im Nacken ist ein Messerstich«, sagte sie.

»In Brocks?«

Lena warf ihm einen vernichtenden Blick zu. »Im Nacken des toten Mädchens.« Sie bückte sich und suchte in ihrem Parka nach der Brieftasche, die sie in der Jackentasche der jungen Frau gefunden hatte.

»Könnte selbst beigebracht sein«, sagte Frank.

»Unmöglich.« Sie hielt sich die Hand in den Nacken. »Die Klinge drang ungefähr hier ein. Der Mörder stand hinter ihr. Hat sie wahrscheinlich überrascht.«

Frank murmelte: »Hast du das aus einem Lehrbuch?«

Lena sagte nichts darauf, was sie normalerweise nicht schaffte. Frank war seit vier Jahren Interims-Polizeichef. Alles, was in den drei Städten passierte, die das Grant County umfasste, fiel in seine Zuständigkeit. Madison und Avondale hatten die üblichen Probleme mit Drogen und häuslicher Gewalt, aber Heartsdale sollte eigentlich problemlos sein.

Das College war hier angesiedelt, und die wohlhabenden Einwohner meldeten jeden Anfangsverdacht eines Verbrechens sofort.

Dessen ungeachtet hatten komplizierte Fälle die Tendenz, Frank zu einem Arschloch zu machen. Genau genommen konnte das Leben im Allgemeinen Frank zu einem Arschloch machen. Dass sein Kaffee kalt wurde. Dass der Motor seines Autos nicht gleich beim ersten Versuch ansprang. Dass die Mine seines Kugelschreibers eintrocknete. Frank war nicht immer so gewesen. Sicherlich hatte er, seit Lena ihn kannte, schon immer eine Neigung zum Mürrischen gehabt, aber in letzter Zeit war sein Verhalten gefärbt von einer subtilen Wut, die jederzeit durchbrechen konnte. Alles machte ihn wütend. In einem Augenblick konnte bei ihm aus beherrschbarer Irritation unverhohlene Gemeinheit werden.

Zumindest in dieser speziellen Angelegenheit war Franks Widerwille einleuchtend. Nach fünfunddreißig Jahren Polizeiarbeit war ein Mord das Letzte, was er jetzt noch am Hals haben wollte. Lena wusste, dass er die Nase voll hatte von dem Job und von den Leuten, mit denen er deswegen zu tun hatte. In den letzten sechs Jahren hatte er zwei seiner engsten Freunde verloren. An einem See sitzen wollte er nur noch im sonnigen Florida. Eigentlich sollte er eine Angelrute und ein Bier in der Hand haben, nicht die Brieftasche eines toten Mädchens.

»Sieht unecht aus«, sagte Frank, als er die Brieftasche öffnete. Lena stimmte ihm zu. Das Leder war zu glänzend. Das Prada-Logo war aus Plastik.

»Allison Judith Spooner«, sagte Lena, als er versuchte, die durchweichten Plastiktaschen auseinanderzuziehen. »Einundzwanzig. Der Führerschein stammt aus Elba, Alabama. Ganz hinten steckt ihr Studentenausweis.«

»College.« Frank hauchte das Wort mit einem Anflug

von Verzweiflung. Es war schlimm genug, dass man Allison Spooner auf staatlichem Grund und Boden gefunden hatte. Dass das Mädchen zusätzlich aus einem anderen Staat kam und Studentin des Grant Tech war, würde für erhöhte politische Aufmerksamkeit sorgen.

»Wo hast du die Brieftasche gefunden?«, fragte er.

»In ihrer Jackentasche. Schätze, eine Handtasche hatte sie nicht. Oder der Mörder wollte, dass wir ihre Identität erfahren.«

Er schaute sich das Führerscheinfoto des Mädchens an.

»Was ist?«

»Sieht aus wie die kleine Bedienung, die im Diner arbeitet.«

Das Grant Diner lag vom Polizeirevier aus am entgegengesetzten Ende der Main Street. Die meisten Beamten gingen zum Mittagessen dorthin. Lena hielt sich allerdings fern. Entweder brachte sie sich etwas von zu Hause mit, oder aber sie aß gar nichts.

»Hast du sie gekannt?«, fragte sie.

Er schüttelte den Kopf und zuckte zugleich die Achseln. »Sie hat gut ausgesehen.«

Frank hatte recht. Ein schmeichelhaftes Führerscheinfoto hatten nicht viele, aber Allison Spooner hatte mehr Glück gehabt als die meisten. Ihre weißen Zähne zeigten ein breites Lächeln. Die Haare waren nach hinten gekämmt, sodass man ihre hohen Wangenknochen sah. Sie hatte Fröhlichkeit in den Augen, als hätte eben jemand einen Witz gemacht. Das alles stand in scharfem Kontrast zu der Leiche, die sie aus dem See gezogen hatten. Der Tod hatte ihre Vitalität ausgelöscht.

»Wusste gar nicht, dass sie Studentin war«, sagte Frank.

»Normalerweise arbeiten sie nicht in der Stadt«, gab Lena zu. Die Studenten des Grant Tech arbeiteten entweder auf dem Campus oder gar nicht. Sie hatten so gut wie keinen Kontakt mit den Städtern, und die Städter gaben sich Mühe, nicht in Kontakt mit ihnen zu kommen.

»Das College ist über die Thanksgiving-Ferien geschlossen. Warum ist sie nicht zu Hause bei ihrer Familie?«, gab Frank zu bedenken.

Darauf hatte Lena keine Antwort. »In der Brieftasche sind vierzig Dollar, ein Raubmord war es also nicht.«

Frank schaute trotzdem in das Fach, und seine dicken, behandschuhten Finger fanden die mit Seewasser zusammengeklebten Zwanziger und Zehner. »Vielleicht war sie einsam. Und hat beschlossen, ein Messer zu nehmen und allem ein Ende zu setzten.«

»Dann hätte sie ein Schlangenmensch sein müssen«, beharrte Lena. »Du wirst es sehen, wenn Brock sie auf dem Tisch hat. Sie wurde von hinten erstochen.«

Er seufzte erschöpft. »Was ist mit der Kette und den Waschbetonsteinen?«

»Wir können in Mann's Hardware in der Stadt nachfragen. Vielleicht hat der Mörder sie ja dort gekauft.«

Er versuchte es noch einmal. »Bist du dir sicher wegen der Messerwunde?«

Sie nickte.

Frank starrte wieder auf das Führerscheinfoto. »Hat sie ein Auto?«

»Wenn sie eines hat, ist es nicht in der näheren Umgebung.« Sie kehrte noch einmal zu ihrer Mordthese zurück. »Wenn sie die zwei Zehnkiloblöcke und die schwere Kette nicht durch den Wald geschleppt hat ...«

Frank klappte die Brieftasche zu und gab sie ihr zurück. »Warum wird eigentlich jeder Montag immer noch beschissener?«

Darauf hatte Lena keine Antwort. In der letzten Woche

war es nicht viel besser gewesen. Eine junge Mutter und ihre Tochter waren von einer Sturzflut mitgerissen worden. Die ganze Stadt war noch immer in Aufruhr über den Verlust. Kein Mensch konnte sagen, wie die Leute auf den Mord an einer jungen, hübschen Studentin reagieren würden.

»Brad versucht, jemanden vom College aufzutreiben, der Zugang zur Registratur hat und uns Spooners Heimatadresse geben kann.« Brad Stephens war endlich vom Streifenpolizisten zum Detective aufgestiegen, aber seine neue Arbeit unterschied sich kaum von der alten. Er machte noch immer die Laufarbeit.

»Sobald die Spurensicherung abgeschlossen ist«, bot Lena an, »kümmere ich mich um die Todesbenachrichtigungen.«

»Alabama hat zentrale Zeit.« Frank schaute auf die Uhr. »Ist wahrscheinlich besser, die Eltern direkt anzurufen, als so früh schon die Polizei von Elba aufzuscheuchen.«

Lena schaute auf die Uhr. Hier war es fast sieben, was in Alabama kurz vor sechs bedeutete. Wenn es in Elba so war wie im Grant County, dann hatten die Detectives zwar die ganze Nacht Rufbereitschaft, an ihren Schreibtischen saßen sie jedoch erst ab acht Uhr morgens. Normalerweise stand Lena erst um diese Zeit auf und schaltete die Kaffeemaschine ein. »Wenn ich wieder auf dem Revier bin, rufe ich anstandshalber auch noch bei den Kollegen an.«

Im Auto wurde es still – bis auf das Prasseln des Regens auf Blech. Ein Blitz zuckte quer über den Himmel. Lena schreckte instinktiv zusammen, aber Frank starrte nur auf den See hinaus. Die Taucher hatten keine Angst vor den Blitzen. Sie wechselten sich am Bolzenschneider ab und versuchten, das tote Mädchen von den Waschbetonblöcken zu befreien.

Franks Handy klingelte, ein schrilles Trillern, das klang wie ein Vogel, der irgendwo im Wald saß. Er meldete sich mit einem barschen »Ja?« Er hörte ein paar Sekunden zu und fragte dann: »Was ist mit den Eltern?« Frank murmelte ein paar Verwünschungen. »Dann geh wieder rein, und find's heraus.« Er klappte das Handy zu. »Trottel.«

Lena nahm an, dass Brad vergessen hatte, die Informationen über die Eltern zu besorgen. »Wo wohnte Spooner?«

»Taylor Drive. Nummer sechzehneinhalb. Brad soll sich dort mit uns treffen, falls er es schafft, sein Gehirn einzuschalten.« Er startete den Motor und legte den Arm auf Lenas Rückenlehne, während er mit dem Auto zurückstieß. Der Wald war dicht und feucht. Lena stützte sich mit der Handfläche am Armaturenbrett ab, während Frank langsam zur Straße zurückfuhr.

»Sechzehneinhalb heißt wahrscheinlich, dass sie in einer Garagenwohnung lebt«, bemerkte Lena. Viele der Einheimischen hatten ihre Garagen und Werkzeugschuppen in Wohnraum umgewandelt und verlangten dafür von den Studenten exorbitante Mieten. Aber die meisten Studenten wollten unbedingt außerhalb des Campus wohnen, sodass sie jeden Preis zahlten.

»Der Vermieter heißt Gordon Braham«, sagte Frank.

»Hat Brad das herausgefunden?«

Sie fuhren so heftig über eine Bodenerhebung, dass Franks Zähne aufeinanderschlugen. »Seine Mutter hat es ihm gesagt.«

»Na ja.« Lena suchte verzweifelt nach etwas Positivem, das sie über Brad sagen konnte. »Er zeigt Initiative, indem er herausgefunden hat, wem das Haus und die Garage gehören.«

»Initiative«, wiederholte Frank spöttisch. »Der Junge wird sich eines Tages noch mal den Kopf wegschießen lassen.«

Lena kannte Brad seit über zehn Jahren. Frank kannte ihn noch länger. Für sie beide war er noch immer der trottelige Junge, der Teenager, der mit seiner Waffe, die er zu hoch über der Hüfte trug, völlig deplatziert aussah. Brad hatte einige Jahre in Uniform hinter sich und die richtigen Tests bestanden, die ihm die goldene Plakette eines Detective einbrachten, aber Lena war lange genug bei der Truppe, um zu wissen, dass es einen Unterschied gab zwischen einer Beförderung auf dem Papier und einer Beförderung auf der Straße. Sie konnte nur hoffen, dass in einer Kleinstadt wie Heartsdale Brads Mangel an Straßenschläue nichts zur Sache tat. Berichte schreiben und Zeugen befragen beherrschte er sehr gut, aber auch nach zehn Jahren am Steuer eines Streifenwagens sah er in den Menschen immer noch eher das Gute als das Schlechte.

Lena hatte im Job gerade mal eine Woche gebraucht, um zu erkennen, dass es so etwas wie einen durch und durch guten Menschen nicht gab.

Sie selbst eingeschlossen.

Doch sie wollte jetzt keine Zeit mit Gedanken über Brad verschwenden. Sie betrachtete die Fotos in Allison Spooners Brieftasche, während Frank durch den Wald fuhr. Es gab eine Aufnahme von einer orangefarben gescheckten Katze, die in einem Streifen Sonnenlicht lag, und einen Schnappschuss von Allison und einer Frau, ihrer Mutter, wie Lena vermutete. Das dritte Foto zeigte Allison auf einer Parkbank. Rechts von ihr saß ein Mann, der ein paar Jahre jünger wirkte als sie. Er trug eine tief in die Stirn gezogene Baseballkappe und hatte die Hände tief in den Taschen seiner weiten Hose. Links von Allison saß eine ältere Frau mit strähnigen blonden Haaren und zu viel Make-up im Gesicht. Ihre Jeans waren hauteng. Die Augen strahlten Härte aus. Sie mochte dreißig oder dreihundert Jahre alt sein. Alle drei saßen dicht beisammen. Der Junge hatte Allison Spooner den Arm um die Schultern gelegt.

Lena zeigte Frank das Foto. Er fragte: »Familie?«

Sie betrachtete das Foto und konzentrierte sich dabei auf

den Hintergrund. »Sieht aus, als wäre das Foto auf dem Campus aufgenommen worden.« Sie zeigte es Frank. »Siehst du das Gebäude dahinten? Ich glaube, das ist das Studentenzentrum.«

»Für mich sieht die Frau nicht aus wie eine Collegestudentin.«

Er meinte die ältere Blonde. »Sieht aus wie eine von hier.« Sie hatte das unmissverständlich billige, blond gebleichte Aussehen eines in der Kleinstadt aufgewachsenen Mädchens. Von der nachgemachten Brieftasche einmal abgesehen wirkte Allison, als befände sie sich auf der gesellschaftlichen Leiter einige Stufen weiter oben. Es passte irgendwie nicht, dass die beiden Freundinnen sein sollten. »Vielleicht hatte Spooner ein Drogenproblem?«, vermutete Lena. Nichts überwand Grenzen so einfach wie Methamphetamin.

Schließlich waren sie wieder auf der Hauptstraße. Die Hinterräder drehten ein letztes Mal im Schlamm durch, als Frank auf den Asphalt fuhr. »Wer hat den Fund eigentlich gemeldet?«

Lena schüttelte den Kopf. »Der 911er-Anruf kam von einem Handy. Die Nummer war unterdrückt. Weibliche Stimme, aber sie wollte ihren Namen nicht nennen.«

»Was hat sie gesagt?«

Lena blätterte behutsam in ihrem Notizbuch, damit die feuchten Seiten nicht zerrissen. Sie fand die Mitschrift und las sie laut vor. »Weibliche Stimme: ›Meine Freundin ist seit heute Nachmittag verschwunden. Ich glaube, sie hat sich umgebracht.‹ Notrufbeamter: ›Wie kommen Sie darauf, dass sie sich umgebracht haben könnte?‹ Weibliche Stimme: ›Sie hatte letzte Nacht Streit mit ihrem Freund. Sie sagte, sie würde am Lover's Point ins Wasser gehen.‹ Der Beamte versuchte, sie in der Leitung zu halten, aber sie legte danach auf.«

Frank sagte nichts. Sie sah seinen Kehlkopf arbeiten. Er ließ die Schultern so tief hängen, dass er aussah wie ein Kleinkrimineller, der sich am Lenkrad festklammerte. Seit Lena in sein Auto gestiegen war, wehrte er sich gegen die Möglichkeit, dass es sich hier um Mord handeln könnte.

»Was denkst du?«, fragte sie.

»Lover's Point«, wiederholte Frank. »Nur jemand aus der Stadt würde es so nennen.«

Lena hielt das Notizbuch vor die Lüftungsschlitze der Heizung, um die Seiten zu trocknen. »Der Freund ist wahrscheinlich der Junge auf dem Foto.«

Frank ging auf ihren Gedankengang nicht ein. »Da kam also der 911er-Anruf, und Brad ist zum See gefahren und hat was gefunden?«

»Der Zettel lag unter dem rechten Schuh. Allisons Ring und die Armbanduhr steckten in den Schuhen.« Lena bückte sich wieder zu den Beweismitteltüten, die tief in den Taschen ihres Parkas steckten. Sie durchwühlte die Habseligkeiten des Opfers und fand den Zettel, den sie Frank zeigte.

ICH WILL ES VORBEI HABEN.

Er starrte die Schrift so lange an, dass sie sich Gedanken machte, weil er nicht mehr auf die Straße achtete.

»Frank?«

Ein Rad streifte den Asphaltrand. Frank riss das Steuer herum. Lena hielt sich am Armaturenbrett fest. Sie würde den Teufel tun und seinen Fahrstil korrigieren. Frank war nicht der Mann, der sich gern korrigieren ließ, vor allem nicht von einer Frau. Vor allem nicht von Lena.

»Komischer Abschiedsbrief«, sagte sie. »Auch wenn es nur ein vorgetäuschter ist.«

»Kurz und prägnant.« Frank behielt eine Hand am Lenkrad, während er seine Jackentasche durchsuchte. Er setzte seine Lesebrille auf und starrte auf die verschmierte Tinte. »Sie hat nicht unterschrieben.«

Lena schaute auf die Straße. Er fuhr schon wieder auf der rechten Begrenzungslinie. »Nein.«

Frank steuerte wieder in Richtung Mittellinie. »Sieht das für dich aus wie die Handschrift einer Frau?«

Darüber hatte Lena noch gar nicht nachgedacht. Sie betrachtete den einzelnen Satz, der mit breiten, runden Großbuchstaben geschrieben war. »Sieht ordentlich aus, aber ich könnte nicht sagen, ob das eine Frau oder ein Mann geschrieben hat. Wir könnten einen Handschriftexperten fragen. Allison ist Studentin, also gibt es wahrscheinlich Vorlesungsmitschriften und Aufsätze oder Tests von ihr. Ich bin mir sicher, wir finden etwas, womit wir den Satz hier vergleichen können.«

Frank ging auf keinen ihrer Vorschläge ein. Stattdessen sagte er: »Ich denke gerade an die Zeit, als meine Tochter in ihrem Alter war.« Er räusperte sich ein paarmal. »Auf das *i* hat sie immer Kringel gemalt anstelle von Punkten.«

Lena sagte nichts. Ihre ganze Karriere lang hatte sie mit Frank gearbeitet, aber über sein Privatleben wusste sie nicht mehr als sonst jemand in der Stadt. Von seiner ersten Frau hatte er zwei Kinder, aber das war inzwischen viele Ehefrauen her. Sie waren aus der Stadt weggezogen, und anscheinend hatte er keinen Kontakt mehr mit ihnen. Seine Familie war ein Thema, über das er so gut wie nie redete, und im Augenblick fror Lena zu sehr und war viel zu aufgeregt, um damit anzufangen.

Sie richtete ihre Aufmerksamkeit wieder auf den Fall. »Also, irgendjemand hat Allison in den Hals gestochen, sie an Waschbetonblöcke gekettet, in den See geworfen und dann beschlossen, es aussehen zu lassen wie einen Selbstmord.« Lena schüttelte den Kopf über diese Dummheit. »Mal wieder ein kriminelles Genie.«

Frank schnaubte zustimmend. Sie spürte, dass seine Gedanken bei anderen Dingen waren. Er nahm die Brille ab und starrte auf die Straße.

Obwohl sie es nicht wollte, fragte sie: »Was ist denn los?«

»Nichts.«

»Wie viele Jahre fahre ich jetzt schon mit dir, Frank?«

Er machte noch einmal ein grunzendes Geräusch, gab dann aber nach. »Der Bürgermeister versucht, mich festzunageln.«

Lena spürte einen Kloß in der Kehle. Clem Waters, der Bürgermeister von Heartsdale, versuchte schon seit einiger Zeit, Franks Position als Interims-Polizeichef in eine Dauerstellung umzuwandeln.

»Eigentlich will ich den Job überhaupt nicht, aber es ist auch niemand sonst da, der sich darum reißt.«

»Nein«, pflichtete sie ihm bei. Kein Mensch wollte diesen Job, nicht zuletzt deswegen, weil keiner dem Mann, der ihn zuvor innegehabt hatte, je das Wasser würde reichen können.

»Die Vergünstigungen sind gut«, sagte Frank. »Nettes Ruhestandspaket. Bessere Krankenversicherung, bessere Pension.«

Sie schaffte es zu schlucken. »Das ist gut, Frank. Jeffrey hätte gewollt, dass du den Job annimmst.«

»Er hätte gewollt, dass ich mich zur Ruhe setze, bevor ich einen Herzinfarkt bekomme, weil ich einen Junkie über den Campus jagen muss.« Frank zog seinen Flachmann heraus und bot ihn Lena an. Sie schüttelte den Kopf und sah zu, wie er einen großen Schluck trank, den Kopf in den Nacken gelegt und nur ein Auge auf die Straße gerichtet. Lena schaute weiter auf seine Hand. Sie zitterten noch immer leicht. In letzter Zeit zitterten seine Hände oft, vor allem morgens.

Ohne Vorwarnung wurde aus dem stetigen Rhythmus des Regens ein hartes Stakkato. Der Lärm hallte durchs Auto, füllte den Innenraum aus. Lena drückte die Zunge an ihren Gaumen. Eigentlich sollte sie Frank jetzt sagen, dass sie kündigen wollte, dass in Macon ein Job auf sie wartete, wenn sie den Absprung schaffte. Sie war ins Grant County gezogen, um in der Nähe ihrer Schwester zu sein, aber ihre Schwester war nun schon fast zehn Jahre tot. Ihr Onkel, der einzige lebende Verwandte, war im Ruhestand nach Florida gezogen. Ihre beste Freundin hatte eine Stelle in einer Bibliothek im Norden angenommen. Ihr Freund lebte zwei Stunden entfernt. Es gab nichts, was Lena noch hier hielt, außer ihrer eigenen Trägheit und der Loyalität zu einem Mann, der inzwischen vier Jahre tot war und sie wahrscheinlich sowieso nicht für eine gute Polizistin gehalten hatte.

Frank drückte die Knie gegen das Lenkrad, während er den Deckel wieder auf den Flachmann schraubte. »Ich werde ihn nicht annehmen, außer du sagst, dass es okay ist.«

Sie drehte überrascht den Kopf. »Frank …«

»Ich meine es ernst«, warf er dazwischen. »Wenn es für dich nicht okay ist, dann sage ich dem Bürgermeister, er kann ihn sich sonst wo hinschieben.« Er kicherte heiser, und Lena meinte, den Schleim in seinen Bronchien rasseln zu hören. »Vielleicht nehme ich dich ja mit, damit du den Ausdruck auf dem Gesicht des kleinen Wichsers siehst.«

Sie zwang sich zu sagen: »Du solltest den Job annehmen.«

»Ich weiß nicht, Lee. Ich werde so verdammt alt. Die Kinder sind alle erwachsen. Meine Frauen sind alle weggezogen. An vielen Tagen frage ich mich, warum ich in der Früh überhaupt noch aufstehe.« Noch einmal kicherte er heiser. »Kann sein, dass du eines Tags mich im See findest und die Uhr in meinen Schuhen. Das meine ich ernst.«

Sie wollte die Erschöpfung in seiner Stimme nicht hören. Frank war zwanzig Jahre länger als Lena bei der Truppe, aber sie konnte seinen Überdruss nachempfinden, als wäre es ihr eigener. Das war der Grund, warum sie jede freie Minute in Vorlesungen im College verbracht und versucht hatte, einen Bachelor-Abschluss in Forensik zu machen, damit sie bei der Spurensicherung arbeiten konnte und nicht mehr auf Verbrecherjagd gehen musste.

Mit den frühmorgendlichen Anrufen, die sie aus dem Schlaf rissen, konnte Lena umgehen. Sie konnte auch mit den blutbesudelten Tatorten und den Leichen und dem Elend umgehen, mit dem der Tod jeden Augenblick des eigenen Lebens färbte. Nicht mehr aushalten konnte sie allerdings, immer an vorderster Front stehen zu müssen. Es war zu viel Verantwortung. Es war zu viel Risiko. Man brauchte nur einen einzigen Fehler zu machen, und der konnte das Leben kosten – nicht einem selbst, sondern einem anderen Menschen. Es konnte passieren, dass man verantwortlich war für den Tod von jemandes Sohn. Jemandes Ehemann. Jemandes Freund. Man fand ziemlich schnell heraus, dass der Tod eines anderen Menschen unter der eigenen Verantwortung viel schlimmer war als das Gespenst des eigenen Todes.

»Hör zu«, sagte Frank, »ich muss dir was sagen.«

Lena sah ihn an, seine unvermittelte Offenheit wunderte sie. Seine Schultern hingen noch mehr, und seine Fingerknöchel waren weiß, so heftig klammerte er sich am Lenkrad fest. Sie ging die lange Liste der möglichen Themen durch, die sie bei der Arbeit in Schwierigkeiten bringen konnte, doch was dann aus seinem Mund kam, verschlug ihr den Atem. »Sara Linton ist wieder in der Stadt.«

Lena schmeckte Galle und Whiskey in ihrer Kehle. Einen kurzen, panischen Augenblick lang fürchtete sie, sich übergeben zu müssen. Lena konnte Sara nicht gegenübertreten. Die Anschuldigungen. Das schlechte Gewissen. Schon der Gedanke, durch ihre Straße zu fahren, war zu viel für sie. Lena fuhr immer die lange Strecke zur Arbeit, um nicht an Saras

Haus vorbeizukommen, nicht an dem Elend, das in ihr hochkochte, sobald sie nur an diese Straße dachte.

Frank redete leise und sachlich weiter. »Ich habe es in der Stadt gehört, deshalb habe ich ihren Dad angerufen. Er sagte, dass sie heute kommt, um Thanksgiving mit ihnen zu verbringen.« Er räusperte sich. »Ich hätte es dir gar nicht gesagt, aber ich habe die Patrouillen vor ihrem Haus verstärkt. Du siehst es auf dem Dienstplan und wunderst dich – na ja, jetzt weißt du es.«

Lena versuchte, den sauren Geschmack in ihrem Mund hinunterzuschlucken. Es fühlte sich an, als würden Scherben durch ihre Kehle rutschen. »Okay«, sagte sie mit belegter Stimme. »Danke.«

Frank überfuhr ein Stoppschild und bog scharf auf die Taylor Road ab. Lena hielt sich am Türgriff fest, aber das war eine automatische Reaktion. In Gedanken war sie damit beschäftigt, wie sie Frank mitten in einem Fall um Urlaub bitten konnte. Sie würde sich die ganze Woche nehmen und nach Macon fahren, sich vielleicht ein paar Wohnungen anschauen, bis die Thanksgiving-Ferien vorüber waren und Sara wieder in Atlanta war, wohin sie gehörte.

»Schau dir diesen Trottel an«, murmelte Frank, während er auf die Bremse trat.

Brad Stephens stand an seinem Streifenwagen. Er trug einen hellbraunen, rasiermesserscharf gebügelten Anzug. Sein weißes Hemd strahlte förmlich unter der blau gestreiften Krawatte, die wahrscheinlich seine Mutter heute Morgen zusammen mit dem Rest seiner Kleidung für ihn herausgelegt hatte. Was Frank offensichtlich am meisten störte, war der Regenschirm in Brads Hand. Er war leuchtend pink bis auf das gelb aufgestickte Mary-Kay-Logo.

»Sei nicht zu streng mit ihm«, sagte Lena, doch Frank schwang sich bereits aus dem Auto. Er spannte seinen eigenen Regenschirm auf – ein riesiges schwarzes Zeltdach, das er sich von Brock im Bestattungsinstitut geliehen hatte – und stürzte auf Brad zu. Lena blieb im Auto und sah zu, wie Frank den jungen Detective herunterputzte. Sie wusste, wie es sich anfühlte, der Adressat von Franks Tiraden zu sein. Er war ihr Ausbilder gewesen, als sie mit dem Streifendienst anfing, dann ihr Partner, als sie es zur Detective schaffte. Wenn Frank nicht gewesen wäre, hätte sie den Job schon in der ersten Woche wieder hingeschmissen. Dass seiner Überzeugung nach Frauen nicht in den Polizeidienst gehörten, machte sie verdammt entschlossen, ihm das Gegenteil zu beweisen.

Und Jeffrey war ihr Puffer gewesen. Lena hatte schon vor langer Zeit erkannt, dass sie dazu neigte, ein Spiegel desjenigen zu sein, mit dem sie es gerade zu tun hatte. Wenn Jeffrey das Sagen hatte, machte sie alles genau richtig – oder zumindest so richtig, wie sie konnte. Er war ein guter Polizist, ein Mann, dem die Gemeinde vertraute, weil sich in allem, was er tat, sein Charakter zeigte. Das war der Grund, warum der Bürgermeister ihn überhaupt eingestellt hatte. Clem wollte die alten Strukturen aufbrechen, Grant County ins einundzwanzigste Jahrhundert führen. Ben Carver, der scheidende Polizeichef, war ein Gauner gewesen, wie er im Buche stand. Frank war seine rechte Hand gewesen und stand ihm in nichts nach. Unter Jeffrey hatte Frank seine Gewohnheiten geändert. Das hatten sie alle. Zumindest so lange, wie Jeffrey lebte.

Schon in der ersten Woche unter Franks Verantwortung schlich sich der alte Schlendrian wieder ein. Anfangs nur langsam und schwer zu entdecken. Das Ergebnis eines Alkoholtests verschwand, was einen von Franks Jagdfreunden vor dem Führerscheinverlust bewahrte. Ein ungewöhnlich vorsichtiger Marihuana-Dealer wurde plötzlich mit einer Riesenmenge Stoff im Kofferraum seines Autos geschnappt. Strafzettel verschwanden. In der Asservatenkammer fehlte

Geld. Beschlagnahmungen wurden fadenscheinig. Der Wartungsvertrag für die Dienstfahrzeuge ging an eine Werkstatt, bei der Frank Teilhaber war.

Wie bei einem Dammbruch führten diese kleinen Risse zu größeren Schäden, bis das ganze Ding aufplatzte und jeder Polizist der Truppe etwas tat, das er nicht tun sollte. Das war einer der wichtigsten Gründe, warum Lena gehen musste. In Macon ging es nicht so locker zu. Die Stadt war größer als die drei Städte von Grant County zusammengenommen, insgesamt eine Bevölkerung von etwa einhunderttausend Menschen. Die Leute gingen vor Gericht, wenn sie sich von der Polizei ungerecht behandelt fühlten, und meistens gewannen sie auch. Macons Mordrate gehörte zu den höchsten des Staates. Einbrüche, Sexualdelikte, Gewaltverbrechen – für einen Detective gab es dort viele Möglichkeiten, aber noch mehr für einen Spurensicherungsspezialisten. Lena war nur noch zwei Kurse von ihrem Kriminologieabschluss entfernt. Beim Sammeln von Spuren und Indizien gab es keine Abkürzungen. Man bestäubte Oberflächen, um Fingerabdrücke zu bekommen. Man saugte Teppiche ab, auf der Suche nach Fasern. Man fotografierte Blut und andere Flüssigkeiten. Man katalogisierte die Indizien. Dann übergab man alles einem anderen Spezialisten. Die Labortechniker waren verantwortlich für die wissenschaftlichen Tests. Die Detectives waren dafür verantwortlich, die Verbrecher dingfest zu machen. Lena würde nichts anderes sein als eine bessere Putzfrau mit einer Marke und staatlichen Sozialleistungen. Sie könnte den Rest ihres Berufslebens mit der Bearbeitung von Tatorten zubringen und dann jung genug in den Ruhestand gehen, um ihre Pension mit privater Ermittlungsarbeit aufzustocken.

So würde sie zu einem dieser verfluchten Privatdetektive werden, die immer ihre Nase in Sachen steckten, die sie nichts angingen.

»Adams!« Frank schlug mit der Handfläche auf die Motorhaube. Wasser spritzte hoch, als würde ein Hund sich schütteln. Brad hatte er genug angeschrien, jetzt suchte er einen anderen, den er zusammenstauchen konnte.

Lena hob den tropfnassen Parka vom Boden auf, schlüpfte hinein und zog die Kordel der Kapuze straff, damit ihre Haare nicht noch nasser wurden. Sie hatte sich kurz im Rückspiegel gesehen. Ihre Haare hatten angefangen, sich zu kräuseln. Der Regen betonte das irisch-katholische Erbe ihres Vaters und unterdrückte das ihrer mexikanischen Großmutter.

»Adams!«, schrie Frank noch einmal.

Als sie die Tür zuschlug, richtete Frank bereits eine weitere Tirade gegen Brad, er schrie ihn an, dass er sein Waffenhalfter zu tief trage.

Lena zwang sich zu einem knappen Lächeln, um Brad ein wenig stillschweigende Unterstützung zukommen zu lassen. Vor vielen Jahren war sie selbst eine dumme Anfängerin gewesen. Vielleicht hatte auch Jeffrey gedacht, dass sie nichts wert sei. Dass er versucht hatte, aus ihr eine fähige Beamtin zu machen, war ein Vermächtnis seiner Entschlossenheit. Einer der wenigen Gründe, die für Lena gegen den Job in Macon sprachen, war der Gedanke, dass sie Brad helfen könnte, ein besserer Polizist zu werden. Sie könnte ihm beibringen, die Finger von der Korruption zu lassen und alles auf die korrekte Art zu machen.

Mach, wie ich es dir sage, und nicht, wie ich es tue.

»Bist du noch immer sicher, dass es das ist?«, wollte Frank wissen. Er meinte das Haus.

Brads Adamsapfel hüpfte. »Ja, Sir. Die Adresse hatte das College in den Akten. Taylor Drive sechzehneinhalb.«

»Hast du schon an die Tür geklopft?«

Brad schien nicht so recht zu wissen, welche Antwort die

richtige war. »Nein, Sir. Sie haben gesagt, ich soll auf Sie warten.«

»Hast du die Telefonnummer des Besitzers?«

»Nein, Sir. Sein Name ist Mr Braham, aber ...«

»O Mann«, murmelte Frank und stapfte die Einfahrt hoch.

Lena konnte nicht anders, Brad tat ihr ganz einfach leid. Sie dachte daran, ihm auf die Schulter zu klopfen, aber er neigte den leuchtend pinkfarbenen Regenschirm in die falsche Richtung, sodass ihr ein Schwall Regenwasser über den Kopf schwappte.

»O Gott«, hauchte Brad. »Lena, tut mir leid.«

Sie unterdrückte einige Flüche, die ihr auf der Zunge lagen, und ging ihm voraus zu Frank.

Taylor Drive sechzehneinhalb war eine Garage, die etwas länger war als ein Minivan und doppelt so breit. »Umgebaut« war eine ungenaue Beschreibung, denn von außen war der Anbau so gut wie nicht verändert. Das metallene Rolltor war noch immer vorhanden, schwarzes Bastelpapier bedeckte die Fenster. Wegen des bewölkten Tages drang das Licht der Innenbeleuchtung durch die Ritzen in der Wandverkleidung aus Aluminium. Büschel pinkfarbener Glasfaser-Isolierung quollen heraus und hingen schlaff im Regen. Das Blechdach war rostrot, eine blaue Abdeckplane überspannte die hintere Ecke.

Lena starrte die Garage an und fragte sich, warum eine Frau, die noch halbwegs bei Verstand war, freiwillig hier wohnte.

»Roller«, bemerkte Frank. Neben der Garage stand eine lila Vespa. Eine Gliederkette verband das Hinterrad mit einem in den Beton der Einfahrt geschraubten Ringbolzen. Er fragte: »Die gleiche Kette wie die an dem Mädchen?«

Unter dem Rad sah sie etwas leuchtend Gelbes aufblitzen. »Sieht aus wie das gleiche Schloss.«

Lena musterte das Haus, eine Ranch mit Zwischengeschoss und quer stehendem Giebeldach. Die Fenster waren dunkel. Neben dem Haus oder auf der Straße stand kein Auto. Sie würden den Besitzer finden müssen, um von ihm die Erlaubnis zum Betreten der Garage zu bekommen. Sie klappte ihr Handy auf, um Marla Simms anzurufen, die bereits etwas ältere Sekretärin des Reviers. Zusammen mit ihrer Freundin Myrna stellte Marla eine Art Rolodex für jeden Einwohner der Stadt dar.

Brad drückte das Gesicht gegen eines der Garagenfenster. Er kniff die Augen zusammen und versuchte, durch einen Riss im Bastelpapier zu sehen. »O Gott«, flüsterte er und wich dann so schnell zurück, dass er beinahe über die eigenen Füße gestolpert wäre. Er zog seine Waffe und kauerte sich hin.

Lenas Glock war in ihrer Hand, bevor sie überhaupt daran dachte, sie zu ziehen. Das Herz schlug ihr bis zum Hals. Adrenalin schärfte ihre Sinne. Ein schneller Blick über die Schulter zeigte ihr, dass auch Frank seine Waffe gezogen hatte. Zu dritt standen sie da und richteten ihre Waffen auf das geschlossene Garagentor.

Lena bedeutete Brad zurückzuweichen. Tief geduckt ging sie zum Garagenfenster. Der Riss in dem Bastelpapier wirkte jetzt größer, mehr wie ein Ziel, vor das sie gleich ihr Gesicht halten würde. Sie warf einen schnellen Blick hinein. An einem Klapptisch stand ein Mann. Er trug eine schwarze Skimaske. Er schaute hoch, als hätte er ein Geräusch gehört, und Lena duckte sich mit hämmerndem Herzen schnell wieder. So blieb sie bewegungslos stehen und zählte die Sekunden, während ihre Ohren sich anstrengten, um Schritte oder das Durchladen einer Waffe zu hören.

Sie zeigte Frank einen hochgereckten Finger: eine Person. Mit den Lippen formte sie das Wort »Maske« und sah, wie er überrascht die Augen aufriss. Frank deutete auf seine Waffe, und sie zuckte die Achseln und schüttelte gleichzeitig den Kopf. Sie hatte nicht erkennen können, ob der Mann eine Waffe hatte oder nicht.

Ohne Aufforderung ging Brad seitlich an dem Gebäude entlang. Er verschwand hintenherum, suchte offensichtlich nach anderen Ausgängen. Lena zählte die Sekunden und kam bis sechsundzwanzig, als Brad auf der anderen Seite des Hauses wieder auftauchte. Er schüttelte den Kopf. Keine Hintertür. Keine Fenster. Lena bedeutete ihm, dass er zur Straße zurückgehen und sie von dort aus sichern sollte. Das war eine Sache für sie und Frank. Brad wollte protestieren, aber sie schnitt ihm mit einem Blick das Wort ab. Schließlich senkte er ergeben den Kopf. Sie wartete, bis er mindestens fünf Meter entfernt war, und gab dann Frank mit einem Nicken zu verstehen, dass sie bereit sei.

Frank ging zur Garage, bückte sich und umfasste den Stahlgriff am unteren Ende des Rolltors. Er schaute sich kurz zu Lena um und riss dann den Griff schnell nach oben.

Der Mann im Inneren erschrak, die Augen in den Sehschlitzen der Skimaske wurden weit. In seiner behandschuhten Rechten hatte er ein Messer erhoben, als wollte er angreifen. Die Klinge war dünn und mindestens zwanzig Zentimeter lang. Etwas, das aussah wie getrocknetes Blut, verklebte den Griff. Der Beton unter seinen Füßen war dunkelbraun gefleckt. Noch mehr Blut.

»Fallen lassen«, sagte Frank.

Der Eindringling gehorchte nicht. Lena ging ein paar Schritte nach rechts, um ihm den Fluchtweg zu versperren. Er stand hinter einem großen Kantinentisch, auf dem Papiere verstreut lagen. Ein Doppelbett ragte aus der Seitenwand zur Mitte, sodass Tisch und Bett den Raum in zwei Hälften teilten.

»Messer weglegen«, sagte Lena zu ihm. Sie musste sich

seitwärts drehen, um am Bett vorbeizukommen. Auf dem Beton unter dem Bett war noch ein dunkler Fleck. Sie hielt die Waffe auf die Brust des Mannes gerichtet und wich vorsichtig Kartons und verstreuten Papieren aus. Das Messer noch immer erhoben schaute der Mann zwischen Lena und Frank hin und her.

»Fallen lassen«, wiederholte Frank.

Langsam ließ der Mann die Hand sinken. Lena atmete aus, weil sie dachte, die Sache würde jetzt einfach werden. Sie irrte sich. Ohne Vorwarnung schob der Mann den Tisch so heftig zur Seite, dass er gegen Lenas Beine knallte und sie aufs Bett warf. Ihr Kopf traf den Rahmen, als sie sich auf den Betonboden abrollte. Ein Schuss krachte. Lena glaubte nicht, dass er aus ihrer Waffe stammte, aber ihre linke Hand fühlte sich heiß an, fast so, als würde sie brennen. Jemand rief etwas. Ein gedämpftes Ächzen war zu hören. Sie rappelte sich wieder hoch. Ihre Sicht verschwamm.

Frank lag mitten in der Garage auf der Seite. Seine Waffe lag neben ihm auf dem Boden. Mit der rechten Faust umklammerte er seinen linken Arm. Zuerst dachte sie, er hätte einen Herzanfall. Doch das Blut, das zwischen seinen Fingern hervorsickerte, sprach dafür, dass er eine Stichwunde hatte.

»Los!«, schrie er. »Sofort!«

»Scheiße«, zischte Lena und schob den Tisch beiseite. Ihr war übel. Ihre Sicht war noch immer verschwommen, aber sie fixierte ihren Blick auf den schwarz gekleideten Verdächtigen, der die Einfahrt hinunterrannte. Brad stand stocksteif da, den Mund vor Überraschung weit offen. Der Eindringling lief an ihm vorbei.

»Aufhalten!«, schrie sie. »Er hat auf Frank eingestochen!«

Brad wirbelte herum und jagte hinter dem Mann her. Lena rannte ihm nach, ihre Turnschuhe klatschten über den nassen Beton und wirbelten Wasser bis zu ihrem Gesicht hoch.

Am Ende der Einfahrt bog sie scharf ab und spurtete die Straße hinunter. Vor sich sah sie, wie Brad dem Verdächtigen immer näher kam. Er war größer und fitter, und mit jedem Schritt verkleinerte er den Abstand zwischen sich und seinem Gegner.

Brad schrie: »Polizei! Stehen bleiben!«

Die Welt verlangsamte sich. Der Regen schien mitten in der Luft zu erstarren, winzige Tröpfen, die in Zeit und Raum gefangen waren.

Der Verdächtige blieb stehen. Er drehte sich um und schwang drohend das Messer. Lena griff nach ihrer Waffe und spürte nur das leere Holster. Das feuchte Geräusch von Metall, das in Fleisch eindrang, war zu hören, und dann ein lautes Stöhnen. Brad stürzte zu Boden.

»Nein«, keuchte Lena, rannte zu Brad und fiel auf die Knie. Das Messer steckte noch in seinem Bauch. Blut sickerte durch sein Hemd und färbte das Weiß leuchtend rot. »Brad …«

»Es tut weh«, sagte er. »Es tut so weh.«

Lena angelte nach ihrem Handy und hoffte, dass der Krankenwagen noch am See war und nicht bereits auf der halbstündigen Fahrt zurück zum Revier. Hinter sich hörte sie laute Schritte, Schuhe, die über den Asphalt stampften. Mit überraschender Geschwindigkeit und schreiend vor unkontrollierter Wut rannte Frank an ihr vorbei. Der Verdächtige drehte sich wieder, um zu sehen, was da Entfesseltes auf ihn zustürmte, doch in diesem Augenblick warf Frank ihn auch schon auf die Straße. Zähne splitterten. Knochen brachen. Franks Fäuste flogen, Windmühlen des Schmerzes, die auf den Verdächtigen eindroschen.

Lena drückte sich das Handy ans Ohr. Sie hörte das Klingeln, auf das im Revier niemand reagierte.

»Lena …«, flüsterte Brad. »Sag meiner Mom nicht, dass ich Mist gebaut habe.«

»Das hast du nicht.« Mit der Hand schützte sie sein Gesicht vor dem Regen. Seine Lider flackerten, schlossen sich immer wieder. »Nein«, flehte sie, »bitte tu mir das nicht an.«
»Tut mir leid, Lena.«
»Nein«, schrie sie.
Nicht schon wieder.

3. Kapitel

Sara betrachtete das Grant County nicht mehr als ihre Heimat. Es gehörte in eine andere Zeit, so greifbar für sie wie Manderley für Rebecca oder die Moore für Heathcliff. Während sie durch die Außenbezirke der Stadt fuhr, bemerkte sie, dass alles zwar noch genauso aussah wie früher und doch nicht ganz real wirkte. Die geschlossene Militärbasis fiel langsam wieder der Natur anheim. Die Trailerparks auf der falschen Seite der Eisenbahngleise. Das aufgegebene Einkaufszentrum, aus dem man ein Lagerhaus gemacht hatte.

Dreieinhalb Jahre waren seit ihrem letzten Besuch hier vergangen, und sie hätte gern gesagt, dass ihr Leben jetzt okay wäre und sich wieder einer gewissen Normalität näherte. Tatsächlich aber war ihr gegenwärtiges Leben in Atlanta eher so, als wäre sie nach dem Medizinstudium gleich dort geblieben, anstatt ins Grant County zurückzukehren. Sie war die Leiterin der Kinderabteilung in der Notaufnahme das Grady Hospital, wo Studenten hinter ihr herrannten wie junge Hunde und das Sicherheitspersonal mehrere volle Magazine am Gürtel trug für den Fall, dass Gangmitglieder versuchten, den Job zu beenden, den sie auf der Straße angefangen hatten. Ein Epidemiologe, der für die Centers for Disease Control, das Seuchenkontrollzentrum, auf dem Campus der Emory arbeitete, war ein paarmal mit ihr ausgegangen. Sie ging zu Dinnerpartys und mit Freundinnen in Cafés. Gelegentlich fuhr sie an den Wochenenden in den Stone Mountain Park, damit die Windhunde dort ein wenig Auslauf bekamen. Sie las viel. Sie schaute mehr fern, als sie sollte. Sie lebte ein völlig normales, völlig langweiliges Leben.

Und doch bekam ihre sorgfältig aufgebaute Fassade in dem Augenblick Risse, als sie das Schild sah, das ihr sagte, dass sie jetzt im Grant County war. Weil sie eine Beklemmung in der Brust spürte, fuhr sie an den Straßenrand. Die Hunde auf dem Rücksitz wurden unruhig. Sara zwang sich, ihren Gefühlen nicht nachzugeben. Sie hatte mit Zähnen und Klauen darum gekämpft, wieder aus der Depression herauszukommen, in die sie nach dem Tod ihres Mannes immer tiefer versunken war, und jetzt wollte sie nicht zulassen, dass sie nur wegen eines dummen Straßenschilds wieder in sie zurückfiel.

»Wasserstoff«, sagte sie. »Helium, Lithium, Beryllium.« Das war ein alter Trick aus ihrer Kindheit, die Reihenfolge der Elemente des Periodensystems aufzusagen, um sich von den Monstern abzulenken, die unter ihrem Bett lauern mochten. »Neon, Natron, Magnesium …« Sie zitierte aus dem Gedächtnis, bis ihr Herzschlag und ihre Atmung sich wieder beruhigten.

Schließlich war es vorüber, und sie musste lachen bei dem Gedanken, Jeffrey könnte herausfinden, dass sie am Straßenrand das Periodensystem herunterleierte. In der Highschool war er eine allseits beliebte Sportskanone gewesen – attraktiv, charmant und unangestrengt cool. Es hatte ihn immer sehr amüsiert, wenn Sara ihre kleinen Marotten zeigte.

Sie drehte sich um und widmete sich eine Weile den Hunden, damit sie sich beruhigten. Anstatt den Motor wieder zu starten, saß sie noch eine Zeitlang da und starrte durch die Windschutzscheibe hinaus auf die leere Straße, die in die Stadt führte. Ihre Finger wanderten zum Kragen ihrer Bluse und dann zu dem Ring, den sie an einer Kette um den Hals trug. Jeffreys Collegering aus Auburn. Er war im Footballteam der Schule gewesen, bis er keine Lust mehr hatte, die Reservebank zu wärmen. Der Ring war klobig und zu groß für ihren Finger, aber ihn zu berühren war fast so, als würde sie Jeffrey berühren. Er war ihr Talisman. Manchmal ertappte sie sich dabei, wie sie ihn berührte, ohne zu wissen, wie ihre Hand dorthin gekommen war.

Ihr einziger Trost war, dass zwischen ihnen beiden nichts ungesagt geblieben war. Jeffrey hatte gewusst, dass Sara ihn liebte. Er hatte gewusst, es gab keinen Teil von ihr, der nicht ganz und gar ihm gehörte, so wie auch sie wusste, dass er dasselbe empfand. Als er starb, waren seine letzten Worte an sie gerichtet. Seine letzten Gedanken, seine letzten Erinnerungen, alle drehten sich um Sara. So wie sie wusste, dass ihre letzten Gedanken sich immer um ihn drehen würden.

Sie küsste den Ring, bevor sie ihn wieder unter die Bluse steckte. Vorsichtig fuhr sie zurück auf die Straße. Das überwältigende Gefühl drohte zurückzukehren, als sie in die Stadt hineinfuhr. Es war so viel einfacher, die Dinge zu verdrängen, die sie verloren hatte, wenn sie einem nicht direkt ins Gesicht starrten. Das Footballstadion der Highschool, wo sie Jeffrey kennengelernt hatte. Der Park, in dem sie gemeinsam die Hunde ausgeführt hatten. Die Restaurants, in denen sie gesessen hatten. Die Kirche, in der sie gelegentlich, wenn ihre Mutter ihnen mal wieder ein schlechtes Gewissen gemacht hatte, den Gottesdienst besuchten.

Es musste doch einen Ort, eine Erinnerung geben, die nichts mit diesem Mann zu tun hatte. Lange bevor Jeffrey Tolliver vom Grant County irgendetwas wusste, hatte sie dort schon gelebt. Sara war in Heartsdale aufgewachsen, war dort zur Highschool gegangen, dem Wissenschaftsclub der Schule beigetreten, hatte in dem Frauenhaus ausgeholfen, in dem ihre Mutter als Freiwillige jobbte, und hin und wieder sogar ihrem Vater bei der Arbeit geholfen. Sara hatte in einem Haus gewohnt, in das Jeffrey noch nie einen Fuß gesetzt hatte. Sie hatte ein Auto gefahren, das er nie gesehen hatte. Sie hatte ihren ersten Kuss von einem Jungen bekommen, dessen Vater den örtlichen Eisenwarenladen besaß. Sie war zu Tanzveranstaltungen und gemeinsamen Abendessen der Kirche gegangen und hatte sich Footballspiele angeschaut.

Alles ohne Jeffrey.

Drei Jahre bevor er in ihr Leben trat, hatte Sara in Teilzeit die Stelle des Bezirksleichenbeschauers übernommen, um ihren Partner in der Kinderklinik ausbezahlen zu können. Sie hatte den Job behalten, nachdem der Kredit schon längst abbezahlt war. Überrascht hatte sie damals festgestellt, dass es oft befriedigender war, den Toten zu helfen als den Lebenden. Jeder Fall war ein Rätsel, jede Leiche übersät mit Hinweisen auf ein Geheimnis, das nur Sara lüften konnte. Ein anderer Teil ihres Gehirns, von dessen Existenz sie nichts gewusst hatte, war bei dieser Arbeit gefordert. Sie hatte ihre beiden Jobs mit gleicher Leidenschaft geliebt, hatte zahllose Fälle bearbeitet und war vor Gericht für unzählige Verdächtige und Tatumstände als Zeugin aufgetreten.

Jetzt konnte Sara sich an kein Detail aus irgendeinem der Fälle erinnern.

Noch sehr gut konnte sie sich allerdings an den Tag erinnern, als Jeffrey Tolliver in die Stadt gekommen war. Der Bürgermeister hatte ihn von der Polizei in Birmingham weggelockt, damit er die Stelle des scheidenden Polizeichefs übernahm. Jede Frau, die Sara kannte, hatte gejuchzt vor Freude, wenn Jeffreys Name genannt wurde. Er war witzig und charmant. Er war groß, dunkel, gut aussehend. Er hatte im College Football gespielt, fuhr einen kirschroten Mustang, und beim Gehen zeigte er die athletische Anmut eines Panthers.

Dass Jeffrey sich gerade Sara ausgesucht hatte, hatte die

ganze Stadt schockiert, Sara selbst eingeschlossen. Sie war nicht die Art von Mädchen, die den gut aussehenden Kerl bekam. Sie war eher die Art von Mädchen, die zusah, wie die Schwester oder die beste Freundin den gut aussehenden Kerl bekam. Und dennoch wurde aus ihren ersten, unverbindlichen Rendezvous schnell etwas Tieferes, sodass ein paar Jahre später niemand überrascht war, als Jeffrey ihr einen Heiratsantrag machte. Ihre Beziehung war harte Arbeit gewesen, und es hatte bei Gott Höhen und Tiefen gegeben, letztendlich aber hatte sie gespürt, dass sie Jeffrey mit jeder Faser ihres Wesens gehörte und, noch wichtiger, dass er vollkommen ihr gehörte.

Sara wischte sich im Fahren die Tränen mit dem Handrücken weg. Die Sehnsucht war das Schwerste, der körperliche Schmerz, den sie bei jeder Erinnerung an ihn spürte. Es gab keinen Teil der Stadt, der ihr ihren Verlust nicht ins Gesicht schlug. Diese Straßen waren von ihm sicher gemacht worden. Die Menschen hier hatten ihn als Freund betrachtet. Und hier war Jeffrey gestorben. Dort war die Kirche, in der sie seinen Tod betrauert hatten. Dort war die Straße, auf der eine lange Schlange Autos an den Rand gefahren war, als sein Sarg aus der Stadt hinausgebracht wurde.

Sie würde nur vier Tage hier sein. In diesen vier Tagen konnte sie alles Mögliche tun.

Fast alles.

Sara fuhr den langen Weg zum Haus ihrer Eltern, um die Main Street und die Kinderklink nicht sehen zu müssen. Die Unwetter, die sie auf der Fahrt von Atlanta verfolgt hatten, hatten sich endlich gelegt, aber an den dunklen Wolken am Himmel sah sie, dass das nur eine vorübergehende Atempause war. Das Wetter schien in letzter Zeit zu ihrer Stimmung zu passen – unvermittelte, heftige Gewitter und dazwischen flüchtige Sonnenstrahlen.

Wegen der Thanksgiving-Ferien herrschte so gut wie kein Verkehr. Keine Autos, die sich auf der Zufahrt zum College drängten. Niemand fuhr ins Stadtzentrum, weil er in der Mittagspause einkaufen wollte. Dennoch bog sie am Lakeshore Drive links statt rechts ab und machte einen Umweg von zwei Meilen am Lake Grant entlang, damit sie nicht an ihrem alten Haus vorbeifahren musste. An ihrem alten Leben.

Wenigstens das Haus der Familie Linton war in seiner Vertrautheit für Sara ein willkommener Anblick. Am Haus war im Lauf der Jahre viel gemacht worden – man hatte Anbauten hinzugefügt, neue Bäder eingebaut und alte modernisiert. Saras Vater hatte ein Apartment auf die Garage gesetzt, damit sie in den Sommerferien eine Unterkunft hatte. Tessa, Saras jüngere Schwester, hatte fast zehn Jahre darin gewohnt, während sie darauf wartete, dass ihr Leben endlich anfing. Eddie Linton war selbstständiger Installateur. Er hatte beiden Mädchen das Gewerbe beigebracht, doch nur Tessa war lange genug geblieben, um etwas damit anfangen zu können. Dass Sara sich für das Medizinstudium entschlossen hatte und nicht für die Erkundung feuchter, dunkler Schächte zusammen mit Schwester und Vater, war für Eddie eine Enttäuschung, die er noch immer zu verbergen suchte. Er war ein Vater, der am glücklichsten war, wenn seine Töchter in der Nähe waren.

Sara wusste nicht, wie Eddie reagiert hatte, als Tessa den Familienbetrieb verließ. Etwa um die Zeit, als Sara Jeffrey verlor, hatte Tessa geheiratet und sich achttausend Meilen entfernt in Südafrika ein Leben aufgebaut, um dort mit Kindern zu arbeiten. Sie war so impulsiv, wie Sara nüchtern war, doch als beide Teenager waren, hätte niemand erwartet, dass sie einmal so werden würden, wie sie jetzt waren. Dass Tessa jetzt Missionarin war, konnte Sara auch noch immer kaum glauben.

»Sissy!« Tessa kam aus dem Haus gestürzt, und ihr Schwangerschaftsbauch bebte, als sie sich seitlich das Vordertreppchen hinunterhangelte. »Wo bleibst du nur so lange? Ich bin am Verhungern!«

Sara war noch kaum ausgestiegen, als ihre Schwester schon die Arme um sie schlang. Diese Umarmung war intensiver als nur eine Begrüßung, und Sara spürte die Dunkelheit zurückkommen. Sie war sich nicht mehr sicher, ob sie das auch nur vier Minuten aushalten würde, geschweige denn vier Tage.

Tessa murmelte: »O Sissy, alles hat sich so verändert.«

Sara blinzelte Tränen weg. »Ich weiß.«

Tessa ließ sie los. »Sie haben jetzt einen Pool.«

Sara lachte überrascht. »Einen was?«

»Mum und Dad haben einen Pool gebaut. Mit einem Warmwasserbecken.«

Sara wischte sich die Augen ab. Sie lachte noch immer, denn sie liebte ihre Schwester mehr, als Worte ausdrücken konnten. »Machst du Witze?« Sara und Tessa hatte einen Großteil ihrer Kindheit damit verbracht, ihre Eltern um einen Pool anzubetteln.

»Und Mama hat das Plastik von der Couch abgezogen.«

Sara sah ihre Schwester scharf an, als wollte sie fragen, wann jetzt die Pointe kommen würde.

»Sie haben das Arbeitszimmer renoviert, die ganze Stromversorgung erneuert, die Küche neu gemacht und die Bleistiftstriche übermalt, die Daddy an den Türrahmen gemalt hat … Es ist fast so, als hätten wir nie hier gelebt.«

Sara konnte nicht behaupten, dass das Verschwinden der Bleistiftspuren sie sehr schmerzte, mit denen ihr Vater ihre Größen gemessen hatte bis hoch zur achten Klasse, denn zu der Zeit war sie bereits die Größte in der ganzen Familie. Sie nahm die Hundeleinen vom Beifahrersitz. »Was ist mit dem Arbeitszimmer?«

»Die ganze Holzvertäfelung ist weg. Sie haben sogar Stuckzierleisten an die Decke geklebt.« Tessa stemmte die Hände in die ausladenden Hüften. »Sie haben neue Gartenmöbel. Aus gutem Korbgeflecht – nicht das Zeug, das einen in den Hintern sticht, wenn man sich daraufsetzt.« Irgendwo in der Ferne donnerte es. Tessa wartete, bis das Grollen verklungen war. »Sieht aus wie in der *Southern Living*.«

Sara stellte sich dicht vor die offene hintere Tür ihres SUV, während sie mit ihren beiden Windhunden kämpfte und versuchte, ihnen die Leinen anzulegen, bevor sie auf die Straße springen konnten. »Hast du Mama gefragt, was sie dazu gebracht hat, alles zu ändern?«

Tessa schnalzte mit der Zunge, als sie Sara die Leinen abnahm. Billy und Bob sprangen aus dem Auto und hockten sich neben sie. »Sie meinte, jetzt, da wir aus dem Haus sind, kann sie sich endlich mit schönen Dingen umgeben.«

Sara schürzte die Lippen. »Ich werde nicht so tun, als würde mich das nicht treffen.« Sara ging um das Auto herum und öffnete die Heckklappe. »Wann kommt Lemuel?«

»Er versucht, einen Flug zu bekommen, aber diese Buschpiloten starten erst, wenn jedes Huhn und jede Ziege im Dorf ein Ticket gekauft hat.« Tessa war bereits vor ein paar Wochen nach Hause gekommen, um in den Staaten zu entbinden. Ihre letzte Schwangerschaft hatte schlimm geendet, sie hatte das Kind verloren. Verständlicherweise wollte Lemuel nicht, dass Tessa irgendein Risiko einging, aber Sara fand es merkwürdig, dass er noch nicht bei seiner Frau war. Ihr Geburtstermin war bereits in knapp einem Monat.

»Ich hoffe, ich sehe ihn, bevor ich wieder fahre«, sagte sie.

»Ach, Sissy, das ist ja so nett. Danke fürs Lügen.«

Sara wollte eben mit einer, wie sie hoffte, kunstvolleren Lüge antworten, als sie einen Streifenwagen bemerkte, der langsam auf der Straße patrouillierte. Der Mann am Steuer tippte sich an die Mütze, als er Sara sah. Ihre Blicke kreuzten sich, und wieder spürte sie einen Stich.

Tessa streichelte die Hunde. »Die fahren schon den ganzen Vormittag hier vorbei.«

»Woher wussten sie, dass ich komme?«

»Kann sein, dass ich vor ein paar Tagen im Shop 'n Save was angedeutet habe.«

»Tess« – Sara stöhnte –, »du weißt doch, dass Jill June sich ans Telefon hängen würde, kaum dass du aus der Tür warst. Ich wollte es möglichst geheim halten. Jetzt kommt so ziemlich jeder samt seinem Hund vorbei.«

Tessa küsste Bob mit einem lauten Schmatzen. »Dann siehst du wenigstens alle deine Freunde wieder, was, mein Junge?« Der Gerechtigkeit halber gab sie auch Billy einen Schmatz. »Du hast bereits zwei Anrufe.«

Sara zog ihren Koffer heraus und schloss die Heckklappe. »Lass mich raten. Marla vom Revier und Myrna von nebenan, die beide jedes Quäntchen Klatsch aus mir herauspressen wollen.«

»Nein, eigentlich nicht.« Tessa ging neben Sara zum Haus. »Ein Mädchen namens Julie irgendwas. Sie klang ziemlich jung.«

Saras Patienten hatten sie oft zu Hause angerufen, aber an eine Julie konnte sie sich nicht erinnern. »Hat sie eine Nummer hinterlassen?«

»Mama hat sie aufgeschrieben.«

Sara schleppte ihren Koffer die Treppe hoch und fragte sich, wo ihr Vater war. Lümmelte wahrscheinlich auf der plastikfreien Couch. »Wer hat sonst noch angerufen?«

»Es war beide Male dieses Mädchen. Sie sagte, sie braucht deine Hilfe.«

»Julie«, wiederholte Sara, aber der Name sagte ihr noch immer nichts.

Auf der Veranda blieb Tess stehen. »Ich muss dir was sagen.«

Sara beschlich eine Vorahnung, sie wusste instinktiv, dass etwas Schlechtes kam. Tessa wollte eben ansetzen, als die Haustür aufging.

»Du bist ja nichts als Haut und Knochen«, tadelte Cathy. »Ich wusste doch, dass du da oben nicht genug zu essen bekommst.«

»Ich freue mich auch, dich zu sehen, Mutter.« Sara küsste sie auf die Wange. Eddie kam dazu, und sie küsste auch ihn auf die Wange. Ihre Eltern streichelten die Hunde und redeten mit ihnen, und Sara versuchte zu übersehen, dass die Hunde herzlicher willkommen geheißen wurden als sie.

Eddie griff nach Saras Koffer. »Den nehme ich.« Bevor sie etwas erwidern konnte, ging er damit die Treppe hoch.

Sara sah ihrem Vater nach und zog ihre Turnschuhe aus. »Ist irgendwas …«

Cathy schüttelte nur stumm den Kopf.

Tessa trat sich die Sandalen von den Füßen. Die frisch gestrichene Wand zeigte bereits wieder Flecken, weil sie das offensichtlich schon sehr oft getan hatte. Sie sagte: »Mama, du musst es ihr sagen.«

»Mir was sagen?«

Ihre Mutter fing mit einer Beruhigung an. »Uns geht es allen gut.«

»Außer?«

»Brad Stephens wurde heute Vormittag verletzt.«

Brad war früher ein Patient von ihr gewesen, dann einer von Jeffreys Polizisten. »Was ist passiert?«

»Als er versuchte, jemanden zu verhaften, wurde auf ihn eingestochen. Er liegt im Macon General.«

Sara lehnte sich gegen die Wand. »Wohin gestochen? Geht es ihm gut?«

»Die Details kenne ich nicht. Seine Mama ist jetzt bei ihm im Krankenhaus. Ich schätze, wir bekommen heute Abend noch einen Anruf.« Sie rieb Sara über den Arm. »Aber wir sollten uns keine Sorgen machen, bevor es einen Grund dafür gibt. Das liegt jetzt in den Händen des Herrn.«

Sara kam sich vor wie vom Blitz getroffen. »Warum sollte irgendjemand Brad etwas antun?«

Tessa gab ihr die Antwort: »Sie glauben, es hat was mit dem Mädchen zu tun, das sie heute Morgen aus dem See gezogen haben.«

»Was für ein Mädchen?«

Cathy schnitt jede weitere Diskussion zu dem Thema ab. »Sie wissen noch gar nichts, und *wir* werden zu diesen wild wuchernden Gerüchten nicht beitragen.«

»Mama …«

»Nichts da.« Cathy drückte Saras Arm, bevor sie ihn losließ. »Denken wir lieber an Dinge, für die wir dankbar sein sollten, zum Beispiel dass meine beiden Mädchen zur selben Zeit zu Hause sind.«

Cathy und Tessa gingen in die Küche, die Hunde folgten ihnen. Sara blieb in der Diele stehen. Die Nachricht über Brad war so schnell abgehandelt worden, dass sie kaum Zeit gehabt hatte, sie zu verarbeiten. Brad Stephens war einer von Saras ersten Patienten in der Kinderklinik gewesen. Sie hatte zugesehen, wie aus dem schlaksigen Teenager ein gut gebauter, junger Mann geworden war. Jeffrey hatte ihn an der kurzen Leine gehalten. Er war eher ein Hündchen als ein Polizist – eine Art Maskottchen des Reviers. Natürlich wusste Sara besser als jeder andere, dass man als Polizist gefährlich lebte, auch in einer Kleinstadt.

Sie verkniff es sich, im Macon anzurufen und sich nach Brad zu erkundigen. Ein verletzter Polizist rief immer eine Menge Leute auf den Plan. Blut wurde gespendet. Wachen wurden organisiert. Mindestens zwei Kollegen blieben die ganze Zeit bei der Familie.

Aber Sara gehörte nicht mehr zur Gemeinde. Sie war nicht mehr die Frau des Polizeichefs. Vor vier Jahren hatte sie das Amt des Medical Examiners der Stadt aufgegeben. Brads Zustand ging sie nichts an. Außerdem war sie hier eigentlich im Urlaub. Sie hatte viele Extraschichten gearbeitet, um diese Zeit freizubekommen, hatte Wochenenddienste und dergleichen getauscht, um diesen Thanksgiving-Urlaub nehmen zu können. Die Woche würde schwer genug werden, ohne dass Sara ihre Nase in die Angelegenheiten anderer Leute steckte. Sie hatte genug eigene Probleme.

Sara schaute sich die gerahmten Fotos an den Wänden der Diele an, vertraute Szenen aus ihrer Kindheit. Cathy hatte alles frisch gestrichen, aber wenn die Farbe nicht frisch gewesen wäre, hätte man neben der Tür ein großes Rechteck gesehen, das heller war als der Rest der Wand: Jeffreys und Saras Hochzeitsfoto. Sara hatte die Szene noch immer vor sich – nicht das Foto, sondern den eigentlichen Tag. Wie der Wind ihr in die Haare fuhr, die sich wie durch ein Wunder in der Feuchtigkeit nicht gekräuselt hatten. Ihr hellblaues Kleid und die dazu passenden Sandalen. Jeffrey in dunkler Hose und einem weißen Hemd, so steif gebügelt, dass er sich nicht die Mühe gemacht hatte, die Manschetten zuzuknöpfen. Sie hatten im Hinterhof ihres Elternhauses gestanden, der See bot im Hintergrund einen spektakulären Sonnenuntergang. Jeffreys Haare waren noch feucht vom Duschen, und als sie ihm den Kopf an die Schulter legte, konnte sie den vertrauten Geruch seiner Haut riechen.

»Hey, Baby.« Eddie stand hinter ihr auf der untersten Stufe. Sara drehte sich um. Sie lächelte, weil sie es nicht gewöhnt war, zu ihrem Vater hochsehen zu müssen.

»Hattest du schlechtes Wetter bei der Herfahrt?«, fragte er.

»Nicht allzu schlecht.«

»Schätze, du hast den langen Weg genommen?«

»Ja.«

Mit einem traurigen Lächeln schaute er sie an. Eddie hatte Jeffrey geliebt wie einen Sohn. Immer wenn er mit Sara sprach, spürte sie seinen Verlust doppelt so stark.

»Weißt du«, sagte er, »du wirst so hübsch wie deine Mutter.«

Sie spürte ihre Wangen wegen des Kompliments erröten. »Du hast mir gefehlt, Daddy.«

Er nahm ihre Hand in seine, küsste sie auf die Handfläche und drückte sie sich dann an sein Herz. »Kennst du den mit den beiden Hüten nebeneinander an der Garderobe?«

Sie lachte. »Nein. Was ist mit denen?«

»Sagt der eine zum anderen: Du bleibst auf dem Boden. Ich lasse mich zu Kopf steigen.«

Sie schüttelte den Kopf über die schlechte Pointe. »Daddy, der ist ja furchtbar.«

Das Telefon klingelte, der altmodische Klang einer läutenden Glocke erfüllte das Haus. Im Haus der Lintons gab es zwei Telefone: eines in der Küche und eines oben im Elternschlafzimmer. Die Mädchen durften nur das in der Küche benutzen, und die Schnur war so gedehnt, dass von der Spiralwicklung so gut wie nichts mehr vorhanden war, weil sie sie bis in die Speisekammer oder nach draußen gezogen hatten oder irgendwohin, wo es ein Minimum an Ungestörtheit gab.

»Sara!«, rief Cathy. »Julie ist für dich am Apparat.«

Eddie klopfte ihr auf den Arm. »Geh nur.«

Sie ging den Gang entlang in die Küche, die so schön geworden war, dass sie wie angewurzelt stehen blieb. »O Mann.«

»Warte, bis du den Pool siehst«, sagte Tessa.

Sara strich mit der Hand über die zentrale Kochinsel. »Das ist Marmor.« Bis dahin hatten die Lintons orangefarbene

Fliesen aus den Siebzigerjahren und Astkiefer als Schrankverkleidung bevorzugt. Sie drehten sich um und sah den neuen Kühlschrank. »Ist der von Sub-Zero?«

»Sara.« Cathy hielt ihr das Telefon hin, das einzige Ding in der Küche, das nicht erneuert worden war.

Sie wechselte einen entrüsteten Blick mit Tessa, als sie sich den Hörer ans Ohr drückte. »Hallo?«

»Dr. Linton?«

»Am Apparat.« Sie öffnete die Tür des Wandschranks aus Kirschholz und staunte über die ziselierten Glasscheiben. Aus dem Telefon war nichts zu hören. »Hallo? Hier spricht Dr. Linton.«

»Ma'am? Tut mir leid. Hier ist Julie Smith. Können Sie mich verstehen?«

Die Verbindung war schlecht, offensichtlich kam der Anruf von einem Handy. Dass das Mädchen kaum mehr als flüsterte, machte die Sache auch nicht gerade besser. Sara kannte den Namen nicht, wegen des näselnden Akzents vermutete Sara aber, dass Julie in den ärmeren Vierteln der Stadt aufgewachsen war. »Was kann ich für Sie tun?«

»Es tut mir leid. Ich rufe aus der Arbeit an und muss leise sein.«

Sara spürte, wie ihre Stirn sich in Falten legte. »Ich verstehe Sie gut. Wie kann ich Ihnen helfen?«

»Ich weiß, dass Sie mich nicht kennen, und es tut mir leid, dass ich Sie einfach so anrufe, aber Sie haben doch einen Patienten namens Tommy Braham. Sie kennen Tommy, nicht?«

Sara ging alle Tommys durch, die ihr einfielen, und dann erinnerte sie sich zwar nicht an sein Gesicht, aber an sein Krankheitsbild. Er war einer dieser vielen Jungs, die unzählige Male bei ihr gewesen waren wegen Problemen, die man erwarten würde: eine Perle in der Nase, ein Wassermelonenkern im Ohr, undefinierte Bauchschmerzen an wichtigen

Schultagen. Er stach aus der Masse heraus, weil immer sein Vater, nicht seine Mutter, ihn in die Klinik gebracht hatte, was nach Saras Erfahrung ungewöhnlich war.

Sara sagte zu dem Mädchen: »Ich erinnere mich an Tommy. Wie geht es ihm?«

»Das ist es ja.« Sie verstummte, und Sara konnte im Hintergrund Wasser rauschen hören. Sie wartete, bis das Mädchen weiterredete. »Tut mir leid. Wie ich gesagt habe, er ist in Schwierigkeiten. Ich hätte nicht angerufen, aber er hat mich darum gebeten. Er hat mir aus dem Gefängnis eine SMS geschickt.«

»Gefängnis?« Sara wurde das Herz schwer. Sie hasste es, wenn sie erfuhr, dass eines ihrer Kinder auf die schiefe Bahn geraten war, auch wenn sie sich an sein Aussehen nicht mehr so recht erinnern konnte. »Was hat er getan?«

»Er hat überhaupt nichts getan, Ma'am. Das ist ja der Punkt.«

»Okay.« Sara formulierte die Frage um. »Was wird ihm vorgeworfen?«

»Soweit ich weiß, noch nichts. Er weiß nicht einmal, ob er offiziell verhaftet ist.«

»Okay, was glaubt die Polizei, was er getan hat?«

»Ich schätze, sie glauben, dass er Allison umgebracht hat, aber das hätte er auf gar keinen Fall …«

»Mord.« Sara ließ das Mädchen den Satz nicht beenden. »Ich verstehe nicht so recht, was er von *mir* will.« Sie fühlte sich gezwungen hinzuzufügen: »In einer solchen Situation braucht er einen Anwalt, keine Ärztin.«

»Ja, Ma'am, ich kenne den Unterschied zwischen einer Ärztin und einem Anwalt.« Julie klang nicht so, als fühlte sie sich von Saras Klarstellung beleidigt. »Es ist nur, er meinte, er braucht unbedingt jemanden, der ihm zuhört, weil sie ihm nicht glauben, dass er den ganzen Abend mit Pippy zusammen war, und er hat gesagt, Sie sind die Einzige, die ihm je zugehört hat, und dass diese eine Polizistin ... dass die echt hart mit ihm umgesprungen ist. Sie starrte ihn an, als ...«

Sara fuhr sich mit der Hand an die Kehle. »Was für eine Polizistin?«

»Weiß nicht genau. Irgendeine Dame.«

Das engte die Sache deutlich ein. Sara versuchte, nicht zu kalt zu klingen. »Ich kann mich da wirklich nicht einmischen, Julie. Wenn Tommy verhaftet wurde, dann müssen die Beamten ihm vom Gesetz her einen Anwalt besorgen. Sagen Sie ihm, er soll Buddy Conford verlangen. Er ist sehr gut darin, Leuten in einer solchen Situation zu helfen. Okay?«

»Ja, Ma'am.« Sie klang enttäuscht, aber nicht überrascht. »Also gut. Ich habe ihm nur gesagt, dass ich es versuche.«

»Na ja ...« Sara wusste nicht, was sie sonst noch sagen sollte. »Viel Glück. Für euch beide.«

»Vielen Dank, Ma'am, wie gesagt, es tut mir leid, dass ich euch da in den Ferien gestört habe.«

»Ist schon gut.« Sara wartete, dass das Mädchen noch etwas sagte, aber es kam nur noch das Geräusch einer Toilettenspülung, und dann lauschte sie einer toten Leitung.

»Worum ging's denn?«, fragte Tessa.

Sara setzte sich an den Tisch. »Einer meiner ehemaligen Patienten ist im Gefängnis. Sie glauben, dass er jemanden umgebracht hat. Nicht Brad – jemanden mit dem Namen Allison.«

»Wegen welchem Patienten hat sie angerufen?«, fragte Tessa. »Ich wette, es ist der Junge, der auf Brad eingestochen hat.«

Cathy knallte die Kühlschranktür zu, um ihr Missfallen auszudrücken.

Tessa fragte weiter: »Wie heißt er?«

Sara wich dem missbilligenden Blick ihrer Mutter bewusst aus. »Tommy Braham.«

»Das ist er. Mama, hat der nicht früher unseren Rasen gemäht?«

Cathy antwortete mit einem knappen »Ja« und trug ansonsten nichts zur Unterhaltung bei.

»Ich kann mich beim besten Willen nicht mehr erinnern, wie er aussah«, sagte Sara. »Nicht sehr intelligent. Ich glaube, sein Vater ist Elektriker. Warum kann ich mich nicht an sein Gesicht erinnern?«

Cathy schnalzte mit der Zunge, während sie Duke's Mayonnaise auf Weißbrotscheiben schmierte. »Das macht das Alter mit einem.«

Tessa grinste. »Du musst es ja wissen.«

Cathy erwiderte irgendetwas Bissiges, aber Sara blendete den Wortwechsel aus. Sie strengte sich an, um sich an mehr Details über Tommy zu erinnern, versuchte, ihn irgendwo unterzubringen. Sein Vater war ihr präsenter als der Sohn; ein etwas schroffer, muskulöser Mann, der sich in der Klinik nicht wohlfühlte; als würde er es als unmännlich empfinden, sich vor aller Augen um seinen Sohn kümmern zu müssen. Seine Frau war durchgebrannt – zumindest das wusste Sara noch. Ihr Verschwinden war ein ziemlicher Skandal gewesen, vor allem deshalb, weil sie sich ausgerechnet mit dem Jugendkaplan der Primitive Baptist Church eingelassen hatte.

Tommy musste acht oder neun Jahre alt gewesen sein, als Sara ihn zum ersten Mal als Patienten sah. In diesem Alter sahen alle Jungs gleich aus: Topfhaarschnitt, T-Shirt, Blue Jeans, die unglaublich klein wirkten und sich auf weißen Tennisschuhen bauschten. Hatte er für sie geschwärmt? Sie konnte sich nicht erinnern. Noch ziemlich genau wusste sie allerdings, dass er kindisch und ein bisschen langsam gewesen war. Sie dachte, falls er wirklich einen Mord begangen haben sollte, dann nur, weil ihn jemand dazu angestiftet hatte.

»Wen soll Tommy getötet haben?«, fragte sie.

Tessa antwortete: »Eine Studentin aus dem College. Sie haben sie im Morgengrauen aus dem See gezogen. Erst hielt man es für einen Selbstmord und dann nicht mehr, und deshalb fuhren sie zu ihrer Adresse, die zufällig die beschissene Garage ist, die Gordon Braham an Studenten vermietet. Du kennst sie?«

Sara nickte. Sie hatte ihrem Vater einmal während ihrer Collegezeit in den Semesterferien geholfen, den Faultank vor dem Haus der Brahams auszupumpen – ein Erlebnis, das sie dazu angespornt hatte, doppelt so schwer zu arbeiten, um für das Medizinstudium aufgenommen zu werden.

»Und in dieser Garage war Tommy und hatte ein Messer«, erzählte Tessa weiter. »Er griff Frank an und rannte auf die Straße hinaus. Brad jagte ihm nach, und er stach auch auf ihn ein.«

Sara schüttelte den Kopf. Sie hatte an etwas Kleineres gedacht – einen Überfall auf einen Gemischtwarenladen, das unbeabsichtigte Abfeuern einer Waffe. »Das klingt nicht nach Tommy.«

»Die halbe Nachbarschaft hat es gesehen«, erwiderte Tessa. »Brad jagte ihn die Straße hinunter, Tommy drehte sich um und stach ihm in den Bauch.«

Sara dachte an die Konsequenzen. Tommy hatte nicht auf einen Zivilisten eingestochen. Er hatte einem Polizisten in den Bauch gestochen. Aus tätlichem Angriff wurde versuchter Mord. Aus Körperverletzung mit Todesfolge wurde heimtückischer Mord.

»Ich habe auch gehört, dass Frank ein bisschen grob mit ihm umgesprungen ist«, murmelte Tessa.

Cathy formulierte ihr Missfallen, während sie Teller aus dem Schrank holte. »Es ist sehr enttäuschend, wenn Leute, die man respektiert, sich schlecht benehmen.«

Sara versuchte, sich die Szene vorzustellen: Brad, der hinter

Tommy herrannte, und Frank als Nachhut. Aber mit Sicherheit war nicht nur Frank vor Ort gewesen. Er hätte keine Zeit damit vergeudet, einen Verdächtigen zu verprügeln, während Brad verblutete. Es musste noch jemand dort gewesen sein. Jemand, der vermutlich daran schuld war, dass diese Verhaftung überhaupt schiefgegangen war.

Sara spürte eine Wut sich wie Feuer in ihrer Brust ausbreiten. »Wo war Lena während der ganzen Geschichte?«

Cathy ließ einen Teller auf den Boden fallen. Er zerbrach vor ihren Füßen, aber sie bückte sich nicht, um die Scherben aufzuheben. Ihre Lippen wurden zu einem dünnen Strich, die Nasenflügel weiteten sich. Sara merkte, dass sie um Worte rang. »Wage es nicht noch einmal, in meinem Haus den Namen dieser Frau zu nennen. Hast du mich verstanden?«

»Ja, Ma'am.« Sara schaute auf ihre Hände. Lena Adams, Jeffreys Star-Detective. Die Frau, die Jeffrey eigentlich die ganze Zeit den Rücken hätte frei halten sollen. Die Frau, deren Feigheit und Angst überhaupt erst zu dem Mord an Jeffrey geführt hatten.

Tessa kniete sich mühsam hin und half ihrer Mutter beim Einsammeln der Scherben. Sara fühlte sich wie erstarrt.

Die Dunkelheit war wieder da, die erstickende Wolke des Elends, deretwegen sie sich am liebsten zu einem Ball zusammenrollen würde. Die Küche war Saras ganzes Leben lang voller Lachen gewesen – die gutmütigen Zankereien zwischen Mutter und Tochter, die schlechten Witze und Streiche ihres Vaters. Sara gehörte nicht mehr hierher. Sie sollte sich eine Ausrede einfallen lassen, um wieder wegfahren zu können. Sie sollte nach Atlanta zurückkehren und ihre Familie die Ferien in Frieden genießen lassen, anstatt den kollektiven Kummer der letzten vier Jahre wieder ans Licht zu zerren.

Keiner sagte etwas, bis das Telefon wieder klingelte. Tessa war am nächsten dran. Sie nahm den Hörer ab. »Bei Linton.« Sie machte keinen Smalltalk, sondern übergab den Hörer sofort an Sara.

»Hallo?«

»Tut mir leid, dich zu belästigen, Sara.«

Frank Wallace schien immer noch Mühe zu haben, Saras Namen auszusprechen. Er hatte schon Poker mit Eddie Linton gespielt, als Sara noch in den Windeln steckte, und er nannte sie »Herzchen«, bis ihm klar wurde, dass es unangebracht war, die Frau seines Chefs so anzusprechen.

Sara schaffte ein »Hi«, während sie die Doppeltür öffnete, die auf die hintere Terrasse führte. Sie hatte nicht gemerkt, wie heiß ihr Gesicht war, bis die Kälte sie traf.

»Geht es Brad gut?«

»Du hast davon gehört?«

»Natürlich habe ich es gehört.« Wahrscheinlich hatte die halbe Stadt über Brad Bescheid gewusst, bevor überhaupt der Krankenwagen eingetroffen war. »Ist er noch im OP?«

»Kam vor einer Stunde raus. Die Chirurgen meinen, er hat eine Chance, wenn er die nächsten vierundzwanzig Stunden übersteht.« Frank sagte noch mehr, aber Sara konnte sich auf seine Worte nicht konzentrieren, und bedeutungslos waren sie sowieso. Die Vierundzwanzig-Stunden-Spanne war der Standard für Chirurgen: entweder bei der wöchentlichen Krankenstands- und Sterberaten-Konferenz einen Todesfall erklären zu müssen oder einen unsicheren Patienten in die Obhut eines anderen Arztes geben zu können.

Sie lehnte sich an die Hauswand und spürte die kalten Ziegel an ihrem Rücken, während sie darauf wartete, dass Frank zur Sache kam. »Erinnerst du dich noch an einen Patienten namens Tommy Braham?«

»Vage.«

»Es widerstrebt mir, dich da mit reinzuziehen, aber er verlangt nach dir.«

Sara hörte nur mit halbem Ohr zu, ihr Gehirn war beschäftigt mit der Suche nach Ausreden, um seine Fragen nicht beantworten zu müssen. Sie war so beschäftigt damit, dass sie Franks Schweigen gar nicht bemerkt hatte, bis er ihren Namen sagte: »Sara? Bist du noch dran?«

»Ja.«

»Es ist nur so, dass er nicht aufhört zu weinen.«

»Weinen?«

»Ja, weinen«, bestätigte Frank. »Ich meine, viele von denen weinen. Verdammt, es ist das Gefängnis. Aber mit ihm stimmt ernsthaft was nicht. Ich glaube, er braucht ein Sedativ oder sonst was, damit er sich wieder beruhigt. Wir haben drei Besoffene und einen Ehefrauenprügler hier drin, der durch die Wand bricht und ihn erwürgt, wenn er nicht bald Ruhe gibt.«

Sie wiederholte seine Worte in ihrem Kopf, denn sie war sich nicht ganz sicher, ob sie ihn richtig verstanden hatte. Sara war viele Jahre lang mit einem Polizisten verheiratet gewesen, und sie konnte an einer Hand abzählen, wie oft Jeffrey sich Sorgen gemacht hatte um einen Kriminellen in einer seiner Zellen – und nie wegen eines Mörders, vor allem eines Mörders, der einen Kollegen verletzt hatte. »Habt ihr denn keinen Arzt in Bereitschaft?«

»Süße, es sind ja kaum Polizisten da. Der Bürgermeister hat unser Budget um die Hälfte gekürzt. Es überrascht mich jedes Mal, dass überhaupt noch Licht angeht, wenn ich auf den Schalter drücke.«

»Was ist mit Elliot Felteau?« Elliot hatte Saras Praxis gekauft, als sie die Stadt verließ. Die Kinderklinik lag gleich gegenüber des Reviers.

»Er ist in Urlaub. Der nächste Arzt ist sechzig Meilen weit weg.«

Sie seufzte schwer. Es ärgerte sie, dass Elliot eine Woche Urlaub nahm, als würden die Kinder mit dem Krankwerden warten, bis er wieder zurückkam. Sie ärgerte sich auch über Frank, weil er sie in dieses Schlamassel hineinziehen wollte. Vorwiegend aber ärgerte sie sich über sich selbst, weil sie den Anruf entgegengenommen hatte. »Kannst du ihm nicht einfach sagen, dass Brad es schaffen wird?«

»Darum geht es nicht. Sondern um das Mädchen, das wir heute Morgen aus dem See gezogen haben.«

»Ich habe davon gehört.«

»Tommy hat gestanden, sie getötet zu haben. Es hat eine Weile gedauert, aber letztendlich haben wir ihn geknackt. Er war in dieses Mädchen verliebt. Sie ließ ihn links liegen. Du weißt, wie so was läuft.«

»Dann ist es einfach nur Reue«, sagte sie, obwohl sie das Verhalten merkwürdig fand. Saras Erfahrung nach war das Erste, was Kriminelle nach einem Geständnis taten: in einen tiefen Schlaf fallen. Ihr Körper war so lange so randvoll mit Adrenalin gewesen, dass sie vor Erschöpfung zusammenbrachen, sobald sie sich die Last von der Seele geredet hatten. »Gib ihm ein bisschen Zeit.«

»Da steckt mehr dahinter.« Frank ließ sich nicht abwimmeln. Er klang entrüstet und leicht verzweifelt. »Ich schwöre bei Gott, Sara, ich bitte dich wirklich sehr ungern darum, aber irgendwas muss ihm da raushelfen. Es ist, als würde ihm das Herz brechen, wenn er dich nicht sieht.«

»Ich kann mich kaum an ihn erinnern.«

»Er erinnert sich an dich.«

Sara biss sich auf die Lippe. »Wo ist sein Daddy?«

»In Florida. Wir können ihn nicht erreichen. Tommy ist ganz allein, und das weiß er auch.«

»Warum verlangt er nach mir?« Es hatte sicherlich Patienten gegeben, bei denen sich im Lauf der Jahre eine engere Beziehung zu ihr entwickelt hatte, aber ihrer Erinnerung nach hatte Tommy Braham nicht dazu gehört. Warum konnte sie sich nicht an sein Gesicht erinnern?

»Er sagt, du wirst ihm zuhören«, sagte Frank.

»Du hast ihm aber nicht gesagt, dass ich komme, oder?«

»Natürlich nicht. Eigentlich wollte ich dich nicht mal darum bitten, aber es geht ihm wirklich schlecht, Sara. Ich glaube, er braucht wirklich einen Arzt. Nicht nur dich, sondern einen Arzt.«

»Aber nicht, weil ...« Sie verstummte, weil sie nicht wusste, wie sie den Satz zu Ende bringen sollte. Schließlich sagte sie es ganz unverblümt: »Ich habe gehört, du warst bei der Verhaftung ziemlich grob mit ihm.«

Frank hielt sich bedeckt. »Er ist gestürzt, als ich versuchte, ihn zu verhaften.«

Sara kannte diesen Euphemismus, ein Code für die unerfreulichere Seite der Polizeiarbeit. Misshandlung von Gefangenen war ein Thema, worüber sie mit Jeffrey nie gesprochen hatte, vor allem weil sie die Antworten nicht hören wollte. »Ist etwas gebrochen?«

»Ein paar Zähne. Nichts Schlimmes.« Frank klang entrüstet. »Er weint nicht wegen einer aufgeplatzten Lippe, Sara. Er braucht einen Arzt.«

Sara schaute durchs Fenster in die Küche. Ihre Mutter saß neben Tessa am Tisch. Beide starrten zu ihr heraus. Einer der Gründe, warum Sara nach ihrem Studium wieder ins Grant County gezogen war, war der Mangel an Ärzten in ländlichen Gebieten. Als das Krankenhaus geschlossen wurde, mussten die Kranken fast eine Stunde fahren, um Hilfe zu bekommen. Die Kinderklinik war ein Segen für die örtlichen Kinder, aber anscheinend nicht in den Ferien.

»Sara?«

Sie rieb sich mit den Fingern die Augen. »Ist sie dort?«

Er zögerte einen Augenblick. »Nein. Sie ist bei Brad im Krankenhaus.«

Wo sie sich wahrscheinlich eine Geschichte zusammenbastelte, in der sie die Heldin war und Brad einfach nur ein unvorsichtiges Opfer. Saras Stimme bebte. »Ich kann sie nicht sehen, Frank.«

»Musst du auch nicht.«

Sie spürte, wie Kummer ihr die Kehle abschnürte. Auf dem Revier zu sein, dort zu sein, wo Jeffrey am meisten zu Hause gewesen war …

Hoch oben in den Wolken zuckte ein Blitz. Sie konnte Regen hören, ihn aber noch nicht sehen. Auf dem See wogten und brandeten die Wellen. Der Himmel war dunkel und drohte mit dem nächsten Unwetter. Sie wollte es als Zeichen nehmen, aber im Herzen war Sara Wissenschaftlerin. In Glaubensdingen war sie noch nie besonders gut gewesen.

»Na gut«, gab sie schließlich nach. »Ich glaube, ich habe noch etwas Diazepam in meinem Arztkoffer. Ich komme hinten rein.« Sie hielt kurz inne. »Frank …«

»Ich gebe dir mein Wort, Sara. Sie wird nicht da sein.«

Sara wollte sich nicht eingestehen, dass sie froh war, von ihrer Familie wegzukommen, auch wenn das bedeutete, ins Revier zu müssen. Sie fühlte sich unbehaglich in der Gesellschaft ihrer Eltern, ein Puzzleteil, das nicht so recht ins Bild passte. Alles war wie immer, und doch war alles anders.

Sie nahm wieder den langen Weg um den See herum, um das alte Haus nicht sehen zu müssen, das sie mit Jeffrey geteilt hatte. Zum Revier kam man allerdings nur über die Main Street. Zum Glück hatte das Wetter wieder umgeschlagen, Regen fiel in einem dichten, dunstigen Vorhang. So konnten die Leute nicht auf den Bänken am Straßenrand sitzen oder über die gepflasterten Bürgersteige schlendern. Die Ladentüren waren gegen die Kälte geschlossen. Sogar bei Mann's Hardware hatte man die Verandaschaukel, die zu Werbezwecken vor der Tür stand, hereingeholt.

Sie bog in eine Nebengasse ein, die hinter der alten Apotheke vorbeiführte. Aus dem Teerbelag wurde Kies, und Sara war froh, dass sie in einem SUV saß. Als sie noch in Heartsdale wohnte, hatte sie immer Limousinen gefahren, aber Atlantas Straßen waren viel tückischer als irgendeine Landstraße. Die Schlaglöcher waren so tief, dass man darin versinken konnte, und die permanenten Überflutungen währen der Regenzeit machten den SUV zur Notwendigkeit. Zumindest redete sie sich das immer ein, wenn sie mal wieder sechzig Dollar für eine Tankfüllung bezahlte.

Anscheinend hatte Frank auf sie gewartet, denn die Hintertür des Reviers ging auf, bevor Sara den Motor abgestellt hatte. Er spannte einen großen schwarzen Regenschirm auf und kam zu ihrem Auto, um sie zur Tür zu bringen. Der Regen war so laut, dass Sara schwieg, bis sie drinnen waren.

»Ist er immer noch so aufgeregt?«, fragte sie dann.

Frank nickte und fummelte an dem Regenschirm herum, um ihn zu schließen. Wundnähte verliefen kreuz und quer über die Knöchel seiner rechten Hand. Auf dem Handgelenk hatte er tiefe Kratzer. Abwehrverletzungen.

»O Mann.« Frank verzog vor Schmerz das Gesicht, als er versuchte, seine steifen Finger zu bewegen.

Sara nahm ihm den Regenschirm ab und schloss ihn. »Hat man dir Antibiotika gegeben?«

»Hab ein Rezept für irgendwas. Weiß nicht so recht, was es ist.« Er nahm ihr den Regenschirm wieder ab und warf ihn in den Besenschrank. »Sag deiner Mama, es tut mir leid, dass ich dich ihr schon am ersten Tag wieder weggenommen habe.«

Frank hatte auf Sara immer alt gewirkt, weil er im Alter ihres Vaters war. Als sie ihn jetzt anschaute, kam es ihr vor, als wäre Frank Wallace seit ihrer letzten Begegnung um weitere hundert Jahre gealtert. Seine Haut war fahl, das Gesicht tief gefurcht. Als sie in seine Augen sah, bemerkte sie die gelbe Verfärbung. Offensichtlich ging es ihm nicht gut.

»Frank?«

Er zwang sich zu einem Lächeln. »Schön, dich zu sehen, Herzchen.«

Der Kosename sollte eine Barriere errichten, und das funktionierte auch. Sein beherrschender Geruch war immer Zigarettenrauch gewesen, heute aber roch sie Whiskey und Kaugummi in seinem Atem. Instinktiv schaute sie auf die Uhr. Halb zwölf am Vormittag, eine Tageszeit, zu der ein Drink bedeutete, dass man die Spanne bis zum Schichtende nur noch absitzen wollte. Andererseits war das für Frank kein normaler Tag. Einer seiner Männer war schwer verletzt worden. In einer vergleichbaren Situation hätte Sara wahrscheinlich ebenfalls zum Glas gegriffen.

»Wie geht's dir?«, fragte er.

Sie versuchte, das Mitleid in seinem Blick zu übersehen. »Gut, Frank. Erzähl, was genau los ist.«

Er schaltete schnell um. »Der Junge dachte, das Mädchen steht auf ihn. Er findet heraus, dass dem nicht so ist, und sticht sie mit einem Messer ab.« Er zuckte die Achseln. »Bei dem Versuch, es zu vertuschen, hat er ziemlichen Mist gebaut. Hat uns direkt zu ihm geführt.«

Sara war jetzt noch verwirrter. Anscheinend verwechselte sie Tommy mit einem der anderen Jungen.

Frank spürte das und ging darauf ein. »Du erinnerst dich wirklich nicht an ihn?«

»Ich dachte, ich würde es, aber jetzt bin ich mir nicht mehr so sicher.«

»Er scheint zu denken, dass zwischen euch so eine Art Beziehung besteht.« Er sah Saras Ausdruck und korrigierte sich:

»Nicht auf eine perverse Art oder so. Er ist ziemlich jung.« Frank griff sich an die Schläfe. »Und hier oben ist nicht viel los.«

Sara bekam ein schlechtes Gewissen, weil dieser Junge, an den sie sich kaum erinnerte, eine Verbindung zu ihr empfand. Sie hatte im Lauf der Jahre Tausende von Patienten gesehen. Natürlich gab es Namen, die sich aus der Masse abhoben, Kinder, deren Abschlussfeiern und Hochzeiten sie besucht hatte, ein paar, auf deren Beerdigungen sie gewesen war. Doch von ein paar zusammenhanglosen Details abgesehen war Tommy Braham für sie eine Leerstelle.

»Hier entlang«, sagte Frank, als hätte sie das Revier nicht schon tausendmal gesehen. Mit seiner Plastikkennkarte öffnete er die große Stahltür, die zu den Zellen führte. Heiße Luft blies ihnen entgegen.

Frank bemerkte ihr Unbehagen. »Der Heizungsbrenner spinnt mal wieder.«

Sara zog ihre Jacke aus, als sie ihm durch die Tür folgte. Als sie noch ein Kind war, hatte die Schule Besuche im Gefängnis organisiert, um die Schüler davon abzuschrecken, auf die schiefe Bahn zu geraten. Die offenen Zellen mit Stahlgittern davor, die man aus alten Fernsehserien kannte, gab es längst nicht mehr. Links und rechts des langen Gangs befanden sich sechs Stahltüren. Jede hatte ein drahtverstärktes Glasfenster und am unteren Rand einen Schlitz, durch den Essenstabletts geschoben werden konnten. Sara blickte stur geradeaus, während sie hinter Frank herging, doch aus den Augenwinkeln heraus sah sie Männer an den Zellentüren stehen und ihr nachschauen.

Frank zog die Schlüssel heraus. »Klingt, als hätte er aufgehört zu weinen.«

Sie wischte sich den Schweißtropfen ab, der ihr über die Stirn lief. »Hast du ihm gesagt, dass ich komme?«

Er schüttelte den Kopf, ohne das Offensichtliche zu sagen: Er war sich nicht sicher gewesen, ob sie wirklich kommen würde.

Er fand den richtigen Schlüssel und schaute durchs Fenster, um sich zu versichern, dass Tommy keine Schwierigkeiten machen würde. »O Scheiße«, murmelte er und ließ die Schlüssel fallen. »O Gott.«

»Frank?«

Weiter fluchend hob er die Schlüssel wieder vom Boden auf. »Gott«, murmelte er, steckte den Schlüssel ins Schloss und entriegelte die Tür. Er öffnete die Tür, und Sara sah den Grund für seine Panik. Sie ließ die Jacke fallen, und das Pillenfläschchen, das sie sich zu Hause noch schnell in die Tasche gesteckt hatte, klapperte, als es auf dem Beton auftraf.

Tommy Braham lag auf dem Boden seiner Zelle auf der Seite, sodass die beiden ausgestreckten Arme zum Bett an der hinteren Zellenwand zeigten. Sein Kopf war merkwürdig verdreht, die Augen starrten blicklos zur Decke. Die Lippen waren geöffnet. Sara erkannte ihn jetzt wieder; der Mann, zu dem er geworden war, sah nicht viel anders aus als der kleine Junge, der er einmal gewesen war. Er hatte ihr einmal eine Löwenzahnblüte mitgebracht und war puterrot geworden, als sie ihn auf die Stirn küsste.

Sie ging zu ihm und legte ihm die Finger an den Hals, um nach einem Puls zu tasten. Er war ganz offensichtlich geschlagen worden – die Nase war gebrochen, ein Auge dunkel verfärbt –, aber das war nicht der Grund für seinen Tod. Seine beiden Handgelenke waren aufgeschlitzt, die Wunden klafften, Fleisch und Sehnen waren der schalen Luft ausgesetzt. Auf dem Boden schien mehr Blut zu sein, als noch in seinem Körper sein konnte. Der Geruch war widerwärtig süßlich wie in einer Fleischerei.

»Tommy«, flüsterte sie und strich ihm über die Wange. »Ich erinnere mich an dich.«

Mit den Fingern schloss Sara ihm die Lider. Seine Haut war noch warm, beinahe heiß. Sie war zu langsam hierhergefahren. Sie hätte nicht noch auf die Toilette gehen dürfen, bevor sie das Haus verließ. Sie hätte auf Julie Smith hören sollen. Sie hätte bereit sein sollen hierherzukommen, ohne sich lange dagegen zu wehren. Sie hätte sich an diesen süßen, kleinen Jungen erinnern müssen, der ihr einmal ein Unkraut gebracht hatte, das er im hohen Gras vor der Klinik gepflückt hatte.

Frank bückte sich und benutzte einen Stift, um einen dünnen, zylindrischen Gegenstand aus dem Blut zu ziehen.

»Ich glaube, das ist die Mine eines Kugelschreibers.«

»Anscheinend hat er sie benutzt, um ...«

Sara schaute sich Tommys Handgelenke noch einmal an. Blaue Striche verliefen kreuz und quer über die blasse Haut. Sie war der Coroner in Grant County gewesen, bevor sie nach Atlanta zog, und sie wusste, wie Wiederholungsverletzungen aussahen. Immer und immer wieder hatte Tommy die Metallmine über die Haut gezogen, sie tief ins Fleisch gedrückt, bis er schließlich die Ader geöffnet hatte. Und dann hatte er dasselbe am anderen Handgelenk gemacht.

»Scheiße.« Frank schaute ihr über die Schulter.

Sie drehte sich um. An die Wand hatte Tommy mit seinem eigenen Blut drei Wörter geschrieben: *Ich war's nicht.*

Sara schloss die Augen, wollte von alldem nichts sehen, wollte überhaupt nicht hier sein. »Wollte er widerrufen?«

»Das wollen sie alle.« Frank zögerte und fügte dann hinzu: »Er hat ein Geständnis geschrieben. Er hatte Täterwissen über das Verbrechen.«

Sara kannte den Begriff »Täterwissen«. So bezeichnete man Details, die nur die Polizei und der Verbrecher kennen konnten. Sie öffnete die Augen. »Ist das der Grund, warum er weinte? Wollte er sein Geständnis zurücknehmen?«

Frank nickte knapp. »Ja, er wollte es zurücknehmen. Aber das wollen sie ...«

»Hat er nach einem Anwalt verlangt?«

»Nein!«

»Wie kam er an den Kuli?«

Frank zuckte mit den Achseln, aber er war nicht dumm. Er konnte sich vorstellen, was passiert war.

»Er war Lenas Gefangener. Hat sie ihm den Kuli gegeben?«

»Natürlich nicht.« Frank stand auf und ging zur Zellentür. »Nicht mit Absicht.«

Sara berührte Tommys Schulter, bevor sie aufstand. »Lena hätte ihn durchsuchen müssen, bevor sie ihn in die Zelle steckte.«

»Er hätte ihn versteckt haben können in ...«

»Ich nehme an, sie hat ihm den Stift gegeben, damit er sein Geständnis schreiben konnte.« Sara spürte einen tiefen, dunklen Hass in ihrer Magengrube brennen. Weniger als eine Stunde war sie jetzt wieder in der Stadt, und schon steckte sie mitten in einer von Lenas gigantischen Pfuschereien. »Wie lange hat sie ihn verhört?«

Frank schüttelte wieder den Kopf, als würde sie alles falsch verstehen. »Drei Stunden ungefähr. Nicht allzu lange.«

Sara zeigte auf den Satz, den Tommy mit seinem eigenen Blut geschrieben hatte. »Ich war's nicht«, las sie. »Er sagt, dass er nicht der Täter war.«

»Sie sagen alle, dass sie es nicht waren.« An Franks Stimme merkte sie, dass ihm langsam der Geduldsfaden riss. »Hör zu, Liebes, fahr einfach nach Hause. Das alles tut mir leid, aber ...« Er hielt inne, sein Gehirn schien heftig zu arbeiten. »Ich muss das GBI anrufen, mit dem Papierkram anfangen,

Lena wieder ins Boot holen ...« Er rieb sich mit den Händen übers Gesicht. »Gott, was für ein Albtraum.«

Sara hob ihre Jacke vom Boden auf. »Wo ist sein Geständnis? Ich will es sehen.«

Frank ließ die Hände sinken. Er schien sich unwohl zu fühlen. Schließlich gab er nach und führte sie zu der Tür am anderen Ende das Gangs. Die Neonröhren des Bereitschaftsraumes machten ein hartes Licht, fast blendend nach dem dunklen Zellentrakt. Sara blinzelte ein paarmal, um sich an die neuen Lichtverhältnisse zu gewöhnen. Am Kaffeeautomaten stand eine Gruppe Uniformierter. Marla saß an ihrem Schreibtisch. Sie alle starrten sie mit derselben makaberen Neugier an wie vor vier Jahren: *Wie schrecklich, wie tragisch, wie lange muss ich warten, bis ich mich ans Telefon hängen kann, um jemandem zu erzählen, dass ich sie gesehen habe?*

Sara ignorierte sie, weil sie nicht wusste, was sie sonst tun sollte. Ihre Haut fühlte sich heiß an, und sie merkte, dass sie ihre Hände anstarrte, um Jeffreys Büro nicht sehen zu müssen. Sie fragte sich, ob sie alles so gelassen hatten, wie es damals gewesen war: seine Erinnerungsstücke aus dem Auburn, seine Jagdtrophäen und die Familienfotos. Schweiß lief ihr den Rücken hinab. Die Luft war so stickig, dass sie meinte, ihr würde gleich schlecht werden.

Frank blieb an seinem Schreibtisch stehen. »Allison Spooner ist das Mädchen, das er umgebracht hat. Tommy hat versucht, es aussehen zu lassen wie einen Selbstmord – schrieb einen Brief, steckte Spooners Uhr und den Ring in ihre Schuhe. Er wäre damit auch durchgekommen, hätte nicht Le...« Er unterbrach sich. »Allison wurde in den Hals gestochen.«

»Wurde schon eine Autopsie durchgeführt?«

»Noch nicht.«

»Woher wisst ihr, dass die Wunde nicht selbst beigebracht war?«

»Sie sah aus …«

»Wie tief drang der Stich ein? Wie verlief der Stichkanal der Klinge? Hatte sie Wasser in der Lunge?«

Frank fiel ihr ins Wort, in seiner Stimme schwang leichte Verzweiflung mit. »Sie hatte Fesselspuren an den Handgelenken.«

Sara starrte ihn an. Sie hatte Frank immer als Ehrenmann gekannt, jetzt aber hätte sie auf einen Stapel Bibeln schwören können, dass er log wie gedruckt. »Hat Brock das bestätigt?«

Er zögerte, bevor er zugleich den Kopf schüttelte und mit den Achseln zuckte.

Sara spürte, wie ihr Zorn immer größer wurde. Irgendwo im Hinterkopf wusste sie, dass dieser Zorn unvernünftig war, dass er aus diesem dunklen Ort kam, den sie so viele Jahre lang ignoriert hatte, aber jetzt konnte sie nicht mehr an sich halten – auch wenn sie es gewollt hätte. »War ihre Leiche im Wasser mit Gewichten beschwert?«

»Sie hatte zwei Waschbetonblöcke mit Ketten an ihrer Taille befestigt.«

»Wenn sie mit beiden Händen nach unten im Wasser trieb, hätten sich an den Handgelenken Totenflecken bilden können, oder ihre Hände könnten abgeknickt auf dem Seegrund gelegen haben, und beides würde für das ungeübte Auge aussehen, als wäre sie gefesselt worden.«

Frank wandte den Blick ab. »Ich habe die Flecken gesehen, Sara. Sie ist gefesselt worden.« Er schlug eine Akte auf seinem Schreibtisch auf und gab ihr ein Blatt Papier. Das obere Ende war ausgefranst, als wäre es schnell von einem Block gerissen worden. Beide Seiten waren beschrieben. »Er hat alles gestanden.«

Saras Hände zitterten, als sie Tommy Brahams Geständnis las. Verfasst hatte er es in der übertriebenen Kursivschrift eines Grundschülers. Sein Satzbau war ebenso unreif: *Pippy ist mein Hund. Sie war krank. Sie hat eine Socke gefressen. Man musste ihr Inneres fotografieren. Ich habe meinen Dad angerufen. Er ist in Florida.* Sara drehte das Blatt um und fand dort den Kern des Berichts. Allison habe seine sexuellen Avancen zurückgewiesen. Er sei durchgedreht. Er habe sie erstochen und an den See gebracht, um sein Verbrechen zu vertuschen.

Sie schaute sich beide Seiten des Blatts an. Zwei Seiten. Tommy hatte seinem Leben auf weniger als zwei Seiten ein Ende gesetzt. Sara bezweifelte, dass er auch nur die Hälfte davon verstanden hatte. Kommas hatte er immer nur vor wichtigen Wörtern benutzt. Diese schrieb er in Großbruchstaben, und sie sah deutlich die kleinen Punkte, wo er den Stift unter jeden Buchstaben gedrückt hatte, um zu kontrollieren, ob er ihn auch korrekt geschrieben hatte.

Sara konnte kaum sprechen. »Sie hat es ihm vorgesagt.«

»Es ist ein Geständnis, Sara. Den meisten Verbrechern muss man sagen, was sie schreiben sollen.«

»Er versteht doch nicht einmal, was er schreibt.« Sie überflog den Text und las dann laut: »Ich habe Allison geschlagen, um sie zu *überwelten*.« Sie starrte Frank ungläubig an. »Tommys IQ lag bei kaum über achtzig. Du glaubst, dass er sich diesen vorgetäuschten Selbstmord allein ausgedacht hat? Er ist weniger als eine Standardabweichung vom Schwachsinn entfernt.«

»Du weißt das, nachdem du zwei Absätze gelesen hast?«

»Ich weiß das, weil ich ihn behandelt habe«, blaffte Sara. Es war alles wieder zu ihr zurückgekommen, als sie das Geständnis las: Gordon Brahams Gesicht, als Sara andeutete, dass sein Sohn sich möglicherweise für sein Alter zu langsam entwickle; die Tests, die Tommy gemacht hatte; Gordons Verzweiflung, als Sara ihm sagte, dass sein Sohn sich nie über einen gewissen Reifegrad hinaus entwickeln würde. »Tommy war schwer von Begriff, Frank. Er konnte kein Wechselgeld nachzählen. Er brauchte zwei Monate, bis er sich die Schuhe binden konnte.«

Frank starrte sie an, und Erschöpfung quoll aus jeder seiner Poren. »Er hat Brad und Lena angegriffen. Er hat mich in den Arm geschnitten. Er hat sich der Verhaftung entzogen.«

Ihre Hände fingen an zu zittern. Ihre Brust hob und senkte sich vor Zorn. »Hast du daran gedacht, ihn zu fragen, warum?«, fragte sie barsch. »Oder warst du zu sehr damit beschäftigt, sein Gesicht zu Brei zu schlagen?«

Frank warf einen Blick nach hinten zu den Beamten am Kaffeeautomaten. »Nicht so laut.«

Sara ließ sich nicht beschwichtigen. »Wo war Lena, als das alles passierte?«

»Sie war dabei.«

»Kann ich mir vorstellen. Ich wette, sie war dabei, um alle Fäden in der Hand zu halten. Das Opfer war gefesselt. Offensichtlich wurde die Frau ermordet. Gehen wir in ihre Wohnung. Soll doch jeder um mich herum verletzt werden, solange ich keinen Kratzer abbekomme.« Sara spürte ihr Herz beben. »Für wie viele Verletzte – oder Tote – muss Lena noch verantwortlich sein, bevor jemand sie stoppt?«

»Sara …« Frank rieb sich wieder mit den Händen übers Gesicht. »Wir fanden Tommy in der Garage mit …«

»Seinem Vater gehört das Anwesen. Er hatte jedes Recht, in dieser Garage zu sein. Aber hattet ihr das? Hatten ihr einen Durchsuchungsbeschluss?«

»Wir brauchten keinen.«

»Haben sich seit Jeffreys Tod die Gesetzte geändert?« Bei dem Namen zuckte Frank zusammen. »Hat Lena sich als Polizistin ausgewiesen oder einfach nur mit ihrer Waffe herumgefuchtelt?«

Frank beantwortete die Frage nicht, und das war Antwort genug. »Es war eine angespannte Situation. Wir haben alles streng nach Vorschrift gemacht.«

»Passt Tommys Handschrift zu dem Abschiedsbrief?«

Frank wurde blass, und sie erkannte, dass er sich diese Frage noch gar nicht gestellt hatte. »Er hat sie wahrscheinlich gefälscht, hat es aussehen lassen wie eine Mädchenhandschrift.«

»Er hatte nicht die Intelligenz, irgendetwas zu fälschen. Er war begriffsstutzig. Willst du das einfach nicht kapieren? Es ist, verdammt noch mal, absolut unmöglich, dass Tommy irgendetwas davon getan haben könnte. Er war geistig nicht in der Lage, einen Einkauf im Supermarkt zu planen, geschweige denn die Vortäuschung eines Selbstmords. Stellst du dich mit Absicht blind? Oder deckst du nur Lena, wie du es immer tust?«

»Nicht in diesem Ton«, warnte Frank.

»Das wird sie zu Fall bringen.« Sara hielt das Geständnis in die Höhe wie eine Trophäe. Das Zittern ihrer Hände war schlimmer geworden. Ihr war zugleich heiß und kalt. »Lena hat ihn dazu gebracht, das da zu schreiben. Tommy wollte nie etwas anderes, als den Leuten gefallen. Lena drängte ihn zu dem Geständnis, und dann drängte sie ihn in den Selbstmord.«

»Jetzt Moment mal ...«

»Wegen dieser Geschichte wird sie ihre Marke verlieren. Sie sollte sogar ins Gefängnis wandern.«

»Für mich klingt das, als zerbrichst du dir viel mehr den Kopf über einen vertrottelten, kleinen Gauner als über einen Polizisten, der um sein Leben kämpft.«

Er hätte sie ins Gesicht schlagen können, der Schock wäre nicht geringer gewesen. »Du denkst, ein Polizist ist mir egal?«

Frank seufzte schwer. »Hör zu, Herzchen. Beruhige dich einfach, okay?

»*Wage* es ja nicht, mir zu sagen, ich soll mich beruhigen. Ich bin seit vier *Jahren* ruhig.« Sie zog ihr Handy aus der Tasche und suchte in den Kontakten, bis sie die richtige Nummer gefunden hatte.

Frank klang verängstigt. »Was hast du vor?«

Sara hörte, wie in der Zentrale des Georgia Bureau of Investigation in Atlanta das Telefon klingelte. Eine Sekretärin meldete sich. Sara sagte zu der Frau: »Sara Linton hier. Ich hätte gern Amanda Wagner gesprochen.«

4. Kapitel

Sara saß in ihrem Auto auf dem Parkplatz des Krankenhauses und starrte auf die Main Street hinaus. Die Einrichtung behandelte seit einem Jahr keine Patienten mehr, aber das Gebäude hatte schon lange zuvor verlassen ausgesehen. In der Krankenwagenzufahrt wucherte Unkraut. In den Obergeschossen waren Fenster zerbrochen. Die Metalltür, die früher für Raucher einen Spalt offen gestanden hatte, war mit einer Stahlstange verriegelt.

Das schlechte Gewissen wegen Tommy Braham lastete schwer auf ihr – nicht weil sie sich nicht an ihn erinnert hatte, sondern weil sie sich innerhalb weniger Sekunden seines Todes bemächtigt hatte, um ihn als Startrampe für ihren Rachefeldzug gegen Lena Adams zu missbrauchen. Jetzt erkannte Sara, dass sie den Dingen besser ihren Lauf gelassen hätte, anstatt sich so massiv einzumischen. Ein Selbstmord in Polizeigewahrsam löste automatisch bundesstaatliche Ermittlungen aus. Frank hätte sich an die Befehlskette gehalten und Nick Shelton informiert, den für das Grant County zuständigen Kollegen des Georgia Bureau of Investigation. Nick hätte mit allen Beamten und allen beteiligten Zeugen gesprochen. Er war ein guter Polizist. Letztendlich wäre er wohl zur selben Schlussfolgerung gekommen wie Sara: dass Lena nachlässig gehandelt hatte.

Leider war Sara nicht geduldig genug gewesen, diesem Verfahren zu vertrauen. Sie hatte eigenmächtig entschieden, dass sie wieder als Coroner der Stadt agieren würde, hatte den armen Dan Brock beiseitegedrängt und eigene Fotos und Skizzen der Zelle angefertigt, bevor sie zuließ, dass man die Leiche wegbrachte. Sie hatte jeden Fetzen Papier auf dem Revier, der mit Tommy Braham zu tun hatte, kopiert. Und trotz alledem war ihr Anruf bei Amanda Wagner, Deputy Director des GBI, ihre schlimmste Anmaßung gewesen. Es war, als würde man einen Reißnagel mit dem Vorschlaghammer bearbeiten.

»Blöd«, murmelte sie und ließ den Kopf aufs Lenkrad sinken. Eigentlich sollte sie jetzt zu Hause sein und sich den Marmorfußboden anschauen, den ihr Vater im Elternschlafzimmer verlegt hatte, statt darauf zu warten, dass jemand aus der GBI-Zentrale auftauchte, damit sie eine Ermittlung unzulässig beeinflussen konnte.

Sie lehnte sich wieder zurück und schaute auf die Uhr am Armaturenbrett. Special Agent Will Trent hatte bereits fast eine Stunde Verspätung, aber sie hatte keine Möglichkeit, ihn anzurufen. Die Fahrt von Atlanta hierher dauerte vier Stunden – weniger, wenn man wusste, dass man eine Marke zücken und so einen Strafzettel wegen Geschwindigkeitsübertretung vermeiden konnte. Sie schaute wieder auf die Uhr und wartete, bis die Anzeige von 17:42 auf 17:43 schaltete.

Sara hatte keine Ahnung, was sie ihm sagen sollte. Sie hatte wahrscheinlich mehr als ein halbes Dutzend Mal mit ihm gesprochen, als er einen Fall bearbeitete, der mit einem von Saras Patienten in der Notaufnahme des Grady zu tun hatte. Schon damals hatte sie sich schamlos in die Ermittlungen eingemischt, genauso, wie sie es jetzt tat. Wahrscheinlich fragte Will sich allmählich, ob sie eine Art Tatort-Voyeur war. Zumindest aber würde er sich über ihren Hass auf Lena Adams wundern. Wahrscheinlich würde er sie für verrückt halten.

»Ach, Jeffrey«, flüsterte Sara. Was würde er von dem Schlamassel halten, in das sie sich hineinritt? Was würde er davon halten, dass sie sich einfach beschissen fühlte, wieder hier zu sein, in seiner Wahlheimat, der Stadt, die er so geliebt hatte? Jeder ging so behutsam mit ihr um, so respektvoll. Eigentlich sollte sie dankbar sein, im Grunde genommen aber bekam sie Gänsehaut, wenn sie das Mitleid in den Augen der Leute sah.

Sie hatte absolut keine Lust mehr, eine tragische Figur zu sein.

Das Dröhnen eines Motors kündigte Will Trents Ankunft an. Er saß in einem wunderbaren alten Porsche, tiefschwarz auf schwarzen Felgen und Reifen. Sogar im Regen sah das Auto aus wie eine Raubkatze auf dem Sprung.

Beim Aussteigen ließ er sich Zeit, er nahm die Frontplatte des Radios ab, zog den GPS-Empfänger vom Armaturenbrett und verstaute beides im Handschuhfach. Er wohnte in Atlanta, wo man seine Haustür abschloss, auch wenn man nur zum Briefkasten ging. Sara wusste, er könnte diesen Porsche mit weit offenen Türen auf diesem Parkplatz stehen lassen, und das Schlimmste, was passieren würde, wäre, dass jemand vorbeikam und sie für ihn schloss.

Will lächelte, als er die Tür abschloss. Bis jetzt hatte Sara ihn nur in dreiteiligen Anzügen gesehen und war deshalb überrascht, dass sie ihn jetzt in schwarzem Pullover und Jeans sah. Er war sehr groß, mindestens eins neunzig, hatte den schlanken Körper eines Läufers und einen geschmeidigen Gang. Seine sandblonden Haare waren ein wenig länger, nicht mehr der militärische Schnitt, den er bei ihrer ersten Begegnung getragen hatte. Anfangs hatte Sara Will Trent für einen Buchhalter oder einen Anwalt gehalten. Und auch jetzt fiel es ihr schwer, den Mann mit seinem Job in Verbindung zu bringen. Er ging nicht wie ein Polizist. Er hatte nicht diesen gelangweilt weisen Blick, der einen wissen ließ, dass er eine Waffe an der Hüfte trug. Trotzdem war er ein ausgezeichneter Ermittler, und Verdächtige unterschätzten ihn zu ihrem eigenen Nachteil.

Das war einer der Gründe, warum Sara froh war, dass Amanda Wagner Will Trent geschickt hatte. Lena würde ihn vom ersten Augenblick an hassen. Er wirkte zu freundlich, zu zuvorkommend – zumindest auf den ersten Blick. Sie würde gar nicht merken, auf was sie sich da einließ, bis es zu spät war.

Will öffnete die Autotür und stieg ein.

»Ich dachte schon, Sie hätten sich verfahren«, sagte Sara.

Er grinste leicht verlegen, während er den Sitz so einstellte, dass er nicht mit dem Kopf an die Decke stieß. »Tut mir leid. Ich habe mich tatsächlich verfahren.« Er schaute ihr ins Gesicht, schien nach einer Reaktion zu suchen. »Wie geht es Ihnen, Dr. Linton?«

»Ich, ähm ...« Sara seufzte gedehnt. Sie kannte ihn nicht sehr gut, was es ihr merkwürdigerweise einfacher machte, ehrlich zu ihm zu sein. »Nicht so besonders, Agent Trent.«

»Von Agent Mitchell soll ich Ihnen ausrichten, es tut ihr leid, dass sie es nicht schafft.«

Faith Mitchell war seine Partnerin und eine frühere Patientin von Sara. Sie war im Augenblick im Mutterschaftsurlaub, ihre Niederkunft stand kurz bevor. »Wie hält sie sich?«

»Sie trägt es mit ihrer gewohnten Geduld.« Sein Grinsen deutete auf das Gegenteil hin. »Verzeihen Sie, dass ich so schnell das Thema wechsle, aber was kann ich für Sie tun?«

»Was hat Amanda Ihnen gesagt?«

»Sie sagte mir, es hätte in der Untersuchungshaft einen Selbstmord gegeben, und ich sollte so schnell wie möglich hierherfahren.«

»Hat sie Ihnen auch von ...« Sara wartete darauf, dass er den Satz beendete. Als er es nicht tat, sagte sie: »... meinem Ehemann erzählt?«

»Ist das von Bedeutung? Ich meine, für die heutigen Vorfälle?«

Sara spürte ihre Kehle wieder eng werden.

»Dr. Linton?«

»Ich weiß, dass es nicht von Bedeutung ist«, antwortete sie schließlich. »Es ist nur Geschichte. Jeder, den Sie in dieser Stadt treffen, wird darüber Bescheid wissen. Und alle werden annehmen, dass Sie es ebenfalls tun.« Zum x-ten Mal an diesem Tag spürte sie Tränen in ihren Augen brennen. »Tut mir leid. Ich bin seit sechs Stunden so wütend, dass ich noch gar nicht wirklich darüber nachgedacht habe, in was ich Sie da hineinziehe.«

Er beugte sich vor und zog ein Taschentuch aus seiner hinteren Hosentasche. »Sie müssen sich nicht entschuldigen. Ich werde die ganze Zeit in irgendwelche Sachen hineingezogen.«

Abgesehen von Jeffrey und ihrem Vater war Will Trent der einzige Mann, den Sara kannte, der noch immer ein Stofftaschentuch bei sich hatte. Sie nahm das ordentlich zusammengefaltete, weiße Tuch, das er ihr anbot.

»Dr. Linton?«

Sie wischte sich die Augen und entschuldigte sich wieder. »Tut mir leid. Ich bin heute den ganzen Tag schon so nahe am Wasser gebaut.«

»Zurückzukehren ist immer schwer.« Er sagte das mit solcher Überzeugung, dass Sara ihn zum ersten Mal, seit er eingestiegen war, wirklich ansah. Will Trent war ein attraktiver Mann, aber nicht auf die Art, die einem sofort ins Auge stach. Es schien ihm im Gegenteil eher wichtig zu sein, dass er mit seiner Umgebung verschmolz, dass er sich bedeckt hielt und seine Arbeit unauffällig erledigte. Vor Monaten hatte er Sara erzählt, dass er im Atlanta Children's Home aufgewachsen war. Seine Mutter war ums Leben gekommen, als er noch ein Kleinkind war. Das waren große Enthüllungen, und doch hatte Sara das Gefühl, sie wisse rein gar nichts über ihn.

Er drehte ihr den Kopf zu, und sie wandte den Blick ab.

»Probieren wir es doch einfach so«, schlug Will vor. »Sie sagen mir, was Sie glauben, das ich wissen muss. Falls ich weitergehende Fragen habe, werde ich mich bemühen, sie so respektvoll zu stellen, wie ich kann.«

Sara räusperte sich ein paarmal und versuchte, ihre Stimme wiederzufinden. Sie dachte an ihre Rekonvaleszenz nach Jeffreys Tod, an das Jahr ihres Lebens, das sie an Schlaf und Pillen und Trauer verloren hatte. Nichts davon war im Augenblick wichtig. Unbedingt vermitteln musste sie Will nur, dass Lena seit Langem Verhaltensmuster zeigte, die eine Bedrohung für das Leben anderer Menschen darstellten und manchmal sogar ihren Tod verursachten.

»Lena Adams war verantwortlich für den Tod meines Mannes.«

Wills Ausdruck änderte sich nicht. »Inwiefern?«

»Sie hatte sich mit jemandem eingelassen ...« Sara räusperte sich noch einmal. »Der Mann, der Jeffrey umbrachte, war Lenas Geliebter. Freund. Was auch immer. Sie waren mehrere Jahre zusammen.«

»Waren sie noch zusammen, als Ihr Mann starb?«

»Nein.« Sara zuckte die Achseln. »Ich weiß es nicht. Er hatte sie auf jeden Fall in der Hand. Er schlug sie. Es ist möglich, dass er sie vergewaltigte, aber ...« Sara wusste nicht, wie sie Will sagen sollte, dass er kein Mitleid mit Lena haben durfte. »Sie stachelte ihn auf. Ich weiß, das klingt furchtbar, aber es war, als *wollte* Lena misshandelt werden.«

Er nickte, aber sie fragte sich, ob er wirklich verstanden hatte.

»Sie hatten diese kranke Beziehung, die in beiden das Schlechteste zum Vorschein brachte. Sie fand sich damit ab, bis es aufhörte, Spaß zu machen, dann rief sie meinen Mann, damit er ihren Stall ausmistete und ...« Sara wollte nicht so verzweifelt klingen, wie sie sich fühlte. »Lena malte praktisch eine Zielscheibe auf seinen Rücken. Es wurde zwar nie bewiesen, aber ihr Exgeliebter ist der Mörder meines Mannes.«

»Polizeibeamte haben die Pflicht, Misshandlungen zu melden«, gab Will zu bedenken.

Sara spürte wieder Wut aufkeimen, denn sie glaubte, er werfe Jeffrey vor, dass er nicht eingeschritten sei. »Sie leugnete, dass es passierte. Sie wissen, wie schwer häusliche Gewalt zu beweisen ist, wenn …«

»Ich weiß«, unterbrach er. »Tut mir leid, dass ich mich unklar ausgedrückt habe. Ich wollte damit sagen, dass Detective Adams diese Meldepflicht hatte. Auch wenn die Beamten selbst das Opfer von Missbrauch sind, verlangt es das Gesetz von ihnen, diesen Missbrauch zu melden.«

Sara versuchte, ihre Atmung zu beruhigen. Diese ganze Sache regte sie so auf, dass sie wahrscheinlich wirkte, als wäre sie nicht ganz richtig im Kopf. »Lena ist eine schlechte Polizistin. Sie ist schlampig. Sie ist nachlässig. Sie ist der Grund, warum mein Mann tot ist. Sie ist der Grund, warum Tommy tot ist. Sie ist wahrscheinlich der Grund, warum Brad niedergestochen wurde. Sie bringt Leute in Situationen, stößt sie in die Schusslinie und tritt dann selbst in den Hintergrund und sieht dem Gemetzel zu.«

»Mit Absicht?«

Saras Kehle war so trocken, dass sie kaum atmen konnte. »Ist das wichtig?«

»Wahrscheinlich nicht«, gab er zu. »Ich nehme an, in Bezug auf den Mord an Ihrem Mann wurde Detective Adams offiziell nie irgendeines Verstoßes beschuldigt?«

»Sie wurde nie für irgendetwas zur Verantwortung gezogen. Sie schafft es immer, unter ihren Stein zurückzukriechen.«

Er nickte und sah geradeaus durch die regennasse Windschutzscheibe. Sara hatte den Motor ausgeschaltet. Bevor Will kam, war ihr kalt gewesen, jetzt aber sorgte ihrer beider Körperwärme für eine Temperatur, die die Scheiben beschlagen ließ.

Sara schaute noch einmal kurz zu Will hinüber und versuchte zu erraten, was er dachte. Sein Gesicht war noch immer regungslos. Er war vermutlich der am schwersten zu interpretierende Mensch, den Sara je kennengelernt hatte. Schließlich sagte sie: »Das alles klingt nach einer Hexenjagd von meiner Seite, nicht?«

Er nahm sich Zeit mit der Antwort. »Ein Verdächtiger beging im Polizeigewahrsam Selbstmord. Das GBI hat die Pflicht, dem nachzugehen.«

Er war zu nachsichtig. »Nick Shelton ist der für das Grant County zuständige Agent. Ich habe ungefähr zehn Köpfe übersprungen.«

»Agent Shelton hätte nie die Genehmigung erhalten, die Ermittlungen durchzuführen. Er hat Beziehungen zu den örtlichen Behörden. Man hätte auf jeden Fall mich oder jemanden meines Ranges geschickt, um der Sache nachzugehen. Ich habe früher schon in Kleinstädten gearbeitet. Kein Mensch hat ein schlechtes Gewissen, weil er den Bürohengst aus Atlanta hasst.« Er lächelte und fügte hinzu: »Wenn Sie nicht Dr. Wagner direkt angerufen hätten, hätte es allerdings vielleicht noch einen Tag gedauert, bis jemand gekommen wäre.«

»Es tut mir leid, dass ich Sie so kurz vor den Ferien von zu Hause weggezerrt habe. Ihre Frau muss sehr wütend sein.«

»Meine …?« Einen Augenblick wirkte er verwirrt, als hätte er den Ring an seinem Finger ganz vergessen. Er überspielte es nur schlecht, indem er sagte: »Sie hat nichts dagegen.«

»Trotzdem tut es mir leid.«

»Ich werde es überleben.« Dann wandte er sich wieder dem eigentlichen Thema zu. »Erzählen Sie mir, was heute passiert ist.«

Nun fiel ihr das Reden leichter – Julies Anruf, die Gerüchte über den Messerangriff auf Brad, Franks Bitte um Hilfe. Sie endete damit, wie sie Tommy gefunden und seine Worte an der Wand gesehen hatte. »Er wurde verhaftet wegen des Mordes an Allison Spooner.«

Will zog die Augenbrauen zusammen. »Man beschuldigte Braham des Mordes?«

»Und jetzt kommt das Übelste.« Sie gab ihm die Kopie, die sie von Tommys Geständnis gemacht hatte.

Will schien überrascht. »Das haben Ihnen die Beamten überlassen?«

»Ich habe eine Beziehung ... hatte eine Beziehung ...« Sie wusste selbst nicht so genau, wie sie erklären sollte, warum Frank sie derart hatte agieren lassen. »Ich war der Coroner dieser Stadt. Ich war mit dem Chief verheiratet. Sie sind es gewöhnt, mir Beweismittel zu zeigen.«

Will klopfte sich auf die Taschen. »Ich glaube, meine Lesebrille ist in meinem Koffer.«

Sie wühlte in ihrer Handtasche und zog ihre eigene hervor.

Will schaute die Brille stirnrunzelnd an, setzte sie aber auf. Während er die erste Seite überflog, blinzelte er ein paarmal und fragte dann: »Tommy stammt aus der Stadt?«

»Hier geboren und aufgewachsen.«

»Wie alt ist er?«

Sara konnte ihre Entrüstung kaum unterdrücken. »Neunzehn.«

Er hob den Kopf. »Neunzehn?«

»Genau«, sagte sie. »Ich weiß nicht, warum alle denken, dass er sich diese ganze Sache selbst ausgedacht hat. Er kann kaum seinen eigenen Namen schreiben.«

Will nickte und konzentrierte sich wieder auf das Geständnis. Seine Augen wanderten hin und her über die Zeilen. Schließlich schaute er Sara an. »Hatte er irgendein Leseproblem, Legasthenie zum Beispiel?«

»Legasthenie ist eine Sprachstörung. Aber nein, Tommy war kein Legastheniker. Sein IQ lag etwa bei achtzig. Geistig Behinderte erreichen maximal siebzig oder noch weniger – früher nannte man das zurückgeblieben. Legasthenie hat mit dem IQ nichts zu tun. Wenn Sie's genau wissen wollen, ich hatte einige Kinder mit Legasthenie, denen ich kaum das Wasser reichen konnte.«

Er zeigte wieder sein typisches Grinsen. »Das zu glauben, fällt mir sehr schwer.«

Sie lächelte zurück und dachte: Der kennt mich ja nicht. »Lassen Sie sich von ein paar Schreibfehlern nicht in die Irre führen.«

»Es sind mehr als nur ein paar.«

»Stellen Sie es sich so vor: Ich könnte den ganzen Tag einem Legastheniker gegenübersitzen und es überhaupt nicht merken. Tommy zum Beispiel konnte über Baseball oder Football reden, bis die Sonne unterging, doch in Bereichen, die komplexeres Denken erforderten, war er völlig verloren. Konzepte, die Logik verlangten oder ein Verständnis von Ursache und Wirkung, waren für ihn immer sehr schwer zu begreifen. Einen Legastheniker könnte man ebenso wenig zu einem falschen Geständnis überreden, wie man jemandem mit grünen Augen oder roten Haaren dazu bringen könnte zu sagen, er habe etwas getan, was er nicht getan hat. Tommy war unglaublich vertrauensselig. Man konnte ihn zu allem überreden.«

Will schaute sie nur an und sagte einen Augenblick lang gar nichts. »Glauben Sie, dass Detective Adams ihm ein falsches Geständnis entlockt hat?«

»Ja, das glaube ich.«

»Glauben Sie, dass sie auf kriminelle Art nachlässig ist?«

»Ich kenne die juristische Hürde nicht. Ich weiß nur, dass ihr Verhalten zu seinem Tod geführt hat.«

Er formulierte sehr vorsichtig, und erst jetzt merkte sie,

dass er sie verhörte: »Können Sie mir sagen, wie Sie zu dieser Schlussfolgerung gekommen sind?«

»Abgesehen von der Tatsache, dass er ›Ich war's nicht‹ mit seinem eigenen Blut an die Wand geschmiert hat?«

»Abgesehen davon.«

»Tommy ist – war – sehr beeinflussbar. Das geht Hand in Hand mit seinem niedrigen IQ. Seine Testergebnisse waren nicht so schlecht, dass man ihn als behindert hätte einstufen können, aber er hatte einige der wesentlichen Attribute: den Wunsch zu gefallen, die Naivität, die Gutgläubigkeit. Was heute passierte – der Abschiedsbrief, die Schuhe, die verpatzte Vertuschung: Oberflächlich wirkt das wie etwas, das ein begriffsstutziger oder dummer Mensch tun würde, aber für Tommy war das alles zu kompliziert.« Sie versuchte, sich vorzustellen, wie sie sich für Will anhören mochte. »Ich weiß, das klingt, als hätte ich es auf Teufel komm raus auf Lena abgesehen, und das habe ich offensichtlich auch, aber das heißt nicht, dass das, was ich sage, nicht wissenschaftlichen Tatsachen entspräche. Es war ziemlich schwierig, Tommy zu behandeln, weil er immer sagte, er hätte genau das Symptom, nach dem ich ihn fragte, ob es Kopfweh oder Husten war. Wenn ich es ihm nur richtig in den Kopf gesetzt hätte, dann hätte er auch gesagt, er hätte die Beulenpest.«

»Sie wollen damit also sagen, Lena hätte erkennen müssen, dass er schwer von Begriff war und ...«

»... hätte ihm erstens nicht so zusetzen dürfen, dass er sich umbrachte.«

»Und zweitens?«

»Hätte sie für angemessene medizinische Hilfe sorgen müssen. Er war offensichtlich völlig verstört. Er hörte nicht auf zu weinen. Er wollte mit niemandem reden ...« Sie verstummte, als sie die ganze Tragweite ihres Arguments erkannte. Frank hatte schließlich sie um Hilfe gebeten.

Anstatt das Offensichtliche festzustellen, fragte Will: »Ist nicht der aufnehmende Beamte für den Gefangenen verantwortlich.«

»Lena ist diejenige, die ihn in die Zelle gesteckt hat. Sie hat ihn nicht durchsucht – oder zumindest nicht gut genug, um die Mine zu finden, mit der er sich dann umbrachte. Sie hat die Wachen nicht darauf hingewiesen, dass sie ihn gut im Auge behalten müssen. Sie hat das Geständnis aus ihm herausgeholt und ist dann gegangen.« Sara spürte, wie sie mit jeder Sekunde wütender wurde. »Wer weiß, in welchem emotionalen Zustand sie ihn hinterlassen hat? Wahrscheinlich hat sie ihm eingeredet, dass sein Leben nichts wert sei. Genau das macht sie immer und immer wieder. Sie bauscht irgendetwas gigantisch auf, und ein anderer muss dafür büßen.«

Will hatte die Hände entspannt auf den Knien liegen und schaute auf den Parkplatz hinaus. Obwohl das Krankenhaus geschlossen war, funktionierte die Stromversorgung noch. Die Parkplatzbeleuchtung sprang an. Im gelben Schein sah Sara die Narbe, die über Wills Wange lief und im Hemdkragen verschwand. Sie war alt, wahrscheinlich noch aus der Kindheit. Als sie sie das erste Mal gesehen hatte, hatte sie gedacht, vielleicht eine Sportverletzung oder die Folge eines riskanten Fahrradmanövers. Das war, bevor sie erfahren hatte, dass er in einem Waisenhaus aufgewachsen war. Jetzt fragte sie sich, ob vielleicht mehr dahintersteckte.

Auf jeden Fall war es nicht Wills einzige Narbe. Sogar im Profil sah sie die Stelle zwischen Nase und Lippe, wo jemand oder etwas ihm die Haut aufgerissen hatte. Wer immer das Fleisch dann wieder zusammengenäht hatte, hatte es nicht gut gemacht. Die Narbe war leicht zackig, sodass sein Mund beinahe ordinär wirkte.

Will atmete aus. Als er dann wieder sprach, war er völlig

sachlich. »Tommy Braham wurde Mord vorgeworfen. Sonst nichts?«

»Nein, nur Mord.«

»Nicht versuchter Mord an Detective Stephens?«, fragte Will. Sara schüttelte den Kopf. »Wurde Chief Wallace nicht ebenfalls verletzt?«

Sara spürte, wie ihr die Röte ins Gesicht stieg. Sie stellte sich vor, dass Frank das so nannte, auch nachdem er Tommy mitten auf der Straße zusammengeschlagen hatte. »Im Verhaftungsbericht steht Mord. Sonst nichts.«

»So wie ich es sehe, haben wir hier zwei Probleme. Das eine ist ein Verdächtiger, der sich in Detective Adams Gewahrsam umbringt, und das zweite Problem ist, dass ich nicht so recht verstehe, warum Lena Adams Tommy Braham, ausgehend von seinem Geständnis wegen Mordes, in Gewahrsam genommen hat. Wegen seines Geständnisses oder irgendeines Geständnisses.«

»Soll heißen?«

»Man steckt niemanden ausschließlich aufgrund seines Geständnisses wegen Mordes in eine Zelle. Es muss auch stützende Indizien geben. Der sechste Verfassungszusatz gibt einem Beschuldigten das Recht, seinem Ankläger gegenübergestellt zu werden. Wenn man sich selbst beschuldigt und dann das Geständnis widerruft ...« Er zuckte die Achseln. »Da beißt sich die Katze in den Schwanz.«

Sara kam sich blöd vor, weil sie diesen Zusammenhang nicht schon vor Stunden erkannt hatte. Sie war fast fünfzehn Jahre lang Medical Examiner im Grant County gewesen. Die Polizei brauchte nicht unbedingt eine Todesursache, um jemanden wegen des Verdachts des Mordes festzusetzen, aber sie brauchte die offizielle Feststellung, dass ein Mord begangen worden war, bevor ein Haftbefehl ausgestellt werden konnte.

»Es hätte auch ohne Mordanklage genügend Gründe gegeben, um Braham in eine Zelle zu stecken«, fuhr Will fort. »Angriff mit einer tödlichen Waffe, versuchter Mord, Angriff auf einen Polizeibeamten, Angriff im Verlauf der Verhaftung, Flucht vor der Festnahme, unberechtigtes Eindringen. Das sind schwere Verbrechen. Sie hätten ihn ein ganzes Jahr lang wegen irgendeiner Kombination dieser Vorwürfe festhalten können, und kein Mensch hätte sich beklagt.« Er schüttelte den Kopf, als würde er die ganze Sache nicht begreifen. »Ich muss mir unbedingt sämtliche Berichte ansehen.«

Sara drehte sich um und holte die Kopien, die sie gemacht hatte, vom Rücksitz. »Die Fotos kann ich erst ausdrucken, wenn morgen früh die Drogerie wieder aufmacht.«

Will staunte über ihre Zugangsmöglichkeiten, während er die Seiten durchblätterte. »Wow. Na gut.« Im Reden überflog er die Seiten. »Ich weiß, Sie sind überzeugt davon, dass Tommy dieses Mädchen nicht umgebracht hat, aber meine Aufgabe ist es zu beweisen, was tatsächlich passiert ist.«

»Natürlich. Ich wollte Sie nicht ...« Sara beendete den Satz nicht. Natürlich hatte sie ihn beeinflussen wollen. Das war der Grund, warum sie beide jetzt hier waren. »Sie haben recht. Ich weiß, dass Sie unbefangen sein müssen.«

»Sie sollten nur auf alles vorbereitet sein, Dr. Linton. Ob ich nun herausfinde, dass Tommy es getan hat, oder ob ich stichhaltige Beweise dafür finde, dass er es nicht getan hat, es wird niemanden interessieren, wie er im Gefängnis behandelt wurde. Man wird denken, dass Detective Adams viel Steuergeld gespart hat, indem sie einen Prozess verhinderte.«

Sara verließ der Mut. Er hatte recht. Sie hatte schon öfter erlebt, dass Leute in dieser Stadt Vermutungen anstellten, die nicht unbedingt auf Tatsachen gegründet waren. Mit Feinheiten hielt man sich nicht gerne auf.

Er skizzierte eine Alternative. »Andererseits, wenn Tommy

dieses Mädchen nicht umgebracht hat, dann läuft ein Mörder frei herum, der entweder sehr viel Glück hatte oder sehr clever ist.«

Wieder musste Sara sich eingestehen, dass sie so weit noch gar nicht gedacht hatte. Sie war so sehr auf Lenas Beteiligung konzentriert gewesen, dass ihr der Gedanke gar nicht gekommen war, Tommys Unschuld würde auf einen anderen Mörder hindeuten.

»Was haben Sie sonst noch herausgefunden?«, fragte Will.

»Nach Frank haben sowohl er selbst als auch Lena Spuren an Spooners Handgelenken gesehen, die darauf hindeuteten, dass sie gefesselt wurde.«

Will schnaubte. »Das ist schwer zu sagen, wenn eine Leiche so lange im Wasser lag.«

Sara verkniff es sich, diese Genugtuung zu genießen. »Am Hals hat sie eine Stichwunde oder zumindest etwas, das sie dafür halten.«

»Ist es möglich, dass sie selbst beigebracht war?«

»Ich habe sie nicht gesehen, aber ich kann mir nicht vorstellen, dass sich irgendjemand mit einem Stich in den Nacken umbringt. Und es hätte viel Blut da sein müssen, vor allem wenn die Halsschlagader getroffen wurde. Wir reden hier von hoher Geschwindigkeit, der Arm geht nach oben und nach hinten, und dann spritzt es, als würde ein Schlauch voll aufgedreht. Ich schätze, man würde da gut über zwei Liter Blut am Tatort finden.«

»Was ist mit Spooners Abschiedsbrief?«

»Ich will es vorbei haben«, zitierte Sara aus dem Gedächtnis.

»Das klingt eigenartig. Taugt der örtliche Leichenbeschauer was?«

»Dan Brock. Er ist Bestattungsunternehmer, kein Arzt.«

»Das nehme ich als Nein.« Will schaute sie an. »Wenn ich

Spooner und Braham nach Atlanta bringen lasse, verlieren wir einen Tag.«

Sie war ihm bereits einen Schritt voraus. »Ich habe mit Brock geredet. Er lässt mich die Autopsie gerne machen, aber wir können erst nach elf anfangen, damit wir niemanden stören. Er hat morgen Vormittag eine Beerdigung. Ich habe ihm gesagt, er soll mich heute noch anrufen, damit wir beides koordinieren können.«

»Die Autopsien werden im Bestattungsunternehmen durchgeführt?«

Sie deutete zum Krankenhaus. »Früher haben wir sie da gemacht, aber der Staat hat die Finanzierung gekürzt, und das Krankenhaus musste schließen.«

»Es ist überall dasselbe.« Er schaute auf sein Handy. »Ich schätze, ich sollte mich Chief Wallace vorstellen.«

»Interims-Chief«, korrigierte ihn Sara. »Entschuldigung, das ist unwichtig. Frank ist im Augenblick nicht im Revier.«

»Ich habe ihm bereits zwei Nachrichten hinterlassen, dass er sich mit mir in Verbindung setzen soll. Ist er bei einem Einsatz?«

»Er ist bei Brad im Krankenhaus. Und bei Lena, wie ich vermute.«

»Ich bin mir sicher, dass sie sich die Zeit nehmen, ihre Geschichten aufeinander abzustimmen.«

»Wollen Sie ins Krankenhaus?«

»Sie werden mich schon genug hassen, auch ohne dass ich in das Krankenzimmer eines verletzten Polizisten platze.«

Das sah Sara ein. »Was wollen Sie dann tun?«

»Ich will ins Revier und sehen, wo Tommy festgehalten wurde. Ich bin mir sicher, dass ich dort auf einen extrem feindseligen Wachmann treffen werde, der mir sagt, dass seine Schicht gerade erst angefangen hat und er überhaupt nichts weiß und dass Tommy sich umgebracht hat, weil er schuldig war.« Er klopfte auf die Akte. »Ich will mit den anderen Gefangenen reden, wenn die nicht alle schon freigelassen wurden. Ich kann mir vorstellen, dass Interims-Chief Wallace sich erst morgen früh wieder blicken lässt, was mir die Zeit gibt, mir diese Akten anzusehen.« Er beugte sich vor, um die Brieftasche aus der Hosentasche zu ziehen. »Hier ist meine Karte. Die Handynummer steht hinten drauf.«

Sara las Wills Namen neben dem GBI-Logo. »Sie haben einen Doktortitel?«

Er nahm ihr die Karte wieder ab und starrte den Aufdruck an. Statt auf ihre Frage zu antworten, sagte er: »Können Sie mir sagen, wo das nächste Hotel ist?«

»Neben dem College gibt's eines. Nicht besonders hübsch, aber einigermaßen sauber. Und da die Studenten in Urlaub sind, ist es auch ruhig.«

»Ich esse dort was und ...«

»Die haben kein Restaurant.« Sara schämte sich für ihre kleine Stadt. »Um diese Tageszeit ist alles schon geschlossen bis auf die Pizzeria, und die wurde vom Gesundheitsamt schon so oft geschlossen, dass nur Studenten dort essen.«

»Im Hotel gibt's sicher irgendwelche Automaten.« Er legte die Hand auf den Türgriff, aber sie hielt ihn auf.

»Meine Mutter hat ein gigantisches Abendessen gekocht, und da ist noch mehr als genug übrig.« Sie nahm ihm die Akte ab und schrieb ihre Adresse vorn darauf. »Blödsinn«, murmelt sie und strich die Hausnummer durch. Sie hatte angefangen, ihre alte Adresse aufzuschreiben, nicht die ihrer Eltern. »Lakeshore« sagte sie und deutete auf die Straße dem Krankenhaus direkt gegenüber. »Fahren Sie rechts. Oder links, falls Sie die malerische Strecke bevorzugen. Es ist einfach nur ein großer Kreis um den See herum.« Sie schrieb ihre Handynummer mit dazu. »Rufen Sie an, falls Sie den Weg nicht finden.«

»Ich kann mich doch nicht Ihrer Familie aufdrängen.«

»Ich habe sie hierhergelockt. Dann können Sie sich ruhig von mir versorgen lassen. Oder von meiner Mutter, was für Ihre Gesundheit viel besser ist.« Und weil sie wusste, dass er nicht blöd war, fügte sie hinzu: »Und Sie wissen natürlich, dass ich wissen will, was in dem Fall passiert.«

»Ich weiß nicht, wann ich da sein werde.«

»Ich warte auf Sie.«

5. Kapitel

Will Trent drückte das Gesicht an die geschlossene Glastür des Polizeireviers. Es war dunkel. Am Empfangstisch saß niemand. Er klopfte zum dritten Mal mit seinem Schlüsselbund an die Tür und dachte sich, wenn er noch ein bisschen fester zuschlüge, würde das Glas zerbrechen. Das schmale Vordach des Gebäudes schützte ihn nicht vor dem Regen. Sein Magen knurrte. Er war nass und fror, und es ärgerte ihn, dass man ihn in seinem Urlaub in dieses kleinstädtische Höllenloch geschickt hatte.

Das Schlimmste an diesem speziellen Auftrag war, dass er in dem Moment gekommen war, als Will zum ersten Mal in seinem Leben eine ganze Woche Urlaub beantragt hatte. Zu Hause wartete ein Riesenloch in seinem Vorgarten, weil er das Abflussrohr vom Haus bis zur Straße freigegraben hatte. Baumwurzeln hatten das neunzig Jahre alte Tonrohr gesprengt, und der Installateur wollte achttausend Dollar, um es durch eine Plastikröhre zu ersetzen. Will hatte mit der Hand gegraben, weil er den Garten, in den er in den letzten fünf Jahren Tausende von Dollars investiert hatte, nicht unnötig verschandeln wollte. Mittendrin hatte das Telefon geklingelt. Nicht dranzugehen kam für ihn nicht infrage. Er wartete auf einen Anruf von Faith – dass ihr Baby nun endlich kam, oder noch besser, bereits da war.

Aber nein, es war Amanda Wagner, die ihm sagte: »Zur Witwe eines Polizisten sagen wir nicht Nein.«

Will hatte eine Plane über den Graben gelegt, obwohl er

wusste, dass rutschendes Erdreich die Arbeit von zwei Tagen bereits wieder zunichte gemacht hätte, wenn er wieder nach Hause kam. Falls er überhaupt wieder nach Hause kam. Im Augenblick sah es so aus, als wäre er dazu verdammt, für den Rest seines Lebens im strömenden Regen vor diesem Hinterwäldler-Polizeirevier zu stehen.

Er wollte gerade wieder ans Glas klopfen, als schließlich drinnen ein Licht anging. Eine ältere Frau kam zur Tür, sehr gemächlich watschelte sie über den Teppichboden des Vorraums. Sie trug ein leuchtend rotes Kleid im Prairiestil, das sie umhüllte wie ein Zelt. Ihre grauen Haare waren zu einem Knoten oben auf dem Kopf zusammengefasst und von einem Schmetterlingsclip gehalten. Eine goldene Halskette mit einem Kreuz baumelte auf ihrem üppigen Dekolleté.

Sie legte die Hand aufs Schloss, öffnete aber nicht. Ihre Stimme war durch das Glas gedämpft. »Kann ich Ihnen helfen?«

Will zog seinen Ausweis heraus und zeigte ihn ihr. Sie beugte sich vor, musterte das Foto und verglich es mit dem Mann, der vor ihr stand. »Mit längeren Haaren sehen Sie besser aus.«

»Vielen Dank.« Er versuchte, den Regen, der ihm in die Augen lief, wegzublinzeln.

Sie wartete, dass er noch etwas sagte, aber Will schwieg. Schließlich gab sie nach und öffnete die Tür.

Drinnen war es nur geringfügig wärmer, aber wenigstens trocken. Will strich sich mit den Fingern durch die Haare, um die Nässe abzustreifen. Er stampfte auf, um die Tropfen von der Kleidung abzuschütteln.

»Sie machen eine Sauerei«, sagte die Frau.

»Das tut mir leid«, erwiderte Will und fragte sich, ob er sie um ein Handtuch bitten könnte. Er zog sein Taschentuch heraus und wischte sich das Gesicht ab. Er roch Parfum. Saras Parfum.

Die Frau sah ihn mit eisigem Blick an, als könnte sie seine Gedanken lesen und als würden diese ihr nicht gefallen. »Wollen Sie den ganzen Abend nur dastehen und an Ihrem Taschentuch schnuppern? Ich habe noch ein Abendessen zu kochen.«

Er faltete das Tuch zusammen und steckte es wieder in die Hosentasche. »Ich bin Agent Trent vom GBI.«

»Ich habe Ihren Ausweis bereits gelesen.« Unverblümt musterte sie ihn von oben bis unten, und offensichtlich gefiel ihr nicht, was sie sah. »Ich bin Marla Simms, die Sekretärin des Reviers.«

»Freut mich, Ms Simms. Können Sie mir sagen, wo Chief Wallace ist?«

»Mrs.« Ihr Ton war schneidend. »Bin mir nicht sicher, ob Sie das wissen, aber einer unserer Jungs wurde heute beinahe getötet. Auf der Straße niedergestochen, während er versuchte, seine Arbeit zu machen. Und damit waren wir alle ein wenig beschäftigt.«

Will nickte. »Ja, Ma'am, das habe ich gehört. Ich hoffe, Detective Stephens wird wieder gesund.«

»Dieser Junge hat hier gearbeitet, seit er achtzehn Jahre alt war.«

»Meine Gebete sind bei seiner Familie«, sagte Will, weil er wusste, dass Religion in Kleinstädten wichtig war. »Falls Chief Wallace nicht verfügbar ist, kann ich dann mit dem diensthabenden Beamten sprechen?«

Es schien sie zu ärgern, dass er überhaupt von der Existenz einer solchen Position wusste. Frank Wallace hatte sie offensichtlich beauftragt, das Arschloch vom GBI hinzuhalten. Will konnte beinahe sehen, wie die Rädchen in ihrem Gehirn sich drehten, während sie nach Mitteln und Wegen suchte, der Frage auszuweichen.

Will blieb höflich, aber unbeirrbar. »Ich weiß, dass Gefangene nicht unbeaufsichtigt gelassen werden. Sind Sie für die Zellen verantwortlich?«

»Larry Knox ist hinten«, antwortete sie schließlich. »Ich wollte eben gehen. Die Akten habe ich bereits alle weggeschlossen, falls Sie also Einsicht nehmen wollen ...«

Will hatte sich die Akte, die Sara ihm gegeben hatte, vorn in die Hose gesteckt, damit sie nicht nass wurde. »Können Sie diese zwölf Seiten für mich faxen?«

Sie griff nur sehr widerwillig nach den Papieren. Er konnte es ihr nicht verdenken. Die Seiten waren warm vom Kontakt mit seinem Körper. »Die Telefonnummer ist ...«

»Moment.« Sie zog einen Stift aus ihrem Haarknoten. Es war ein Bic-Druckkugelschreiber aus Plastik, wie er zu jeder Büroausstattung gehörte. »Geben Sie mir die Nummer.«

Er nannte ihr die Faxnummer seiner Partnerin. Die Frau ließ sich Zeit beim Schreiben und tat so, als würde sie die Ziffern falsch verstehen. Will schaute sich in dem Vorraum um, der aussah wie der Vorraum jedes kleinstädtischen Polizeireviers, das Will je betreten hatte. Holztäfelung an den Wänden. Gruppenfotos zeigten Streifenbeamte in ihren Uniformen, die Schultern gestrafft, das Kinn hochgereckt, ein Lächeln auf dem Gesicht. Den Fotos gegenüber war eine Empfangstheke mit Sperre, durch die man zu den in Reihen aufgestellten Tischen im hinteren Teil des Gebäudes gelangte. Die Lichter waren alle ausgeschaltet.

»Na gut«, sagte sie. »Ich faxe sie, bevor ich gehe.«

»Haben Sie vielleicht einen Stift, den Sie mir leihen können?«

Sie hielt ihm den Bic hin.

»O nein«, sagte er und hob die Hände. »Ich kann Ihnen doch nicht den ...«

»Im Schrank sind noch zwanzig Schachteln davon.«

»Na gut. Vielen Dank.« Er steckte sich den Stift in die Gesäßtasche. »Wegen dem Fax – ich habe die Seiten nummeriert. Könnten Sie darauf achten, dass Sie sie in genau der Reihenfolge abschicken?«

Unverständlich grummelnd ging sie zur Sperre. Er wartete, während sie sich zum Öffnungsknopf bückte. Ein lautes Summen war zu hören, dann das Klicken eines Schlosses. Will fand es merkwürdig, dass es hier so hohe Sicherheitsvorkehrungen gab, aber nach dem elften September waren viele Kleinstädte sehr einfallsreich gewesen, wenn es darum ging, Geld des Heimatschutzes auszugeben. Er hatte einmal ein Gefängnis besucht, in dem es teure Kohler-Toiletten und vernickelte Armaturen an allen Waschbecken gegeben hatte.

Marla war vorn an der Reihe Büromaschinen neben dem Kaffeeautomaten beschäftigt. Will sah sich um. In der Mitte des Raums standen drei Reihen mit je drei Schreibtischen. Tische mit Klappstühlen waren an die Rückwand gerückt. Auf der Straßenseite des Gebäudes befand sich eine geschlossene Bürotür. In die Tür war ein Fenster eingelassen, durch das man in den Bereitschaftsraum schauen konnte, aber die Jalousien waren geschlossen.

»Die Zellen sind hinten«, rief Marla ihm zu. Sie beobachtete ihn aufmerksam, während sie die Papiere auf dem Tisch stapelte. Will schaute noch einmal zu dem Büro, und Marla schien plötzlich Panik zu bekommen, als hätte sie Angst, er könnte die Tür öffnen.

»Hier durch?«, fragte er und zeigte auf eine Metalltür in der Rückwand.

»Das ist doch hinten, nicht?«

»Vielen Dank«, sagte er. »Ihre Hilfe weiß ich sehr zu schätzen.«

Will ließ die Tür zufallen, bevor er Marlas Stift aus der Tasche zog und aufschraubte. Wie er vermutet hatte, war die Mine aus Plastik. Sara hatte gesagt, die Mine, mit der Tommy

Graham sich die Handgelenke aufgeschlitzt hatte, wäre aus Metall gewesen. Will nahm an, dass sie von einem besseren Kugelschreiber als diesem Bic stammte.

Er schraubte den Stift wieder zusammen und ging den Flur entlang. Ausgangsschilder beleuchteten einen Fliesenboden, der etwa zwanzig Meter lang und nur einen guten Meter breit war. Will öffnete die erste Tür, zu der er kam – ein Lagerraum. Er schaute sich über die Schulter, bevor er das Licht einschaltete. Schachteln mit Büroklammern und diversen anderen Büroutensilien standen auf Regalen, zusammen mit den zwanzig Schachteln mit Bic-Kugelschreibern, die Marla erwähnt hatte. Neben den Stiften standen zwei Stapel mit gelben Notizblöcken, und Will stellte sich vor, dass die Detectives in diese Kammer kamen und sich einen Stift und einen Block nahmen, die sie dann einem Verdächtigen gaben, damit der sein Geständnis schreiben konnte.

Noch drei weitere Türen gingen vom Flur ab. Zwei führten in leere Verhörzimmer. Die Einrichtung war wie zu erwarten: ein langer Tisch mit einem in die Platte geschraubten Ringbolzen, außen herum mehrere Stühle. Spionspiegel in jedem der Zimmer. Will vermutete, dass man im Lagerraum stehen musste, um in das erste Zimmer sehen zu können. Der andere Überwachungsraum lag hinter der dritten Tür. Er drehte am Knauf, fand ihn aber verschlossen.

Die Tür am anderen Ende des Flurs ging auf, und ein Polizist in voller Uniform inklusive Dienstmütze kam heraus. Will schaute noch einmal schnell über die Schultern und entdeckte in einer Ecke eine Kamera, die sein Kommen überwacht hatte.

Der Beamte fragte: »Was wollen Sie?«
»Officer Knox?«
Der Mann kniff die Augen zusammen. »Stimmt.«
»Sind Sie der diensthabende Beamte?«, fragte Will über-

rascht. Die Position des diensthabenden Beamten war ein notwendiger, aber langweiliger Job. Er war verantwortlich für die Aufnahme der neu eingetroffenen Verhafteten ins Untersuchungsgefängnis und für ihr Wohlergehen während ihrer Zeit in den Zellen. Im Allgemeinen gab man diesen Job einem älteren Beamten, denn es war nur leichte Büroarbeit, die den Übergang in den Ruhestand erleichterte. Manchmal erhielt ein Beamter diese Aufgabe aber auch als Bestrafung. Will bezweifelte, dass dies bei Knox der Fall war. Frank Wallace hätte nie einen Beamten, der sich ungerecht behandelt fühlte, dazu abgestellt, sich um Will zu kümmern.

Knox starrte ihn mit offener Wut an. »Wollen Sie da einfach so stehen bleiben?«

Will zog seine Marke heraus. »Ich bin Special Agent Trent. Ich komme vom GBI.«

Der Mann nahm seine Kappe ab, ein dichter Schopf karottenroter Haare kam darunter zum Vorschein. »Ich weiß, wer Sie sind.«

»Ich bin mir sicher, Ihr Chief hat Sie informiert. Wir wurden routinemäßig dazugerufen, um den Selbstmord von Tommy Braham zu untersuchen.«

»Sie wurden von Sara Linton gerufen«, entgegnete der Mann. »Ich stand direkt daneben, als sie es tat.«

Will lächelte den Mann an; er hatte herausgefunden, dass es ein gutes Mittel war, Spannungen zu lösen, wenn man die Leute anlächelte, die erwarteten, dass man wütend auf sie war. »Ich weiß Ihre Kooperation bei diesen Ermittlungen sehr zu schätzen, Officer. Ich weiß, wie schwierig im Augenblick alles für Sie sein muss.«

»Wissen Sie das?« So viel zum Lächeln. Knox sah aus, als wollte er Will am liebsten an der Kehle packen. »Ein guter Mann kämpft im Krankenhaus drüben in Macon um sein Leben, und Sie zerbrechen sich den Kopf über den Scheißkerl, der ihm den Bauch aufgeschlitzt hat. Nur das sehe ich.«

»Kannten Sie Tommy Braham?«

Die Frage überraschte ihn. »Warum ist das wichtig?«

»Ich bin nur neugierig.«

»Ja, ich kannte ihn. Vom Tag seiner Geburt an hatte der schon eine Schraube locker.«

Will nickte, als würde er verstehen. »Können Sie mich zu der Zelle bringen, in der Tommy gefunden wurde?«

Knox schien sich tatsächlich einen Grund dafür zu überlegen, Nein zu sagen. Will wartete einfach. Jeder Polizist wusste, dass man sein Gegenüber am besten zum Reden brachte, indem man schwieg. Es war eine natürliche, menschliche Neigung, Stille mit Geräuschen zu füllen. Allerdings war den meisten Polizisten nicht bewusst, dass sie für diese Technik ebenso anfällig waren wie alle anderen.

»Na gut«, sagte Knox schließlich, »aber ich mag Sie nicht, und Sie mögen mich nicht, also tun wir doch erst gar nicht so, als wäre das anders.«

»Das ist nur fair«, pflichtete Will ihm bei, folgte ihm durch die Tür und stand nun in einem viel kleineren Flur mit einer weiteren Tür. Auf der einen Seite befand sich eine Bank mit einer Reihe Waffenspinde. Jedes Gefängnis, das Will gesehen hatte, sah genauso aus. Es war nur klug, dass Waffen im Zellentrakt nicht erlaubt waren.

Knox deutete auf die Spinde. »Denken Sie daran, dass Sie das Magazin herausnehmen und die Kammer leeren.«

»Ich habe keine Waffe bei mir.«

Nach dem Blick, den Knox ihm zuwarf, hätte er ebenso gut sagen können, er hätte seinen Penis zu Hause gelassen.

Der Mann schürzte angewidert die Lippen, drehte sich um und ging auf die nächste Tür zu.

Will fragte: »Sie sagten, Sie waren dabei, als Sara Linton diesen Anruf tätigte. Hatten Sie da gerade Schichtanfang?«

Knox drehte sich um. »Ich war nicht hier, als der Junge sich umbrachte, wenn Sie das wissen wollen.«

»Hatten Sie Dienst?«, wiederholte Will.

Knox zögerte wieder, als wäre es nicht bereits klar, dass er nicht kooperieren wollte.

»Ich bin mir sicher, Sie sind nicht der normale aufnehmende Beamte. Sie sind Streifenpolizist, nicht?«

Knox antwortete nicht.

»Wer hatte an diesem Nachmittag Dienst?«

Er ließ sich Zeit mit der Antwort. »Carl Phillips.«

»Ich muss mit ihm reden.«

Knox grinste. »Carl ist in Urlaub. Ist heute Nachmittag losgefahren. Zum Zelten mit Frau und Kindern. Keine Handys.«

»Wann kommt er zurück?«

»Das müssen Sie Frank fragen.«

Knox holte seine Schlüssel heraus und öffnete die Tür. Erleichtert stellte Will fest, dass sie jetzt endlich im Zellentrakt waren. Neben einer weiteren großen Tür gab es ein Guckfenster, durch das man in einen weiteren Flur schaute, und in diesem sah Will die vertrauten Metalltüren von Gefängniszellen. An der anderen Wand war ein Schreibtisch festmontiert, darauf standen sechs Flachbildmonitore, die das Innere von fünf Zellen zeigten. Auf dem sechsten Monitor lief eine Partie Solitär. Knox' Abendessen, ein von zu Hause mitgebrachtes Sandwich und Kartoffelchips, war vor einer Tastatur ausgebreitet.

»Wir haben heute nur drei Leute hier«, sagte Knox zur Erklärung.

Will schaute auf die Bildschirme. Ein Mann ging in seiner Zelle auf und ab, die beiden anderen lagen zusammengerollt auf ihren Pritschen. »Wo sind die Überwachungsbänder?«

Der Polizist legte die Hand auf den Computer. »Das Aufnahmesystem gab gestern den Geist auf. Wir haben bereits angerufen, um es reparieren zu lassen.«

»Schon merkwürdig, dass es genau dann aufhört zu arbeiten, wenn es gebraucht wird.«

Knox zuckte die Achseln. »Wie gesagt, ich war nicht dabei.«

»Wurden irgendwelche Gefangenen entlassen, nachdem Braham gefunden wurde?«

Er zuckte noch einmal die Achseln. »Ich war nicht dabei.«

Will nahm die Antwort als stillschweigendes Ja. »Haben Sie ein Besucherverzeichnis?«

Er öffnete einen der Aktenschränke und zog ein Blatt Papier heraus, das er Will gab. Das Formular hatte einzelne Spalten für Namen und Daten, ein Standardblatt, wie man es in jedem Gefängnis in Amerika fand. Oben auf die Seite hatte jemand das Datum geschrieben. Der Rest war leer. »Schätze, Sara hat sich nicht eingeschrieben«, sagte Knox.

»Kennen Sie sie schon lange?«

»Sie kümmerte sich um meine Kinder, bis sie die Stadt verließ. Wie lange kennen Sie sie denn schon?«

Will bemerkte eine leichte Veränderung in der Wut des Mannes. »Nicht lange.«

»Machte den Eindruck, als würden Sie sie ziemlich gut kennen, als Sie da eine ganze Stunde lang vor dem Krankenhaus bei ihr im Auto saßen.«

Will hoffte, dass er nicht so überrascht aussah, wie er es war. Er hatte vergessen, wie engstirnig und gluckenhaft Kleinstädte sein konnten. Er vertraute seinem Glück. »Sie ist eine reizende Frau.«

Knox straffte sich. Er war mindestens fünfzehn Zentimeter kleiner als Will und versuchte offensichtlich, das mit Angeberei auszugleichen. »Jeffrey Tolliver war der beste Mann, mit dem ich je gearbeitet habe.«

»Sein Ruf reicht bis Atlanta. Aus Respekt vor ihm hat meine Chefin mich hierhergeschickt, damit ich mich um seine Leute kümmere.«

Knox kniff die Augen zusammen, und Will merkte, dass der Streifenbeamte diesen Satz auf vielfältige Art interpretieren konnte, nicht zuletzt als Hinweis darauf, dass Will vorhatte, es aus Respekt vor Jeffrey Tolliver mit den Ermittlungen nicht so genau zu nehmen. Dies schien Knox zu entspannen, und deshalb korrigierte Will ihn nicht.

»Sara kann manchmal ein bisschen ein Hitzkopf sein«, sagte Knox. »Sehr emotional.«

Will hätte Sara kaum als eine Frau beschrieben, die sich von ihren Emotionen leiten ließ. Doch er wusste nicht so recht, ob er ein Klischee wie den Ausruf: »Frauen!« überzeugend bringen konnte, weshalb er nur nickte und gleichzeitig die Achseln zuckte, als wollte er sagen: Was soll man da machen?

Knox starrte ihn weiter an und versuchte vermutlich, sich zu entscheiden. »Na gut«, sagte er schließlich. Mit einer Plastikkarte öffnete er die Tür. Die Schlüssel hatte er noch in der Hand, und sie klimperten beim Gehen. »Da drin ist ein Säufer, der seinen Rausch ausschläft. Kam vor ungefähr einer Stunde.« Er deutete auf die nächste Zelle. »Meth-Junkie. Dem geht's ziemlich dreckig. Als wir das letzte Mal versucht haben, ihn zu wecken, hätte er beinahe jemandem die Zähne ausgeschlagen.«

»Was ist mit Tür Nummer drei?«, fragte Will.

»Hat seine Frau verprügelt.«

»Habe ich nicht.« Der Aufschrei drang gedämpft durch die Tür.

Knox nickte Will stumm zu. »Ist schon zum dritten Mal deswegen hier. Sie will nicht gegen ihn aussagen …«

»Verdammt richtig!«, schrie der Mann.

»Er ist mit seiner eigenen Kotze besudelt, also werde ich ihn abspritzen müssen, falls Sie mit ihm reden wollen.«

»Ich bitte Sie ja nicht gerne …« Will zuckte die Achseln. »Aber es beschleunigt die Sache vielleicht, sodass wir alle wieder in unseren Alltag zurückkehren können. Meine Frau bringt mich um, wenn ich über die Ferien nicht zu Hause bin.«

»Weiß, was Sie meinen.« Knox deutete zur nächsten Zellentür. Die Tür stand offen. »Das ist sie.«

Tommy Brahams Blut war weggewischt worden, aber der rote Fleck auf dem Betonboden sprach Bände. Die Füße hatten offensichtlich in Richtung der Tür gezeigt, der Kopf zur Wand. Vielleicht hatte er auf der Seite gelegen, die Arme vor sich ausgestreckt. Ausgehend von der Größe des Flecks nahm Will an, dass Tommy nach einem Handgelenk nicht aufgehört hatte. Er hatte sie sich beide aufgeschlitzt, damit sein Plan auch wirklich aufging.

Als Will die Zelle betrat, erfasste ihn eine leichte Klaustrophobie. Er betrachtete die Waschbetonwände, das metallene Bettgestell mit der dünnen Matratze. Toilette und Waschbecken bildeten eine zusammenhängende Einheit aus Edelstahl. Die Schüssel sah sauber aus, aber der Kloakengestank war stechend. Neben dem Waschbecken standen eine Zahnbürste, ein Metallbecher und eine kleine Tube Zahnpasta, wie man sie auch in Hotels bekam. Will war nicht abergläubisch, aber ihm war deutlich bewusst, dass Tommy Braham in seinem Elend hier drinnen vor weniger als acht Stunden seinem Leben ein Ende gesetzt hatte. Die Aura des Todes hing noch in der Zelle.

»Ich war's nicht«, zitierte Knox.

Will drehte sich um, weil er nicht wusste, was Knox meinte. »Das hat er geschrieben.« Dann bekam seine Stimme einen wissenden Tonfall. »Wenn du es nicht warst, Kumpel, warum hast du dich dann umgebracht?«

Will hatte es noch nie sehr sinnvoll gefunden, einen Toten nach seinen Motiven zu fragen, deshalb gab er die Frage an Knox zurück. »Was glauben Sie, warum er immer wieder beteuerte, dass er Allison Spooner nicht getötet habe?«

»Hab's Ihnen gesagt.« Knox tippte sich an die Schläfe. »Nicht ganz richtig hier oben.«

»Verrückt?«

»Na ja, nur dümmer als Stroh.«

»Zu dumm, um zu wissen, wie man jemanden tötet?«

»Mann, wäre schön, wenn's so was gäbe. Dann müsste ich in dieser Zeit des Monats nicht so höllisch auf meine Frau aufpassen.« Er lachte laut, und Will zwang sich, mit einzufallen, verdrängte dabei den Gedanken an Tommy, der auf dem Boden seiner Zelle lag und die Kugelschreibermine immer und immer wieder über seine Handgelenke zog, bis das Blut spritzte. Wie lange dauerte es wohl, bis das Fleisch aufplatzte? Wurde die Haut heiß von der Reibung? Wurde das Metall der Mine warm? Wie lange dauerte es, bis so viel Blut aus dem Körper geflossen war, dass das Herz aufhörte zu schlagen?

Will wandte sich den verblassten Buchstaben an der Wand zu. Er wollte seine neue, wenn auch falsche Kameraderie mit Knox nicht durchbrechen. »Kannten Sie Allison Spooner?«

»Sie arbeitete im Diner. Wir kannten sie alle.«

»Wie war sie denn so?«

»Gutes Mädchen. Brachte die Teller ziemlich schnell. Stand nicht herum und plapperte zu viel.« Kopfschüttelnd schaute er auf den Boden. »Gut ausgesehen hat sie auch. Schätze, deshalb fasste Tommy sie ins Auge. Das arme Ding. Sie dachte wahrscheinlich, der ist harmlos.«

»Hatte sie Freundinnen? Einen Freund?«

»Schätze, da war nur Tommy. Habe sonst nie jemanden mit ihr zusammen gesehen.« Er zuckte die Achseln. »Wobei ich nicht sehr darauf geachtet habe. Meine Frau mag es nicht, wenn ich den Blick schweifen lasse.«

»Haben Sie Tommy oft im Diner gesehen?«

Knox schüttelte den Kopf. Will merkte, dass seine Kooperationsbereitschaft wieder geringer wurde.

»Kann ich mit dem Frauenprügler sprechen?«

»Ich habe sie nicht angerührt«, kreischte der Gefangene und schlug mit der Hand an die Zellentür.

»Dünne Wände«, bemerkte Will. Knox lehnte mit verschränkten Armen an der Tür. Seine Hemdtasche war ausgebeult, ein silberfarbener Stift steckte darin. »Hey, kann ich mir Ihren Stift mal ausleihen?«

Knox berührte den Clip des Stifts. »Tut mir leid, aber das ist der Einzige, den ich habe.«

Will erkannte das Cross-Logo. »Hübsch.«

»Chief Tolliver schenkte sie uns zu Weihnachten, bevor er ums Leben kam.«

»Ihnen allen?« Als Knox nickte, pfiff Will leise. »Das muss teuer gewesen sein.«

»Billig sind die sicher nicht.«

»Die brauchen doch eine spezielle Mine, nicht? Eine aus Metall?«

Knox öffnete den Mund, um zu antworten, verkniff es sich aber dann.

»Wer hat sonst noch einen?«

Knox verzog höhnisch die Lippen. »Sie können mich mal.«

»Na schön. Ich kann ja Sara danach fragen, wenn ich sie später sehe.«

Knox richtete sich auf und blockierte die Tür. »Sie sollten aufpassen, Agent Trent. Der letzte Kerl, der in dieser Zelle war, fand kein sehr glückliches Ende.«

Will lächelte. »Ich glaube, ich kann ganz gut auf mich selbst aufpassen.«

»Ach, tatsächlich?«

Will zwang sich zu einem Grinsen. »Ich hoffe es, da Sie mich ja offensichtlich bedrohen.«

»Glauben Sie?« Knox schlug gegen die offene Zellentür. »Hast du das gehört, Ronnie? Mr GBI hier sagt, dass ich ihn bedrohe.«

»Was ist, Larry?«, rief der Frauenprügler zurück. »Durch diese dicken Wände höre ich nichts. Rein gar nichts.«

Will saß im Verhörzimmer und versuchte, durch den Mund zu atmen, während er die fotokopierten Seiten anschaute, die Sara ihm gegeben hatte. Officer Knox hatte sein Angebot, den Frauenprügler abzuspritzen, zurückgezogen. Zwanzig Minuten lang hatte Will den Gestank des Mannes ertragen, danach hatte er es aufgegeben, ihn zu verhören. In Atlanta hätte Ronny Porter sich den Weg in die Freiheit ersungen, hätte Will jede Information gegeben, die er hatte, nur um aus dem Gefängnis zu kommen. Kleinstädte waren da anders. Anstatt sich schuldig zu bekennen, um mit einer milderen Strafe davonzukommen, hatte Porter jeden Beamten im Gebäude verteidigt. Sogar über Marla Simms hatte er nur Gutes zu berichten, offensichtlich war sie in der Sonntagsschule seine Lehrerin gewesen.

Will breitete die Akten aus und versuchte, sie in eine Ordnung zu bringen. Tommy Brahams Geständnis war handgeschrieben, die Kopie dunkel, weil das Original auf gelbem Juristenpapier geschrieben worden war. Der Polizeibericht war so wie jeder, den Will im GBI je in der Hand gehabt hatte. Kästchen boten Platz für Datum, Zeit, Wetter und andere Details des Verbrechens, und sie mussten mit der Hand ausgefüllt werden. Der Abschiedsbrief hatte beim Kopieren zu viel Licht abbekommen, die Buchstaben waren unscharf.

Es gab noch zwei andere Seiten, Kopien von Notizpapier

aus kleinen Blöcken, wie jeder Polizist sie in seiner Gesäßtasche trug. Vier Seiten waren nebeneinandergelegt worden, sodass sie auf eine kopierte Seite passten. Insgesamt waren es acht Seiten, die aus dem Block gerissen worden waren. Will betrachtete die Positionierung. Er erkannte schwache Spuren, wo die linierten Blätter auf ein größeres Blatt geklebt worden waren, um sie besser kopieren zu können. Anstelle der ausgefransten oberen Ränder, wo sie aus der Spiralheftung gerissen wurden, waren gerade, glatte Linien zu sehen, als hätte jemand die Ränder mit einer Schere abgeschnitten. Das fand er am merkwürdigsten von allem – nicht nur weil Polizisten selten dazu neigten, besonders ordentlich zu sein, sondern weil er in seiner gesamten Karriere noch nie erlebt hatte, dass ein Polizist Seiten aus seinem Notizbuch riss.

Der Haftbefehl war das letzte Blatt im Stapel, aber dieser Teil des Verfahrens war wenigstens computerisiert. Alle Kästchen waren mit gedruckter Schrift ausgefüllt. Ganz oben standen der Name des Verdächtigen, seine Adresse und die private Telefonnummer. Will suchte das Kästchen für Tommys Arbeitgeber. Er beugte sich über das Formular und kniff die Augen zusammen, während er mit dem Zeigefinger die winzigen Buchstaben abfuhr. Seine Lippen bewegten sich, er versuchte, sich das Wort laut vorzusagen. Will war müde von der monotonen Fahrt. Die Buchstaben verschwammen. Er blinzelte und wünschte sich, das Zimmer wäre heller.

In einer Hinsicht hatte Sara Linton recht gehabt. Eine ganze Stunde lang war sie Will gegenübergesessen und hatte nicht gemerkt, dass er Legastheniker war.

Sein Handy klingelte, das laute Geräusch in dem engen Raum erschreckte ihn. Er erkannte Faith Mitchells Nummer. »Hey, Partnerin.«

»Sie wollten mich doch anrufen, sobald Sie dort angekommen sind.«

»Es war ziemlich was los«, sagte Will, und irgendwie stimmte das auch. Will hatte schon immer Schwierigkeiten mit Richtungen und Fahrtrouten gehabt, und es gab Teile von Heartsdale zwischen der Interstate und der Main Street, die auf seinem GPS nicht verzeichnet waren.

»Wie läuft's?«, fragte sie.

»Ich werde mit äußerstem Respekt und Aufmerksamkeit behandelt.«

»Ich würde dort nichts trinken, außer es kommt aus einer versiegelten Flasche.«

»Guter Rat.« Er lehnte sich zurück. »Wie geht's Ihnen?«

»Ich bin kurz davor, jemanden oder mich selbst umzubringen«, gab sie zu. »Morgen Nachmittag soll der Kaiserschnitt gemacht werden.« Faith war Diabetikerin. Ihre Ärzte wollten die Geburt unter Kontrolle haben, damit ihr Leben nicht gefährdet wurde. Sie fing an, Will die Details des Verfahrens zu beschreiben, doch er hörte nicht mehr zu, nachdem sie das Wort »Uterus« benutzt hatte. Er betrachtete sich im Spionspiegel und fragte sich, ob Mrs Simms recht damit hatte, dass seine Haare jetzt, da er sie hatte wachsen lassen, besser aussahen.

Schließlich kam Faith zum Ende. Sie fragte: »Was ist mit diesem Fax, das Sie mir geschickt haben?«

Er konnte sie die Seiten zählen hören. »Ich habe insgesamt siebzehn. Alle von derselben Nummer abgeschickt.«

»Siebzehn?« Er kratzte sich am Kinn. »Sind einige davon doppelt?«

»Nein. Habe einen Polizeibericht, kopierte handschriftliche Notizen – die Blätter sind aus dem Notizblock geschnitten – das ist komisch. Man reißt keine Seiten aus seinem Notizbuch – und ...« Sie nahm an, dass sie jetzt Tommy Brahams Geständnis las. »Haben Sie das geschrieben?«

»Sehr lustig«, sagte Will. Er hatte die Wörter nicht lesen

können, als Sara ihm das Geständnis im Auto gegeben hatte, aber sogar für Will wirkte die verschlungene, fast karikaturhafte Handschrift Tommy Brahams merkwürdig. »Was denken Sie?«

»Ich denke, das liest sich wie einer von Jeremys Aufsätzen aus der ersten Klasse.«

Jeremy war ihr Teenager-Sohn. »Tommy Braham ist neunzehn.«

»Was ist er, zurückgeblieben?«

»Inzwischen darf man das nur noch ›intellektuell behindert‹ nennen.«

Sie schnaubte.

»Sara sagt, sein IQ liegt bei etwa achtzig.«

Faith klang skeptisch, aber sie hatte schon beim letzten Mal ziemlich gereizt reagiert, als Sara sich in ihren Fall eingemischt hatte. »Woher kennt Sara denn seinen IQ?«

»Sie hatte ihn in ihrer Kinderklinik behandelt.«

»Hat sie sich dafür entschuldigt, dass sie Sie in Ihrem Urlaub auf die andere Seite der Mückengrenze gelockt hat?«

»Sie weiß nicht, dass ich Urlaub habe, aber ja, sie hat sich entschuldigt.«

Faith schwieg einen Augenblick. »Wie geht es ihr?«

Er dachte nicht an Sara, sondern an den Duft, den sie auf seinem Taschentuch hinterlassen hatte. Er hatte nicht erwartet, dass eine Frau wie sie Parfum trägt. Vielleicht war es eine dieser Luxusseifen, mit denen Frauen sich das Gesicht wuschen.

»Will?«

Er räusperte sich, um sein Schweigen zu erklären. »Sie ist okay. Sie war sehr aufgeregt, aber ich glaube schon, dass sie einen guten Grund hat.« Er senkte die Stimme. »Irgendwas stimmt bei dieser ganzen Sache hier nicht.«

»Glauben Sie, dass Tommy das Mädchen umgebracht hat?«

»Ich weiß noch nicht, was ich denken soll.«

Faith verstummte, und das war nie ein gutes Zeichen. Seit über einem Jahr war sie nun schon seine Partnerin, und als Will schließlich dachte, er lerne allmählich, ihre Launen zu interpretieren, war sie schwanger geworden, und die ganze Geschichte hatte von Neuem angefangen. »Okay«, sagte sie. »Was hat Sara Ihnen sonst noch erzählt?«

»Irgendwas über den Typen, der ihren Mann umbrachte.«

Will wusste, dass Faith bereits hinter Saras Rücken Details über diesen Fall herausgefunden hatte. Von Lena Adams' Verwicklung wusste sie nichts, auch nicht, dass Sara glaubte, Lena sei verantwortlich für Jeffrey Tollivers Tod. Will stand auf und trat in den Gang, um nachzusehen, ob Knox irgendwo in der Nähe war. Dennoch sprach er nur leise, als er die Geschichte wiedergab, die Sara ihm über den Mord an ihrem Mann erzählt hatte. Als er fertig war, atmete Faith tief durch.

»Klingt, als wäre Sara ganz schön sauer auf diese Adams.«

Will setzte sich wieder an den Tisch. »So kann man es auch sagen.« Den Teil von Geschichte, der für ihn am auffälligsten war, erwähnte er nicht. In der ganzen Zeit ihres Erzählens hatte Sara Jeffrey Tollivers Namen kein einziges Mal erwähnt. Sie hatte ihn immer nur »meinen Mann« genannt.

»Ich glaube, diese Julie Smith zu finden hat höchste Priorität. Sie hat den Mord entweder gesehen oder etwas davon gehört. Haben Sie ihre Handynummer?«, fragte Faith.

»Ich lasse sie mir später von Sara geben.«

»Später?«

Will ignorierte die Frage. Faith würde eine Erklärung verlangen, warum er bei Saras Eltern zu Abend aß, und danach würde sie wissen wollen, wie es gelaufen sei. »Wo arbeitet – oder arbeitete – Tommy Braham?«

Sie blätterte in den Seiten. »Hier steht, er war auf der Bowlingbahn beschäftigt. Vielleicht ist das der Grund, warum er sich umbrachte – weil er nicht mehr den ganzen Tag Lysol in Schuhe sprühen wollte.«

Will lachte nicht über diesen Witz. »Sie haben ihm von Anfang an Mord vorgeworfen. Nicht tätlichen Angriff, nicht versuchten Mord, nicht Widerstand gegen die Verhaftung.«

»Wie kamen sie auf Mord? Habe ich den Autopsiebericht vielleicht nicht? Die Laborergebnisse? Die forensischen Daten?«

Will erklärte es ihr. »Brad Stephens wird in den Bauch gestochen. Er kommt mit dem Hubschrauber ins Krankenhaus. Adams schleppt Tommy Braham sofort ins Revier und holt sein Geständnis des Mordes an Allison Spooner aus ihm heraus.«

»Sie ist nicht mit ihrem Partner ins Krankenhaus geflogen?«

»Ich nehme an, der Chief hat das getan. Seitdem hat er sich nicht mehr blicken lassen.«

»War bei Brahams Verhör ein Anwalt anwesend?« Faith beantwortete sich die Frage selbst. »Kein Anwalt würde ihn dieses Geständnis ablegen lassen.«

»Eine Mordanklage klingt nach mehr als eine wegen tätlichem Angriff. Es könnte was Politisches sein – krieg die Stadt hinter dich, dann juckt es keinen, dass ein Mörder sich umgebracht hat.« Will hatte Sara das Gleiche gesagt. Wenn Tommy Allisons Mörder war, dann würden die Leute davon ausgehen, dass der Gerechtigkeit bereits Genüge getan worden war.

»Dieses Geständnis ist merkwürdig«, sagte Faith. »Er liefert Details zum Abwinken – bis zum Mord, der wird dann in drei Zeilen abgehandelt. ›Ich wurde wütend. Ich hatte ein Messer bei mir. Ich stach ihr einmal in den Nacken.‹ Viel Erklärung ist das nicht. Und bei so etwas müsste es Unmengen von Blut geben. Erinnern Sie sich noch an diesen Fall, bei dem der Frau die Kehle durchgeschnitten wurde?«

Will verzog das Gesicht bei der Erinnerung. Das Blut hatte in alle Richtungen gespritzt – an die Wände, die Decke, den Boden. Es war wie in der Spritzkabine einer Autolackiererei. »Allison wurde in den Nacken gestochen. Vielleicht ist das anders?«

»Das bringt mich zu einem anderen wichtigen Punkt. *Ein* Stich klingt nicht verrückt. Das klingt für mich sehr kontrolliert.«

»Detective Adams hatte es wahrscheinlich eilig, sie wollte unbedingt ins Krankenhaus. Vielleicht hatte sie ja noch ein zweites Verhör eingeplant. Vielleicht hatte sich Chief Wallace Tommy später vornehmen wollen.«

»So macht man das aber nicht. Wenn ein Verdächtiger redet, vor allem wenn er gesteht, holt man jedes Detail aus ihm heraus.«

»Bis jetzt haben die Leute hier noch kein großes Talent für solide Polizeiarbeit bewiesen. Sara hält Adams für schlampig, meint, dass sie alles zu locker nimmt. Was ich bis jetzt von den Spooner-Ermittlungen gesehen habe, lässt mich vermuten, dass sie recht hat.

»Ist sie hübsch?«

Einen Augenblick lang glaubte Will, sie frage nach Sara. »Ich habe noch kein Foto gesehen, aber der Polizist, mit dem ich gesprochen habe, meinte, sie wäre gut aussehend gewesen.«

»Junges Mädchen im Collegealter. Die Presse wird sich darauf stürzen, vor allem, wenn sie hübsch war.«

»Wahrscheinlich«, pflichtete er ihr bei. Noch ein Grund, um Allison Spooners Mörder so schnell wie möglich hinter Gitter zu stecken. »Das Mädchen arbeitete im örtlichen Diner. Soweit ich weiß, kannten viele Polizisten des Reviers sie.«

»Das könnte erklären, warum sie so schnell eine Verhaftung vorgenommen haben.«

»Könnte«, entgegnete er. »Aber wenn Sara recht hat und Tommy das Mädchen nicht umbrachte, dann läuft hier noch immer ein Mörder frei herum.«

»Wann ist die Autopsie?«

»Morgen.« Will sagte nicht, dass Sara sich für die Untersuchung angeboten hatte.

»Das klingt alles sehr passend«, gab Faith zu bedenken. »Frühmorgens wird ein totes Mädchen gefunden, der Mörder wird vor dem Mittag verhaftet und vor dem Abendessen in seiner Zelle tot aufgefunden.«

»Falls Brad Stephens nicht überlebt, werden sie wahrscheinlich nicht einmal zulassen, dass Tommy Braham innerhalb der Stadtgrenzen beerdigt wird.«

»Wann fahren Sie ins Krankenhaus?«

»Das hatte ich nicht vor.«

»Will, ein Polizist liegt im Krankenhaus. Wenn Sie im Umkreis von hundert Meilen sind, müssen Sie ihn besuchen. Man bleibt eine Weile, tröstet Ehefrau oder Mutter. Man spendet Blut. Polizisten machen das so.«

Will nagte an der Unterlippe. Er hasste Krankenhäuser. Er hatte noch nie verstanden, warum man dort sein sollte, wenn es nicht unbedingt nötig war.

»Ist denn Brad Stephens nicht auch ein möglicher Zeuge?«

Will lachte. Er bezweifelte stark, dass der Mann mithelfen würde, Licht in die gestrigen Ereignisse zu bringen – außer er war Pfadfinder. »Ich bin mir sicher, er wird ebenso höflich wie mitteilsam sein.«

»Sie müssen die Routine dennoch abspulen.« Sie hielt kurz inne, bevor sie weitersprach. »Und da ich auch Polizistin bin, lassen Sie mich das Offensichtliche feststellen: Tommy brachte sich aus demselben Grund um, aus dem er davonlief, als er in der Garage gestellt wurde. Weil er schuldig war.«

»Oder er war es nicht und wusste, dass niemand ihm glauben würde.«

»Sie klingen wie ein Verteidiger«, bemerkte Faith. »Was ist mit dem Rest von diesem Zeug? Das liest sich wie die ersten Seiten eines Krimis.«

»Was meinen Sie damit?«

»Die handschriftlichen Notizen vom Spooner-Tatort. ›Am Ufer ungefähr dreißig Meter von der Flutlinie und vier Meter von einer großen Eiche entfernt wurde ein Paar weißer Nike-Sport-Tennisschuhe der Frauengröße acht gefunden. Im linken Schuh liegt auf der Einlegesohle, die blau ist und den Aufdruck *Sport* auf dem Fersenende trägt, ein Ring aus Gelbgold ...‹ Also kommen Sie. Das ist doch nicht *Krieg und Frieden*. Es ist ein Vor-Ort-Bericht.«

»Haben Sie den Abschiedsbrief bekommen?«

»›Ich will es vorbei haben‹.« Sie reagierte genauso wie Will. »Nicht gerade das ›Adieu, grausame Welt‹, das man erwarten würde. Und das Papier ist von einem größeren Blatt abgerissen. Das ist doch merkwürdig, oder? Man will einen Abschiedsbrief schreiben, und dazu reißt man ein Stück von einem größeren Blatt ab?«

»Was haben Sie sonst noch bekommen? Sie sagten, es waren siebzehn Seiten.«

»Einsatzberichte.« Sie las laut vor. »Die Polizei wurde etwa gegen einundzwanzig Uhr zu Skatey's Rollschuhbahn am Old Highway fünf gerufen ...« Sie verstummte und überflog den Rest. »Okay. Letzte Woche geriet Tommy in Streit mit einem Mädchen, deren Namen sie sich nicht einmal notierten. Er hörte nicht auf zu schreien. Er wurde aufgefordert zu gehen. Er weigerte sich. Die Polizei kam und forderte ihn auf zu gehen. Tommy ging. Niemand wurde verhaftet.« Faith verstummte wieder. »Der zweite Bericht betrifft einen Hund, der vor fünf Tagen auf Tommys Anwesen bellte. Beim letzten Bericht geht's um laute Musik. Auf der letzten Seite steht noch eine Notiz, eine Art Memo des bearbeitenden Polizisten, dass man dieser Sache nachgehen sollte, wenn Tommys Vater wieder in der Stadt ist.«

»Von wem sind die Berichte?«

»Irgendein Beamter. Carl Phillips.«

Der Name war Will vertraut. »Ich habe erfahren, dass Phillips der aufnehmende Beamte war, als diese ganze Geschichte passierte.«

»Das ergibt doch keinen Sinn. Einen Streifenbeamten verdonnert man doch nicht zur Gefangenenaufnahme in dem Revier.«

»Entweder er ist ein wirklich schlechter Lügner, oder sie haben Angst, dass er mir die Wahrheit sagt.«

»Also, finden Sie ihn, und machen Sie sich selbst ein Bild.«

»Mir wurde gesagt, er ist im Augenblick mit Frau und Kindern beim Zelten. Kein Handy. Keine Kontaktaufnahme möglich.«

»Was für ein erstaunlicher Zufall. Der Name ist Carl Phillips?«

»Ja.« Will wusste, dass Faith sich den Namen aufschrieb. Sie hasste es, wenn Leute versuchten, etwas zu verbergen. Er sagte ihr: »Außerdem können die Überwachungskameras in den Zellen im Augenblick nicht aufnehmen.«

»Wurde das Verhör mit Tommy aufgenommen?«

»Falls es aufgenommen wurde, dann ist dem Film sicherlich irgendwas mit Herunterfallen und Strom und Wasser passiert.«

»Scheiße, Will. Sie haben diese Seiten selbst durchnummeriert, nicht?«

»Ja.«

»Eins bis zwölf?«

»Ja. Was ist los?«

»Seite elf fehlt.«

Will blätterte in seinen Originalen. Sie waren alle durcheinander.

»Sind Sie sicher, dass Sie richtig durchnummeriert ...«

»Ich weiß, wie man Seiten nummeriert, Faith.« Er fluchte leise, als er sah, dass Seite elf in seinen Kopien ebenfalls fehlte.

»Warum nimmt jemand eine Seite heraus und schickt stattdessen Einsatzberichte?«

»Ich muss schauen, ob Sara ...«

Hinter sich hörte er ein Geräusch. Ein Husten, vielleicht ein Niesen. Er vermutete, dass Knox im Überwachungsraum stand und alles mitgehört hatte.

»Will?«

Er stand auf, schob die Papiere zusammen und steckte sie wieder in die Akte. »Sehen Sie Ihre Mutter trotzdem an Thanksgiving?«

Sie ließ sich Zeit mit der Antwort, weil sie ihn falsch verstanden hatte. »Sie wissen ja, ich würde Sie dazu einladen, wenn ...«

»Angie hat eine Überraschung für mich geplant. Sie wissen doch, wie gerne sie kocht.« Er trat auf den Flur, blieb vor dem Lagerraum stehen und klopfte an die Tür. »Vielen Dank für Ihre Hilfe, Officer Knox.« Die Tür blieb geschlossen, aber auf der anderen Seite hörte Will das Geräusch von Schritten. »Ich finde selbst hinaus.«

Faith sagte nichts, bis er im Bereitschaftsraum war. »Ist die Luft jetzt rein?«

»Einen Augenblick noch.«

»Angie kocht gerne?« Ihr Lachen kam tief aus dem Bauch. »Wann haben Sie die schwer fassbare Mrs Trent denn zum letzten Mal gesehen?«

Sieben Monate waren vergangen, seit Angie zum letzten

Mal aufgetaucht war, aber das ging Faith nichts an. »Wie geht's Betty?«

»Ich habe ein Kind großgezogen, Will. Ich glaube, ich kann auf Ihren Hund ganz gut aufpassen.«

Will drückte die gläserne Vordertür auf und ging hinaus in den Nieselregen. Sein Auto stand am anderen Ende des Parkplatzes. »Hunde sind viel empfindlicher als Kinder.«

»Sie haben offensichtlich noch nicht viel Zeit mit einem schmollenden Elfjährigen verbracht.«

Er schaute sich über die Schulter. Knox oder zumindest eine Gestalt, die Knox sehr ähnlich sah, stand am Fenster. Will ging langsam weiter. Er sagte nichts mehr, bis er sicher in seinem Auto saß. »Bei dem Mord an diesem Mädchen läuft noch irgendwas anderes, Faith.«

»Was meinen Sie?«

»Nennen Sie es Instinkt.« Will schaute noch einmal zum Revier. Eines nach dem anderen gingen die Lichter in den vorderen Fenstern aus. »Es passt einfach zu gut, dass der einzige Mensch, der mir sagen könnte, was wirklich passiert ist, tot ist.«

6. Kapitel

Lena hielt Brads Hand. Seine Haut fühlte sich kühl an. Die Maschinen im Zimmer summten und piepten, aber keine von ihnen verriet den Ärzten, wie es Brad wirklich ging. Vor ein paar Stunden hatte sie eine Schwester »mal so, mal so« sagen hören, aber für Lena sah Brad unverändert aus. Er roch auch unverändert. Desinfektionsmittel, Schweiß und dieses blöde Axe-Duschgel, das er nur wegen der Fernsehwerbung benutzte.

»Du wirst schon wieder«, sagte sie zu ihm und hoffte, dass das auch stimmte. Alles Schlechte, was sie je über Brad gedacht hatte, dröhnte in ihrem Kopf wie eine Glocke. Er besaß keine Straßenschläue. Er war für den Job nicht geeignet. Er hatte nicht die Fähigkeiten für einen Detective. War Lena verantwortlich für Brads Verletzung, weil sie den Mund gehalten hatte? Hätte sie Frank sagen müssen, dass Brad nicht zur Truppe gehören sollte? Frank wusste das besser als jeder andere. In den letzten beiden Jahren hatte er jede Woche irgendwann gemurmelt, dass er Brad feuern werde. Zehn Minuten, bevor Brad niedergestochen wurde, hatte Frank ihn heruntergeputzt.

Aber war es wirklich Brads Schuld? Lena sah die Ereignisse dieses Vormittags vor sich wie einen endlos laufenden Film. Brad rannte die Straße entlang. Er befahl Tommy, stehen zu bleiben. Tommy blieb stehen. Er drehte sich um. Das Messer war in seiner Hand. Und dann steckte es in Brads Bauch.

Lena wischte sich mit den Händen übers Gesicht. Sie sollte sich selbst beglückwünschen, dass sie Tommy Braham zu einem Geständnis gebracht hatte. Stattdessen wurde sie das Gefühl nicht los, dass ihr etwas entgangen war. Sie musste noch einmal mit Tommy reden, ihm mehr Details über seine Bewegungen vor und nach dem Mord entlocken. Er verschwieg noch etwas, was in Mordfällen nicht ungewöhnlich war. Tommy wollte nicht zugeben, dass er ein schlechter Mensch war. Doch das war während des gesamten Verhörs offensichtlich geworden. Er hatte die blutrünstigen Details ausgelassen, und Lena hatte nicht nachgefragt, weil sie unbedingt zu Brad wollte – musste –, um nachzusehen, wie es ihm ging. Lena war noch nicht so erschöpft, dass sie nicht mehr erkennen konnte, dass Tommy noch mehr zu sagen hatte. Sie brauchte nur etwas Schlaf, bevor sie noch einmal zu ihm ging. Sie musste dafür sorgen, dass der Fall, zumindest der Teil des Falles, den sie kontrollieren konnte, wasserdicht war.

Das größte Problem war, dass man mit Tommy nur sehr schwer reden konnte. Schon nach einer Minute des Verhörs hatte Lena erkannt, dass Tommy nicht richtig im Kopf war. Er war nicht nur schwer von Begriff, er war dumm. Immer bereit, jede Lücke zu stopfen, die Lena offen gelassen hatte, solange sie ihm nur die Richtung vorgab. Sie hatte versprochen, er könne nach Hause gehen, wenn er gestand. Noch immer sah sie den verwirrten Ausdruck in seinem Gesicht, als sie ihn in die Zelle zurückführte. Wahrscheinlich saß er jetzt im Augenblick auf seiner Pritsche und fragte sich, wie er nur in dieses Schlamassel hatte hineingeraten können.

Lena fragte sich dasselbe. All die Einzelteile hatten sich heute Vormittag so schnell zusammengefügt, dass sie gar keine Zeit gehabt hatte zu überlegen, ob sie wirklich zusammenpassten oder ob sie sie nur mit Gewalt in das Puzzle drückte. Die Stichwunde in Allison Spooners Nacken. Der Abschiedsbrief. Der 911er-Anruf. Das Messer.

Das blöde Messer.

Lenas Handy vibrierte in ihrer Tasche. Sie ignorierte es, so wie sie alles ignoriert hatte, seit sie ins Krankenhaus gekommen war. Zwei Stunden mit Tommy im Revier. Zwei Stunden Fahrt nach Macon. Weitere Stunden Wache vor Brads Zimmer. Sie hatte Blut gespendet. Sie hatte zu viel Kaffee getrunken. Delia Stephens, Brads Mutter, schnappte im Augenblick ein wenig frische Luft. Nur zu Lena hatte sie genug Vertrauen, dass sie ihren Sohn ihrer Obhut überließ.

Warum? Lena war der letzte Mensch auf Erden, dem die Frau ihren Sohn anvertrauen sollte.

Sie zog ein Papiertuch aus dem Spender und benetzte eine Ecke in dem Wasserglas neben dem Bett. Brad war an ein Beatmungsgerät angeschlossen, sein Mund war mit getrocknetem Speichel verklebt. Seine Lunge war kollabiert. Seine Leber war beschädigt. Er hatte starke innere Blutungen gehabt. Man hatte Angst vor möglichen Infektionen. Man hatte Angst, dass er die Nacht nicht überlebte.

Als sie ihm übers Kinn wischte, spürte sie überrascht die Bartstoppeln. Lena betrachtete Brad noch immer als Jungen, aber er hatte Haare im Gesicht, und die Größe seiner Hand, die sie in der ihren hielt, erinnerte sie daran, dass er ein erwachsener Mann war. Er hatte um das Risiko gewusst, das man als Polizist einging. Brad war vor Ort gewesen, als Jeffrey starb, sogar als erster eintreffender Beamter. Er hatte nie darüber gesprochen, aber seit diesem Tag war Brad verändert. Erwachsener. Der Tod des Chief war eine grausame Erinnerung daran, dass sie alle nicht gefeit waren gegen die bösen Jungs, die sie verhafteten.

Ihr Handy vibrierte schon wieder. Lena zog es aus der Tasche und ging die Anrufliste durch. Sie hatte ihren Onkel in Florida angerufen, um ihm zu sagen, dass sie okay war, für den Fall, dass er in den Nachrichten etwas sah. Jared hatte angerufen, als sie Tommy Braham eben ins Auto steckte. Jared war ebenfalls Polizist. Er hatte über Funk von der Messerstecherei gehört. Sie hatte ihm nur gesagt: »Ich bin okay«, und dann wieder abgeschaltet, bevor sie zu weinen anfing.

Alle anderen Anrufe waren von Frank gekommen. Seit mindestens fünf Stunden versuchte er, sie zu erreichen. Sie hatte ihn nicht mehr gesehen, seit er mit Brad in dem Hubschrauber, der mitten auf der Straße gelandet war, davongeflogen war. Der Blick aus seinen verquollenen Augen hatte eine Geschichte erzählt, die sie nicht hatte hören wollen. Und jetzt hatte er Angst, dass sie jedem alles sagen würde, was sie wusste.

Er *sollte* Angst haben.

Er meldete sich schon wieder, als sie ihr Handy noch in der Hand hielt, aber sie drückte auf den Knopf, bis das Gerät sich abschaltete. Sie wollte nicht mit Frank reden, wollte keine seiner Ausreden mehr hören. Er wusste, was heute schiefgelaufen war. Er wusste, dass Brads Blut ebenso sehr an seinen Händen wie an Lenas klebte – vielleicht sogar noch mehr.

Sie sollte einfach aufhören. Ihr Kündigungsschreiben steckte in ihrer Jackentasche, seit Wochen schon. Sie hatte Tommys Geständnis in Rekordzeit bekommen. Sollte doch jemand anders die Details aus ihm herausholen. Sollte doch ein anderer Polizist zwei Stunden lang in Tommys schlaffes Gesicht schauen und versuchen herauszufinden, was da in seinem winzigen Gehirn ablief. Ihre Arbeit konnte man Lena nicht zum Vorwurf machen. Nach dem, was heute passiert war, hatte Jeffreys Geist keine Gewalt mehr über sie.

Delia Stephens kam wieder ins Zimmer. Sie war eine korpulente Frau, aber sie bewegte sich leise um das Bett, klopfte Brads Kissen auf, küsste seine Stirn. Sie strich die bereits schütter werdenden blonden Haare ihres Sohns zurück. »Er ist sehr gerne Polizist.«

Lena fand ihre Stimme wieder. »Er macht das auch sehr gut.«

Delia hatte ein trauriges Lächeln auf dem Gesicht. »Er wollte immer nur, dass Sie mit ihm zufrieden sind.«

»Er hat mich auch nie enttäuscht«, log sie. »Er ist ein guter Detective, Ms Stephens. Und er wird schon sehr bald wieder auf der Straße sein.«

Delias Augen verschatteten sich vor Sorge. Sie strich Brad über die Schulter. »Vielleicht kann ich ihn dazu überreden, mit seinem Onkel Sonny Versicherungen zu verkaufen.«

»Sie werden noch genug Zeit dazu haben«, krächzte Lena. Ihr falscher Optimismus täuschte niemanden.

Delia stand auf. Sie faltete die Hände vor dem Bauch. »Danke, dass Sie auf ihn aufgepasst haben. Er fühlt sich immer sicherer, wenn er bei Ihnen ist.«

Lena wurde es schwindelig. Das Zimmer war zu klein, zu warm. »Ich gehe nur mal für einen Augenblick zur Toilette.«

Delia lächelte, und ihre Dankbarkeit war so offensichtlich, dass Lena sich vorkam, als würde man ihr ein Messer in der Brust herumdrehen. »Nehmen Sie sich Zeit, meine Liebe. Sie haben schon einen langen Tag hinter sich.«

»Ich bin gleich wieder da.«

Mit hocherhobenem Kopf ging Lena den Gang entlang. Zwei Streifenbeamte des Grant County standen vor dem Wartebereich der Intensivstation Wache. Drinnen sah sie Ortspolizisten aus Macon beisammenstehen. Frank Wallace konnte sie nirgends entdecken. Höchstwahrscheinlich drückte er seinen Bauch an irgendeinen Tresen und versuchte, den schlechten Geschmack in seinem Mund wegzutrinken. Wahrscheinlich war es für sie das Beste, wenn sie ihn jetzt nicht sah. Wenn er im Gang gestanden hätte, hätte sie ihn wegen seiner Sauferei und seiner Lügen zur Rede gestellt – wegen allem, was sie in den letzten vier Jahren ignoriert hatte. Aber das war jetzt Geschichte. Ab morgen würde Lenas bedingungslose Loyalität zu diesem Mann nicht mehr existieren.

Wenigstens war Gavin Wayne, der Polizeichef von Macon, hier. Er nickte, als Lena vorbeiging. Vor ein paar Wochen hatte er mit Lena über einen Wechsel zu seiner Truppe gesprochen. Sie hatte Jared gerade von seiner Schicht abgeholt, weil sein Pick-up bei der Reparatur war. Lena hatte Chief Wayne als recht sympathisch empfunden, aber Macon war eine große, sich immer weiter ausdehnende Stadt. Wayne war mehr Politiker als Polizist. Er war in keiner Weise wie Jeffrey, ein Hindernis, das ihr unüberwindlich schien, als er ihr den Job anbot.

Lena stieß die Tür zur Damentoilette auf und war froh, dass sie leer war. Sie drehte das kalte Wasser auf und ließ es über ihre Hände laufen. Sie hatte sie schon unzählige Male gewaschen, aber das Blut – Brads Blut und ihr eigenes – klebte ihr noch immer unter den Fingernägeln.

Die Kugel hatte ihre Hand getroffen. Es war nur ein Streifschuss an der Außenkante der Handfläche. Lena hatte sich selbst verarztet, mit dem Erste-Hilfe-Kasten im Revier. Komischerweise hatte die Wunde nicht stark geblutet. Vielleicht hatte die Hitze der Kugel sie kauterisiert. Trotzdem brauchte sie drei übereinanderliegende Pflaster, um sie abzudecken. Anfangs war der Schmerz beherrschbar, aber jetzt, da der Schock nachgelassen hatte, pochte ihre ganze Hand. Sie konnte die Wunde niemandem im Krankenhaus zeigen. Schusswunden mussten gemeldet werden. Lena würde bei jemandem einen Gefallen einfordern müssen für ein Antibiotikum, damit sie keine Infektion bekam.

Gott sei Dank war es nur die linke Hand. Mit der rechten Hand griff sie zum Wasserhahn und mischte heißes Wasser ins kalte. Sie befeuchtete ein Papiertuch, verrieb ein wenig Seife darauf und wusch sich damit unter den Achseln. Sie machte weiter, verpasste sich am Waschbecken ein regelrechtes Nuttenbad. Wie lange war sie jetzt schon wach? Brads Anruf wegen der Leiche im See war gegen drei Uhr in der Früh gekommen. Als sie das letzte Mal auf die Uhr geschaut hatte, war es kurz vor zehn Uhr abends gewesen. Kein Wunder, dass sie fix und fertig war vor Erschöpfung.

»Lee?« Jared Long stand in der Tür. Er trug seine Motorradpolizisten-Uniform. Seine Stiefel waren abgeschabt. Seine Haare waren zerzaust. Bei seinem Anblick machte Lenas Herz einen Satz.

Die Wörter quollen ihr nur so aus dem Mund. »Du solltest nicht hier sein.«

»Meine Einheit ist gekommen, um Blut zu spenden.« Er ließ die Tür hinter sich zufallen. Es fühlte sich an wie eine Ewigkeit, bis er zu ihr kam und sie in die Arme nahm. Sie ließ den Kopf an seine Schulter sinken. Sie passte in seine Arme wie das letzte Teil eines Puzzles. »Es tut mir so leid, Baby.«

Sie wollte weinen, aber in ihr war nichts mehr.

»Ich wäre fast gestorben, als ich hörte, dass einer von euch verletzt wurde.«

»Ich bin okay.«

Er nahm ihre Hand in die seine, sah die Pflaster an der Handkante. »Was ist passiert?«

Sie drückte ihr Gesicht wieder an seine Brust. Sie konnte sein Herz schlagen hören. »Es war schlimm.«

»Ich weiß, Baby.«

»Nein«, sagte sie, »du weißt es nicht.« Lena zog den Kopf zurück, ließ sich aber weiterhin von ihm halten. Sie wollte ihm sagen, was wirklich passiert war – nicht, was in den Berichten stehen, was man der Presse sagen würde. Sie wollte ihm ihre Mitschuld eingestehen, sich die Last von der Seele reden.

Aber als sie in seine braunen Augen sah, verstummte sie.

Jared war zehn Jahre jünger als sie. Sie betrachtete ihn als rein und vollkommen. Er hatte keine Krähenfüße um die Augen, keine Falten am Mund. Die einzige Narbe an seinem Körper stammte von einem Zusammenprall bei einem Footballspiel in der Highschool. Seine Eltern waren noch immer glücklich verheiratet. Seine jüngere Schwester betete ihn an. Er war das genaue Gegenteil von Lena. Das genaue Gegenteil von jedem Mann, mit dem sie zusammen gewesen war.

Sie liebte ihn so sehr, dass es ihr Angst einjagte.

»Erzähl mir, was passiert ist.«

Sie entschied sich für die halbe Wahrheit. »Frank war betrunken. Ich hatte gar nicht bemerkt, wie sehr, bis …« Sie schüttelte den Kopf. »Vielleicht war ich einfach nicht aufmerksam genug. Er trinkt in letzter Zeit sehr viel. Normalerweise kann er damit umgehen, aber …«

»Aber?«

»Mir reicht's«, sagte Lena. »Ich kündige. Ich habe noch ein bisschen Urlaub. Ich muss einfach den Kopf wieder freibekommen.«

»Du kannst zu mir ziehen, bis du weißt, was du tun willst.«

»Diesmal ist es mir ernst. Ich kündige wirklich.«

»Ich weiß, dass es dir ernst ist, und ich bin froh darüber.« Jared legte ihr die Hände auf die Schultern. »Aber im Augenblick will ich, dass du dich um dich selbst kümmerst. Du hattest einen harten Tag. Lass mich für dich da sein.«

Sie fügte sich sofort. Der Gedanke, für ein paar Stunden ihr Leben in Jareds Hände zu legen, schien ihr im Augenblick das beste Geschenk auf der ganzen Welt. »Fahr du voraus. Ich schaue noch einmal nach Brad und komme dann mit dem Auto nach.«

Er hob ihr Kinn an und küsste sie auf den Mund. »Ich liebe dich.«

»Ich liebe dich auch.«

Er griff nach der Tür, als diese aufging. Frank stand stocksteif da und schaute Jared an wie ein Gespenst.

»O Gott«, flüsterte er. Den Whiskey in seinem Atem konnte sie bis zum Waschbecken riechen.

»Geh«, sagte Lena zu Jared, »wir treffen uns dann bei dir.«

Jared ließ sich nicht so einfach sagen, was er tun sollte. Er blieb stehen und starrte Frank finster an.

»Bitte geh«, flehte sie, »Jared, bitte.«

Schließlich blickte er von Frank zu Lena. »Bist du sicher, dass du das schaffst?«

»Ich bin okay«, antwortete sie. »Geh einfach.«

Widerwillig ging er. Frank starrte ihm so lange nach, dass Lena die Tür schloss, bevor er den Blick abwandte.

»Was, zum Teufel, soll denn das?«, wollte Frank wissen. Er musste sich an der Wand abstützen, damit er nicht schwankte. »Wie alt ist er?«

»Das geht dich, verdammt noch mal, nichts an.« Dennoch sagte sie: »Er ist fünfundzwanzig.«

»Er sieht aus wie zehn«, entgegnete Frank. »Wie lange bist du schon mit ihm zusammen?«

Lena hatte keine Lust, diese Fragen zu beantworten. »Was machst du hier, Frank? Du kannst ja kaum noch aufrecht stehen.«

Er wischte sich mit dem Handrücken über den Mund.

»Bist du mit dem Auto hier? Sag's mir lieber nicht.« Sie wollte gar nicht daran denken, wie viele Menschenleben er riskierte, wenn er sich hinters Steuer setzte.

»Ist der Junge okay?« Er meinte Brad.

»Sie wissen es nicht. Im Augenblick ist er stabil. Hast du heute schon irgendwas getrunken, in dem kein Alkohol drin war?«

Frank war nicht mehr sicher auf den Beinen. Er fiel mehr zum Waschbecken, als dass er ging.

Lena drehte das Wasser für ihn auf. Ein Bild aus der Kindheit blitzte vor ihr auf, ihr Onkel, so betrunken, dass er sich in die Hose gemacht hatte. Sie versuchte, ihre Gefühle außen vor zu lassen, sich von der Wut zu distanzieren, die sie empfand. Es funktionierte nicht. »Du stinkst wie eine Bar.«

»Ich denke die ganze Zeit darüber nach, was passiert ist.«

»Über welchen Teil?«, fragte sie und bückte sich so tief, dass ihr Gesicht nahe bei seinem war. »Den Teil, wo wir uns nicht als Polizisten zu erkennen gegeben haben, oder den Teil, wo wir beinahe einen Jungen wegen eines Brieföffners erschossen hätten?«

Frank starrte sie an, Panik in den Augen.

»Hast du geglaubt, ich finde das nicht heraus?«

»Es war ein Jagdmesser.«

»Es war ein Brieföffner«, wiederholte sie. »Tommy hat es mir gesagt, Frank. Es war ein Geschenk von seiner Großmutter. Es war ein Brieföffner. Es sah aus wie ein Messer, war aber keines.«

Frank spuckte ins Waschbecken. Lena drehte sich der Magen um, als sie die dunkelbraune Farbe seines Schleims sah. »Es ist egal. Er hat damit nach Brad gestochen. Und dadurch wird das Ding zu einer Waffe.«

»Womit hat er dich geschnitten?«, fragte Lena. Frank hatte sich auf dem Boden der Garage gewunden und seinen linken Arm umklammert. »Du hast geblutet. Ich habe es gesehen. Das hat diese ganze Geschichte ja erst ausgelöst. Ich habe Brad zugerufen, er hätte dich erwischt.«

»Hat er auch.«

»Nicht mit einem Brieföffner, und sonst habe ich nichts bei ihm gefunden außer ein Spielzeugauto und Kaugummi.«

Frank schaute sich im Spiegel an. Lena betrachtete sein Spiegelbild ebenfalls. Er sah aus, als wäre er nur noch zwei Schritte vom Grab entfernt.

Sie zog sich die Pflaster von der Hand. Die Wunde war rot und roh. »Dein Schuss war ein Querschläger. Hast du überhaupt gemerkt, dass ich getroffen wurde?«

Sein Adamsapfel hüpfte, als er schluckte. Wahrscheinlich wollte er einen Drink. Und wie er aussah, brauchte er auch einen.

»Was ist passiert, Frank? Du hattest deine Waffe gezogen. Tommy kam auf dich zu. Du hast abgedrückt und mich getroffen. Wie hast du dich am Arm verletzt? Wie konnte ein Junge von gut sechzig Kilo mit einem Brieföffner in der Hand an dir vorbeikommen?«

»Ich habe dir doch gesagt, dass er mich mit dem Messer erwischt hat. Das mit dem Brieföffner ist nicht wahr.«

»Weißt du was – für einen Polizisten bist du ein beschissener Lügner.«

Frank stützte sich am Waschbecken ab. Er konnte kaum aufrecht stehen. »In seinem Geständnis erwähnt Tommy keinen Brieföffner.«

Lenas Stimme war eher ein Fauchen. »Weil ich noch ungefähr zwei Tropfen Loyalität für dich übrighabe, alter Mann, und die wirbeln schon den ganzen verdammten Tag im Ausguss. Erzähl mir, was in der Garage passiert ist!«

»Ich weiß es nicht. Ich kann mich nicht erinnern.«

»Wie kam Tommy an dir vorbei? Hast du einen Blackout gehabt? Bist du gestürzt?«

»Unwichtig. Er ist getürmt. Alles, was danach passiert ist, geht auf ihn.«

»Wir haben uns vor der Garage nicht zu erkennen gegeben. Wir waren einfach nur Leute, die mit Waffen auf seinen Kopf zielten.«

Er starrte sie an. »Freut mich sehr, dass du zugibst, dass du heute einen Fehler gemacht hast, Prinzessin.«

Lena wurde so wütend, dass sie bereit war, jeden Schaden

anzurichten, den sie nur anrichten konnte. »Als Brad ›Polizei‹ rief, blieb Tommy stehen. Er hatte den Brieföffner in der Hand. Brad lief in ihn hinein. Tommy wollte ihn nicht niederstechen. Das sage ich jedem, der mich fragt.«

»Er hat dieses Mädchen kaltblütig umgebracht. Willst du mir damit sagen, dass dir das egal ist?«

»Natürlich ist mir das nicht egal«, blaffte sie. »Mein Gott, Frank, ich will damit ja nicht sagen, dass er es nicht getan hat. Ich will damit nur sagen: Sobald Tommy einen Anwalt hat, bist du im Arsch.«

»Ich habe nichts falsch gemacht.«

»Dann wollen wir hoffen, dass der Richter der gleichen Meinung ist, denn sonst erklärt er die Verhaftung und das Geständnis für ungültig und auch alles, was sich aus der Auffindung Tommys in der Garage ergeben hat. Dem Jungen wird ein Mord angehängt, weil du ohne eine Flasche Whiskey im Magen nicht geradeaus schauen kannst.« Ihr Gesicht war jetzt nur Zentimeter von seinem entfernt. »Willst du, dass man dich so in Erinnerung behält, Frank? Als der Polizist, der den echten Mörder davonkommen ließ, weil er während der Arbeit nicht die Finger vom Schnaps lassen konnte?«

Frank drehte den Wasserhahn wieder auf. Er spritzte sich Wasser ins Gesicht und in den Nacken. Sie sah, dass seine Hände zitterten. Seine Knöchel waren aufgeplatzt. Er hatte tiefe Kratzer am Handgelenk. Wie hart musste Frank zugeschlagen haben, dass Tommys Zähne durch seine Lederhandschuhe dringen konnten?

»Du bist schuld, dass die Sache schiefging«, sagte sie. »Tommy kam an dir vorbei. Ich weiß nicht, warum du da auf dem Boden herumgerollt bist und wie der Schnitt in deinen Arm kam, aber ich weiß, wenn du deine Arbeit getan und ihn am Tor gestoppt hättest …«

»Halt den Mund, Lena.«

»Leck mich.«

»Ich bin noch immer dein Chef.«

»Jetzt nicht mehr, du Suffkopf, du nutzloser Scheißkerl.« Sie griff in die Tasche und zog ihre Kündigung heraus. Als er sie nicht annahm, warf sie ihm den Brief ins Gesicht. »Mit dir bin ich fertig.«

Er hob den Brief nicht auf. Er schrie ihr keine Obszönitäten entgegen.

»Welchen Kugelschreiber hast du benutzt?«

»Willst du mir jetzt Schuldgefühle machen, damit ich bleibe? Hast du vor, auf Jeffreys Gedenken herumzutrampeln, damit ich dir helfe, aus diesem Schlamassel wieder herauszukommen?«

»Wo ist dein Kuli?« Als sie ihm den Stift nicht gab, griff er nach ihrer Jacke und klopfte die Tasche ab. Sie wehrte sich, und er schlug sie und drückte sie gegen die Wand.

»Lass mich!« Sie stieß ihn gegen das Waschbecken. »Was, zum Teufel, ist denn los mit dir?«

Zum ersten Mal, seit er die Toilette betreten hatte, schaute er ihr wirklich in die Augen. »Tommy hat sich in seiner Zelle umgebracht.«

Lena schlug sich die Hand auf den Mund.

»Er hat sich die Handgelenke mit einer Kugelschreibermine aufgeschlitzt. Einer aus Metall, wie sie in guten Stiften verwendet wird. In guten Stiften, wie Jeffrey sie uns geschenkt hat.«

Ein paar Sekunden lang funktionierten Lenas Hände nicht. Dann fand sie den Stift dort, wo sie ihn immer aufbewahrte – in der Spirale ihres Notizbuchs in ihrer Gesäßtasche. Sie drehte die obere Hälfte. Unten kam keine Minenspitze heraus. »Scheiße«, zischte Lena und schraubte die Kappe ab. »Nein ... nein ...« Der Stift war leer. »Wie kam er an ...« Ihr wurde schlecht vor Sorge. »Was hat er ...«

Frank fragte: »Hast du ihn durchsucht, bevor du ihn in die Zelle gesteckt hast.«

»Natürlich habe ich ...« Hatte sie es wirklich? Hatte Lena sich die Zeit genommen, ihn abzutasten, oder hatte sie ihn in die Zelle geworfen, so schnell es ging, damit sie ins Krankenhaus fahren konnte?

»Nur gut, dass er da drin niemand sonst angegriffen hat. Er hatte ja bereits einen Menschen getötet und einen Polizisten verletzt.«

Sie konnte nicht mehr stehen. Ihre Knie gaben nach. Sie sank zu Boden. »Ist er wirklich tot? Bist du sicher?«

»Er ist verblutet.«

Lena stützte den Kopf in die Hände. »Warum?«

»Was hast du zu ihm gesagt?«

»Ich habe ihm nicht ...« Sie schüttelte den Kopf und versuchte, das Bild des toten Tommy Braham auf dem Zellenboden aus ihrem Schädel zu bekommen. Er hatte sich so aufgeregt, als sie ihn einschloss, aber war er deswegen selbstmordgefährdet? Sie hatte es nicht geglaubt. So eilig sie es gehabt hatte, ins Krankenhaus zu kommen, sie hätte es dem Wachhabenden auf jeden Fall gesagt, wenn sie den Eindruck gehabt hätte, man müsse Tommy im Auge behalten. »Warum hat er es getan?«

»Muss etwas gewesen sein, das du gesagt hast.«

Sie schaute Frank an. Jetzt zahlte er es ihr zurück. Sie merkte es am Blick in seinen Augen.

»Zumindest glaubt Sara Linton das«, fügte er hinzu.

»Was hat Sara damit zu tun?«

»Ich rief sie, weil Tommy, dein Gefangener, sich nicht beruhigen wollte. Ich dachte mir, sie könnte ihm etwas geben, das ihm hilft. Sie war dabei, als ich ihn fand.«

Lena wusste, sie sollte sich den Kopf über ihre eigene Situation zerbrechen, aber sie konnte an nichts anderes als an

Tommy Braham denken. Was war in ihn gefahren? Was hatte diesen dummen Jungen nur so weit getrieben?

»Sie hat irgendeinen Wichtigtuer vom GBI hierherbestellt, damit er sich den Fall anschaut. Knox hat sich bereits um ihn gekümmert. Er hat herausgefunden, dass Tommy den Stift von einem von uns hatte.«

Lena schmeckte etwas Scheußliches in der Kehle. Tommy war ihr Gefangener gewesen. Er hatte sich in ihrer Obhut befunden. Juristisch war sie verantwortlich. »Wissen sie, dass die Mine von mir stammt?«

Frank stöberte in seiner Jackentasche. Er warf Lena ein Päckchen zu. Sie erkannte das Cross-Logo auf dem Karton. In der aufgeklebten Plastikform steckte eine neue Mine.

»Hast du die einfach gekauft?«

»So blöd bin ich nicht«, erwiderte er. »Ich kaufe sie online. Hier im Ort bekommt man die Minen nicht.«

Alle anderen machten das genauso. Es war lästig, aber das Geschenk bedeutete allen viel, vor allem nach Jeffreys Tod. Lena hatte zu Hause einen Vorrat von zehn Minen.

»Bei der Geschichte sind wir beide in Schwierigkeiten«, sagte Frank.

Lena antwortete nicht. Sie ging ihre Zeit mit Tommy noch einmal durch, versuchte herauszufinden, wann er beschlossen hatte, sich das Leben zu nehmen. Hatte er irgendetwas zu ihr gesagt, bevor sie ihn einschloss? Lena glaubte es nicht. Vielleicht war das einer der vielen Hinweise, die sie übersehen hatte. Tommy hatte sich zu schnell wieder beruhigt, nachdem sie das Verhörzimmer verlassen hatte, um Papiertaschentücher zu holen. Kurz danach hatte sie ihn in die Zelle gebracht. Er hatte geschnieft, aber den Mund gehalten, auch als sie die schwere Metalltür schloss. Es hieß doch immer, es seien die Stillen, die bereits eine Entscheidung getroffen hätten. Hatte sie das übersehen? Hatte sie es nicht bemerkt?

»Wir müssen jetzt zusammenhalten und unsere Geschichten abstimmen«, sagte Frank.

Sie schüttelte den Kopf. Wo war sie da nur hineingeraten? Woher kam es, dass sie, kaum dass sie sich aus einem Scheißhaufen herausgearbeitet hatte, schon wieder in den nächsten fiel?

»Sara hat Blut gewittert. Dein Blut. Sie glaubt, dass sie jetzt endlich einen Weg gefunden hat, dich für das zu bestrafen, was du Jeffrey angetan hast.«

Lena riss den Kopf hoch. »Ich habe überhaupt nichts getan.«

»Das wissen wir beide besser, nicht wahr?«

Seine Worte trafen sie tief. »Du bist ein Mistkerl. Weißt du das?«

»Na ja, das kann ich zurückgeben.«

Lena spürte ihre Hand brennen. Sie hielt das Plastik so fest umklammert, dass es ihr in die Hand stach. Sie versuchte, das Päckchen aufzureißen, aber ihre Fingernägel waren zu kurz. Schließlich biss sie den Kartonrücken auf und riss ihn vom Plastik weg.

»Wie stichhaltig ist dieses Geständnis?«, fragte Frank.

Sie steckte die neue Mine in den Kuli. »Tommy gab alles zu. Er schrieb es auf.«

»Das sagst du lieber jedem, der zuhört, sonst verklagt dich sein Daddy auf alles, was du hast.«

Sie schnaubte. »Ein fünfzehn Jahre alter Celica und eine Achtzigtausend-Dollar-Hypothek für ein Sechzigtausend-Dollar-Haus? Die Schlüssel kann er gern haben.«

»Du verlierst deine Marke.«

»Vielleicht geschieht es mir recht.« Sie gab auf. Vor vier Jahren hätte Lena noch Himmel und Hölle in Bewegung gesetzt, um so etwas zu vertuschen. Jetzt wollte sie nichts mehr, als die Wahrheit sagen und sich etwas Neuem zuwenden. »Das ändert rein gar nichts, Frank. Tommy befand sich in meiner Verantwortung. Ich werde die Konsequenzen tragen. Aber du musst deine auch tragen.«

»So muss es aber nicht sein.«

Sie schaute ihn an und wunderte sich über den plötzlichen Gesinnungswandel. »Was meinst du damit?«

»Tommy hat dieses Mädchen umgebracht. Glaubst du, irgendjemand kümmert sich einen Dreck darum, dass irgendein kleiner, zurückgebliebener Mörder sich in einer Gefängniszelle die Handgelenke aufgeschlitzt hat?« Wieder wischte sich Frank mit dem Handrücken über den Mund. »Er hat dieses Mädchen umgebracht, Lee. Er hat ihr ins Genick gestochen, als würde er einem Tier den Todesstoß versetzen. Und das alles nur, weil sie nicht mit seinem Schwanz spielen wollte.«

Lena schloss die Augen. Sie war so verdammt müde, dass sie nicht mehr klar denken konnte. Aber sie wusste, dass Frank recht hatte. Kein Mensch würde sich um Tommys Tod kümmern. Das hieß aber nicht, dass es in Ordnung war. Das änderte nichts daran, was heute in der Garage passiert war, oder machte wieder gut, was Brad angetan worden war.

Sie sagte zu Frank: »Du hast deine Sauferei nicht mehr unter Kontrolle. Ich habe kein Wort darüber verloren, dass Brad ungeeignet ist. Vielleicht wird er ja wieder gesund, vielleicht aber wird mein Schweigen letztendlich der Grund für seinen Tod sein. Ich weiß es nicht. Aber ich werde nicht zusehen, wie dir das Gleiche passiert. Du bist dienstuntauglich, Frank. Du solltest nicht am Steuer eines Autos sitzen, geschweige denn eine Waffe tragen.«

Frank kniete sich vor sie hin. »Du könntest noch eine ganze Menge mehr verlieren als nur deine Marke, Lena. Überleg dir das mal.«

»Da gibt's nichts zu überlegen.«

»Ich könnte ja mal mit Gavin Wayne ein paar Takte über deinen kleinen Freund sprechen.«

»Aber sieh zu, dass du deine Fahne loswirst, bevor du das tust.«

»Wir wissen beide, was ich alles anrichten könnte.«

»Jared wird erfahren, dass ich einen Fehler gemacht habe«, sagte Lena. »Und er wird sehen, dass ich die Konsequenzen trage.«

»Seit wann bist du denn so edel?«

Sie antwortete nicht, aber bei dem Gedanken, dass Tommy Braham in seiner Zelle saß und mit ihrer Kugelschreibermine an seinen Handgelenken herumriss, kam sie sich vor wie der am wenigsten edle Mensch auf dieser Welt. Wie hatte sie es nur geschafft, in so kurzer Zeit so viel Mist zu bauen?

Frank redete weiter auf sie ein. »Kennt dein kleiner Freund dich wirklich, Lena, und ich meine, *wirklich kennen?*« Seine Lippen verzogen sich zu einem Lächeln. »Denk mal an all die Sachen, die du mir im Lauf der Jahre erzählt hast. An die vielen Stunden im Einsatzwagen, die wir miteinander verbracht haben. Die langen Nächte und frühen Morgenstunden nach Jeffreys Tod.« Er bleckte seine gelben Zähne. »Du bist ein dreckiger Bulle, Lee. Glaubst du wirklich, dein Freund wird dir das verzeihen?«

»Ich bin nicht dreckig.« Schon oft war sie kurz vor dieser Grenze gestanden, aber überschritten hatte sie sie noch nie. »Ich bin eine gute Polizistin, und das weißt du.«

»Bist du dir da ganz sicher?« Er grinste sie höhnisch an. »Brad wurde in den Bauch gestochen, und du hast daumenlutschend dabeigestanden. Du hast einen neunzehnjährigen Zurückgebliebenen in den Selbstmord getrieben. Ich habe einen Zeugen in der Nachbarzelle, der alles bestätigen wird, was ich ihm sage, solange ich ihn nur zu seiner Frau zurücklasse.«

Lena meinte, das Herz würde ihr stehenbleiben.

»Glaubst du wirklich, dass ich meine Pension so einfach aufgebe und meine Waffe und meine Marke niederlege, nur weil du plötzlich ein Gewissen entwickelt hast?« Er lachte verächtlich. »Glaub mir, Mädchen, du willst nicht, dass ich auch nur anfange, den Leuten zu erzählen, was ich über dich weiß, denn wenn ich wieder aufhöre, dann kannst du von Glück reden, wenn du dich nicht auf der falschen Seite einer Zellentür wiederfindest.«

»Das würdest du mir nie antun.«

»Du stolzierst durch die Stadt, als wärst du eine ganz heiße Nummer, die ihren schlechten Ruf als Abzeichen auf dem Ärmel trägt. Hat nicht Jeffrey dich immer genau davor gewarnt? Zu viele abgebrochene Brücken? Zu viele Leute in der Stadt mit Messern im Rücken?«

»Halt den Mund, Frank.«

»Das Dumme an einem schlechten Ruf ist, dass die Leute alles glauben, was irgendjemand über einen sagt.« Er kauerte sich hin. »Jeffrey wäre mit Mord davongekommen, weil kein Mensch ihm je etwas Schlechtes zugetraut hätte. Glaubst du, dass die Leute über dich auch so denken? Glaubst du, dass sie deinem Charakter trauen?«

»Du kannst nichts beweisen, und das weißt du.«

»Weiß ich das?« Er grinste so breit, dass die Zähne zu sehen waren. »Ich habe mein ganzes Leben in dieser Stadt verbracht. Die Leute kennen mich. Sie vertrauen mir – vertrauen auf das, was ich ihnen sage. Und wenn ich sage, dass du ein dreckiger Bulle bist ...« Er zuckte die Achseln.

Lenas Brust war so eng, dass sie kaum atmen konnte.

»Vielleicht lade ich den guten Jared ja mal auf ein Bier ein«, fuhr Frank fort. »Ich wette, Sara Linton hätte auch nichts dagegen mitzukommen. Was hältst du davon? Dass die beiden sich mal so richtig ausführlich über dich unterhalten.« Lena starrte ihn hasserfüllt an. Franks verquollene Augen starrten zurück. »Vergiss nicht, was für ein Hurensohn ich bin, Mädchen. Und glaub nicht eine Sekunde lang, dass ich deinen nutzlosen Arsch nicht vor den Bus stoßen würde, um meinen zu retten.«

Sie wusste, dass er es ernst meinte. Sie wusste, diese Drohung war so real und so gefährlich wie eine tickende Zeitbombe.

Frank zog seinen Flachmann heraus. Betont langsam schraubte er die Kappe ab und nahm einen tiefen Schluck.

Lenas Stimme war kaum mehr als ein Flüstern. »Was soll ich tun?«

Frank grinste so breit, dass sie sich fühlte wie etwas, das er sich von der Schuhsohle gekratzt hatte. »Bleib einfach bei der Wahrheit. Tommy hat den Mord an Allison gestanden. Er hat Brad niedergestochen. Alles andere ist unwichtig.« Frank zuckte noch einmal mit den Achseln. »Wenn du nach meinen Regeln spielst, bis wir diese Geschichte hinter uns haben, dann lasse ich dich vielleicht nach Macon ziehen, damit du bei deinem kleinen Freund sein kannst.«

»Was sonst noch?« Es gab immer noch etwas anderes.

Er zog eine transparente Beweismitteltüte aus seiner Tasche. Jetzt da sie das Ding aus der Nähe sah, wunderte sie sich, dass sie es je für echt gehalten hatte – die dicke, stumpfe Klinge, der Griff aus Lederimitat. Der Brieföffner.

Er drückte ihr die Tüte an die Brust. »Lass das verschwinden.«

7. Kapitel

Sara saß am Tisch im Esszimmer und blätterte in einer Zeitschrift, während ihre Schwester und ihre Mutter Karten spielten. Vor einer halben Stunde war ihr Cousin Hareton gekommen, wie immer ohne vorherigen Anruf. Hare war zwei Jahre älter als Sara. Sie waren schon immer in allem Konkurrenten gewesen, und deshalb hatte sie auch mit ihm in den strömenden Regen hinausgehen müssen, um seinen brandneuen BMW 750Li zu bewundern. Wie er sich ein solches Luxusauto mit seinem Gehalt als Landarzt leisten konnte, verstand sie nicht, aber Sara gab die angemessenen Geräusche von sich, da sie für etwas anderes keine Kraft hatte.

Sie liebte ihren Cousin, aber manchmal kam es ihr so vor, als wäre es sein einziges Ziel im Leben, ihr auf die Nerven zu gehen. Er machte sich über ihre Größe lustig. Er nannte sie »Red«, nur um sie zu ärgern. Das Schlimmste war, dass jeder ihn für charmant hielt. Sogar ihre eigene Mutter glaubte, er könnte übers Wasser gehen – was besonders schmerzhaft war, denn ihre eigenen Kinder sah sie beileibe nicht durch diese rosa Brille. Am meisten störte Sara jedoch, dass es nie eine Situation gab, die er nicht ins Lächerliche zog, was für alle in seiner Umgebung eine schwere Last war.

Sara hatte die Zeitschrift durchgeblättert und fing noch einmal von vorn an, wobei sie sich wunderte, dass keine der Seiten ihr bekannt vorkam. Sie war zu abgelenkt, um zu lesen, und schlau genug, um mit niemandem am Tisch eine Unterhaltung anzufangen. Vor allem nicht mit Hare, der dauernd Blickkontakt zu suchen schien.

»Was ist?«, fragte sie schließlich.

Er knallte eine Karte auf den Tisch. »Wie ist das Wetter bei euch, Red?«

Sara warf ihm denselben Blick zu wie damals vor dreißig Jahren, als er ihr diese Frage zum ersten Mal gestellt hatte. »Mild.«

Er legte noch eine Karte auf den Tisch. Tessa und Cathy stöhnten. »Du bist im Urlaub, Red. Wo ist das Problem?«

Sara klappte die Zeitschrift zu und verkniff es sich gerade noch, ihm zu sagen, dass es ihr leidtäte, dass sie nicht aufgekratzter war, aber sie bekam das Bild von dem toten Tommy Braham auf dem Zellenboden einfach nicht aus dem Kopf. Ein schneller Blick zu ihrer Mutter sagte Sara, dass Cathy genau wusste, was sie dachte.

»Ich erwarte jemanden«, gestand sie schließlich. »Will Trent. Er ist Agent des GBI.«

Cathy kniff die Augen zusammen. »Was tut ein GBI-Agent hier?«

»Er untersucht den Mord am See.«

»Und den Todesfall im Polizeirevier«, ergänzte Cathy mit Nachdruck. »Warum kommt er zu uns?«

»Er hat das Abendessen verpasst. Ich dachte, du könntest …«

»Bin ich jetzt auch verantwortlich dafür, dass Fremde was zu essen bekommen?«

Tessa trug wie gewöhnlich nichts zur Entspannung bei. »Du wirst auch dafür verantwortlich sein, dass er ein Dach über den Kopf bekommt.« Und zu Sara sagte sie: »Das Hotel ist wegen Renovierung geschlossen. Wenn er nicht die fünfundvierzig Minuten bis Cooperstown fahren will, solltest du besser die Wohnung über der Garage herrichten.«

Sara hielt den Fluch zurück, der ihr auf den Lippen lag. Hare beugte sich vor und stützte das Kinn in die Hand, als würde er sich einen Film anschauen.

Cathy mischte die Karten neu. Durch die Anspannung wirkte das Geräusch noch lauter. »Woher kennt dich dieser Mann?«

»Polizeibeamte sind dauernd im Krankenhaus.« Nicht unbedingt eine Lüge, aber nahe dran.

»Was geht hier vor, Sara?«

Sie zuckte die Achseln, doch die Geste war so aufgesetzt, dass sie beinahe vergaß, die Schultern wieder sinken zu lassen. »Es ist kompliziert.«

»Kompliziert?«, wiederholte Cathy. »Das ist aber ziemlich schnell passiert.« Sie knallte die Karten auf den Tisch und stand auf. »Schätze, ich sollte deinem Vater sagen, dass er sich eine Hose anziehen soll.«

Tessa wartete, bis ihre Mutter gegangen war. »Du kannst es ihr ruhig gleich sagen, Sissy. Irgendwie kriegt sie es sowieso aus dir heraus.«

»Das geht sie nichts an.«

Tessa lachte in gespielter Entrüstung auf. *Alles* ging ihre Mutter etwas an.

Hare nahm die Karten zur Hand. »Also komm, Red. Nimmst du das nicht ein bisschen zu ernst? Das ist wahrscheinlich das Aufregendste, was Brad Stephens in seinem ganzen Leben passiert ist. Der Kerl wohnt noch bei seiner Mutter.«

»Das ist nicht witzig, Hare. Zwei Menschen sind tot.«

»Ein Zurückgebliebener und eine Collegestudentin. Die Stadt trauert.«

Sara biss sich auf die Zunge, damit sie ihn nicht einen Kopf kürzer machte.

Hare seufzte, während er neu mischte. »Na gut. Die Sache

mit dem toten Mädchen war unter der Gürtellinie, aber das mit Tommy ist nur fair. Menschen bringen sich nicht einfach so um, ohne jeden Grund. Er fühlte sich schuldig, weil er das Mädchen getötet hatte. Deshalb hat er auch auf Brad eingestochen. Ende der Geschichte.«

»Du klingst wie ein Bulle.«

»Weißt du noch, dass ich mich einmal an Halloween als einer verkleidet habe?« Er wandte sich an Tessa. »Kannst du dich noch an den Tanga erinnern?«

»Das war an meinem Geburtstag, nicht an Halloween«, korrigierte Tessa ihn. »Warum bist du überhaupt ins Gefängnis gefahren?«, fragte sie Sara.

»Tommy brauchte …« Sie beendete den Satz nicht. »Ich weiß nicht, warum ich hingefahren bin.« Sie stand vom Tisch auf. »Tut mir leid. Okay? Tut mir leid, dass ich auf dem Revier war. Tut mir leid, dass ich diese Sache mit nach Hause bringe. Tut mir leid, dass Mama sauer auf mich ist. Tut mir leid, dass ich überhaupt gekommen bin.«

»Sissy …«, hob Tessa an, aber Sara ging, bevor sie den Satz beenden konnte.

Wie schon so oft an diesem Tag hatte sie Tränen in den Augen, als sie durch die Diele lief und sich an die Haustür stellte. Sie sollte nach oben gehen und mit ihrer Mutter reden. Wenigstens sollte sie sich eine Erklärung überlegen, damit Cathy sich keine unnötigen Sorgen machte. Natürlich würde Cathy jede ihrer Erklärungen sofort durchschauen, denn die Wahrheit kannten sie beide: Sara versuchte, Lena in Schwierigkeiten zu bringen. Es würde ihrer Mutter keine Freude bereiten, Sara zu sagen, dass sie ebenso gut nach draußen gehen und den Regen anheulen könnte. Und sie hätte sogar recht – zumindest teilweise. Lena war eine Meisterin im Lügen, Betrügen und auch darin, alles zu tun, um sich Schwierigkeiten vom Hals zu halten. Sara war kein Gegner für Lena, weil ihr die grundlegende Verschlagenheit fehlte, mit der Lena jede Situation in ihrem Leben meisterte.

Und was war mit dem toten Mädchen? Sara war so schlimm wie Hare. Sie hatte Allison Spooner völlig ignoriert, hatte ihren Tod als willkommenen Anlass für einen Angriff auf Lena betrachtet. Leute in der Stadt, die Allison gekannt hatten, fingen an zu reden. Tessa hatte fast den ganzen Nachmittag telefoniert, und als Sara aus der Stadt zurückkam, erzählte sie ihr die ganze Geschichte. Allison war zierlich und fröhlich, ein Mädchen mit ländlich guten Manieren und einem Lächeln für jeden Fremden gewesen. Sie hatte während der Mittagszeit und an den Wochenenden im Diner gearbeitet. Irgendwo musste sie eine Familie haben, Vater und Mutter, die eben die schlimmste Nachricht erhalten hatten, die Eltern überhaupt hören konnten. Bestimmt waren sie jetzt schon unterwegs ins Grant County, mit schwerem Herzen, das mit jeder Meile noch schwerer wurde.

Hinter sich auf der Treppe nahm sie Schritte wahr – Cathy, dem leichten Schritt nach. Sara hörte ihre Mutter auf dem Absatz stehen bleiben und dann zur Küche gehen.

Sara atmete aus, und erst jetzt wurde ihr bewusst, dass sie den Atem angehalten hatte.

»Herzchen?«, rief Eddie von oben. Er hörte seine alten Schallplatten, was er immer tat, wenn er melancholisch war.

»Alles in Ordnung, Daddy.« Sie wartete, bis das Knarzen der Diele ihr sagte, dass er wieder in sein Zimmer ging. Es dauerte furchtbar lange.

Sie schloss die Augen. Ihr Vater legte Bruce Springsteen auf, die Nadel kratzte über das Vinyl, bis er die richtige Stelle gefunden hatte. Sie hörte ihre Mutter in der Küche hantieren. Teller und Töpfe klapperten. Hare sagte offensichtlich etwas Lustiges, denn Tessas Lachen hallte durch das Haus.

Sara starrte auf die Straße hinaus und rieb sich die Arme

gegen die Kälte, die sie erfasst hatte. Es war lächerlich, das wusste sie, hier an der Tür zu stehen und auf einen Mann zu warten, der vielleicht gar nicht kam. Auch wenn Sara es sich nicht eingestehen wollte, sie wollte mehr Informationen von Will. Er kam aus ihrem Leben in Atlanta. Er erinnerte sie daran, dass noch etwas anderes auf sie wartete.

Und dann kam er Gott sei Dank endlich.

Zum zweiten Mal an diesem Tag sah Sara Will die verschiedenen elektronischen Geräte in seinem Auto verstecken. Diesmal schien es noch länger zu dauern, vielleicht war sie aber auch ungeduldiger. Schließlich stieg er aus. Er hielt sich die Akte, die sie ihm gegeben hatte, über den Kopf, um sich vor dem Regen zu schützen, als er die Einfahrt herauflief.

Sie griff nach dem Knauf, um die Tür zu öffnen, überlegte es sich dann aber anders. Sie wollte nicht, dass er dachte, sie hätte an der Tür gestanden und auf ihn gewartet. Aber wenn sie sich wirklich bedeckt halten wollte, hätte sie auch nicht durchs Fenster zu ihm hinausstarren dürfen.

»Idiotin«, murmelte sie und öffnete die Tür.

»Hi.« Er stellte sich unter das Vordach und schüttelte den Regen aus den Haaren.

»Soll ich Ihnen das …« Sie griff nach der nassen Akte in seiner Hand und musste ein enttäuschtes Aufstöhnen unterdrücken. Sie war völlig durchnässt. Wahrscheinlich war alles ruiniert.

»Hier«, sagte er, hob seinen Pullover und zog das Unterhemd aus der Hose. Sara sah, dass er sich die Seiten, die sie ihm gegeben hatte, an die nackte Haut gedrückt hatte. Außerdem sah sie etwas, das aussah wie ein dunkler Bluterguss, der sich über seinen Bauch ausbreitete und in der Hose verschwand.

»Was …«

Schnell zog er das Unterhemd wieder herunter. »Danke.«

Er kratzte sich das Gesicht, eine nervöse Angewohnheit, die sie vergessen hatte. »Ich glaube, den Aktendeckel können wir wegwerfen.«

Sie nickte, weil sie nicht wusste, was sie sagen sollte. Auch Will schienen die Worte zu fehlen. Sie schauten einander an, bis das Licht in der Diele anging.

Cathy stand, die Hände auf den Hüften, in der Küchentür. Eddie kam die Treppe herunter. Einen kurzen Augenblick lang herrschte das peinlichste Schweigen, das Sara je erlebt hatte. Nun spürte sie zum ersten Mal, was für ein Chaos sie an diesem Tag angerichtet hatte. Wenn sie nur zaubern und zum Anfang zurückkehren könnte, wäre sie jetzt noch in Atlanta, und ihrer Familie wäre diese schreckliche Situation erspart geblieben.

Ihr Vater brach das Schweigen. Er streckte Will die Hand hin. »Eddie Linton. Freut mich, dass wir Ihnen bei diesem Regen einen Unterschlupf bieten können.«

»Will Trent.« Will drückte ihm fest die Hand.

»Ich bin Cathy«, warf ihre Mutter dazwischen und klopfte Will auf den Arm. »Ach du meine Güte, Sie sind ja tropfnass. Eddie, schau doch mal, ob du was Trockenes für ihn findest.« Aus irgendeinem Grund kicherte ihr Vater leise, als er die Treppe hochlief. Cathy sagte zu Will: »Jetzt ziehen wir erst mal diesen Pulli aus, bevor Sie sich erkälten.«

Will sah so verlegen aus, wie jeder Mann es tun würde, wenn eine übertrieben höfliche, dreiundsechzigjährige Frau ihm sagte, er solle sich in der Diele ausziehen. Trotzdem gehorchte er ihr und zog sich den Pulli über den Kopf. Darunter trug er ein langärmeliges schwarzes T-Shirt. Als er die Arme hob, schob es sich nach oben, und ohne lange nachzudenken, griff Sara hin und hielt es fest.

Cathy warf ihr einen scharfen Blick zu, bei dem Sara sich vorkam, als hätte man sie beim Stehlen erwischt.

»Mama«, sagte Sara und spürte, wie ihr der kalte Schweiß auf die Stirn trat, »ich muss wirklich mit dir reden.«

»Dazu ist später noch genug Zeit, meine Liebe.« Cathy hakte sich bei Will unter und führte ihn den Flur entlang. »Sie sind aus Atlanta, hat meine Tochter mir gesagt?«

»Ja, Ma'am.«

»Aus welchem Viertel? Ich habe eine Schwester, die in Buckhead lebt.«

»Äh …« Er schaute sich zu Sara um. »Poncey-Highlands, das ist in der Nähe von …«

»Ich weiß genau, wo das ist. Dann wohnen Sie ja ganz in der Nähe von Sara.«

»Ja, Ma'am.«

»Mutter …«

»Später, Liebling.« Cathy warf ihr ein neckisches Lächeln zu, während sie Will ins Esszimmer führte. »Das ist Tessa, meine Jüngste. Und Hareton Earnshaw, der Sohn meines Bruders.«

Hare starrte Will mit unverhohlener Bewunderung an. »Na, Sie sind mir vielleicht ein Großer.«

»Ignorieren Sie ihn einfach«, riet Tessa, als sie Will die Hand gab. »Sehr angenehm.«

Will wollte sich einfach auf den nächstbesten Stuhl setzen. Sara rutschte das Herz in die Hose. Jeffreys Platz.

Cathy war nicht völlig ohne Seele. »Setzen Sie sich ans Kopfende des Tisches«, meinte sie und schob Will sanft dorthin. »Ich bringe Ihnen gleich Ihr Abendessen.«

Sara setzte sich neben Will und legte ihm die Hand auf den Arm. »Es tut mir ja so leid.«

Er mimte den Überraschten. »Was denn?«

»Vielen Dank, dass Sie mitspielen, aber wir haben nicht viel Zeit, bevor …« Sara zog ihre Hand zurück. Ihre Mutter war mit einem Teller Essen schon wieder da.

»Ich hoffe, Sie mögen Brathuhn.«

»Ja, Ma'am.« Will starrte den vollen Teller an. Es war genug Essen für die halbe Stadt.

»Eistee?«, fragte Cathy. Sara wollte aufstehen, aber ihre Mutter nickte Tessa zu, damit sie ein frisches Glas holte. »Erzählen Sie mir, woher kennen Sie meine Tochter?«

Will hob einige Augenblicke den Zeigefinger, damit er einen Mundvoll Butterbohnen schlucken konnte. »Ich habe Dr. Linton im Krankenhaus kennengelernt.«

Sara hätte ihn für seine Förmlichkeit küssen können. Sie erklärte: »Agent Trents Partnerin war eine Patientin von mir.«

»Ach ja?«

Will nickte und nahm sich einen kräftigen Bissen vom Brathuhn. Sara konnte nicht sagen, ob er hungrig war oder nur verzweifelt nach einem Grund suchte, nicht sprechen zu müssen. Sie wagte einen Blick zu Hare. Wenigstens ein Mal in seinem elenden Leben hielt er den Mund.

»Arbeitet Ihre Frau auch bei der Polizei?«

Will hörte auf zu kauen.

»Mir ist Ihr Ring aufgefallen.«

Er schaute auf seine Hand hinunter. Cathy ließ ihn nicht aus den Augen. Er kaute noch eine Weile. Schließlich antwortete er: »Sie ist private Ermittlerin.«

»Da dürften Sie ja einiges zum Reden haben. Haben Sie sich während einer Ihrer Ermittlungen kennengelernt?«

Er wischte sich den Mund. »Ihr Essen ist sehr gut.« Tessa stellte ihm ein Glas Eistee hin. Will trank einen langen Schluck, und Sara fragte sich, ob er lieber etwas Stärkeres in seinem Glas hätte.

Cathy hielt ihren sanften Druck aufrecht. »Ich hätte es gern gesehen, wenn meine Töchter sich fürs Kochen interessiert hätten, aber keine von beiden konnte sich dafür begeistern.«

Sie hielt inne, um Atem zu holen. »Sagen Sie mir, Mr Trent, woher stammt Ihre Familie?«

Sara musste sich beherrschen, um nicht den Kopf in die Hände zu stützen. »Mama, also wirklich. Das geht dich nichts ...«

»Ist schon gut.« Will wischte sich mit der Serviette den Mund ab. Zu Cathy gewandt sagte er: »Ich wuchs in staatlicher Obhut auf.«

»Ach du meine Güte.«

Darauf schien Will keine Antwort zu wissen. Er trank noch einen großen Schluck.

Cathy fuhr fort: »Mr Trent, meine jüngste Tochter hat mich daran erinnert, dass das Hotel wegen Renovierung geschlossen ist. Ich hoffe, Sie nehmen während Ihres Aufenthalts hier das Angebot meines Hauses an?«

Will verschluckte sich am Tee.

»Über der Garage haben wir eine kleine Wohnung. Nichts Besonderes, muss ich leider sagen, aber ich kann Sie doch nicht bei diesem Wetter den ganzen Weg bis nach Cooperstown fahren lassen.«

Will wischte sich den Tee vom Gesicht und schaute Sara hilfesuchend an.

Sie schüttelte den Kopf. Gegen diese massive mütterliche Attacke südlicher Gastfreundschaft konnte sie nichts ausrichten.

Die Renovierung des Linton-Hauses hatte den Waschkeller noch nicht erreicht. Sara musste hinunter in den unfertigen Teil des Kellers gehen, um frische Handtücher für Will zu holen. Der Trockner lief noch, als sie das Licht einschaltete. Sie kontrollierte die Handtücher. Sie waren feucht.

Sara schaltete den Trockner wieder ein. Dann ging sie die Treppe hinauf, blieb aber auf halber Höhe stehen und setzte sich. Während des Tages hatte sie sich oft ziemlich idiotisch verhalten, aber jetzt im Augenblick war sie nicht verrückt genug, sich für ihre Mutter zu opfern.

Sie stützte das Kinn in die Hand. Ihre Wangen waren rot seit dem Augenblick, als Cathy Will Trent in ihrem Haus willkommen geheißen hatte.

»Sis?«, flüsterte Tessa vom Ende der Treppe.

»Still«, warnte Sara sie. Sie wollte auf keinen Fall noch mehr Aufmerksamkeit ihrer Mutter auf sich ziehen.

Tessa schloss leise die Tür. Mit einer Hand stützte sie ihren Bauch, mit der anderen hielt sie sich am Geländer fest, während sie die Treppe herunterkam. »Alles okay?«

Sara nickte und half Tessa, sich auf die Treppe über ihr zu setzen.

»Ich kann nicht glauben, dass sie die Waschküche nicht nach oben verlegt haben.«

»Ihren Zufluchtsort?«

Sie lachten beide. Als Teenager hatten Tessa und Sara den Waschkeller möglichst gemieden, weil sie beide fürchteten, zum Helfen verdonnert zu werden. Sie hatten sich beide für ziemlich schlau gehalten, bis sie merkten, dass ihre Mutter es tatsächlich genoss, auch mal allein zu sein.

Sara legte die Hand auf den Bauch ihrer Schwester. »He, was ist denn das?«

Tessa grinste. »Ich glaube, es ist ein Baby.«

Sara spannte beide Hände um ihre Mitte. »Du bist ja riesig.«

»Ich liebe es«, flüsterte Tessa. »Du kannst dir nicht vorstellen, was ich so alles in mich hineinstopfe.«

»Du musst es inzwischen doch die ganze Zeit treten spüren.«

»Sie wird eine Fußballspielerin.«

»Sie?«

»Ich rate nur. Lem will sich überraschen lassen.«

»Wir könnten gleich morgen in die Klinik gehen.« Elliot Felteau hatte Saras Praxis gekauft, aber das Gebäude gehörte ihr noch immer. »Ich kann ja so tun, als hätte ich als Hausbesitzerin irgendwas am Ultraschallgerät zu tun.«

»Ich will mich auch überraschen lassen. Außerdem glaube ich, dass du im Augenblick genug am Hals hast.«

Sara verdrehte die Augen. »Mutter.«

Tessa kicherte. »Mein Gott, das war ja irre. Was für ein Verhör!«

»Ich kann kaum glauben, wie furchtbar sie war.«

»Du hast ihn ihr ja irgendwie aufgedrängt.«

»Ich dachte ...« Sara schüttelte den Kopf. Was *hatte* sie sich eigentlich gedacht? »Hare war auch nicht gerade sehr hilfreich.«

»Den nimmt die Sache mehr mit, als du denkst.«

»Das bezweifle ich.«

»Tommy hat auch seinen Rasen gemäht.« Tessa zuckte die Achseln. »Du weißt doch, wie Hare ist. Er hat viel durchgemacht.«

Hare hatte viele Freunde wie auch seinen langjährigen Geliebten an AIDS verloren, aber Sara schien die Einzige in ihrer Familie, die sich noch daran erinnerte, dass seine lässige Haltung den Boden für die Epidemie bereitet hatte. »Ich hoffe nur, er hat Will nicht in Verlegenheit gebracht.«

»Will konnte doch recht gut damit umgehen.«

Mit einem Kopfschütteln dachte Sara an das Durcheinander, das sie angerichtet hatte. »Es tut mir leid, Tess. Ich wollte dir das alles nicht zumuten.«

»Was ist ›das alles‹?«

Sie dachte über die Frage nach. »Eine Vendetta«, gab sie zu. »Ich glaube, ich habe endlich einen Weg gefunden, mir Lena vorzuknöpfen.«

»Ach, Liebes, was soll das bringen?«

Sara spürte Tränen in den Augen. Diesmal kämpfte sie nicht dagegen an. Tessa hatte sie schon in einem viel schlimmeren Zustand gesehen. »Ich weiß auch nicht. Ich will einfach nur …« Sie machte eine Atempause. »Ich will, dass ihr leidtut, was sie getan hat.«

»Glaubst du nicht, dass es ihr leidtut?«, fragte Tessa vorsichtig. »So furchtbar sie auch ist, sie hat Jeffrey geliebt. Sie hat ihn verehrt.«

»Nein. Es tut ihr nicht leid. Sie kann nicht einmal akzeptieren, dass sie der Grund für Jeffreys Tod ist.«

»Du kannst doch nicht wirklich glauben, dass sie wusste, dass dieser Saukerl von ihrem Freund Jeffrey umbringen würde.«

»Natürlich *wollte* sie nicht, dass das passierte«, gab Sara zu. »Aber sie *ließ zu*, dass es passierte. Ohne Lena hätte Jeffrey überhaupt nicht gewusst, dass dieser Mann existierte. Sie brachte ihn in unser Leben. Wenn jemand eine Granate wirft, sagt man ja auch nicht, derjenige ist unschuldig, nur weil er nicht daran gedacht hat, dass sie explodieren könnte.«

»Reden wir lieber nicht mehr von ihr.« Tessa schlang ihre Arme um Saras Schultern. »Wichtig ist doch nur, dass Jeffrey dich geliebt hat.«

Sara konnte nur nicken. Das war die einzige Wahrheit in ihrem Leben. Sie hatte immer und ohne jeden Zweifel gewusst, dass Jeffrey sie geliebt hatte.

Tessa überraschte sie. »Will ist nett.«

Saras Lachen klang nicht einmal in ihren eigenen Ohren besonders überzeugend. »Tess, er ist verheiratet.«

»Am Tisch hat er dich ziemlich angeglotzt.«

»Das war Angst, die du in seinen Augen gesehen hast.«

»Ich glaube, er mag dich.«

»Und ich glaube, deine Hormone lassen dich so etwas vermuten.«

Tessa lehnte sich auf der Treppe zurück. »Sei einfach darauf vorbereitet, dass das erste Mal furchtbar sein wird.« Offensichtlich hatte ihr Blick Sara verraten. Tessa klappte der Mund auf. »O mein Gott. Hast du bereits mit jemandem geschlafen?«

»Psch«, zischte Sara, »nicht so laut.«

Tessa beugte sich wieder vor. »Warum schleppe ich mich den ganzen weiten Weg zur einzigen Telefonzelle in Oobie Doobie, um dich anzurufen, wenn du mir nichts von deinem Sexleben erzählst?«

Sara winkte ab. »Da gibt's nichts zu erzählen. Du hast recht. Es war furchtbar. Es war zu früh, und er rief mich nie wieder an.«

»Was ist jetzt? Hast du irgendjemanden?«

Sara dachte an den Epidemiologen am CDC. Die Tatsache, dass sie zum ersten Mal in dieser Woche an den Mann gedacht hatte, sagte schon alles. »Nicht wirklich. Wir waren ein paarmal miteinander aus, aber ... Was soll's?« Sara hob die Hände. »Ich werde nie wieder mit irgendjemandem eine solche Nähe erleben, Tess. Jeffrey hat mich für jeden anderen ruiniert.«

»Das wirst du nie wissen, wenn du es nicht versuchst«, entgegnete Tessa. »Verleugne dich nicht, Sara. Jeffrey würde das nicht wollen.«

»Jeffrey würde nicht wollen, dass ich je wieder einen anderen Mann berühre, und das weißt du.«

»Wahrscheinlich hast du recht.« Dennoch sagte sie: »Ich glaube, Will wäre gut für dich.«

Sara schüttelte den Kopf. Ihr wäre es lieber, wenn Tessa das Thema fallen ließe. Selbst wenn Will verfügbar wäre – falls er durch irgendein Wunder an ihr interessiert wäre –, würde Sara sich nie mehr mit einem Polizisten einlassen. Sie könnte es nicht mehr ertragen, dass ein Mann jeden Morgen ihr Bett verließ und sie nicht wusste, ob er abends gesund zurückkommen würde. »Ich hab's dir doch gesagt. Er ist verheiratet.«

»Na ja, es gibt verheiratet und *verheiratet*.« Tessa hatte sich einiges an Abenteuern geleistet, bevor sie schließlich zur Ruhe gekommen war. Man konnte fast sagen, sie hatte in ihrem Schlafzimmer eine Drehtür gehabt. »Wo hat er eigentlich diese Narbe auf der Lippe her?«

»Keine Ahnung.«

»Da kriegt man Lust darauf, ihn auf den Mund zu küssen.«

»Tess!«

»Hast du gewusst, dass er in einem Waisenhaus aufgewachsen ist?«

»Ich dachte, du warst in der Küche, als er darüber sprach.«

»Ich hatte das Ohr an die Tür gedrückt«, erklärte sie. »Er isst wie die Kinder im Waisenhaus.«

»Was soll das heißen?«

»Die Art, wie er die Arme um den Teller legt, damit ihm niemand sein Essen klauen kann.«

Sara war das gar nicht aufgefallen, sie erkannte aber jetzt, dass es stimmte.

»Ich kann mir nicht vorstellen, wie es ist, ohne Eltern aufzuwachsen. Ich meine ...« Sie lachte. »Nach heute Abend scheint es wünschenswert, aber für ihn muss es schwer gewesen sein.«

»Wahrscheinlich.«

»Frag ihn danach.«

»Das wäre unhöflich.«

»Willst du nicht mehr über ihn erfahren?«

»Nein«, log Sara, aber natürlich wollte sie alles über die Narben wissen. Sie wollte wissen, wie er als Kleinkind in das System geraten und warum er nie adoptiert worden war. Sie wollte wissen, wie er in einem Raum voller Leute stehen und trotzdem völlig allein wirken konnte.

»Die Kinder in meinem Waisenhaus sind glücklich«, sagte Tessa. »Sie vermissen ihre Eltern, das steht außer Frage, aber sie bekommen eine Schulbildung, drei Mahlzeiten am Tag und saubere Kleidung. Sie müssen nicht arbeiten. Darauf sind die anderen Kinder, die noch Eltern haben, neidisch.« Sie strich ihren Rock glatt. »Warum fragst du Will nicht, wie es für ihn war?«

»Das geht mich nichts an.«

»Lass Mama noch mal an ihn ran, und du findest alles über ihn heraus.« Tessa zeigte mit dem Finger auf Saras Brust. »Du musst zugeben, dass sie heute Abend in Höchstform war.«

»Ich muss überhaupt nichts zugeben.«

Tessa imitierte den weichen Akzent ihrer Mutter: »Sagen Sie mir, Mr Trent, sind Ihnen Boxershorts oder Slips lieber?« Sara lachte, und Tessa fuhr fort: »Fand Ihre erste sexuelle Erfahrung in der Missionarsstellung statt, oder war sie eher hündischer Natur?«

Sara lachte so heftig, dass ihr der Bauch schmerzte. Sie wischte sich die Augen ab und dachte, das war jetzt das erste Mal, dass sie wirklich froh war, zu Hause zu sein. »Du hast mir gefehlt, Tess.«

»Du hast mir auch gefehlt, Sissy.« Tessa mühte sich aufzustehen. »Aber jetzt gehe ich besser ins Bad, bevor ich mir vor lauter Lachen in die Hose mache.« Sie arbeitete sich die Treppe hoch, nahm immer eine Stufe nach der anderen. Die Tür schloss sich leise hinter ihr.

Sara starrte in den Keller hinunter. Der Schaukelstuhl ihrer Mutter und eine Leselampe standen in einer Ecke neben einem kleinen Fenster. Das Bügelbrett war aufgestellt und einsatzbereit. Plastikbehälter an der hinteren Wand enthielten all die Erinnerungsstücke aus Saras und Tessas Kindheit, zumindest diejenigen, die ihre Mutter für bewahrenswert erachtet hatte. Jahrbücher, Schulfotos, Zeugnisse und Aufsätze füllten zwei Schachteln pro Mädchen. Irgendwann würde Tessas Baby eine eigene Schachtel bekommen. Sie würde Babyschuhe aufbewahren und Broschüren von Schulaufführungen und Klavierabenden. Oder Fußballtrophäen, falls es nach Tess ging.

Sara konnte keine Kinder bekommen. Eine Bauchhöhlenschwangerschaft während des Studiums hatte ihr diese Fähigkeit genommen. Sie hatte zusammen mit Jeffrey versucht, ein Kind zu adoptieren, aber dieser Traum war an dem Tag geplatzt, als er starb. Er hatte irgendwo einen Sohn, einen brillanten, starken jungen Mann, der nie erfahren hatte, dass Jeffrey sein leiblicher Vater war. Jeffrey war für ihn nur ein Onkel ehrenhalber, Sara eine Tante ehrenhalber. Sie hatte oft überlegt, ob sie sich mehr um den Jungen kümmern sollte, aber die Entscheidung lag nicht bei ihr. Er hatte eine Mutter und einen Vater, die sich große Mühe mit ihm gegeben hatten. Das zu zerstören und ihm zu sagen, dass er einen Vater hatte, mit dem er nie mehr würde sprechen können, kam ihr grausam vor.

Außer was Lena anging, hatte Sara eine starke Abneigung, anderen gegenüber grausam zu sein.

Der Trockner meldete sich. Die Handtücher waren trocken genug, wenn man bedachte, dass sie damit durch den strömenden Regen gehen musste. Sie zog ihre Jacke an und verließ das Haus so leise, wie sie konnte. Draußen war der Regen wieder zu einem Nieseln geworden. Sie schaute zum nächtlichen Himmel hoch. Trotz der dunklen Wolken konnte sie die Sterne sehen. Sie hatte vergessen, wie es war, weit weg zu sein von den Lichtern der Stadt. Die Nacht war pechschwarz. Keine Sirenen oder Schreie oder willkürliche Schüsse durchbrachen die Stille. Nur die Zikaden und hin und wieder das Heulen eines einsamen Hundes waren zu hören.

Sara stand vor Wills Tür und fragte sich, ob sie klopfen sollte. Es war schon spät. Vielleicht hatte er sich bereits schlafen gelegt.

Er öffnete die Tür in dem Augenblick, als sie sich umdrehte. Will starrte sie keinesfalls an, wie Tessa behauptet hatte. Er wirkte viel eher irritiert.

»Handtücher«, sagte sie. »Ich lasse sie Ihnen einfach da.«

»Danke.«

Sara hob die Hand an die Stirn, damit ihr der Regen nicht in die Augen tropfte. Sie merkte, dass sie Wills Mund, die Narbe über seiner Oberlippe, anstarrte.

»Bitte kommen Sie herein.« Er machte einen Schritt zurück, damit sie durch die Tür treten konnte.

Sara spürte plötzlich eine unerklärliche Zögerlichkeit. Trotzdem trat sie ein. »Es tut mir wirklich sehr leid wegen meiner Mutter.«

»Sie sollte in der Polizeiakademie Verhörtechniken unterrichten.«

»Ich kann mich nicht genug entschuldigen.«

Er gab ihr eines der sauberen Handtücher, damit sie sich das Gesicht trocknen konnte. »Sie liebt Sie sehr.«

Diese Reaktion hatte Sara nicht erwartet. Sie nahm an, dass ein Mann, der seine Mutter schon so früh verloren hatte, Cathys Zudringlichkeit aus einem anderen Blickwinkel betrachtete.

»Haben Sie je …« Sara unterbrach sich. »Egal. Ich sollte Sie jetzt ins Bett gehen lassen.«

»Je *was*?«

»Ich meine …« Sara merkte, dass sie wieder errötete. »Waren Sie bei Pflegefamilien? Oder …«

Er nickte. »Manchmal.«

»Bei guten?«

Er zuckte die Achseln. »Manchmal.«

Sara dachte an die Quetschung auf seinem Bauch – womöglich waren es auch keine Quetschung, sondern etwas sehr viel Schlimmeres. Sie hatte in ihrer Zeit in der Leichenhalle genügend elektrische Verbrennungen gesehen. Sie hinterließen sehr charakteristische Spuren wie Schmauchspuren, die unter die Haut drangen und nicht abgewaschen werden konnten. Das dunkle Brandmal auf Wills Körper war mit der Zeit verblasst. Er war wahrscheinlich noch ein Kind gewesen, als es passierte.

»Dr. Linton?«

Sie schüttelte den Kopf, wie um sich zu entschuldigen. Instinktiv berührte sie ihn am Arm. »Kann ich Ihnen sonst noch etwas bringen? Ich glaube, im Wandschrank sind noch zusätzliche Decken.«

»Ich habe ein paar Fragen an Sie. Falls Sie noch ein paar Minuten hätten?«

Sie hatte vergessen, warum sie eigentlich hierhergekommen war. »Natürlich.«

Er deutete zur Couch. Sara sank so tief in das alte Polster, dass es sie beinahe verschluckt hätte. Sie schaute sich in dem Zimmer um, sah es, wie Will es vielleicht tat. Die kleine Wohnung war alles andere als schick. Eine Küchenzeile. Ein winziges Schlafzimmer mit einem noch winzigeren Bad. Der Flauschteppich hatte schon bessere Tage gesehen. Verzogene Holztäfelung bedeckte die vertikalen Flächen, die Couch war älter als Sara und so groß, dass zwei Menschen bequem darauf liegen konnten. Das war der Grund, warum Cathy sie aus dem Arbeitszimmer hier heraufgeschafft hatte, als Sara fünfzehn Jahre alt wurde. Nicht dass Sara viele Freunde gehabt hätte, die mit ihr auf dieser Couch liegen wollten. Tessa, die drei Jahre jünger war, allerdings schon.

Will legte die Handtücher auf die Arbeitsfläche der Küche. »Kann ich Ihnen ein Glas Wasser anbieten?«

»Nein, danke.« Sara deutete auf die Wohnung. »Es tut mir leid, dass wir Ihnen keine bessere Unterkunft anbieten können.«

Er lächelte. »Ich habe schon viel schlimmer übernachtet.«

»Falls es ein Trost ist, hübscher als im Hotel ist es.«

»Und das Essen ist besser.« Er zeigte auf das andere Ende der Couch. Eine andere Sitzgelegenheit gab es nicht, dennoch fragte er: »Darf ich?«

Sara rutschte vor zur Couchkante und zog die Füße hoch. Sie verschränkte die Arme, plötzlich wurde ihr bewusst, dass sie allein im Zimmer waren.

Das verlegene Schweigen war wieder da. Er spielte mit seinem Ehering, drehte ihn am Finger. Sie fragte sich, ob er an seine Frau dachte. Sara hatte die Frau einmal im Krankenhaus gesehen. Angie Trent war eine dieser lebhaften, immer im Mittelpunkt stehenden Frauen, die das Haus nie ohne Make-up verließen. Ihre Nägel waren perfekt. Ihr Rock war eng. Ihre Beine hätten sogar den Papst auf gewisse Gedanken gebracht. Angie war so anders als Sara: wie ein reifer Pfirsich im Vergleich zu einem Eis am Stiel.

Will faltete die Hände zwischen den Knien. »Vielen Dank für das Abendessen. Oder – danken Sie Ihrer Mutter. So gegessen habe ich schon seit ...« Er kicherte und rieb sich den Bauch. »Ich glaube, ich habe noch nie in meinem Leben so gegessen.«

»Es tut mir leid, dass sie Sie dermaßen ausgefragt hat.«

»Macht doch nichts. Mir tut es leid, dass ich mich aufgedrängt habe.«

»War meine Schuld, dass ich Sie hierhergebracht habe.«

»Tut mir leid, dass das Hotel geschlossen ist.«

Sara brach den Reigen ab. Sie befürchtete, dass sie die ganze Nacht hier sitzen und bedeutungslose Entschuldigungen austauschen würden. »Welche Fragen haben Sie an mich?«

Er wartete noch einige Sekunden, schaute sie an. »Die Erste ist ein bisschen heikel.«

Sie drückte sich die Arme noch enger an die Brust. »Okay.«

»Als Chief Wallace Sie heute anrief, damit Sie ins Revier kommen ...« Er beendete den Satz nicht. »Haben Sie immer Diazepam bei sich? Der Markenname ist Valium, richtig?«

Sara konnte ihm nicht in die Augen schauen. Sie starrte auf den Couchtisch hinunter. Offensichtlich hatte Will hier gearbeitet. Sein Laptop war zugeklappt, aber das Licht blinkte. Kabel liefen von dem Gerät zu dem tragbaren Drucker auf dem Boden. Ein ungeöffnetes Päckchen farbiger Aktendeckel lag daneben, darauf ein Holzlineal neben einem Päckchen farbiger Marker. Sie sah einen Hefter, Büroklammern und Gummibänder.

»Dr. Linton?«

»Will.« Sie versuchte, mit ruhiger Stimme zu sprechen. »Wäre es nicht an der Zeit, dass Sie mich Sara nennen?«

Er gab nach. »Sara.« Als sie nichts sagte, wiederholte er: »Haben Sie immer Valium bei sich?«

»Nein.« Sie schämte sich so, dass sie nur auf den Tisch starren konnte. »Sie waren für mich, für diesen Besuch hier. Nur für den Fall ...« Der Rest der Antwort war ein Achselzucken. Wie konnte sie diesem Mann erklären, warum sie sich betäuben wollte, um ein Familientreffen durchzustehen?

»Wusste Chief Wallace, dass Sie Valium hatten?«

Sie versuchte, sich an dieses Gespräch zu erinnern. »Nein. Ich habe von mir aus angeboten, es mitzubringen.«

»Sie sagten, Sie hätten etwas davon in Ihrem Arztkoffer?«

»Ich wollte ihm nicht sagen, dass es für ...«

»Ist schon okay«, unterbrach er sie. »Es tut mir wirklich leid, dass ich eine so persönliche Frage stellen musste. Ich versuche nur herauszufinden, was passiert ist. Chief Wallace rief Sie zu Hilfe, aber woher wusste er, dass Sie würden helfen können?«

»Frank dachte, ich könnte mit Tommy reden und ihn beruhigen, nehme ich an.«

»Haben Sie zuvor schon Gefangenen in Haft geholfen?«

»Nicht wirklich. Ich meine, ich wurde ein paarmal gerufen, wenn sie jemanden mit einer Überdosis in Gewahrsam hatten. Einmal gab es einen geplatzten Blinddarm. Ich überwies sie alle ins Krankenhaus. Im Gefängnis behandelt habe ich sie eigentlich nicht. Nicht medizinisch.«

»Und am Telefon mit Chief Wallace …«

»Entschuldigung«, sagte Sara, »könnten Sie ihn Frank nennen? Es ist nur so …«

»Sie müssen es nicht erklären«, versicherte er ihr. »Zu der Zeit am Telefon, als Sie sagten, dass Sie sich an Tommy Braham gar nicht mehr richtig erinnerten, dass es keine Verbindung mehr zu ihm gebe – hatten Sie das Gefühl, dass Frank Sie drängen wollte, ins Revier zu kommen?«

Nun begriff Sara endlich, worauf er hinauswollte. »Sie glauben, dass er mich erst nach dem Vorfall anrief? Dass Tommy bereits tot war?« Sie erinnerte sich, dass Frank durch das Fenster in der Zellentür gespäht hatte. Er hatte die Schlüssel fallen lassen. War das alles nur gespielt gewesen?

»Wie Sie wissen, ist die Bestimmung des Todeszeitpunkts kein exaktes Verfahren«, sagte Will. »Falls er Sie erst dann angerufen hat, als er Tommy bereits gefunden …«

»Die Leiche war noch warm«, entgegnete sie. »Aber in der Zelle war es heiß. Frank meinte, die Heizung würde mal wieder spinnen.«

»Haben Sie schon früher erlebt, dass sie defekt war?«

Sie schüttelte den Kopf. »Ich habe seit über vier Jahren keinen Fuß mehr in das Revier gesetzt.«

»Die Temperatur war normal, als ich heute Abend dort war.«

Sara lehnte sich auf der Couch zurück. Das waren die Leute, die mit Jeffrey gearbeitet hatten. Leute, denen sie ihr ganzes Leben lang vertraut hatte. Falls Frank Wallace glaubte, Sara würde irgendetwas vertuschen, hatte er sich getäuscht. »Glauben Sie, dass sie ihn umgebracht haben?« Sie beantwortete sich die Frage selbst. »Ich habe die blaue Tinte aus der Mine gesehen. Ich kann mir nicht vorstellen, dass jemand Tommy festhielt und ein anderer die Mine über seine Handgelenke zog. Es gibt einfachere Möglichkeiten, jemanden umzubringen und es wie einen Selbstmord aussehen zu lassen.«

»Aufhängen«, schlug er vor. »Achtzig Prozent der Selbstmorde in Gewahrsam werden durch Erhängen bewerkstelligt. Gefängnisinsassen sind siebenmal so anfällig für Selbstmord wie die Durchschnittsbevölkerung. Tommy entspricht so ziemlich jedem Aspekt des Profils.« Will zählte ihr die Aspekte auf: »Er war ungewöhnlich reumütig. Er hörte nicht auf zu weinen. Er war nicht verheiratet. Er war im Alter zwischen achtzehn und fünfundzwanzig. Es war sein erstes Verbrechen. Er hatte zu Hause strenge Eltern oder einen Vormund, der wütend oder enttäuscht sein würde, wenn er von seiner Verhaftung erfuhr.«

»Tommy war das alles«, gab sie zu. »Aber warum sollte Frank das Auffinden der Leiche hinauszögern?«

»Sie sind hier sehr geachtet. Ein Gefangener bringt sich in Polizeigewahrsam um. Wenn Sie sagen, da ist nichts Verdächtiges dran, dann glauben die Leute Ihnen das.«

Dagegen konnte Sara nichts einwenden. Dan Brock war Bestattungsunternehmer, kein Arzt. Falls die Leute es sich in den Kopf setzten, dass Tommy im Gefängnis ermordet worden war, dann hätte Brock große Schwierigkeiten, das Gerücht zu widerlegen.

»Die Mine aus dem Kugelschreiber, die Tommy benutzte«, fuhr Will fort. »Heute Abend hat Officer Knox mir gesagt, dass Ihr Ehemann jedem in der Truppe einen zu Weihnachten geschenkt hat. Das war sehr aufmerksam.«

»Nicht unbedingt«, entfuhr es Sara. »Ich meine, er hatte sehr viel zu tun, deshalb bat er mich …« Sie tat es mit einer Handbewegung ab. Sie hatte sich über Jeffrey geärgert, weil er sie gebeten hatte, die Kulis zu besorgen, als hätte sie weniger zu tun als er. Sie überging das, indem sie zu Will sagte: »Ich bin mir sicher, Sie bitten Ihre Frau auch, etwas für Sie zu erledigen, wenn Sie sehr beschäftigt sind.«

Er lächelte. »Wissen Sie noch, wo Sie die Kulis gekauft haben?«

Jetzt schämte sie sich schon wieder. »Ich habe Nelly, meine Sekretärin in der Klinik, gebeten, sie online für mich zu besorgen. Ich hatte nicht die Zeit …« Sie schüttelte den Kopf, weil sie sich vorkam wie ein Schuft. »Vielleicht finde ich ja die Kreditkartenabrechnung noch, falls es wichtig ist. Das war vor über fünf Jahren.«

»Wie viele haben Sie gekauft?«

»Fünfundzwanzig, glaube ich. Jeder in der Truppe bekam einen.«

»Das ist viel Geld.«

»Ja«, gab sie zu. Jeffrey hatte ihr keine Obergrenze genannt, und Saras Vorstellung von einem teuren Geschenk bedeutete einen höheren Preis, als Jeffrey sich vorgestellt hatte. Warum hatten sie Tage damit verschwendet, wütend aufeinander zu sein? Warum war das so wichtig gewesen?

Will überraschte sie, indem er sagte: »Ihr Akzent klingt hier unten anders.«

Sara lachte, er hatte sie überrumpelt. »Klinge ich nach Provinz?«

»Ihre Mutter hat einen wunderbaren Akzent.«

Bis auf heute Abend hatte sie den Klang der Stimme ihrer Mutter immer geliebt.

Er überraschte sie noch einmal. »Sie sind zwar auch irgendwie in diesen Fall hineingezogen worden, aber in vielerlei Hinsicht haben Sie sich auch selbst in diese Lage gebracht.«

Seine Offenheit ließ sie erröten.

Sein Gesichtsausdruck war sanft, verständnisvoll. Sie fragte sich, ob das echt war oder ob er nur eine seiner speziellen Verhörtechniken einsetzte. »Ich weiß, das klingt sehr forsch, aber ich gehe davon aus, dass Sie mich aus einem bestimmten Grund vor das Krankenhaus auf der Main Street bestellt haben.«

Sara lachte noch einmal, diesmal über sich selbst und die Situation. »So berechnend war das gar nicht. Das wirkt nur jetzt so.«

»Ich wohne in Ihrem Haus. Die Leute werden mein Auto draußen auf der Straße stehen sehen. Ich weiß, wie es in Kleinstädten zugeht. Sie werden denken, dass zwischen uns irgendwas läuft.«

»Aber da ist nichts. Sie sind verheiratet, und ich bin …«

Sein Lächeln war mehr ein Gesichtverziehen. »Die Wahrheit bringt in solchen Situationen nicht viel. Das müssen Sie doch wissen.«

Sara schaute sich wieder seine Büroutensilien an. Er hatte die Gummibänder nach Farben sortiert. Sogar die Büroklammern lagen alle in dieselbe Richtung.

»Hier läuft irgendwas«, sagte Will. »Ich weiß nicht, ob es das ist, was Sie denken, aber irgendwas stimmt in diesem Revier nicht.«

»Und was?«

»Ich weiß es noch nicht, aber Sie sollten sich auf ein paar üble Reaktionen gefasst machen.« Er formulierte es vorsichtig. »In solchen Situationen, wenn Polizisten verhört werden … die mögen das ganz und gar nicht. Die sind unter anderem deshalb gut in ihrem Job, weil sie davon überzeugt sind, dass sie alles richtig machen.«

»Ich bin Ärztin. Glauben Sie mir, nicht nur Polizisten denken so.«

»Ich will, dass Sie vorbereitet sind, denn wenn wir mit dieser Geschichte durch sind – ob ich nun herausfinde, dass Tommy schuldig war oder dass Detective Adams Mist gebaut hat, oder ob ich herausfinde, dass alles korrekt gelaufen ist –, die Leute werden Sie auf jeden Fall hassen, weil Sie mich hierhergebracht haben.«

»Sie haben mich auch vorher schon gehasst.«

»Sie werden sagen, dass Sie das Gedenken an Ihren Mann in den Dreck ziehen.«

»Sie wissen rein gar nichts über ihn. Sie haben keine Ahnung.«

»Sie werden sich den Rest zusammenreimen. Es wird noch viel schwieriger werden, als es jetzt ist.« Er drehte ihr den Oberkörper zu. »Ich werde es schwieriger machen. Ich werde absichtlich Dinge tun, die die Polizisten hier so wütend machen, dass sie die Karten auf den Tisch legen. Kommen Sie damit zurecht?«

»Was, wenn ich Nein sage?«

»Dann finde ich einen anderen Weg.«

Sie merkte, dass sein Angebot aufrichtig war, und bekam ein schlechtes Gewissen, weil sie seine Motive zuvor in Zweifel gezogen hatte. »Das hier ist nicht mehr mein Zuhause. Ich fahre in drei Tagen wieder ab, egal was passiert. Tun Sie, was Sie tun müssen.«

»Und Ihre Familie?«

»Meine Familie hält zu mir.« Sara war sich bei vielen Dingen nicht sicher, aber wenigstens das wusste sie ganz genau. »Sie sind vielleicht nicht immer meiner Meinung, aber sie halten zu mir.«

»Okay.« Er wirkte erleichtert, als hätte er den harten Teil jetzt hinter sich. »Ich brauche von Ihnen Julie Smiths Telefonnummer.«

Sara hatte die Frage erwartet. Sie zog ein zusammengefaltetes Blatt Papier aus der Tasche und gab es ihm.

Er deutete zu dem altmodischen Festnetzapparat neben der Couch. »Ist das derselbe Anschluss wie im Haus?«

Sie nickte.

»Ich will nur, dass die Nummer wiedererkannt wird.« Er griff zu dem Apparat und starrte die Wählscheibe an.

Sara verdrehte die Augen. »Meine Eltern haben's nicht so mit moderner Technik.«

Er fing an, die Scheibe zu drehen, aber sein Finger rutschte ab.

»Lassen Sie mich«, sagte sie und nahm ihm das Telefon ab, bevor er protestieren konnte. Sie drehte die Scheibe, und die Bewegungen kamen ihr vertrauter vor, als sie zugeben wollte.

Will hielt sich den Hörer ans Ohr, und im selben Augenblick begann eine Automatenstimme zu plärren. Er hielt den Hörer zwischen sie beide, sodass Sara mithören konnte, wie die Stimme verkündete, dass die Nummer, die der Anrufer erreichen wolle, gelöscht worden sei.

Will legte den Hörer wieder auf die Gabel. »Ich lasse Faith das morgen überprüfen. Ich vermute allerdings, dass es ein Prepaidhandy war. Fällt Ihnen noch irgendwas über diese Julie ein? Irgendwas, das sie gesagt hat?«

»Ich konnte hören, dass sie von einer Toilette aus anrief«, erwiderte Sara. »Sie sagte, Tommy hätte ihr eine SMS geschickt, dass er im Gefängnis sei. Vielleicht können Sie sich ja von diesem Anschluss eine Mitschrift besorgen?«

»Auch das kann Faith übernehmen«, sagte er. »Was war mit Julies Stimme? Klang sie jung? Alt?«

»Sie klang wirklich jung und sehr provinziell.«

»Wie provinziell?«

Sara lächelte. »Nicht wie ich. Hoffe ich wenigstens. Sie klang eher so, als würde sie aus ärmlichen Verhältnissen stammen. Sie sagte zum Beispiel ›euch da‹.«

»Das klingt nach Bergler.«

»Tatsächlich? Mit Dialekten kenne ich mich nicht aus.«

»Ich hatte vor einiger Zeit einen Auftrag in den Blue Ridge Mountains«, erklärte er. »Hört man diese Formulierung hier in der Gegend oft?«

Sie schüttelte den Kopf. »Nicht wirklich. Kann mich eigentlich nicht erinnern.«

»Okay, dann haben wir also eine junge Frau, die wahrscheinlich aus Nord-Georgia oder den Appalachen stammt. Sie sagte Ihnen, sie sei mit Tommy befreundet. Wir zapfen sein Telefon an und schauen, ob sie miteinander telefoniert haben.«

»Julie Smith«, flüsterte Sara und wunderte sich, warum sie nie auf den Gedanken gekommen war, dass das Mädchen einen falschen Namen benutzt haben könnte.

»Vielleicht bringen die Telefonüberprüfungen ja was.«

Sara deutete auf die Fotokopien, die sie gemacht hatte. »Haben die Ihnen weitergeholfen?«

»Nicht so, wie Sie glauben.« Er blätterte die Seiten durch. »Ich habe die Reviersekretärin Mrs Simms gebeten, sie Faith zu faxen. Können Sie sie mal für mich durchsehen?«

Sara warf nur einen flüchtigen Blick auf die Seiten. Am oberen Rand standen jeweils handschriftliche Ziffern. Bei der elften Seite stutzte sie. Jemand hatte die Zahl zwölf in die Ecke geschrieben. Die Zwei war verkehrt herum. »Haben Sie die Seiten nummeriert?«

»Ja«, sagte er. »Als ich sie von Mrs Simms zurückbekam, fehlte eine Seite. Seite elf. Die Seite direkt nach Detective Adams' Bericht vom Tatort.«

Sara blätterte zurück zur zweiten Seite. Die Zwei war hier korrekt geschrieben. Sie kontrollierte die dritte und die fünfte Seite. Beide Ziffern waren spiegelverkehrt geschrieben. Der Stift war so fest aufgedrückt worden, dass sich das Papier anfühlte wie geprägt.

»Können Sie sich erinnern, was fehlt?«, fragte er.

Sara schaute sie noch einmal durch und konzentrierte sich jetzt auf den Inhalt anstatt auf die Nummerierung. »Die Mitschrift des 911-Notrufs.«

»Sind Sie sicher?«

»Da war noch eine Seite aus Lenas Notizbuch auf das eigentliche Blatt geklebt. Sie hatte den Inhalt des 911er-Anrufs notiert.«

»Wissen Sie noch, wie der lautete?«

»Ich weiß, dass es eine Frauenstimme war. An den Rest kann ich mich nicht mehr erinnern.«

»Wurde die Nummer zurückverfolgt, von der der Anruf kam?«

»Ich habe nichts gesehen, was darauf hindeutete.« Sie schüttelte den Kopf. »Warum kann ich mich nicht erinnern, was sonst noch gesagt wurde?«

»Wir können das von der Telefonzentrale bekommen.«

»Außer sie haben es geschafft, den Mitschnitt zu verlieren.«

»Das ist keine große Sache«, sagte Will. »Sie haben die Akte von Frank, richtig?«

»Von Carl Phillips.«

»Dem diensthabenden Beamten?«

»Ja. Haben Sie heute Abend mit ihm gesprochen?«

»Er ist zusammen mit seiner Familie im Urlaub. Keine Ahnung, wann er zurückkommt. Kein Telefon. Kein Handy. Kein Möglichkeit, mit ihm Kontakt aufzunehmen.«

Sara spürte, wie ihr der Mund aufklappte.

»Ich bezweifle, dass er wirklich weggefahren ist. Wahrscheinlich halten sie ihn von mir fern. Vielleicht ist er morgen sogar im Revier und versteckt sich vor aller Augen.«

»Er ist der einzige Afroamerikaner in der Truppe.«

Will lachte. »Danke für den Tipp. Das engt die Suche beträchtlich ein.«

»Ich kann nicht glauben, dass sie das tun.«

»Polizisten werden nicht gern befragt. Sie bauen eine Wagenburg, auch wenn sie wissen, dass es falsch ist.«

Sie fragte sich, ob Jeffrey je etwas Ähnliches getan hatte. Falls ja, dann nur, weil er derjenige sein wollte, der sein eigenes Haus ausputzte. Er hätte nie jemanden von außen kommen lassen, der die Arbeit für ihn übernahm.

»Wo haben Sie diese Kopien gemacht?«, fragte Will.

»Im vorderen Teil des Bereitschaftsraumes.«

»Mit dem Kopierer auf dem Tisch neben dem Kaffeeautomaten?«

»Genau.«

»Haben Sie sich Kaffee geholt?«

»Ich wollte nicht trödeln.« Alle hatten sie angestarrt, als wäre sie ein Monster. Sara hatte nur die Kopien machen und dann so schnell wie möglich verschwinden wollen.

»Sie stehen also am Kopierer und warten, dass die Seiten herauskommen. Das Gerät sieht ziemlich alt aus. Macht es Lärm?«

Sie nickte und fragte sich, worauf er hinauswollte.

»Wie ein Surren oder wie ein Klicken?«

»Beides«, antwortete sie, denn sie hatte die Geräusche noch im Kopf.

»Wie viel Kaffee war noch in der Kanne? Kam irgendjemand dazu?«

Sie schüttelte den Kopf. »Nein. Die Kanne war voll.« Die Maschine war noch älter als der Kopierer. Sie konnte die verbrannten Bohnen riechen.

»Hat irgendjemand mit Ihnen gesprochen?«

»Nein. Keiner schaute mich überhaupt ...« Sie sah sich selbst, wie sie am Kopierer stand. Das Gerät war alt, man musste die Seiten noch einzeln einlegen. Sie hatte die Akte gelesen, um nicht die Wand anstarren zu müssen. »Oh.«

»Ist Ihnen noch etwas eingefallen?«

»Ich überflog die 911er-Mitschrift, während ich darauf wartete, dass der Kopierer sich aufheizt.«

»Was stand da?«

Sie sah sich selbst in dem Revier vor den Geräten stehen und die Akte lesen. »Die Frau meldete einen möglichen Selbstmord. Sie sagte, sie habe Angst, dass sich ihre Freundin etwas angetan hätte.« Sara kniff die Augen zusammen und versuchte, die Erinnerung klar werden zu lassen. »Sie hatte Angst, dass Allison sich umbringen wollte, weil sie mit ihrem Freund in Streit geraten war.«

»Hat sie gesagt, wo sie glaube, dass Allison sei?«

»Lover's Point«, antwortete Sara. »So nennen die Einheimischen die Stelle. Es ist die kleine Bucht, in der Allison gefunden wurde.«

»Wie ist es dort?«

»Wie in einer kleinen Bucht eben.« Sara zuckte die Achseln. »Romantisch, wenn man eine Wanderung macht, aber nicht in strömendem Regen und bei Kälte.«

»Liegt sie abgeschieden?«

»Ja.«

»Nach Meinung der Anruferin war Allison also in Streit mit ihrem Freund geraten. Die Anruferin hatte Angst, dass Allison selbstmordgefährdet sei, und sie wusste außerdem, dass sie am Lover's Point sein würde.«

»Es war vermutlich Julie Smith. Das denken Sie doch, oder?«

»Ja, aber warum? Die Anruferin wollte die Aufmerksamkeit auf den Mord an Allison richten. Julie Smith versuchte, Tommy Braham zu helfen, den Mordvorwurf abzuwenden. Sie scheinen gegensätzliche Ziele zu haben.« Will hielt inne. »Faith versucht, sie aufzuspüren, aber wir brauchen mehr als eine abgeschaltete Nummer, um sie zu finden.«

»Frank und Lena denken wahrscheinlich dasselbe«, vermutete Sara. »Deshalb haben sie die Mitschrift versteckt. Entweder sie wollen nicht mit ihr reden, oder sie wollen als Erste mit ihr reden.«

Will kratzte sich an der Wange. »Vielleicht.« Er dachte offensichtlich an eine andere Möglichkeit. Sara ihrerseits kam nicht darüber hinweg, dass Marla Simms bei einer Ermittlung Informationen unterschlug. Die Frau arbeitete schon länger in dem Revier, als irgendjemand zurückdenken konnte.

Will setzte sich auf. Er blätterte durch die Seiten auf dem Sofatisch. »Mrs Simms hat aus eigenem Antrieb zusätzliche Informationen verschickt. Ich ließ sie von Agent Mitchell einscannen, damit ich sie ausdrucken konnte.« Er fand, wonach er gesucht hatte, und gab Sara die Seiten. Sie erkannte das Formular, einen doppelseitigen Einsatzbericht. Streifenpolizisten füllten jedes Wochenende Dutzende davon aus, um Vorfälle zu dokumentieren, zu denen sie gerufen worden waren, wo sie aber keine Verhaftung vorgenommen hatten. Das waren nützliche Informationen für den Fall, dass später etwas Schlimmeres passierte, eine Art Verlaufsbericht über eine Person oder ein Stadtviertel.

»Das sind Einsatzberichte, die Tommys Zusammenstöße mit dem Gesetz dokumentieren.« Er deutete auf die Seiten in Saras Händen. »Hier geht es um ein Mädchen, mit dem er sich auf der Rollschuhbahn einen lautstarken Streit lieferte.«

In einer Ecke des Berichts entdeckte Sara einen gelben Punkt.

»Haben Sie je erlebt, dass Tommy sehr aufbrausend war?«, fragte er.

»Nie.« Sara überflog die anderen Einsatzberichte. Es waren noch zwei, jeweils zwei zusammengeheftete Seiten, jede mit einem farbigen Punkt in der Ecke. Der eine Bericht war rot, der andere grün markiert.

Sie schaute Will wieder an. »Tommy war eher ausgeglichen. Kinder wie er sind normalerweise sehr sanft und freundlich.«

»Wegen ihres Geisteszustands?«

Sara schaute ihn an und dachte an ihre Unterhaltung im Auto. »Ja. Er war schwer von Begriff. Und sehr leichtgläubig.«

So wie Sara.

Sie hielt Will einen anderen Bericht hin und zeigte ihn ihm auf dem Kopf stehend. Sie deutete auf die Mitte der Seite, wo Carl Phillips den Vorfall beschrieben hatte. »Haben Sie diesen Teil gelesen?«

Sie beobachtete, wie Wills Augen zu dem roten Punkt schnellten. »Der bellende Hund. Tommy fing an, seine Nachbarin anzuschreien. Die Frau rief die Polizei.«

»Genau.« Sie nahm den dritten Bericht und zeigte ihn ihm richtig herum. »Dann ist da noch das.«

Wieder sah sie, dass sein Blick nicht zu den Zeilen, sondern zu dem farbigen Punkt wanderte. »Laute Musik, die vor ein paar Tagen gemeldet wurde. Tommy schrie den Beamten an.«

Sie schwieg und wartete.

»Was denken Sie?«

Sie dachte, dass er unglaublich clever war. Sara schaute sich die Aktendeckel, die Marker an. Er farbkodierte alles. Seine Handschrift war ungelenk wie die eines Kindes. Er hatte die Ziffer zwei verkehrt herum geschrieben, aber nicht einheitlich. Er merkte nicht, ob eine Seite auf dem Kopf stand oder nicht. Unter anderen Umständen wäre Sara das vielleicht gar nicht aufgefallen. Verdammt, es *war* ihr nicht aufgefallen, als sie das letzte Mal mit ihm gearbeitet hatte. Er war bei ihr zu Hause gewesen. Sie hatte ihn arbeiten sehen und nie gemerkt, dass er ein Problem hatte.

»Ist das eine Art Test?«, fragte er mit ironischem Unterton.

»Nein.« Das konnte sie ihm nicht antun. Nicht einfach so. Vielleicht nie. »Ich habe mir nur die Datumsangaben angeschaut.« Sie blätterte in den Kopien, um sich zu beschäftigen. »Alle Vorfälle sind in den letzten Wochen passiert. Irgendwas muss ihn dazu gebracht haben, denn bis vor Kurzem hatte Tommy noch kein aufbrausendes Temperament.«

»Mal sehen, was ich herausfinden kann.« Er nahm die Papiere und stapelte sie auf dem Tisch. Er war nervös, und er war nicht dumm. Er hatte sein ganzes Leben damit zugebracht, genau auf das Verhalten der Leute und etwaige Auffälligkeiten zu achten, damit er sein Problem geheim halten konnte.

Sara legte ihm die Hand auf den Arm. »Will …«

Er stand auf, um aus ihrer Reichweite zu kommen. »Vielen Dank, Dr. Linton.«

Sara stand nun ebenfalls auf. Sie suchte nach einem guten Abschluss. »Tut mir leid, dass ich Ihnen nicht mehr helfen konnte.«

»Sie waren großartig.« Er ging zur Tür und öffnete diese für sie. »Bitte danken Sie Ihrer Mutter für ihre Gastfreundschaft.«

Sara ging, bevor sie hinausgeschoben wurde. Unten am Ende der Treppe drehte sie sich noch einmal um, aber Will war bereits wieder hineingegangen.

»O Gott«, murmelte Sara, als sie über das nasse Gras lief. Sie hatte es tatsächlich geschafft, Will noch verlegener zu machen, als ihre Mutter es getan hatte.

Ein Auto kam die Straße hoch. Sara sah einen Streifenwagen langsam vorbeifahren. Diesmal tippte sich der Beamte hinterm Steuer nicht an die Kappe, um sie zu grüßen. Er schien sie eher böse anzustarren.

Will hatte sie gewarnt, dass das passieren würde, dass die Stadt sich gegen sie wenden würde. Sara hatte nicht geglaubt, dass das so schnell ging. Sie lachte über sich selbst und die Umstände, als sie ins Haus ging. Will hatte vielleicht Schwierigkeiten, Wörter zu lesen, aber Personen lesen, das konnte er sehr gut.

8. Kapitel

Jason Howell ging in seinem winzigen Wohnheimzimmer auf und ab, und das Schlurfen seiner Schritte vermischte sich mit dem Rauschen des Regens vor dem Fenster. Auf dem Boden lagen Papiere verstreut. Auf seinem Schreibtisch drängten sich aufgeschlagene Bücher und leere Red-Bull-Dosen. Sein uralter Laptop gab ein Geräusch wie ein erschöpftes Seufzen von sich, als er auf Stand-by schaltete. Eigentlich musste Jason arbeiten, aber in seinem Kopf drehte sich alles. Länger als ein paar Minuten konnte er sich nicht auf irgendetwas konzentrieren – nicht auf die kaputte Lampe auf seinem Schreibtisch oder die E-Mails, die sein Konto überfluteten, und auf jeden Fall nicht auf den Essay, an dem er eigentlich arbeiten sollte.

Jason legte den Handballen knapp unterhalb der Tastatur auf den Laptop. Das Plastik fühlte sich heiß an. Der Ventilator, der die Hauptplatine kühlte, hatte vor ein paar Tagen angefangen zu klicken, ungefähr zu der Zeit, als er sich beinahe eine Verbrennung dritten Grades an den Beinen geholt hätte, weil er den Computer immer auf die Oberschenkel legte. Er vermutete, dass zwischen dem Akku und dem Ladegerät in der Wandsteckdose irgendetwas Schlimmes passierte. Auch jetzt lag ein leichter Geruch von schmorendem Plastik in der Luft. Jason griff nach dem Ladegerät, zog es aber nicht aus der Steckdose. Er kaute auf seiner Unterlippe, während er das Stromkabel in seiner Hand anstarrte. Wollte er, dass das Gerät sich überhitzte? Ein kaputter Laptop wäre eine Katastrophe. Vielleicht wäre dann seine Arbeit verloren, seine Fußnoten und die Rechercheergebnisse, und das letzte Jahr seines Lebens wäre zu einem riesigen Haufen stinkenden Plastiks zusammengeschmolzen.

Und dann?

Er hatte keine Freunde mehr. Alle im Wohnheim gingen ihm aus dem Weg, wenn er auftauchte. Niemand redete in den Vorlesungen mit ihm oder fragte ihn, ob er sich seine Notizen ausleihen könne. Seit Wochen war er abends nicht mehr ausgegangen. Von seinen Professoren abgesehen konnte Jason sich nicht erinnern, seit der Woche vor den Osterferien mit irgendjemandem ein ernsthaftes Gespräch geführt zu haben.

Mit keinem Menschen außer mit Allison, aber das zählte nicht. In letzter Zeit redeten sie nicht mehr wirklich miteinander. Alles endete immer in Streitereien wegen der blödesten Sachen – wer die Pizza bestellen sollte, wer vergessen hatte, die Tür zu schließen. Sogar der Sex war schlecht. Aggressiv. Mechanisch. Enttäuschend.

Jason konnte es Allison kaum verdenken, dass sie ihn im Augenblick hasste. Er konnte überhaupt nichts richtig machen. Sein Essay war das reinste Chaos. Seine Noten wurden kontinuierlich schlechter. Das Geld auf dem Treuhandkonto seines Großvaters ging zur Neige. Sein Vater hatte ihm zwölftausend Dollar als Ergänzung seines Stipendiums und der Studiendarlehen hinterlassen. Damals war ihm das als riesige Summe erschienen. Jetzt, nach dem ersten Jahr seines Masterstudiums, kam es ihm lächerlich wenig vor. Und diese lächerliche Summe wurde mit jedem Tag kleiner.

Kein Wunder, dass er so deprimiert war und kaum die Kraft hatte, den Kopf zu heben.

Was er wirklich wollte, war Allison. Nein, vergiss es – er wollte die Allison, die er ein Jahr und elf Monate lang gekannt hatte. Diejenige, die lächelte, wenn sie ihn sah. Die nicht alle fünf Minuten in Tränen ausbrach und ihn anschrie, er sei ein Mistkerl, wenn Jason sie fragte, warum sie traurig war.

»Deinetwegen«, sagte sie dann, und wer wollte das hören? Wer wollte sich das Elend eines anderen vorwerfen lassen, wenn man knietief im eigenen Mist steckte?

Jason ging es wirklich schlecht, und das strahlte er aus wie die Hitze der Wärmelampe über den Pommes im McDonald's. Er wusste nicht mehr, wann er das letzte Mal geduscht hatte. Er konnte nicht schlafen. Nichts konnte sein Gehirn so weit beruhigen, dass er sich entspannen konnte. Sobald er sich hinlegte, gingen seine Lider auf und zu wie ein träges Jo-Jo. Die Dunkelheit brachte ihm alles wieder frisch ins Gedächtnis, und bald darauf drückte das Monstergewicht der Einsamkeit so schwer auf seine Brust, dass er fast keine Luft mehr bekam.

Allison war das egal. Von ihr aus konnte er auch tot sein. Seit sich das Wohnheim vor drei Tagen über die Thanksgiving-Ferien geleert hatte, hatte er kein menschliches Wesen mehr gesehen. Sogar die Bibliothek hatte am Sonntag bereits am frühen Nachmittag geschlossen, die letzten Nachzügler standen noch auf der Treppe herum, als das Personal schließlich die Türen absperrte. Von seinem Fenster aus hatte Jason sie weggehen sehen, und er hatte sich gefragt, ob sie allein sein würden, ob sie irgendjemanden hatten, mit dem sie die Ferien verbringen konnten.

Bis auf das ununterbrochene Geplapper des Cartoon Networks und Jasons gelegentliche Selbstgespräche war das ganze Gebäude völlig still. Sogar die Hausmeister hatten sich seit Tagen nicht gezeigt. Wahrscheinlich durfte Jason sich gar nicht im Gebäude aufhalten. Die Heizung war abgestellt worden, nachdem die letzten Studenten gegangen waren. Er schlief in seinen wärmsten Klamotten, zusätzlich noch zugedeckt mit dem Wintermantel. Und der einzigen Person, die sich darüber Gedanken machen sollte, war es offensichtlich völlig egal.

Allison Spooner. Wie hatte er sich nur in ein Mädchen mit einem so blöden Namen verlieben können?

Tagelang hatte sie ihn wie eine Verrückte angerufen, und dann seit gestern – nichts mehr. Jason hatte gesehen, wie jedes Mal ihre Anruferkennung aufleuchtete, war aber nicht drangegangen. Ihre Nachrichten lauteten immer gleich: *Hey, ruf mich an.* Würde es sie umbringen mal was anderes zu sagen? Würde es sie umbringen zu sagen, dass sie ihn vermisste? Er konnte sich noch gut an das Gespräch erinnern, als er sie genau das gefragt und sie geantwortet hatte: »Weißt du was? Du hast recht. Ich sollte eine bessere Freundin sein.«

Gespräche. Eher Einbildungen.

Drei Tage hatte das Handy fast ununterbrochen geklingelt. Er hatte schon Angst, dass Allisons Anruferkennung sich ins Display einbrennen würde. Er sah zu, wie die Balken für die Akkuladung einer nach dem anderen verschwanden. Bei jedem Balken sagte er sich, er würde abheben, wenn sie anrief, bevor der nächste verschwand. Schließlich hatte das Handy sich ganz abgeschaltet, als er schlief. Jason war in Panik geraten, während er nach dem Ladegerät suchte. Er hatte es eingesteckt und dann – nichts mehr.

Ihr Schweigen war laut und deutlich. Man gab jemanden nicht einfach so auf, wenn man ihn liebte. Man rief immer wieder an. Man hinterließ Nachrichten, die persönlicher waren als: *Hey, ruf mich an.* Man entschuldigte sich. Man schickte nicht alle zwanzig Minuten eine SMS mit der Frage: *Wo bist du?* Man hämmerte an die Tür und schrie aus Leibeskräften, bitte, bitte, komm endlich raus.

Warum hatte sie ihn aufgegeben?

Weil er keinen Mumm hatte. Genau das hatte sie ihm gesagt, als sie das letzte Mal miteinander geredet hatten. Jason war nicht Manns genug, um zu tun, was getan werden musste. Er war nicht Manns genug, sich um sie zu kümmern. Vielleicht hatte sie recht. Er hatte wirklich Angst. Sooft sie darüber redeten, was sie tun sollten, spürte er, wie seine Eingeweide sich verkrampften. Er wünschte sich, er hätte nie mit diesem Arschloch aus der Stadt gesprochen. Er wünschte sich, er könnte alles zurücknehmen – alles, was sie in den letzten zwei Wochen getan hatten. Allison tat so, als käme sie mit alldem gut zurecht, aber er wusste, dass auch sie Angst hatte. Es war noch nicht zu spät. Sie konnten aus dieser Geschichte noch herauskommen. Sie konnten so tun, als würde das alles nicht passieren. Wenn Allison nur einsehen würde, dass es einen guten Ausweg nicht gab. Warum war Jason der einzige Mensch auf dieser ganzen verdammten Welt, der mit einem Gewissen geschlagen zu sein schien?

Plötzlich war draußen Lärm zu hören. Er stieß die Tür auf und trat auf den Flur. Jason stand im Dunkeln da und schaute sich panisch um. Niemand war da. Niemand beobachtete ihn. Er war einfach nur paranoid. Angesichts der vielen Red Bulls, die er getrunken hatte, und den zwei Tüten Cheetos, die in seinem Magen lagen wie ein Stein, war es kein Wunder, dass er nervös war.

Jason ging in sein Zimmer zurück. Er öffnete das Fenster, um ein wenig frische Luft hereinzulassen. Der Regen hatte nachgelassen, aber schon seit Tagen war am Himmel keine Sonne zu sehen. Er schaute auf seinen Wecker, weil er nicht mehr so recht wusste, ob es Vormittag oder Nacht war. Es war kurz vor Mitternacht. Ein kühler Wind wehte, aber er hatte sich jetzt schon so lange in seiner Bude verkrochen, dass ihm die frische Luft sehr willkommen war, auch wenn sie so kalt war, dass ihm der Atem in einer Wolke vor dem Gesicht stand. Draußen sah er den leeren Studentenparkplatz. In der Ferne bellte ein Hund.

Er setzte sich wieder an seinen Schreibtisch und starrte die Lampe neben seinem Laptop an. Der Hals war gebrochen. Der Lampenschirm hing nur noch an zwei Drähten, so als würde die Lampe beschämt den Kopf hängen lassen. Das Licht warf merkwürdige Schatten durch das Zimmer. Er hatte die Dunkelheit noch nie gemocht. Er kam sich verletzlich und einsam vor und dachte an Sachen, über die er nicht nachdenken wollte.

Bis Thanksgiving waren es nur noch wenige Tage. Letzte Woche hatte Jason wie üblich seine Mutter angerufen, aber sie hatte keine Lust gehabt, ihn zu sehen. Jason stammte aus der ersten Ehe seiner Mutter mit einem Mann, der eines Tages auf ein Bier gegangen und nie mehr zurückgekommen war. Ihr zweiter Mann machte von Anfang an klar, dass Jason nicht sein Sohn war. Sie hatten drei Töchter, die kaum wussten, dass Jason überhaupt existierte. Zu Familientreffen wurde er nicht eingeladen. Er bekam keine Einladungen zu Hochzeiten oder Urlauben. Die einzige Verbindung seiner Mutter zu ihm lief über den U. S. Postal Service. Zu seinem Geburtstag und zu Weihnachten schickte sie ihm immer einen Scheck über fünfundzwanzig Dollar.

Mit Allison hätte eigentlich alles anders werden sollen. Sie wollten ihre Ferien gemeinsam verbringen. Sie wollten ihre eigene Familie sein. Genau das hatten sie ein Jahr und elf Monate lang getan. Sie gingen ins Kino oder Chinesisch essen, während der Rest des Planeten mit Verwandten zusammensteckte, die man nicht mochte, und etwas aß, das nicht schmeckte. Das war ihr Ding – sie waren zwei gegen den Rest der Welt, fast platzend vor Freude, weil sie einander hatten. Jason hatte noch nie erlebt, wie es war, mitten in etwas Gutem zu sein. Er hatte immer draußen gestanden und das Gesicht an die Scheibe gedrückt. Allison hatte ihm ein Gefühl des Dabeiseins gegeben, und jetzt hatte sie es ihm wieder genommen.

Er wusste nicht einmal, ob sie noch in der Stadt war. Vielleicht war sie zu ihrer Tante gefahren. Vielleicht war sie mit einem anderen Kerl durchgebrannt. Allison war attraktiv. Sie konnte bessere Freunde haben als Jason. Er wäre nicht überrascht, wenn sie jetzt im Augenblick mit diesem neuen Kerl vögeln würde.

Ein neuer Kerl.

Der Gedanke versetzte ihm einen Stich. Arme und Beine ineinander verschlungen, ihre langen Haare auf der Brust des anderen Kerls. Wahrscheinlich war es eine haarige Brust, eine Brust, wie Männer sie hatten, nicht die eingefallene, teigige weiße Brust, die sich seit seiner Zeit an der Junior-Highschool nicht verändert hatte. Dieser neue Kerl hatte sicher auch Eier groß wie Grapefruits. Er würde Allison packen und sie nehmen wie ein Tier, wann immer er wollte.

Wie konnte sie mit einem anderen Kerl zusammen sein? Jason wusste seit ihrem ersten Kuss, dass er sie heiraten wollte. Er hatte ihr einen Ring geschenkt mit dem Versprechen, dass er, sobald das hier zu Ende wäre, ihr einen besseren kaufen würde. Einen echten. Hatte Allison das vergessen? Konnte sie wirklich so grausam sein?

Jason biss auf seiner Unterlippe herum und saugte sie zwischen die Zähne, bis er Blut schmeckte. Er stand auf und ging wieder hin und her. Im Schein der kaputten Lampe warfen seine Bewegungen einen unheimlichen Schatten, der über die Wand schwankte. Sechs Schritte in die eine Richtung, sechs Schritte in die andere. Der Schatten zögerte, blieb stehen und bewegte sich wieder, er hing an Jason wie ein Traum. Er hob die Hände, zog die Schultern hoch, und der Schatten wurde zu einem Monster.

Jason ließ die Hände wieder sinken. Wenn er damit nicht aufhörte, würde er völlig durchdrehen.

Wenn er es nur über Thanksgiving schaffte, dann wäre das alles vorbei. Er und Allison würden reich sein, oder wenigstens nicht mehr so arm. Tommy würde sich Gerätschaften kaufen können, um damit seine eigene Gartenservice-Firma aufzumachen. Allison würde ihren Job im Diner aufgeben und sich aufs Studium konzentrieren können. Jason würde … Was würde Jason tun?

Er würde Allison diesen Ring kaufen. Er würde diesen anderen Kerl und seine blöde haarige Brust aus seinem Kopf verbannen, und er und Allison würden ihr Leben gemeinsam verbringen. Sie könnten heiraten. Kinder bekommen. Sie würden beide Wissenschaftler, Ärzte sein. Sie könnten sich ein neues Haus, neue Autos kaufen und die Klimaanlage den ganzen Sommer durchlaufen lassen, wenn sie wollten. Diese letzten drei Monate wären dann nur noch eine ferne Erinnerung, etwas, worüber sie in zehn, fünfzehn Jahren, wenn das alles vorbei wäre, lachen würden. Sie wären vielleicht auf einer Dinnerparty. Allison hätte ein bisschen zu viel getrunken. Das Gespräch würde auf die wilden Collegetage kommen, und ihre Augen würden im Kerzenlicht funkeln, wenn sie Jason anschaute und zu grinsen anfing.

»Ach, da haben wir was noch Heißeres erlebt«, würde sie sagen und die Zuhörer schockieren mit dem Schlamassel, in das sie sich in den letzten Wochen hineingeritten hatten.

Nicht mehr als das würde es dann sein – eine Partyanekdote wie die, die Jason immer über seinen ersten Jagdausflug mit seinem Papa erzählte, als sie Enten schießen wollten und Jason unabsichtlich zwei Lockvögel verstümmelte.

Doch damit das passierte, muss er seinen Essay fertigstellen. Er konnte sich nicht mit irgendeinem Abschluss zufriedengeben. Er musste der Beste sein, der Star seines Jahrgangs, denn

Allison sagte es zwar nicht, aber sie hatte gern schöne Sachen. Ihr gefiel der Gedanke, dass sie in einen Laden gehen und kaufen konnte, was immer sie wollte. Sie hasste es, Monat für Monat jeden Penny umdrehen zu müssen. Und Jason wollte kein Ehemann sein, der fragte, wie viel ein Paar Schuhe kostete oder warum sie jetzt unbedingt noch ein schwarzes Kleid brauchte. Er würde der Ehemann sein, der so viel Geld verdiente, dass Allison zehn Schränke voller Designerklamotten haben konnte und dass immer noch genug Geld da war, um nach Cancún oder St. Croix fliegen zu können oder wohin die Stinkreichen in ihren Privatjets eben flogen.

Jason legte die Finger auf die Tastatur, tippte aber nicht. Er fühlte sich fiebrig. Ein schlechtes Gewissen war für ihn immer ein Problem gewesen. Es gab keine Strafe, die irgendjemand sich ausdenken konnte, die schlimmer war als der Kummer und die Enttäuschung, die Jason sich selbst bereitete. Und er *sollte* enttäuscht sein. Er sollte entsetzt sein über das, was er getan hatte. Er hätte Allison vor alldem schützen sollen, hätte ihr sagen sollen, egal wie viel Geld damit zu verdienen war, das war es nicht wert. Er hatte sie in Gefahr gebracht. Er hatte auch Tommy mit hineingezogen, weil Tommy so dumm war, dass er alles mitmachte, wenn man ihn nur in die entsprechende Richtung stieß. Jason war für sie beide verantwortlich. Eigentlich sollte er seine Freunde beschützen. War ihr Leben wirklich so wenig wert? Worauf lief es denn im Endeffekt hinaus: mehr als zwanzig Jahre ihres Lebens für weniger Geld, als ein Hausmeister nach Hause brachte?

»Nein«, sagte er, doch seine Stimme ging im Heulen des Regens unter. Er konnte nicht zulassen, dass sie alle in diesen Dreck hineingezogen wurden. Allison hatte unrecht. Jason hatte Mumm. Er hatte genug Mumm, um das Richtige zu tun.

Anstatt an seinem Essay zu arbeiten, öffnete er seinen Internetbrowser. Eine schnelle Suche brachte ihn an die richtige Stelle. Ein wenig versteckt auf der Seite fand er die Kontaktinformationen. Jason klickte auf das Icon, um eine neue Mail zu schreiben, überlegte es sich dann aber anders. Er wollte nicht, dass dies zu ihm zurückverfolgt werden konnte. Es war das Hintertürchen eines Feiglings, aber Jason war lieber ein aufrichtiger Feigling als ein Informant im Gefängnis. Die Illegalität des Ganzen war nicht zu leugnen – Erpressung, Betrug, wer weiß was sonst noch. Die Bundesbehörden würden ermitteln. Man könnte es sogar als versuchten Mord betrachten.

Jason öffnete den Yahoo-Account, den er für Pornos benutzte, und kopierte die Kontaktadresse in die E-Mail. Beim Schreiben sagte er sich den Text laut vor: »Ich weiß nicht, ob Sie in dieser Sache der richtige Ansprechpartner sind, aber hier passiert etwas wirklich Schlimmes in Ihrem Grant County ...« Jasons Stimme verklang, während er das richtige Wort suchte. War es ein Gelände? Eine Örtlichkeit? Eine Einrichtung?

»Hey.«

Jason riss überrascht den Kopf hoch. »Sie haben mir einen Heidenschrecken eingejagt.« Er griff nach der Maus, um den Browser zu schließen.

»Alles okay?«

Jason schaute nervös auf den Computer. »Was tun Sie hier?« Das blöde E-Mail-Programm fragte ihn, ob er speichern wolle. Jason bewegte die Maus noch einmal, um die Seite zu minimieren. Das Programm fragte noch immer, ob er speichern wolle.

»Was schreibst du da?«

»Was fürs Studium.« Anstatt auf Speichern drückte Jason auf Löschen. Das Programm schloss sich. Er hörte das Klicken des Laptop-Ventilators, der versuchte, den Rechner so weit zu kühlen, dass der Befehl ausgeführt werden konnte. Sein Essay ging kurz auf, verschwand dann wieder. Der Bildschirm wurde schwarz.

»Scheiße«, flüsterte er. »Nein, nein, nein ...«

»Jason.«

»Einen Augenblick noch.« Jason tippte auf die Leertaste, um den Computer wieder zu aktivieren. Manchmal reichte das schon. Manchmal brauchte der Kasten einfach nur Aufmerksamkeit.

»Du hast es so gewollt.«

»Wa...« Jason kippte nach vorn, sein Mund wurde zugedrückt, als sein Gesicht auf den Computer knallte. Das Plastik war heiß an seiner Wange. Eine dunkle Flüssigkeit verteilte sich um die Tasten. Er hatte den verrückten Gedanken, dass sein Computer verletzt war und blutete.

Wind wehte vom offenen Fenster herein. Jason versuchte zu husten. Doch seine Kehle funktionierte nicht. Etwas Feuchtes und Dickes kam aus seinem Mund. Er starrte es an und dachte, sieht aus wie ein Stück Schweinefleisch. Rosiges, rohes Fleisch.

Jason musste würgen.

Er starrte seine Zunge an.

DIENSTAG

9. Kapitel

Will kam sich vor wie ein Dieb, als er durch den Vorgarten der Lintons schlich und in seinen Porsche stieg. Wenigstens bot ihm der peitschende Regen eine Ausrede dafür, dass er den Kopf gesenkt hielt und sich schnell bewegte. Er steckte den Schlüssel ins Schloss und war im Auto, bevor er bemerkte, dass an der Windschutzscheibe etwas unter dem Scheibenwischer klemmte. Will stöhnte. Er stieß die Tür auf und versuchte, um den Türholm herum bis zum Wischer zu greifen, aber sein Arm war nicht lang genug. Sein Ärmel war durchweicht, als er wieder ausstieg und den Plastikbeutel holte.

Jemand hatte ihm eine Nachricht hinterlassen. Das Blatt war zweimal gefaltet und im Plastik gut geschützt. Will schaute die Straße in beiden Richtungen entlang. Niemand war zu sehen, was bei dem grässlichen Wetter auch nicht verwunderlich war. Nirgendwo standen Autos mit laufenden Motoren. Will zog den Beutelverschluss auf. Ein vertrauter Geruch stieg ihm in die Nase.

Luxusseife.

Während er das zusammengefaltete Blatt anstarrte, fragte er sich, ob Sara ihm vielleicht irgendeinen Streich spielen wollte. Die halbe Nacht lang war er im Gästezimmer der Familie auf und ab gegangen und hatte sich die letzten fünf Minuten ihrer Unterhaltung noch einmal vor Augen geführt. Eigentlich hatte sie ja gar nichts gesagt. Oder doch? Auf jeden Fall hatte sie einen gewissen Blick in den Augen gehabt.

Etwas hatte sich zwischen ihnen verändert, und die Veränderung war nicht gut.

Abgesehen von seiner Frau gab es in seinem Leben nur zwei Menschen, die über seine Legasthenie Bescheid wussten. Beide hatten ihre eigenen, speziellen Wege gefunden, ihm deswegen das Leben zur Hölle zu machen. Amanda Wagner, seine Chefin, warf ihm gelegentlich Bonmots hin nach dem Motto, dass er im besten Fall professionell inkompetent und im schlimmsten intellektuell minderbemittelt sei. Faith war wohlmeinender, aber auch neugieriger, als ihr guttat. Einmal hatte sie Will mit so vielen Fragen über seine Störung gelöchert, dass er zwei ganze Tage nicht mehr mit ihr gesprochen hatte.

Seine Frau Angie zeigte eine Mischung von beiden Reaktionen. Sie war mit Will aufgewachsen, hatte ihm geholfen, Schulaufgaben und Aufsätze zu schreiben und Bewerbungsformulare auszufüllen. Sie war diejenige gewesen, die seine Berichte durchlas und dafür sorgte, dass sie nicht so klangen, als seien sie von einem Trottel verfasst worden. Doch auch sie neigte dazu, ihm ihre Hilfe vorzuhalten, wenn sie etwas von ihm wollte. Und das war nie etwas Gutes. Zumindest nicht für Will.

Jede auf ihre eigene Art machten die drei Frauen deutlich, dass sie glaubten, mit ihm stimme etwas nicht, dass er nicht ganz richtig im Kopf sei, dass es nicht so ganz richtig sei, wie er dachte, wie er Dinge anging. Sie bemitleideten ihn nicht. Er war sich ziemlich sicher, dass Amanda ihn nicht einmal mochte. Aber sie behandelten ihn anders. Sie behandelten ihn, als hätte er eine Krankheit.

Was würde Sara tun? Vielleicht nichts? Will war sich noch nicht einmal sicher, ob sie es herausgefunden hatte. Vielleicht redete er sich das nur ein. Sara war klug – das war ein Teil des Problems. Sie war sehr viel klüger als Will. Hatte er sich selbst verraten? Hatte sie irgendeine spezielle Ärztemethode, um ahnungslose Trottel wie ihn in die Falle zu locken? Offensichtlich hatte er etwas gesagt oder getan, das ihn verraten hatte. Aber was?

Will schaute zum Haus der Lintons, um sich zu versichern, dass niemand ihn beobachtete. Sara hatte die komische Angewohnheit, hinter geschlossenen Türen zu lauern. Er faltete das Blatt aus einem Notizbuch auf. Unten auf der Seite sah er ein Smiley-Gesicht.

Hielt sie ihn für ein Kind? Waren ihr die goldenen Sternchen ausgegangen?

Er drückte sich die Finger in die Augenwinkel und kam sich vor wie ein Idiot. Ein kaum des Lesens mächtiger fünfunddreißigjähriger Mann war nicht sonderlich sexy.

Er schaute wieder auf die Nachricht.

Zum Glück schrieb Sara nicht in Schreibschrift. Und sie schrieb auch nicht wie eine Ärztin. Will hielt den Finger unter jeden Buchstaben und bewegte beim Lesen die Lippen. »Be...« Er stutzte, weil es sich in seinen Augen um einen elend langen Wortwurm handelte. Er musste zweimal neu ansetzen, um ihn zu entziffern. »Bestattungsinstitut.« Darauf folgten Zahlen, mit denen er keine Probleme hatte.

Er schaute noch einmal zur Haustür. Die Scheibe war leer. Er las die Nachricht noch einmal. »Bestattungsinstitut 11:30.«

Und das Smiley, weil sie ihn offensichtlich für intellektuell minderbemittelt hielt.

Will steckte den Schlüssel in die Zündung. Augenscheinlich wollte sie ihm die Zeit für die Autopsie mitteilen. Aber war das hier auch eine Art Test, um herauszufinden, wie gut er lesen konnte? Bei dem Gedanken, dass Sara Linton ihn untersuchte wie eine Laborratte, hätte er am liebsten seine Koffer gepackt, um nach Honduras zu ziehen. Es konnte sein, dass sie Mitleid mit ihm hatte. Schlimmer noch, dass sie versuchte, ihm zu helfen.

»Hallo?«

Will erschrak so sehr, dass er sich den Kopf am Autodach anschlug. Cathy Linton stand freundlich lächelnd neben seinem Auto. Sie hielt einen großen Regenschirm über dem Kopf und bedeutete ihm, dass er das Fenster herunterkurbeln sollte.

»Guten Morgen, Mr Trent.« Sie lächelte übers ganze Gesicht, aber er war schon einmal auf ihre Masche der freundlichen Südstaatenlady hereingefallen.

»Guten Morgen, Mrs Linton.«

In der Kälte wurde ihr Atem sichtbar. »Ich hoffe, Sie haben gut geschlafen.«

Er schaute wieder zum Haus und fragte sich, warum Sara diesmal nicht hinter der Tür lauerte. »Ja, Ma'am. Vielen Dank.«

»Habe nur eben meinen Morgenspaziergang gemacht. Ein wenig sportliche Betätigung ist die beste Art, den Tag anzufangen.« Sie lächelte noch einmal. »Wollen Sie nicht reinkommen und mit uns frühstücken?«

Sein Magen knurrte so sehr, dass er sicher war, das Auto schwankte. Der Energieriegel, den er heute in der Früh ganz unten in seinem Koffer gefunden hatte, war nicht unbedingt der Hit gewesen. Eine Frau wie Cathy Linton wusste vermutlich, wie man gute Biscuits machte. Es würde auch Butter und Schinken geben. Wahrscheinlich Grütze. Eier. Würstchen im Schlafrock. Es war, als würde sie ihn in ihr Lebkuchenhaus einladen.

»Mr Trent?«

»Nein, Ma'am. Ich muss zur Arbeit, aber vielen Dank für Ihr Angebot.«

»Dann eben Abendessen.« Sie hatte eine Art, die Dinge zu

sagen, dass sie eigentlich wie eine Einladung klangen, sich dann aber als strenger Befehl erwiesen. »Ich hoffe, die Wohnung war letzte Nacht nicht zu schrecklich.«

»Nein, Ma'am. Es war alles in Ordnung.«

»Ich schaue später mal hoch und wische etwas Staub. Eddie und ich haben die Wohnung nicht mehr benutzt, seit die Mädchen weg sind. Ich schäme mich, wenn ich daran denke, wie es da oben aussehen muss.«

Will dachte an den Stapel schmutziger Wäsche, den er auf der Couch liegen gelassen hatte. Beim Packen in Atlanta hatte er noch gedacht, dass er alles im Hotel waschen würde. »Das ist schon okay. Ich ...«

»Unsinn.« Sie klopfte mit der Hand an die Tür wie ein Richter, der ein Urteil verkündet. »Ich kann Sie doch nicht diesen ganzen Staub einatmen lassen.«

Er wusste, er hatte keine Möglichkeit, sie davon abzuhalten. »Nur ... äh ... ignorieren Sie einfach die Unordnung. Bitte. Es tut mir leid.«

Ihr Lächeln würde noch freundlicher als zuvor. Jetzt sah er, woher Sara ihre Schönheit hatte. Cathy streckte den Arm ins Auto und legte ihm sanft die Hand auf den Arm. Sara hatte ihn gestern Abend ebenfalls am Arm berührt. Sie waren offensichtlich eine Familie mit engem Körperkontakt, was für Will so fremd war, als würden sie vom Mars kommen.

Sie drückte seinen Arm. »Das Abendessen gibt es pünktlich um halb acht.«

Er nickte. »Vielen Dank.«

»Kommen Sie nicht zu spät.« Nun sah er wieder das Lächeln, das er von gestern Abend kannte. Sie zwinkerte ihm zu, bevor sie sich umdrehte und zum Haus zurückging.

Will kurbelte das Fenster hoch, legte den Gang ein und fuhr die Straße entlang. Zu spät fiel ihm ein, dass er die falsche Richtung eingeschlagen hatte. Oder vielleicht auch nicht. Sara hatte ihm erzählt, dass die Lakeshore ein großer Kreis war. Will war in letzter Zeit so oft im Kreis gefahren, dass es für ein ganzes Leben reichte, aber er wollte nicht riskieren, noch einmal am Haus der Lintons vorbeizukommen.

Die Straße war leer, er vermutete, weil es noch so früh am Morgen war. Will wollte so früh im Revier sein, dass er bereits dort wäre, wenn die meisten Polizisten zur Schicht kamen. Er wollte diensteifrig und wachsam wirken. Er wollte, dass sie das Gefühl hatten, er würde ihnen auf die Zehen treten.

Er bremste, um in eine Kurve zu fahren. Die Straße war eher ein Fluss, Regenwasser hatte den Asphalt geflutet. Er steuerte seinen Porsche auf die andere Seite der Straße, damit kein Wasser durch den Boden drang. Will hatte zehn Jahre seines Lebens und einen ganzen Batzen seiner Ersparnisse investiert, um den Porsche 911 eigenhändig zu restaurieren. Die meiste Zeit war er über Handbüchern und Plänen gesessen, um herauszufinden, wie das Auto eigentlich funktionierte. Er hatte schweißen gelernt. Er hatte gelernt, wie man eine Karosserie behandelte. Er hatte gelernt, dass er beides nicht besonders gern mochte.

Der Motor war solide, aber das Getriebe war temperamentvoll. Beim Herunterschalten spürte er die Kupplung schlüpfen. Sobald er die Überflutung hinter sich gelassen hatte, ließ er das Auto eine Weile im Leerlauf fahren, weil er dachte, er sollte den Unterboden entwässern, falls so etwas überhaupt möglich war. Vor ihm schwankte ein blauer Briefkasten mit dem Logo der Auburn University in dem starken Wind. Er erinnerte sich an die erste Hausnummer, die Sara auf den Aktendeckel geschrieben hatte, als sie ihm den Weg skizzierte. Nummern hatte Will sich schon immer sehr gut merken können.

In Atlanta wohnte Sara im alten Milchwerk, einer der Industriekomplexe, die während des Immobilienbooms zu luxuriösen Lofts umgebaut worden waren. Damals war ihm aufgefallen, dass die Wohnung nicht wirklich zu ihr passte. Die Linien waren zu hart, die Möbel zu schick. Er hatte sich vorgestellt, dass sie sich gemütlicher eingerichtet hatte, also eher wie in einem Cottage.

Er hatte recht gehabt.

Der Auburn-Briefkasten gehörte zu einem eingeschossigen Holzhaus im Ranchstil, dessen Vorgarten vor Blumen förmlich überquoll. Sara hatte hier gewohnt, und der Himmel war gerade hell genug, dass Will einen Blick auf den wunderbaren hinteren Garten werfen konnte. Er fragte sich, wie Saras Leben ausgesehen hatte, als sie noch hier wohnte. Sie kam ihm nicht vor wie eine Frau, die Abendessen und einen Martini vorbereitete, bevor ihr Mann nach Hause kam, aber vielleicht hatte sie manchmal aus reiner Freundlichkeit diese Rolle übernommen. Sie hatte etwas an sich, das auf eine enorme Fähigkeit zur Liebe hindeutete.

Das Verandalicht ging an. Will legte den Gang ein und fuhr weiter um den See herum. Er verpasste die Abzweigung auf die High Street und musste wenden. Er spürte den Ehering an seinem Finger und prägte sich mit seiner Hilfe ein, dass er nun rechts abbiegen musste. Im Lauf der Jahre hatte er seinem Gehirn antrainiert, seine Armbanduhr als Orientierungshilfe für rechts und links zu benutzen, nicht den Ring. Vielleicht, weil die Uhr etwas Dauerhafteres war.

Er hatte Angie Polaski kennengelernt, als er acht Jahre alt war. Angie war drei Jahre älter und wurde ins System gesteckt, weil ihre Mutter sich mit einer üblen Mischung aus Heroin und Speed eine Überdosis verabreicht hatte. Während Deirdre komatös im Bad lag, kümmerte sich der Zuhälter ihrer Mutter im Schlafzimmer um Angie. Schließlich rief jemand die Polizei. Deirdre wurde im staatlichen Krankenhaus an ein

Lebenserhaltungssystem angeschlossen, an dem sie bis zum heutigen Tag hing, und Angie wurde ins Atlanta Children's Home geschickt, wo sie die restlichen sieben Jahre ihrer Kindheit, die sie bereits verloren hatte, verbrachte. Will hatte sich vom ersten Augenblick an in sie verliebt. Mit elf Jahren hatte sie einen Minderwertigkeitskomplex und die Hölle in den Augen. Wenn sie es den Jungs nicht gerade im Wandschrank mit der Hand besorgte, prügelte sie ihnen mit ihren überraschend schnellen Fäusten die Seele aus dem Leib.

Will hatte sie wegen ihrer Wildheit geliebt, und als ihre Wildheit ihn auslaugte, hatte er sich wegen der Vertrautheit zwischen ihnen an sie geklammert. Im letzten Jahr hatte sie ihn nach Jahren leerer Versprechungen wegen einer Wette geheiratet. Sie trieb ihn fast bis zum Zusammenbruch, dann grub sie ihre Klauen in sein Fleisch und riss ihn wieder hoch. Seine Beziehung zu Angie war eher ein perverser fauler Zauber. Sie war in Wills Leben. Sie war draußen. Und wieder drin. Sie schüttelte ihn kräftig durch.

Nachdem er ein paarmal falsch abgebogen war, fand Will schließlich die Main Street. Es regnete nicht mehr in Strömen, deshalb konnte er die Läden am Straßenrand erkennen. Einer war offensichtlich ein Eisenwarenladen. Der andere sah aus wie ein Damenbekleidungsgeschäft. Dem Revier direkt gegenüber lag eine Reinigung. Will dachte an den Haufen schmutziger Wäsche auf der Couch. Vielleicht fand er ja die Zeit, sich zurückzuschleichen und sie zu holen. Normalerweise trug er zur Arbeit Anzug und Krawatte, aber heute Morgen hatte er nicht viel Auswahl gehabt. Es waren nur noch ein T-Shirt und eine Boxershorts übrig. Seine Jeans war noch sauber genug für einen weiteren Tag. Der Pulli war derjenige vom letzten Abend. Der Kaschmirmischung hatte der Regen nicht gutgetan. Er spürte, wie der Stoff bei jeder Bewegung seiner Schultern spannte.

Will suchte sich den Parkplatz aus, der von der Vordertür am weitesten entfernt war, und stieß rückwärts hinein, sodass der Porsche zur Straße schaute. Schräg gegenüber dem Revier sah er ein niedriges Bürogebäude mit Glassteinen an der Frontseite. Das verblasste Schild über der Tür zeigte einen Teddybären mit Luftballons in der Hand. Ein Streifenwagen rollte die Straße entlang, hielt aber nicht, sondern fuhr weiter durch das Tor, das zum College führen musste. Wills Auto war das einzige auf dem Parkplatz. Er nahm an, dass Larry Knox im Revier war, vielleicht hatte man ihn aber auch abgelöst, nachdem Will am gestrigen Abend gegangen war. So oder so würde er die nächsten zwanzig Minuten nicht im Regen vor der verschlossenen Tür verbringen müssen.

Er wählte Amanda Wagners Nummer, hoffte dabei aber heimlich, dass sie noch nicht im Büro war.

Er hatte Pech. Amanda meldete sich.

»Will hier«, sagte er. »Ich stehe vor dem Polizeirevier.«

Amanda war nicht jemand, der sich im Zweifel zu irgendjemandes Gunsten entschied, und am allerwenigsten bei Will. »Sind Sie gerade angekommen?«

»Bin seit gestern Abend da.« Er war ein kleines bisschen erleichtert. Insgeheim hatte er Angst gehabt, Sara würde Amanda anrufen und sie bitten, Will von dem Fall abzuziehen. Mit Sicherheit wollte sie das Beste, was das GBI zu bieten hatte, nicht einen funktionalen Analphabeten mit einem Koffer voller schmutziger Wäsche.

Amanda war ziemlich kurz angebunden. »Eine kurze Zusammenfassung, Will. Ich habe nicht den ganzen Tag Zeit.«

Er erzählte ihr Saras Geschichte: dass sie Anrufe von Julie Smith und dann von Frank Wallace erhalten hatte. Dass sie zum Gefängnis gefahren und dort Tommy Braham tot aufgefunden hatte. Von Saras Konflikt mit Lena Adams sagte er nichts, sondern sprang sofort zu den Cross-Kugelschreibern, die Jeffrey Tolliver seinem Personal geschenkt hatte. »Ich bin mir ziemlich sicher, dass die Mine, die Braham benutzte, aus einem dieser Kulis stammte.«

»Viel Glück bei der Suche nach dem Eigentümer.« Amanda kam sofort zu der Schwachstelle, die auch Will entdeckt hatte. »Man kann nicht genau sagen, wann Tommy Braham starb – vor oder nach Frank Wallaces Anruf bei Sara.«

»Wir werden sehen, was die Autopsie ergibt. Dr. Linton wird sie durchführen.«

»Das ist ein Sonnenstrahl an einem trüben Tag.«

»Es ist gut, hier jemanden zu haben, der weiß, was er tut.«

»Sollten das nicht Sie sein, Will?«

Er reagierte nicht auf die Bemerkung.

»Was ist Ihr Eindruck im Mordfall Allison Spooner?«

»Unentschieden. Vielleicht hat Tommy Braham es getan. Vielleicht nimmt aber auch der Täter jetzt an, dass er mit dem Mord durchkommt.«

»Na, finden Sie es heraus, und kommen Sie dann ziemlich schnell zurück, weil Sie nicht besonders beliebt sein werden, wenn Sie beweisen, dass er unschuldig war.«

Sie hatte recht. Noch mehr als böse Jungs hassten Polizisten es, bewiesen zu bekommen, dass sie sich in Bezug auf die bösen Jungs geirrt hatten. Will hatte in Atlanta einen Detective erlebt, der beinahe Krämpfe bekommen hatte, während er argumentierte, dass die DNS-Analyse, die seinen Verdächtigen entlastete, falsch sein müsse.

»Ich habe heute Morgen im Macon General angerufen«, sagte Amanda. »Brad Stephens musste noch einmal in den OP. Beim ersten Mal wurde eine Blutung übersehen.«

»Wie geht es ihm?«

»Die Prognose ist eher schlecht. Im Augenblick halten sie ihn sediert, er wird also in nächster Zeit kaum viel sagen.«

»Ich bin mir sicher, er wird sich an kaum etwas erinnern, außer dass seine Kollegen ihm das Leben gerettet haben.«

»Wie dem auch sei, er ist immer noch Polizist. Irgendwann müssen Sie mal dorthin und ein bisschen Solidarität zeigen. Spenden Sie Blut. Kaufen Sie ihm eine Zeitschrift.«

»Jawohl, Ma'am.«

»Wie sieht Ihr Schlachtplan aus?«

»Ich werde heute Vormittag ein paar Leute ärgern und sehen, ob was dabei herauskommt. Faith recherchiert weiter über Julie Smith und Carl Phillips. Mit ihnen zu reden hat für mich oberste Priorität, aber zuerst müssen wir sie finden. Ich will mir die Stelle am See ansehen, wo Spooner gefunden wurde, und dann die Garage, in der sie wohnte. Ich habe das Gefühl, der Mord steht im Zentrum dieser ganzen Geschichte. Was sie auch vor mir verstecken, es führt zurück zu ihrem Tod.«

»Glauben Sie nicht, dass sie sich vorwiegend wegen des Selbstmords in die Hose machen?«

»Kann sein, aber mein Bauch sagt mir, dass hier noch was anderes los ist.«

»Ach, Ihre berühmte weibliche Intuition.« Amanda ließ keine Gelegenheit aus, ihn zu beleidigen. »Was ist mit Adams?«

»Ich halte sie an der kurzen Leine.«

»Ich habe sie einmal getroffen. Sie ist eine harte Nuss.«

»Habe ich gehört.«

»Rufen Sie mich am Abend noch mal an.«

Sie legte auf, bevor Will noch etwas erwidern konnte. Er strich sich mit den Fingern durch die Haare und fragte sich, ob die Feuchtigkeit vom Regen oder von seinem Schweiß kam.

Zum zweiten Mal an diesem Morgen erschrak Will, als jemand an sein Seitenfenster klopfte. Diesmal war es ein älterer Schwarzer, er stand vor der Beifahrertür und grinste über

Wills Reaktion. Er ahmte mit einer Hand eine Kurbelbewegung nach. Will beugte sich hinüber und öffnete die Tür.

»Setzen Sie sich bei dem Regen doch herein«, bot Will ihm an und dachte, dass der Mann der erste Farbige war, den er seit seiner Ankunft im Grant County gesehen hatte. Er wollte keine Mutmaßungen anstellen, aber er hätte seinen halben Monatslohn verwettet, dass Afroamerikaner in dieser Stadt nicht unbedingt die Gewohnheit hatten, Ermittler vor Polizeirevieren anzusprechen.

Mit einem Ächzen hievte der Mann sich in den Schalensitz. Will sah, dass er einen Stock benutzte. Ein Bein war steif, das Beugen fiel ihm schwer. Regen tropfte von seinem schweren Mantel. In seinem grau melierten Bart hingen Tropfen. Er war nicht so alt, wie Will anfangs gedacht hatte – Anfang sechzig vielleicht. Als er sich vorstellte, klang seine Stimme wie Schleifpapier, das man über Kies zog.

»Lionel Harris.«

»Will Trent.«

Lionel zog den rechten Handschuh aus und gab Will die Hand. »Mein Vater hieß Will. Als Abkürzung von William.«

»Ich auch«, entgegnete Will, obwohl in seiner Geburtsurkunde nichts dergleichen stand.

Lionel deutete die Straße hoch. »Mein Vater arbeitete dreiundvierzig Jahre lang in diesem Diner. Der alte Pete machte ihn null-eins zu.« Er strich mit der Hand über das lederne Armaturenbrett. »Was ist das für ein Jahr?«

Will nahm an, dass er das Auto meinte. »Neunundsiebzig.«

»Haben Sie die ganze Arbeit selbst gemacht?«

»Ist das so offensichtlich?«

»Nee«, sagte er, obwohl er die Falte im Leder unter dem Griff des Handschuhfachs entdeckt hatte. »Das ist saubere Arbeit, Junge. Wirklich saubere Arbeit.«

»Ich schließe daraus, dass Sie sich für Autos interessieren.«

»Meine Frau würde Ihnen sagen, ich interessiere mich mehr dafür, als mir guttut.« Er schaute betont auf Wills Ehering. »Kennen Sie Sara schon lange?«

»Nein.«

»Sie hat sich um meinen Enkel gekümmert. Er hatte wirklich schlimmes Asthma. Sie kam oft mitten in der Nacht, um ihm zu helfen. Manchmal sogar im Pyjama.«

Will versuchte, sich Sara nicht im Pyjama vorzustellen, doch er ging davon aus, dass der Pyjama in Lionels Erzählung wahrscheinlich nicht der war, den Will sich vorstellte.

»Sara kommt aus einer guten Familie.« Lionel strich mit dem Finger über die Bespannung der Tür, die Will zum Glück besser hinbekommen hatte. »Sie haben aus Ihren Fehlern gelernt. Die Faltung an dieser Ecke hier ist sehr gut.«

»Ich habe einen halben Tag dafür gebraucht.«

»War jede Minute davon wert«, sagte der Mann.

Will kam sich etwas blöd vor, als er fragte: »Carl Philipps ist nicht zufällig Ihr Sohn?«

Lionel ließ ein tiefes, zufriedenes Auflachen hören. »Weil er schwarz ist, und ich schwarz ...«

»Nein«, unterbrach ihn Will, gestand dann aber: »Na ja, schon.« Seine Erklärung war ihm etwas peinlich. »Hier in der Gegend scheinen Minderheiten nicht sehr stark vertreten zu sein.«

»Da Sie aus Atlanta kommen, dürfte das hier ein ziemlicher Kulturschock für Sie sein.«

Er hatte recht. In Atlanta gehörte Will mit seiner weißen Haut zur Minderheit. Das Grant County war dazu ein deutlicher Kontrast. »Tut mir leid.«

»Schon okay. Sie sind nicht der Erste, der so reagiert. Carl geht in dieselbe Kirche wie ich, aber ansonsten kenne ich ihn nicht.«

Will versuchte, das Gespräch von seiner eigenen Dummheit abzulenken. »Woher wissen Sie, dass ich aus Atlanta bin?«

»Ihr Kennzeichen ist aus Fulton County.«

Will verzog das Gesicht.

»Schon gut, Sie haben mich erwischt«, gab Lionel zu. »Sie sind hier, um diese Geschichte mit Tommy zu untersuchen, nicht wahr?«

»Ja, Sir.«

»Er war ein guter Junge.«

»Sie kannten ihn?«

»Ich habe ihn oft in der Stadt gesehen. Der Junge hatte dreißig verschiedene Jobs – Rasenmähen, Hunde ausführen, Müll wegschaffen, Leuten beim Umzug helfen. So ziemlich jeder in der Stadt kannte ihn.«

»Wie reagieren die Leute darauf, dass er Brad Stephens in den Bauch gestochen haben soll?«

»Ungefähr so, wie man erwarten würde. Verwirrt. Wütend. Hin- und hergerissen zwischen dem Gedanken, dass es irgendein Missverständnis war, und dem Gedanken …« Er beendete den Satz nicht. »Er war nicht ganz richtig im Kopf.«

»Er war zuvor nie gewalttätig?«

»Nein, aber man kann ja nie wissen. Vielleicht hat ihn irgendwas dazu getrieben, das Verrückte in ihm eingeschaltet.«

Nach Wills Erfahrung waren die Leute entweder anfällig für Gewalt, oder sie waren es nicht. Er glaubte nicht daran, dass Tommy Braham eine Ausnahme darstellte. »Glauben Sie, dass genau das passiert ist – dass ihm einfach die Nerven durchgegangen sind?«

»Ich weiß nicht mehr, was ich überhaupt noch denken soll – und das meine ich wirklich so.« Er seufzte müde. »O Gott, heute fühle ich mich wirklich alt.«

»Das Wetter fährt einem in die Knochen«, pflichtete Will

ihm bei. Er hatte sich vor vielen Jahren die Hand gebrochen, und immer wenn es so kalt war wie jetzt, taten ihm die Finger weh. »Wohnen Sie schon Ihr ganzes Leben hier?«

Lionel lächelte wieder und zeigte dabei seine Zähne. »Als ich noch ein Junge war, nannten die Leute die Gegend, wo wir lebten, Colored Town.« Er drehte sich Will zu. »Können Sie sich das vorstellen? Colored Town – und jetzt wohne ich in einer Straße mit einer Horde Professoren.« Er lachte auf. »In fünfzig Jahren hat sich viel verändert.«

»Die Polizei auch?«

Lionel starrte Will an, als wüsste er nicht so recht, wie viel er sagen sollte. Dann schien er sich entschieden zu haben. »Ben Carver war der Chef, als ich die Stadt verließ. Ich war nicht der einzige Schwarze, der dachte, es ist gut wegzugehen, solange die Gelegenheit günstig ist. Bin zur Armee und hab das hier für meine Mühen bekommen.« Er klopfte auf sein Bein. Es klang hohl, und Will erkannte, dass der Mann eine Prothese trug. »Laos. Neunzehn vierundsechzig.« Lionel hielt einen Augenblick inne, als würde er über den Verlust nachdenken. »Damals gab es für die Leute zwei Arten zu leben, so wie es unter Chief Carver zwei Arten von Gesetz gab: eines für die Schwarzen und eines für die Weißen.«

»Ich habe gehört, Carver hat sich zur Ruhe gesetzt.«

Lionel nickte anerkennend. »Tolliver.«

»War er ein guter Polizist?«

»Ich habe den Mann nie persönlich kennengelernt, aber eins kann ich Ihnen sagen: Es ist schon eine ganze Weile her, mein Vater arbeitete damals noch im Diner, da wurde eine Professorin aus dem College umgebracht. Jeder sah ein schwarzes Gesicht und zog seine Schlüsse. Chief Tolliver verbrachte die Nacht in Daddys Haus, nur um sicherzustellen, dass dieser am nächsten Morgen wieder aufwachte.«

»War es so schlimm?«

»Chief Tolliver war so gut.« Dann fügte Lionel hinzu: »Auch Allison war ein gutes Mädchen.«

Will hatte das Gefühl, dass sie jetzt beim eigentlichen Grund für Lionels unverhofften Besuch waren. »Sie kannten sie?«

»Mir gehört jetzt der Diner. Können Sie sich das vorstellen?« Er schüttelte den Kopf, als könnte er es selbst nicht glauben. »Ich kam vor ein paar Jahren zurück und übernahm ihn von Pete.«

»Läuft das Geschäft?«

»Anfangs ging es ein bisschen zäh, aber inzwischen sind wir fast immer voll. Meine Frau macht die Buchhaltung. Manchmal hilft auch meine Schwester aus, aber es ist besser, wenn sie es nicht tut.«

»Wann haben Sie Allison zum letzten Mal gesehen?«

»Samstagabend. Am Sonntag haben wir geschlossen. Ich schätze, bis auf Tommy war ich so ziemlich der Letzte, der sie lebend gesehen hat.«

»Wie war sie?«

»So wie immer. Müde. Froh, endlich Feierabend zu haben.«

»Was für ein Mensch war sie?«

Sein Adamsapfel bewegte sich, und er brauchte ein paar Augenblicke, um sich zu sammeln, bevor er weiterreden konnte. »Normalerweise stelle ich keine Studenten vom College ein. Die wissen nicht, wie man mit den Leuten umgehen muss. Die kennen nur ihre Computer und ihre Handys. Keine Arbeitsmoral, und nie sind sie an irgendwas schuld, auch wenn man sie auf frischer Tat erwischt. Bis auf Allison. Sie war anders.«

»Inwiefern?«

»Sie wusste, wie man für seinen Lebensunterhalt arbeitet.«

Er deutete zu den offenen Toren am Ende der Main Street. »Keiner der Jungs und Mädels in diesem College weiß, was ehrliche Arbeit bedeutet. Diese Wirtschaftslage dürfte ihr Weckruf werden. Sie werden auf die harte Tour lernen müssen, dass man sich einen Job verdienen muss und ihn nicht einfach geschenkt bekommt.«

»Was wissen Sie über Allisons Familie?«

»Ihre Mutter ist tot. Sie hatte eine Tante, über die sie nicht viel redete.«

»Einen Freund?«

»Sie hatte einen, aber der kam nie zu ihr in die Arbeit.«

»Wissen Sie, wie er heißt?«

»Sie hat ihn immer nur ganz nebenbei erwähnt, also wenn ich sie zum Beispiel fragte, was sie am Wochenende macht, und sie dann sagte, dass sie mit ihrem Freund lernt.«

»Er rief sie nie an oder kam vorbei?«

»Kein einziges Mal«, bestätigte er. »Wissen Sie, sie war sich sehr bewusst, dass ich sie für ihre Zeit bezahle. Ich habe sie nie am Handy gesehen. Sie ließ sich nie von Freunden besuchen und ablenken. Für sie war es Arbeit, und sie wusste, dass sie sich ums Geschäft kümmern musste.«

»Hat sie gut verdient?«

»O Gott, nein.« Lionel lachte, weil Will offensichtlich überrascht dreinschaute. »Ich zahle nicht viel, und meine Gäste sind keine Reichen – vorwiegend alte Männer und Polizisten, manchmal Studenten vom College, die es lustig finden zu verduften, ohne zu bezahlen. Oder es wenigstens versuchen. Ziemlich blöd zu denken, man könnte in einem Raum voller Polizisten die Zeche prellen.«

»Hatte sie eine Handtasche oder eine Büchertasche bei sich?«

»Sie hatte diese pinkfarbene Büchertasche mit einer Quaste am Reißverschluss. Ließ sie im Auto liegen, wenn sie arbeitete. Bis auf die Brieftasche. Sie war keines von diesen herausgeputzten Mädchen, die an keinem Spiegel vorbeigehen können.«

»Hingen irgendwelche zwielichtigen Gestalten in ihrer Nähe herum? Gäste, die zu aufmerksam waren?«

»Darum hätte ich mich schon gekümmert. Wobei das gar nicht nötig gewesen wäre. Dieses Mädchen hatte genug Straßenschläue. Sie konnte gut auf sich selbst aufpassen.«

»Hatte sie eine Waffe bei sich? Vielleicht Pfefferspray oder ein Taschenmesser?«

»Hab nie was gesehen.« Er hob die Hände. »Also, nicht dass jetzt der Eindruck entsteht, sie wäre hart gewesen. Sie war ein wirklich nettes Mädchen, eines, das nicht bei jeder Kleinigkeit einen großen Aufstand machte. Sie war nie auf Streit aus, aber wenn's sein musste, konnte sie sich schon durchsetzen.«

»Hatte sich ihre Art in letzter Zeit verändert?«

»Sie wirkte ein bisschen gestresster als sonst. Sie fragte mich ein paarmal, ob sie lernen dürfe, wenn wenig los war. Verstehen Sie mich nicht falsch – ich bin ein ziemlich lockerer Arbeitgeber, solange der Job erledigt wird. Ich ließ sie in ihre Bücher schauen, wenn gerade Flaute war. Und ich achtete darauf, dass sie was Warmes zu essen bekam, bevor sie nach Hause ging.«

»Wissen Sie, was für ein Auto sie fuhr?«

»Einen alten Dodge Daytona mit Kennzeichen aus Alabama. Können Sie sich an die noch erinnern? Fahrgestell vom Chrysler G. Vierradantrieb, ziemlich tiefliegend.«

»Viertürer?«

»Schrägheck. Die Hydraulik war kaputt. Den Kofferraum musste sie mit einem Bungeeseil zubinden. Ich glaube, es war ein 92er oder 93er.« Er schlug sich an die Stirn. »Mein Gehirn ist auch nicht mehr das, was es mal war.«

»Was für eine Farbe?«

»Rot, könnte man sagen. Vorwiegend Grundierung und Rost. Beim Anlassen spuckte der Auspuff immer Rauch.«

»Wo parkte sie?«

»Hinter dem Diner. Ich habe heute Morgen nachgeschaut. Er ist nicht da.«

»Ist sie je zu Fuß von der Arbeit nach Hause gegangen?«

»Manchmal bei schönem Wetter, aber schön ist es schon eine ganze Weile nicht mehr gewesen, und sie ging dann auch nicht mehr direkt nach Hause.« Er deutete nach hinten. »Der See ist dort. Hinter dem Revier. Hinter dem Diner.« Er deutete über die Straße. »Wenn sie nach Hause wollte, ging sie immer in diese Richtung, zur Vordertür hinaus.«

»Kennen Sie Gordon Braham?«

»Ich glaube, er arbeitet für die Elektrizitätsgesellschaft. Außerdem geht er mit der Frau, die in dem Billigladen gegenüber dem Diner arbeitet. Sie kommen alle paar Tage zum Mittagessen.«

»Sie scheinen viele Leute zu kennen.«

»Das hier ist eine Kleinstadt, Mr Trent. Hier weiß jeder viel über den anderen. Deshalb leben wir ja hier. Das ist billiger als Kabelfernsehen.«

»Was glauben Sie: Wer hat Allison umgebracht?«

Lionel schien die Frage nicht zu überraschen, aber er gab die zu erwartende Antwort. »Die Polizei sagt, es war Tommy Braham.«

»Was sagen Sie?«

Er schaute auf seine Uhr. »Ich würde sagen, ich werfe jetzt mal besser den Grill an, bevor die Frühstückskundschaft kommt.« Er legte die Hand an den Türgriff, aber Will hielt ihn auf.

»Mr Harris, wenn Sie glauben, dass jemand …«

»Ich weiß nicht, was ich glauben soll«, gab er zu. »Wenn

Tommy es nicht getan hat, warum hat er dann Brad in den Bauch gestochen? Und warum hat er sich umgebracht?«

»Sie glauben nicht, dass er es war.« Will hatte das nicht als Frage formuliert.

Lionel seufzte noch einmal schwer. »Schätze, ich bin ein bisschen so wie der alte Chief Carver. Es gibt gute Menschen, und es gibt schlechte Menschen. Allison war gut. Tommy war gut. Gute Menschen können schlimme Dinge tun, aber so schlimme nicht.«

Er wandte sich erneut der Tür zu.

»Darf ich Sie fragen …« Will wartete, bis er sich ihm wieder zugedreht hatte. »Warum sind Sie zu mir gekommen?«

»Weil ich wusste, dass Frank nicht an meine Tür klopfen würde. Viel habe ich Ihnen ja nicht erzählen können, aber ich wollte etwas zugunsten des Mädchens sagen. Sie hat ja jetzt niemanden mehr, der für sie eintritt. Es geht nur noch um Tommy und warum er es getan hat, nicht um Allison und was für ein gutes Mädchen sie war.«

»Warum glauben Sie, dass Chief Wallace nicht mit Ihnen reden würde?«

»Man lernt den neuen Chief kennen und merkt, der ist genauso wie der Alte.«

Will wusste, dass er nicht Jeffrey Tolliver meinte. »Ben Carver?«

»Frank und Ben – die sind aus demselben Holz geschnitzt. Helles Holz, wenn Sie wissen, was ich meine.«

»Ich glaube schon.«

Lionel hatte die Hand noch immer am Türgriff. »Als ich nach Daddys Tod in die Stadt zurückkam, sah ich, dass viele Leute sich verändert hatten. Ich meine jetzt, äußerlich – nicht innen drin. Man muss schon eine ganz besondere Hölle oder eine ganz besondere Liebe erleben, um sich auch innerlich zu verändern. Die Außenseite ist was ganz anderes.« Er rieb sich den Bart, dachte wahrscheinlich an das viele Grau darin. »Miss Sara zum Beispiel, die wurde hübscher. Ihr Daddy, Mr Eddie, hat jetzt mehr Haare, die aus seinen Augenbrauen sprießen. Meine Schwester wurde älter und fetter, was für eine Frau keine gute Mischung ist.«

»Und Frank?«

»Er wurde vorsichtig«, sagte Lionel. »Ich wohne vielleicht nicht mehr in Colored Town, aber ich weiß noch gut, wie es sich anfühlt, den Fuß dieses Mannes im Nacken zu haben.« Er zog am Türgriff. »Besorgen Sie sich eine Heißluftpistole, und gehen Sie damit nur ein kleines bisschen über das Leder an Ihrem Handschuhfach, und Sie können diese Falte ausbügeln.« Er hob seine Prothese mit der Hand an, damit er aussteigen konnte. »Aber wirklich nur ein kleines bisschen. Zu viel Hitze, und Sie brennen ein Loch hinein.« Er schaute Will bedeutungsvoll an. »Nicht zu viel Hitze, Junge.«

»Vielen Dank für Ihren Rat.«

Lionel bemühte sich, aus dem Porsche herauszukommen, klammerte sich schließlich am Dach fest und zog sich hoch. Er streckte Will die Hand hin und verabschiedete sich mit einem »Tschüss«, bevor er sanft die Tür schloss.

Will schaute Lionel nach, der, schwer auf den Stock gestützt, die Straße entlangging. Vor dem Eisenwarenladen blieb er stehen, um mit einem Mann zu reden, der Müll und Dreck vom Bürgersteig fegte. Es hatte aufgehört zu regnen, und die beiden schienen sich Zeit zu lassen. Will stellte sich vor, dass sie über Allison Spooner und Tommy Braham redeten. In einer Kleinstadt wie dieser gab es sonst kaum etwas, das die Leute beschäftigte.

Ein alter Cadillac fuhr auf den Parkplatz. Trotz der Entfernung drang Gospelmusik an Wills Ohren. Marla Simms parkte so weit wie möglich von Wills Auto entfernt. Sie kontrollierte im Rückspiegel ihr Make-up, rückte die Brille zurecht – tat alles, womit sie zeigen konnte, dass sie ihn ignorierte –, bevor sie ausstieg.

Er ging quer über den Parkplatz zu ihr und legte so viel Fröhlichkeit in seine Begrüßung, wie er nur konnte. »Guten Morgen, Mrs Simms.«

Sie warf ihm einen argwöhnischen Blick zu. »Es ist noch niemand da.«

»Das sehe ich.« Er hielt seinen Aktenkoffer in die Höhe. »Ich dachte, ich komme früh und richte mich ein. Hätten Sie was dagegen, mir die Beweisstücke vom See und auch all das zu bringen, was bei Tommy Braham gefunden wurde?«

Marla achtete nicht auf ihn, als sie die Tür aufschloss. Sie schaltete das Licht ein und ging durch den Vorraum, beugte sich über die Sperre und drückte auf den Öffnungsknopf. Will fing die Pendeltür ab, bevor sie wieder zufiel.

»Kalt hier drin«, sagte Will. »Stimmt mit dem Brenner irgendwas nicht?«

»Der Brenner ist in Ordnung«, sagte sie abwehrend.

»Ist er neu?«

»Sehe ich so aus, als würde ich für die Heizungsfirma arbeiten?«

»Mrs Simms, ich würde lügen, wenn ich nicht sagen würde, dass Sie aussehen wie jemand, der alles weiß, was in diesem Revier passiert, wenn nicht sogar in der ganzen Stadt.«

Mit einem Grummeln zog sie die Kanne aus der Kaffeemaschine.

»Kannten Sie Tommy Braham?«

»Ja.«

»Wie war er so?«

»Minderbemittelt.«

»Was ist mit Allison Spooner?«

»Nicht minderbemittelt.«

Will lächelte. »Mrs Simms, ich sollte Ihnen noch danken für

diese Einsatzberichte, die Sie gestern Abend meiner Partnerin gefaxt haben. Sie zeigen in Bezug auf Tommy ein interessantes Muster. Er hatte in letzter Zeit offensichtlich Probleme mit seiner Aggressivität. Wollten Sie mich das wissen lassen?«

Sie blickte ihn über ihre Brille hinweg an, aber ihr Mund blieb geschlossen, während sie in den hinteren Teil des Raums ging. Will sah, wie sie die schwere Stahltür aufdrückte. Ihn ließ sie allein im Dunkeln stehen.

Er ging zum Faxgerät und schaute unter dem Tisch nach, um Marla Simms nicht ungeprüft böse Absicht zu unterstellen. Darunter lagen keine losen Seiten, keine 911er-Mitschrift war durch die Ritzen gefallen. Als er den Kopierer öffnete, starrte ihm nur das Glas entgegen. In der Mitte entdeckte er etwas Klebriges. Mit dem Daumennagel löste Will die Substanz, die sich auf jede hier gemachte Kopie übertragen würde. Er hielt sie gegen das Licht. Klebstoff vielleicht? Kaugummi?

Er schnippte das Zeug in den Mülleimer. Keine der Kopien, die Sara gestern für ihn gemacht hatte, zeigte eine derartige Spur. Vielleicht hatte nach ihr noch jemand anders das Gerät benutzt und dabei unabsichtlich Klebstoff auf das Glas übertragen.

Das Büro seitlich des Bereitschaftsraumes war leer, wie Will vermutet hatte. Will drehte am Knauf. Die Tür war nicht verschlossen. Er ging hinein und öffnete die Jalousien, sodass er einen Blick auf die Schreibtische werfen konnte, an denen die Detectives saßen. In der Wand waren Nagellöcher. Im schlanken Lichtstrahl, der durch das Außenfenster fiel, sah er helle Flecke, wo früher Fotos gehangen hatten. Bis auf ein Telefon war der Schreibtisch leer. Alle Schubladen waren ausgeräumt. Der Stuhl quietschte, als er sich daraufsetzte.

Wenn er ein Spieler wäre, hätte er zehn Dollar darauf gesetzt, dass dies Jeffrey Tollivers Büro gewesen war.

Er öffnete seinen Aktenkoffer und nahm seine Akten heraus. Schließlich sprang die Deckenbeleuchtung an. Will sah Marla durch die Glaswand. Sie starrte ihn mit offenem Mund an. Mit ihrem straffen Haarknoten und der fleckigen Brille sah sie aus wie eine dieser glotzenden alten Damen aus einem Comic von Gary Larson. Will klebte sich ein Lächeln aufs Gesicht, winkte. Marla hielt den Griff der Glaskanne so fest umklammert, dass er beinahe spürte, wie gerne sie sie ihm ins Gesicht gerammt hätte.

Will griff in die Tasche und zog seinen Digitalrekorder heraus. Jeder Polizist auf der Welt hatte ein Spiralnotizbuch, in dem er die Details einer Ermittlung festhielt. Will hatte diesen Luxus nicht, aber er hatte gelernt, sich anderweitig zu behelfen.

Er schaute noch einmal durch das Glas nach Marla, bevor er sich den Rekorder ans Ohr hielt und auf PLAY drückte. Das Gerät war leise gestellt, und er hörte Faiths Stimme, die Tommy Brahams Geständnis vorlas. Will hatte nicht die ganze Nacht damit vergeudet, sich über seine schulmädchenhafte Vernarrtheit in Sara Linton den Kopf zu zerbrechen. Er hatte sich auf den Tag vorbereitet, indem er jedes einzelne Wort in den Berichten las und sich Tommy Brahams Geständnis immer wieder anhörte, bis er fast jedes Wort auswendig konnte. Jetzt in diesem Büro hörte er sich die ganze Sache noch einmal an, und das Auf und Ab von Faiths Stimme war ihm inzwischen so vertraut, dass er fast alles hätte mitsprechen können.

Ihr Ton war leidenschaftslos, ohne große Modulation. »Ich war in Allisons Wohnung. Das war gestern Abend. Die Zeit weiß ich nicht mehr. Pippy, meine Hündin, war krank. Es war, nachdem ich mit ihr beim Arzt war. Allison sagte, sie würde Sex mit mir haben. Wir fingen an mit dem Sex. Dann hatte sie keine Lust mehr. Ich wurde wütend. Ich hatte ein Messer bei mir. Ich stach ihr einmal in den Nacken. Ich nahm die Kette und das Schloss und fuhr mit ihr zum See. Ich schrieb den Zettel, damit die Leute denken, sie hat sich selbst umgebracht. Allison war traurig. Ich dachte, das wäre Grund genug.‹«

Draußen im Bereitschaftsraum war Gemurmel zu hören. Als Will den Kopf hob, sah er, dass ein paar Uniformierte ihn ungläubig anstarrten. Einer von ihnen ging auf das Büro zu, wahrscheinlich, um Will zur Rede zu stellen, doch sein Partner hielt ihn davon ab.

Will lehnte sich zurück, und der Stuhl quietschte wieder. Er nahm sein Handy und rief Faith an. Sie meldete sich nach dem vierten Läuten. Ihr Hallo war eher ein Murren.

»Habe ich Sie geweckt?«

»Es ist halb acht in der Früh. Natürlich haben Sie mich geweckt.«

»Ich kann später noch mal anrufen.«

»Geben Sie mir nur ein paar Sekunden.« Er hörte sie herumgehen. Sie gähnte so laut, dass er am liebsten mitgemacht hätte. »Ich habe ein bisschen was über Lena Adams zusammengetragen.«

»Und?«

Sie gähnte noch einmal.

Jetzt konnte Will auch sein eigenes Gähnen nicht unterdrücken. »Tut mir leid, dass ich Sie aus dem Bett geholt habe.«

»Sie können mich bis vier Uhr heute Nachmittag beschäftigen. Dann habe ich einen Termin bei meinem Arzt im Krankenhaus.«

Will fing sofort zu reden an, damit sie nicht wieder ins Detail ging. »Sehr gut, Faith. Ich nehme an, Ihre Mutter fährt Sie. Sie ist sicher aufgeregt. Was ist mit Ihrem Bruder? Haben Sie ihn angerufen?«

»Sie können jetzt wieder still sein. Ich bin an meinem Computer.« Er hörte sie tippen. »Salena Marie Adams«, sagte Faith, wahrscheinlich las sie aus der Personalakte der Frau vor. »Detective ersten Grades. Fünfunddreißig Jahre alt. Eins sechzig und sechzig Kilo.« Faith fluchte leise. »Gott, allein schon dafür könnte ich sie hassen.«

»Was ist mit ihrer Vorgeschichte?«

»Sie wurde vergewaltigt.«

Ihre Schroffheit überraschte ihn. Er hatte Lenas Geburtsdatum erwartet, vielleicht einige Empfehlungen. Sara hatte vermutet, dass Lena von ihrem Exfreund vergewaltigt worden sei, aber er hatte den Eindruck gehabt, dass nie offiziell Anklage erhoben worden war. Also fragte er Faith: »Woher wissen Sie das?«

»Der Fall tauchte auf, als ich mit ihrer Akte eine Kreuzsuche startete. Sie sollten wirklich mehr googeln.«

»Wann war das?«

»Vor zehn Jahren.« Er hörte ihre Finger auf den Tasten klappern. »Ihre Akte ist ziemlich sauber. Sie hat einige interessante Fälle bearbeitet. Erinnern Sie sich noch an den Pädophilenring in South Georgia vor einigen Jahren? Sie und Tolliver knackten ihn.«

»Hat sie irgendwelche dunklen Flecken?«

»In Kleinstädten landet die schmutzige Wäsche der Truppe nicht auf Papier«, erinnerte Faith ihn. »Vor sechs Jahren ließ sie sich beurlauben. Ein knappes Jahr arbeitete sie für den Sicherheitsdienst im College, dann ging sie zur Truppe zurück. Mehr habe ich nicht über sie. Haben Sie was Neues gefunden?«

»Ich hatte heute früh eine interessante Unterhaltung mit dem Besitzer des Diners.«

»Was hatte er zu sagen?«

»Nicht besonders viel. Allison war ein gutes Mädchen. Arbeitete hart. Über ihr Privatleben wusste er nicht viel.«

»Glauben Sie, dass er sie umgebracht hat?«

»Er ist über sechzig und hat eine Beinprothese.«

»Eine echte Prothese?«

Will erinnerte sich, wie Lionel auf die Prothese klopfte, an das hohle Geräusch. »Ich werde sehen, ob ich eine Bestätigung bekommen kann, aber falls er sein eigenes Bein noch hat, dann hat er sich ziemlich viel Mühe gegeben.«

»In solchen Kleinstädten weiß man nie. Ed Grein war Babysitter.«

Faith ließ keine Gelegenheit aus, freundliche ältere Männer mit einem der berüchtigten Massenmörder des zwanzigsten Jahrhunderts zu vergleichen.

»Spooners Hintergrundüberprüfung brachte auch nicht viel«, fuhr sie fort. »Sie hat ein Konto mit achtzehn Dollar und ein paar Cent. Anscheinend lebte sie von der Hand in den Mund. Die einzigen Schecks, die sie in den letzten sechs Monaten ausgestellt hat, gingen ans College und die Buchhandlung auf dem Campus. Die Kontoauszüge werden an die Adresse am Taylor Drive geschickt. Kreditkarten hatte sie überhaupt keine. Keine Nebenkostenabrechnungen auf ihren Namen. Keine Kreditgeschichte. Keine registrierten Handys. Kein Auto.«

»Der Alte vom Diner meinte, sie hätte einen Dodge Daytona mit Kennzeichen aus Alabama gefahren.«

»Ist wahrscheinlich auf jemand anderen zugelassen. Glauben Sie, die Örtlichen wissen darüber Bescheid?«

»Ich weiß es nicht. Meine Quelle sagte auch, Allison hätte eine pinkfarbene Büchertasche gehabt, die sie im Auto liegen ließ, wenn sie arbeitete.«

»Moment mal.« Faith machte offensichtlich etwas auf ihrem Computer. »Keine Suchmeldung für das Auto aus dem Grant County oder aus irgendwelchen Städten in der Umgebung.« Falls Frank Wallace von dem Auto gewusst hatte, dann hätte er eine Suchmeldung an alle umliegenden Gemeinden herausgegeben.

»Vielleicht wissen sie bereits, wo das Auto ist, aber sie wollen nicht, dass ich es finde«, sagte Will.

»Ich gebe jetzt sofort eine Suchmeldung an den ganzen Staat heraus. Ihr Chief wird seinen Jungs dann bei der Morgenbesprechung sagen müssen, dass sie danach Ausschau halten sollen.«

»Es ist ein altes Auto. Allison lebte schon einige Jahre hier, ohne die Kennzeichen auszuwechseln.«

»Collegestadt. Autos mit Kennzeichen aus anderen Staaten fallen da nicht auf. Der einzige Grund, ein Auto nicht umzumelden, ist allerdings, dass es nicht versichert ist«, gab Faith zu bedenken. »Könnte ich nachvollziehen. Das Mädchen lebte am Existenzminimum. Offiziell existierte sie fast gar nicht.«

Will sah, dass der Bereitschaftsraum sich langsam füllte. Die Anzahl an Polizisten war inzwischen beträchtlich. Ein ängstlicherer Mann hätte sie einen wachsenden Mob genannt. Immer wieder warfen sie verstohlene Blicke in Wills Richtung. Marla schenkte ihnen Kaffee ein, schaute ihn über die Schulter hinweg böse an. Und dann blickten alle wie aufs Stichwort zur Vordertür. Will fragte sich, ob Frank Wallace sich bequemt hatte zu erscheinen, sah aber sehr schnell, dass dem nicht so war. Eine Frau mit olivfarbener Haut und lockigen, schulterlangen, braunen Haaren kam herein. Sie war die Kleinste in der ganzen Truppe, aber die Menge teilte sich für sie wie das Rote Meer.

»Ich glaube, Detective Adams hat beschlossen, uns mit ihrer Anwesenheit zu beehren«, sagte Will zu Faith.

»Wie sieht sie aus?«

Lena hatte ihn entdeckt. In ihren Augen brannte der Hass.

»Sie sieht aus, als wollte sie mir mit den Zähnen die Kehle herausreißen.«

»Seien Sie vorsichtig. Sie wissen, dass Sie eine Schwäche für zickige, gehässige Frauen haben.«

Darauf sagte Will lieber nichts. Lena Adams hatte die gleiche Haut- und Haarfarbe wie Angie, sie war jedoch offensichtlich lateinamerikanischer Abstammung, während Angies Wurzeln irgendwo am Mittelmeer lagen. Lena war kleiner, athletischer. Sie hatte nichts von Angies Fraulichkeit – dafür war Lena viel zu sehr Polizistin –, aber sie war eine attraktive Frau. Mit Angie schien sie allerdings das Talent zu teilen, Unruhe zu stiften. Einige der Polizisten starrten Will jetzt mit offener Feindseligkeit an. Es würde nicht lange dauern, bis sich irgendjemand eine Mistgabel schnappte.

»Was ist mit dieser E-Mail von Ihnen?« Sie beantwortete sich die Frage sogleich selbst. »Julie Smith. Okay, mal sehen, ob ich die Nummer zurückverfolgen kann. Der Gerichtsbeschluss für Tommy Brahams Telefondaten sollte kein Problem sein, da er ja tot ist, es kann aber sein, dass ich eine offizielle Todesursache brauche, bevor wir Zugriff bekommen.«

Will löste den Blick nicht von Lena. Sie sagte irgendetwas zu der Gruppe. Wahrscheinlich dass sie ihre Waffen überprüfen sollten. »Können Sie da ein bisschen was drehen? Julie Smith sagte zu Sara, Tommy habe ihr aus dem Gefängnis eine SMS geschickt. Die Mitschrift hilft vielleicht dabei herauszufinden, wer sie ist. Vielleicht kann Amanda irgendwelche Gefälligkeiten einfordern.«

»Na klasse. Genau die, mit der ich gleich als Erstes in der Früh reden möchte.«

»Könnten Sie sie auch dazu bringen, dass sie möglichst schnell einen Durchsuchungsbeschluss für die Garage durchdrückt? Ich will den Jungs vor Ort zeigen, wie eine korrekte Vorgehensweise aussieht.«

»Ich bin mir sicher, sie wird sich alle Beine ausreißen, um

Ihre Wünsche zu befriedigen.« Faith ächzte schwer. »Sonst noch was, worum ich sie bitten soll?«

»Sagen Sie ihr, ich will meine Eier zurück.«

»Die liegen wahrscheinlich schon längst auf dem Grill.«

Lena zog ihre Jacke aus und warf sie auf einen Schreibtisch. »Ich muss aufhören.« Will schaltete sein Handy aus, als Detective Lena Adams in das Büro gestürmt kam.

Will stand auf. Er zeigte sein gewinnendstes Lächeln. »Sie müssen Detective Adams sein. Freut mich sehr, Sie endlich persönlich kennenzulernen.«

Sie starrte die Hand an, die er ihr entgegenstreckte. Einen Augenblick lang dachte er, sie würde sie ihm abreißen.

»Stimmt irgendwas nicht, Detective?«

Sie war offensichtlich so wütend, dass sie kaum sprechen konnte. »Dieses Büro ...«

»Ich hoffe, Sie haben nichts dagegen«, warf Will dazwischen. »Es war leer, und ich will nicht, dass ich Ihnen in irgendeiner Weise im Weg bin.« Er hatte die Hand noch immer ausgestreckt. »Wir sind noch nicht an dem Punkt, dass Sie mir die Hand nicht mehr geben können, oder, Detective?«

»Wir haben diesen Punkt in dem Augenblick überschritten, als Sie sich an diesen Schreibtisch setzten.«

Will ließ die Hand sinken. »Ich hatte Chief Wallace erwartet.«

»Interims-Chief«, korrigierte sie ihn. Offensichtlich war sie bei diesem Thema so empfindlich wie Sara. »Frank ist bei Brad im Krankenhaus.«

»Ich habe gehört, Detective Stephens hatte eine schwere Nacht, aber heute Morgen scheint es ihm besser zu gehen.«

Sie antwortete nicht, was Will auch recht war. Ihr South-Georgia-Akzent war überdeutlich, und ihre Wut ließ die Worte miteinander verschmelzen wie Butter und Eier.

Will deutete auf den Stuhl. »Bitte setzen Sie sich.«

»Ich stehe lieber.«

»Ich hoffe, Sie haben nichts dagegen, wenn ich mich hinsetze.« Der Stuhl quietschte, als er wieder Platz nahm. Will drückte die Fingerspitzen aneinander. Ihm fiel auf, dass in Lenas Brusttasche ein Kugelschreiber steckte. Er war silberfarben, ein Cross wie der, den Larry Knox gestern Abend in seiner Brusttasche gehabt hatte. Will schaute kurz zu der Gruppe Beamten hinaus, die sich vor der Kaffeemaschine drängten. Auch sie hatten alle solche Stifte in ihren Brusttaschen stecken.

Will lächelte. »Ich bin mir sicher, Ihr Chef hat Ihnen bereits gesagt, warum ich hier bin.«

Er sah ihr rechtes Auge zucken. »Tommy.«

»Genau, Tommy Braham, und in Erweiterung davon – Allison Spooner. Ich hoffe, wir können das alles hier zu einem schnellen Ende bringen. Ich bin mir sicher, dass wir alle diese Geschichte noch vor Thanksgiving vom Tisch haben wollen.«

»Ihre Masche vom netten Kerl funktioniert bei mir nicht.«

»Wir haben beide Marken, Detective. Meinen Sie nicht auch, wir sollten kooperieren, um endlich die ganze Wahrheit über die Angelegenheit herauszufinden?«

»Wissen Sie, was ich glaube?« Sie verschränkte die Arme vor der Brust. »Ich glaube, Sie sind hier bei uns, obwohl Sie nicht hierhergehören, Sie schlafen an einem Ort, der Ihnen nicht zusteht, und Sie versuchen nur, eine Menge guter Leute in Schwierigkeiten zu bringen wegen einer Scheiße, für die sie alle nichts können.«

An der offenen Tür war ein lautes Klopfen zu hören. Marla Simms stand stocksteif und mit einem mittelgroßen Pappkarton in den Händen da. Sie ging zum Schreibtisch und stellte den Karton direkt vor Will auf die Platte.

»Vielen Dank«, sagte er zu ihrem Rücken. »Mrs Simms?«

Sie drehte sich nicht um, blieb aber stehen. »Falls es Ihnen nichts ausmacht: Ich brauche das Audioband des 911er-Anrufs zu Allison Spooners angeblichem Selbstmord.«

Sie ging, ohne auf die Bitte zu reagieren.

Will spähte über den Rand des Kartons und musterte den Inhalt. Er sah diverse transparente Beweismitteltüten, offensichtlich vom Fundort von Allison Spooners Leiche. In einer Tüte steckte ein Paar weiße Turnschuhe. Die Seiten waren schlammverschmiert, das Sohlenprofil war mit Schlamm verstopft.

In einer anderen Tüte steckten der Ring und die Uhr, die Lena in ihrem Bericht erwähnt hatte. Er betrachtete den Ring – ein billiger, wie man ihn einem Mädchen schenkte, wenn man fünfzehn Jahre alt war und fünfzig Dollar für ein Schmuckstück aus der verschlossenen Vitrine bei Walgreens eine große Ausgabe waren.

Er hielt den Ring in die Höhe. »Ich habe meiner Frau so einen geschenkt, als wir beide noch Teenager waren.«

Lenas Blick ähnelte Angies Blick, als Will ihr den Ring geschenkt hatte.

Er zog eine dritte Tüte aus dem Karton. Darin steckte eine zusammengeklappte Brieftasche. Will schaffte es, sie durch das Plastik hindurch zu öffnen. Er sah das Foto einer älteren Frau neben einem jungen Mädchen und ein zweites von einer orangefarbenen Katze. Im ersten Geldfach steckten einige Scheine. Im Fach dahinter Allison Spooners Studentenausweis und ihr Führerschein.

Will betrachtete das Foto des Mädchens. Faith hatte richtig vermutet. Allison Spooner war sehr hübsch. Und sie sah jünger aus als das angegebene Alter. Vielleicht war es ihre Größe. Sie wirkte zierlich, fast zerbrechlich. Er wandte sich wieder dem Foto mit der älteren Frau zu und sah jetzt, dass das Mädchen neben ihr Allison Spooner war. Das Bild war offensichtlich schon vor ein paar Jahren aufgenommen worden. Allison sah aus wie ein Teenager.

»Ist das alles«, fragte er Lena, »was Sie in der Brieftasche gefunden haben?« Er zählte es für sie auf. »Zwei Fotos, vierzig Dollar, Führerschein und Studentenausweis?«

Lena starrte die offene Brieftasche in seiner Hand an. »Frank hat es katalogisiert.«

Nicht gerade eine passende Antwort, aber Will wusste, dass er sich seine Schlachtfelder gut aussuchen musste. Er sah, dass im Karton noch eine Beweismitteltüte lag, und nahm an, dass es sich um den Inhalt von Tommy Brahams Taschen handelte. »Kaugummi, achtunddreißig Cent und ein Metallauto aus einem Monopoly-Spiel.« Er sah zu Lena hoch. »Er hatte keine Brieftasche bei sich?«

»Nein.«

»Handy?«

»Sehen Sie in der Tüte eines?« Ihre aggressiven Antworten verrieten ihm mehr, als ihr bewusst war.

»Was ist mit seiner Kleidung und seinen Schuhen? Irgendwelche Blutspuren daran? Flecken?«

»Gemäß den Vorschriften bei einem Selbstmord in Gewahrsam hat Frank sie ins Labor geschickt. Ihr Labor.«

»Das zentrale GBI-Labor in Dry Branch?«

Sie nickte.

»Was ist mit der Scheide?«

Sie schaute ihn verwirrt an.

»Tommy gab in seinem Geständnis an, er hätte ein Messer bei sich gehabt, als er Allison tötete. Ich kann mir vorstellen, dass er eine Scheide am Gürtel trug. Eine Messerscheide.«

Sie schüttelte den Kopf. »Die hat er wahrscheinlich weggeworfen.«

»In seinem Geständnis sagt er nicht, was für eine Art von Messer er benutzte.«

»Nein, sagt er nicht.«

»Haben Sie in dem Haus, in dem Tommy lebte, irgendwelche Messer gefunden?«

»Ohne Durchsuchungsbeschluss oder die Erlaubnis seines Vaters, dem das Anwesen gehört, können wir das Haus nicht durchsuchen.«

Na, wenigstens kannte sie das Gesetz. Warum sie es gerade jetzt so strikt befolgte, war allerdings ein Rätsel. »Gehen Sie davon aus, dass Tommy mit demselben Messer auf Detective Stephens einstach, mit dem er Allison Spooner tötete?«

Lena schwieg einige Sekunden lang. Sie hatte genügend Verhöre durchgeführt, um zu wissen, wie es sich anfühlte, wenn man in die Ecke gedrängt wurde. »Ich habe im Verlauf meiner Karriere erkannt, dass es besser ist, keine Mutmaßungen darüber anzustellen, was ein Verdächtiger tun oder nicht tun wird.«

»Das ist für jeden Beamten eine wertvolle Erkenntnis«, gab Will zu. »Irgendein Grund, warum das Spooner-Beweismaterial nicht ins Zentrallabor geschickt wurde?«

Sie zögerte wieder. »Ich nehme an, weil der Fall abgeschlossen ist.«

»Sind Sie da ganz sicher?«

»Tommy flüchtete vor der Polizei. Er stach auf einen Beamten ein. Er gestand das Verbrechen. Er brachte sich um, weil er das Schuldgefühl nicht ertragen konnte. Ich weiß nicht, wie Sie das in Atlanta halten, aber hier unten werfen wir im Allgemeinen einer abgeschlossenen Ermittlung kein Geld hinterher.«

Will rieb sich den Nacken. »Es wäre mir wirklich lieber, Sie würden sich setzen. Das hier wird noch eine ganze Weile dauern, und ich glaube nicht, dass ich weiter zu Ihnen hochschauen kann, ohne einen steifen Hals zu bekommen.«

»Was wird noch eine ganze Weile dauern?«

»Detective Adams, vielleicht ist Ihnen die Tragweite dieser Ermittlung nicht bewusst. Ich bin hier, um Sie wegen des Todes eines Gefangenen zu befragen, der sich in Ihrem Gewahrsam befand, in Ihrem Gefängnis, in Ihrer Stadt. Zudem wurde eine junge Frau ermordet. Ein Polizeibeamter wurde schwer verwundet. Das wird kein schneller Plausch bei Kaffee und Donuts, vor allem weil man mich warnte, von Ihnen keine Nahrung anzunehmen, die nicht aus einem versiegelten Behälter kommt.« Er lächelte. Sie erwiderte das Lächeln nicht. »Würden Sie sich bitte setzen, damit wir miteinander sprechen können wie vernünftige Menschen?« Sie rührte sich noch immer nicht, und Will setzte deshalb noch eins drauf. »Wenn Sie lieber in ein Verhörzimmer gehen wollen, anstatt im Büro Ihres toten Chefs zu sitzen, dann werde ich Ihnen diesen Gefallen sehr gerne tun.«

Lena schob ihr Kinn nach vorn. Sie starrten einander lange und unverwandt an, und beinahe hätte Will die Augen als Erster abgewandt. Lena war ein schwieriger Anblick. Ihr Schmerz und ihre Erschöpfung zeigten sich in jeder Kontur ihres Gesichts. Die Augen waren verquollen und rot geädert. Ihre Hand lag auf der Stuhllehne vor ihr, und doch schwankte sie, als wollten ihre Knie nachgeben.

Schließlich sagte sie: »Ja.«

»Ja was?«

»Ja, ich halte Sie für den Feind.« Dennoch zog sie den Stuhl heraus und setzte sich.

»Vielen Dank für Ihre Offenheit.«

»Wie auch immer.« Sie öffnete und schloss ständig ihre Faust. An der Handfläche sah er zwei fleischfarbene Pflaster. Ihre Finger schienen geschwollen zu sein.

»Ist das gestern passiert?«

Sie antwortete nicht.

Will holte einen roten Ordner aus seinem Aktenkoffer und legte ihn ungeöffnet auf den Tisch. Lena senkte nervös den Blick. »Wollen Sie einen Anwalt?«

»Brauche ich einen?«

»Sie sollten doch wissen, dass man von einem Ermittler keinen juristischen Rat erwarten kann. Was ist mit Ihrem Gewerkschaftsvertreter?«

Sie lachte kurz auf. »Hier unten haben wir keine Gewerkschaften. Wir haben ja kaum Uniformen.«

Er hätte daran denken müssen. »Muss ich Sie an Ihre Rechte erinnern?«

»Nein.«

»Sollte ich erwähnen, dass Lügen vor einem staatlichen Ermittler während einer laufenden Ermittlung ein Verbrechen ist, das mit Geldbußen und Gefängnis bis zu fünf Jahren bestraft werden kann?«

»Haben Sie das nicht gerade getan?«

»Vermutlich schon. Wohin wurde sie gestochen?«

Will hatte sie überrumpelt. »Was?«

»Allison Spooner. Wohin wurde sie gestochen?«

»Hier.« Sie legte die Hand in den Nacken, sodass die Fingerspitzen nur wenige Zentimeter von der Wirbelsäule entfernt waren.

»War das die einzige Wunde?«

Sie öffnete den Mund, schloss ihn wieder. Schließlich antwortete sie: »Wie Sie sagten, fielen Frank Fesselspuren an den Handgelenken auf.«

»Haben Sie die auch gesehen?«

»Die Leiche lag lange Zeit im Wasser. Ich bin mir nicht sicher, was ich sah, abgesehen von der Messerwunde im Nacken.«

Dieses Detail bereitete ihm Kopfzerbrechen, vor allem, weil es der erste Punkt war, in dem Frank Wallaces Geschichte nicht exakt mit Lenas übereinstimmte. »Haben Sie Spooners Auto gefunden?«

»Sie hatte keines.«

»Das kommt mir eigenartig vor.«

»Es ist eine Collegestadt. Die Studenten gehen überallhin zu Fuß oder fahren mit ihren Rollern.« Lena zuckte die Achseln. »Und wenn sie mal irgendwo anders hinmüssen, schaffen Sie es meistens per Anhalter.«

»Könnte Allison ein Auto gehabt haben, ohne dass Sie es wissen?«

»Nicht im College. Wenn man zwei Parkplätze besetzt, wird man abgeschleppt. Die sind da ziemlich streng auf dem Campus. Und in der Stadt selbst gibt es auch kaum Plätze, wo man ein Auto abstellen kann. Wenn Sie wollen, kann ich bei der Morgenbesprechung eine Suchmeldung herausgeben, aber das ist eine Sackgasse. Wir sind hier nicht in Atlanta. Wenn Leute irgendwo ein herrenloses Auto stehen sehen, rufen sie die Polizei.«

Will sah Lena an und versuchte herauszufinden, ob sie log. »Was ist mit Allisons Chef im Diner? Haben Sie mit ihm gesprochen?«

»Lionel Harris? Frank hat gesagt, er hätte gestern Abend mit ihm gesprochen. Er weiß überhaupt nichts.«

Entweder hatte Frank gelogen, oder Lena dachte sich die Antworten nach und nach aus.

»Wie sieht Mr Harris in Bezug auf den Mord aus?«, fragte er.

»Er hat nur ein Bein und ist älter als Jesus.«

»Kommt also eher nicht infrage.« Will klappte den roten Ordner auf. Die Fotokopie von Tommy Brahams Geständnis lag ganz oben. Er sah, dass Lena es wiedererkannte. »Gehen Sie es mit mir durch.«

»Welchen Teil?«

Er wusste, sie erwartete, dass er direkt zum Wesentlichen kam – dem Messerangriff und den Vorfällen vor der Garage. Er schlug die entgegengesetzte Richtung ein, um sie aus der Fassung zu bringen. »Fangen wir damit an, dass Sie Tommy ins Revier brachten, und arbeiten wir uns dann zurück. Hat er im Auto irgendwas gesagt?«

»Nein.«

Will hatte bis jetzt weder die erkennungsdienstlichen Fotos gesehen noch die Aufnahmen, die Sara von Tommy Brahams Leiche in der Zelle gemacht hatte, aber er wusste, dass ein Polizist schwer verletzt worden war, während zwei Kollegen mit am Tatort waren. Er wagte eine Vermutung darüber, was anschließend passiert war. »In welchem Zustand war Tommy zu der Zeit?«

Sie starrte ihn verständnislos an.

»Ist er im Verlauf der Verhaftung ein paarmal hingefallen?«

Wieder nahm sie sich Zeit. »Das müssen Sie Frank fragen. Ich habe mich um Brad gekümmert.«

»Sie sahen Tommy im Auto. In welchem Zustand war er?«

Lena zog ein Spiralnotizbuch aus ihrer Gesäßtasche. Sie blätterte langsam zu den Seiten, die sie suchte. Will sah, dass die Blätter wieder in das Buch eingeklebt waren, und nahm an, dass dies die Originale waren, die Sara gestern Abend kopiert hatte.

Lena räusperte sich. »Ich brachte den Verdächtigen Tommy Braham gestern Vormittag gegen acht Uhr dreißig ins Revier.« Lena schaute ihn prüfend an. »Machen Sie sich keine Notizen?«

»Warum, wollen Sie mir Ihren Stift leihen?«

Ihre Fassung bekam einen winzig feinen Riss, und Will begriff, worauf er gewartet hatte, seit Lena ins Büro gekommen war. Was sie von Tommy Braham auch halten mochte, sein Tod hatte sie erschüttert. Nicht weil er sie in Schwierigkeiten bringen konnte, sondern weil es sich um ein menschliches Wesen handelte, das sich in ihrer Obhut befunden hatte.

»Ich habe Ihre Notizen bereits gelesen, Detective. Erzählen Sie mir das, was nicht auf diesen Seiten steht.«

Sie fing an, an ihren Pflastern zu zupfen.

»Wer hat sich um die Todesmitteilungen gekümmert?«

»Ich.«

»Sowohl für Spooner als auch für Braham?«

Sie nickte. »Elba, woher Allison stammt, ist eine sehr kleine Stadt. Der Detective, mit dem ich sprach, war mit ihr in der Schule. Er sagte, ihre Mutter starb vor acht Jahren. Der Vater ist unbekannt. Es gibt noch eine Tante, Sheila McGhee, aber sie ist nicht viel zu Hause. Sie arbeitet für ein Team, das heruntergekommene Motels im Florida Panhandle renoviert. Der Detective versucht, sie aufzuspüren. Ich habe ihr eine Nachricht auf dem Anrufbeantworter hinterlassen, aber die hört sie erst, wenn sie nach Hause kommt oder ihre Nummer anruft, um die Nachrichten abzuhören.«

Jetzt klang sie tatsächlich wie eine Detective.

»Kein Handy?«, fragte Will.

»Ich konnte bis jetzt keines finden.«

»War in Allisons Wohnung ein Adressbuch?«

»Wir hatten noch nicht die Zeit für eine Durchsuchung.« Ihre Stimme wurde wieder barscher. »Gestern war einiges los. Zum Beispiel verblutete mein Partner fast auf der Straße.«

»Ich würde gern Bescheid wissen, wenn Ms McGhee zurückruft.«

Sie nickte.

»Was ist mit Tommys Verwandten?«

»Da gibt es nur seinen Vater Gordon. Ich habe heute früh mit ihm gesprochen und ihm gesagt, was passiert ist.«

»Wie hat er es aufgenommen?«

»Kein Vater will hören, dass sein Sohn einen Mord gestanden hat.«

»Wie hat er den Selbstmord aufgenommen?«

»Wie zu erwarten.« Lena schaute in ihre Notizen, doch Will merkte, dass sie nur Zeit schinden wollte, um ihre Gedanken zu ordnen. »Gordon fährt jetzt im Augenblick von Florida hierher zurück. Ich weiß nicht, wie lange das dauern wird. Sieben, acht Stunden vielleicht.«

Will fragte sich, welche Rolle Frank Wallace bei dieser Geschichte spielte und warum Lena die schwierigsten Teile der Ermittlung zugefallen waren. »Kannten Sie Allison Spooner?«, fragte er schließlich.

»Die halbe Stadt kannte sie. Sie arbeitete in dem Diner ein Stück weiter unten.«

»Kannten *Sie* sie?«

»Ich habe sie nie persönlich kennengelernt.«

»Sie gehen nicht in den Diner?«

»Warum ist das wichtig?« Sie erwartete keine Antwort. »Tommy hat doch alles erklärt. Sie haben sein Geständnis direkt vor sich. Er sagte, er wollte Sex mit ihr haben. Sie nicht. Deshalb tötete er sie.«

»Wie lange dauerte es, bis er gestand?«

»Ungefähr eine Stunde lang hat er herumgedruckst, dann holte ich es aus ihm heraus.«

»Hat er ein Alibi genannt? Anfangs, meine ich.«

»Er sagte, er wäre beim Tierarzt gewesen. Er hat doch diese Hündin, Pippy. Sie hatte eine Socke verschluckt oder sonst was. Tommy brachte sie zu dem Notfalltierarzt drüben in Conford. Aber die Büroangestellten können sich nicht verbürgen, dass er die ganze Zeit dort war.«

»Hat er ein Auto?«

»Einen grünen Chevy Malibu. Der ist in der Werkstatt.

Tommy sagte, der Anlasser hätte Schwierigkeiten gemacht. Er hätte den Schlüssel gestern früh in Earnshaws Postfach geworfen.«

Das hatte Will nicht erwartet. »Earnshaw?«

»Saras Onkel.«

»Gibt es Überwachungsbänder des Parkplatzes?«

»Nein, aber ich habe in der Werkstatt angerufen. Das Auto ist dort.« Sie zuckte die Achseln. »Tommy hätte es nach dem Mord an Allison dort abstellen können.«

»Haben Sie das Auto durchsucht?«

»Ich hatte das für heute vor.« Ihr Ton deutete an, dass Will das größte Hindernis zwischen ihr und der Erledigung ihres Jobs war.

Will ließ nicht locker. »Woher kannte Tommy Allison?«

»Sie war Untermieterin bei seinem Dad – in der zu einer Wohnung umgebauten Garage.« Lena schaute auf die Uhr.

»Wie war Tommy so?«

»Dumm«, erwiderte sie. »Langsam im Denken. Ich bin mir sicher, Sara hat Ihnen bereits alles darüber erzählt.«

»Nach Auskunft von Dr. Linton lag Tommys IQ bei etwa achtzig. Er war nicht besonders schlau, aber er hatte einen Job auf der Bowlingbahn. Er war ein guter Junge. Gut bis auf die Schwierigkeiten, die er sich in letzter Zeit aufhalste.«

»Ich würde Mord ein bisschen mehr als Schwierigkeiten nennen.«

»Ich meinte jetzt die Einsatzberichte.«

Sie versteckte ihre Überraschung gut, doch in ihren Augen sah er eine Frage aufblitzen.

»Es gibt drei Berichte über Streitereien im letzten Monat. Mrs Simms war so freundlich, sie mir zu geben.« Sie sagte nichts, deshalb fragte er: »Sie kennen sie, oder?«

Noch immer antwortete Lena nicht. Will schob die Einsatzberichte über den Tisch, damit sie einen Blick darauf werfen konnte.

Sie überflog die Zusammenfassungen. »Kleine Probleme. Er hatte offensichtlich die Selbstbeherrschung verloren.«

»Wer hat Ihnen gesagt, dass Sie Tommy wegen des Mordes an Allison festnehmen sollten?«

»Frank ...« Sie sah aus, als wollte sie das Wort zurücknehmen. »Frank und ich diskutierten darüber. Es war eine gemeinsame Entscheidung.«

Wenigstens wusste er jetzt, wie sie aussah, wenn sie log. Die schlechte Nachricht war nur, dass ihr Lügengesicht ihrem ehrlichen sehr ähnlich war. »Wann erfuhren Sie, dass im See eine Leiche lag?«

»Brad rief mich gestern früh gegen drei an. Ich weckte alle anderen und begann mit der Ermittlung.«

»Haben Sie mit Allisons Lehrern im College gesprochen?«

»Sie sind alle über Thanksgiving weg. Ich habe ihre Telefonnummern, bin aber noch nicht dazu gekommen anzurufen. Die meisten sind hier aus der Umgebung. Die gehen nirgendwohin. Ich wollte das heute Morgen erledigen, aber ...« Sie deutete zwischen ihnen beiden hin und her.

»Was wollten Sie sonst noch erledigen?« Er zählte ihre Vorhaben auf. »Mit den Lehrern reden? Vielleicht mit den Angestellten beim Tierarzt reden? Sich Tommys Auto ansehen? Versuchen, Allisons Freunde ausfindig zu machen? Ich schätze, Sie können das alles übers College herausfinden, vielleicht bei Lionel Harris?«

Sie zuckte die Achseln. »Vielleicht.«

»Hatten Sie eigentlich auch vor, noch einmal mit Tommy zu reden? Wenn er noch am Leben wäre, meine ich.«

»Ja.«

»Warum?«

»Ich wollte sein Geständnis auf Band aufnehmen. Er war der Hauptbelastungszeuge gegen sich selbst.«

»Aber alles andere klang für Sie einleuchtend – sein Motiv, und dass er sie in den Nacken stach?«

»Es gab noch Details, die ich klären wollte. Ich wollte natürlich die Mordwaffe finden. Ich schätze, sie ist irgendwo in seiner Garage. Oder in seinem Auto. Er musste Allison zum See gebracht haben. Da sollte es Spuren geben. Stoppen Sie mich, wenn irgendwas Sie daran erinnert, was Sie in einem Lehrbuch auf der GBI-Schule gelesen haben.«

»Das ist ein gutes Wort dafür – Lehrbuch.« Dann sagte er: »Scheint mir noch viel Arbeit zu sein für einen Fall, den Sie als abgeschlossen betrachten. Das haben Sie mir doch vor ein paar Minuten gesagt, nicht? Dass er abgeschlossen ist.«

Sie starrte ihn wieder an. Will wusste, sie wartete darauf, dass er sie nach dem 911er-Anruf fragte.

»Sie müssen müde sein«, sagte er.

»Mir geht's gut.«

»Die letzten Tage waren ziemlich hart für Sie.« Er deutete auf ihre Notizen. »Brad rief Sie gegen drei Uhr in der Früh an. Vermuteter Selbstmord. Sie fuhren zum See. Fanden Spooner tot, wahrscheinlich ermordet. Sie fuhren zu Spooners Haus, und Ihr Chef wurde verletzt, Ihrem Partner wurde in den Bauch gestochen. Sie verhafteten Tommy. Holten ein Geständnis aus ihm heraus. Ich bin mir sicher, Sie waren die ganze Nacht im Krankenhaus.«

»Worauf wollen Sie hinaus?«

»War Tommy ein böswilliger Mensch?«

Sie redete nicht um den heißen Brei herum. »Nein.«

»Zeigte er während Ihres Verhörs Wut?«

Sie schwieg wieder, um ihre Gedanken zu sammeln. »Ich glaube nicht, dass er vorhatte, Brad zu verletzen. Aber er stach nun mal auf ihn ein. Er tötete Allison, und deshalb ...«

»Deshalb?«

Sie verschränkte wieder die Arme. »Hören Sie, wir drehen uns hier im Kreis. Was mit Tommy passiert ist, ist schlimm, aber er hat gestanden, Allison Spooner umgebracht zu haben. Er stach auf meinen Partner ein. Er verletzte Frank.«

Will wog ihre Worte sorgfältig ab. Offensichtlich glaubte sie wirklich, dass Tommy der Mörder von Allison Spooner war. Aber sie wurde vager, wenn sie davon sprach, dass auf Brad eingestochen und Frank Wallace verletzt wurde.

Lena schaute noch einmal auf ihre Uhr. »Sind wir hier fertig?«

Sie machte das sehr gut, aber sie konnte es nicht ewig aufrechterhalten. »Der See ist hinter dem Revier, nicht wahr?«

»Ja.«

»Zwischen dem College und Lover's Point?«

»Nicht genau dazwischen.«

»Glauben Sie, ich kann mir eine Jacke ausleihen?«

»Was?«

»Einen Regenmantel. Jacke. Was immer Sie haben.« Will stand auf. »Ich will, dass wir einen Spaziergang machen.«

Der Regen war unerbittlich geworden, dunkle Wolken wälzten sich über den Himmel und kippten Eimer voller Wasser aus, das direkt auf Wills Kopf zu fallen schien. Er trug eine Schutzjacke der Polizei, die für einen Mann mit beträchtlich mehr Umfang als Will gedacht war. Die Ärmel hingen ihm über die Hände. Die Kapuze rutschte ihm über die Augen. Die reflektierenden Streifen auf Rücken und Brust klatschten bei jedem Schritt gegen seinen Körper.

Will hatte immer Schwierigkeiten, Kleidung zu finden, die ihm passte, aber normalerweise war das Gegenteil das Problem: kurze Ärmel, enge Nähte, die gegen seine Schultern drückten. Er hatte erwartet, dass Lena ihm aus Spaß eine ihrer Jacken anbot. Anscheinend hatte sie aber eine bessere Idee gehabt. Will starrte hinunter auf den Namenszug auf der Brusttasche, während sie um den See herumgingen. Die Jacke gehörte Officer Carl Phillips.

Er steckte die Hände in die Taschen, als der Wind auffrischte. Er spürte Gummihandschuhe, ein Maßband, einen Plastikkuli und eine kleine Taschenlampe. Zumindest hoffte er, dass es eine kleine Taschenlampe war. Trotz Lenas böswilliger Absicht war es eine gute Jacke, eine North-Face-Kopie mit Unmengen von Reißverschlusstaschen und genug Innenfutter, um den Wind abzuhalten. Will hatte das Original zu Hause. Er hatte sie nicht in Atlanta gekauft, weil schlechtes Wetter dort nie länger als ein paar Tage dauerte, und auch dann kam oft die Sonne heraus und vertrieb die Kälte. Der Gedanke an die Jacke in seinem Schrank bereitete ihm Heimweh, und das überraschte ihn.

Lena blieb stehen und drehte sich zum Revier um. Sie hob die Stimme, um sich trotz des Regens verständlich zu machen. »Das College ist dort hinten, hinter dem Revier.«

Will schätzte, dass sie bereits etwa fünfzehn Minuten unterwegs waren. In der Ausbuchtung des Sees hinter dem Polizeirevier konnte er eine Gruppe Häuser erkennen.

»Es gibt keinen Grund, dass Allison in diese Richtung ging«, sagte Lena.

»Wo ist Lover's Point?«

Sie deutete in die Gegenrichtung. »Diese kleine Bucht da in etwa einer halben Meile.«

Will folgte der Richtung ihres Fingers zu der Bucht im Uferverlauf, die kleiner war, als er gedacht hatte. Vielleicht ließ aber auch die Entfernung sie so wirken. Am Ufer lagen große Felsbrocken. Er stellte sich vor, dass die Leute dort bei besserem Wetter Lagerfeuer anzündeten. Die Bucht sah aus wie eine Stelle, an der eine Familie ihr Boot für ein langes Picknick festmachte.

»Wollen wir jetzt einfach so herumstehen?« Lena hatte die Hände tief in den Taschen vergraben, den Kopf gegen den Wind gesenkt. Will brauchte keine außerordentlichen Fähigkeiten, um zu wissen, dass sie nicht hier draußen im strömenden Regen sein wollte. Am Wasser war es so kalt, dass ihm beinahe die Zähne klapperten.

»Wo sind gleich wieder die Straßen?«, fragte er.

Sie warf ihm einen Blick zu, der besagte, dass sie dieses Spiel nicht mehr viel länger mitspielen würde. »Dort.« Sie deutete in die Ferne. »Das ist die Feuerwehrzufahrt. Wurde seit Jahren nicht mehr benutzt. Wir haben sie abgesucht, als wir die Leiche aus dem See zogen. Da war nichts.«

»Das ist der einzige Zugang von hier zum Lover's Point, oder?«

»Wie ich Ihnen auf der Karte im Revier gezeigt habe.«

Mit Karten hatte Will noch nie gut umgehen können. »Diese Stelle da drüben.« Er deutete auf einen Bereich direkt hinter der Bucht. »Das ist die zweite Straße, die die Leute normalerweise benutzen, um zur Bucht zu kommen, ja?«

»Leer, wie gesagt. Wir haben sie kontrolliert, okay? Wir sind doch keine Volltrottel. Wir haben nach Autos gesucht. Wir haben nach Reifenspuren und Fußabdrücken gesucht. Wir haben beide Straßen abgesucht, und keine zeigte irgendwelche Nutzungsspuren.«

Will versuchte, sich zu orientieren. Die Sonne schien nicht, um den Weg zu erhellen. Der Himmel war so dunkel, dass es hätte Nacht sein können und nicht später Vormittag. »Wo ist die Wohnsiedlung?«

Sie deutete über den See. »Dort wohnt Sara. Ihre Eltern. Das da drüben« – sie deutete auf ihrer Seeseite entlang –,

»dieser ganze Uferabschnitt und auch hier, wo wir stehen, gehört der State Forestry Division.«

»Fahren die Leute mit Booten raus?«

»Auf dem Campus ist ein Dock für die Rudermannschaften. Viele der Hausbesitzer fahren im Sommer Boot. Doch keiner ist dumm genug, bei diesem Regen da draußen zu sein.«

»Bis auf uns.« Will bemühte sich, so fröhlich wie möglich zu klingen. »Gehen wir weiter.«

Sie stapfte vor ihm her. Will sah, dass ihre Turnschuhe durchweicht waren. Den Laufschuhen, die er in seinem Kofferraum gefunden hatte, ging es auch nicht viel besser. An dem Morgen, als Allison gefunden wurde, war die Temperatur noch niedriger gewesen, aber in der Nacht zuvor hatte es ebenso stark geregnet wie jetzt. Es war eine gute Zeit, um jemanden umzubringen. Spuren am Ufer wurden weggewaschen. Das kalte Wasser machte eine Einschätzung, wann der Mord passiert war, so gut wie unmöglich. Wenn der 911er-Anruf nicht gewesen wäre, hatte wohl niemand gewusst, dass im See eine Leiche lag.

Lena rutschte im Schlamm aus. Will streckte die Hand aus und fing sie auf, bevor sie ins Wasser stürzen konnte. Sie war so leicht, dass er sie fast mit einer Hand hätte hochheben können.

»O Gott.« Sie stützte sich mit der Hand an einen Baum. Sie atmete schwer. Er erkannte, dass sie so schnell gegangen war, um ein paar Schritte Abstand zu ihm zu halten.

»Alles okay?«, fragte er.

Mit entschlossener Miene stieß sie sich von dem Baum ab. Will schaute auf ihre Füße, während sie sich einen Weg über die großen Wurzeln und abgebrochenen Äste auf dem Uferstreifen bahnte. Er konnte nicht wissen, ob Allison auf derselben Route zum Lover's Point gelangt war. Sein einziges Ziel war, Lena Adams aus dem Revier, aus ihrem Element wegzuführen, damit sie mit ihm reden würde. Es regnete so heftig und der Weg war so schwierig, dass er sich überlegte, die Hürde vielleicht etwas niedriger anzusetzen. Zum Beispiel könnte er sich zum Ziel setzten, dass sie beide nicht erfroren.

Lena war so sicher, dass Tommy Braham Allison Spooner umgebracht hatte – so sicher wie Sara, dass Tommy es nicht gewesen war. Will fühlte sich in der Mitte gefangen, und er wusste sehr wohl, dass er sich auf keinen Fall von einer der beiden Frauen in seinem Denken beeinflussen lassen durfte. Er vermutete, dass für Lena die Möglichkeit von Tommys Unschuld ein viel größeres Schuldbewusstsein mit sich brachte, als sie sich aufhalsen wollte. Etwas anderes zu glauben würde bedeuten, dass der Junge sich wegen nichts umgebracht hätte. Dass sie ihm das Mittel – und das Motiv – geliefert hätte, sich das Leben zu nehmen. Für Sara dagegen bedeutete das Eingeständnis von Tommys Schuld, zugeben zu müssen, dass Lena nicht so skrupellos war, wie sie glaubte.

Will spürte den Regen weniger, als dass er ihn hörte. Das beständige Tropfen von Wasser auf Blättern schwächte sich zu einem sanften Flüstern ab. Er hörte einen Vogel, einige Grillen. Vor ihnen versperrte ein großer Baum den Weg. Dicke Wurzeln ragten in die Luft, Erde tropfte von den Tentakeln. Lena stemmte sich daran hoch und schwang sich darüber. Will folgte ihr, schaute sich um und versuchte wieder, sich zu orientieren. Sie waren in der Nähe der Feuerwehrzufahrt. Zumindest glaubte er das.

»Da«, sagte sie und deutete zu einem Holzstapel, »das ist das Ende der Straße.« Sie nahm ihre Kapuze ab. Will tat es ihr gleich. Zwei Erdstreifen, so breit wie die Schnauze eines Autos, markierten etwa drei Meter weit die Straße und gingen dann über in dichten Wald. Er verstand jetzt, warum Lena glaubte, dass niemand auf der Straße gefahren war. Man brauchte schon einen Bulldozer, um hier durchzukommen.

»Die Straße auf der anderen Seite wird genutzt, aber verläuft ungefähr hundert Meter westlich der Bucht. Wie gesagt, wir mussten erst einen Weg freiräumen, um die Einsatzfahrzeuge hierherbringen zu können.«

Will nahm an, dass sie auf dem Weg zu einem vermuteten Selbstmord nicht nach Reifenspuren gesucht hatten. Wahrscheinlich hatten sie alle Hinweise auf ein anderes Auto an der Bucht zerstört. »Wenn Allison kein Auto hatte, wie kam sie dann hierher?«

Lena starrte ihn an. »Tommy brachte sie hierher.«

»Aber Sie haben eben gesagt, Sie haben nach Autospuren gesucht.«

»Er hatte einen Roller. Den hätte er benutzen können.«

Will stimmte ihr zu, aber er konnte sich nicht vorstellen, wie Tommy auf dem Weg durch den Wald eine Leiche auf der Lenkstange balancierte. »Wo war sie, bevor Tommy sie tötete?«

»Zu Hause, um dort umgebracht zu werden.« Sie stampfte gegen die Kälte mit den Füßen auf. »Okay. Die Collegebibliothek schloss am Sonntag gegen Mittag. Sie hätte auch dort sein können.«

»Was ist mit der Arbeit?«

»Der Diner hat am Sonntag geschlossen.«

»Würde Allison diesen Weg benutzen, um nach Hause zu kommen?«

Lena schüttelte den Kopf. »Sie würde durch den Wald gegenüber dem Revier gehen. Dann wäre sie in zehn Minuten zu Hause.«

Wenigstens bei dieser Sache war sie ehrlich. Lionel Harris hatte Will dasselbe gesagt. Will fragte: »Und warum war Allison dann hier?«

Lena steckte die Hände tiefer in die Taschen, als die Brise wieder auffrischte.

»Detective?«

»Sie war hier, weil Tommy sie hierherbrachte.« Sie hatte sich wieder in Bewegung gesetzt und stapfte durch den Schlamm. Bei jedem Schritt machten ihre Schuhe ein schmatzendes Geräusch.

Wills Schritte waren doppelt so lang wie Lenas. Er hatte sie schnell wieder eingeholt. »Erstellen wir doch ein Profil von unserem Mörder.«

Sie lachte schnaubend auf. »Glauben Sie an diesen Blödsinn?«

»Nicht wirklich, aber wir haben jetzt ein wenig Zeit.«

»Das ist dumm.« Sie rutschte aus, fing sich aber selbst wieder. »Wollen Sie mich wirklich dazu bringen, dass ich mit Ihnen die ganze Strecke bis zur Bucht laufe?«

Wenn Will sie zu etwas bringen wollte, dann dazu, dass sie ihm die Wahrheit sagte. Da dies jedoch keine realistische Möglichkeit war, sagte er: »Lassen Sie uns das Profil erstellen.«

»Klar«, murmelte sie und ging weiter. »Er ist ein zurückgebliebener Junge zwischen neunzehn und neunzehneinhalb Jahren, der einen grünen Chevy Malibu fährt und bei seinem Vater wohnt.«

»Lassen wir Tommy doch für einen Augenblick aus dem Spiel.«

Sie schaute ihn argwöhnisch an.

»Was ist passiert?«

Lena ging wieder um einen umgestürzten Baum herum.

»Was ist passiert?«, wiederholte er.

Aus jedem ihrer Worte klang ihr Widerwille. »Sie meinen den Mord?«

»Genau. Was ist passiert?«

»Allison Spooner wurde Sonntagnacht oder früh am Montagmorgen in den Nacken gestochen.«

»War es blutig?«

Sie zuckte die Achseln, sagte aber dann: »Wahrscheinlich. Im Nacken sind Arterien und Venen. Es hat wohl viel Blut gegeben, was erklärt, warum Tommy einen Eimer und einen Schwamm in Allisons Wohnung gebracht hatte. Er versuchte, alles wegzuwischen.«

»Warum ist es passiert?«

Sie lachte ungläubig. »Das soll ein Profil sein?«

Wenigstens Wills Version davon. Er teilte Lenas Überzeugung nicht. Sie war so sicher, in Bezug auf Tommy Braham recht zu haben, die Möglichkeit, ein brutaler Mörder könnte bereits wieder sein Messer für das nächste Opfer schärfen, gar nicht in Betracht gezogen hatte. »Warum beschloss der Mörder zu töten? Aus Wut? Weil er die Gelegenheit hatte? Wegen Geldes?«

»Er tötet sie, weil sie keinen Sex mit ihm haben wollte. Haben Sie sein Geständnis überhaupt gelesen?«

»Ich dachte, wir wollten Tommy Braham aus dem Spiel lassen.« Sie schüttelte den Kopf, und Will versuchte es noch einmal: »Tun Sie mir einfach den Gefallen, Detective. Sagen wir, irgendwo da draußen gibt es einen geheimnisvollen Mörder, der Allison tot sehen wollte. Einen anderen als Tommy Braham.«

»Das ist ein ziemliches Hirngespinst, wenn man bedenkt, dass er die Tat gestanden hat.«

Er fasste sie am Ellbogen, um ihr über eine große Pfütze zu helfen. »Brachte der Mörder die Waffe mit an den Tatort?«

Lena schien über die Frage nachzudenken. »Vielleicht. Außerdem hatte er die Waschbetonblöcke, die Kette und das Schloss dabei.«

Will ging davon aus, dass Blöcke und Kette im Voraus am Fundort abgelegt worden waren, aber jetzt schien nicht der richtige Zeitpunkt, diese Theorie ins Gespräch zu bringen.

»Dann geschah die Tat also vorsätzlich.«

»Oder das waren die Sachen, die er im Haus herumliegen hatte.« Sie fügte noch hinzu: »Am Taylor Drive.«

Will biss nicht an. Wenn Allison am See und nicht in der Garage getötet worden war, dann würde Lenas gesamte Theorie über Tommys Schuld in sich zusammenbrechen. »War der Mörder wütend?«, fragte er.

»Die Wunde im Nacken war ziemlich brutal.«

»Aber nicht wütend. Das ist kontrolliert. Überlegt.«

»Wahrscheinlich drehte er durch, als ihm Blut ins Gesicht spritzte.« Sie sprang über eine Pfütze. »Was sonst noch?«

»Schauen wir uns an, was wir wissen: Unser Mörder ist organisiert. Nicht opportunistisch. Er kennt sich in der Gegend gut aus. Er kennt Allison. Er fährt ein Auto.«

Sie nickte. »Einverstanden.«

»Skizzieren Sie die Ereignisabfolge.«

Lena blieb stehen. Sie waren noch etwa zehn Meter von der Bucht entfernt. »Okay. Tommy oder unser geheimnisvoller Verdächtiger ermordet Allison, bringt sie hierher.« Sie kniff die Augen zusammen. »Wahrscheinlich legt er sie am Ufer ab. Er wickelt ihr die Kette um die Taille, verbindet sie mit den Waschbetonblöcken und wirft sie ins Wasser.«

»Wie werfen?«

Lena starrte auf die Bucht. Will konnte ihr Gehirn beinahe arbeiten sehen. »Er hat sie wohl tragen müssen. Sie wurde etwa fünf Meter vom Ufer entfernt im Wasser gefunden, wo der Grund plötzlich absackt. Die Waschbetonblöcke waren schwer. Vielleicht hat er sie erst ins Wasser gezogen und dann Kette und Blöcke an ihr befestigt. Es klingt einleuchtender. Es ist unmöglich, dass sie vom Ufer aus ins Wasser geworfen wurde und dann dort gelandet wäre.«

Will trieb sie weiter an. »Der Mörder geht also mit ihr ins

Wasser und umwickelt sie dort mit der Kette. Es war kalt in dieser Nacht.«

»Er hatte wohl hohe Fischerstiefel oder etwas Ähnliches an. Was bringt es, die Leiche im Wasser zu entsorgen, wenn man den See mit ins Auto nimmt?«

»Im Wasser zu sein muss nicht unbedingt eine schlechte Idee sein.«

»Richtig. Er war ja voller Blut.«

»Unser Mörder wollte nicht, dass die Leiche gefunden wird. Er zog sie hinaus in die Tiefe, damit sie auch dort bleiben würde. Er beschwerte sie mit Gewichten.«

Lena schwieg wieder, aber er wusste, sie war zu intelligent, um nicht dasselbe zu denken wie er.

Will sagte es an ihrer Stelle. »Jemand wollte, dass die Leiche gefunden wurde. Deshalb der 911er-Anruf.«

»Vielleicht hat einer von Tommys Nachbarn etwas gesehen.«

»Und ist ihm zum See gefolgt und hat zugeschaut, wie er die Leiche versenkte und ...«

»Glauben Sie, er hatte einen Komplizen?«

»Was glauben Sie?«

»Ich glaube, bestenfalls haben wir eine Zeugin. Irgendwann müssen wir mit ihr sprechen, aber was macht das noch aus, wenn der Kerl, der den Mord an Allison zugegeben hat, tot ist?«

Will schaute sich um. Sie standen bis zu den Knöcheln im Schlamm. Die Erde war hier dunkler, fast schwarz. Auf Allisons Schuhen hatte schwarzer Schlamm geklebt, nicht roter Lehm.

»Hat Tommy erwähnt, ob Allison einen Freund hatte oder nicht?«, fragte Will.

»Glauben Sie nicht, dass wir jetzt mit ihm sprechen würden, wenn er es getan hätte?«

Will sah ein Eichhörnchen mit zuckendem Schwanz einen Baum hinaufhuschen. Mehrere Zweige waren in der Mitte durchgebrochen. Die Bodenbedeckung aus totem Laub war an einigen Stellen niedergedrückt. In einiger Entfernung hörte er ein Auto. »Ist hier eine Straße in der Nähe?«

»Ungefähr eine Meile entfernt.« Sie deutete in die Richtung des Geräusches. »Da ist eine Schnellstraße.«

»Irgendwelche Wohnhäuser?«

Lena presste die Lippen zusammen. Sie schaute ihn nicht an.

»Detective?«

Sie starrte auf den Boden, klopfte sich Schlamm vom Schuh. »Tommy wohnte dort.«

»Allison Spooner ebenfalls.« Will schaute wieder auf den See hinaus. Das Wasser schäumte. Der Wind vom Wasser her war wie Eis auf seiner Haut. »Haben Sie je den Namen Julie Smith gehört?«

Lena schüttelte den Kopf. »Wer ist das?«

»Hat Tommy irgendwelche Freunde erwähnt? Entweder seine oder Allisons?«

»Das war nicht das Thema des Verhörs.« Kurz und bündig. »Ich wollte ihn dazu bringen, den Mord zu gestehen, nicht, mir seine Lebensgeschichte zu erzählen.«

Will schaute weiter auf den See hinaus. Irgendwie betrachtete er die Sache aus dem falschen Blickwinkel. Ihr Mörder war schlau. Er wusste, dass das kalte Wasser Spuren vernichten würde. Er wusste, dass er die Leiche in den tieferen Teil des Sees ziehen musste. Wahrscheinlich hatte er Allison nach reiflicher Überlegung hierhergelockt. Das feuchte Terrain, der Schlamm und das Gestrüpp, das alles würde ihm helfen, seine Spuren zu verwischen.

Will krempelte seine Hosenbeine hoch. Seine Schuhe waren bereits durchnässt, er machte sich deshalb nicht die

Mühe, sie auszuziehen, bevor er in den See ging. Das kalte Wasser schwappte hinein.

»Was machen Sie da?«

Er ging ein Stückchen ins Wasser hinein und betrachtete das Ufer, studierte die Bäume und das Unterholz.

Lena hatte die Hände in die Hüften gestemmt. »Sind Sie verrückt? Sie holen sich ja eine Unterkühlung.«

Will musterte jeden Baum, jeden Ast, jeden Abschnitt Unkraut und Moos. Seine Füße waren völlig taub, als er endlich fand, wonach er suchte. Er ging zu einer großen Eiche, die sich ein wenig Richtung Ufer neigte. Ihre knotigen Wurzeln griffen ins Wasser wie eine offene Faust. Zuerst hatte Will gedacht, er sehe nur einen Schatten auf der Rinde, aber man brauchte Sonne oder eine andere Lichtquelle, um Schatten zu erhalten.

Will stellte sich vor den Baum, seine Schuhe sanken in den Schlick. Der Baum warf sein Laub ab, seine knochige Astkrone reichte mindestens dreißig Meter in den Himmel. Der Stamm hatte etwa einen Meter Umfang und neigte sich vom Wasser weg. Will war kein Baumspezialist, aber in und um Atlanta gab es genug Eichen, und Will wusste deshalb, dass die rotbraunen Furchen der Rinde die Farbe von Holzkohle annahmen, wenn der Baum alterte. Die schuppige Rinde hatte den Regen aufgesaugt wie ein Schwamm, aber von seinem Standpunkt im Wasser war Will noch etwas anderes aufgefallen. Er kratzte mit seinen Fingernägeln ein wenig von der Rinde ab. Das Holz hinterließ einen feuchten, rostfarbenen Rückstand. Er drehte die Partikel zwischen den Fingern und drückte die Feuchtigkeit heraus.

Blut war wirklich dicker als Wasser.

»Was ist das?«, fragte Lena. Die Hände in den Taschen beugte sie sich übers Wasser.

Will dachte an die Taschenlampe in seiner Jackentasche.

»Schauen Sie.« Er fuhr mit dem Lichtstrahl an dem Fleck entlang. Er dachte daran, was Sara über Allisons Verletzung gesagt hatte: dass das Blut mit hoher Geschwindigkeit wie Wasser aus einem voll aufgedrehten Schlauch gespritzt haben müsste. Zwei bis zweieinhalb Liter Blut. Eine ganze Menge.

»Sie muss mit dem Gesicht nach unten auf der Erde gelegen haben«, sagte Will, »knapp vor dem Wasserrand. Ihr Blut spritzte in einem Bogen nach oben und nach hinten. Hier sehen Sie, dass die Verteilung weiter unten am Stamm dichter ist, näher an ihrem Nacken. Weiter oben dünnt sie eher aus.«

»Das ist kein …« Lena verstummte. Jetzt sah sie es. Das merkte Will an ihrem schockierten Gesichtsausdruck.

Will schaute zum Himmel hoch. Aus den Wolken lösten sich nur noch wenige Tropfen. Viele Chancen hatte das Wetter ihnen nicht gelassen. Aber das machte nichts. Wenn man die Rinde nicht komplett abzog, gab es so gut wie keine Möglichkeit, den Baum völlig zu säubern. Das Holz hatte die Spur des Todes so aufgesaugt, wie es den Rauch eines Feuers aufsaugen würde.

»Glauben Sie noch immer, unser Mörder ist ein neunzehnjähriger Junge, der bei seinem Vater wohnt?«

Der Wind peitschte vom Wasser her, während Lena den Baum anstarrte. Tränen traten ihr in die Augen. Ihre Stimme zitterte. »Er hat gestanden.«

Will sagte ihr Tommys Worte noch einmal vor. »›Ich wurde wütend. Ich hatte ein Messer bei mir. Ich habe sie einmal in den Hals gestochen.‹« Dann fragte er: »Haben Sie in der Garage Blut gefunden?«

»Ja.« Sie wischte sich mit dem Handballen die Augen ab. »Er wollte es eben wegputzen, als wir dazukamen. Ich sah einen Eimer, und da war …« Sie hielt inne. »Da war Blut auf dem Boden. Ich habe es gesehen.«

Will krempelte seine Hosenbeine wieder hinunter. Seine

Schuhe sanken am Fuß des Baums in den Schlamm. Er sah, dass sich in die Erde eine neue Farbe gemischt hatte, ein dunkles Rostrot, das sich im Gewebe an der Spitze seines Turnschuhs ausbreitete.

Auch Lena sah es. Sie fiel auf die Knie, grub die Finger tief in den Boden und packte eine Handvoll Erde. Die Erde war nass, aber nicht nur vom Regenwasser. Sie ließ den Schlamm wieder auf den Boden fallen. Ihre Hand war dunkelrot, fleckig von Allison Spooners Blut.

10. Kapitel

Lena drückte sich ein nasses Papierhandtuch in den Nacken. Sie saß mit dem Rücken an der Wand der Kabine in der Toilette des Umkleideraums. Ein Streifenpolizist hatte die Tür geöffnet, als sie trocken würgend vor dem Waschbecken stand, und sich wortlos wieder umgedreht.

Einen starken Magen hatte Lena noch nie gehabt. Ihr Onkel Hank sagte immer, sie hätte nicht den Mumm für das Leben, das sie führte. Es hätte ihm kein Vergnügen bereitet, jetzt zu sehen, dass er recht hatte.

»O Gott«, flüsterte sie, und es hätte beinahe ein Gebet sein können – etwas, das ihr schon lange nicht mehr über die Lippen gekommen war. Wo war dieser dumme Junge da bloß hineingeraten? Was hatte sie sonst noch übersehen?

Sie schloss die Augen. Im Augenblick ergab gar nichts mehr einen Sinn. Nichts passte mehr so zusammen, wie es gestern Vormittag noch zusammengepasst hatte.

Er hatte es getan. Lena wusste, dass Tommy Allison umgebracht hatte. Einen Mord gestand man nur, wenn man schuldig war. Außerdem hatten sie, kaum fünfzehn Minuten nachdem sie das Mädchen aus dem See gezogen hatten, Tommy in Allisons Wohnung gefunden, wo er ihre Sachen durchsucht hatte. Mit einer schwarzen Skimaske auf dem Kopf. Er rannte davon, als sie ihn stellen wollten. Er stach Brad in den Bauch, auch wenn es nur mit einem Brieföffner war. Lena hatte es mit eigenen Augen gesehen. Sie hatte Tommys Geständnis gehört. Sie hatte zugesehen, wie er alles in seinen eigenen, dummen Worten niederschrieb. Und er hatte sich umgebracht. Die Schuld hatte zu schwer auf ihm gelastet, und er hatte sich die Handgelenke aufgeschlitzt, weil er wusste, dass es falsch war, was er Allison angetan hatte.

Also warum zweifelte Lena dann an sich selbst?

Verdächtige logen die ganze Zeit. Sie wollten nie all die Abscheulichkeiten zugeben, die sie begangen hatten. Sie betrieben Haarspalterei. Sie gaben Vergewaltigung zu, aber nicht Mord. Sie gaben einen Schlag zu, aber keine Prügelei und kein Erstechen. War es so einfach? Hatte Tommy gelogen, als er sagte, er hätte Allison in der Garage umgebracht, weil er das Verbrechen verständlicher machte wollte, so als wäre es aus dem Affekt heraus geschehen?

Lena drückte den Kopf gegen die Wand.

Das blöde Profil, mit dem Will Trent dahergekommen war, ging ihr nicht mehr aus dem Kopf. Kalt. Berechnend. Vorsätzlich. Das war nicht Tommy. Er war nicht klug genug, um an alle Variablen zu denken. Er hätte im Voraus planen, sich die Waschbetonsteine und die Kette besorgen und sie vor der Tat an den See schaffen müssen. Auch wenn Tommy die Blöcke erst nach der Tat geholt hätte, er hätte das Blut einplanen müssen und auch, dass der Regen seine Spuren verwischte.

So viel Blut. Der Boden war getränkt damit.

Lena kniete sich hin, den Kopf über der Toilettenschüssel. Ihr Magen verkrampfte sich, aber da kam nichts mehr. Sie kauerte sich auf die Hacken und starrte den Wasserkasten an. Das kalte, weiße Porzellan starrte zurück. Das war ihre Kabine, ganz allein ihre Kabine. Diese Toilette war das einzige Fleckchen, das sie in dem Gemeinschaftsumkleideraum für sich hatte reservieren können. Die Urinale waren fleckig wie die Zähne einer alten Frau. Die beiden anderen Kabinen waren ekelhaft. Sie stanken nach Exkrementen, egal wie oft sie gereinigt wurden. An diesem Morgen schien der Gestank sich aber nicht auf diese Kabinen zu beschränken. Der ganze Raum stank nach Scheiße. Und es kam alles von oben.

Lena wischte sich mit dem Papierhandtuch den Mund ab. Ihre verletzte Hand schmerzte. Wahrscheinlich bekam sie eine Infektion. Die Haut um das Handgelenk herum fühlte sich heiß an. Sie kniff die Augen zusammen. Sie wollte nicht mehr hier sein. Sie wollte wieder im Bett bei Jared sein. Sie wollte zurückkehren zum gestrigen Tag und Tommy Braham schütteln, bis er ihr die ganze Wahrheit sagte. Warum war er in Allisons Wohnung? Warum durchsuchte er ihre Sachen? Warum trug er eine Skimaske? Warum rannte er davon? Und warum, in Gottes Namen, brachte er sich um?

»Lena?« Marla Simms knarzende Stimme war kaum mehr als ein Flüstern. »Haben Sie einen Augenblick Zeit?«

Lena drückte sich an der Kabinenwand hoch. Es war ihr schmerzlich bewusst, dass der einzige Ort auf diesem ganzen gottverdammten Revier, den sie ihr Eigen nennen konnte, die Toilette war.

Marla stand mit einem zusammengefalteten Blatt Papier in der Hand da. »Alles okay mit Ihnen?«

»Nein«, sagte Lena, weil Lügen sinnlos war. Sie brauchte nur einen Blick in den Spiegel zu werfen, um die Wahrheit zu sehen. Ihre Haare waren zerzaust. Ihr Gesicht war rot und fleckig. Sie war wegen des Schlafmangels völlig durcheinander, und ihre Nerven waren so angespannt, dass sie glaubte zu vibrieren, obwohl sie völlig bewegungslos dastand.

»Agent Trent ...« Marla streckte ihr das Blatt entgegen und sah Lena bedeutungsvoll an, als wären sie zwei Spione, die vor dem Kreml Aktenkoffer austauschten. »Das hat er gestern Abend nicht gesehen.«

Lena musste an dem Blatt zerren, bevor Marla es losließ. Sie erkannte ihre eigene Handschrift. Die Kopie stammte aus ihrem Notizbuch. Ihre Mitschrift des 911er-Anrufs. Sie ver-

suchte, die Worte zu entziffern, doch ihre Sicht verschwamm.
»Ich dachte, er wollte das Band?«

»Wenn er mehr will als das, muss er selbst nach Eaton fahren, um es zu holen.« Sie stemmte die Hände auf ihre breiten Hüften. »Und Sie können ihm von mir ausrichten, dass ich nicht seine persönliche Sekretärin bin. Weiß auch nicht, was er sich dabei denkt, die Leute so herumzukommandieren.«

Er war der Mann, der ihre Truppe auflösen würde, wenn sie nicht alles taten, was er wollte. »Haben Sie heute Morgen schon mit Frank gesprochen?«

»Ich vermute mal, er kam gestern Abend noch rein. Meine Akten waren ein Saustall, als ich hier eintraf.«

Lena wusste bereits, dass Frank Tommys Handy gestohlen und das Foto aus Allisons Brieftasche genommen hatte, aber bei dieser neuen Information gab es ihr einen Stich. »Welche Akten?«

»Alles. Ich weiß nicht, wonach er suchte, aber ich hoffe, er hat es gefunden.«

»Sie haben Trent diese Einsatzberichte gegeben ...«

»Was ist damit?«

»Warum?«

»Niemand will schlecht von den Toten sprechen, aber ich nehme kein Blatt vor den Mund und sage es jedem, der es hören will. Tommy verhielt sich in letzter Zeit nicht korrekt. Er geriet in Schwierigkeiten, schrie Leute an, bedrohte sie. Verstehen Sie mich nicht falsch! Als er klein war, war er ein guter Junge. Hatte diese köstlichen kleinen, blonden Locken und hübschen blauen Augen. Das ist es, woran Sara sich erinnert. Aber sie weiß nicht, was in letzter Zeit los war. Ich glaube, in seinem Kopf wurde einfach ein Schalter umgelegt. Vielleicht war es schon die ganze Zeit da, und wir haben es nur nicht bemerkt. Wollten es nicht bemerken.« Marla schüttelte den Kopf. »Was für eine Sauerei. Ein erstklassiger Scheißhaufen.«

Erst jetzt schaute Lena Marla wirklich an. Die ältere Frau war nicht gerade ihr größter Fan. Wenn Lena morgens zur Tür hereinkam, ließ sie sich bestenfalls zu einem Nicken herab. Meistens machte sie sich nicht einmal die Mühe, von ihrem Schreibtisch hochzuschauen. »Warum reden Sie mit mir? Sie reden doch sonst nie mit mir.«

Darauf reagierte Marla eingeschnappt. »Entschuldigung, dass ich zu helfen versuche.« Sie drehte sich auf dem Absatz um und stürmte hinaus.

Lena beobachtete, wie die Tür langsam zuschwang. Die Toilette fühlte sich klein, klaustrophobisch an. Sie konnte nicht den ganzen Tag hierbleiben, aber ihr Drang, sich vor Will Trent zu verstecken, war schwer zu überwinden. Larry Knox hatte Frank erzählt, dass Will Trent ein Anzugtyp war, kein wirklicher Bulle. Lenas erster Eindruck war genau der gewesen. Mit seinem Kaschmirpullover und dem metrosexuellen Haarschnitt sah Will aus, als würde er sich eher hinter einem Schreibtisch wohlfühlen und pünktlich um fünf Uhr nach Hause zu Frau und Kindern gehen. Die alte Lena hätte ihn als Blender abgetan, der ihr nicht ebenbürtig war und die Marke nicht verdiente.

Diese alte Lena hatte sich mit ihren vorschnellen Urteilen so oft die Finger verbrannt, dass sie praktisch darauf wartete, es mit gleicher Münze heimgezahlt zu bekommen. Jetzt konnte sie ihre eigenen Vorurteile durchschauen und dahinter die Wahrheit erkennen. Will war von der Deputy Director zu ihnen geschickt worden, die nur einen Herzschlag von ganz oben entfernt war. Lena hatte Amanda Wagner vor vielen Jahren einmal kennengelernt. Sie war eine verdammt harte Nuss. Auf keinen Fall würde Amanda ihre zweite Wahl hierherschicken, vor allem nicht wenn Sara Linton sie um Hilfe gebeten hatte. Will war vermutlich einer der besten Ermittler in ihrem Team. Er musste es sein. In weniger als zwei

Stunden hatte er Lenas Fall gegen Tommy Braham in einen Scherbenhaufen verwandelt.

Und jetzt musste sie hier raus und ihm wieder gegenübertreten.

Lenas Füße schmerzten noch von der langen Wanderung durch den Wald. Ihre Schuhe waren völlig durchnässt. Sie ging zu ihrem Spind. Die Kombination ihres Zahlenschlosses fiel ihr nicht mehr ein. Sie drückte die Stirn an das kühle Metall. Warum war sie eigentlich noch hier? Mit Will Trent konnte sie nicht so weitermachen. Inzwischen waren so viele Lügen und Halbwahrheiten in der Welt, dass sie sich gar nicht mehr an alle erinnern konnte. Ständig stellte er ihr Fallen, und bei jeder wurde das Gefühl stärker, dass irgendeine gleich zuschnappen würde. Sie sollte nach Hause gehen, bevor sie zu viel sagte. Wenn Trent sie stoppen wollte, musste er es mit Handschellen tun.

Die Kombination fiel ihr wieder ein. Lena drehte die Wählscheibe und öffnete den Spind. Sie schaute ihre Regenjacke an, ihre Kosmetiksachen, den Plunder, der sich im Lauf der Jahre angesammelt hatte. Von alldem brauchte sie jetzt nur die Ersatzturnschuhe, die unten auf dem Boden standen. Sie wollte die Tür schon wieder schließen, doch im letzten Augenblick fiel ihr noch etwas ein. In einer Schachtel Tampons hatte sie ein Foto von Jared, das vor drei Jahren aufgenommen worden war. Er stand vor dem Sandford-Stadion der University of Georgia. Auf dem Vorplatz wimmelte es von Menschen. Georgia spielte gegen LSU. Er war umringt von einer Gruppe Studenten, aber er war der Einzige, der in die Kamera schaute. Der Lena anschaute.

Das Foto hielt den Augenblick fest, in dem sie sich in ihn verliebt hatte – vor dem lauten Stadion, umgeben von betrunkenen Fremden. Lena war es tatsächlich gelungen, den Augenblick, der ihr ganzes Leben verändert hatte, auf Film zu bannen. Wer wohl da wäre, um den Moment einzufangen, wenn diese Veränderung sich in Luft auflöste?

Wahrscheinlich der diensthabende Beamte, der ihr Verbrecherfoto schoss.

Die Tür sprang auf. Vier Streifenbeamte kamen herein, so ins Gespräch vertieft, dass sie Lena kaum beachteten. Sie steckte Jareds Foto in ihre Gesäßtasche. Ihre Socken waren tropfnass, doch ihre Reserveschuhe zog sie trotzdem an. Sie wollte nur hier raus. Sie würde durch den Bereitschaftsraum gehen, direkt an Will Trent vorbei, in ihr Auto steigen und nach Hause zu Jared fahren.

Lena würde noch heute Abend anfangen zu packen. Sie würde eine derjenigen sein, die für die Bank ihren Hausschlüssel in den Briefkasten warfen. Ihr Auto war in gutem Zustand. Sie hatte genug Ersparnisse für drei Monate, für vier, falls Jared nicht erwartete, dass sie sich an der Miete beteiligte. Sie würde bei ihm einziehen und versuchen, über das alles hinwegzukommen, versuchen, einen Lebensweg zu finden, ohne Polizistin zu sein.

Wenn sie wegen Behinderung einer Ermittlung nicht ins Gefängnis kam. Wenn sie nicht wegen Pflichtverletzung verurteilt wurde. Wenn Gordon Braham sie nicht in Grund und Boden klagte. Wenn Frank nicht Jared Gift ins Ohr flüsterte. Gift, das Jared glauben würde, denn das Großartige an den Lügen war, dass die Leute sie glaubten, solange sie nur dicht genug an der Wahrheit blieben.

Lena knallte den Spind zu und drückte die Hand gegen das kalte Metall.

Einer der Streifenbeamten sagte: »Wenn Sie dieses Arschloch vom GBI stolpern und sich den Kopf anstoßen lassen, werden wir keine Träne vergießen.«

Sie zogen alle ihre schwere Regenausrüstung an. Will hatte die Rinde fotografiert und Proben genommen, aber er hatte auch eine umfassende Durchsuchung des Waldstücks angeordnet. Er wollte mehr Fotos, Zeichnungen, Diagramme. Er wollte die Männer unbedingt spüren lassen, dass sie einen Fehler gemacht hatten. Dass Lena einen Fehler gemacht hatte.

»Verdammter Blödmann«, sagte ein anderer.

Lena wusste nicht, ob er Will oder Tommy meinte. So oder so reagierte sie mit gespielter Coolness. »Wenn er ein bisschen schlauer wäre, würde er merken, wie blöd er ist.«

Sie lachten alle, als sie den Umkleideraum verließ. Lena zog ihre Jacke an. Den Bereitschaftsraum durchquerte sie mit mehr Elan, als sie in sich spürte. Sie musste ihre Fassung wiederfinden. Sie musste sich wappnen gegen das nächste Sperrfeuer aus Fragen von Will Trent. Je weniger Antworten sie ihm gab, desto besser für sie.

Das Blatt Papier, das Marla ihr gegeben hatte, hielt sie noch in ihrer Hand. Im Gehen überflog Lena die Zeilen, damit sie mit niemandem reden musste. Kurz vor der Eingangstür blieb sie stehen. Sie las die Mitschrift noch einmal. Es war ihre Handschrift, aber die letzten Zeilen des Anrufs fehlten. Die Anruferin hatte erwähnt, dass Allison einen Streit mit ihrem Freund gehabt hatte. Warum war dieser Teil entfernt worden?

Sie blickte zu Marla hinter ihrem Schreibtisch hinüber. Marla starrte zurück, eine Augenbraue über dem Brillenrand hochgezogen. Entweder sie war noch immer sauer, oder sie wollte Lena eine Botschaft übermitteln. Schwer zu sagen. Lena schaute sich die Mitschrift noch einmal an. Der letzte Teil war verschwunden, der Schnitt so sauber, dass man das Fehlen gar nicht bemerkte. Hatte Marla versucht, polizeiliche Beweismittel zu manipulieren? Frank hatte gestern Abend ihre Akten durchwühlt. Warum sollte er die Mitschrift verändern, ohne es Lena zu sagen? O Gott, sie hatte ihr Notizbuch mit der Originalmitschrift in ihrer Gesäßtasche. Trent musste sie nur auffordern, es ihm zu zeigen, und Lena konnte sich auf eine Behinderungsklage wegen Manipulation von Beweismitteln gefasst machen.

Die Vordertür ging auf, bevor Lena sie aufziehen konnte. Will Trent hatte das Warten draußen offensichtlich zu lange gedauert.

»Detective«, sagte er zur Begrüßung. Er hatte jetzt wieder seine Straßenschuhe an und Carl Phillips Jacke abgelegt. Er sah so wissbegierig aus, wie sie zurückhaltend war.

Lena gab ihm das Blatt. »Marla hat mich gebeten, Ihnen das zu geben. Sie meinte, das Audioband müssten Sie sich selbst in Eaton besorgen.«

Will rief zu Marla an ihrem Schreibtisch hinüber: »Vielen Dank, Mrs Simms.« Er nahm Lena das Papier aus der Hand. Seine Augen überflogen die Seite. »Sie haben den Anruf selbst gehört?« Er schaute hoch. »Sie haben die Mitschrift nach dem Band angefertigt?«

»Der Text wurde mir vom Bildschirm vorgelesen. Die Audiobänder werden nicht hier im Revier aufbewahrt. Sie sind aber nicht schwer zu besorgen.« Lena hielt den Atem an und hoffte, er würde sie nicht bitten, sie ausfindig zu machen.

»Haben Sie eine Ahnung, von wem der Anruf kam?«

Sie schüttelte den Kopf. »Es war eine Frauenstimme. Die Nummer war unterdrückt, und sie wollte ihren Namen nicht nennen.«

»Haben Sie diese Kopie für mich gemacht?«

»Nein. Marla hat sie mir gegeben.«

Er deutete auf einen schwarzen Fleck auf der Seite. »Sie haben irgendeinen Klebstoff auf dem Glas Ihres Kopierers.«

Lene fragte sich, warum, zum Teufel, er ihr das sagte. Will Trent war anders als jeder Polizist, den sie kannte. Er hatte die Angewohnheit, die wirklichen Fragen zu umgehen, Bemerkungen zu machen oder Beobachtungen mitzuteilen, die nirgendwohin zu führen schienen, bis es plötzlich zu spät war und sie spürte, wie die Schlinge um ihren Hals immer enger wurde. Er war ein Schachmeister, und sie konnte kaum Dame spielen.

Lena versuchte es nun selbst mit einer Ablenkung. »Wir sollten jetzt zum Tatort, falls Sie rechtzeitig zur Obduktion zurück sein wollen.«

»Waren wir nicht gerade am Tatort?«

»Wir wissen nicht genau, was passiert ist. Tommy könnte gelogen haben. Das passiert auch in Atlanta, nicht? Dass die bösen Jungs die Polizisten anlügen?«

»Öfter, als mir lieb ist.« Er steckte die Mitschrift in seinen Aktenkoffer. »Wann soll die Untersuchung anfangen?«

»Frank sagte, um elf Uhr dreißig.«

»War das, als Sie gestern Abend mit ihm gesprochen haben?«

Lena versuchte, sich zu erinnern, was für eine Antwort sie ihm gegeben hatte, als er ihr diese Frage zum ersten Mal stellte. Sie hatte zweimal mit Frank geredet. Beide Male hatte er ihr eingeschärft, wie sie mit Tommys Geständnis umzugehen habe. Beide Male hatte er gedroht, ihr Leben zu ruinieren, wenn sie seinen besoffenen Arsch nicht rettete.

Lena warf ihm eine belanglose Antwort hin und hoffte, Will würde sie schlucken. »Wie ich Ihnen bereits gesagt habe.«

Er hielt ihr die Tür auf. »Haben Sie eine Ahnung, warum die Presse nicht über diese Geschichte herfällt?«

»Die Presse?« Sie hätte gelacht, wenn sie nicht bis zu den Knien in Scheiße gestanden hätte. »Die Zeitung ist über die Ferien geschlossen. Thomas Ross geht um diese Jahreszeit immer zum Skifahren.«

Will lachte gutmütig. »Kleinstädte muss man einfach gernhaben.« Ein kalter Wind zwang ihn, die Glastür mit der

Schulter zuzudrücken. Er steckte die Hände in die Taschen seiner Jeans. Der untere Teil seiner Hosenbeine war noch immer nass. »Nehmen wir Ihr Auto.«

Sie wollte ihn nicht in ihrem Celica haben, deshalb nickte sie in die Richtung von Franks Lincoln Town Car. Lena zog ihre Schlüsselkette aus der Tasche. Das County hatte nur ein knappes Budget zur Verfügung, und sie beide mussten sich das Auto teilen.

Sie drückte auf den Knopf, um die Türen zu öffnen.

Will stieg nicht ein. Stattdessen runzelte er die Stirn über den Geruch, der durch die Morgenluft wehte. »Raucher?«

»Frank«, sagte sie. Der Gestank war noch schlimmer als sonst. Gestern Abend auf der Fahrt nach Macon und zurück musste er Kette geraucht haben.

»Das ist Chief Wallaces Auto?«

Sie nickte.

»Und wo ist Chief Wallace, wenn das sein Auto ist?«

Lena schaffte es, die Galle in ihrer Kehle zu schlucken. »Er ist mit einem Streifenwagen ins Krankenhaus gefahren.«

»Können Sie mit einer Gangschaltung umgehen?«, fragte er jetzt.

Nun war sie es, die die Stirn runzelte. Natürlich konnte sie mit einer Gangschaltung umgehen.

»Fahren wir mit meinem Auto.«

»Wollen Sie mich auf den Arm nehmen?« Lena hatte von dem Porsche gehört, noch bevor sie heute Morgen ins Revier gekommen war. Die ganze Stadt redete darüber – was der wohl gekostet hatte, warum ein staatlicher Ermittler so einen fuhr und – vor allem – dass er die ganze Nacht vor dem Haus der Lintons gestanden hatte.

Will wartete nicht, um zu sehen, ob sie ihm folgte, als er zum anderen Ende des Parkplatzes ging. Er redete auf dem Weg zu seinem Auto und schwang dabei leicht seinen Aktenkoffer. »Ich interessiere mich sehr für Allison Spooner. Sie sagten, sie sei aus Alabama gewesen?«

»Ja.«

»Und Studentin am Grant Tech?«

Lena antwortete vorsichtig: »Sie war im College eingeschrieben.«

Will wandte sich ihr zu. »Das heißt also, sie war Studentin?«

»Das heißt, dass sie eingeschrieben war. Mit den Lehrern haben wir noch nicht gesprochen. Wir wissen nicht, ob sie aktiv am Unterricht teilnahm. Zu dieser Jahreszeit bekommen wir viele Anrufe von Eltern, die sich wundern, warum sie keine Zeugnisse zugeschickt bekommen.«

Er fragte noch einmal: »Glauben Sie, dass Allison Spooner das Studium abgebrochen hat?«

Lena versuchte es mit einer neuen Strategie: »Ich glaube, ich sage Ihnen gar nichts mehr, außer ich weiß, dass es die absolute Wahrheit ist.«

Er nickte knapp. »Soll mir recht sein.«

Lena wartete auf eine andere Frage, eine andere Andeutung. Doch Will ging wortlos weiter. Wenn er glaubte, sie mit dieser neuen Taktik knacken zu können, hatte er sich getäuscht. Sie musste sich bereits ihr ganzes Leben mit stummer Missbilligung herumschlagen und hatte eine Kunst daraus gemacht, sie zu ignorieren.

Sie zog den Kopf gegen die Kälte ein. Ihre Gedanken kehrten zu dem früheren Gespräch mit Will zurück. Sie war so wütend gewesen, weil er in Jeffreys Büro gesessen hatte, dass sie anfangs gar nicht wirklich mitbekam, was er sagte. Aber dann hatte er Allisons Brieftasche herausgezogen, und sie hatte gesehen, dass das dritte Foto fehlte.

Das Bild zeigte Allison neben einem Jungen, der ihr den Arm um die Taille gelegt hatte. In einem gewissen Abstand links von ihr eine ältere Frau. Sie saßen alle auf einer Bank vor dem Studentenzentrum. Lena hatte das Foto lange genug angeschaut, um sich an die Details erinnern zu können. Der Junge war ungefähr in Allisons Alter. Er hatte sich die Kapuze seines Sweatshirts tief in die Stirn gezogen, aber sie konnte erkennen, dass er braune Haare und Augen hatte. Ein schütteres Ziegenbärtchen klebte an seinem schwachen Kinn. Er war dicklich, so wie die meisten männlichen Studenten am Grant Tech, weil sie zu viele Tage in Klassenzimmern und zu viele Nächte vor Videospielen verbrachten.

Die Frau auf dem Foto stammte offensichtlich aus dem ärmeren Teil der Stadt. Sie war in den Vierzigern, vielleicht älter. Ab einem gewissen Alter war das bei verhärmt aussehenden Frauen schwer zu sagen. Das Gute daran war allerdings, dass sie zu altern aufhörten. Das Schlechte war, dass sie bereits aussahen wie neunzig. Alles an ihrem Gesicht hatte darauf hingewiesen, dass sie Raucherin war. Ihre blond gebleichten Haare waren so trocken, dass sie aussahen wie Stroh.

Darüber hinaus fehlte in den Beweismitteln Tommys Handy. Frank hatte es Lena auf der Straße gegeben. Er hatte es in Tommys Gesäßtasche gefunden, als er ihn durchsuchte, bevor er ihn auf den Rücksitz des Streifenwagens setzte. Sie hatte das Handy in eine Plastiktüte gesteckt, die wichtigen Informationen daraufgeschrieben und das Gerät als Beweisstück registriert.

Irgendwann in der letzten Nacht waren sowohl das Foto aus Allisons Brieftasche als auch Tommys Handy verschwunden.

Es gab nur eine Person, die diese Beweisstücke hätte verstecken können, und das war Frank. Marla hatte gesagt, er hätte ihre Akten durchsucht. Wahrscheinlich hatte er auch die 911er-Mitschrift manipuliert. Aber warum? Sowohl das Foto als auch der Anruf deuteten darauf hin, dass Allison einen Freund gehabt haben könnte. Vielleicht wollte Frank den

Jungen aufspüren, bevor Will Trent ihn fand? Frank hatte Lena gesagt, dass sie beide bei der Wahrheit bleiben sollten oder zumindest dicht daran. Warum fiel er ihr in den Rücken und suchte nach einem weiteren Verdächtigen?

Lena wischte sich mit der Hand über die Augen. Der Wind war so schneidend, dass ihre Nase lief und die Augen tränten. Sie musste irgendwie zehn oder fünfzehn Minuten Alleinsein herausschinden, damit sie die Sache gründlich durchdenken konnte. Wills Anwesenheit machte es ihr unmöglich, irgendetwas anderes zu tun, außer sich den Kopf zu zerbrechen, welche Frage als Nächstes aus seinem Mund kommen würde.

»Bereit?«, fragte Will. Sie standen vor dem Porsche. Das Auto war ein älteres Modell, als Lena gedacht hatte. Es gab keine Fernbedienung zum Türöffnen. Will sperrte für sie auf und gab ihr dann den Schlüssel.

Lena wurde wieder nervös. »Was, wenn ich mit dem Ding einen Unfall baue?«

»Es wäre mir wirklich lieber, Sie würden es nicht tun.« Er streckte die Hand durch die Tür und stellte den Aktenkoffer hinter den Vordersitz.

Lena konnte sich nicht rühren. Es fühlte sich an wie eine Falle, aber sie erkannte den Grund dafür nicht.

»Gibt es ein Problem?«, fragte Will.

Lena gab nach. Sie klemmte sich in den Schalensitz, der fast wie ein Liegestuhl wirkte. Wenn sie ihre Füße zu den Pedalen ausstreckte, waren ihre Waden nur wenige Zentimeter vom Bodenblech entfernt.

Will öffnete die Beifahrertür.

»Haben Sie kein Dienstfahrzeug?«, fragte sie.

»Meine Chefin wollte, dass ich so schnell wie möglich hierherkomme.« Er musste den Beifahrersitz zurückschieben, bevor er einsteigen konnte. »Der Hebel zur Sitzverstellung ist vorn unten«, sagte er zu Lena. Sie bückte sich und zerrte sich samt Sitz näher zum Lenkrad. Wills Beine waren ungefähr drei Meter länger als die ihren. Als ihre Füße endlich Kupplung und Gaspedal berührten, klebte sie fast am Lenkrad.

Will dagegen konnte seinen Sitz nicht passend einstellen. Er schob ihn bis zum Ende der Schiene zurück und drehte dann die Rückenlehne tiefer, damit sein Kopf nicht am Dach anstieß. Schließlich faltete er sich in den Porsche wie ein Origamiblatt. Sie wartete, bis er sich angeschnallt hatte. Er war ziemlich durchschnittlich – bis auf seine Größe. Er war schlank, aber seine Schultern waren breit und muskulös, als würde er viel Zeit im Fitnessstudio verbringen. Irgendwann in seinem Leben war ihm offensichtlich die Nase gebrochen worden. Auf dem Gesicht hatte er feine Narben, wie man sie bekam, wenn man mit den Fäusten kämpfte.

Nein, er war eindeutig nicht Amanda Wagners zweite Geige.

»Okay«, sagte Will, als er endlich saß.

Sie streckte die Hand nach der Zündung aus, aber da war keine.

»Auf der anderen Seite.«

Sie entdeckte das Zündschloss auf der anderen Seite des Lenkrads.

»Das stammt aus den Le-Mans-Rennen«, erklärte Will. »So kann man mit einer Hand den Motor starten und mit der anderen schalten.«

Sie war Rechtshänderin, und deshalb brauchte sie ein paar Versuche, bevor sie es schaffte, den Schlüssel zu drehen. Der Motor sprang dröhnend an. Der Sitz unter ihr vibrierte. Sie spürte, wie die Kupplung gegen ihren Fußballen drückte.

Will stoppte sie. »Können Sie ihm ein paar Minuten zum Aufwärmen geben?«

Lena nahm den Fuß vom Pedal. Sie schaute über die Straße. Er hatte sein Auto am hinteren Ende des Parkplatzes abgestellt, mit der Schnauze zur Straße. Von hier aus hatte sie einen guten Blick auf die Kinderklinik auf der anderen Straßenseite. Saras Klinik. Sie fragte sich, ob er mit Absicht hier geparkt hatte. Er wirkte sehr überlegt in allem, was er tat. Vielleicht war ihre Paranoia aber auch so groß, dass sie nicht einmal seinen Brustkorb sich heben und senken sehen könnte, ohne zu denken, das sei Teil eines Masterplans, um sie zu Fall zu bringen.

Will stellte eine seiner anscheinend willkürlichen Fragen. »Was denken Sie über den 911er-Anruf?«

Sie sagte ihm die Wahrheit. »Es stört mich, dass er von einer unterdrückten Nummer kam.«

»Die Frau meldete einen angeblichen Selbstmord. Warum?«

Lena schüttelte den Kopf. Diese Anruferin war das Letzte, was ihr im Augenblick durch den Kopf ging. »Tommy könnte mit ihr gesprochen haben. Sie könnte eine Arbeitskollegin sein. Eine Komplizin. Eine eifersüchtige Freundin.«

»Tommy kam mir nicht wie ein Spieler vor.«

Das sah auch Lena so. Beim Verhör hatte sie ihm gesagt, er solle deutlicher werden, weil sie sich nicht sicher war, ob er wirklich wusste, was Sex ist.

»Hat Tommy irgendwas darüber gesagt, dass er sich mit einem Mädchen trifft?«

Sie schüttelte den Kopf.

»Wir können ja herumfragen. Immerhin wusste das Mädchen, das den angeblichen Selbstmord meldete, dass etwas nicht stimmte. Offensichtlich legte es den Grundstock für Tommys Verteidigung.«

Lena riss den Kopf herum. »Inwiefern?«

»Der Anruf. Sie sagte, Allison hätte Streit mit ihrem

Freund gehabt. Das war der Grund, warum sie befürchtete, sie hätte Selbstmord begangen. Über Tommy sagte sie nichts.«

Lena spürte jedes Gramm Blut in ihrem Körper einfrieren. Ihre Hand krallte sich um das Lenkrad. In Franks manipulierter Mitschrift stand nichts von einem Freund. Offensichtlich hatte Will sich bereits mit dem Callcenter in Eaton in Verbindung gesetzt. Warum hatte er dann Marla um den Audio-Mitschnitt gebeten?

Um ihnen eine Falle zu stellen. Und Lena war direkt hineingetappt.

Wills Stimme klang völlig sachlich. »Es ist offensichtlich, dass wir diesen Freund finden müssen. Wahrscheinlich wird er uns zu der Anruferin führen können. Hatte Allison irgendwelche Fotos in ihrer Wohnung? Liebesbriefe? Einen Computer?«

Fotos. Wusste er von dem fehlenden Bild? Lenas Kehle fühlte sich so ausgetrocknet an, dass sie kaum schlucken konnte. Sie schüttelte den Kopf.

Will holte seinen Aktenkoffer hinter dem Sitz hervor und ließ die Schlösser aufschnappen. In ihren Ohren ertönte ein schriller Alarm. Die Brust wurde ihr eng. Sie fragte sich, ob sich so eine Panikattacke anfühlte.

»Hmm«, murmelte Will und stöberte in der Tasche. »Meine Lesebrille ist nicht da.« Er hielt ihr die Mitschrift hin. »Wären Sie so freundlich?«

Lenas Herz hämmerte gegen die Rippen. Will hielt das Blatt in seiner Hand, die Kante flatterte im Luftstrom, der aus den Heizungsschlitzen kam.

Ihre Stimme war kaum mehr als ein Flüstern. »Warum machen Sie das?«

Angst tränkte jedes ihrer Worte. Will schaute sie lange an – so lange, dass sie sich fühlte, als würde ihre Seele aus ihrem

Körper geschält. Schließlich nickte er, wie er es so oft tat, als hätte er eine Entscheidung getroffen. Er steckte die Mitschrift wieder in die Tasche und ließ die Schlösser zuschnappen.

»Fahren wir zu Allisons Wohnung.«

Der Taylor Drive war weniger als zehn Minuten vom Revier entfernt, aber die Fahrt schien Stunden zu dauern. Lena war so panisch, dass sie ein paarmal bremste, weil sie meinte, sie müsse sich übergeben. Sie musste sich auf Frank konzentrieren und herausfinden, wie viele Nägel er in ihren Sarg schlagen konnte, stattdessen aber dachte sie nur an Tommy Braham.

Er war während ihrer Dienstzeit gestorben. Er war ihr Gefangener. Sie hatte ihn nicht durchsucht, als sie ihn in die Zelle steckte. Sie hatte angenommen, dass er, weil er schwer von Begriff war, auch ohne List war. Wer war denn jetzt dumm? Lena hatte den Jungen eines Mordes für fähig gehalten, aber auch für so harmlos, dass sie ihn mit einem scharfen Gegenstand in die Zelle hatte gehen lassen. Frank hatte recht – sie hatte Glück, dass Tommy mit dieser Waffe nicht auf jemand anderen losgegangen war.

Wann hatte Tommy die Mine aus ihrem Kugelschreiber gestohlen? Als er es tat, musste er gewusst haben, dass er damit etwas Schlechtes tun wollte. Als Tommy sein Geständnis geschrieben hatte, weinte er heftig. Die Kleenex-Schachtel war leer. Lena hatte ihn höchstens eine halbe Minute allein gelassen, um neue Papiertücher zu holen. Als sie in den Raum zurückgekehrt war, waren seine Hände unter dem Tisch. Sie hatte ihm die Nase abgewischt, als wäre er ein Kind. Sie hatte ihn getröstet, ihm die Schulter gestreichelt, ihm gesagt, dass alles gut werden würde. Er schien ihr zu glauben. Er hatte sich geschnäuzt, sich die Tränen vom Gesicht gewischt. Zu der Zeit hatte sie gedacht, Tommy hätte sich in sein Schicksal gefügt, aber vielleicht war das Schicksal, für das er sich entschieden hatte, ein ganz anderes als das, was Lena sich vorgestellt hatte.

War es Sympathie für Tommy oder ihr instinktiver Wunsch nach Selbstschutz, der Lena davon abgehalten hatte, den Brieföffner zu beseitigen, mit dem er Brad Stephens verletzt hatte? Gestern Abend hatte sie sich überlegt, ihn von einer der Tausenden von Betonbrücken zwischen hier und Macon ins Wasser zu werfen. Aber sie hatte es nicht getan. Er lag noch immer, eingewickelt in eine Tüte, unter dem Ersatzreifen im Kofferraum ihres Autos. Lena hatte ihn nicht im Haus haben wollen. Jetzt gefiel es ihr nicht, dass er so nahe beim Revier war. Frank hatte die Unterlagen manipuliert. Er hatte die Gewahrsamskette durchbrochen und Beweismittel manipuliert. Sie würde es dem alten Mann durchaus zutrauen, ihr Auto zu durchsuchen.

O Gott. Wozu war er sonst noch fähig?

Sie bog rechts in den Taylor Drive ein. Der Regen von gestern Nacht war der reinste Sturzbach gewesen und hatte das Blut weggewaschen. Doch vor ihrem geistigen Auge sah sie es immer noch vor sich. Wie Brad den Regen weggeblinzelt hatte. Wie seine Haut bereits grau wurde, als der Hubschrauber landete.

Lena fuhr auf die gegenüberliegende Straßenseite und hielt dort an. »Hier wurde auf Brad eingestochen.«

»Wo ist Spooners Wohnung?«, fragte Will.

Sie deutete die Straße hoch. »Vier Häuser weiter, auf der linken Straßenseite.«

Er schaute die Straße entlang. »Welche Nummer?«

»Sechzehneinhalb.« Lena legte den Gang ein und fuhr am Schauplatz des Messerangriffs vorbei. »Wir hatten die Adresse vom College. Wir waren hier, um zu sehen, ob es eine Zimmerkollegin oder einen Vermieter gibt, mit dem wir reden könnten.«

»Hatten Sie einen Durchsuchungsbeschluss?«

Er hatte diese Frage schon einmal gestellt. Sie gab ihm dieselbe Antwort. »Nein. Wir waren ja nicht hier, um das Haus zu durchsuchen.«

Sie wartete, ob noch etwas käme, aber Will schwieg. Lena fragte sich, ob es wirklich stimmte, was sie ihm erzählt hatte. Wenn Tommy nicht in Allisons Wohnung gewesen wäre, hätten sie dennoch einen Weg gefunden, in die Garage zu gelangen. Gordon Braham war nicht in der Stadt. So wie sie Frank kannte, hätte er das Schloss geknackt und wäre in Allisons Wohnung gegangen. Er hätte es mit der Bemerkung getan, dass es besser wäre, um Verzeihung als um Erlaubnis zu bitten. Keiner hätte wohl etwas gegen ein simples Eindringen gesagt, da ein junges Mädchen vom College ermordet worden war.

»Haben Sie die Nachbarn befragt?«, fragte Will.

Lena hielt vor dem Haus der Brahams an. »Das haben die Streifenbeamten getan.«

»Und was genau *ist* passiert?«

»Brad wurde in den Bauch gestochen.«

»Erzählen Sie von Anfang an. Sie haben hier angehalten ...«

Sie versuchte, tief Luft zu holen, doch ihre Lunge wollte sich nur zur Hälfte mit Luft füllen. »Wir näherten uns der Garage ...«

»Nein«, unterbrach er sie, »ganz von Anfang an. Sie sind hierhergefahren. Und dann?«

»Brad war bereits da.« Sie sagte ihm nichts von Brads pinkfarbenem Regenschirm und von Franks Schreianfall.

»Sie stiegen aus dem Auto?«, fragte Will. Er hatte wirklich vor, sie Schritt für Schritt durch den Ablauf zu führen.

Sie öffnete die Tür. Regen spritzte ihr in trägen, schweren Tropfen aufs Gesicht. Auch Will war ausgestiegen. Sie sagte zu ihm: »Der Regen hatte nachgelassen. Die Sicht war gut.« Sie ging die Einfahrt hoch. Will ging, den Aktenkoffer in der Hand, neben ihr. Oben auf der Anhöhe sah sie, dass die Garage mit einem gelben Tatortband der Polizei abgesperrt war. Frank musste gestern Abend noch einmal hier gewesen sein, oder vielleicht hatte er einen Streifenwagen geschickt, um das Band anzubringen, damit es so aussah, als würden sie die Sache ernst nehmen. Inzwischen konnte man einfach nicht mehr sagen, was er tat oder warum.

Will öffnete seine Aktentasche und zog ein Blatt Papier heraus. »Der Durchsuchungsbeschluss kam, als Sie Ihre Jacke holten.«

Er gab Lena das Dokument. Sie sah, dass es von einem Richter in Atlanta ausgestellt worden war.

»Was dann?«, fragte er. »Ich nehme an, das Garagentor war geschlossen, als Sie sich näherten?«

Sie nickte. »Wir standen ungefähr hier. Wir drei. Es brannte kein Licht. In der Einfahrt oder auf der Straße standen keine Autos.« Sie deutete auf den Roller. Die Plastikkotflügel waren schlammverklebt. »Das Schloss und die Kette schienen die gleichen zu sein wie bei Allison.« Lena starrte den Roller an und freute sie über den Dreck an den Reifen. Tommy hätte mit dem Roller in den Wald gefahren sein können. Spuren würden sie keine mehr finden können, aber der Schlamm auf den Rädern würde dem Schlamm am See entsprechen.

»Detective?«

Lena drehte sich um. Sie hatte die Frage nicht mitbekommen.

»Haben Sie an die Vordertür des Hauses geklopft?«

Sie schaute zum Haus. Es brannte noch immer kein Licht. An der Tür lehnte ein kleiner Blumenstrauß. »Nein.«

Will bückte sich und öffnete das Metalltor der Garage. Der

Lärm war ohrenbetäubend, ein lautes Scheppern, das sicher in der halben Nachbarschaft zu hören war. Lena sah das Bett, den Tisch, die verstreuten Papiere und Magazine. Wo Frank am Eingang gestürzt war, war eine kleine Blutpfütze zu sehen. Sie war mit einer dünnen Eisschicht überzogen. Der Schnitt an seinem Arm war tiefer gewesen, als sie gedacht hatte. Eine solche Verletzung konnte unmöglich der Brieföffner angerichtet haben. Hatte er sich selbst verletzt?

»Haben Sie die Garage so vorgefunden?«, fragte Will.

»Ziemlich genau so.« Lena verschränkte die Arme vor der Brust. Sie spürte die Kälte durch ihre Jacke dringen. Nach Tommys Geständnis hätte sie noch einmal hierherkommen und Allisons Sachen nach Hinweisen durchsuchen sollen, die Tommys Geschichte stützten. Dafür war es jetzt zu spät. Das Beste, was Lena noch für sich selbst tun konnte, war, zu denken wie ein Detective und sich nicht wie eine Verdächtige zu verhalten. Die Mordwaffe befand sich wahrscheinlich hier drinnen. Der Roller war eine gute Spur, der Fleck vor dem Bett eine noch bessere. Tommy könnte Allison auf den Kopf geschlagen und sie dann in den Wald gebracht haben, um sie dort umzubringen. Vielleicht war es sein Plan gewesen, sie im See zu ertränken. Das Mädchen war wieder zu sich gekommen, und er hatte sie in den Nacken gestochen. Tommy hatte sein ganzes Leben im Grant County verbracht. Wahrscheinlich war er schon Hunderte Male in der kleinen Bucht gewesen. Er hätte gewusst, wo der Seegrund abfiel. Er hätte gewusst, wie weit er die Leiche hinausbringen müsste, damit sie nicht so leicht gefunden würde.

Lena stieß Luft aus. Endlich konnte sie wieder atmen. Das alles klang sehr einleuchtend. Tommy hatte gelogen, was die Art anging, wie er Allison umgebracht hatte. Aber umgebracht *hatte* er sie.

Will räusperte sich. »Gehen wir ein paar Schritte zurück.

Sie drei standen hier. Die Garage war geschlossen. Das Haus wirkte leer. Was dann?«

Lena brauchte eine Weile, um sich zu sammeln. Sie berichtete, dass Brad den maskierten Eindringling in der Garage gesehen und das Gebäude umkreist hatte, bevor sie ausschwärmten, um den Verdächtigen zu stellen.

Will schien nur halb zuzuhören, während sie sprach. Die Hände auf dem Rücken stand er unter dem Garagentor und musterte den Raum. Lena berichtete gerade, dass Tommy sich geweigert habe, das Messer wegzulegen, als sie bemerkte, dass Will sich auf den braunen Fleck vor dem Bett konzentrierte. Er betrat die Garage und kniete sich hin, um ihn genauer zu untersuchen. Neben ihm stand der Eimer mit trübem Wasser, den sie schon gestern gesehen hatte. Der verkrustete Schwamm lag daneben.

Er schaute zu ihr hoch. »Erzählen Sie weiter.«

Lena musste erst überlegen, wo sie gewesen war. »Tommy stand hinter diesem Tisch.« Sie nickte zu dem krummen Tisch.

»Das Tor schwingt nicht gerade leise auf. Hatte er das Messer bereits in der Hand?«

Lena zögerte kurz und versuchte, sich zu erinnern, was sie gesagt hatte, als Will ihr diese Frage zum ersten Mal gestellt hatte. Er hatte wissen wollen, ob Tommy am Gürtel eine Scheide getragen hatte, in der er das Messer aufbewahren konnte. Er wollte wissen, ob es dasselbe Messer war, das Allison Spooner umgebracht hatte.

»Als ich ihn sah, hatte er das Messer bereits in der Hand. Ich weiß nicht, woher er es hatte. Vielleicht vom Tisch.« Natürlich hatte er es vom Tisch. Dort lag ein teilweise geöffneter Umschlag, ein Werbebrief mit Gutscheinen, die niemand je einlöste.

»Was ist Ihnen sonst noch aufgefallen?«

Sie deutete auf den Eimer mit braunem Wasser vor dem Bett. »Er hatte geputzt. Ich schätze, er hat ihr hier auf den Kopf oder sie sonstwie k. o. geschlagen. Er legte sie auf den Roller und …«

»In seinem Geständnis erwähnte er das Putzen nicht.«

Nein, tat er nicht. Lena hatte nicht daran gedacht, ihn nach dem Eimer zu fragen. Sie hatte ausschließlich an Brad gedacht, wie grau seine Haut gewesen war, als sie ihn das letzte Mal gesehen hatte. »Verdächtige lügen. Tommy wollte nicht zugeben, wie er es getan hatte. Er dachte sich eine Geschichte aus, die ihn besser dastehen ließ. Das passiert die ganze Zeit.«

»Was ist dann geschehen?«, fragte Will.

Lena schluckte, sie musste gegen das Bild von Brad ankämpfen, das ihr nicht mehr aus dem Kopf ging. »Ich näherte mich dem Verdächtigen von rechts.«

Will öffnete seinen Aktenkoffer auf dem Bett. »Rechts von Ihnen aus oder von ihm aus?«

»Von mir aus rechts.« Sie hörte auf zu reden. Er holte eine Art Vor-Ort-Untersuchungsset aus dem Aktenkoffer. Sie erkannte die drei kleinen Glasflaschen, die er aus dem Plastiketui zog. Er hatte vor, den Fleck einem Kastle-Meyer-Test zu unterziehen.

Diesmal forderte Will sie nicht auf weiterzuerzählen. Er zog einen sauberen Tupfer aus dem Etui. Dann öffnete er die erste Flasche und benutzte die Pipette, um die Wattespitze mit Äthanol zu benetzen. Er drückte den Tupfer in den Fleck und drehte ihn sanft, damit sich die braune Substanz auf die Watte übertrug. Aus der zweiten Flasche tropfte er das Reagens Phenolphtalein darauf. Lena hielt den Atem an, als er mit der Pipette aus der letzten Flasche Wasserstoffperoxid hinzufügte. Sie hatte das Verfahren in der Ausbildung gelernt, es schon Hunderte Male selbst durchgeführt. Falls der braune Fleck menschliches Blut war, würde die Wattespitze des Tupfers sich sehr schnell leuchtend pinkfarben verfärben.

Auf dem Tupfer passierte nichts.

Will packte die Utensilien wieder zusammen. »Was passierte als Nächstes?«

Lena hatte den Faden verloren. Sie konnte den Blick nicht von dem Fleck abwenden. Warum war das kein Blut? Der Fleck hatte dieselbe Form, dieselbe Farbe wie ein Blutfleck. Tommy war in Allisons Wohnung gewesen und hatte in ihren Sachen gestöbert. Er war angezogen wie ein Einbrecher. Er stand mit einem Messer in der Hand nur einen guten halben Meter von ihrem Blut entfernt.

Kein Messer. Ein Brieföffner.

Und nicht Allisons Blut.

Will forderte sie zum Weitersprechen auf. »Sie hatten also Tommy rechts vor sich. Interims-Chief Wallace war rechts neben Ihnen?«

»Von mir aus links, von Ihnen aus rechts.«

»Haben Sie sich an diesem Punkt als Polizeibeamte zu erkennen gegeben?«

Lena hielt den Atem an. Sie würde ihn anlügen müssen. Dass sie sich nicht erinnerte, konnte sie auf keinen Fall sagen, denn das würde als Eingeständnis verstanden werden, dass sie sich nicht an die grundlegenden Verhaltensvorschriften gehalten hatten.

»Detective?«

Lena atmete langsam aus. Sie versuchte es mit leichtem Sarkasmus. »Ich beherrsche meinen Job.«

Er nickte ernst. »Das hoffe ich.« Anstatt sie noch weiter in die Enge zu treiben, verringerte er den Druck. »Erzählen Sie, was dann passierte.«

Lena berichtete weiter, während Will in der Garage herumging. Der Raum war klein, aber es gab keine Stelle, die er nicht irgendwann intensiv betrachtete. Sooft er stehen blieb, um einen Gegenstand genauer zu untersuchen – die Verstrebungen an der Rückwand, den Metallstreifen, der aus der Führungsschiene des Tors herausragte –, machte ihr Herz einen Satz.

Dennoch schilderte sie, wie Tommy auf die Straße gelaufen und Brad ihm nachgerannt war. Den Angriff und das Eintreffen des Hubschraubers. Und schließlich: »Der Hubschrauber startete, und ich ging zum Auto. Tommy saß bereits in Handschellen drinnen. Ich brachte ihn ins Revier. Den Rest der Geschichte kennen Sie.«

Will kratzte sich am Kinn. »Was würden Sie sagen: Wie viel Zeit verging zwischen dem Augenblick, als Tommy Sie zu Boden warf, und dem Augenblick, als Sie wieder auf den Füßen standen?«

»Ich weiß es nicht. Fünf Sekunden? Zehn?«

»Schlug er Sie auf den Kopf?«

Ihr Kopf schmerzte noch immer von dem Schlag. »Ich weiß es nicht mehr.«

Will wies zur Rückwand. »Ist Ihnen das hier aufgefallen?«

Sie musste sich zwingen, die Garage zu betreten. Sie folgte mit den Augen seinem ausgestreckten Finger zu einem Loch in der Wand. Es war rund mit ausgefranstem Rand, etwa von der Größe einer Kugel. Ohne nachzudenken, schaute Lena nach vorn zum Tor, wo Frank gestanden hatte. Die Flugbahn stimmte. Auf dem Boden lagen keine Geschosshülsen. Sie hoffte inständig, dass Frank daran gedacht hatte, hinter der Garage nachzuschauen. Die Kugel hatte nicht gestoppt, nachdem sie ihre Hand gestreift und die Metallwand durchschlagen hatte. Sie lag irgendwo draußen, wahrscheinlich vergraben im Matsch.

»Hat irgendjemand seine Waffe abgefeuert?«, fragte Will.

»Meine wurde nicht abgefeuert.«

Er schaute auf das Pflaster auf ihrer Hand.

»Sie waren also hier auf dem Boden.« Er ging zum Bett und stellte sie auf die Stelle, wo sie gestürzt war.

»Genau.«

»Sie standen auf und sahen, dass Frank Wallace am Boden lag. Mit dem Gesicht nach unten? Oder auf der Seite?«

»Auf der Seite.« Lena folgte Will, während er langsam wieder in den vorderen Teil der Garage ging. Sie stieg über Magazine, die während des Handgemenges verstreut worden waren, und erkannte das Foto eines Mustangs älteren Baujahrs, der an der Steilkurve einer Rennstrecke klebte.

Will deutete zu dem schartigen Metall, das aus der Führung des Tors herausragte. »Das sieht gefährlich aus.«

Er öffnete wieder seinen Aktenkoffer. Mit ruhiger Hand zupfte er mit einer Pinzette einige Fäden eines hellbraunen Materials von dem scharfen Metall. Franks Sakko war hellbraun, ein London Fog, das er trug, solange Lena ihn kannte.

Will gab ihr das K-M-Test-Set. »Ich bin mir sicher, Sie wissen, wie das geht.«

Ihre Hände zitterten, als sie das Etui nahm. Sie tat genau das Gleiche, was Will kurz zuvor getan hatte, benutzte verschiedene Pipetten, um die einzelnen Flüssigkeiten aufzutragen. Als die Spitze des Tupfers sich leuchtend pink verfärbte, war Lena ziemlich sicher, dass sie beide nicht sonderlich überrascht waren.

Will drehte sich wieder um und schaute noch einmal in die Garage. Sie konnte beinahe hören, wie sein Gehirn arbeitete. Was Lena anging, so hatte sie den Vorteil der eigenen Beteiligung, um ein Bild der Wahrheit entwerfen zu können. Tommy hatte den Tisch gegen Lena gestoßen. Frank war in Panik geraten oder erschrocken oder was auch immer – auf jeden Fall hatte er den Abzug seiner Waffe gedrückt. Der Schuss war ungezielt gewesen, hatte Lena an der Hand gestreift. Frank hatte die Waffe fallen lassen. Wahrscheinlich war der Rückstoß der Glock für ihn unerwartet heftig gewesen. Vielleicht war er aber auch so betrunken gewesen, dass er das Gleichgewicht verloren hatte. Er war zur Seite gekippt und hatte sich den Arm an dem scharfen Metall aufgeschlitzt, das aus der Torführung herausragte. Er war zu Boden gestürzt. Als Lena wieder aufgestanden war, hielt er sich den Arm. Tommy lief, den Brieföffner in der Hand, die Auffahrt hinunter.

Wie die Keystone Kops. Was waren sie doch für eine Lachnummer.

Wie viele Drinks hatte Frank gestern Vormittag gehabt? Er hatte mit seinem Flachmann in der Hand im Auto gesessen, während Lena zusah, wie Allison aus dem See gezogen wurde. Unterwegs hatte er sich drei oder vier Schlucke genehmigt. Und davor? Wie viel brauchte er mittlerweile, nur um aus dem Bett zu kommen?

Will schwieg. Er nahm ihr den Tupfer und die Flaschen ab und verstaute alles wieder in dem Etui. Sie erwartete, dass er etwas über diesen Schauplatz hier sagte, darüber, was wirklich passiert war. Stattdessen fragte er: »Wo ist das Bad?«

Lena war zu verwirrt, um etwas anderes zu antworten als: »Was?«

»Das Bad?« Er deutete in der Garage herum, und Lena erkannte, dass er recht hatte. Dieses Zimmer war einfach nur eine große Schachtel. Es gab kein Bad. Es gab nicht einmal einen Wandschrank. Die Einrichtung war spartanisch, nichts anderes als ein Bett, das aussah wie aus Militärbeständen, und ein Klapptisch, wie man ihn bei Kirchenbasaren benutzte. In einer Ecke stand ein kleiner Fernseher mit Aluminiumfolie an der Antenne und einer vorn eingesteckten Playstation. Statt einer Wäschekommode waren Metallregale an die Wand geschraubt. Darauf lagen wüst durcheinander T-Shirts, Jeans und Baseballkappen.

»Was sagte Tommy, warum er eine Skimaske trug?«

Lena kam sich vor, als hätte sie eine Handvoll Kies geschluckt. »Er behauptete, wegen der Kälte.«

»Es ist ziemlich kalt hier drinnen«, bestätigte Will. Er legte das Set wieder in seinen Aktenkoffer. Lena zuckte zusammen, als die Schlösser zuschnappten. Es klang wie ein Schuss. Oder das Zufallen einer Zellentür.

Die Auto-Magazine. Die schmutzige Bettwäsche. Das Fehlen primitivster sanitärer Einrichtungen.

Ausgeschlossen, dass Allison Spooner in dieser trostlosen Garage gewohnt hatte.

Tommy Braham hatte hier gewohnt.

11. Kapitel

Brocks Bestattungsinstitut befand sich in einem der ältesten Gebäude des Grant County. Das viktorianische Schloss mit seinen Türmchen war Anfang des zwanzigsten Jahrhunderts von dem Mann erbaut worden, der für die Instandhaltung des Bahnhofsgeländes verantwortlich war. Dass er dafür Gelder verwendete, die er bei der Bahn unterschlagen hatte, war eine Sache, die später vom Staatsanwalt geregelt wurde. Das Schloss wurde schließlich von den Stufen des Gerichtsgebäudes aus versteigert, den Zuschlag bekam John Brock, der örtliche Leichenbestatter.

Sara hatte von ihrem Großvater Earnshaw gehört, dass jeder in der Stadt erleichtert aufatmete, als die Brocks die Main Street verließen – vor allem der Fleischer, der das Pech hatte, der direkt angrenzende Nachbar zu sein. Keller und Erdgeschoss des viktorianischen Gebäudes wurden in ein Bestattungsinstitut umgewandelt, das Obergeschoss war für die Familie reserviert.

Sara war mit Dan Brock aufgewachsen. Er war ein linkischer, ernsthafter Junge, der sich in Gesellschaft von Erwachsenen wohler fühlte als mit Kindern seines Alters. Sie hatte aus erster Hand die unablässigen Hänseleien mitbekommen, die Dan in der Grundschule über sich ergehen lassen musste. Die Halbstarken hatten sich auf ihn gestürzt wie Piranhas und hatten erst in der Oberstufe damit aufgehört, als Dan zu einer Größe von über eins achtzig aufgeschossen war. Als das größte Mädchen in ihrer Klasse und die größte Person in der Schule – außer Dan – war Sara seine Nähe immer angenehm gewesen.

Und doch konnte sie ihn noch immer nicht anschauen, ohne den schlaksigen zehnjährigen Jungen zu sehen, über den die Mädchen im Schulbus gekreischt hatten, weil er angeblich die Kopfläuse von Toten hatte.

Ein Begräbniszug setzte sich eben in Bewegung, als Sara auf den Parkplatz fuhr. Der Tod war immer ein gutes Geschäft, auch in schlimmsten Wirtschaftslagen. Das alte viktorianische Haus war gut in Schuss. Die Farbe war frisch, das Ziegeldach erneuert. Sara sah zu, wie die Trauernden das Haus verließen und sich auf den kurzen Weg zum Grab machten.

Auf dem Friedhof stand ein marmorner Grabstein mit Jeffreys Namen darauf. Sara hatte seine Asche zwar bei sich in Atlanta, aber seine Mutter hatte damals die Religion für sich wiederentdeckt und auf einem anständigen Begräbnis bestanden. Beim Trauergottesdienst war die Kirche so voll gewesen, dass die Türen geöffnet werden mussten, damit die Leute, die sich auf den Stufen drängten, die Stimme des Priesters hören konnten. Und anschließend ging man zu Fuß zum Friedhof, anstatt hinter dem Leichenwagen herzufahren.

Diejenigen, die Jeffrey am nächsten standen, hatten etwas in den Sarg gelegt, das sie an ihren Freund, ihren Chef, ihren Mentor erinnerte. Es gab ein Auburn-Football-Programm mit Jeffrey auf dem Titelblatt, das seine Freunde aus der Jugend beigesteuert hatten. Eddie hatte den Hammer hineingelegt, mit dem Jeffrey ihm beim Bau eines Gartenhäuschens geholfen hatte. Seine Mutter hatte ihre alte Bratpfanne gestiftet, weil sie mit dieser Pfanne Jeffrey beigebracht hatte, wie man Hähnchen briet. Tessa hatte eine Postkarte beigesteuert, die er ihr aus Florida geschickt hatte. Er hatte sie immer gerne geneckt. Auf der Postkarte stand: *Bin froh, dass du nicht hier bist!*

Wenige Wochen vor Jeffreys Tod hatte Sara ihm eine signierte Erstausgabe von MacKinlay Kantors *Andersonville* geschenkt. Sara war es schwergefallen, sich von dem Buch zu trennen, auch wenn sie wusste, dass sie es tun musste. Sie konnte Jeffreys Sarg der Erinnerungen nicht ohne einen eigenen Beitrag in die Erde sinken lassen. Stundenlang hatte Dan Brock bei ihr im Wohnzimmer gesessen, bis sie bereit war, das Buch herzugeben. Sie hatte jede Seite angeschaut, die Stellen berührt, wo Jeffreys Hand gelegen hatte. Dan war geduldig und still gewesen, aber als er dann ging, weinte er genauso heftig wie Sara.

Sie zog ein Papiertaschentuch aus dem Handschuhfach und wischte sich die Augen ab. Sie würde flennen wie ein Kind, wenn sie ihre Gedanken jetzt weiter herumschweifen ließe. Ihre Jacke lag auf dem Beifahrersitz. Sara zog sie erst gar nicht an. In der Jackentasche fand sie eine Klammer und befestigte sich damit die Haare am Hinterkopf. Dann kontrollierte sie das krause Durcheinander im Spiegel. Sie hätte morgens ein wenig Make-up auflegen sollen. Die Sommersprossen um ihre Nase waren noch deutlicher als sonst zu sehen. Ihre Haut war blass. Sara schob den Spiegel weg. Jetzt konnte sie sowieso nichts mehr tun.

Das letzte Auto reihte sich in den Trauerzug ein. Sara sprang aus ihrem SUV und wäre beinahe in eine Pfütze getappt. Es regnete heftig, und sie versuchte vergeblich, den Kopf mit den Händen zu schützen. Brock stand in der Tür und winkte ihr zu. Seine Haare waren schütterer als früher, aber mit seinem dreiteiligen Anzug und der schlaksigen Gestalt sah Dan Brock noch immer fast so aus wie in der Highschool.

»Hallo.« Er lächelte flüchtig. »Du bist die Erste. Ich hab Frank gesagt, wir fangen so gegen elf dreißig an.«

»Ich dachte, ich bereite schon mal alles vor.«

»Ich glaube, da habe ich dir schon einiges abgenommen.« Er schenkte ihr ein Lächeln, das für Trauernde reserviert zu sein schien. »Wie geht's dir, Sara?«

Sie versuchte, das Lächeln zu erwidern, aber seine Frage konnte sie nicht beantworten. Schon gestern im Gefängnis hatte sie sich nicht lange mit Höflichkeiten aufgehalten, als Brock kam, um Tommy Brahams Leiche abzuholen, und auch jetzt fühlte sie sich in seiner Gegenwart ein wenig verlegen. Wie immer entspannte Brock die Situation.

»Ach, komm her.« Er nahm sie in seine Arme. »Du siehst klasse aus, Sara. Wirklich gut. Freut mich sehr, dass du über die Ferien heimgekommen bist. Deine Mutter muss sehr glücklich sein.«

»Zumindest mein Vater ist es.«

Einen Arm um ihre Schultern gelegt führte er sie ins Haus. »Nichts wie raus aus diesem unfreundlichen Wetter!«

»Wow.« Sie blieb in der Tür stehen und schaute sich in der großen Diele um. Ihre Eltern waren nicht die Einzigen, die in letzter Zeit renoviert hatten. Das etwas altmodische Dekor des Hauses war deutlich modernisiert worden. Die schweren Samtvorhänge und der dunkelgrüne Teppichboden waren italienischen Rollos und einem Orientteppich in gedämpften Farben auf einem wunderbaren Dielenboden gewichen. Sogar die Ausstellungsräume waren modernisiert worden, sodass sie nicht mehr an steife viktorianische Salons erinnerten.

Brock sagte: »Mom hasst es, also muss ich irgendetwas richtig gemacht haben.«

»Das ist dir wunderbar gelungen«, entgegnete sie, weil sie wusste, dass Brock wahrscheinlich nicht viele Komplimente bekam.

»Die Geschäfte laufen gut.« Brock behielt seine Hand an ihrem Rücken, als er sie den Gang entlangführte. »Ich muss zugeben, ich bin wirklich bestürzt wegen Tommy. Er war ein guter Junge. Er hat meinen Rasen gemäht.« Brock blieb stehen. Mit veränderter Miene schaute er Sara an. »Ich weiß, die Leute halten mich für naiv und glauben, dass ich immer nur das Gute im Menschen sehe, aber ich kann mir einfach nicht vorstellen, dass er das alles getan haben soll.«

»Sich umzubringen oder das Mädchen umzubringen?«

»Beides.« Brock biss sich auf die Unterlippe. »Tommy war ein glücklicher Junge. Du weißt doch, wie er war. Nie ein böses Wort über irgendjemanden.«

Sara war vorsichtiger. »Menschen können einen überraschen.«

»Vielleicht mit ihrer Ignoranz – dass sie denken, nur weil der Junge schwer von Begriff war, hat sein Gehirn irgendwann einfach umgeschaltet, und er ist aggressiv geworden.«

»Du hast recht.« Tommy war geistig behindert. Er war kein Psychopath. Das eine hatte mit dem anderen nichts zu tun.

»Was mir zu schaffen macht, ist, dass sie so sauber getötet wurde. Nicht wie in einer Raserei.«

»Was meinst du damit?«

Er steckte die Hand zwischen die Knöpfe seiner Weste. »Man würde einfach mehr erwarten, das ist alles.«

»Mehr?«

Sein Verhalten war unvermittelt wieder wie zuvor. »Hör mir zu. Du bist hier die Ärztin. Schau es dir selbst an, und wahrscheinlich findest du viel mehr, als ich es je könnte.« Er legte ihr die Hand auf die Schulter. »Es ist wirklich gut, dass du wieder hier bist, Sara. Und du sollst wissen, dass ich wirklich glücklich für dich bin. Hör nicht auf das, was die anderen sagen.«

Sara gefiel der Ton dieser Aussage nicht. »Glücklich weswegen?«

»Deinem neuen Kerl.«

»Meinem neuen ...«

»Die ganze Stadt spricht darüber. Mama hing den gesamten letzten Abend am Telefon.«

Sara spürte, dass sie rot wurde. »Brock ... Dan. Er ist überhaupt nicht ...«

»Pst«, warnte Brock. Auf der Treppe über ihnen hörte sie schlurfende Schritte. Er hob die Stimme. »Mama, ich muss jetzt auf den Friedhof, um Mr Billighams Leuten zu helfen. Sara wird unten arbeiten, also komm nicht runter und störe sie. Hast du mich verstanden?«

Audra Brocks Stimme war schwach, obwohl die alte Frau sie wahrscheinlich alle überleben würde. »Was hast du gesagt?«

Er rief noch lauter und noch direkter: »Lass Sara in Frieden.«

Etwas wie ein »Hmph« war zu hören, dann wieder Schlurfen, als sie in ihr Zimmer zurückkehrte.

Brock verdrehte die Augen, aber das gutmütige Lächeln lag noch immer auf seinem Gesicht. »Alles da unten ist noch so, wie du es kennst. Ich sollte in ungefähr einer Stunde wieder zurück sein, dann kann ich dir zur Hand gehen. Soll ich für deinen Kerl ein Schild an die Tür hängen?«

»Er ...« Sara unterbrach sich. »Ich mache es selbst.«

»Mein Büro ist noch immer in der Küche. Ich hab's ein bisschen aufgemöbelt. Lass mich wissen, was du davon hältst.« Er winkte ihr, bevor er die Haustür hinter sich zuzog.

Sara ging in den hinteren Teil des Hauses. Sie hatte ihre Handtasche im Auto gelassen, deshalb hatte sie weder Stift noch Papier, um Will eine Nachricht zu hinterlassen.

Die viktorianische Küche diente schon immer als Büro. Brock hatte endlich das alte Spülbecken und das Scheuerbrett ausgebaut, sodass der Raum jetzt zweckdienlicher wirkte für das Geschäft der Leichenbearbeitung. Die Sargausstellung war in die Frühstücksnische eingebaut. Kataloge mit Blumenarrangements waren dekorativ auf einem Mahagonitisch verteilt. Brocks Schreibtisch bestand aus Glas und Stahl, ein sehr modernes Design, wenn man sich überlegte, dass er der altmodischste Mensch war, den sie kannte.

Sie riss einen Post-it-Zettel von seinem Block und fing an, Will eine Nachricht zu schreiben, brach dann aber ab. Frank wollte ja ebenfalls erscheinen. Was konnte sie auf dieses kleine Papierquadrat schreiben, das Will sagte, wohin er gehen musste, ohne Frank argwöhnisch zu machen?

Sara klopfte sich mit dem Kuli an die Zähne, während sie zur Haustür ging. Schließlich entschied sie sich für »UNTEN« in Blockbuchstaben geschrieben. Um es noch deutlicher zu machen, malte sie einen dicken, nach unten zeigenden Pfeil dazu. Es konnte jedoch sein, dass das nichts brachte. Jeder Legastheniker war anders, aber es gab gewisse Charakteristika, die fast alle gemeinsam hatten. Zu den wichtigsten gehörte ein mangelnder Richtungssinn. Kein Wunder, dass Will sich auf dem Weg von Atlanta hierher verfahren hatte. Ein Anruf hätte auch nicht viel gebracht. Einem Legastheniker zu sagen, er solle rechts abbiegen, brachte ungefähr so viel, wie einer Katze zu befehlen, einen Stepptanz aufzuführen.

Sara klebte den Zettel auf die Glasscheibe der Haustür. Die Nachricht heute Morgen hatte ihr großes Kopfzerbrechen bereitet, sie hatte sie auf sechs verschiedene Art geschrieben, mit Unterschrift und ohne. Das Smiley war eine Ergänzung in letzter Sekunde gewesen, ihre Art, Will wissen zu lassen, dass zwischen ihnen alles in Ordnung war. Ein Blinder hätte sehen können, wie aufgeregt er am letzten Abend gewesen war. Sara kam sich furchtbar vor, weil sie ihn in Verlegenheit gebracht hatte. Sie war noch nie jemand gewesen, der Smileys malte, aber sie hatte zwei Augen und einen Mund in eine Ecke des Zettels gemalt, bevor sie ihn in eine Tüte steckte und unter den Scheibenwischer klemmte, weil sie hoffte, dass er es richtig verstehen würde.

Es schien höchst unangemessen, einen Smiley an der Haustür eines Bestattungsinstituts zu hinterlassen, dennoch zeichnete sie das kleine Symbol – zwei Augen und einen nach oben geschwungenen Mund –, weil sie dachte, dass sie so wenigstens Punkte für ihre Beständigkeit bekommen würde.

Die Dielen im Obergeschoss knarzten, und Sara kehrte schnell in die Küche zurück. Sie ließ die Kellertür weit offen und nahm zwei Stufen auf einmal, um Brocks Mutter aus dem Weg zu gehen. Am Fuß der Treppe befand sich eine einbruchsichere Tür. Schwarze Metallstangen und ein Maschendrahtgitter hielten jeden davon ab, in den Einbalsamierungsbereich einzudringen. Man konnte sich kaum vorstellen, dass irgendjemand hier herunterkommen wollte, außer man musste es. Aber vor vielen Jahren hatten ein paar Jungs aus dem College die alte Tür aufgebrochen, um Formaldehyd zu stehlen, ein beliebtes Mittel zum Verschneiden von Kokain. Sara nahm an, dass die Nummer für das Tastaturfeld sich nicht geändert hatte. Sie gab 1-5-9 ein, und die Tür klickte auf.

Brock hielt den Bereich direkt hinter der Tür leer, sodass niemand, der zufällig durch das Drahtgitter schaute, etwas sah, das er nicht sehen sollte. Die Pufferzone dehnte sich auch auf den langen, hell erleuchteten Flur aus. Wandregale enthielten diverse Chemikalien und Utensilien, wobei die Etiketten immer zur Wand gedreht waren, damit der Betrachter nicht wusste, was er anschaute. Kleine Schuhkartons füllten das letzte Metallregal, Asche von kremierten Verstorbenen, die nie jemand abgeholt hatte.

Am Ende des Flurs hatte Brock ein Schild aufgehängt, das Sara aus der Leichenhalle des Krankenhauses kannte: *Hic locus est ubi mors gaudet succurrere vitae*. Grob übersetzt: Dies ist der Ort, wo es die Toten erfreut, die Lebenden zu unterweisen.

Die Schwingtüren zum Einbalsamierraum wurden mit alten Ziegeln aus dem Haus offen gehalten. Kunstlicht brach sich an den weißen Wandfliesen. Während das Erdgeschoss drastisch verändert war, sah es hier unten noch genauso aus, wie Sara es in Erinnerung hatte. Mitten im Raum standen zwei Edelstahlbahren mit federnd gelagerten Industrielampen darüber. Ein Arbeitstisch befand sich am Fuß jeder Bahre, mit fest montierten Abflussleitungen, um die Organentnahme zu erleichtern. Brock hatte die Autopsiewerkzeuge bereits auf den Tischen angeordnet – die Sägen, die Skalpelle, die Zangen und Scheren. Er benutzte noch immer die Gartenschere, die Sara im Eisenwarenladen gekauft hatte, um das Brustbein zu durchtrennen.

Der hintere Teil des Raums war allein dem Bestatterhandwerk gewidmet. Neben dem begehbaren Gefrierschrank stand ein Rollwagen, und darauf lag der metallene Trokar, der benutzt wurde, um beim Einbalsamieren die Organe anzustechen und zu säubern. Ordentlich in eine Ecke geschoben stand die Einbalsamiermaschine, die aussah wie eine Mischung zwischen einem Büffet-Kaffeespender und einem Mixer. Der Arterienschlauch hing schlaff ins Spülbecken. Daneben lagen schwere Gummihandschuhe. Eine Fleischerschürze. Eine Schutzbrille. Eine Spritzschutzmaske. Ein großer Karton mit Rollwatte, um Lecks abzudichten.

Völlig unpassend waren ein Fön und ein pinkfarbenes, geöffnetes Schminkset oben auf dem Wattekarton. Darin befanden sich Töpfchen mit Grundierungen, diverse Lidschattenfarben und Lippenstifte. Das Logo von »Peason's Bestatter-Make-up« war auf der Innenseite des Deckels eingeprägt.

Sara nahm ein Paar Gummihandschuhe aus dem Spender an der Wand. Sie öffnete die Gefrierschranktür. Kalte Luft wehte ihr entgegen. Drinnen lagen drei Leichen, alle in schwarzen Säcken. Sie suchte auf den Etiketten den Namen »Allison Spooner«.

Der Reißverschluss machte die gewohnten Schwierigkeiten, er verfing sich in dem sperrigen schwarzen Plastik. Allisons Haut hatte den wächsernen, irisierenden Ton des Todes angenommen. Ihre Lippen waren schwärzlich blau. Grashalme und Zweigfragmente klebten an ihrer Haut und der Kleidung. Kleine Quetschungen sprenkelten Mund und Wangen. Sara schlüpfte in die Gummihandschuhe und zog behutsam die Unterlippe des Mädchens nach unten. Tief ins Fleisch gegrabene Zahnspuren zeigten, dass Allisons Gesicht auf den Boden gedrückt worden war. Die Wunden hatten geblutet, bevor sie starb. Der Mörder hatte sie niedergedrückt, um sie zu töten.

Vorsichtig drehte Sara Allisons Kopf zur Seite. Die Leichenstarre hatte sich bereits wieder gelöst. Die klaffende Stichwunde am Nacken des Mädchens war deutlich zu erkennen.

Brock hatte recht. Sie war sauber getötet worden. Die Leiche zeigte keine Spuren von Raserei, nur einen einzigen tödlichen, präzisen Schnitt.

Sara presste ihre Finger auf die beiden Wundenden und dehnte die Haut, um ihre wahrscheinliche Position zur Zeit der Verletzung zu rekonstruieren. Das Messer musste dünn gewesen sein, nur einen guten Zentimeter breit und wahrscheinlich nicht mehr als achteinhalb Zentimeter lang. Die Klinge war schräg eingedrungen. Der untere Rand des Einschnitts erschien gerundet, was bedeutete, dass das Messer gedreht worden war, um den größtmöglichen Schaden anzurichten.

Sara zog die Jacke des Mädchens hoch und verglich den Stich im Stoff mit der Wunde im Nacken. Wenigstens hier hatte Lena recht gehabt. Das Mädchen war von hinten erstochen worden. Sara nahm an, dass der Mörder Rechtshänder und sehr selbstsicher gewesen war. Der Stich war ebenso schnell wie tödlich gewesen. Wer Allison getötet hatte, hatte nicht gezögert, das Messer mit Wucht in ihren Körper zu rammen und es dann noch zu drehen.

Das war nicht das Werk von Tommy Braham.

Sara zog den Reißverschluss mit denselben Schwierigkeiten wieder zu. Bevor sie den Gefrierraum verließ, legte sie Tommy eine Hand aufs Bein. Natürlich spürte er die Berührung nicht mehr – Saras Trost kam für ihn zu spät, aber sie beruhigte der Gedanke, dass sie es sein würde, die sich um ihn kümmerte.

Sie zog die Handschuhe aus und warf sie in den Abfalleimer, während sie in den hinteren Teil des Kellers ging. Es gab dort einen kleinen fensterlosen Raum, der in viktorianischer Zeit als Weinkeller gedient hatte. Wände, Boden und Decke bestanden aus Backsteinen. Brock benutzte diesen Raum als Büro, obwohl es hier ziemlich kühl war. Sara schnappte sich die Jacke, die neben der Tür hing, überlegte es sich dann aber schnell anders, als sie Brocks Rasierwasser roch.

Der Schreibtisch war leer bis auf Autopsieformulare und einen Tintenstift. Brock hatte zwei Sets für die beiden Untersuchungen zusammengestellt. Darauf hatte er Post-its mit dem Namen, dem Geburtsdatum und der letzten bekannten Adresse jedes Opfers geklebt.

Die Gesetze in Georgia verlangten nur unter bestimmten Umständen eine Autopsie durch einen Mediziner. Gewaltsamer Tod, Tod am Arbeitsplatz, unklare Todesursache, plötzlicher Tod, unbeaufsichtigter Tod und Tod im OP erforderten weitere Ermittlungen. Die gesammelten Informationen waren größtenteils immer die gleichen: Namen, Alias-Namen, Alter, Größe, Gewicht, Todesursache. Röntgenaufnahmen wurden gemacht. Der Mageninhalt wurde untersucht. Organe wurden gewogen. Arterien, Klappen und Venen wurden begutachtet. Quetschungen wurden vermerkt. Verletzungen. Bissspuren. Dehnungen. Riss- und Schnittwunden. Narben. Tätowierungen. Muttermale. Jedes Detail, ob auffallend oder nicht, das auf der Leiche gefunden wurde, musste in das entsprechende Formular eingetragen werden.

Sara hatte sich ihre Lesebrille in ihre Bluse gesteckt, bevor sie aus dem Auto gestiegen war. Sie setzte sie auf und schaute sich die Formulare an. Der Großteil des Papierkrams konnte erst nach den Untersuchungen ausgefüllt werden, aber die Beschriftung jeder entnommenen Probe musste ihren Namen, den Untersuchungsort sowie Datum und Uhrzeit tragen. Zusätzlich musste unten in jedes Formular dieselbe Information zusammen mit ihrer Unterschrift und Zulassungsnummer eingetragen werden. Sie hatte sich bereits halb durch das zweite Paket gearbeitet, als sie an der Metalltür ein Klopfen hörte.

»Hallo?« Wills Stimme hallte durch den Keller.

Sara rieb sich die Augen. Sie fühlte sich, als wäre sie eben aus einem Nickerchen erwacht. »Ich bin hier.« Sie stieß sich vom Tisch ab und ging zur Treppe. Will stand auf der anderen Seite der Sicherheitstür.

Sie öffnete die Tür. »Schätze, meine Nachricht hat funktioniert.«

Er warf ihr einen vorsichtigen Blick zu, fast wie eine Warnung.

Sara winkte ihn in den Autopsiesaal.

»Keine schlechte Ausstattung«, sagte Will und schaute sich um. Seine Hände steckten in den Taschen. Sie sah, dass seine Jeans unten an den Hosenbeinen feucht und schlammig waren.

»Wie lief der Vormittag?«, fragte sie.

»Die gute Nachricht ist, dass ich die Stelle gefunden habe, wo Allison ermordet wurde.« Er erzählte ihr von seinem Ausflug in den Wald. »Wir hatten Glück, dass der Regen nicht alles weggewaschen hat.«

»Blut ist fünfmal dichter als Wasser. Es dauert Wochen, bis die Erde es komplett absorbiert hat, und ich wette, in der Mooreiche bleibt es jahrelang erhalten. Das Plasma zersetzt sich, aber die Proteine und das Globulin verharren in einem unbestimmten kolloidalen Zustand«, erklärte Sara.

»Genau das habe ich mir auch gedacht.«

Sie lächelte. »Was ist die schlechte Nachricht?«

Will stützte sich auf einer Bahre ab, überlegte es sich dann aber anders. »Ich habe eine Durchsuchung der falschen Örtlichkeit durchgeführt und einige Spuren unbrauchbar gemacht.«

Sara sagte nichts, aber offensichtlich zeigte ihr Gesichtsausdruck ihre Überraschung.

»In der Garage wohnte Tommy, nicht Allison. Der Durchsuchungsbeschluss, den Faith besorgt hatte, lautete auf die Adresse der Garage. Alles, was ich dort fand, ist jetzt kompromittiert. Ich bezweifle, dass ein Richter die Indizien für einen Prozess zulassen wird.«

Sie unterdrückte ein wehmütiges Auflachen. Wenigstens sah er jetzt mit eigenen Augen, wie Lena es schaffte, alles und jeden um sie herum durcheinanderzubringen. »Was haben Sie gefunden?«

»Nicht sehr viel Blut, falls Sie das meinen. Frank Wallace zog sich eine Schnittwunde zu, als er im Garagentor stand. Der Fleck auf dem Boden vor dem Bett stammt wahrscheinlich von Tommys Hund Pippy, als er versuchte, die Socke wieder hochzuwürgen.«

Sara zuckte zusammen. »Glauben Sie noch immer, dass Tommy es war? Sein Geständnis entspricht nicht den Fakten.«

»Lena geht davon aus, dass Tommy Allison auf seinem Roller in den Wald brachte und sie dort ermordete. Ich nehme an, er saß auf den Waschbetonblöcken, so wie man ein Kind auf ein paar Telefonbücher an den Küchentisch setzen würde.«

»Das klingt unheimlich glaubwürdig.«

»Finden Sie nicht auch?« Er kratzte sich am Kinn. »Haben Sie Allisons Leiche schon untersucht?«

»Ich habe mir vorläufig nur die Stichwunde angeschaut. Der Angreifer war hinter ihr. Die meisten Messerangriffe gegen den Hals finden von hinten statt, aber normalerweise wird das Messer vorn quer über die Kehle gezogen, was oft zu einer partiellen Enthauptung führt. Allison wurde von hinten erstochen, wobei das Messer in den Nacken ein- und bis zur Kehle vordrang. Es war nur ein Stoß, sehr exakt, fast wie eine Exekution, und um ganz sicherzugehen, drehte der Täter das Messer in der Wunde.«

»Dann starb sie also an der Stichwunde.«

»Sicher kann ich das erst sagen, wenn ich sie auf dem Tisch habe.«

»Aber Sie haben eine Ahnung?«

Sara hatte es noch nie sehr geschätzt, eine Meinung abzugeben, wenn sie keine überzeugenden medizinischen Fakten hatte, die sie stützten.

»Es sind ja nur wir beide hier unten. Ich verspreche, ich werde es niemandem sagen.«

Sie war sich nur schwach bewusst, dass sie schneller nachgab, als sie es hätte tun sollen. »Der Winkel der Stichwunde war so angelegt, dass der Tod schnell eintrat. Ich habe sie noch nicht aufgeschnitten, also bin ich nicht sicher ...«

»Aber?«

»Es sieht so aus, als wäre die Karotis-Hülle durchtrennt, wir reden hier also von einer plötzlichen Unterbrechung der Halsschlagader und wahrscheinlich auch der Drosselvene. Sie laufen ungefähr so nebeneinander.« Sie drückte die Zeigefinger beider Hände aneinander. »Aufgabe der Halsschlagader ist es, sauerstoffreiches Blut mit hohem Tempo vom Herzen in den Hals und den Kopf zu bringen. Die Drosselvene dient dem Abtransport. Sie funktioniert mittels der Schwerkraft. Sie sammelt das sauerstoffarme Blut aus Kopf und Hals und schickt es über die obere Hohlvene ins Herz zurück, wo es wieder mit Sauerstoff angereichert wird und der ganze Prozess von vorn beginnt. Können Sie mir folgen?«

Will nickte. »Die Arterien sind die Frischwasserleitungen, die Venen die Abwasserleitungen. Es ist ein geschlossenes System.«

»Genau«, stimmte sie ihm zu und gab ihm Punkte für den Vergleich mit der Wasserversorgung. »Arterien haben kleine Muskeln, die sie spiralförmig umgeben und die sich an- und entspannen, um den Blutfluss zu regulieren. Wenn man eine Arterie komplett durchschneidet, sie durchtrennt, zieht der Muskel sich zusammen und rollt sich ein wie ein kaputtes Gummiband. Das trägt dazu bei, den Blutfluss zu hemmen. Wenn man die Arterie nur anschneidet, sie also nicht komplett durchtrennt, verblutet das Opfer normalerweise sehr schnell. Wir reden von Sekunden, nicht Minuten. Das Blut schießt heraus, das Opfer gerät in Panik, das Herz schlägt schneller, das Blut schießt noch schneller heraus, und dann ist man tot.«

»Wo liegt die Halsschlagader?«

Sie legte sich die Finger an die Luftröhre. »Man hat eine Halsschlagader auf jeder Seite, wie ein Spiegelbild. Ich muss die Wunde freilegen, aber es sieht so aus, als wäre das Messer dieser Route gefolgt. Es drang beim sechsten Halswirbel ein und folgte in etwa dem Verlauf des Unterkiefers.«

Er starrte ihren Nacken an. »Wie schwer ist das, wenn man von hinten zustößt?«

»Allison ist sehr zierlich. Ich kann ihren Hals beinah mit der Hand umfassen. Im Nacken ist sehr viel los – Muskeln, Blutgefäße, Wirbel. Man müsste einen Augenblick innehalten und genau zielen, um den Punkt präzise zu treffen. Man kann nicht von hinten gerade hineinstechen. Man muss vom Nacken her seitlich zielen. Mit dem richtigen Messer und dem richtigen Winkel ist es ziemlich wahrscheinlich, dass man sowohl die Halsschlagader als auch die Drosselvene öffnet.«

»Das richtige Messer?«

»Ich schätze, eine Klingenlänge von etwa achteinhalb bis zehn Zentimeter.«

»Wir reden also von einem Küchenmesser?«

Offensichtlich konnte er mit Maßen nicht so gut umgehen. Sie zeigte ihm den Abstand mit Daumen und Zeigefinger. »Achteinhalb Zentimeter. Denken Sie an die Stärke Ihres Halses. Oder meines Halses, was das angeht.« Sara behielt den Abstand der Finger bei und hielt sie sich an den Hals. »Wenn die Klinge länger gewesen wäre, wäre die Spitze vorn ausgetreten.«

Er verschränkte die Arme. Sie wusste nicht, ob er sich über die visuellen Hilfsmittel freute oder ärgerte. »Was meinen Sie, wie breit die Klinge war?«

Sie verkleinerte den Abstand zwischen Daumen und Zeigefinger. »Vielleicht eineinhalb, zwei Zentimeter? Die Haut ist elastisch. Allison hat sich sicher gewehrt. Der Einschnitt ist am unteren Rand breiter, der Täter hat das Messer also bis zum Heft hineingerammt und dann gedreht, um maximalen Schaden anzurichten. Ich bin mir sicher, dass es nicht mehr als zweieinhalb Zentimeter breit war.«

»Das klingt wie ein großes Klappmesser.«

Ausgehend von der Quetschung durch das Heft hatte er

recht, dennoch sagte sie: »Ich muss mir die Wunde wirklich in einer besseren Umgebung anschauen als in einem Gefrierschrank.«

»War die Klinge gezackt?«

»Ich glaube nicht, aber wirklich, lassen Sie mich die Wunde untersuchen, dann kann ich Ihnen alles sagen, was Sie wissen wollen.«

Er biss sich auf die Unterlippe, dachte offensichtlich darüber nach, was sie ihm gesagt hatte. »Es braucht weniger als zwei Pfund Druck, um Haut zu durchstoßen.«

»Solange das Messer spitz und scharf ist und der Stoß zielgerichtet und mit der entsprechenden Kraft durchgeführt wird.«

»Klingt nach etwas, das ein Jäger wissen sollte.«

»Jäger, Arzt, Leichenbestatter, Fleischer.« Sie fühlte sich verpflichtet hinzuzufügen: »Oder jeder mit einer guten Suchmaschine. Ich bin mir sicher, dass man im Internet alle möglichen anatomischen Diagramme findet. Ob sie präzise sind, mag man bezweifeln, aber wer das getan hat, wollte zeigen, was er kann. Ich hasse es, immer ins gleiche Horn zu blasen, aber Tommy hatte einen IQ von achtzig. Er brauchte zwei Monate, bis er sich die Schuhe selbst binden konnte. Glauben Sie wirklich, dass er dieses Verbrechen begangen hat?«

»Ich spekuliere nicht gern.«

Sie schlug ihn mit seinen eigenen Waffen.

»Es sind ja nur wir beide hier unten. Ich werde es niemandem sagen.«

Will gab nicht so leicht nach, wie Sara es getan hatte. »War Tommy Jäger?«

»Ich glaube nicht, dass Gordon ihm eine Waffe überlassen hätte.«

Will ließ sich einen Augenblick Zeit bis zur nächsten Frage: »Warum sie nicht ertränken? Sie stand am Seeufer.«

»Das Wasser muss kurz vor dem Gefrierpunkt gewesen sein. Es bestand das Risiko eines Kampfs. Sie hätte schreien können. Mein Haus steht – stand – dem Lover's Point gegenüber am anderen Ufer, aber manchmal, bei entsprechender Windrichtung, konnte ich Musik und Lachen hören. Mit Sicherheit hätte eine beliebige Anzahl von Leuten ein junges Mädchen gehört, das um sein Leben schrie.«

»Wäre es einfacher, die Kehle durchzuschneiden, anstatt von hinten reinzugehen?«

Sie nickte. »Wenn Sie die Luftröhre durchtrennen, kann das Opfer nicht mehr sprechen, geschweige denn um Hilfe schreien.«

»Frauen neigen eher zum Gebrauch von Messern«, gab Will zu bedenken.

Daran hatte Sara noch gar nicht gedacht, aber sie war dankbar, dass seine Gedanken sich jetzt von Tommy wegbewegten. »Allison war klein. Eine Frau hätte sie überwältigen und zum Wasser tragen können.«

»War der Mörder Linkshänder? Oder Rechtshänder?«

»Na …« Sara wollte schon fragen, warum das von Bedeutung war für jemanden, der links und rechts nicht auseinanderhalten konnte, stattdessen aber antwortete sie: »Ich nehme an, Rechtshänder.« Sara hob ihr rechte Hand. »Der Angreifer muss eine erhöhte Position gehabt haben, er stand über ihr oder saß vielleicht rittlings auf ihr, als die Klinge eindrang.« Sie hielt kurz inne. »Das ist der Grund, warum ich nicht gerne Mutmaßungen anstelle. Ich muss ihren Magen und die Lunge untersuchen. Wenn wir Seewasser finden, heißt das, dass sie wahrscheinlich mit dem Gesicht im Wasser lag, als man sie erstach.«

»Zu wissen, ob sie im Wasser oder im Schlamm lag, als sie erstochen wurde, wird für meine Ermittlungen von grundlegender Bedeutung sein.«

Sie runzelte die Stirn. »Wollen Sie den Klugscheißer spielen, Agent Trent?«

»Ausgehend von der Art Ihrer Fragestellung denke ich, dass meine Antwort Nein lauten sollte.«

Sara lachte. »Gute Replik.«

»Vielen Dank, Dr. Linton.« Er sah sich in dem Einbalsamierraum um und schüttelte sich. »Es ist kalt hier unten. Ist Ihnen nicht kalt?«

Sie merkte, dass er dieselbe Kleidung wie gestern trug, bis auf das schwarze T-Shirt, das er gegen ein weißes ausgetauscht hatte. »Haben Sie keine Jacke dabei?«

Er schüttelte den Kopf. »Mit meiner Kleidung bin ich in einer schrecklichen Situation. Ich muss mir heute Abend bei Ihrer Mutter Waschmaschine und Trockner leihen. Meinen Sie, sie hat was dagegen?«

»Nein, natürlich nicht.«

»Haben Sie heute schon was von Frank Wallace gehört?«

Sie schüttelte den Kopf.

»Langsam ärgert es mich, dass er sich noch nicht gezeigt hat. Überlässt er auch sonst Lena die ganze Schwerarbeit?«

»Ich weiß nicht, wie sie inzwischen zusammenarbeiten. Früher pendelte sie zwischen Frank und meinem Mann hin und her, je nachdem, wer sie gerade brauchte.«

»Ich frage mich nur, ob sie Frank Bericht erstattet oder ob die beiden ihr eigenes Ding durchziehen.« Will deutete auf die Bahren. »Kann ich Ihnen bei irgendwas helfen?«

»Wo liegt Ihre Empfindlichkeitsgrenze?«

»Ich mag keine Ratten, und mit Erbrochenem kann ich schlecht umgehen.«

»Da sind wir in beiden Punkten auf der sicheren Seite.« Sara wollte endlich anfangen, damit sie nicht bis nach Mitternacht hier war. »Können Sie mir helfen, Allison auf den Tisch zu wuchten?«

Aus der schnippischen Kameraderie von eben wurde sehr schnell eine ernsthafte Zusammenarbeit. Sie arbeiteten schweigend, rollten die Bahre in den Gefrierraum, hoben gemeinsam die Leiche darauf. In den Boden war eine Waage eingelassen. Die digitale Anzeige war so eingestellt, dass das Gewicht der Bahre abgezogen wurde. Sara rollte die Bahre auf die Wiegeplatte. Allison Spooner hatte sechsundvierzig Kilo gewogen.

Als Sara Gummihandschuhe überstreifte, tat Will es ihr gleich. Sie ließ ihn den Reißverschluss aufziehen und das Mädchen nach links und rechts drehen, damit sie den Plastiksack unter der Leiche herausziehen konnte. Dann hielt er ein Ende des Maßbands, damit sie die Größe des Mädchens feststellen konnte.

»Einhunderteinundsechzig Komma fünf Zentimeter«, sagte Will. »Nicht mal eins zweiundsechzig.«

»Ich muss mir das notieren.« Sara wusste, dass sie sich die Zahlen unmöglich alle merken konnte. An der Wand über der Arbeitsfläche hing eine Weißwandtafel. Mit dem Marker, der an einer Schnur daran befestigt war, schrieb sie Allisons Gewicht und Größe auf. Um gründlich zu sein, fügte sie auch noch ihr Alter, das Geschlecht, die Rasse und die Haarfarbe dazu. Die Augen des Mädchens waren offen, die Augenfarbe war braun.

Als Sara sich umdrehte, sah sie, dass Will die notierten Daten anstarrte. Sara hatte Abkürzungen benutzt, die auch ein normal lesefähiger Mensch kaum verstehen würde. »Geburtsdatum, Größe, Gewicht ...«

»Schon verstanden«, sagte er so knapp und barsch, wie sie es kaum je gehört hatte.

Sara verkniff es sich, das Offensichtliche auszusprechen, ihm zu sagen, dass es dumm von ihm war, sich zu schämen. Er hatte sein ganzes Leben damit zugebracht, seine Legasthenie zu verbergen, und sie würde das nicht aus der Welt schaffen, indem sie ihn im Keller des Bestattungsinstituts damit konfrontierte. Ganz zu schweigen davon, dass es sie nichts anging.

Sie trat zu dem hohen Spind neben dem Büro, weil sie annahm, dass Brock seine Ausrüstung noch immer am selben Ort aufbewahrt. »Scheiße«, murmelte sie. Die Kamera und das gesamte Zubehör lagen auf Samttüchern, die zwei Regalflächen bedeckten. Sie nahm ein Objektiv zur Hand. »Ich weiß nicht so genau, wie man dieses Ding zusammenbaut.«

»Darf ich's mal versuchen?« Will wartete die Antwort nicht ab. Er nahm das Objektiv zur Hand und schraubte es auf die Kamera, montierte dann die Scheinwerfer, das Blitzlicht und die Metallführung, die den Abstand anzeigte. Er drückte auf mehrere Knöpfe, bis das LCD-Display ansprang, und blätterte dann durch alle Icons, bis er gefunden hatte, wonach er suchte.

Sara hatte zwei Abschlüsse und eine amtliche Zulassung als Leichenbeschauerin in der Tasche, aber die Hölle wäre zugefroren, ehe sie herausgefunden hätte, wie man mit dieser Kamera umging. Nun war die Neugier stärker als ihr früherer Entschluss zur Zurückhaltung. »Haben Sie sich je testen lassen?«

»Nein.« Er stand hinter Sara und hielt ihr die Kamera vor das Gesicht, damit sie alles sehen konnte. »Hier zoomt man«, sagte er und drückte auf den Schalter.

»Sie könnten wahrscheinlich …«

»Das ist Makro.«

»Will …«

»Super-Makro.« Er redete über ihren Kopf hinweg, bis sie schließlich aufgab. »Hier stellen Sie die Farbe ein. Das ist das Licht. Gegen Verwackeln. Gegen rote Augen.« Er klickte sich durch das Menu wie ein Fotografielehrer.

Schließlich gab Sara nach. »Wie wär's, wenn ich zeige, und Sie fotografieren?«

»Okay.« Sein Rücken war steif, und sie merkte, dass er irritiert war.

»Tut mir leid, dass ich …«

»Bitte entschuldigen Sie sich nicht.«

Sara schaute ihm einige Augenblicke lang in die Augen und wünschte sich, sie könnte die Situation ungeschehen machen. Es gab nichts zu sagen, wenn sie sich nicht einmal entschuldigen durfte.

»Fangen wir an«, sagte sie schließlich.

Sara dirigierte ihn um den Tisch herum, und er fotografierte Allison Spooner vom Kopf bis zu den Zehen. Die Wärmejacke. Die Stichwunde im Nacken. Den Schlitz im Stoff, wo das Messer durchgedrungen war. Die Zahnspuren auf der Innenseite ihrer Unterlippe.

Sie schlug die zerrissene Jeans zurück, um das Knie freizulegen. Ein halbmondförmiger Riss war zu sehen, ein Hautfetzen hing herunter. Eine dunkle Verfärbung markierte die Stelle des Aufpralls. »Diese Art von Verletzung kommt von einem stumpfen Schlag. Sie knallte mit Wucht auf das Knie, wahrscheinlich mit ihrem ganzen Gewicht, eindeutig auf etwas Hartes, einen Stein etwa. Der Aufprall hat die Haut aufplatzen lassen.«

»Können wir uns die Handgelenke anschauen?«

Die Jacke bauschte sich an den Händen des Mädchens. Sara schob den Stoff nach oben.

Er schoss ein paar Fotos. »Fesselspuren?«

Sara bückte sich, um sich die Striemen genauer anzusehen. Sie kontrollierte auch das andere Handgelenk. Die Adern waren von einem irisierenden Blau. Rote Linien durchzogen die Haut.

»Es dauert zwischen zwei Stunden und zwei Tage nach dem

Eintauchen, bis Leichen anfangen, im Wasser zu treiben«, erklärte sie. »Die Verwesung setzt schnell ein – sobald Herz und Lunge aufhören zu arbeiten, wendet der Körper sich gegen sich selbst. Aus den Eingeweiden sickern Bakterien. Es bilden sich Gase, die den Auftrieb verursachen. Die Waschbetonblöcke dürften verhindert haben, dass die Leiche die Oberfläche durchbrach. Das kalte Wasser dürfte die Verwesung etwas verzögert haben. Ich weiß nicht, welche Temperatur der See hatte, aber wir können davon ausgehen, dass sie nur knapp über dem Gefrierpunkt lag. Wahrscheinlich trieb sie mit dem Gesicht nach unten, die Hände in Richtung Seegrund hängend. An den Fingerspitzen bildeten sich Leichenflecken, die hochwanderten und sich in den Handgelenken festsetzten. Ich nehme an, man könnte diese Verfärbungen für Fesselspuren halten. Zu dieser frühen Morgenstunde war es sicher noch dunkel.« Sara konnte nicht noch mehr Ausreden für Frank erfinden. »Ehrlich gesagt, ich dachte, Frank würde lügen, als er es mir zum ersten Mal sagte.«

»Warum bei so etwas lügen?«, fragte Will. »Die Stichwunde war doch Beweis genug, dass hier etwas ganz und gar nicht stimmte.«

»Das müssen Sie Frank fragen.«

»Ich habe diverse Fragen an ihn, falls er sich je zeigt.«

»Wahrscheinlich ist er bei Brad. Frank kennt ihn seit seiner Kindheit. Wir alle kennen Brad schon so lange.«

Will nickte nur.

Sara legte das Lineal neben Allisons Handgelenk, damit er ein Foto machen konnte. Danach drehte sie die Hand um. In der Falte des Handgelenks war eine schwache Narbe zu sehen. Sie kontrollierte die andere Hand. »Sie hat schon einmal versucht, sich umzubringen. Eine Rasierklinge, vielleicht ein sehr scharfes Messer. Ich würde sagen, während der letzten zehn Jahre.«

Will betrachtete die leicht erhöhten, weißen Linien. »Wie war Tommy so?«

Die Frage überraschte sie, weil sie auf Allison konzentriert war. Letzte Nacht hatte Sara nicht viel geschlafen. Sie hatte viel Zeit gehabt, über Tommy nachzudenken. »Er war fröhlich«, antwortete sie. »Ich kann mich an keine Minute erinnern, in der er nicht lächelte. Auch wenn er traurig war.«

»Haben Sie ihn je wütend gesehen?«

»Nein.«

»Hatte er je Knochenbrüche oder blaue Flecken?«

Sie schüttelte den Kopf, weil sie wusste, wohin das führte. »Gordon ging sehr sanft mit ihm um. Wütend sah ich ihn nur einmal, als Tommy ein Glas Kleister gegessen hatte.«

Will lächelte versonnen. »Ich habe auch Kleister gegessen.« Er ließ die Kamera seitlich an den Körper sinken. »Ob er wohl immer noch so gut schmeckt wie damals?«

Sara lachte. »Ich würde Ihnen nicht empfehlen, es auszuprobieren. Tommy fühlte sich danach tagelang schlecht.«

»Sie haben mir nicht gesagt, dass Lena vergewaltigt wurde.«

Diese Bemerkung kam völlig aus heiterem Himmel. Sara war überrumpelt, und vermutlich war genau das seine Absicht gewesen. »Das ist schon sehr lange her.«

»Faith hat es im Internet gefunden.«

Sie beschäftigte sich an der hinteren Arbeitsfläche und fand eine Rolle braunes Packpapier, auf dem sie die Kleidungsstücke auslegen konnte. »Ist das wichtig?«

»Weiß ich nicht. Es stört mich nur, dass Sie es nicht gesagt haben.«

Sara breitete das Papier aus. »Viele Frauen wurden vergewaltigt.« Als er nicht reagierte, schaute sie auf. »Sie sollten kein Mitleid mit ihr haben, Will. Sie kann das perfekt – bei Leuten Mitleid erwecken.«

»Ich glaube, sie bedauert das, was mit Tommy passiert ist.«

Sara schüttelte den Kopf. »Sie können von ihr nichts Gutes erwarten. Sie ist kein normaler Mensch. Sie hat keine Freundlichkeit in sich.«

Er wählte seine Worte mit Bedacht und versuchte, mit seinem Blick zu verstärken, was er meinte. »Ich habe in meinem Leben eine Menge Menschen kennengelernt, die wirklich unfreundlich waren.«

»Trotzdem …«

»Ich glaube nicht, dass Lena völlig seelenlos ist. Ich glaube, sie ist zornig und selbstzerstörerisch, und sie fühlt sich in die Enge getrieben.«

»Ich habe das früher auch gedacht. Und ich hatte Mitleid mit ihr. Kurz bevor sie sich mitschuldig machte am Tod meines Mannes.«

Danach konnte Sara nicht mehr viel sagen. Sie knöpfte Allisons Bluse auf und zog das Mädchen weiter aus. Will wechselte die Speicherkarte und fotografierte, wenn sie es ihm sagte. Sie bat ihn nicht um Hilfe, als sie ein weißes Laken über Allisons Leiche zog. Das kameradschaftliche Schweigen war nur noch eine vage Erinnerung. Die Spannung war jetzt so stark, dass Sara Kopfschmerzen bekam. Sie ärgerte sich über sich selbst, dass ihr das wichtig war. Will Trent war nicht ihr Freund. Seine Legasthenie, sein merkwürdiger Humor, seine schmutzigen Klamotten – das alles ging sie nichts an. Sie wollte von ihm nur, dass er seine Arbeit abschloss und dann zu seiner Frau zurückkehrte.

Draußen hörte man die Metalltür knallen. Augenblicke später kam Frank Wallace mit einem Pappkarton unter dem Arm herein. Er trug einen langen Trenchcoat und Lederhandschuhe. Seine Haare waren regennass.

»Chief Wallace. Schön, Sie endlich kennenzulernen«, sagte Will. »So langsam dachte ich, Sie wollen mir aus dem Weg gehen.«

»Wollen Sie mir sagen, warum Sie die Hälfte meiner Jungs im strömenden Regen im Kreis herumlaufen lassen?«

»Ich nehme an, Sie haben gehört, dass wir den Tatort gefunden haben, wo Allison Spooner erstochen wurde.«

»Haben Sie das Blut schon getestet? Wer weiß, könnte ja auch von einem Tier sein.«

»Ja, ich habe es vor Ort getestet«, erwiderte Will. »Es ist menschliches Blut.«

»Na gut, dann hat er sie also im Wald umgebracht.«

»Sieht so aus.«

»Ich habe die Suche abgeblasen. Sie können Ihr eigenes Team antanzen lassen, wenn Sie fünfzehn Zentimeter Schlamm durchwühlen wollen.«

»Das ist eine sehr gute Idee, Chief Wallace. Ich glaube, ich werde ein Team dazurufen.«

Frank war offensichtlich fertig mit Will. Er warf Sara den Karton vor die Füße. »Das hier sind alle Beweisstücke, die wir haben.« Sie hielt den Atem an, bis er wieder einige Schritte entfernt war. Er roch widerlich, eine Mischung aus Mundwasser, Schweiß und Tabak.

»Ich hoffe, Sie haben nichts dagegen, Chief Wallace«, sagte Will nun, »dass ich Detective Adams gebeten habe, die Nachbarn noch einmal zu befragen und auch mit Allisons Lehrern vom College zu sprechen.«

»Tun Sie doch, was Sie wollen«, brummte Frank. »Mit der bin ich fertig.«

»Gibt es ein Problem?«

»Sie wären nicht hier, wenn's keines gäbe.« Frank hustete in seinen Handschuh. Bei dem Geräusch zuckte Sara zusammen. »Lena hat diese ganze Geschichte von Anfang an vermasselt. Ich halte für sie nicht mehr den Kopf hin. Sie ist eine schlechte Polizistin. Sie ist mitschuldig am Tod eines Menschen.« Er schaute Sara bedeutungsvoll an. »Noch eines anderen.«

Sara wurde es zugleich heiß und kalt. Frank sagte all das, was sie hören wollte – all die Dinge, die sie in ihrem Herzen wusste –, aber aus seinem Mund klangen die Worte schmutzig. Er benutzte Jeffreys Tod, während Sara versuchte, ihn zu rächen.

»Lena berichtete mir, Sie hätten gestern Abend mit Lionel Harris gesprochen?«

Plötzlich wirkte Frank nervös. »Lionel weiß rein gar nichts«, entgegnete er Will.

»Dennoch könnte er persönliche Informationen über Allison haben.«

»Lionels Daddy hat ihn genau richtig erzogen. Er würde sich hüten, um kleine weiße Mädchen aus dem College herumzuschnüffeln.«

Sara klappte vor Überraschung der Mund auf.

Frank tat ihre Reaktion mit einem Achselzucken ab. »Du weißt, wie ich das meine, Herzchen. Es gibt einfach nicht vieles, was ein dreiundsechzigjähriger Schwarzer mit einem einundzwanzigjährigen weißen Mädchen gemeinsam hat.« Er nickte in Allisons Richtung. »Was hast du herausgefunden?«

Sara fehlten die Worte, um ihm zu antworten.

Will sprang für sie ein. »Stichwunde in den Nacken. Noch haben wir keine eindeutige Todesursache.«

Will suchte Saras Blick. Sie nickte zustimmend, obwohl sie schockiert war über das, was Frank gesagt hatte. In Gegenwart ihrer Eltern redete er nie so. Eddie hätte Frank die Tür gewiesen, wenn Cathy ihn nicht schon vorher dazu verdonnert hätte. Sara wollte es seiner Erschöpfung zuschreiben. Er sah mit Sicherheit noch schlimmer aus als am Tag zuvor. Jedes Kleidungsstück, das er trug, vom billigen Anzug bis zum Trenchcoat, war so zerknittert, als hätte er darin geschlafen. Die Haut hing ihm schlaff am Gesicht herab. Seine Augen glänzten im Licht. Und noch immer hatte er seine Handschuhe nicht ausgezogen.

Will wechselte das Thema. »Chief Wallace, haben Sie Ihren Bericht über den Vorfall in der Garage schon abgeschlossen?«

Frank straffte sich. »Ich arbeite daran.«

»Können Sie es schnell mit mir durchgehen? Nur das Wichtigste. Die Details bekomme ich ja dann, wenn Sie Ihren Bericht abliefern.«

Franks Stimme klang barsch, man merkte ihm deutlich an, dass er sich nicht gerne etwas sagen ließ. »Tommy stand mit einem Messer in der Hand in der Garage. Wir sagten ihm, er solle es weglegen. Er tat es nicht.«

Sara wartete auf mehr, aber Will fragte sofort nach: »Und dann?«

Frank zuckte noch einmal lässig mit den Achseln. »Der Junge drehte durch. Er stieß Lena beiseite. Ich wollte ihr helfen. Er kam mit dem Messer auf mich zu, verletzte mich am Arm. Kurz darauf sah ich ihn die Straße hinunterrennen. Brad jagte hinter ihm her. Ich sagte Lena, sie solle ihm ebenfalls nachlaufen.« Er hielt kurz inne. »Damit hat sie sich aber Zeit gelassen.«

»Sie zögerte?«

»Normalerweise rennt Lena in die andere Richtung, wenn's irgendwo brennt.« Er warf Sara einen flüchtigen Blick zu, als erwarte er Zustimmung von ihr. Saras Erfahrung nach stimmte genau das Gegenteil. Lena stand immer so dicht am Feuer, wie es nur ging. Das war der beste Aussichtspunkt, um Leute brennen zu sehen.

»Sie trabte hinter ihm her«, fuhr Frank fort. »Brad war schließlich derjenige, der dafür bezahlen musste.«

Will lehnte an der Arbeitsfläche, eine Hand auf die Kante gestützt. Sein Befragungsstil war auf jeden Fall ungewöhnlich. Mit einem Bier in der Hand könnte er ebenso gut bei einer Grillparty stehen und über Football reden. »Hat irgendjemand seine Waffe abgefeuert?«

»Nein.«

Will nickte langsam und ließ sich Zeit mit der nächsten Frage. »Als Sie das Garagentor öffneten, hatte Tommy da das Messer bereits in der Hand?«

Frank bückte sich und zog eine Beweismitteltüte aus dem Karton. »Dieses Messer.«

Will nahm die Tüte nicht entgegen, deshalb tat Sara es. Das Jagdmesser war auf der einen Seite gezahnt und auf der anderen scharf. Das Heft war wuchtig. Die Klinge war mindestens dreizehn Zentimeter lang und vier Zentimeter breit. Es war ein Wunder, dass Brad noch am Leben war. Ohne nachzudenken, plapperte Sara drauflos: »Das ist nicht das Messer, das bei Allison verwendet wurde.«

Will nahm Sara die Waffe ab. Er warf ihr einen Blick zu, den Tommy Braham wahrscheinlich jeden Tag seines Lebens ertragen musste. Zu Frank sagte er: »Das sieht neu aus.«

Frank warf nur einen flüchtigen Blick auf das Messer. »Na und?«

»War Tommy ein Messerfan?«

Frank verschränkte wieder die Arme. Trotz der relativen Kühle im Keller schien er in Mantel und Handschuhen förmlich zu glühen. »Offensichtlich hatte er mindestens zwei. Wie Frau Doktor schon sagte: Das ist nicht das Messer, das bei dem Mädchen verwendet wurde.«

Sara wäre am liebsten im Boden versunken.

»Wie kamen Sie auf den Verdacht, dass Tommy mit dem Mord an Allison etwas zu tun haben könnte? Abgesehen von dem Messer in seiner Hand?«

»Er war in ihrer Wohnung.«

Will behielt alle gegenteiligen Informationen für sich,

aber Sara merkte, dass er es geschafft hatte, eine Antwort aus Frank herauszubekommen. Wenn Lena mit Frank gesprochen hatte, dann hatte sie nicht erwähnt, dass Tommy in der Garage wohnte, nicht Allison.

Frank riss nun offensichtlich der Geduldsfaden. »Hören Sie, Junge, ich mach diese Arbeit schon eine sehr lange Zeit. Es gibt zwei Gründe, warum ein Mann einer Frau so was antut: Sex und Sex. Tommy hat doch bereits gestanden. Was soll das Ganze?«

Will lächelte. »Dr. Linton, Sie haben bei Allison Spooner noch keine umfassende Untersuchung durchgeführt, aber gibt es irgendwelche Hinweise auf einen sexuellen Übergriff?«

Sara war überrascht, plötzlich wieder Teil des Gesprächs zu sein. »Ich konnte noch keine feststellen.«

»War ihre Kleidung zerrissen?«

»Sie hatte einen Riss im Knie ihrer Jeans infolge eines Sturzes. Ihre Jacke zeigte einen Einstich.«

»Gibt es irgendwelche signifikanten Wunden außer der in ihrem Nacken?«

»Ich konnte keine finden.«

»Tommy wollte also Sex mit Allison. Sie lehnte ab. Er zerriss ihre Kleidung nicht. Er versuchte nicht, sie auf irgendeine Weise zu zwingen. Er setzt sie auf seinen Roller und fährt sie hinaus zum See. Er sticht ihr ein Mal in den Nacken. Und dann wirft er sie samt Kette und Waschbetonsteinen in den See, schreibt einen falschen Abschiedsbrief und kehrt zurück, um ihre Wohnung zu putzen. Kommt das in etwa hin, Chief Wallace?«

Frank reckte das Kinn vor. Er strahlte Feindseligkeit aus wie ein Feuer die Hitze.

»Dieser Brief«, fuhr Will fort, »lässt mir keine Ruhe. Warum sie nicht einfach in den See werfen und es dabei belassen? Es ist fraglich, ob irgendjemand sie gefunden hätte. Der See ist ziemlich tief, richtig?« Als Frank nicht antwortete, schaute er zu Sara. »Richtig?«

Sie nickte. »Richtig.«

Will schien auf eine Antwort von Frank zu warten, die aber nicht kam. Sara erwartete, dass er ihn nach dem 911er-Anruf fragte, nach dem erwähnten Freund. Will tat es nicht. Er lehnte einfach an der Arbeitsfläche und wartete darauf, dass Frank etwas sagte. Frank dagegen schien verzweifelt nach einer Erklärung zu suchen.

Schließlich sagte er: »Der Junge war zurückgeblieben. Oder, Doc?«

»Es wäre mir lieber, wenn du das Wort nicht benutzen würdest«, entgegnete Sara. »Er …«

»Es ist so, wie's ist«, fuhr Frank dazwischen. »Tommy war dumm. Mit Dummen kann man nicht vernünftig reden. Er hat nur ein Mal auf sie eingestochen? Na und? Er hat einen Brief hinterlassen? Na und? Er war zurückgeblieben.«

Will ließ Franks Sätze einen Augenblick in der Luft hängen. »Sie kannten Allison, nicht wahr? Aus dem Diner?«

»Ich habe sie ab und zu mal gesehen.«

»Haben Sie ihr Auto schon gefunden?«

»Nein.«

Will lächelte. »Haben Sie Tommys Auto untersucht?«

»Ich sag's Ihnen ja nicht gerne, Einstein, aber der Zurückgebliebene hat gestanden. Ende der Geschichte.« Er schaute auf die Uhr. »Ich kann nicht den ganzen Tag hier herumhängen und Ihnen Honig ums Mal schmieren. Ich wollte mich nur darum kümmern, dass Sie die Beweisstücke bekommen.« Er nickte Sara zu. »Du kannst mich auf dem Handy erreichen, falls du mich brauchst. Ich muss wieder zu Brad.«

Will protestierte nicht gegen den abrupten Abgang. »Vielen Dank, Chief. Ich weiß Ihre Kooperation sehr zu schätzen.«

Frank wusste nicht so recht, ob Will das sarkastisch meinte oder nicht. Er ignorierte die Bemerkung und sagte, bevor er aus dem Zimmer stürmte, zu Sara: »Ich sag dir Bescheid wegen Brad.«

Sara wusste nicht, was sie erwidern sollte. Will hatte einfach hingenommen, dass die wichtigen Fragen unbeantwortet blieben. Jeffreys Befragungsstil war viel aggressiver gewesen. Hätte er Frank so in der Ecke gehabt, hätte er ihn nicht mehr aus dem Zimmer gelassen. Sie drehte sich zu Will um. Er lehnte noch immer an der Arbeitsfläche.

Sie wollte nicht noch einmal das Offensichtliche ungesagt lassen. »Warum haben Sie ihn nicht nach Allisons Freund gefragt?«

Er zuckte die Achseln. »Eine Antwort ist ohne Bedeutung, wenn sie eine Lüge ist.«

»Ich gebe zu, dass er sich wie ein Arschloch aufgeführt hat, aber er war auch entgegenkommend.« Sie zog die Gummihandschuhe aus und warf sie in den Abfalleimer. »Sind Sie je auf den Gedanken gekommen, dass er keine Ahnung hat, dass Lena all diese Beweise manipuliert?«

Will kratzte sich am Kinn. »Ich habe die Erfahrung gemacht, dass die Leute aus den unterschiedlichsten Gründen Dinge zu verbergen versuchen. Sie wollen nicht, dass ein anderer schlecht dasteht. Sie glauben, sie tun das Richtige, tatsächlich aber tun sie es nicht. Tatsächlich behindern sie eine Ermittlung.«

Sara hatte keine Ahnung, wohin das führen sollte. »Ich kenne Frank schon sehr lange. Trotz dieser blöden, ignoranten Sprüche, die er über Lionel gesagt hat, ist er kein schlechter Mensch.«

»*Herzchen* ...«

Sie verdrehte die Augen. »Ich weiß, es sieht so aus, als würde ich ihm zu nahe ...«

»Die waren ziemlich hübsch, die Handschuhe, die er trug.«

Sara merkte, dass ihr der Atem stockte. »Jetzt bin ich direkt hineingetappt, nicht?«

»Tommy wurde verprügelt.«

Sie seufzte. Rein instinktiv hatte sie Frank verteidigt. Sie hatte nie daran gedacht, dass Will es als das sehen würde, was es wirklich war – die Unterschlagung von Beweisen.

Sie seufzte. »Frank hatte einen ziemlich üblen Schnitt an der Hand. Offensichtlich wurde er im Krankenhaus genäht.«

»Ich kann mir nicht vorstellen, dass man ihm dort viele Fragen gestellt hat.«

»Wahrscheinlich nicht.« Auch im Grady war man bei Polizisten mit verdächtigen Verletzungen eher großzügig.

»Wie gefährlich ist ein Schuss, wenn die Kugel nur die Hand streift?«

»Wer wurde angeschossen?«

Will antwortete nicht. »Sagen wir mal, Sie haben einen Streifschuss an der Hand und lassen sich nicht medizinisch versorgen. Sie haben einen Erste-Hilfe-Kasten, reinigen die Wunde selbst und klatschen dann ein Pflaster darauf. Wie hoch ist das Risiko einer Infektion?«

»Extrem hoch.«

»Was sind die Symptome?«

»Kommt auf die Art der Infektion an, ob sie in den Blutkreislauf gelangt oder nicht. Passieren kann so ziemlich alles von Fieber und Schüttelfrost bis hin zu Organversagen und Gehirnschäden.« Sie wiederholte die Frage. »Wer wurde angeschossen?«

»Lena.« Er hielt die Hand in die Höhe und zeigte auf die Innenfläche. »Hier an der Seite.«

Sara gab es einen Stich, doch nicht wegen Lena, denn die war durchaus in der Lage, sich um sich selbst zu kümmern. »Hat Frank sie angeschossen?«

Will zuckte die Achseln. »Das ist wahrscheinlich. Haben Sie den Schnitt auf seinem Arm gesehen?«

Sie schüttelte wieder den Kopf.

»Ich glaube, er hat ihn sich an einem Metallteil aufgerissen, das von der Führung des Garagentors absteht.«

Sara legte ihre Hand auf die Arbeitsfläche, sie musste sich abstützen. Frank hatte direkt vor ihr gestanden und gesagt, Tommy hätte ihn mit dem Messer geschnitten. »Warum sollte er deswegen lügen?«

»Er ist Alkoholiker, nicht wahr?«

Sie schüttelte den Kopf, aber diesmal war es mehr aus Verwirrung. »Früher hat er bei der Arbeit nie getrunken. Zumindest habe ich es nie gesehen.«

»Und jetzt?«

»Gestern hatte er getrunken. Ich weiß nicht, wie viel, aber ich konnte es an ihm riechen, als ich ins Revier kam. Ich habe einfach angenommen, dass er erschüttert wegen Brad war. Diese Generation …« Sie beendete den Satz nicht. »Schätze, ich habe es mir schöngeredet, weil Frank aus einer Zeit stammt, als es normal war, tagsüber ein bisschen was zu trinken. Mein Mann hätte das nie toleriert. Nicht solange Frank im Dienst war.«

»Seit seinem Tod hat sich viel verändert, Sara.« Will sprach sanft. »Das ist nicht mehr Jeffreys Polizeieinheit. Er ist nicht mehr hier, um sie bei der Stange zu halten.«

Sara spürte, wie ihr die Tränen in die Augen traten. Sie wischte sie weg und lachte über sich selbst. »Mein Gott, Will, warum weine ich vor Ihnen immer?«

»Ich hoffe, es ist nicht mein Rasierwasser.«

Sie lachte halbherzig. »Und jetzt?«

Will kniete sich hin und wühlte in dem Karton mit den Beweisstücken. »Frank weiß, dass Allison ein Auto hatte. Lena nicht. Lena weiß, dass Allison nicht in der Garage wohnte.

Frank nicht.« Er nahm eine Damenbrieftasche zur Hand und öffnete die Schließe. »Komisch, dass sie in diesem Fall nicht zusammenarbeiten.«

»Frank hat ziemlich deutlich gesagt, dass er mit ihr fertig ist. Von meinem persönlichen Rachefeldzug einmal abgesehen hat er genügend Gründe, sie fallenzulassen.«

»Ich nehme an, die beiden haben zusammen viel durchgemacht. Warum lässt er sie gerade jetzt im Regen stehen?«

Darauf hatte Sara keine Antwort. Will hatte recht. Lena hatte in ihrer Laufbahn vieles getan, wofür Frank den Kopf hingehalten hatte. »Vielleicht ist es einfach der letzte Strohhalm. Tommy ist tot. Brad ist schwer verletzt.«

»Ich habe auf der Fahrt hierher mit Faith telefoniert. Nach ihren Recherchen gibt es keine Julie Smith. Die Handynummer, die Sie mir gegeben haben, ist von einem Prepaidhandy, das in einem Radio Shack in Cooperstown gekauft wurde.«

»Das ist ungefähr eine Dreiviertelstunde entfernt.«

»Offensichtlich hatten auch Tommy und Allison Prepaidhandys. Von beiden gibt es keine Telefondaten. Wir brauchen ihre Nummern, um herauszufinden, wo die Dinger gekauft wurden, aber ich schätze, das wird nicht viel bringen.« Er nahm das Messer in die Hand, das Frank ihnen gegeben hatte. »An dem hier scheint kein Blut zu sein. Würden die Ärzte es bei der Operation reinigen?«

»Sie würden Jod darüberschütten, aber es nicht reinigen. Zumindest am Heft sollte man Blut nachweisen können.«

»Ja«, pflichtete er ihr bei. »Ich lasse den Agenten vor Ort einen Labortest machen. Kann ich ein paar Proben hierlassen, damit er alles auf einmal mitnehmen kann, wenn Sie fertig sind?«

»Nick Shelton?«

»Sie kennen ihn?«

»Er hat sehr oft mit meinem Mann gearbeitet. Ich kann ihn anrufen, wenn ich fertig bin.«

Will nahm den Abschiedsbrief zur Hand und starrte die Wörter an. »Ich verstehe das nicht.«

»Da steht: Ich will es vorbei haben.«

Er schaute sie scharf an. »Vielen Dank, Sara. Ich weiß, was da steht. Was ich nicht verstehe, ist, wer ihn geschrieben hat.«

»Der Mörder?«, fragte sie zaghaft.

»Möglich.« Will kauerte sich hin und starrte die Zeile an, die am obersten Rand des Blattes stand. »Ich glaube, wir haben es mit zwei Personen zu tun – dem Mörder und dem 911-Anrufer. Der Mörder hat mit Allison gemacht, was er machen wollte, und der Anrufer versucht, ihn deswegen in Schwierigkeiten zu bringen. Und dann versuchte Julie Smith, Tommy aus der Patsche zu helfen, indem sie Sie anrief.«

»Das klingt jetzt so, als hätten Sie ihn aus dem Kreis der Verdächtigen gestrichen.«

»Ich dachte, Sie stellen nicht gerne Mutmaßungen an.«

»Ich habe nichts dagegen, wenn andere es tun.«

Will kicherte, löste aber den Blick nicht von dem Blatt. »Falls der Mörder das schrieb – wem will er sagen, dass er es vorüber haben will?«

Sie kniete sich hin und schaute ihm über die Schulter. »Die Handschrift sieht nicht aus wie Tommys.« Sie deutete auf das »I« im ersten Wort. »Sehen Sie das? In seinem Geständnis benutzte Tommy einen formellen Großbuchstaben und ...« Sara bemerkte, dass Will mit ihrer Erklärung nichts anfangen konnte. »Okay, stellen Sie es sich so vor: ›I‹ ist wie ein Stamm, und es gibt Äste ... na ja, keine Äste, eher wie Querstangen ...« Sie verstummte. Sich die Form von Buchstaben vorzustellen, das gehörte zum Kern seines Problems.

»Es ist frustrierend«, sagte Will. »Wenn er nur was Einfacheres geschrieben hätte. Zum Beispiel ein Smiley.«

Sara blieb eine Antwort erspart, weil Wills Handy klingelte.

»Will Trent.« Er hörte mindestens eine Minute zu, bevor er etwas sagte. »Nein. Machen Sie weiter. Sagen Sie ihm, ich bin in ein paar Minuten da.« Er klappte das Handy zu. »Der Tag wird immer schlimmer.«

»Was ist los?«

»Wir haben noch eine Leiche.«

12. Kapitel

Will folgte Sara in seinem Auto zum Campus. Allmählich erkannte er Orientierungspunkte wieder, Häuser mit Zäunen und Kinderschaukeln, die ihm so vertraut waren, dass er sich an die Abbiegungen erinnerte. Der Campus jedoch war neues Terrain, und wie bei vielen Colleges schien auch dieses Gelände nicht einem durchdachten Entwurf zu folgen. Gebäude waren hinzugefügt worden, wenn das Geld da war, um sie zu bauen. Deshalb erstreckte sich der Campus über mehrere Hektar wie eine Hand mit zu vielen Fingern.

Will hatte den Vormittag mit Lena Adams verbracht, und inzwischen glaubte er, ihre Stimmung interpretieren zu können. Am Telefon hatte sie sehr angespannt geklungen. Sie war kurz davor zusammenzubrechen. Will wollte sie noch ein bisschen heftiger bedrängen, aber er hätte sie unmöglich zum Tatort bestellen können. Sara hatte unmissverständlich klargemacht, dass sie mit der Frau, die in ihren Augen für den Tod ihres Mannes verantwortlich war, auf keinen Fall im selben Raum sein wollte. Und im Augenblick brauchte Will Saras forensischen Blick dringender als Lenas Geständnis.

Er wählte Faiths Nummer, während er sein Auto um den See herumsteuerte. Will sah das Bootshaus, das Lena ihm zuvor gezeigt hatte. An den Wänden stapelten sich Kanus und Kajaks.

»Sie können noch für drei Stunden über mich verfügen«, sagte Faith als Begrüßung.

»Wir haben ein zweites Opfer. Sie glauben, dass er Jason Howell heißt.«

»Das sind gute Nachrichten.« Faith war kaum der optimistische Typ, aber sie hatte recht. Ein neues Opfer bedeutete einen neuen Tatort und neue Indizien, denen man nachgehen konnte. Denn sie hatten absolut keine zweckdienlichen Informationen über Allison Spooner aufgetan. Die Tante war nirgendwo zu finden. Allison hatte weder zu Hause noch im College irgendwelche Beziehungen geknüpft. Der einzige Mensch, der ihren Verlust zu bedauern schien, war Lionel Harris vom Diner, und der war wohl kaum ein enger Freund. Aber Jason Howells Tod würde mit Sicherheit neue Spuren eröffnen. Eine zweite Leiche bedeutete eine zweite Ermittlungslinie. Man braucht nur ein Detail zu finden, eine Person, einen Feind oder einen Freund, der Allison Spooner und Jason Howell miteinander verband, und für gewöhnlich konnte dieses Detail dann zum Mörder führen. Sogar die vorsichtigsten Mörder machten Fehler. Zwei Tatorte bedeuteten zweimal so viele Fehler.

»Sie werden Schwierigkeiten haben, einen Gerichtsbeschluss für die Namen aller Studenten in diesem Wohnheim zu kriegen«, sagte Faith.

»Ich hoffe, das College zeigt sich hilfsbereit.«

»Ich hoffe, mein Baby kommt mit einem Sack voller Gold im Arm heraus.«

Da hatte sie nicht ganz unrecht. Colleges waren berüchtigt für ihr Streben nach Vertraulichkeit. »Wie weit sind wir mit dem Durchsuchungsbeschluss für Allisons Zimmer?«

»Sie meinen das richtige Zimmer?« Ihr schien das Spaß zu machen. »Ich habe ihn vor ungefähr zehn Minuten ins Revier gefaxt. Für das Braham-Haus gibt's keinen Festnetzanschluss, das ist also eine Sackgasse. Gab's bei der Autopsie irgendwas Neues?«

Er berichtete ihr von Allisons Verletzung. »Es ist ungewöhnlich, dass der Mörder ihr in den Nacken gestochen hat, anstatt ihr die Kehle durchzuschneiden.«

»Ich lasse die Daten gleich durch ViCAP laufen.« Sie meinte das *Violent Criminal Apprehension Program* des FBI, eine Datenbank, mit der man nach Ähnlichkeiten in kriminellem Verhalten filtern konnte. Falls Allisons Mörder diese Methode schon einmal benutzt hatte, hätte ViCAP Daten des Falls.

»Können Sie auch Nick Shelton anrufen?«, fragte Will.

»Er ist hier der Agent vor Ort. Sara kennt ihn. Ich will, dass er für mich Proben ins Zentrallabor bringt. Sara wird ihm Bescheid sagen, wenn sie alles fertig hat.«

»Sonst noch was?«

»Ich brauche noch immer die Audioaufzeichnung dieses 911-Anrufs. Ich will, dass Sara sich die Stimme anhört und mir sagt, ob sie zu unserer Julie Smith gehört.«

»Können Sie einen Satz ohne den Namen Sara sagen?«

Will kratzte sich am Kinn, seine Finger berührten die Narbe, die sich über sein Gesicht zog. Er war wieder nervös, fast so, wie er sich gefühlt hatte, als er mit Sara im Keller des Bestattungsinstituts geredet hatte.

»Wissen Sie, ob Charlie diese Woche im Zentrallabor ist?«, fragte Faith.

»Nein.« Charlie Reed gehörte zu Amandas Team. Er war der beste Forensiker, mit dem Will je gearbeitet hatte. »Das Labor ist eine Stunde von hier weg.«

»Soll ich ihn anrufen und fragen, ob er kommen kann?«

Will dachte an die Garage, den Tatort im Wald. Inzwischen bearbeitete er zwei Fälle – einen gegen Lena Adams und Frank Wallace und den anderen gegen die Person, die Allison Spooner und vermutlich auch ihr neues Opfer umgebracht hatte. »Ich habe dem Chief hier gesagt, ich hole mir mein eigenes Team dazu. Diese Drohung könnte ich ja ebenso gut in die Tat umsetzen.«

»Ich rufe ihn an«, sagte Faith. »ViCAP zeigt keine vergleichbaren Treffer zu einem Mörder, der vom Nacken her die Karotis-Hülle, die Halsschlagader, die Drosselvene oder die Halsschlagader *und* die Drosselvene durchtrennte. Ich habe auch die Messerdrehung eingegeben. Auch hier keine Ähnlichkeiten in der Vorgehensweise.«

»Ich schätze, das ist eine gute Nachricht.«

»Oder eine wirklich schlechte«, entgegnete sie. »Das ist ein sauberer Mord, Will. So was schafft man nicht beim ersten Mal. In der Hinsicht muss ich Sara zustimmen. Ich kann mir nicht vorstellen, dass Ihr zurückgebliebener Junge das getan hat.«

»Intellektuell behindert.« Seit Sara ihn auf das Problem hingewiesen hatte, ärgerte er sich, sooft dieses Wort verwendet wurde. Will vermutete, er sollte eine gewisse Solidarität mit Tommy Braham empfinden, da sie beide ein Problem hatten. »Rufen Sie mich an, wenn Sie was von Charlie gehört haben.«

»Mach ich.«

Will klappte sein Handy zu, um den Anruf zu beenden. Vor ihm bog Saras SUV in eine kreisrunde Einfahrt ein, die zu einem dreistöckigen Backsteingebäude führte. Sie parkte hinter einem Streifenwagen des Campus-Sicherheitsdienstes vor dem Haupteingang. Es regnete noch immer unbarmherzig. Sie zog die Kapuze ihrer Jacke über den Kopf, bevor sie die Stufen zum Eingang hinauflief.

Will stieg aus und eilte hinter ihr her, quer durch Pfützen. Seine Socken waren noch nicht getrocknet, seit er am Vormittag in den See gestiegen war, und scheuerten an der Ferse eine große Blase.

Sara wartete in einer kleinen Nische zwischen zwei Glastüren auf ihn. Die Ärmel ihrer Jacke waren tropfnass. Sie klopfte ans Glas. »In dem Streifenwagen vor der Tür sitzt niemand.« Sie hielt die Hände wie eine Röhre ans Glas. »Sollte nicht eigentlich jemand hier sein?«

»Der Wachmann hatte den Befehl, im Gebäude zu bleiben, bis wir eintreffen.« Will drückte ein paar Knöpfe auf dem Tastenfeld neben der Tür. Der LCD-Bildschirm blieb leer. Er drehte sich um und suchte nach einer Kamera.

»Die Hintertür ist offen.«

Will schaute durch das Glas. Das Gebäude war breiter als tief. Direkt hinter der Tür war eine Treppe zu sehen. Seitlich führte ein langer Flur nach hinten. An der Rückseite leuchtete das Notausgangsschild grün über der offenen Tür.

»Wo ist die Polizei?«, fragte Sara.

»Ich habe Lena gesagt, sie soll niemanden anrufen.«

Sara schaute ihn an.

»Sie hat den Anruf auf ihrem Handy bekommen. Offensichtlich benutzt der Campus-Sicherheitsdienst sie als Kontaktperson außerhalb der normalen Dienstzeiten.«

»Frank hat Lena nicht angerufen?«

»Nein. Komisch, oder?«

»Komisch ist wohl nicht das richtige Wort dafür.«

Will antwortete nicht. Saras persönliche Beziehung färbte ihren Blickwinkel. Sie betrachtete das nicht als polizeiliche Ermittlung. Bei zwei Verdächtigen spielte man immer den einen gegen den anderen aus, um festzustellen, wer zuerst umfallen würde, um für sich die besseren Bedingungen herauszuschlagen. Selbsterhaltung war normalerweise stärker als Loyalität. Die Garage, in der Tommy gewohnt hatte, malte ein düsteres Bild für Frank und Lena. An diesem Punkt war es nur noch die Frage, wer zuerst redete.

Sara schaute noch einmal durch die Glastür. »Da ist er.«

Will sah einen kleinen schwarzen Mann über den Gang auf

sie zukommen. Er war jung und knochig, sein Uniformhemd bauschte sich wie eine Frauenbluse. Er drückte sich sein Handy an die Brust, als er zu ihnen kam. Mit der anderen Hand zog er seine Kennkarte durch ein Lesegerät neben der Tür. Das Schloss ging klickend auf.

Sara stürzte hinein. »Marty, alles okay mit dir?«

Will sah, warum sie sich Sorgen machte. Das Gesicht des Mannes war aschfahl.

»Dr. Linton«, sagte der Mann, »tut mir leid. Ich war nur schnell draußen, um wieder zu Atem zu kommen.«

»Setzen wir uns.« Sara half ihm zu einer Bank neben der Tür. Sie nahm ihren Arm nicht von seinen Schultern. »Wo ist dein Inhalator?«

»Ich habe ihn eben benutzt.« Er streckte Will die Hand entgegen. »Entschuldigen Sie meinen Zustand. Ich bin Marty Harris. Ich glaube, heute Morgen haben Sie meinen Großvater kennengelernt.«

»Will Trent.«

Marty hielt sein Handy in die Höhe. »Ich habe eben Lena berichtet, was passiert ist.« Er hustete. Langsam kehrte die Farbe in sein Gesicht zurück. »Tut mir leid, das alles hat mich zu sehr aufgeregt.«

Will lehnte sich an die Wand und schob die Hände in die Taschen. Er wusste schon lange, dass er genau das Gegenteil von dem erreichte, was er wollte, wenn er seine Verärgerung zeigte. »Können Sie mir sagen, was Sie Detective Adams gesagt haben?«

Marty hustete noch ein paarmal. Sara rieb ihm den Rücken. »Jetzt geht's schon wieder«, sagte er. »Es fällt mir nur schwer, mich an alles zu erinnern. So etwas habe ich noch nie in meinem Leben gesehen.«

Will musste sich anstrengen, um die Geduld nicht zu verlieren. Er schaute den Flur hinauf und hinunter. Die Beleuchtung brannte nicht, aber mit der Zeit gewöhnten sich seine Augen an die Lichtverhältnisse. An der Vordertür gab es keine Kamera. Er ging davon aus, dass das Kartenlesegerät am Eingang die Funktion hatte, Studenten und Besucher zu registrieren, die das Gebäude betraten. Doch über dem Notausgang in der Rückwand hing eine Kamera, und er sah, dass das Objektiv zur Decke gedreht war.

»Die war genauso, als ich ankam«, sagte ihm Marty. Er steckte sein Handy in die Brusttasche und schob sich die Brille auf der Nase hoch.

»Wann war das?«

»Vor ungefähr dreißig Minuten, schätze ich.« Marty schaute auf seine Uhr. »Es kommt mir nur sehr viel länger vor.«

»Können Sie mir sagen, was passiert ist?«

Er klopfte sich mit der Hand auf die Brust. »Ich ging meine Runde. Alle drei Stunden mache ich das. Da die Studenten über die Ferien alle weg sind, habe ich die Wohnheime nicht kontrolliert. Wir fahren nur daran vorbei, um zu überprüfen, ob die Vorder- und Hintertüren geschlossen sind, aber wir gehen nicht hinein.« Er hustete in die Hand, bevor er weiterredete. »Ich war in der Bibliothek, als mir auffiel, dass im ersten Stock eines der Fenster offen stand. Im ersten Stock dieses Gebäudes.« Er holte kurz Luft. »Ich dachte mir, das hat wahrscheinlich der Wind aufgerissen. Diese alten Fenster schließen nicht mehr richtig. Bei dem Regen handeln wir uns einen ziemlichen Wasserschaden ein, wenn ich mich nicht darum gekümmert hätte.« Er hielt wieder inne. Will sah, dass er schwitzte, obwohl es kalt war im Gebäude. »Ich bin hochgegangen und habe ihn gesehen und …« Er schüttelte den Kopf. »Ich habe die Notfallnummer gewählt.«

»Nicht 911?«

»Wir haben eine direkte Nummer, die wir anrufen, wenn auf dem Campus irgendwas passiert.«

Sara erläuterte: »Der Dekan hat etwas gegen schlechte Publicity.«

»Schlechter als jetzt kann's wohl kaum werden.« Marty lachte schroff. »Gott, was diesem Jungen angetan wurde. Am schlimmsten ist der Gestank. Ich glaube nicht, dass ich den je wieder aus der Nase bekomme.«

»Kamen Sie durch die Vordertür oder die Hintertür herein?«, fragte Will.

»Vorn.« Er deutete zum Notausgang. »Ich weiß, ich hätte nicht hinten rausgehen dürfen, aber ich brauchte frische Luft.«

»War die Hintertür verschlossen?«

Er schüttelte den Kopf.

Will sah die roten Warnschilder über der Tür. »Geht der Alarm los, wenn sie geöffnet wird?«

»Die Studenten schalten die Alarmanlage normalerweise in ihrer ersten Woche hier ab. Wir kommen nicht hinterher. Kaum haben wir die Verbindung wieder hergestellt, unterbrechen sie sie schon wieder. Wir haben hier viele Ingenieure und Computerleute. Sie betrachten es als Herausforderung.«

»Sie schalten den Alarm nur aus Spaß ab?«

»Hinten raus kommt man leichter zur Bibliothek. Dort ist auch der Hintereingang der Cafeteria. Eigentlich dürfen sie aus Sicherheitsgründen nicht über die Laderampe, aber sie schleichen sich trotzdem hier herein.«

Will zeigte auf die Kamera über der Tür. »Ist das die einzige Kamera im Gebäude?«

»Nein, Sir, und wie gesagt, sie war bereits nach oben gedreht, als ich ankam. Es gibt noch eine im ersten Stock, die ebenfalls nach oben gedreht wurde.«

Will sah, wie einfach es war, unbeobachtet in das Gebäude hineinzukommen. Wenn man wusste, wo sich die Kameras befanden, konnte man sich darunterstellen, sie mit einem Besenstiel oder etwas Ähnlichem nach oben drücken und dann tun, was immer man wollte. Trotzdem fragte er: »Haben Sie Aufnahmen der Kameras?«

»Ja, Sir. Das wird alles ins Hauptgebäude geschickt. Ich habe die Schlüssel nicht, aber mein Chef Demetrius ist bereits unterwegs. Sollte in ein oder zwei Stunden hier sein.« Zu Sara sagte er: »Er ist in Griffin bei den Leuten seines Daddys.«

»Was ist mit Außenkameras?«, fragte Will.

»Sie haben die Kälte nicht vertragen. Einige sind eingefroren, die anderen sind aufgeplatzt wie Walnüsse. Wir hatten eine Kamera, die auf das Auto eines Studenten fiel und die Heckscheibe zertrümmerte.«

Will rieb sich das Kinn. »Weiß sonst noch jemand, dass die Kameras kaputt sind?«

Er überlegte. »Demetrius, der Dekan, vielleicht noch ein paar andere, die zufällig nach oben geschaut haben. Einige der Schäden sind auch vom Boden aus ziemlich offensichtlich.«

»Ich habe die Tastatur an der Vordertür gesehen. Ist das die einzige Möglichkeit, von vorn in das Gebäude zu kommen?«

»Ja, und ich habe die Daten bereits kontrolliert. Ich kann mit dieser Tastatur eine Systemdiagnose starten. Seit Samstagnachmittag ging kein Mensch mehr durch diese Tür raus oder rein. Die einzige Kennkarte, die nicht abgemeldet wurde, gehört Jason Howell. Das Zimmer, in dem er liegt, läuft auch auf seinen Namen.« Zu Sara sagte er: »Ich weiß nicht, warum er hiergeblieben ist. Die Heizung ist ausgeschaltet. Die Bibliothek macht Sonntagmittag zu. Ich dachte, das ganze Haus hier ist verlassen.«

»Du kannst nichts dafür«, sagte Sara, obwohl Will gewisse Probleme damit hatte, dass der Mann den Notausgang geöffnet hatte. Sie machte es wieder gut, indem sie fragte:

»Glaubst du, du kannst eine Liste aller Studenten in diesem Wohnheim besorgen? Es wäre gut, wenn Agent Trent sie hätte.«

»Das ist überhaupt kein Problem. Ich kann sie jetzt gleich ausdrucken.«

»Können Sie sich noch erinnern, was Sie oben berührt haben?«, fragte Will.

»Nichts. Die Tür stand einen Spalt offen. Ich hatte so ein Gefühl, also so ein richtig schlechtes Gefühl. Ich stieß die Tür mit dem Fuß auf und sah ihn und ...« Er starrte auf den Boden. »Wenn ich nur eine Pille nehmen könnte, die mich das alles vergessen lässt.«

»Tut mir leid, Sie so zu bedrängen, Mr Harris, aber können Sie sich erinnern, ob die Beleuchtung an- oder ausgeschaltet war?«

»Alle Schalter sind unten.« Er deutete zu einer Reihe Lichtschalter neben der Treppe. Sie befanden sich weit oben an der Wand, wahrscheinlich um Studenten davon abzuhalten, das Licht nach Belieben an- oder auszuschalten. »Ich habe das Licht eingeschaltet, bevor ich nach oben ging, und dann wieder ausgeschaltet, so wie ich es vorgefunden hatte.«

»Vielen Dank für Ihre Zeit, Mr Harris.« Will nickte zur Treppe, um zu zeigen, dass er hochgehen wollte.

Sara stand auf, setzte sich aber nicht in Bewegung. »Kanntest du Jason?«

»Nein. Dieses Mädchen hatte ich im Diner gesehen – Allison. Du weißt ja, wie Opa ist, hielt sie jede Sekunde ihrer Schicht auf Trab. Hin und wieder habe ich ihr zugelächelt, aber unterhalten haben wir uns nie. Wenn so was passiert, merkt man erst, dass man viel mehr auf die Leute um einen herum achten sollte. Der Gedanke, ich hätte vielleicht etwas tun können, um das Ganze zu verhindern, gefällt mir gar nicht.«

Will bemerkte, dass der Mann wirklich betroffen war. Er legte Marty die Hand auf die Schulter. »Ich bin mir sicher, Sie haben alles getan, was Sie konnten.«

Sie gingen zur Treppe. Sara griff in ihre Jackentasche und zog zwei Paar Papierüberschuhe heraus, die sie sich über die Schuhe streifen konnten. Will zog sie an und sah, dass sie dasselbe tat. Sie zog Latexhandschuhe über und streckte sich, um das Licht einzuschalten. Sofort wurde das Treppenhaus hell.

Will ging voran. Korrekterweise müsste er zuerst ein Team hineinschicken, um das Gebäude zu durchsuchen, aber Will wusste, der Mörder war schon längst verschwunden. Frische Leichen stanken nicht.

Das Gebäude war alt, aber solide gebaut, und es verströmte eine Atmosphäre der Strenge, die nicht gerade einladend war. Die Treppe führte direkt bis ins Obergeschoss und erzeugte so einen Windkanal für kalte Luft. Will schaute auf den schwarzen Gummibelag der Stufen. Sie mussten nach Blutspuren abgesucht werden. Er hoffte, dass Faith Charlie Reed erreicht hatte. Ihr Mörder war schlau, und er wusste, wie man Spuren verwischte. Aber hier hatte er nicht den Vorteil eines riesigen Sees, der seine Anwesenheit einfach wegspülte. Wenn irgendjemand Spuren finden konnte, dann Charlie.

Der Blick vom Treppenabsatz des ersten Stocks war vertraut: ein langer Flur mit geschlossenen Türen bis auf eine. Am Ende des Korridors war ein in die Mauer eingelassener Durchgang von Schatten verdunkelt.

»Waschräume«, vermutete Sara.

Will drehte sich um und entdeckte die Kamera hoch oben in der Ecke neben der Treppe. Das Objektiv zeigte zur Decke. Jasons Mörder war wahrscheinlich am Treppengeländer entlanggeschlichen, hatte sich dann auf die unterste Stufe zum Obergeschoss gestellt und die Kamera mit einem Hilfsmittel nach oben gedrückt.

»Riechen Sie das?«

Will atmete flach. »Der ist schon eine ganze Weile hier.«

Sara hatte sich vorbereitet. Sie zog eine Papiermaske aus ihrer Jackentasche und gab sie ihm. »Die sollte helfen.«

Will war hin- und hergerissen zwischen seinem Bedürfnis, Gentleman zu sein, und dem Bedürfnis, sich nicht zu übergeben. »Haben Sie nur eine?«

»Ich komme zurecht.«

Sie ging den Flur hinunter. Will streifte sich die Maske über. Die Luft wurde marginal erträglicher. Jason Howells Zimmer lag näher an den Waschräumen als an der Treppe. Ihre Schritte hallten durch den Gang. Je näher sie kamen, desto stärker wurde der Gestank. Will sah, dass alle Studenten Anschlagbretter an ihren Türen hängen hatten. Über Fotos und Nachrichten hingen Papiere. Die Tafel an Jasons Tür war leer.

Sara drückte sich den Handrücken auf die Nase. »Gott, das ist schlimm.«

Sie atmete durch den Mund, bevor sie das Zimmer betrat. Will blieb in der Tür stehen. Er hielt den Atem an, als der Gestank des Todes ihm entgegenschlug.

Der Junge lag auf dem Rücken, blutunterlaufene Augen starrten zur Decke. Sein Gesicht war geschwollen, fast karmesinrot. Die Nase war gebrochen. Getrocknetes Blut umgab Nasenlöcher und Mundwinkel. Eine Hand hing zu Boden. Der Daumen zeigte einen tiefen Schnitt. Die Spitze des Zeigefingers hing nur noch an einigen Fasern.

»Sieht aus wie eine Übereinstimmung.« An der Tür des Wandschranks fand Sara Jasons Studentenausweis an einem Band. Sie zeigte Will das Foto. Trotz der Verunstaltungen war die Ähnlichkeit unverkennbar.

Merkwürdigerweise trug Jason mehrere Schichten Kleidung übereinander – eine Jogginghose über einer Pyjamahose; mehrere T-Shirts, einen Frottee-Bademantel und eine

Jacke mit hochgezogenem Reißverschluss. Seine Leiche war angeschwollen von der einsetzenden Verwesung. Gas füllte seinen Magen. Die Haut auf den Händen hatte sich grün verfärbt. Seine Schuhe waren nur ganz locker gebunden, aber seine Füße so angeschwollen, dass die Schuhbänder in seine Socken schnitten.

Seine Brust war mit Messerstichen übersät. Das Blut war auf dem Material seiner Jacke zu dicken Klumpen geronnen. Auf dem Boden war noch mehr Blut, eine Spur führte zum Schreibtisch gegenüber des Bettes. Der Computer, die verstreuten Notizhefte und Papiere, alles war mit Blut und Gehirnmasse bedeckt.

Sara drückte die Finger auf das Handgelenk des Jungen. Der Pulstest war Routine, aber kaum mehr nötig. »Ich zähle acht Stichwunden in der Brust und zwei im Rücken. Die Bakterien aus den Eingeweiden verursachen den Gestank. Sein Darm wurde durchstochen. Er ist voller Toxine.«

»Was glauben Sie, wie lange ist er schon tot?«

»Nach der Leichenstarre würde ich sagen, mindestens zwölf Stunden.«

»Glauben Sie, wir haben es mit demselben Mörder zu tun?«

»Ich glaube, dass derjenige, der Jason umbrachte, ihn auch kannte. Hieraus spricht blanker Hass.« Mit den Fingern drückte sie eine der Wunden an Jasons Hals zusammen, sodass die Haut die ursprüngliche Form der Stichwunde aufwies. »Schauen Sie sich das an. Das ist dieselbe Messerdrehung, die ich auch bei Allison gesehen habe.« Sie untersuchte die anderen Wunden am Hals. »Sie sind alle gleich. Der Mörder hat die Klinge hineingestoßen und dann gedreht, damit sie ihr Ziel erreicht. Sie sehen die Quetschungen durch das Heft. Ich nehme an, es wurde derselbe Messertyp benutzt. Ich muss sie erst beide auf dem Tisch haben, aber vorläufig würde ich sagen, dass dies das Werk desselben Mörders ist.«

»Jason war viel kräftiger als Allison. Er war sicher nicht so leicht zu überwältigen.«

Sara schob Jason behutsam die Hand unter den Hinterkopf. »Der Schädel ist zertrümmert.« Als sie die Hand wieder zurückzog, war sie klebrig von Blut.

»Das Fenster ist geschlossen«, bemerkte Will. Unter dem Fensterbrett bedeckte eine beträchtliche Pfütze den Boden. Marty war also doch im Zimmer gewesen.

Auch Sara sah es. »Er hat Ihnen einen Gefallen getan. Der Regen hätte den Boden überfluten und die Spuren wegwaschen können.«

»Charlie wird nicht glücklich sein.« Will merkte, dass er ihr von dem Eintreffen seines Teams noch nichts erzählt hatte. »Er ist unser Forensiker. Wahrscheinlich wird er die Leiche hierbehalten wollen, bis der gesamte Tatort untersucht ist.«

»Ich sage Brock Bescheid. Wollen Sie, dass ich die Autopsie durchführe?«

Er wollte ihr nicht auf die Zehen treten. »Falls es keine zu große Belastung für Sie ist?«

»Ich mache alles, was Sie wollen.«

Will wusste nicht, was er sagen sollte. Er war es gewöhnt, dass die Frauen sein Leben schwieriger machten, nicht einfacher. »Vielen Dank.«

»Glauben Sie, dass Jason Allisons Freund war?«

»Sie sind ungefähr im gleichen Alter. Sie gehen auf dasselbe College. Beide sterben sie durch die Hand desselben Mörders. Ich glaube, das könnte passen. Auch wenn ich davon ausgehe, dass Sie nicht gerne Hypothesen aufstellen: Was, glauben Sie, ist hier passiert?«

Während Sara sich frische Handschuhe überstreifte, antwortete sie: »Ich nehme an, Jason saß am Computer, als er auf den Kopf geschlagen wurde. Von der Statistik her würde ich annehmen, mit einem Baseballschläger. Das werde ich ziemlich schnell wissen. Er dürfte Splitter in seiner Schädelschwarte haben.« Sie deutete zu einem Spritzmuster an der Wand, das Will noch gar nicht aufgefallen war. Im Gegensatz zu der Eiche am See zeigten die weißen Wände des Zimmers deutliche Spuren der hier angewendeten Gewalt. »Mittlere Spritzgeschwindigkeit. Ich glaube nicht, dass der Schlag ihn sofort töten sollte. Der Mörder wollte ihn nur überrumpeln.« Sie deutete auf die roten Schlieren auf dem Boden. »Er wurde zum Bett geschleift und erstochen, aber das ergibt keinen Sinn.«

»Warum nicht?«

Sie schaute unters Bett. »Da müsste viel mehr Blut sein als das hier ….« Sie deutete auf einen fleischigen Klumpen auf dem Schreibtisch. »Offensichtlich hat er sich die Zunge abgebissen.«

Will musste würgen. »Entschuldigung. Machen Sie weiter.«

»Sind Sie sicher?«

Seine Stimme klang sogar in seinen Ohren unnatürlich hoch. »Ja. Bitte, machen Sie weiter.«

Sie schaute ihn skeptisch an, bevor sie fortfuhr: »Bei Schlägen auf den Hinterkopf ist es nicht ungewöhnlich, dass das Opfer sich auf die Zunge beißt. Normalerweise wird sie nicht abgetrennt, aber das erklärt die Menge an Blut auf der Tastatur. Sein Mund dürfte randvoll mit Blut gewesen sein.« Sie deutete auf die Wand über dem Schreibtisch. »Das Spritzmuster hier entspricht genau dem, was man erwartet, wenn der Baseballschläger auf den Schädel trifft, aber drüben beim Bett ist es eine andere Geschichte.«

»Warum?«

»Aus der Lage der Wunden schließe ich, dass wichtige Arterien in Brust und Hals getroffen wurden. Stellen Sie es sich so vor: Jason auf dem Bett. Wegen der Abwehrwunden auf seiner Hand können wir annehmen, dass er noch bei Bewusstsein war. Er hätte fast seinen Zeigefinger verloren. Anscheinend hatte er das Messer an der Klinge gepackt. Sein Herz dürfte wie verrückt geschlagen haben.« Sie klopfte mit der Faust auf die Brust, um den Herzschlag anzudeuten. »Spritz, spritz, spritz. Überall an der Wand.«

Will schaute sich die Wand an. Sie hatte recht. Bis auf zwei klumpig wirkende Flecken dicht am Körper war die weiße Farbe kaum besudelt.

Sara fuhr fort: »Vielleicht trug der Mörder einen Schutzanzug oder Ähnliches. Er hätte Plastikplanen auf den Boden legen können. Er hätte das ganze Zimmer, die Wände abdecken müssen. Das war wirklich geplant.«

»Ich halte das für ein bisschen kompliziert.« Einen so peniblen Mörder hatte Will noch nicht erlebt. »Die meisten Mörder halten es einfach. Sie sind spontan.«

»Ich würde es nicht spontan nennen, zwei Waschbetonblöcke, eine Kette und ein Vorhängeschluss in den Wald zu schaffen.«

»Ich denke nur, dass Sie das hier zu kompliziert machen. Könnte der Mörder Jasons Körper nicht einfach mit irgendwas bedeckt und dann zugestoßen haben?«

Sara schaute sich die Leiche an. »Die Stichwunden liegen dicht beieinander. Ich weiß nicht. Woran denken Sie? Eine Plastikplane?« Sie nickte gedankenversunken. »Der Mörder hätte ihn mit Plastik abdecken können. Schauen Sie auf den Boden. Da ist eine Tropflinie.«

Will sah die Linie. Die Spur war unregelmäßig, folgte der Form des Betts.

»Plastik absorbiert nicht«, sagte sie. »Die Linie wäre nicht so dünn. Das Blut würde in Rinnsalen herunterlaufen.«

»Wie wär's mit Bettwäsche?«

Sara bückte sich und kontrollierte das Bett. »Spannbetttuch, Überdecke.«

»Eine warme Decke?«, fragte Will. Dem Jungen war eiskalt gewesen. Er wäre nie ohne Decke ins Bett gegangen.

Sara öffnete die Schranktür. »Nichts.« Sie zog die Schubladen heraus. »Ich glaube, Sie haben recht. Es muss etwas Absorbierendes gewesen sein, das ...«

Will ging den Flur entlang zu den Waschräumen. Das Licht war ausgeschaltet. Er betätigte den Schalter gleich neben der Tür, und die Neonlampen an der Decke sprangen flackernd an. Grünliches Licht prallte auf blaue Fliesen. Will hatte noch nie in einem Wohnheim gelebt, aber bis zu seinem achtzehnten Lebensjahr hatte er sich einen Gemeinschaftswaschraum mit fünfzehn anderen Jungs geteilt. Sie waren alle gleich: vorn die Waschbecken, hinten die Duschen, Toiletten auf der Seite.

In der ersten Kabine fand er eine zusammengeknüllte Decke. Die blaue Baumwolle war so blutig, dass sie steif wie Pappe war.

Sara stand inzwischen hinter ihm.

»So einfach«, sagte er.

Will suchte nach dem Haus mit den Schaukeln, das die Abzweigung in den Taylor Drive markierte. Auch wenn ihm die Strecke inzwischen vertraut war, er fuhr sie nicht gerne. Die Durchsuchung von Allison Spooners Zimmer war eine lästige, aber notwendige Pflicht, doch sein Instinkt sagte Will, dass Jason Howells Wohnheimzimmer nützlichere Spuren ergeben würde. Leider war Will kein Spurensicherungsspezialist. Er hatte weder die Ausbildung noch die Technik, um einen so komplizierten Tatort zu bearbeiten. Er würde warten müssen, bis Charlie Reed und sein Team vom Central GBI Labor hier eintrafen. Zwei Studenten waren bereits tot, und Will hatte keine Ahnung, was den Mörder antrieb. Die Zeit war eindeutig nicht auf seiner Seite.

Dennoch mussten korrekte Vorgehensweisen eingehalten werden. Er war im Revier gewesen, um den Durchsuchungsbeschluss für das Braham-Haus abzuholen. In der Zeit hatte er Faith auch die Liste aller Studenten im Wohnheim geschickt, die Marty Harris ihm ausgedruckt hatte. Sie hatte nicht die Zeit, sie alle zu überprüfen, aber sie wollte sofort damit anfangen und den Rest an Amandas Sekretärin schicken, bevor sie ins Krankenhaus fuhr.

Im Revier war es merkwürdig still gewesen. Will vermutete, dass die Beamten entweder auf der Straße waren oder im Krankenhaus bei Brad Stephens, der noch immer im künstlichen Koma lag. Aber die Streifenbeamten, die sich im Bereitschaftsraum aufhielten, hatten Will nicht mit dem erwarteten Hass angestarrt. Marla Simms hatte ihm das Fax unaufgefordert gegeben. Sogar Larry Knox hatte auf den Boden geschaut, als er zur Kaffeemaschine ging.

Vor dem Haus der Brahams standen zwei Autos. Das eine war ein Streifenwagen, das andere ein viertüriger Ford Pickup. Will stellte sich hinter den Van. Aus dem Auspuff quoll Rauch. In der Fahrerkabine sah er zwei Personen. Lena Adams saß auf dem Beifahrersitz. Hinter dem Steuer saß ein Mann. Sein Fenster war offen, obwohl der Regen noch nicht nachgelassen hatte. Er hatte eine Zigarette in der Hand.

Will ging zur Fahrerseite. Seine Haare klebten ihm am Schädel. Ihm war eiskalt. Seine Socken waren noch immer triefnass.

Lena stellte die Männer einander vor. »Gordon, das ist der Agent aus Atlanta, von dem ich Ihnen erzählt habe. Will Trent.«

Will warf ihr einen Blick zu, von dem er hoffte, dass er ihr seine tiefe Verärgerung deutlich machte. Gegen Lena wurde wegen ihrer Beteiligung an Tommys Tod ermittelt. Sie hatte kein Recht, mit seinem Vater zu reden. »Mr Braham, es tut mir leid, dass wir uns unter diesen Umständen kennenlernen.«

Gordon hielt sich die Zigarette an den Mund. Er weinte, die Tränen liefen ihm über die Wangen. »Steigen Sie ein.«

Will kletterte auf den Rücksitz. Auf dem Boden lagen ein paar Fast-Food-Tüten. Arbeitsaufträge mit dem Logo von Georgia Power lagen in einem offenen Aktenkoffer auf dem Sitz neben ihm. Trotz des offenen Fensters hing der Rauch in Schwaden in der Luft.

Gordon starrte geradeaus auf die Straße. Regentropfen prasselten auf die Motorhaube. »Ich kann einfach nicht glauben, dass mein Junge das alles getan haben soll. Es ist nicht seine Art, jemandem wehzutun.«

Will wusste, es brachte nichts, Zeit mit Freundlichkeiten zu verschwenden. »Können Sie mir sagen, was Sie über Allison wissen?«

Er zog wieder an der Zigarette. »Zahlte ihre Miete pünktlich. Hielt das Haus sauber. Ich habe ihr ein bisschen was nachgelassen, weil sie die Wäsche machte und auf Tommy aufpasste.«

»Musste man auf ihn aufpassen?«

Gordon schaute Lena kurz an. »Er weiß Bescheid, oder?«

»Ich weiß, dass er ein wenig schwer von Begriff war, Mr Braham«, sagte Will. »Ich weiß auch, dass er mehrere Jobs hatte und in der Stadt gut angesehen war.«

Der Mann schaute auf seine Hände hinunter. Seine Schultern bebten. »Das war er, Sir. Er hat wirklich hart gearbeitet.«

»Erzählen Sie mir von Allison.«

Langsam fand Gordon seine Fassung wieder, doch die Schultern ließ er noch immer hängen. Als er die Zigarette an den Mund hob, sah es aus, als würden seine Hände durch ein Gewicht nach unten gezogen. »Wurde sie vergewaltigt?«

»Nein, Sir. Darauf gab es keine Hinweise.«

Er atmete stockend, aber erleichtert aus. »Tommy war in sie verknallt.«

»Erwiderte sie seine Gefühle?«

Er schüttelte den Kopf. »Nein. Und das wusste er auch. Ich habe ihm früh beigebracht, bei Mädchen vorsichtig zu sein. Anschauen, aber nicht berühren. Er hatte nie irgendwelche Probleme. Mädchen sahen ihn als Schoßhündchen. Ihnen war einfach nicht klar, dass er ein Mann war.« Er wiederholte sich. »Er war ein Mann.«

Will ließ ihm etwas Zeit, bevor er fragte: »Allison wohnte im Haus?«

Er zündete sich eine neue Zigarette an der alten an. Will spürte, wie der Rauch sich auf die feuchten Haare und die Kleidung legte. Er unterdrückte ein Husten.

»Zuerst hatte sie die Garage gemietet«, sagte Gordon. »Erst wollte ich es nicht. Für Mädchen ist das kein Ort zum Leben. Sie fing an, von Diskriminierung zu reden, meinte, dass sie schon schlimmer gewohnt hätte, also sagte ich okay. Ich dachte mir, dass sie in einem Monat wieder auszieht.«

»Wie lange war sie schon Mieterin bei Ihnen?«

»Fast ein Jahr. Sie wollte nicht im Wohnheim leben. Meinte, all die Mädchen dort seien verrückt nach Jungs und blieben nachts zu lange auf. Sie wusste allerdings schon, wie man flirtet, um zu kriegen, was sie wollte. Ruckzuck hatte sie Tommy um den kleinen Finger gewickelt.«

Will ging nicht auf den leichten Vorwurf in der Stimme des Vaters ein. »Aber sie wohnte nicht in der Garage.«

Er antwortete nicht sofort. »Das war Tommy. Er meinte, es sei nicht richtig, dass sie in dieser Kälte da draußen ist und hin und her rennen muss, wenn sie nachts ins Bad muss. Er tauschte mit ihr die Zimmer. Ich habe das erst nachträglich erfahren.« Er stieß eine dunkle Rauchwolke aus, die sich um seinen Kopf legte. »Wie gesagt, sie hatte ihn um den kleinen Finger gewickelt. Ich hätte ein Machtwort sprechen und mehr darauf achten sollen, was da abläuft.« Er nahm einen tiefen Zug, um sich zu beruhigen. »Ich wusste, dass er verknallt war in sie, aber er war auch davor schon verknallt. Ihm gefiel die Aufmerksamkeit, die sie ihm schenkte. Er hatte nicht viele Freunde.«

Will wusste, dass er dem Mann keine Details aus einer laufenden Ermittlung erzählen durfte, vor allem keine, die zu einem hässlichen Prozess führen könnten. Aber er hatte Mitgefühl mit dem Vater und hätte ihm sehr gern etwas Tröstliches über seinen Sohn gesagt. Stattdessen fragte er: »Haben Sie viel Zeit zu Hause verbracht?«

»Nicht viel. Meistens bin ich bei meiner Freundin. Tommy wusste es noch nicht, aber wir hatten vor, im Frühling zu heiraten.« Er atmete scharf aus. »Ich wollte ihn bitten, mein Trauzeuge zu sein.«

Will gab dem Mann Zeit, sich zu sammeln. »Kannten Sie Allisons Freund?«

»Jay… James …«

»Jason?«, vermutete Will.

»Genau.« Er wischte sich mit dem Handrücken über die Nase. »Er war allerdings nicht oft hier. Ich wollte nicht, dass er bei ihr übernachtet. Es ist nicht richtig, dass Mädchen in diesem Alter herummachen.«

»Kannte Tommy Jason?«

Er schüttelte den Kopf, sagte aber: »Glaub schon. Ich weiß es nicht. Ich hatte mit seinem Leben nicht mehr so viel zu tun wie früher, als er noch klein war. Er war erwachsen und musste herausfinden, wie man allein zurechtkommt.« Er verschluckte sich beim Inhalieren des Rauchs. »Ich kenne meinen Sohn. Er würde nie irgendjemandem etwas tun. Ich weiß, was er Brad angetan hat, aber das war nicht mein Junge. Ich habe ihn nicht so erzogen.«

Lena räusperte sich. »Ich habe gesehen, was passiert ist, Gordon. Tommy rannte, aber dann drehte er sich um. Brad hatte nicht die Zeit, stehen zu bleiben. Ich glaube nicht, dass er vorhatte, ihn in den Bauch zu stechen. Ich glaube, es war ein Versehen.«

Will nagte an seiner Unterlippe und fragte sich, ob sie log, um den Mann zu trösten, oder ob sie die Wahrheit sagte.

Gordon schien sich dieselbe Frage zu stellen. Er wischte sich noch einmal über die Augen. »Vielen Dank. Danke, dass Sie mir das gesagt haben.«

»Hatte Tommy sich in letzter Zeit irgendwie anders verhalten?«, fragte Will.

Gordon schluckte schwer. »Frank rief mich vor einer Woche wegen eines Schlamassels an, in das er hineingeraten war. Einer der Nachbarn war wütend auf ihn. Zuvor hatte er noch nie Leute angeschrien. War nie aggressiv. Ich setzte mich mit ihm zusammen und redete mit ihm. Er sagte, die Leute würden ihm Stress machen, weil Pippy zu viel bellte.« Gordon blies den Rauch aus. »Er liebte diesen blöden Hund.«

»Trank er?«

»Nie. Er hasste den Geschmack von Bier. Ich versuchte, ihn daran zu gewöhnen, dachte mir, wir könnten an den Samstagen herumsitzen, ein paar Bierchen trinken und zusammen ein Spiel anschauen, aber daraus wurde nie etwas. Es wurde ihm ziemlich schnell langweilig. Sein Sport war Basketball. Er verstand die ganzen Footballregeln einfach nicht.«

»Hatte er Freunde? Machte ihm irgendjemand in letzter Zeit Schwierigkeiten?«

»Er traf sich nie mit Fremden«, antwortete Gordon. »Aber ich glaube, es gab niemand Speziellen, dem er sich besonders nahefühlte. Wie gesagt, er stand auf Allison, und sie war sehr nett zu ihm, aber eher so wie zu einem kleinen Bruder.«

»Waren sie oft zusammen?«

»Ich war nicht hier, um es zu sehen. Er redete viel über sie. Das will ich nicht leugnen.«

»Wann haben Sie das letzte Mal mit Ihrem Sohn gesprochen?«

»Ich schätze, am Abend, bevor er …« Gordon beendete den Satz nicht. Er nahm einen Zug aus seiner Zigarette. »Er rief an, weil er meine Erlaubnis brauchte, um die Kreditkarte zu benutzen. Er dachte, Pippy hätte eine seiner Socken verschluckt. Ich sagte ihm, er soll sie zum Tierarzt bringen.«

»Wir haben sein Handy nicht gefunden.«

»Ich sagte ihm, er soll sich eines dieser Prepaid-Dinger kaufen. Er hatte einen guten Job. Er arbeitete fleißig. Er hatte nichts dagegen, für sich selbst zu sorgen.« Gordon schnippte seine Zigarette auf die Straße. »Ich kann nicht mehr hier sein. Ich kann nicht mehr in dieses Haus. Ich kann seine Sachen nicht anschauen.« Zu Lena sagte er: »Ihr könnt reingehen. Nehmt mit, was ihr wollt. Brennt die Bude nieder. Ist mir egal.«

Will öffnete die Tür, stieg aber nicht aus. »Sammelte Tommy Messer?«

»Ich ließ ihn nie auch nur in die Nähe eines Messers. Ich weiß nicht, woher er eines bekam. Sie?«

Will antwortete: »Nein, Sir.«

Gordon klopfte sich noch eine Zigarette aus dem Päckchen. »Er baute gern Sachen auseinander«, sagte der Mann. »Ich kam mal in die Arbeit und versuchte, meine Auftragsformulare auszufüllen, und mein Kuli funktionierte nicht. Tommy nahm immer die Federn heraus. Als ich dann die Wäsche machte, fand ich eine ganze Handvoll davon in seinen Taschen. Einmal zerlegte er den Motor des Wäschetrockners. Ich dachte, das hätte etwas mit seinem Problem zu tun, aber Sara meinte, er wollte mich nur foppen. Er liebte es, anderen Streiche zu spielen und sie zum Lachen zu bringen.« Gordon war noch nicht fertig. Er schaute in den Rückspiegel, Will direkt in die Augen. »Ich wusste von früh an, dass er anders war. Ich wusste, ich würde nie dieses Leben mit ihm haben, das Leben, das Väter mit ihren Söhnen führen. Aber ich habe ihn geliebt, und ich habe ihn gut erzogen. Mein Junge ist kein Mörder.«

Lena legte Gordon die Hand auf den Arm. »Er war ein guter Mann«, sagte sie. »Er war ein sehr guter Mann.«

Gordon legte den Gang ein, es war klar, dass er das Gespräch nicht weiterführen wollte. Will und Lena stiegen aus. Sie sahen dem davonfahrenden Ford nach.

Der Regen hatte nachgelassen, Lena zog sich trotzdem die Kapuze ihrer Jacke über den Kopf und atmete tief durch. »Tommy hat Allison nicht umgebracht.«

Will hatte das schon vor einer ganzen Weile herausgefunden, doch es überraschte ihn, dass auch Lena das jetzt eingestand. »Wie ist es zu dieser Erleuchtung gekommen?«

»Ich habe fast den ganzen Tag damit zugebracht, mit Leuten zu reden, die ihn kannten. So wie ich es auch getan hätte, wenn Tommy noch am Leben wäre.« Sie verschränkte die Arme. »Er war ein guter Junge. Er geriet auf die gleiche Art in Schwierigkeiten, wie es vielen guten Jungs passiert – er war zur falschen Zeit am falschen Ort. Und er hatte ein Messer in der Hand.«

»Ich denke, Sie meinen, er war zur falschen Zeit am richtigen Ort. Tommy war in *seiner* Wohnung. In *seiner* Garagenwohnung.«

Sie widersprach ihm nicht. »Er hat einem Polizeibeamten in den Bauch gestochen.«

»Versehentlich, wie ich gehört habe.«

»Versehentlich«, pflichtete sie ihm bei. »Und wir waren rein juristisch nicht berechtigt, in diese Garage zu gehen.

Brad fand die Adresse heraus, aber es war das falsche Gebäude. Ich führte uns hierher. Ich war diejenige, die sagte, die Garage sei Allisons Wohnung. Deshalb schaute Brad durchs Fenster. Und damit fing alles an.« Sie atmete flach. Will merkte, dass sie Angst hatte, aber auch entschlossen war. »Wie läuft das jetzt? Mache ich eine Aussage? Unterschreibe ich ein Geständnis?«

Will überlegte sich, worauf sie letztendlich hinauswollte. So einfach konnte das doch nicht sein. »Jetzt noch mal von Anfang an. Was gestehen Sie eigentlich?«

»Die illegale Durchsuchung einer Wohnung. Ich schätze, das ist Hausfriedensbruch, unberechtigtes Eindringen. Meine Nachlässigkeit führte dazu, dass ein Polizeibeamter verletzt wurde. Zwei Beamte. Ich provozierte ein falsches Geständnis. Ich bin diejenige, die Tommy in die Zelle zurückbrachte. Ich bin diejenige, die ihn nicht durchsuchte. Die Mine stammte aus meinem Kuli. Ich hatte ein paar Ersatzminen, also habe ich einfach eine neue hineingesteckt, aber Tommy hatte die Mine von mir. Und wir wissen beide, dass ich Sie den ganzen Tag an der Nase herumgeführt habe.« Sie lachte gezwungen auf. »Das ist Behinderung der Justiz, nicht?«

»Korrekt«, sagte Will. »Sie sind bereit, das alles zu Papier zu bringen?«

»Ich lasse es Sie aufnehmen.« Sie streifte die Kapuze ab und schaute zu Will hoch. »Was habe ich zu erwarten? Gefängnis?«

»Ich weiß es nicht«, gab er zu, doch es war einfach so, dass Lena sich auf einem sehr schmalen Grat bewegt hatte. Ihre Nachlässigkeit war nicht vorsätzlich. Das falsche Geständnis war in gutem Glauben aufgenommen worden. Jetzt kooperierte sie, auch wenn sie sich davor widerspenstig gezeigt hatte. Sie schob niemand anderem die Schuld zu. »Vorläufig werden Sie wahrscheinlich bis zum Abschluss meiner Ermittlungen suspendiert. Sie werden vor der Untersuchungskommission aussagen müssen. Und die kann ein hartes Urteil über Sie fällen oder auch nicht. Ihre Pension ist wahrscheinlich weg. Falls nicht, könnten Sie sich auf Ihre vielen Dienstjahre berufen und einige Zeit unbezahlten Urlaub nehmen. Wenn sie Ihnen die Marke nicht nehmen, wird die Sache bis zu Ihrem Lebensende in Ihrer Akte stehen. Jemanden zu finden, der Sie dann noch beschäftigt, könnte schwierig werden. Und es kann sein, dass Gordon Braham einen Zivilprozess gegen Sie anstrengt.«

Nichts davon schien sie zu überraschen. Sie griff in ihre Tasche. »Muss ich Ihnen meine Marke jetzt gleich geben?«

»Nein«, entgegnete Will, »dafür bin ich nicht zuständig. Ich gebe nur meinen Bericht ab. Es wird zwangsweise gewisse politische Verwicklungen mit Ihrem Stadtrat und anderen Zivilbehörden geben. Ob Sie nun bis zum Abschluss des Verfahrens suspendiert werden oder nicht – ich würde davon ausgehen, dass Chief Wallace derjenige ist, der zu entscheiden hat, was er mit Ihnen tun soll.«

Sie lachte wehmütig auf. »Ich glaube, der hat sich bereits entschieden.«

Will spürte in sich einen merkwürdigen Zwiespalt. Er wusste, dass Lena Mist gebaut hatte, aber sie war nicht allein an diesem Debakel schuld. Die Indizien in der Garage erzählten eine Geschichte, die sie benutzen konnte, um sich selbst aus dem Dreck zu ziehen oder zumindest ihre Lage zu verbessern. Er fühlte sich gezwungen zu fragen: »Sind Sie sich hierbei ganz sicher?«

»Tommy war mein Gefangener. Ich war für ihn verantwortlich.«

Dagegen konnte Will nichts sagen. »Warum haben Sie Marty Harris angerufen, nachdem Sie mit mir gesprochen hatten?«

Sie zögerte, und er sah, dass ein Teil ihrer alten Gerissenheit zurückkehrte. »Ich wollte die Details hören.«

»Und die wären?«

Sie erzählte ihm etwas halbherzig dieselbe Geschichte, die Will vor einer Stunde von Marty Harris gehört hatte. Dann sagte sie zu Will: »Ich besorgte mir Jasons Kontaktinformationen und rief seine Mutter an. Sie lebt in West Virginia. Sie schien nicht besonders besorgt darüber zu sein, dass die Polizei wegen ihres Sohnes anrief.«

»Wie konnten Sie sich der Identität des Opfers so sicher sein?« Will wusste die Antwort, bevor er den Satz beendet hatte. »Sie waren im College.« Offensichtlich hatte sie Will von dem Gebäude aus angerufen, ein Detail, das Lena mit Bedacht ausgelassen hatte. »Und?«, fragte er.

»Ich war gerade dort, um Allisons Collegeakte zu überprüfen, als Marty anrief.« Sie zuckte die Achseln. »Ich musste sehen, ob es derselbe Mörder war.«

»Und?«

»Ich weiß es nicht, aber es würde einen Sinn ergeben. Jason war Allisons Freund. Sie werden beide innerhalb von zwei Tagen ermordet aufgefunden. Tommy passt nicht mehr ins Bild.«

Das erklärte zumindest zum Teil ihre plötzliche Kehrtwendung. Tommy war bereits tot, als Jason umgebracht wurde. Lena wurde klar, dass er unschuldig an dem ersten Verbrechen war, weil er das zweite nicht begangen haben konnte. »Haben Sie das Fenster in Jasons Zimmer geschlossen?«

»Ich habe einen Handschuh benutzt. Ich wollte nicht, dass der Regen alle Spuren wegspült. Außerdem habe ich Schuhe und Haare bedeckt. Ich war vorsichtig, aber meine Daten zum Ausschluss meiner Spuren können Sie auf dem Revier bekommen. Das GBI sollte sie gespeichert haben.«

Will wollte keine Zeit damit verschwenden, sie zu rügen.

»Was haben Sie im College herausgefunden? Sie sagten, Sie hätten Allisons Akte durchgesehen.«

Sie holte ihr Spiralnotizbuch hervor und blätterte zur entsprechenden Seite.

»Allison hatte in diesem Semester vier Kurse belegt. Mit den Details will ich Sie nicht langweilen – hat alles mit Chemie zu tun. Ich schaffte es, mit drei ihrer Professoren zu reden. Mit einem am Telefon, mit den anderen persönlich. Sie sagten, Allison sei eine gute Studentin, unauffällig und fleißig gewesen. Es war ihnen nie aufgefallen, dass sie sich einer speziellen Gruppe angeschlossen hätte. Sie war eine Einzelgängerin. Ihre Teilnahme an den Kursen war sehr gut. Keine geschwänzten Tage. Ihre Noten lagen immer im obersten Bereich. Der Campus-Sicherheitsdienst kannte nicht einmal ihren Namen. Sie hatte bei ihnen nie Anzeige erstattet oder war selbst Gegenstand einer Anzeige.«

»Was ist mit dem vierten Lehrer?«

»Alexandra Coulter. Sie ist über die Ferien nicht in der Stadt. Ich habe ihr auf dem Handy und dem Festnetzanschluss Nachrichten hinterlassen.«

»Irgendwelche anderen bekannten Bezugspersonen?«

»Keiner von ihnen wusste etwas von Jason, aber das ist nicht verwunderlich. Er war ein paar Semester über ihr, hatte den ersten Abschluss bereits hinter sich. Sie hatte ihn noch vor sich. Es gab keinen Kontakt im Rahmen des Studiums, er musste also außerhalb stattgefunden haben. Sie hatte keine Freundinnen. Ich habe den Namen Julie Smith erwähnt, weil Sie ihn zuvor genannt hatten. Sie ist keine Studentin.«

»Hatten Sie eine Einsichtserlaubnis für Allisons Collegeakte?«

»Niemand hat danach gefragt, also habe ich mich nicht darum gekümmert.« Dann fügte sie hinzu: »Ich habe auch mit

Tommys Chef von der Bowlingbahn gesprochen. Ich zeigte ihm Allisons Foto. Er meinte, er hätte sie auf der Bahn gesehen, zusammen mit einem anderen Jungen – dunkle Haare, dicklich, offensichtlich Jason Howell. Tommy spendierte ihnen Freispiele, aber der Manager machte dem ein Ende, als er es herausfand.«

»Wenigstens wissen wir jetzt, dass sie sich alle kannten«, sagte Will. »Was sonst noch?«

»In der Stadt gibt es keine Julie Smith. Ich habe im Telefonbuch nachgesehen. Es gibt vier Smiths – drei in Heartsdale, einen in Avondale. Ich habe alle vier angerufen. Keiner von ihnen kennt eine Julie oder ist mit einer verwandt. Werden Sie mir sagen, wer sie ist?«

»Nein«, sagte Will, aber nur, weil er es selbst nicht wusste. »Haben Sie schon von Allisons Tante gehört?«

»Nichts. Vor ein paar Minuten habe ich den Detective in Elba angerufen. Es schien verärgert, weil ich schon wieder anrief, meinte aber, er würde sich melden, wenn er was zu sagen hätte.«

»Verärgert, weil er das Gefühl hatte, Sie würden ihn drängen?«

»Er scheint mir nicht der Typ zu sein, der sich von Frauen gern etwas sagen lässt.«

Er sollte mal in Wills Schuhen stecken. »Was sonst noch?«

»Ich habe mit den Nachbarn gesprochen, mit allen bis auf Mrs Barnes, die dort wohnt.« Sie deutete zu dem gelben Ranchhaus auf der anderen Straßenseite. Neben dem Briefkasten stand ein alter Honda Accord. »Im Briefkasten ist keine Post, die Zeitung wurde ins Haus geholt, und ihr Auto steht nicht im Carport, also vermute ich, dass sie unterwegs ist, um Besorgungen zu machen.«

»Was ist mit dem Accord?«

»Ich habe durchs Fenster geschaut. Innen alles makellos. Ich kann das Kennzeichen durch den Computer laufen lassen.«

»Tun Sie das«, sagte Will. »Was hatten die anderen Nachbarn zu sagen?«

»Genau das, was unsere Jungs gestern bei der Befragung von Haus zu Haus herausfanden. Tommy war klasse. Allison war still. Beide waren sie nicht sehr gesellig. Das ist eine alte Straße, nicht sehr viele junge Leute.«

»Irgendwelche polizeirelevanten Aktivitäten?«

»Nicht viele. Zwei Zwangsvollstreckungen. Der Junge am Ende der Straße wurde vor zwei Wochen bei einer Spritztour mit Mamas Cadillac erwischt. Zwei Häuser weiter lebt ein Ex-Crack-Junkie bei seinen Großeltern. Soweit wir wissen, ist er jetzt clean. Drei Häuser weiter in der anderen Richtung wohnt ein Spanner, der im Rollstuhl sitzt. Er kommt nicht mehr so oft aus dem Haus, seit sein Vater die Rampe zur Haustür abgebaut hat.«

»Und es schien eine so nette Gegend zu sein ...«

»Als Brad verletzt wurde, waren nur zwei Personen zu Hause.« Sie deutete zu dem Haus zwei Häuser von Mrs Barnes entfernt. »Vanessa Livingston. Sie konnte erst später zur Arbeit gehen, weil ihr Keller überflutet war. Sie wartete auf die Handwerker, als das mit Brad passierte.«

»Und was hat sie gesehen?«

»Genau das Gleiche wie ich. Brad jagte hinter Tommy her. Tommy drehte sich um. Er hatte hier ein Messer.« Sie hielt sich die Hand an die Taille. »Brad wurde in den Bauch gestochen.«

»Und der zweite Nachbar?«

»Scott Shepherd. Professioneller Spieler, er sitzt den ganzen Tag am Computer. Er schaute erst nach dem Vorfall aus dem Fenster. Sah Brad am Boden liegen. Und mich neben ihm.«

»Sah er, wie Frank Tommy festnahm?«
Sie spitzte die Lippen. »Wollen Sie mit Shepherd reden?«
»Wird er mir sagen, dass Frank Tommy verprügelte, oder wird er mir sagen, dass er sich nicht erinnern kann?«
»Mir sagte er, er hätte Frank überhaupt nicht gesehen. Er wäre ins Haus gegangen, um das Revier anzurufen.«
»Nicht 911?«
»Scott ist bei der Freiwilligen Feuerwehr. Er kannte die direkte Durchwahl ins Revier.«
»Ein Glück für Sie.«
»Ja, im Augenblick fühle ich mich richtig glücklich.« Lena klappte das Notizbuch zu. »Mehr habe ich nicht. Gordon sagt, unter dem Fußabstreifer liegt ein Ersatzschlüssel. Schätze, ich sollte jetzt nach Hause fahren und mir einen Anwalt suchen.«
»Warum helfen Sie mir nicht stattdessen?«
Sie wich seinem Blick nicht aus. »Sie haben mir doch eben gesagt, dass ich meine Marke verlieren werde.«
»Sie haben sie noch immer in Ihrer Tasche, oder?
»Verarschen Sie mich nicht, Mann. In meinem ganzen Leben fallen mir nur zwei Tage ein, an denen ich mich schlechter gefühlt habe als heute – der Tag, an dem meine Schwester starb, und der Tag, an dem ich Jeffrey verlor.«
»Sie können eine gute Detective sein, wenn Sie es wollen.«
»Ich glaube nicht, dass das noch von Bedeutung ist.«
»Was haben Sie zu verlieren?«
Will ging die Einfahrt hoch und horchte, ob Lena ihm folgte. Er brauchte ihre Hilfe nicht wirklich, aber Will hasste es, angelogen zu werden. Frank Wallace steckte bis zu den Knien in Scheiße, und es schien ihm nichts auszumachen, dass eine seiner Beamtinnen den Kopf für seine Verfehlungen hinhalten musste. Will fühlte sich Lena nicht verpflichtet, aber der Gedanke, dass ein versoffener, betrügerischer Beamter

die Polizeitruppe dieser Stadt führte, behagte ihm ganz und gar nicht.

»Haben Sie was von Detective Stephens gehört?«, fragte er.

»Keine Veränderung. Ich schätze, das ist gut.«

»Warum haben Sie wegen der Leiche im Wohnheim nicht Frank Wallace angerufen?«

Sie zuckte die Achseln. »Wie Sie gesagt haben, ein guter Bulle bin ich nur, wenn ich es sein will.«

Will öffnete die Haustür. Lena ging als Erste hinein. Ihre rechte Hand schnellte an die Hüfte, eine Bewegung, die ihr wahrscheinlich gar nicht bewusst war. Will hatte Faith schon oft diese Haltung einnehmen sehen. Sie war seit zehn Jahren Polizistin. Gewisse Bewegungen gingen einem einfach in Fleisch und Blut über.

Das Wohnzimmer lag rechts neben dem Eingang. Die Einrichtung war alt und trist, Risse in den Polstern waren mit Isolierband verklebt. Der Bodenbelag war derselbe wie im Flur: orangefarbene, langflorige Teppichauslegeware. Will spürte ihn an seinen Schuhen saugen, als sie nach hinten zur Küche gingen. Hier ersetzte gelbes Linoleum den Teppich. Gordon hatte sich nicht die Mühe gemacht, irgendetwas zu modernisieren bis auf die makellose Mikrowelle aus Edelstahl, die auf einem Resopaltisch stand.

»Geschirr«, sagte Lena. Zwei Teller, zwei Gabeln und zwei Gläser standen auf dem Abtropfblech neben dem Spülbecken. Vor ihrem Tod hatte Allison hier mit jemandem gegessen und danach abgespült.

Lena riss ein Küchentuch von der Rolle und öffnete damit den Kühlschrank. Der Innenraum war in der Mitte mit blauem Klebeband abgeteilt. Handelsübliche Limonaden füllten jede Ablage. Essen gab es keines bis auf eine vertrocknete Orange und einen Becher Jell-o-Pudding. Lena öffnete das Gefrierfach. Auch hier dieselbe Unterteilung mit dem Klebeband, doch die Feuchtigkeit hatte es teilweise abgelöst. Die eine Seite war randvoll mit Tiefkühlmenüs, auf der anderen gab es nur Eis am Stiel und Eis in Waffeln.

Mit der Handkante hob Will den Deckel des Küchenmülleimers an. Er sah zwei leere Kartons von Stouffer's French Bread Pizza. »Ich werde Sara nach den Mageninhalten fragen.«

»Tommy hatte mehr Zeit zum Verdauen.«

»Stimmt.« Mit der Schuhspitze stieß er eine Lamellen-Schwingtür auf und erwartete dahinter eine Speisekammer, entdeckte aber eine Toilettenschüssel, eine kleine Dusche und ein noch kleineres Waschbecken. Das eigentliche Bad befand sich neben der Hintertür. Er vermutete, das war die Toilette für die Mieter der Garage. Es sah auf jeden Fall so aus, als wäre sie von einem jungen Mann benutzt worden. Das Waschbecken war schmutzig. Im Abfluss der Dusche steckten Haare. Handtücher lagen auf dem Boden. Eine schmuddelig aussehende Unterhose klemmte zusammengeknüllt in einer Ecke. Auf dem Boden lag eine Socke, die nur bis knapp zum Knöchel ging. Will stellte sich vor, dass die andere derzeit durch Pippys Verdauungstrakt wanderte.

Will merkte, dass Lena nicht mehr hinter ihm war. Er durchquerte das Esszimmer, in dem ein Glastisch und zwei Stühle standen, und sah sie in einem kleinen Büro neben dem Wohnzimmer. Der Raum wirkte wie hastig verlassen. Auf dem Boden türmten sich Papierstapel – Magazine, alte Rechnungen, Zeitungen. Anscheinend hatte Gordon ihn als Abladeplatz für all den Papierkram benutzt, den sein Leben so mit sich brachte. Lena schaute in die Schreibtischschubladen. Soweit Will es erkennen konnte, stapelten sich in ihnen weitere Rechnungen und Quittungen. Das einzige Bücherregal im Zimmer war leer bis auf einen Teller mit einem verschimmelten, nicht identifizierbaren Nahrungsmittel. Daneben stand ein Glas mit einer trüben, dunklen Flüssigkeit.

Der Teppich zeigte Spuren eines Staubsaugers, aber er fühlte sich genauso schmuddelig an wie der Rest des Hauses. Auf dem Schreibtisch stand ein uralter Computermonitor. Lena schaltete ihn ein, aber nichts passierte. Will bückte sich und sah, dass das Ding nicht mit der Stromleitung verbunden war. Oder mit einem Computer.

Auch Lena sah es. »Wahrscheinlich hat er den Computer zu Jill June gebracht. Das ist seine Freundin.«

»Haben Sie in der Garage einen Laptop gesehen?«

Sie schüttelte den Kopf. »Ob Tommy überhaupt einen benutzen konnte?«

»Er kümmerte sich um die Maschinen auf der Bowlingbahn. Die sind alle computergesteuert.« Will zuckte die Achseln, weil er es nicht sicher wusste. »Gordon hat den Festnetzanschluss ausgesteckt. Ich bezweifle sehr, dass er Geld für einen Internetservice ausgegeben hat.«

»Wahrscheinlich nicht.« Lena öffnete die letzte Schreibtischschublade und hielt ein Blatt Papier in die Höhe, das wie eine Rechnung aussah. »Zweiundfünfzig Dollar. Das Haus muss besser isoliert sein, als es aussieht.«

Will nahm an, dass sie eine Strom- oder Gasrechnung gefunden hatte. »Oder Allison hat nur wenig geheizt. Sie wuchs arm auf und war bereit, in der Garage zu wohnen. Sie dürfte keine große Geldverschwenderin gewesen sein.«

»Gordon lebt ja selbst ziemlich billig. Die Bude hier ist doch ein Dreckloch.« Sie warf die Rechnung auf den Schreibtisch. »Vergammeltes Essen auf dem Regal. Schmutzige Wäsche auf dem Boden. Und ohne Schuhe würde ich nie über diesen Teppich gehen.«

Will stimmte ihr wortlos zu. »Die Schlafzimmer sind wahrscheinlich oben.«

Das Haus war ein typischer Zwischengeschossbau, die Treppe führte an der hinteren Wand des Wohnzimmers nach oben. Das Geländer löste sich von der Wand. Der Teppich war abgetreten. Oben am Treppenabsatz sah er einen schmalen Flur. Auf der einen Seite befanden sich zwei offene Türen, eine geschlossene auf der anderen. Am hinteren Ende des Korridors befand sich ein rosa gefliestes Bad.

Will schaute in das erste Zimmer. Es war leer bis auf einige Papiere und anderen Unrat, der im Flor des orangefarbenen Teppichs klebte. Das nächste Zimmer war nur karg eingerichtet, aber etwas größer als das erste. Ein Korb mit gefalteten Kleidungsstücken stand auf der nackten Matratze. Lena deutete auf den leeren Wandschrank, die offenen Schubladen der Kommode. »Da ist jemand ausgezogen.«

»Gordon Braham«, sagte Will. Er schaute zu dem Korb mit der ordentlich zusammengelegten Kleidung. Aus irgendeinem Grund machte es ihn traurig, dass Allison vor ihrem Tod noch die Wäsche des Mannes gewaschen hatte.

Lena zog Latexhandschuhe über, bevor sie zum letzten Zimmer ging. Die rechte Hand an der Waffe stieß sie mit der Linken die Tür auf. Wieder gab es keine Überraschungen. »Das muss Allisons Zimmer sein.«

Das Zimmer war sauberer als der Rest des Hauses, was allerdings nicht viel hieß. Allison Spooner war nicht die ordentlichste Frau auf der Welt gewesen, aber wenigstens hatte sie es geschafft, ihre Kleidung nicht auf den Boden zu werfen. Und es gab eine ganze Menge davon. T-Shirts, Blusen, Hosen und Kleider hingen so dicht im Schrank, dass die Querstange sich in der Mitte durchbog. Kleiderbügel hingen an der Vorhangstange und der Zierleiste über dem Wandschrank. Weitere Teile lagen auf einem alten Schaukelstuhl.

»Schätze, sie mochte Mode.«

Lena hob eine Jeans auf, die auf einem Stapel neben der Tür lag. »Seven Brands. Die sind nicht billig. Ich frage mich, woher sie das Geld hatte.«

Will konnte nur raten. Die Klamotten, die er als Jugendlicher getragen hatte, kamen meistens aus der Kleidersammlung. Es gab keine Garantie, dass man etwas fand, das einem passte, geschweige denn den Stil, den man bevorzugte. »Wahrscheinlich hatte sie ihr ganzes Leben lang nur Secondhand-Ware getragen. Dann ist sie das erste Mal von zu Hause weg und verdient ihr eigenes Geld. Vielleicht war es ihr wichtig, schöne Sachen zu besitzen.«

»Oder sie hat geklaut.« Lena warf die Jeans wieder auf den Stapel. Sie setzte die Durchsuchung fort, hob die Matratze an, hob Schuhe hoch und stellte sie wieder hin. Will stand in der Tür und sah zu, wie Lena sich durchs Zimmer bewegte. Sie wirkte jetzt selbstsicherer. Er hätte gern gewusst, was sich geändert hatte. Geständnisse waren gut für die Seele, aber ihre neu gefundene Selbstsicherheit konnte man nicht ausschließlich auf ihr Eingeständnis in Bezug auf Tommy zurückführen. Die Lena, die er heute Morgen verlassen hatte, war den Tränen nahe gewesen. Tommys Schuld war das Einzige, dessen sie sich sicher gewesen war. Noch etwas anderes hatte sie belastet, aber das war jetzt verschwunden.

Ihre Sicherheit machte ihn argwöhnisch.

»Was ist damit?« Will deutete zum Nachtkästchen. Die Schublade stand einen Spalt offen. Mit behandschuhter Hand zog Lena sie ganz auf. Drinnen lagen ein Stapel Papier, ein Bleistift und eine Taschenlampe.

»Haben Sie je Nancy Drew gelesen?«, fragte er, aber Lena war ihm schon einen Schritt voraus. Mit dem Bleistift schraffierte sie das oberste Blatt auf dem Stapel.

Sie zeigte es Will. »Keine Geheimbotschaft.«

»Einen Versuch war es wert.«

»Wir könnten das Zimmer auf den Kopf stellen, aber mir springt nichts ins Auge.«

»Keine pinkfarbene Büchertasche.«

Sie starrte ihn an. »Hat Ihnen jemand gesagt, dass Allison eine pinkfarbene Büchertasche hatte?«

»Jemand hat mir auch gesagt, dass sie ein Auto hatte.«

»Einen verrosteten roten Dodge Daytona?«, vermutete Lena. Anscheinend hatte sie von der Fahrzeugfahndung gehört, die Faith am Morgen veranlasst hatte.

»Schauen wir uns das Badezimmer an«, schlug Will vor.

Er folgte ihr den Flur entlang. Wieder ließ Will sie die Suche durchführen. Lena öffnete das Medizinschränkchen. Es gab die übliche Ansammlung von Frauensachen: die Pille und andere weibliche Hilfsmittel, ein Fläschchen Parfum, eine Packung Tylenol und andere Schmerzmittel sowie eine Bürste. Lena öffnete die Packung mit Anti-Baby-Pillen. Weniger als ein Drittel waren noch vorhanden. »Sie nahm sie regelmäßig.«

Er schaute sich den Aufkleber auf der Packung an. Das Logo am oberen Ende kannte er nicht. »Ist das von einer örtlichen Apotheke?«

»Die Collegeapotheke.«

»Wer ist der verschreibende Arzt?«

Sie las den Namen und schüttelte den Kopf. »Kenne ich nicht. Wahrscheinlich aus ihrer Heimatstadt.« Lena öffnete das Schränkchen unter dem Waschbecken. »Toilettenpapier. Tampons. Damenbinden.« Sie schaute in die Packungen. »Nichts, was auffällig wäre.«

Will starrte das offene Medizinschränkchen an. Irgendwas stimmte hier nicht. Es gab zwei Ablagen und den Boden des Schränkchens, der als drittes Fach diente. Die mittlere Ablage schien für Medikamente reserviert zu sein. Die Packung mit der Pille klemmte zwischen den Flaschen mit Motrin und

Avril, die dicht ans Scharnier am Ende der Ablage geschoben waren. Das Tylenol stand auf der anderen Seite, ebenfalls an den Rand geschoben. Er starrte die Lücke an und fragte sich, ob ein Fläschchen fehlte.

»Was ist?«, fragte Lena.

»Sie sollten sich Ihre Hand anschauen lassen.«

Sie bewegte die Finger. Die Pflaster sahen schon ausgefranst aus. »Mir geht's gut.«

»Das sieht infiziert aus. Das sollten Sie nicht in den Blutkreislauf bekommen.«

Lena richtete sich wieder auf. »Der einzige Arzt der Stadt hat seine Praxis in der Kinderklinik. Hare Earnshaw.«

»Saras Cousin.«

»Er würde mich als Patientin nicht gerade mit offenen Armen empfangen.«

»Zu wem gehen Sie sonst?«

»Das geht Sie nun wirklich nichts an.« Sie zog die billige Mini-Jalousie vor dem Fenster hoch. »In Mrs Barnes' Einfahrt steht ein Auto.«

»Warten Sie draußen auf mich.«

»Warum wollen Sie …« Sie verstummte. »Okay.«

Will ging hinter ihr den Flur entlang. Als er vor Allisons Zimmer stehen blieb, drehte Lena sich um. Sie sagte nichts, sondern ging die Treppe hinunter. Will glaubte nicht, dass es in Allisons Zimmer irgendetwas von Bedeutung gab. Lena hatte es gründlich durchsucht. Was Will aufgefallen war, waren die Dinge, die fehlten: Es gab keinen Laptop, keine Notizbücher, keine Schulbücher, keinen pinkfarbenen Rucksack. Wenn man von den Unmengen an Kleidung einmal absah, gab es keinen Hinweis darauf, dass hier eine Studentin wohnte. Hatte irgendjemand Allisons Sachen an sich genommen? Höchstwahrscheinlich waren sie jedoch in dem Dodge Daytona, von dem sie nicht wussten, wo er sich befand.

Will hörte die Vordertür auf- und wieder zugehen. Als er zum Fenster hinausschaute, sah er Lena über die Einfahrt zum Streifenwagen laufen. Sie hatte ihr Handy am Ohr. Er wusste, dass sie nicht Frank anrief. Vielleicht suchte sie sich einen Anwalt.

Doch im Augenblick hatte er Wichtigeres zu überdenken. Will ging zurück ins Bad und machte mit seiner Handykamera ein Foto des Medizinschränkchens. Dann ging er nach unten in Tommys Bad. Will musste über Handtücher und Unterwäsche steigen, um zum Medizinschränkchen zu gelangen. Er öffnete die verspiegelte Tür. Ein Pillenfläschchen aus orangefarbenem Plastik war das Einzige, was er darin fand. Will beugte sich vor. Die Beschriftung auf dem Etikett war klein. Das Licht war schlecht. Und er war Legastheniker.

Mit seinem Handy schoss er auch davon ein Foto. Diesmal schickte er das Foto mit drei Fragezeichen in der Textbotschaft an Faith.

Sara hatte sein Taschentuch wieder behalten. Will schaute sich nach etwas um, das er benutzen konnte, damit seine Fingerabdrücke nicht auf die Flasche kamen. Tommys Unterwäsche und die schmutzigen Socken kamen nicht infrage. Will zog einige Blatt Toilettenpapier von der Rolle oben auf dem Wasserkasten und nahm damit das Fläschchen zur Hand. Der Deckel war nicht fest zugeschraubt. Er nahm ihn ab und sah eine Handvoll transparenter Kapseln mit einem weißen Pulver darin. Will schüttelte sich eine auf die Hand. Sie hatte keine seitliche Beschriftung, kein Logo oder Herstellerzeichen.

In Filmen probierten Polizisten immer das weiße Pulver, das sie fanden. Will fragte sich, warum Drogenhändler genau aus diesem Grund nicht immer Häufchen mit Rattengift herumliegen ließen. Er stellte das Fläschchen auf den Waschbeckenrand, damit er die Pille in seiner Hand fotografieren konnte. Dann machte er noch eine weitere Nahaufnahme des Etiketts und schickte auch diese Bilder an Faith.

In der Regel hielt Will sich von Ärzten fern. Er konnte ihnen seine Versicherungsinformationen nicht vorlesen, wenn er anrief, um einen Termin zu vereinbaren. Er konnte ihre Formulare nicht ausfüllen, wenn er im Wartezimmer saß. Einmal war Angie so freundlich gewesen, ihn mit Syphilis anzustecken, und er musste zwei Wochen lang viermal am Tag eine ganze Reihe von Pillen nehmen. Deshalb wusste Will, wie ein Rezeptetikett aussah. Oben stand immer das offizielle Logo der Apotheke. Der Name des Arztes und das Datum waren aufgeführt, die Rezeptnummer, der Name des Patienten, Informationen zur Dosierung und Warnhinweise.

Auf diesem Etikett schien nichts davon zu stehen. Es hatte nicht einmal die richtige Größe – Will vermutete, dass es nur etwa halb so hoch war und viel weniger breit. Oben standen viele getippte Zahlen, aber der Rest der Informationen war handschriftlich. Eine geschwungene Schreibschrift – was bedeutete, dass Will nicht wusste, ob er Heroin oder Paracetamol anstarrte.

Sein Handy klingelte. »Was, zum Teufel, ist denn das?«, fragte Faith ohne Vorrede.

»Ich habe es in Tommys Medizinschränkchen gefunden.«

»›Sieben-neun-neun-drei-zwei-sechs-fünf-drei‹«, las sie vor. »›Tommy, nimm auf keinen Fall eine von denen‹, steht handschriftlich in der Mitte. Mit Ausrufungszeichen. Das ›nimm auf keinen Fall‹ ist unterstrichen.«

Will sprach ein stummes Dankgebet, dass er das weiße Pulver nicht probiert hatte. »Stammt die Handschrift von einer Frau?«

»Sieht so aus. Groß und geschwungen. Nach rechts geneigt, sie ist also Rechtshänderin.«

»Warum hat Tommy ein Fläschchen mit Pillen, auf dem steht: Nimm die auf keinen Fall?«

»Was ist mit den drei Buchstaben am unteren Rand? Sieht aus wie ›HOC‹ oder ›HCC‹ …?«

Will starrte die kleine Schrift in der Ecke des Etiketts an. Die Wörter verschwammen so sehr, dass er Kopfschmerzen bekam. »Ich habe keine Ahnung. Beim letzten Foto bin ich so dicht rangegangen wie möglich. Ich werde die Pillen von Nick zusammen mit den anderen Sachen ins Labor bringen lassen. Irgendwas Neues über Jason Howell?«

»Der ist noch schlimmer als Allison, falls das möglich ist. Kein Telefon. Keine Wohnadresse, nur ein Postfach im College. Auf einem Sparkonto in West Virginia hat er viertausend Dollar.«

»Das ist interessant.«

»Nicht so sehr, wie Sie glauben. Der Betrag ist im Verlauf der letzten vier Jahre deutlich geschrumpft. Ich schätze, das ist so eine Art Studienfonds.« Dann fügte sie noch hinzu: »Außerdem hat er ein auf seinen Namen eingetragenes Auto. Einen neunundneunziger Saturn SW. In Grün. Ich habe bereits eine Fahrzeugfahndung veranlasst.«

Das war immerhin etwas. »Ich kontrolliere auf dem Campus, ob er dort steht. Wie läuft's mit den Überprüfungen aller Studenten, die in Jasons Wohnheim leben?«

»Langsam und langweilig. Diese Jungs haben nicht einmal Strafzettel wegen Falschparkens. Als ich in diesem Alter war, hatte meine Mutter mich bereits aus einer Anzeige wegen Fahrens unter Alkohol und einer wegen Ladendiebstahls herausgeholt.« Sie lachte. »Bitte versprechen Sie mir, dass Sie mich nicht daran erinnern, wenn meine Kinder in Schwierigkeiten kommen.«

Will war zu schockiert, um irgendwas zu versprechen. »Haben Sie den 911er-Audiomitschnitt schon bekommen?«

»Die Leute dort haben gesagt, sie schicken ihn mir per E-Mail, aber bis jetzt ist noch nichts da.« Sie wirkte etwas kurzatmig, und Will vermutete, dass sie durchs Haus ging. »Lassen Sie mich schnell eine Computersuche nach diesen Initialen auf dem Pillenfläschchen machen.«

»Ich frage Gordon, ob sein Sohn irgendwelche Medikamente nehmen musste.«

»Sind Sie sicher, dass Sie das tun sollten?«

»Soll heißen?«

»Was, wenn Tommy Drogen verkauft hat?«

Will konnte sich Tommy Braham als Dealer nur schwer vorstellen. Trotzdem gab er zu: »Tommy kannte jeden in der Stadt. Er war viel auf der Straße. Das wäre eine perfekte Tarnung.«

»Womit verdient sein Dad seinen Lebensunterhalt?«

»Ich glaube, er ist Störungstechniker bei Georgia Power.«

»Wie leben sie?«

Will schaute sich in der schmuddeligen Küche um. »Nicht sehr gut. Gordons Transporter ist ungefähr zehn Jahre alt. Tommy wohnte in einer Garage ohne Toilette. Sie vermieteten ein Zimmer, um über die Runden zu kommen. Das Haus muss vor dreißig Jahren richtig schön gewesen sein, aber sie haben nicht viel getan, um es so zu bewahren.«

»Als ich Tommy überprüfte, fand ich ein Girokonto bei einer örtlichen Bank. Er hatte ein Guthaben von einunddreißig Dollar und achtundsechzig Cent. Haben Sie gesagt, sein Dad wäre in Florida?«

Er erkannte, worauf hinaus sie wollte. Florida war der Anfang eines wichtigen Drogenkorridors, der von den Keys nach Georgia und hoch nach New England und Kanada führte. »Für mich sieht die Sache nicht nach Drogen aus.«

»Diese Messerwunde im Nacken klingt für mich nach einer Gang.«

Will konnte nicht abstreiten, dass sie recht hatte.

»Was haben Sie sonst noch?«, fragte Faith.

»Detective Adams hat es für angebracht gehalten, ihre Mitverantwortlichkeit an Tommy Brahams Selbstmord einzugestehen.«

Dieses eine Mal kam von Faith keine schnelle Erwiderung.

»Sie gab zu, dass Tommy Allison nicht umgebracht haben konnte und es ihre Schuld war, dass er es schaffte, sich in Gewahrsam umzubringen, und dass sie die ganze Verantwortung auf sich nehmen wird.«

Faith gab ein nachdenkliches Schnauben von sich. »Was verbirgt sie?«

»Was verbirgt sie *nicht?*«, entgegnete Will. »Sie hat gelogen und so viel vertuscht, dass es so wäre, als würde man die berühmte Nadel im Heuhaufen suchen.« Er ging in die Küche, weil er hoffte, dort eine Plastiktüte zu finden. »Allison hatte eine Menge hübsche Klamotten.«

»Was hat sie im College studiert?«

»Chemie.«

»Wie schaffen Sie es, sich in der Früh anzuziehen?« Faith klang frustriert über seine Begriffsstutzigkeit. »Chemie? Chemikalien synthetisieren, um daraus komplexere Produkte herzustellen, wie zum Beispiel aus Pseudoephedrin Methamphetamin?«

In der letzten Schublade, in der er nachschaute, fand Will einen Karton mit Ziploc-Beuteln. »Wenn Allison Meth kochte oder es sich selbst spritzte, war sie sehr vorsichtig dabei. Sie hatte keine Einstichspuren. Weder im Haus noch in der Garage waren Pfeifen oder andere Drogenutensilien. Sara wird im Rahmen der Autopsie eine toxikologische Untersuchung durchführen, aber es wird nichts dabei herauskommen.«

»Und Tommy?«

»Da muss ich Sara anrufen.« Er wartete, dass sie eine spitze Bemerkung über seine zu häufige Verwendung von Saras Namen machte.

Erstaunlicherweise ließ sie die Gelegenheit verstreichen. »Im Grant County gibt es kein H-O-C oder H-C-C. Ich versuche die Nummer oben auf dem Etikett. Acht Ziffern. Zu lang für einen Zip-Code, zu kurz für einen Zip-plus-vier. Eine Ziffer zu viel für eine Telefonnummer. Ich geb sie mal schnell ein und schaue, was ich kriege.«

Will verstaute das Pillenfläschchen im Plastikbeutel, während er auf die Ergebnisse wartete.

Faith stöhnte. »Mein Gott, führt denn jede einzelne Suchanfrage zu Porno?«

»Das ist Gottes Geschenk an uns.«

»Da hätte ich lieber ein Vierundzwanzig-Stunden-Kindermädchen«, entgegnete sie. »Ich finde nichts. Aber ich kann ja im Staat ein bisschen herumtelefonieren. Sie wissen doch, dass einige der Trottel sich ziemlich Zeit damit lassen, ihre Fallakten ins Netzwerk einzugeben. Ich warte sowieso nur noch auf Mama, die mich abholen und ins Krankenhaus fahren will.«

»Ich weiß alles, was Sie tun, sehr zu schätzen.«

»Wenn ich mir jetzt noch eine Heimwerkersendung anschaue, dann komme ich runter zu Ihnen und hoffe, dass mir jemand ein Messer in den Nacken rammt. Und ich habe furchtbare Blähungen. Ich fühle mich wie …«

»Ich glaube, ich muss jetzt Schluss machen. Noch einmal vielen Dank für Ihre Hilfe.« Will klappte das Handy zu, um den Anruf zu beenden. Er schloss das Haus ab und legte das Pillenfläschchen in seinen Porsche.

Lena war noch immer am Telefon, aber sie beendete das Gespräch, als sie Will sah. »Der Honda gehört Darla Jackson. Sie ist auf Bewährung, weil sie vor zwei Jahren Schecks gefälscht hat. Sie hat bereits alles zurückgezahlt. Die Vorstrafe wird im Januar aus dem Register gelöscht.«

»Haben Sie mit ihr gesprochen?«

Lena schaute über die Schulter. »Ich glaube, wir kriegen jetzt gleich Gelegenheit dazu.«

Er drehte sich um. Eine ältere Frau bewegte sich mühsam über die Einfahrt des Hauses auf der anderen Straßenseite. Sie stützte sich schwer auf eine Gehhilfe mit einem Korb an der Vorderseite. An den hinteren Beinen des Gestells steckten leuchtend gelbe Tennisbälle. Die Haustür ging auf, und eine Frau in einer rosa Schwesternuniform rief: »Mrs Barnes! Sie haben Ihre Jacke vergessen!«

Der alten Frau schien das nicht viel auszumachen, obwohl sie nur ein dünnes Hauskleid und Pantoffeln trug. Der Wind war so heftig, dass der Saum hochgeweht wurde, als sie sich die steile Einfahrt hinaufmanövrierte. Zum Glück verhinderten die Sohlen ihrer Frottee-Pantoffeln, dass sie auf dem Beton ausrutschte.

»Mrs Barnes!« Die Schwester lief mit der Jacke die Einfahrt hinunter. Sie war ein kräftiges Mädchen mit breiten Schultern und einem üppigen Dekolleté. Sie war außer Atem, als sie die alte Frau endlich eingeholt hatte. Sie legte ihr die Jacke um die Schultern und sagte: »Sie holen sich hier draußen noch den Tod.«

Lena ging auf die Frauen zu. »Mrs Barnes, das ist Agent Trent vom Georgia Bureau of Investigation.«

Mrs Barnes rümpfte demonstrativ die Nase. »Was wollen Sie?«

Will fühlte sich zurückversetzt in die dritte Klasse, als er wegen diverser Schuljungen-Untaten angeblafft wurde. »Ich würde mit Ihnen gerne über Allison und Tommy reden, falls Sie einen Augenblick Zeit haben.«

»Anscheinend haben Sie das ja schon entschieden.«

Will schaute zu ihrem Briefkasten, weil ihm die Hausnummer von einem Einsatzbericht her bekannt vorkam. »Jemand aus Ihrem Haus rief wegen Tommys bellendem Hund die Polizei. Ihr Name stand jedoch nicht in dem Bericht.«

»Das war ich«, warf die Krankenschwester ein. »Ich schaue abends immer nach Mrs Barnes. Normalerweise komme ich nicht vor sieben Uhr, aber sie brauchte Hilfe bei diversen Hausarbeiten, und ich hatte nichts Besseres zu tun.«

Will hatte nicht bemerkt, wie spät es schon war. Er schaute auf sein Handy und sah, dass es bereits beinahe drei Uhr war. Faith hatte noch knapp über eine Stunde, bevor sie ins Krankenhaus musste. Er fragte die Schwester: »Sind Sie jeden Abend hier?«

»Jeden Abend außer am Donnerstag, und ich bekomme den letzten Sonntag im Monat frei.« Will musste sich ihre Sätze im Kopf noch einmal langsamer vorsagen, damit er verstand, was sie gesagt hatte. Die Frau näselte mehr als jeder, den er im Grant County kannte.

Lena zog Stift und Notizbuch heraus. Sie fragte die Schwester: »Können Sie mir sagen, wie Sie heißen?«

»Darla Jackson.« Sie griff in die Tasche und zog eine Visitenkarte heraus. Ihre Fingernägel waren grell rot und künstlich und passten hervorragend zu ihrem dick aufgetragenen Make-up. »Ich bin im E-Med Building am Highway fünf stationiert.«

Lena deutete zu dem vor dem Haus stehenden Accord. Sie kannte die Antwort zwar bereits, fragte aber trotzdem: »Ist das Ihrer?«

»Ja, Ma'am. Macht nicht mehr viel her, ist aber bezahlt. Ich zahle alle meine Rechnungen pünktlich.« Sie warf ihnen einen bedeutungsvollen Blick zu, und Will nahm an, dass Mrs Barnes nichts von den manipulierten Schecks wusste.

Lena gab Will die Karte. Er schaute sie ein paar Sekunden an, bevor er Darla fragte: »Warum haben Sie wegen Tommy die Polizei gerufen?«

Sie öffnete den Mund, um zu antworten, aber Mrs Barnes übernahm und richtete ihre Antwort direkt an Will. »Dieser Junge hat nie irgendjemandem irgendwas getan. Er hatte das sanfteste Herz und die freundlichste Art.«

Will steckte die Hände in die Tasche, weil er das Gefühl hatte, seine Finger würden bald vor Kälte brechen. Er musste mehr über Tommys plötzlichen Stimmungswechsel herausfinden für den Fall, dass Faith recht hatte mit den Drogen, die er möglicherweise im Medizinschränkchen des Jungen gefunden hatte.

»Im Einsatzbericht steht, Tommy hätte jemanden angeschrien. Ich nehme an, das waren Sie, Ms Jackson?« Die Schwester nickte, und Will fragte sich, warum Darlas Name in dem Bericht nicht erwähnt wurde. Es kam ihm merkwürdig vor, dass der aufnehmende Beamte ihn sich nicht zusammen mit den anderen Details notierte hatte. »Können Sie mir sagen, was passiert ist?«

»Na ja, zunächst wusste ich nicht, dass er zurückgeblieben ist«, sagte sie beinahe entschuldigend. »Als amtlich zugelassene Krankenschwester versuche ich natürlich, gegenüber Menschen mit speziellen Bedürfnissen mehr Mitleid zu haben, aber dieser Hund bellte sich die Kehle aus dem Leib, und Mrs Barnes versuchte zu schlafen ...«

»Ich leide schrecklich an Schlaflosigkeit«, warf die alte Frau dazwischen.

»Schätze, mir sind einfach die Nerven durchgegangen. Ich ging rüber, um ihm zu sagen, er solle den Hund beruhigen, und er meinte, das könnte er nicht, und ich sagte, ich würde die Hundefänger anrufen und die würden ihn dann wirklich still machen. Wie in totenstill.« Es schien ihr peinlich zu sein. »Als Nächstes höre ich dann dieses laute Geräusch. Ich schaue zum Fenster hinaus, und da splitterte es. Sie können ja sehen, dass ich Klebeband darübergeklebt habe.« Will blickte zum Haus. Das Glas des Fensters hatte einen krummen, silbernen Streifen Klebeband am unteren Rand. »Das stand nicht im Bericht.«

Mrs Barnes übernahm wieder. »Wir hatten Glück, dass sie Carl Phillips schickten. Ich habe ihn in der fünften Klasse unterrichtet.« Sie drückte sich die Hand auf die Brust. »Wir waren alle der Meinung, dass wir das mit Gordon klären sollten, sobald er aus Florida zurück wäre.«

Will fragte die Schwester: »Sie sind jeden Abend hier? Auch am Sonntagabend und gestern Abend?«

»Ja. Ich war in den letzten drei Tagen ständig bei Mrs Barnes. Ihre neuen Medikamente machen ihr schreckliche Probleme mit der Schlaflosigkeit.«

»Das stimmt«, pflichtete die Frau ihr bei. »Ich kann nicht mal die Augen schließen.«

»Haben Sie gesehen, dass drüben im Haus irgendwas vorgefallen ist? Dass Autos kamen und wieder wegfuhren? Hat Tommy für irgendwas seinen Roller benutzt?«

»Das Schlafzimmer ist hinten im Haus«, erklärte Darla. »Wir waren die ganze Nacht dahinten, weil es näher zur Toilette ist.«

»Darla, bitte«, sagte Mrs Barnes scharf. »Das müssen die Leute doch nicht wissen.«

»Kannten Sie beide Allison Spooner?«, fragte Lena. »Sie wohnte gegenüber in Tommys Haus.«

Nun wurden sie beide vorsichtiger. Darla antwortete: »Ich habe sie hin und wieder gesehen.«

»Auch ihren Freund?«

»Manchmal.«

»Kennen Sie seinen Namen?«

Darla schüttelte den Kopf. »Er kam und ging. Manchmal hörte ich sie schreien. Streiten. Schien mir ein ziemlich aufbrausender Typ zu sein.«

Wills Erfahrung nach neigten Lehrer dazu, schnell, aber präzise über Leute zu urteilen. »Was ist mit Ihnen, Mrs Barnes?«, fragte er.

»Ich habe ihn ein- oder zweimal gesehen«, erwiderte sie.

»Haben Sie ihn je mit Allison streiten hören?«

Sie legte sich die Finger ans Ohr. »Ich höre nicht sehr gut.«

Will hatte den Eindruck, dass sie untypisch höflich war, da sie den Hund mit Sicherheit bellen gehört hatte. Natürlich wollten die meisten Menschen nicht schlecht über Tote sprechen. Er war sich sicher: Mrs Barnes hätte noch in der letzten Woche viel über Allison Spooner zu sagen gehabt. »Haben Sie in letzter Zeit ihr Auto in der Einfahrt gesehen?«

»Gordon hatte sie gebeten, auf der Straße zu parken, weil es Öl verlor«, sagte Mrs Barnes. »Ich habe es schon eine ganze Weile nicht mehr dort gesehen. Auf jeden Fall nicht dieses Wochenende.«

»Ich auch nicht«, bestätigte Darla.

»Was ist mit dem Auto ihres Freunds? Haben Sie gesehen, was für einen Wagen er fuhr?«

Beide Frauen schüttelten den Kopf. Wieder war es Darla, die antwortete: »Ich bin bei so was nicht sehr gut. Es war ein Kombi. Grün oder blau. Ich weiß, das hilft Ihnen nicht wirklich weiter.«

»Gab es sonst noch Bekannte, die Allison besuchten? Männer oder Frauen?«

»Nur dieser eine Freund«, sagte Darla. »Er war ein glupschäugiger, kleiner Kerl.«

Will spürte einen Regentropfen auf dem Kopf. »Haben Sie je mit ihm gesprochen?«

»Nein, aber einen Loser erkenne ich schon aus einer Meile Entfernung.« Sie lachte überraschend derb auf. »Ich bin in meinem Leben genug davon begegnet.«

»Die Sache ist die«, sagte jetzt Mrs Barnes. »Tommy hat diesem Mädchen nichts getan.« Sie starrte Lena böse an. »Und Sie wissen das.«

»Ja, das weiß ich«, sagte Lena.

Darauf fiel ihr nichts mehr ein. Sie schaute zu der Schwester. »Ich glaube, ich sollte jetzt gehen.«

»Mrs Barnes ...«, hob Will an.

Sie schnitt ihm das Wort ab. »Mein Sohn ist Anwalt. Falls Sie noch weitere Fragen an mich haben, sollten Sie sich an ihn wenden. Kommen Sie, Darla. Meine Sendung fängt gleich an.«

Damit drehte sie das Laufgestell um und ging langsam ihre Einfahrt wieder hoch. Darla zuckte entschuldigend die Achseln, bevor sie ihr folgte.

»Ich glaube nicht, dass mir je eine ältere Dame im Laufgestell mit einem Anwalt gedroht hat«, murmelte Will.

Ein Sirren lag in der Luft, als hätte ein Schwarm Zikaden beschlossen, gemeinsam zu singen. Der Regen fiel weniger in dicken Tropfen, sondern als feiner Dunst. Will blinzelte, weil er Tropfen auf den Wimpern spürte.

»Und jetzt?«, fragte Lena.

»Ich schätze, das liegt an Ihnen.« Will schaute wieder auf die Zeitanzeige seines Handys. Charlie würde bald hier sein. »Sie können mit mir zum College zurückfahren, oder Sie können sich einen Anwalt suchen.«

Über die Antwort brauchte Lena nicht lange nachzudenken: »Mein Auto oder Ihres?«

13. Kapitel

Sie hatten den Taylor Drive kaum verlassen, als der Himmel seine Schleusen öffnete. Die Sicht war extrem eingeschränkt. Lena fuhr mit weniger als dreißig Meilen über die überfluteten Straßen. Die Kälte bereitete ihr Schmerzen in der verletzten Hand. Sie bewegte die Finger, um den Blutfluss anzuregen. Sie hatte eindeutig eine Infektion. Ihr war zugleich heiß und kalt. Im Hinterkopf braute sich der Schmerz zusammen.

Trotzdem fühlte sie sich besser als seit Langem. Nicht nur weil sie die Verantwortung für Tommy übernommen hatte, sondern weil sie es geschafft hatte, sich noch ein letztes Mal herauszuwinden. Und es *würde* das letzte Mal sein. Von jetzt an hatte Lena vor, die Dinge auf die richtige Art zu tun. Sie würde keine Abkürzungen mehr nehmen. Sie würde keine Risiken mehr eingehen.

Frank konnte ihr nicht vorwerfen, dass er in sein eigenes Schwert gestürzt war, und falls er es doch tat, dann konnte er sie mal. Will Trent hatte sich alles zusammengereimt, was in der Garage passiert war, aber ohne Lena konnte er es nicht beweisen, und Lena würde nicht reden. Das war ihre Handhabe gegen Frank. Das war ihre Fahrkarte in die Freiheit. Wenn Frank sich zu Tode trinken und sein Leben auf der Straße riskieren wollte, dann war das allein seine Sache. Sie hatte damit nichts zu tun.

Tommy Brahams Tod war das Einzige, was noch immer schwer auf ihr lastete. Sie musste mit einem Anwalt darüber reden, wie sie sich dem County gegenüber verhalten sollte, aber sie würde die Verantwortung nicht abstreiten. Sie hatte eine Strafe verdient. Tommy war ihr Gefangener gewesen. Lena hatte ihm das Werkzeug, mit dem er sich das Leben nahm, so gut wie in die Hand gegeben. Sich des Systems zu bedienen und ein Schlupfloch zu finden kam überhaupt nicht infrage. Vielleicht verklagte Gordon Braham sie, vielleicht auch nicht. Sicher wusste Lena nur eines: dass sie fertig war mit dieser Stadt. So gern sie Polizistin war, sosehr sie diese Adrenalinstöße und dieses Gefühl brauchte, eine Arbeit zu machen, die kaum jemand sonst auf der Welt tun wollte – oder tun konnte –, jetzt musste sie ihr Leben ändern.

Will bewegte sich neben ihr auf dem Beifahrersitz. Er hatte bereits den halben Tag im Regen gestanden. Sein Pullover war nass, seine Jeans nie wirklich getrocknet. Man konnte vieles über den Mann sagen, aber mangelnde Entschlossenheit konnte man ihm nicht vorwerfen.

»Wann machen wir das jetzt?«, fragte sie. »Mein Geständnis, meine ich?«

»Warum die Eile?«

Sie zuckte die Achseln. Er würde es nicht verstehen. Lena war fünfunddreißig Jahre alt, und sie würde ihr Leben völlig umkrempeln und auf dem schwierigsten Arbeitsmarkt seit der Großen Depression neu anfangen müssen. Sie wollte es einfach hinter sich bringen. Das Nichtwissen war das Schlimmste. Sie würde aussteigen, aber was würde sie das kosten?

»Sie können ja immer noch einen Deal aushandeln«, sagte er.

»Man braucht einen Gegenwert, um einen Deal auszuhandeln.«

»Ich glaube, den haben Sie.«

Darauf ging sie nicht ein. Sie wussten beide, dass ihre Landung viel weicher werden würde, wenn sie Frank zu Fall brächte. Aber Frank hatte etwas gegen sie in der Hand, von denen Will nichts ahnte. Damit dies alles funktionierte, musste sie den Mund halten. Es war zu spät, um jetzt noch einen Rückzieher zu machen.

»Erzählen Sie mir von der Drogenlage in der Stadt«, sagte er.

Die Bitte überraschte sie. »Da gibt's nicht viel zu sagen. Der Campus-Sicherheitsdienst kümmert sich um die meisten der kleinen Verstöße im College – Pott, ein bisschen Koks, winzige Mengen Meth.«

»Und in der Stadt selbst?«

»Heartsdale ist ein ziemliches Nobelviertel. Reiche können ihre Süchte viel besser verstecken.« Sie bremste vor der roten Ampel an der Main Street. »Avondale ist okay, ungefähr das, was man erwarten würde, vorwiegend Mittelklasse, berufstätige Mütter, die ein bisschen Meth rauchen, nachdem sie die Kinder zu Bett gebracht haben. Madison ist der Problemfall. Sehr arm, hohe Arbeitslosigkeit, staatliche Mittagessenszuschüsse für hundert Prozent der Kinder. Wir haben ein paar kleine Gangs, die Meth verhökern, aber die bringen sich eher gegenseitig um und nicht die normalen Bürger. Im Polizeibudget gibt's nicht viel Geld für verdeckte Operationen. Wir fangen sie ein, so gut wir können, aber sie sind wie Schaben. Mach eine weg, und zehn andere kommen, um ihren Platz einzunehmen.«

»Können Sie sich vorstellen, dass Tommy gedealt hat?«

Ihr Lachen war echt. »Soll das ein Witz sein?«

»Nein.«

»Absolut nicht.« Sie schüttelte entschieden den Kopf. »Wenn er es getan hätte, dann hätte Mrs Barnes es noch vor Darla zum Telefon geschafft. Es gab zu viele Menschen in seinem Leben, die ihn zu genau beobachteten.«

»Was ist mit Allison? Könnte sie was genommen haben?«

Lena dachte ernsthaft darüber nach. »Wir haben bei ihr rein gar nichts entdeckt, das nach Drogen schreit. Sie kam kaum über die Runden, lebte in einem Loch von einem Haus. Ihre Noten waren gut. Sie hat keinen einzigen Tag im College gefehlt. Falls sie dealte, machte sie es schlecht, und falls sie Drogen nahm, hielt sie sich ziemlich gut.«

»Alles gute Argumente.« Er wechselte das Thema. »Es ist wirklich sehr günstig, dass Jason Howell starb, bevor wir ihn befragen konnten.«

Sie starrte die Ampel an, überlegte sich, ob sie sie einfach ignorieren sollte. »Ich schätze, der Mörder hatte Angst, dass er reden könnte.«

»Vielleicht.«

»Hat Sara irgendetwas gefunden?«

»Nichts Bemerkenswertes.«

Lena warf Will einen Blick zu. Dinge auslassen konnte er sehr gut.

Er zuckte die Achseln. »Mal sehen, was sie bei den Autopsien findet.«

Endlich sprang die Ampel um. Lena riss das Lenkrad zur Seite. Die Hinterräder drehten durch, als sie aufs Gaspedal stieg. »Hören Sie, ich weiß, dass Sie mit ihr schlafen.«

Will lachte überrascht auf. »Okay.«

»Ist ja nichts Schlechtes«, sagte sie, obwohl sie das Eingeständnis schmerzte. »Ich kannte Jeffrey. Ich habe fast meine ganze Laufbahn mit ihm verbracht. Er war nicht der Typ, der sein Herz auf der Zunge trug, aber bei Sara, da wusste jeder, was Sache war. Er würde wollen, dass sie wieder jemanden findet. Sie ist nicht der Mensch, der gut allein sein kann.«

Einige Sekunden lang sagte er nichts. »Ich finde es nett von Ihnen, dass Sie das gesagt haben.«

»Na ja, ich warte nicht gerade mit angehaltenem Atem darauf, dass sie was Nettes über mich sagt.« Lena schaltete die

Scheibenwischer auf die höchste Stufe, als heftiger Regen gegen das Auto klatschte. »Ich bin mir sicher, sie hat Ihnen viele Geschichten erzählt.«

»Was hätte Sie mir erzählen können?«

»Nichts Gutes.«

»Hat sie recht?«

Jetzt war es Lena, die lachte. »Sie stellen gerne Fragen, auf die Sie die Antwort bereits kennen.« Ihr Handy klingelte, die ersten Takte von Hearts »Barracuda« plärrten durchs Auto. Sie schaute auf die Anruferkennung. Frank. Lena schickte den Anruf an die Voice-Mail.

»Warum hat das College Ihre Durchwahlnummer, wenn es ein Problem melden will?«, fragte er.

»Ich kenne die Jungs vom Sicherheitsdienst.«

»Aus der Zeit, als Sie dort gearbeitet haben?«

Sie wollte ihn schon fragen, wie er das herausgefunden hatte, aber sie wusste, sie würde keine vernünftige Antwort bekommen. »Nein, ich kenne sie aus meiner Zeit als Verbindungsbeamtin. Die Jungs, die dort waren, als ich dort arbeitete, sind alle schon weg.«

»Frank halst Ihnen wohl einen Großteil der Arbeit auf.«

»Ich schaffe das«, sagte sie, merkte aber schnell, dass das nicht mehr wichtig war. Von jetzt an würden die einzigen Anrufe, die frühmorgens in ihr Haus kamen, von Leuten stammen, die sich verwählt hatten.

»Wie sieht die Sicherheitsstrategie auf dem Campus aus? Immer noch so wie zu Ihrer Zeit?«

»Nach Virginia Tech hat sich vieles verändert.«

Will wusste natürlich über das Collegemassaker Bescheid, das schlimmste in der amerikanischen Geschichte.

»Sie wissen doch, wie Institutionen funktionieren – sie arbeiten reaktiv, nicht präventiv. Der Großteil der Morde an der Virginia Tech fand im Maschinenbaugebäude statt, also haben alle anderen Colleges die Sicherheit um ihre Hörsäle und Labore verschärft.«

»Die ersten Opfer wurden in ihrem Wohnheim getötet.«

»Es ist schwierig, Wohnheime polizeilich zu überwachen. Die Studenten brauchen Schlüsselkarten, um rein- und rauszukommen, aber das ist kein narrensicheres System. Schauen Sie nur, was in Jasons Wohnheim passiert ist. Wie blöd ist es, den Feuermelder zu unterbrechen?« Ihr Handy klingelte wieder. Frank. Lena schickte ihn erneut an die Voice-Mail.

»Da will jemand was von Ihnen.«

»Sie haben recht.« Lena merkte, dass sie allmählich redete wie Will Trent. Vielleicht war das gar nicht so schlecht, schließlich versuchte er ja, sie einzukreisen. Sie bremste ab auf fünfzehn Meilen, als der Regen am Auto riss. Wasser überflutete die Straße, sodass der Asphalt aussah wie gekräuselt. Die Scheibenwischer konnten nicht mehr mithalten. Sie fuhr an den Rand und hielt an. »Ich kann so gut wie nichts mehr sehen. Wollen Sie fahren?«

»Ich schaff das auch nicht besser als Sie. Warten wir lieber ab und reden über unseren Mörder.«

Lena schaltete den Wagen aus. Sie starrte in die Wasserfront vor sich. »Glauben Sie, wir haben es mit einem Serienmörder zu tun?«

»Sie brauchen mindestens drei Opfer zu drei unterschiedlichen Zeitpunkten, um von einem Serienmord zu sprechen.«

Lena schaute ihn an. »Haben wir also eine dritte Leiche zu erwarten?«

»Ich hoffe, so weit kommt es nicht.«

»Was ist mit Ihrem Profil?«

»Was soll damit sein?«

Sie versuchte, sich an seine früheren Fragen zu erinnern. »Was ist passiert? Zwei Jugendliche ermordet, beide mit einem Messer, beide, als sie allein waren. Warum passierte das?

Der Mörder hatte es im Voraus geplant. Er brachte das Messer mit. Er kannte die Opfer, Jason offensichtlich besser als Allison, und er war wütend, als er ihn umbrachte.«

Will fuhr fort: »Er hat ein Auto. Er kennt die Stadt, die Topografie des Sees und die Positionen der Kameras im Wohnheim. Also ist er jemand, der dieses College besucht hat oder noch immer besucht.«

Sie schüttelte den Kopf und lachte über sich selbst. »Das ist das Problem mit Profilen. Sie könnten genauso gut auch über mich reden.«

»Es ist möglich, dass eine Frau diese Verbrechen begangen hat.«

Lena lächelte dünn. »Ich war gestern Nacht mit meinem Freund Jared zusammen und den Tag über mit Ihnen.«

»Danke für das Alibi«, entgegnete Will. »Aber ich meine es ernst. Allison war zierlich. Eine Frau hätte sie überwältigen können. Eine Frau hätte sie in den See ziehen und sie mit der Kette und den Waschbetonsteinen beschweren können.«

»Sie haben recht«, gab sie zu. »Frauen mögen Messer. Das ist persönlicher.« Vor ein paar Jahren hatte Lena selbst eines bei sich getragen.

»Wer sind die Frauen, denen wir in diesem Fall begegnet sind?«, fragte er nun.

Sie zählte sie auf: »Julie Smith, wer immer das ist. Vanessa Livingston, die Frau, deren Keller überflutet wurde. Alexandra Coulter, eine von Allisons Professorinnen. Allisons Tante Sheila, die auf meine Anrufe noch nicht geantwortet hat. Mrs Barnes von der anderen Straßenseite. Darla, die Krankenschwester mit den langen Fingernägeln.«

»Mrs Barnes gibt Darla ein ziemlich wasserdichtes Alibi. Sie sagt, sie haben in beiden Nächten gemeinsam kein Auge zugetan.«

»Na ja. Mein Onkel Hank sagte auch, dass er nie schläft,

aber wann immer ich bei ihm übernachte, höre ich ihn schnarchen wie eine verdammte Kettensäge.« Lena zog ihr Notizbuch heraus. Hitze schoss durch ihren Körper, doch nicht von der Infektion in ihrer Hand. Sie hielt das Notizbuch von Will weggedreht, als sie die 911er-Mitschrift überblätterte und dann schnell die Seite mit den Details zu Darla aufschlug. »Die Handynummer des 911er-Anrufs ist eine 912er-Vorwahl. Darlas ist 706.«

»Klingt ihr Akzent für Sie ungewöhnlich?«

»Irgendwie Unterschicht, aber sie hat sich offensichtlich hochgearbeitet.«

»Sie klang für Sie nicht nach Appalachen, oder?«

Lena starrte ihn unverblümt an. »Sie klingt wie jeder, mit dem ich in South Georgia aufgewachsen bin. Wie kommen Sie auf die Appalachen?«

»Kennen Sie Frauen in der Stadt, die in den letzten Jahren hierhergezogen sind?«

Sie vermutete, das war eine weitere Information, die er für sich behalten würde. Doch dieses Spiel konnte sie ebenfalls spielen. »Jetzt, da Sie es erwähnen: Vor einer Weile hatten wir ein paar Hinterwäldler, aber die haben ihren Transporter wieder vollgeladen und sind nach Los Angeles gezogen.«

»Beverly Hills?« Er kicherte in sich hinein, bevor er ihr einen seiner abrupten Themenwechsel zumutete. »Sie sollten sich Ihre Hand anschauen lassen.«

Lena schaute auf ihre verletzte Hand hinunter. Sie schwitzte so heftig, dass die Pflaster sich lösten. »Das wird schon wieder.«

»Ich habe heute mit Dr. Linton über Schussverletzungen gesprochen.«

»Ihr beide wisst aber wirklich, wie man sich amüsiert.«

»Sie sagt, die Wahrscheinlichkeit, dass sich eine unbehandelte Schusswunde infiziert, ist sehr hoch.«

Was Sie nicht sagen, wollte sie erwidern. Stattdessen sagte sie: »Wenden wir uns wieder Ihrem Profil zu.«

Er zögerte lange genug, um ihr zu verstehen zu geben, dass es ihn nicht freute, wenn ein anderer das Thema wechselte. »Was ist die Ereignisabfolge?«

Lena bemühte sich, das Ausmaß der Frage zu begreifen. »Wir sind bereits durchgegangen, was mit Allison passiert ist. Bei Jason vermute ich, der Mörder kam ins Wohnheim, bewegte die Kameras, erstach ihn und verschwand.«

»Er bedeckte Jasons Körper mit einer Decke. Er wusste, dass es viel Blut geben würde.«

Das war neu für sie. »Wo war die Decke?«

»Ich habe sie im Waschraum am Ende des Flurs gefunden.«

»Sie sollten die Abflussrohre kontrollieren, die …« Sie verstummte. Will wusste all diese Dinge selbst. Er brauchte ihre Hilfe nicht. »Es waren vier Fragen für das Profil, nicht?«

»Die letzte ist: Man muss sich fragen, wer hätte das aus welchen Gründen getan?«

»Allison wurde vor Jason ermordet. Sie war vielleicht als Warnung gedacht, die Jason nicht befolgte.«

»Jason hatte sich in seinem Zimmer verkrochen. Wir wissen nicht einmal, ob er von dem Mord gehört hatte.«

»Der Mörder ist also nervös, hat Angst, dass seine Botschaft keine Wirkung gezeigt hat.« Ihr kam ein Gedanke. »Der Abschiedsbrief. Der Mörder hinterließ ihn als Warnung. ›Ich will es vorbei haben.‹«

»Richtig«, pflichtete Will ihr bei, und sie nahm an, er hatte das schon vor einer Weile erkannt, ohne es ihr zu sagen.

Dennoch sagte sie: »Es würde Sinn ergeben, dass der Mörder wütend war auf Jason, weil er Allisons Tod nicht als Warnung verstand. Auf ihn wurde mindestens acht- oder neunmal eingestochen. Das deutet auf große Wut hin.«

Will schaute zum Himmel. »Der Regen lässt nach.«

Lena setzte sich wieder gerade hin und legte den Gang ein. Sie gab nur wenig Gas. Die Straße war noch immer überflutet. Ganze Bäche strömten die Main Street hinunter. »Sowohl Allison als auch Jason waren Studenten. Sie könnten in etwas verwickelt sein, das mit der Schule zu tun hat.«

»Zum Beispiel?«

»Ich weiß es nicht. Ein Stipendium. Durch dieses College fließen alle möglichen Regierungsgelder. Verteidigungsausgaben. Die technische Fakultät arbeitet an medizinischen Geräten, Nanotechnologie. Die Polymerlabore testen diverse Klebstoffe. Wir reden von Hunderten von Millionen Dollar.«

»Hätte ein Graduierter Zugang zu diesem Geld?«

Sie überlegte. »Nein. Die Promotionskandidaten vielleicht, aber die Graduierten erledigen normalerweise die Drecksarbeit in den Laboren, und die Studenten vor dem ersten Abschluss dürfen sich ohne Erlaubnis nicht mal den Hintern wischen. Ich war mal mit einem Kerl zusammen, der in einem der Masterprogramme saß. Die sind an nichts beteiligt, was auch nur entfernt interessant sein könnte.«

Sie hatten Jason Howells Wohnheim erreicht. Vor dem Eingang standen zwei schwarze Vans. Jeder hatte das GBI-Logo auf den Türen, und auf den Seiten stand in weißer Schrift SPURENSICHERUNG. Lena war gegen ihren Willen aufgeregt wie ein Bluthund, der eine Witterung aufgenommen hatte. Das Gefühl verging schnell. Sie hatte zahllose Stunden in diesem College mit dem Studium für einen Abschluss verbracht, den sie wahrscheinlich nie würde anwenden können. Am ehesten würde sie dank ihrer Ausbildung zu einer dieser Nervensägen werden, die sich über alles beschweren, was in *CSI* falsch dargestellt wurde.

Will schaute auf sein Handy. »Ich muss schnell meine Partnerin anrufen, wenn Sie nichts dagegen haben.«

»Klar.« Lena stellte das Auto ab. Es regnete noch immer

stark, und sie sprang aus dem Wagen und rannte, die Kapuze ihrer Jacke mit beiden Händen festhaltend, die Treppe hoch.

Marty saß drinnen und las ein Magazin. Sie klopfte an die Tür. Er riss den Kopf so schnell hoch, dass seine Brille auf der Nase verrutschte. Er ließ sie mit seiner Karte ein.

»Sie sehen schlimm aus«, sagte er.

Lena war bestürzt über die Bemerkung. Sie strich sich mit den Fingern durch die Haare und spürte eine Feuchtigkeit, die nicht vom Regen kam. »Es ist ein langer Tag.«

»Für uns beide.« Marty setzte sich wieder auf die Bank. »Bin froh, wenn er endlich vorbei ist.«

»Was ist der Stand der Dinge?«

»Oben sind drei Männer. Zwei weitere sind auf den Parkdecks. Der Verantwortliche, der hat einen Schnäuzer, als würde er direkt aus dem Zirkus kommen. Er hat oben im Zimmer Autoschlüssel gefunden und ist herumgefahren und hat auf die Fernbedienung gedrückt, bis ein Auto reagierte.«

Lena nickte anerkennend. Der Kerl war ziemlich schlau für einen Zirkusfreak.

»Die Parkdecks habe ich nicht kontrolliert«, sagte Marty. »Sein Auto stand auf der dritten Ebene neben der Rampe.«

Lena ließ es ihm durchgehen. »Ich habe die Parkdecks auch nie kontrolliert, wenn die Studenten alle weg waren.«

»Oh-oh. Da kommt er.« Marty streckte sich und zog seine Schlüsselkarte durch das Lesegerät.

Will drückte die Tür auf und trampelte sich die Feuchtigkeit von den Schuhen. »Tut mir leid«, sagte er. »Mr Harris, danke, dass Sie uns heute Ihre Zeit schenken. Es tut mir leid, dass wir Sie so lange in Beschlag nehmen.«

»Demetrius hat mir gesagt, ich soll so lange bleiben, wie Sie mich brauchen.«

»Können Sie mir sagen, wer gestern Abend Dienst hatte?«

»Demetrius. Er ist mein Chef. Wir wechseln uns ab, damit

wir beide in den Ferien ein bisschen Freizeit haben.« Er legte die Zeitschrift weg. »Er kann sich an nichts erinnern, aber wenn Sie wollen, redet er sehr gerne mit Ihnen.«

Lena dachte sich, dass Will im Augenblick Wichtigeres zu tun hatte. »Marty hat mir eben erzählt, dass einer Ihrer Männer Jasons Auto auf einem Parkdeck gefunden hat. Sie untersuchen es gerade.«

Will lächelte. Sie konnte seine Erleichterung beinahe spüren. »Das ist gut. Vielen Dank, Mr Harris.«

Marty hatte noch etwas zu sagen. »Demetrius ist im Büro und stellt alle Überwachungsbänder für Sie zusammen. Ich kann Sie rüberfahren, wenn Sie wollen.«

Will schaute Lena an.

Stundenlang Videobänder anzustarren, in der Hoffnung, die zwei Sekunden eines Hinweises zu finden, war die Art geistloser Arbeit, bei der man sich am liebsten eine Kugel in den Kopf jagen wollte. Eigentlich wollte sie bei diesem Auto sein und jede Faser des Teppichbodens nach Spuren von Blut und Fingerabdrücken absuchen, aber das stand außer Frage. Deshalb bot sie an: »Ich kann mir die Aufzeichnungen anschauen, wenn Sie wollen.«

»Das wird aber kein Spaß werden.«

»Ich glaube, für heute hatte ich genug Spaß.«

Lena saß in dem Verhörzimmer im Polizeirevier, in dem sie vor zwei Tagen mit Tommy Braham gesprochen hatte. Sie hatte sich den TV-Wagen mit dem alten Videorecorder und den neueren Digitalgeräten, die sie manchmal zur Aufnahme von Verhören verwendeten, in das Zimmer gerollt. Die Aufnahmen vom Campus waren eine Mischung aus beiden Techniken – digital von den Außenkameras und normale Videokassetten von den Kameras im Inneren. Demetrius, der Sicherheitschef, hatte ihr alles übergeben, was er finden konnte.

Soweit sie wusste, war sie im Augenblick der einzige Mensch im Revier, bis auf Marla Simms, die ihren Schreibtisch nie verließ, und Carl Phillips, der im Zellenblock wieder als diensthabender Beamter die Nachtschicht übernommen hatte. Carl war ein kräftiger Kerl, der sich von niemandem auf der Nase herumtanzen ließ, was auch der Grund war, warum Frank ihn für den Zellendienst eingeteilt hatte. Carl war unglaublich aufrichtig. Frank tat, was er konnte, um den Mann von Will Trent fernzuhalten.

Lena hatte die Geschichte bereits von Larry Knox gehört, diesem Tratschweib. Sie wusste, dass Carl protestiert hatte gegen die Freilassung der redseligeren Gefangenen, nachdem man Tommys Leiche entdeckt hatte. Frank hatte Carl gesagt, er solle gehen, wenn er nicht einverstanden sei, und Carl hatte das Angebot angenommen. Die einzigen Gefangenen, die Frank nicht hatte gehen lassen, waren entweder komatös oder blöd. An oberster Stelle der Letzteren stand Ronald Porter, ein Arschloch von einem Mann, der seine Frau so oft geschlagen hatte, bis ihr Gesicht nachgegeben hatte. Frank hatte es geschafft, Ronny so zu bedrängen, dass der Mann den Mund hielt. Frank versuchte, Carl zu drangsalieren, er belog Will Trent, er ließ Beweismittel verschwinden und verzögerte wahrscheinlich überdies die Herausgabe des Mitschnitts des 911er-Anrufs. Und er glaubte, Lena erpressen zu können.

Der alte Mann hatte sich eine Menge aufgeladen.

Lena rieb sich die Augen, um wieder klar zu sehen. Es war heiß und stickig im Zimmer, aber das war nicht das Problem. Sie war ziemlich sicher, dass sie Fieber hatte. Ihre Hand schwitzte trotz der neuen Pflaster, die sie im Erste-Hilfe-Kasten gefunden hatte. Das Fleisch war gerötet und heiß. Von Delia Stephens hatte sie gehört, dass man Brad morgen früh aufwecken würde. Lena wollte gleich als Erstes hinfahren und ihre Verletzung von einer Krankenschwester anschauen lassen. Wahrscheinlich würde sie eine Spritze bekommen und im Gegenzug Fragen beantworten müssen.

Doch heute Abend würden ihr noch schlimmere Fragen gestellt. Sie würde Jared gestehen müssen, was passiert war. Zumindest einen Teil davon. Lena wollte ihn nicht mit der ganzen Wahrheit belasten. Nicht nur ihre Marke zu verlieren, sondern dazu auch noch Jared, das war ein Opfer, zu dem sie nicht bereit war.

Lena wandte sich wieder ihrer Arbeit zu. Die Videobänder, die sie sich in den letzten zwei Stunden angeschaut hatte, waren ermüdend bis todlangweilig. Sie hätte einfach heimfahren sollen, aber Lena empfand Will Trent gegenüber ein merkwürdiges Verantwortungsgefühl. Er hatte aus ihr ein widerwilliges Aschenputtel gemacht. Lena vermutete, dass es bis Mitternacht dauern würde, sich all die Aufnahmen anzusehen, und ungefähr zur selben Zeit würde ihre Marke zu Schrott werden.

Die guten Bilder hatte sie schon ziemlich früh gefunden. Nach der Zeitanzeige war letzte Nacht um dreiundzwanzig sechzehn und zweiundzwanzig Sekunden der Notausgang geöffnet worden.

Aus ihrer Zeit beim Campus-Sicherheitsdienst war Lena mit dem Grundriss der Anlage vertraut. Das Wohnheim, die Cafeteria und die Rückseite der Bibliothek bildeten ein offenes U mit Laderampen in der Mitte. Das College ließ die Studenten diesen Bereich nicht als Abkürzung benutzen, weil vor einigen Jahren ein Junge von einer der Rampen gefallen war und sich sein Bein an drei Stellen gebrochen hatte. Der darauf folgende Prozess war ein harter Schlag gewesen, und man hatte anschließend noch mehr Geld für Xenon-Scheinwerfer ausgegeben, die den Bereich ausleuchteten wie eine Broadway-Bühne.

Die Kamera über dem Notausgang nahm in Farbe auf. Das Licht, das durch die Tür fiel, als sie geöffnet wurde, war xenonblau. Dann schwenkte die Kamera und zeigte die Decke mit einem Keil blauen Lichts, das die Dunkelheit durchschnitt. Die Tür wurde geschlossen, und die Decke wurde dunkel.

Um dreiundzwanzig sechzehn und achtundzwanzig Sekunden betrat eine Gestalt den Gang im ersten Stock. Die Kamera hatte keine Nachtsichtfunktion, aber das Licht aus der offenen Zimmertür definierte den Umriss. Jasons Kleidung war unförmig, so wie es Lena gesehen hatte, als der Junge tot auf seinem Bett lag. Jason schaute sich nervös um. Seine Bewegungen wirkten panisch. Offensichtlich hatte er ein Geräusch gehört, es aber ziemlich schnell als unwichtig abgetan. Um dreiundzwanzig sechzehn und siebenunddreißig Sekunden ging er in sein Zimmer zurück. An dem Lichtstreifen im Flur erkannte Lena, dass er seine Tür einen Spalt offen gelassen hatte.

Der Mörder ließ sich beim Treppensteigen Zeit. Offensichtlich wollte er sichergehen, dass er Jason wirklich überraschte. Erst um Punkt dreiundzwanzig achtzehn schwenkte die Kamera nach oben. Diesmal war der Mörder nicht so geschickt. Lena mutmaßte, dass er auf der Treppe ausgerutscht war. Die Kamera kippte nur leicht nach oben, sodass die Blickrichtung eher schräg als vertikal nach oben war, und Lena spulte hin und her, bis sie in einem Bildausschnitt die Spitze eines hölzernen Baseballschlägers erkannte. Das gerundete Ende war unverkennbar, wirklich verräterisch aber war das Rawlings-Logo. Sie kannte den Schriftzug noch aus ihren Softballtagen.

Um dreiundzwanzig sechsundzwanzig und zwei Sekunden blitzte wieder das Xenonlicht an der Decke im Erdgeschoss auf, als der Notausgang geöffnet wurde. Der Mörder hatte ungefähr acht Minuten gebraucht, um Jasons Leben zu beenden.

Marla klopfte an die Tür, während sie das Zimmer schon betrat. Lena hielt das Band an, auf das sie gestarrt hatte – die Digitalaufnahme des leeren Parkplatzes vor der Bibliothek.

»Was ist?«

»Du hast Besuch.« Marla drehte sich auf dem Absatz um und ging wieder.

Als Lena die Fernbedienung weglegte, dachte sie sich, dass Marla Simms zu denjenigen gehörte, die sie nicht vermissen würde, wenn sie das Revier verließ. Um genau zu sein, fiel ihr, wenn sie darüber nachdachte, in dieser Stadt nicht ein Mensch ein, ohne den sie nicht leben könnte. Es war irgendwie merkwürdig, dass ihr die Gruppe Menschen, die in den letzten Jahren ihr Leben ausgemacht hatten, so gleichgültig war. Lena hatte Grant County immer als ihre Heimat betrachtet und die Polizeitruppe als ihre Familie. Jetzt konnte sie nur noch daran denken, wie gut es sich anfühlen würde, sie endlich los zu sein.

Lena stieß die Brandschutztür auf und betrat den Bereitschaftsraum. Sie blieb stehen, als sie die Frau sah, die in der Lobby wartete. Denn dank des Fotos, das Frank aus Allisons Brieftasche genommen hatte, erkannte sie Sheila McGee sofort. Sie hatten zusammen auf einer Bank vor dem Studentenzentrum gesessen. Der Junge, von dem Lena jetzt wusste, dass es Jason Howell war, hatte den Arm um Allisons Taille gelegt, und Sheila hatte neben ihrer Nichte gesessen, dicht bei ihr, aber nicht zu dicht. Der Himmel hinter ihnen war von einem tiefen Blau. Die Blätter fielen bereits von den Bäumen.

Sheila McGhee sah dünner, härter aus als auf dem Foto. Als Lena das Foto betrachtet hatte, hatte sie gedacht, dass Sheila der hiesigen Unterschicht angehörte, aber jetzt vermutete sie, dass sie exakt aus dieser Kategorie, nur aus Elba, Alabama, stammte. Sie war so dürr, wie man wurde, wenn man zu wenig aß und zu viel rauchte. Die Haut war schlaff, die Augen waren tief eingesunken. Die Frau auf dem Foto hatte gelächelt. Sheila McGhee sah aus, als würde sie nie wieder lächeln.

Sie drückte sich nervös die Handtasche an den Bauch, als Lena auf sie zukam. »Ist es wahr?«

Marla saß an ihrem Schreibtisch. Lena drückte auf den Knopf, um die Schwingtür zu öffnen. »Kommen Sie doch mit nach hinten.«

»Sagen Sie es mir einfach.« Sie packte Lena am Arm. Sie war stark. Die Adern auf ihrem Handrücken sahen aus wie verflochtene Ranken.

»Ja«, bestätigte Lena, »Allison ist tot.«

Sheila war noch nicht überzeugt. »Sie sah aus wie viele andere Mädchen auch.«

Lena legte ihre Hand auf die der Frau. »Sie arbeitete in dem Diner ein Stückchen weiter unten, Mrs McGhee. Die meisten der Polizisten, die hier arbeiten, kannten sie. Sie war als sehr nettes Mädchen bekannt.«

Sheila blinzelte ein paarmal, aber ihre Augen waren trocken.

»Kommen Sie mit mir«, sagte Lena. Anstatt ins Verhörzimmer führte Lena sie in Jeffreys Büro. Merkwürdigerweise hatte Lena unvermittelt das Gefühl eines Verlusts. Es wurde ihr klar, dass sie irgendwo im Hinterkopf gedacht hatte, in zehn, vielleicht fünfzehn Jahren würde ihr dieses Büro zustehen. Dass sie diesen Traum gehabt hatte, erkannte Lena allerdings erst, als sie ihn verloren hatte.

Doch jetzt war nicht die Zeit, sich mit ihren eigenen zerbrochenen Träumen zu beschäftigen. Sie deutete auf zwei Stühle vor dem Schreibtisch. »Ihr Verlust tut mir sehr leid.«

Sheila setzte sich auf die Stuhlkante, die Handtasche auf den Knien. »Wurde sie vergewaltigt? Sagen Sie es mir geradeheraus. Sie wurde vergewaltigt, nicht wahr?«

»Nein, sie wurde nicht vergewaltigt.«

Die Frau wirkte verwirrt. »Hat dieser Freund von ihr sie umgebracht?«

»Nein, Ma'am.«

»Sind Sie sicher?«

»Ja, Ma'am.« Lena setzte sich neben sie. Ihre Hand lag auf dem Schoß. Die Haut war noch heißer als vorher. Jeder Herzschlag pulsierte schmerzhaft in ihren Fingern.

»Er heißt Jason Howell«, sagte Sheila. »Sie geht seit einigen Jahren mit ihm. In letzter Zeit kamen sie nicht mehr gut miteinander aus. Ich weiß nicht, was da los war. Irgendeine Meinungsverschiedenheit oder so was. Allison war verzweifelt deswegen, aber ich sagte ihr, sie sollte ihn einfach laufen lassen. Kein Mann ist es wert, dass man so leidet.«

Lena bewegte ihre Hand. »Ich komme eben vom College, Mrs McGhee. Jason Howell ist tot. Er wurde letzte Nacht ermordet.«

Sie sah so schockiert aus, wie Lena sich gefühlt hatte, als sie die Nachricht von Marty hörte. »Ermordet? Wie?«

»Wir glauben, er wurde von demselben Täter ermordet, der auch Ihre Nichte umbrachte.«

»Also ...« Sie schüttelte verwirrt den Kopf. »Wer bringt denn zwei Collegestudenten um? Sie hatten doch kaum genug zum Leben.«

»Genau das versuchen wir gerade herauszufinden.« Lena hielt inne, um der Frau Zeit zur Erholung zu geben. »Wenn Ihnen irgendjemand in Allisons Leben einfällt, eine Person, die sie erwähnt hatte, vielleicht etwas, worauf sie sich eingelassen hatte, das sie nicht ...«

»Das ergibt doch alles keinen Sinn. Was könnte Allison den irgendjemandem antun? Sie hat noch nie jemandem irgendwas getan.«

»Hat sie Ihnen je von ihren Freunden erzählt? Über irgendjemand in ihrem Leben geredet?«

»Da war dieser Tommy. Er ist zurückgeblieben, steht aber auf sie.« Dann dämmerte es ihr. »Haben Sie mit ihm gesprochen?«

»Ja, Ma'am. Er hat mit dem Verbrechen nichts zu tun.«

Sie hielt die Handtasche auf ihrem Schoß umklammert. »Was ist mit diesem Vermieter? Anscheinend hat er eine eifersüchtige Freundin.«

»Sie waren beide in Florida, als das Verbrechen begangen wurde.«

Tränen traten ihr in die Augen. Offensichtlich versuchte sie, jemanden zu finden, der dieses Verbrechen begangen haben konnte. Schließlich gab sie es auf, atmete kurz ein und blies die Luft zwischen den Lippen wieder aus. Sie ließ die Schultern hängen. »Das ergibt doch alles keinen Sinn. Nichts davon.«

Lena behielt ihre Gedanken für sich. Sie war seit fünfzehn Jahren Polizistin und hatte noch keinen Mord bearbeitet, der viel Sinn ergab. Menschen töteten aus den abwegigsten Gründen. Der Gedanke, dass das Leben so wenig Wert hatte, war deprimierend.

Sheila öffnete ihre Handtasche. »Darf ich hier drinnen rauchen?«

»Nein, Ma'am. Möchten Sie nach draußen gehen?«

»Viel zu kalt.« Sie kaute an ihrem Daumennagel und starrte die Wand an. Auch alle anderen Nägel waren bis auf die Fingerkuppe abgenagt. Lena fragte sich, ob Allison diese Angewohnheit von ihrer Tante übernommen hatte. Auch die Nägel des Mädchens waren furchtbar kurz gewesen.

»Allison hatte einen Professor, auf den sie wütend war, weil er ihr eine schlechte Note gegeben hatte«, sagte Sheila.

»Können Sie sich an seinen Namen erinnern?«

»Williams. Sie hatte in ihrem Leben noch nie eine Vier bekommen und regte sich deswegen sehr auf.«

»Dem gehen wir nach«, sagte Lena, aber sie hatte bereits mit Rex Williams gesprochen. Er war seit Samstagnachmittag mit seiner Familie in New York. Ein Anruf bei Delta Airlines hatte sein Alibi bestätigt. »Hatte Allison ein Auto?«

Sheila richtete den Blick auf den Boden. »Es war das ihrer Mama. Sie behielt es auf Judys Namen, weil die Versicherung so billiger war.«

»Können Sie sich an Baujahr und Modell erinnern?«

»Ich weiß nicht. Es war alt, nur noch von Rost und Spucke zusammengehalten. Ich kann nachschauen, wenn ich nach Hause komme.« Sie nahm ihre Handtasche in beide Hände, als wollte sie aufbrechen. »Soll ich es gleich machen?«

»Nein«, antwortete Lena. Sie war sich ziemlich sicher, dass Allison einen roten Dodge Daytona gefahren hatte. »Haben Sie mit Ihrer Nichte viel telefoniert?«

»Einmal im Monat. Nach dem Tod ihrer Mama kamen wir uns näher.« Ein trauriger Ausdruck huschte über ihr Gesicht. »Schätze, jetzt bin nur noch ich da.« Sie schluckte schwer. »Ich habe einen Sohn im Holman, der jetzt Autokennzeichen stanzt. Ungefähr das Einzige, was er in seinem Leben je richtig gemacht hat.«

Sie meinte das Holman State Prison in Alabama.

»Weswegen sitzt er?«

»Fürs Blödsein.« Ihr Zorn war so spürbar, dass Lena sich beherrschen musste, um sich nicht auf ihrem Stuhl zurückzulehnen. »Er hat versucht, einen Schnapsladen mit einer Wasserpistole auszurauben. Der Junge war in seinem Leben mehr Tage im Gefängnis als in Freiheit.«

»Ist er Mitglied einer Gang?«

»Na ja, wer, zum Teufel, kann das schon wissen?«, fragte sie. »Ich auf jeden Fall nicht, das ist mal klar. Seit man ihn eingebuchtet hat, habe ich nicht mehr mit ihm geredet. Will mit den ganzen Sachen nichts mehr zu tun haben.«

»Standen er und Allison sich nahe?«

»Als sie das letzte Mal zusammen waren, war sie dreizehn oder vierzehn Jahre alt. Sie waren beim Schwimmen, und er tauchte sie unter, bis sie kotzen musste. Der kleine Scheißer ist nicht besser als sein Daddy.« Sie wühlte in ihrer Handtasche, doch dann schien ihr wieder einzufallen, dass sie hier nicht rauchen durfte. Sie zog ein Päckchen Kaugummi heraus und schob sich zwei Streifen in den Mund.

»Was ist mit Allisons Vater?«

»Er lebt irgendwo in Kalifornien. Er hätte sie nicht wiedererkannt, wenn sie ihm auf der Straße begegnet wäre.«

»War sie hier am College in psychologischer Beratung?«

Sheila sah sie scharf an. »Woher wissen Sie das? Hat es die Beraterin getan?«

»Wir wissen nicht, wer es getan hat«, wiederholte Lena. »Wir ermitteln in alle Richtungen. Kennen Sie den Namen der Beraterin?«

»Irgendeine Jüdin.«

»Jill Rosenburg?« Lena kannte die Psychologin aus einem anderen Fall.

»Klingt so. Glauben Sie, sie könnte es getan haben?«

»Ist eher unwahrscheinlich, aber wir sprechen mit ihr. Warum war Allison bei Dr. Rosenburg?«

»Sie sagte, das College wollte das so.«

Lena wusste, dass von Studienanfängern verlangt wurde, einmal einen Psychologen aufzusuchen, danach aber war es ihnen überlassen, ob sie weitere Beratungen in Anspruch nehmen wollten. Die meisten Studenten hatten mit ihrer Zeit Besseres zu tun. »War Allison depressiv? Hatte sie Selbstmordgedanken?«

Sheila schaute ihre abgenagten Fingernägel an. Lena sah, dass sie sich schämte.

»Mrs McGhee, es ist völlig in Ordnung, hier darüber zu

sprechen. Wir alle wollen herausfinden, wer Allison das angetan hat. Auch die geringfügigste Information könnte uns weiterhelfen.«

Sheila atmete tief durch, bevor sie gestand: »Vor acht Jahren, als ihre Mutter starb, schnitt sie sich die Pulsadern auf.«

»Kam sie ins Krankenhaus?«

»Sie behielten sie für ein paar Tage, danach nahm sie an ambulanten Therapiestunden teil. Eigentlich hätten wir damit weitermachen sollen, aber für Ärzte ist kein Geld da, wenn man kaum genug Essen auf den Tisch bringen kann.«

»Schien es Allison danach besser zu gehen?«

»Mal so, mal so. Wie bei mir. Wie bei Ihnen wahrscheinlich auch. Es gibt gute und schlechte Tage, und solange es von beiden nicht zu viele sind, kommt man mit seinem Leben ganz gut zurecht.«

Das war eine der deprimierendsten Lebenseinstellungen, die Lena je gehört hatte. »Nahm sie Medikamente?«

»Sie sagte, der Arzt hätte ihr was Neues zum Ausprobieren gegeben. Soweit ich das sah, hat es nicht viel geholfen.«

»Hat sie über das Studium geklagt? Die Arbeit?«

»Nie. Wie gesagt, sie machte zu allem eine gute Miene. Das Leben ist hart, aber man kann sich ja nicht von jeder Scheiße, die einem passiert, herunterziehen lassen.«

»Ich habe ein Foto von Ihnen in Allisons Brieftasche gefunden. Sie war mit Ihnen und Jason zusammen. Es sah aus, als würden Sie alle auf einer Bank vor dem Studentenzentrum sitzen.«

»Sie hatte das in ihrer Brieftasche?« Zum ersten Mal schien so etwas wie ein Lächeln über Sheilas Gesicht zu huschen. Sie suchte wieder in ihrer Handtasche und zog ein Foto heraus, das mit dem in der Brieftasche ihrer Nichte identisch war. Sie schaute das Bild lange an, bevor sie es Lena zeigte. »Ich wusste gar nicht, dass sie für sich auch einen Abzug gemacht hat.«

»Wann wurde das aufgenommen?«

»Vor zwei Monaten.«

»Im September?«

Sie nickte und schnalzte mit der Zunge. »Am dreiundzwanzigsten. Ich hatte ein paar Tage frei und dachte, ich komme her und überrasche sie.«

»Wie war Jason?«

»Still. Arrogant. Leicht eingeschnappt. Er hielt die ganze Zeit ihre Hand, strich ihr über die Haare. Hätte mich wahnsinnig gemacht, wenn mich ein Junge die ganze Zeit so angegrapscht hätte, aber Allison störte es nicht. Sie war *verliebt*.« Sie sagte das so sarkastisch, dass es beinahe obszön klang.

»Wie viel Zeit haben Sie mit Jason verbracht?«

»Zehn, fünfzehn Minuten? Er sagte, er hätte eine Vorlesung, aber ich glaube, er war meinetwegen einfach nervös.«

Lena konnte verstehen, warum. Sheila schien von Männern keine sehr gute Meinung zu haben. »Wie kamen Sie darauf, dass Jason arrogant war?«

»Er hatte diesen Ausdruck im Gesicht, als würde seine Scheiße nicht stinken. Wissen Sie, was ich meine?«

Lena fiel es schwer, den pummeligen Studenten, den sie auf Jasons Ausweis gesehen hatte, mit dem arroganten Schnösel in Verbindung zu bringen, den Sheila beschrieb. »Hat er irgendwas Spezielles gesagt?«

»Er hatte ihr diesen Ring gekauft. Es war billiger Schrott und passte nicht zu ihrem Hautton, aber er war stolz wie ein Pfau. Meinte, es sei ein Versprechen, dass er ihr zu Thanksgiving einen besseren kaufen würde.«

»Nicht zu Weihnachten?«

Sie schüttelte den Kopf.

Lena lehnte sich zurück und dachte darüber nach, was die Frau eben gesagt hatte. Zu Thanksgiving machte man keine

Geschenke. »Hat einer von den beiden erwähnt, dass sie bald Geld erwarteten?«

»Die hatten beide kein Geld zu erwarten. Sie waren arm wie Kirchenmäuse.« Sheila schnippte mit den Fingern. »Was ist mit diesem alten Schwarzen im Diner?«

Lena hatte gedacht, Frank wäre der Einzige, der dieses Wort noch benutzte. »Wir haben mit Mr Harris gesprochen. Er hat mit der ganzen Sache nichts zu tun.«

»Er war streng mit ihr, aber ich sagte mir, es ist gut, dass sie lernt, wie man mit Schwarzen arbeitet. Man braucht sich bloß die großen Firmen anschauen, die sind voller Schwarzer.«

»Das stimmt«, sagte Lena und überlegte sich, ob die Frau dachte, ihre eigene braune Haut sei das Ergebnis zu häufiger Sonnenstudiobesuche. »Hatte Allison noch andere Freunde, von denen sie erzählte?«

»Nein. Es ging die ganze Zeit nur um Jason. Ihre ganze Welt drehte sich um ihn, obwohl ich ihr sagte, sie sollte nicht alle Eier in einen Korb legen.«

»Hatte Allison in der Highschool irgendwelche Jungs?«

»Niemanden. Es ging ihr immer um ihre Noten. Wichtig war ihr nur, dass sie aufs College kam. Sie dachte, es würde sie davor bewahren …« Sie schüttelte den Kopf.

»Wovor bewahren?«

Nun rollte ihr doch eine Träne über die Wange. »Davor, genau so zu enden, wie sie es getan hat.« Ihre Unterlippe zitterte. »Ich wusste, ich sollte mir keine Hoffnungen für sie machen. Ich wusste, dass etwas Schlimmes passieren würde.«

Lena beugte sich vor und ergriff die knochige Hand der Frau. »Das alles tut mir sehr leid.«

Sheila setzte sich kerzengerade hin, um Lena zu zeigen, dass sie keinen Trost brauchte. »Kann ich sie sehen?«

»Es wäre besser, wenn Sie bis morgen warten würden. Die Leute, bei denen sie jetzt ist, kümmern sich um sie.«

Sie nickte, senkte kurz den Kopf und riss ihn sofort wieder hoch. Ihre Augen waren auf irgendetwas an der Wand gerichtet. Ihre Brust hob und senkte sich, sie atmete nach jahrelangem Rauchen leicht keuchend.

Lena schaute sich im Zimmer um, sie wollte der Frau ein wenig Zeit geben, sich zu sammeln. Bis gestern war sie seit Jeffreys Tod nicht mehr in seinem Büro gewesen. Alle seine persönliche Habe war nach seinem Tod ins Haus der Lintons geschickt worden, aber Lena konnte sich noch gut erinnern, wie es hier ausgesehen hatte – die Schießtrophäen und Fotos an der Wand, die ordentlichen Papierstapel auf dem Schreibtisch. Jeffrey hatte immer ein kleines gerahmtes Foto von Sara neben dem Telefon stehen. Es war keine glamouröse Aufnahme, wie man sie eigentlich bei einem Ehemann erwarten würde. Sara saß auf der Tribüne des Sportstadions der Highschool. Sie trug ein viel zu großes Sweatshirt. Ihre Haare wehten im Wind. Lena vermutete, dass die Szene eine tiefere Bedeutung hatte, so wie das Foto von Jared im Footballstadion. Wenn Jeffrey mitten in einem schwierigen Fall steckte, schaute er dieses Foto sehr oft an. Man spürte dann förmlich, wie sehr er sich danach sehnte, zu Hause bei Sara zu sein.

Die Tür ging einen Spalt auf. Frank schaute herein. Er war sichtlich wütend, hatte die Fäuste geballt, und sein Gesicht war so verkniffen vor Wut, dass man beinahe befürchtete, er würde sich die Zähne ausbeißen.

Lena spürte eine Kälte von seiner Stimme ausgehen, als wäre die Temperatur im Zimmer um einige Grad gefallen. »Ich muss mit dir reden.«

»Einen Augenblick noch.«

»Jetzt sofort.«

Sheila stand verängstigt auf und nahm ihre Tasche in die Hand. »Ich gehe dann mal.«

»Es hat aber keine Eile.«

Sie schaute Frank nervös an. Es lag Angst in ihrer Stimme, und Lena begriff plötzlich, dass Sheila McGhee schon zu oft der Wut von Männern zum Opfer gefallen war. »Ich habe Sie aufgehalten, obwohl ich doch weiß, dass Sie Besseres zu tun haben.« Sie zog einen Zettel aus der Tasche, gab ihn Lena und stürzte dann zur Tür. »Das ist meine Handynummer. Ich übernachte in dem Hotel drüben in Cooperstown.« Beim Verlassen des Zimmers wandte sie das Gesicht von Frank ab.

»Warum hast du das getan? Du hast sie verängstigt«, fuhr Lena Frank an.

»Setz dich!«

»Ich lasse mich nicht …«

»Ich sagte, setz dich.« Frank stieß sie auf den Stuhl. Lena wäre fast zu Boden gefallen. »Was, zum Teufel, ist los mit dir?«

Er trat die Tür zu. »Was machst du für eine Scheiße?«

Lena schaute durchs Fenster in den leeren Bereitschaftssaal. Das Herz schlug ihr bis zum Hals, das Pochen machte ihr das Reden schwer. »Ich weiß nicht, wovon du sprichst.«

»Du hast Gordon Braham gesagt, dass Tommy Brad nicht in den Bauch stechen wollte.«

Sie rieb sich den Ellbogen. Er blutete. »Und?«

»Verdammt!« Er schlug mit der Faust auf den Tisch. »Wir hatten eine Abmachung.«

»Er ist tot, Frank. Ich wollte seinem Vater nur etwas Frieden schenken.«

»Was ist mit *meinem* Frieden?« Er hob die Faust. »Wir hatten eine verdammte Abmachung!«

Lena hob die Hände, sie hatte Angst, dass er sie noch einmal schlagen würde. Sie hatte gewusst, dass Frank wütend werden würde, aber so aufgebracht hatte sie ihn noch nie erlebt.

»Blöd.« Die Fäuste noch immer geballt, ging er vor ihr auf und ab. »Du bist so verdammt blöd.«

»Hör mal, beruhige dich. Ich habe für alles die Schuld auf mich genommen. Ich habe Trent gesagt, dass es allein mein Fehler war.«

Er starrte sie mit offenem Mund an. »Du hast *was* getan?«

»Es ist aus, Frank. Es ist vorbei. Trent untersucht die Morde. Und das sollte dir auch recht sein. Wir wissen beide, dass Tommy dieses Mädchen nicht umgebracht hat.«

»Nein.« Er schüttelte den Kopf. »Das stimmt nicht.«

»Warst du schon im College? Gestern Nacht wurde Jason Howell ermordet. Es ist unmöglich …«

Er packte seine Faust mit der anderen Hand, als müsse er sich davon abhalten, sie zu schlagen. »Du hast gesagt, Tommys Geständnis ist solide.«

Lenas Stimme bekam einen flehenden Ton. »Hör zu.« Sie atmete so heftig, dass sie kaum sprechen konnte. »Ich nehme alles auf mich. Pflichtverletzung. Nachlässigkeit. Behinderung. Was sie auch zur Sprache bringen, ich werde es hinnehmen. Ich habe Trent bereits gesagt, dass du nichts damit zu tun hattest.« Er schüttelte wieder den Kopf, aber Lena hörte nicht auf zu reden. »Es geht nur um dich und um mich, Frank. Wir sind die einzigen Zeugen, und unsere Geschichten werden identisch sein, weil ich sagen werde, was du willst. Brad hat nicht gesehen, was in der Garage passiert ist. Was auch immer geschieht: Tommy wird nicht aus dem Grab zurückkehren und das Gegenteil behaupten. Es wird alles so sein, wie wir es ihnen sagen.«

»Tommy …« Er fasste sich an die Brust. »Tommy tötete …«

»Allison wurde von jemand anderem getötet.« Lena wusste nicht, warum er das nicht akzeptieren konnte. »Trent kümmert sich nicht mehr um Tommy. Ihm geht es jetzt um einen Serienmörder.«

Frank ließ die Hand sinken. Die Farbe war aus seinem Gesicht gewichen. »Er glaubt …«

»Du kapierst es nicht, oder? Hör zu, was ich dir sage. Dieser Fall ist soeben in die Stratosphäre geschossen. Trent hat seine Laborjungs gerufen, damit sie Howells Wohnheim auf den Kopf stellen. Er wird sie Allisons Zimmer, die Garage und den Tatort am See untersuchen lassen. Glaubst du, der kümmert sich noch um eine blöde Polizistin, die einen Jungen in Gewahrsam Selbstmord hat begehen lassen?«

Frank ließ sich schwer in Jeffreys Sessel plumpsen. Die Federn quietschten. Wie oft hatte sie mit Jeffrey in diesem Büro gesessen und diesen Sessel ächzen hören, wenn er sich zurücklehnte? Frank hatte es nicht verdient, hier zu sitzen. Lena andererseits ebenfalls nicht.

»Es ist vorbei, Frank. Das ist das Ende der Fahnenstange.«

»Da steckt noch mehr dahinter, Lee. Du versteht es nicht.«

Lena kniete sich vor ihn hin. »Trent weiß, dass die 911er-Mitschrift manipuliert wurde. Er weiß, dass Tommy ein Handy hatte, das jetzt verschwunden ist. Wahrscheinlich weiß er auch, dass du dieses Foto aus Allisons Brieftasche genommen hast. Er weiß auf jeden Fall ganz sicher, dass Tommy mit meiner Kulimine in die Zelle zurückging und sich damit die Pulsadern aufschlitzte.« Sie legte ihm die Hand aufs Knie. »Ich habe ihm bereits gesagt, er kann mein Geständnis aufnehmen. Du warst im Krankenhaus. Keiner wird dir die Schuld geben.«

Seine Augen wanderten hin und her, als er versuchte, in ihrem Gesicht zu lesen.

»Ich will dich nicht über den Tisch ziehen. Ich sage dir die Wahrheit.«

»Die Wahrheit ist unwichtig.«

Lena stand frustriert auf. Sie servierte ihm alles auf dem Silbertablett, und er warf es ihr ins Gesicht. »Sag mir, warum nicht. Sag mir, warum das auf irgendjemanden außer auf mich zurückfällt.«

»Warum konntest du nicht ein Mal in deinem elenden Leben einfach meine Anordnungen befolgen?«

»Ich nehme alles auf meine Kappe!«, schrie sie. »Warum geht dir das nicht in den Schädel? Ich war's, okay? Es war mein Fehler. Ich hielt Tommy nicht davon ab, auf die Straße zu rennen. Ich hielt ihn nicht davon ab, auf Brad einzustechen. Ich habe das Verhör verpatzt. Ich drängte ihn dazu, ein falsches Geständnis zu schreiben. Ich brachte ihn in die Zelle zurück. Ich wusste, wie aufgeregt er war. Ich habe ihn nicht abgetastet. Ich habe keine besondere Überwachung wegen Selbstmordgefahr angeordnet. Du kannst mich feuern, oder ich kann kündigen, oder was immer du willst. Zerr mich vor die staatliche Kommission. Ich werde auf einen ganzen Stapel Bibeln schwören, dass alles meine Schuld war.«

Er starrte sie an, als wäre sie das dümmste menschliche Wesen auf diesem Planeten. »Ist das so einfach, hm? Du tust das alles, und dann gehst du einfach?«

»Sag mir, wo ich mich irre.«

»Ich habe dir gesagt, du sollst bei der Geschichte bleiben!« Er schlug mit der Hand so fest gegen die Wand, dass das Glas im Fenster klirrte. »Verdammt, Lena!« Er stand auf. »Wo ist eigentlich dein Freund, hm? Glaubst du, du kannst dich da so einfach herauswinden? Wo ist Jared?«

»Nein!« Sie deutete mit ihrem Zeigefinger auf seine Brust. »Du redest nicht mit ihm. Du sagst ihm nie auch nur ein Sterbenswörtchen. Hast du mich verstanden? Das ist die Abmachung. Das ist das Einzige, was mir den Mund verschließt.«

Er schlug ihre Hand weg. »Ich sage ihm, was ich will.« Er wandte sich zum Gehen. Lena packte ihn am Arm und dachte zu spät an seine Verletzung.

»Scheiße!«, schrie er, und seine Knie gaben nach. Er holte mit der Faust aus und traf sie am Ohr. Lenas Schädel dröhnte wie eine Glocke. Sie sah Sterne. Ihr Magen zog sich zusammen. Sie verstärkte den Griff um seinen Arm.

Frank sank keuchend auf alle viere. Seine Finger gruben sich in die Haut ihres Handrückens. Lena packte so fest zu, dass ihre Armmuskeln protestierten. Sie bückte sich, um ihm in sein faltiges, altes Gesicht zu schauen. »Weißt du, was ich heute Morgen herausgefunden habe?« Er atmete zu schwer, um ihr antworten zu können. »Du hast was gegen mich in der Hand, aber ich habe noch mehr gegen dich in der Hand.«

Sein Mund klappte auf. Speichel spritzte auf den Boden.

»Weißt du, was ich habe?« Er antwortete noch immer nicht. Sein Gesicht war so rot, dass sie die Hitze spüren konnte. »Ich habe den Beweis dafür, was in der Garage passiert ist.«

Er riss den Kopf herum.

»Ich habe die Kugel, mit der du mich angeschossen hast, Frank. Ich habe sie im Schlamm hinter der Garage gefunden. Sie wird zu deiner Waffe passen.«

Er fluchte noch einmal. Schweiß lief ihm übers Gesicht.

»Diese Kurse, die ich absolviert habe, über die du dich immer lustig gemacht hast« – es machte ihr Spaß, es ihm zu sagen –, »am Tatort ist genug Blut von dir, um den Alkoholgehalt bestimmen zu können. Was, glaubst du, wird man finden? Wie viele Schlucke hast du gestern aus diesem Flachmann genommen?«

»Das bedeutet doch gar nichts.«

»Es bedeutet deine Pension, Frank. Deine Krankenversicherung. Deinen gottverdammten guten Namen. Du hast so viele Jahre zusätzlich abgerissen, und die bedeuten gar nichts, wenn du wegen Alkohol im Dienst gefeuert wirst. Nicht mal der Sicherheitsdienst am College wird dich noch nehmen.«

Er schüttelte den Kopf. »Das funktioniert nicht.«

Jetzt ging sie mit der Wahrheit etwas freizügig um. »Greta Barnes hat gesehen, wie du Tommy zusammengeschlagen hast. Ich wette, ihre Krankenschwester kann auch ein paar Geschichten erzählen.«

Er lachte gequält auf. »Bestell sie her. Mach doch.«

»Wenn ich du wäre, wäre ich vorsichtiger.«

»Du siehst es einfach nicht.«

Lena stand auf und wischte sich den Staub von der Hose. »Das Einzige, was ich sehe, ist ein müder, alter Säufer.«

Er versuchte, sich aufzusetzen. Er atmete stoßweise. »Du warst immer so sicher, dass du recht hattest, sodass du die Wahrheit nicht sehen konntest, auch wenn sie dir ins Gesicht sprang.«

Sie nahm ihre Marke vom Gürtel und warf sie neben ihn auf den Boden. Die Glock, die sie trug, war ihre eigene, aber die Patronen gehörten dem County. Lena ließ das Magazin herausgleiten und leerte es. Mit befriedigendem Klappern fielen die Patronen auf den Fliesenboden.

»Es ist noch nicht vorbei«, sagte Frank.

Sie schob den Schlitten zurück und ließ die letzte Patrone aus der Kammer schnellen. »Für mich schon.«

Die Tür klemmte. Lena musste sie aufreißen. Carl Phillips stand in der hinteren Ecke des Bereitschaftsraums. Er tippte sich an die Kappe, als Lena aus dem Büro stürmte.

Marla drehte sich, die Arme vor der üppigen Brust verschränkt, auf ihrem Stuhl um, während sie Lenas Marsch durch den Raum beobachtete. Sie bückte sich und drückte auf den Knopf für die Sperre. »Auf Nimmerwiedersehen.«

Eigentlich hätte es ein Gefühl der Anhänglichkeit, der Loyalität geben müssen, das Lena dazu hätte bringen sollen, sich noch einmal umzudrehen, aber sie ging einfach hinaus auf den Parkplatz, atmete die nasse Novemberluft ein und fühlte sich, als hätte sie sich eben selbst aus dem schlimmsten aller Gefängnisse befreit.

Sie atmete tief durch. Ihre Lunge bebte. Es hatte ein wenig aufgeklart, aber ein kräftiger, kalter Wind trocknete den Schweiß auf ihrem Gesicht. Ihre Sicht war messerscharf. Ihre Ohren summten. Sie spürte das Herz in ihrer Brust pochen, aber sie zwang sich dazu weiterzugehen.

Ihr Celica stand am anderen Ende des Parkplatzes. Sie schaute die Main Street hoch. Die untergehende Sonne ließ sich kurz blicken und tauchte alles in ein surreal blaues Licht. Lena fragte sich, wie viele Tage ihres Lebens sie damit vergeudet hatte, über diese elende Straße zu gehen. Das College. Der Eisenwarenladen. Die Reinigung. Der Kleiderladen. Alles wirkte so klein, so bedeutungslos. Die Stadt hatte ihr vieles genommen – ihre Schwester, ihren Mentor und jetzt ihre Marke. Sie hatte nichts mehr, das sie noch hätte geben können. Alles, was ihr blieb, war der Neuanfang.

Auf der anderen Straßenseite sah sie die Heartsdale Children's Clinic. Hareton Earnshaws sündhaft teurer BMW stand, zwei Stellplätze einnehmend, auf dem Parkplatz.

Lena ging an ihrem Celica vorbei und über die Straße. Der alte Burgess stand am Schaufenster der Reinigung und winkte ihr zu. Lena winkte zurück und stieg die Stufen zur Klinik hoch. Ihre Hand brachte sie schier um. Sie glaubte nicht mehr, dass sie noch bis zu ihrem Krankenhausbesuch morgen Vormittag warten konnte.

In Saras Zeit war die Klinik immer gut in Schuss gewesen. Jetzt ging es mit dem Gebäude bergab. Die Einfahrt hatte seit Jahren keinen Hochdruckreiniger mehr gesehen. Der Lack auf den Holzverzierungen war rissig und ausgebleicht. Blätter und Unrat verstopften die Rinnsteine, das Wasser floss seitlich am Haus entlang.

Lena folgte den Schildern zum Eingang. Im toten Gras waren billige Trittsteine verlegt. Früher waren hier Wildblumen gewachsen. Jetzt gab es nur einen schlammigen Pfad, der zu dem Bach hinter dem Anwesen führte. Die heftigen Regengüsse hatten ihn in einen reißenden Fluss verwandelt, der aussah, als könnte er die Klinik jeden Augenblick überfluten. Die Erosion hatte sich Bahn gebrochen. Das Flussbett war mindestens fünf Meter breit und etwa halb so tief.

Sie drückte auf die Klingel neben der Hintertür und wartete. Hare hatte sich in der Klinik eingemietet, nachdem Sara die Stadt verlassen hatte. Lena wusste, dass Sara ihren Cousin nie neben sich hätte arbeiten lassen, solange ihr die Klinik noch gehörte. Sie standen sich nahe, aber es war bekannt, dass Hare ein ganz anderer Arzt war als Sara. Er betrachtete die Arbeit als Job, Sara als Berufung. Lena hoffte, dass dies immer noch der Fall war, dass ein Doktor wie Hare sie bei ihrem Besuch als Verdienstmöglichkeit betrachtete und nicht als Todfeind.

Lena drückte noch einmal auf den Knopf. Sie hörte drinnen die Glocke über dem leisen Murmeln eines Radios bimmeln. Sie versuchte, ihre Hand zu krümmen. Inzwischen konnte sie sie kaum noch bewegen. Die Finger waren dick angeschwollen. Sie schob den Ärmel zurück und stöhnte. Rote Striemen zogen sich über den Unterarm.

»Scheiße«, ächzte Lena. Sie legte die Hand an die Wange: Sie glühte. Ihr Magen war übersäuert. Sie fühlte sich schon seit mehr als zwei Stunden nicht gut, aber jetzt schien alles zusammenzukommen.

Ihr Handy klingelte. Jareds Nummer. Sie drückte noch einmal auf die Glocke, bevor sie ans Telefon ging.

»Ist es ein schlechter Zeitpunkt?«

Sie lief vor der Tür auf und ab. »Ich habe eben meinen Job hingeschmissen.«

Er lachte, als hätte sie ihm einen unglaublichen Witz erzählt. »Wirklich?«

Sie lehnte sich an die Wand. »Ich würde dich bei so was doch nicht anlügen.«

»Heißt das, dass du bei anderen Dingen lügst?«

Er machte nur Spaß, aber Lena rutschte das Herz in die Hose, als sie daran dachte, wie leicht ihr das alles um die Ohren fliegen konnte. »Ich will so schnell wie möglich raus aus dieser Stadt.«

»Okay. Wir fangen heute Abend an zu packen. Du kannst erst mal bei mir einziehen, und dann überlegen wir uns später, was du machen willst.«

Lena starrte den Fluss an. Sie hörte das Rauschen der Strömung. Das Geräusch klang in ihren Ohren wie ein Orkan. Obwohl es aufgehört hatte zu regnen, stieg der Fluss noch immer an. Sie hatte das Bild einer riesigen Welle vor sich, die den Hügel herabstürzte, die Straße überflutete und das Polizeirevier mit sich riss.

»Lee?«, fragte Jared.

»Ich bin okay ...« Ihre Stimme brach. Wenn sie jetzt anfing zu weinen, würde sie nie mehr aufhören. »Ich sollte in einer oder zwei Stunden zu Hause sein.« Die Kehle schnürte sich ihr wieder zu. »Ich liebe dich.«

Lena schaltete das Handy aus, bevor er etwas erwidern konnte. Sie schaute auf die Uhr. In der Apotheke in Cooperstown gab es eine Art Notfall-Ambulanz. Vielleicht fand sie eine medizinische Assistentin, die Geld brauchte und keine Fragen stellte. Sie stieß sich eben von der Wand ab, als die Tür aufging.

»Oh.«

»Ich habe Ihr Auto nicht vor dem Haus gesehen.«

»Ich stehe gegenüber.« Lena hielt die Hand in die Höhe und zeigte die herabbaumelnden Pflaster. »Ich ... äh ... ich habe da ein kleines Problem, mit dem ich nicht ins Krankenhaus gehen kann.«

Von dem erwarteten Widerwillen war nichts zu spüren. »Kommen Sie doch rein.«

Als Lena das Gebäude betrat, überfiel sie der Geruch von Bleichmittel. Die Putzfrau hatte gründlich gearbeitet, aber bei dem Gestank drehte sich ihr der Magen um.

»Gehen Sie in Untersuchungszimmer eins. Ich bin gleich bei Ihnen.«

»Okay«, sagte Lena.

In einer Arztpraxis zu sein wirkte wie ein Freibrief für den Körper, jetzt Schmerzsignale auszusenden. Ihre Hand pochte bei jedem Herzschlag. Sie konnte die Finger nicht mehr zur Faust krümmen. In ihren Ohren schrillte ein hoher Ton. Dann noch einer. Sie erkannte, dass sie Sirenen hörte.

Lena ging am Untersuchungszimmer vorbei zur Vorderseite des Hauses, um nachzusehen, was los war. Die Schiebetür zum Büro klemmte, sie musste sie aufstemmen. Die Jalousien waren geschlossen, es war dunkel im Zimmer. Sie schaltete das Licht ein und sah die Quelle des Geruchs.

Auf dem Schreibtisch standen zwei große Kanister Bleichmittel. Lederhandschuhe weichten in einer Edelstahlschüssel ein. Ein hölzerner Baseballschläger lag auf einer Bahn braunen Packpapiers. Die Buchstaben des Rawlings-Logos waren blutverkrustet.

Lena legte die Hand an die Waffe, aber es war zu spät. Sie spürte das Blut in ihrem Nacken, bevor ihr Körper den Schmerz registrierte, den kalten Stahl des Messers, das ihr in die Haut gedrückt wurde.

14. Kapitel

Mit einem breiten Lächeln unter seinem Schnurrbart kam Charlie Reed die Treppe des Wohnheims heruntergelaufen. Er trug einen weißen Overall, Tyvek verhüllte ihn vom Kopf bis zu den Zehen. »Gut, dass du da bist. Wir fangen jetzt gleich mit der Zauberei an.«

Will versuchte, das Lächeln zu erwidern, aber es gelang ihm nicht. Charlie war Forensikexperte. Er genoss den Luxus, Fälle durch das Okular eines Mikroskops betrachten zu können. Er sah Knochen und Blutflecke, die fotografiert, analysiert und katalogisiert werden mussten, Will dagegen sah ein menschliches Wesen, dessen Leben von einem kaltblütigen Killer beendet worden war, dem es zumindest bis jetzt gelungen war, der Gerechtigkeit zu entgehen.

Trotz Wills früherer Hoffnungen war keines der Indizien, die sie bis jetzt gefunden hatten, hilfreich gewesen. Jason Howells Saturn Kombi war erstaunlich sauber. Neben einigen Pfefferminzpastillen und ein paar CDs hatte nichts Persönliches in dem Auto gelegen. Die Decke, die Will im Waschraum gefunden hatte, erschien vielversprechender, aber die musste erst im Labor untersucht werden. Und das konnte eine Woche oder länger dauern. Wills Hoffnung war, dass der Mörder sich verletzt oder sich gegen die Decke gedrückt und so Spuren hinterlassen hatte, die ihn mit dem Verbrechen in Verbindung brachten. Aber auch wenn Charlie DNS-Material fand, das nicht zu Jason Howell gehörte, konnten sie es nur in ihre Datenbank eingeben und hoffen, dass ihr Täter bereits im

System registriert war. Meistens war die DNS nur ein Mittel, um Verdächtige auszuschließen, nicht um sie festzunageln.

»Der nächste Schritt sollte jetzt ein bisschen schneller gehen.« Charlie bückte sich und wühlte in einem der offenen Matchbeutel am Fuß der Treppe. Er fand, was er suchte, und sagte zu Will: »Zieh einen Anzug an. Wir sollten in fünf Minuten so weit sein.« Dann rannte er, zwei Stufen auf einmal nehmend, die Treppe wieder hinauf.

Will nahm sich einen der zusammengelegten Schutzanzüge von dem Stapel am Fuß der Treppe. Er riss die Verpackung mit den Zähnen auf. Der Anzug sollte die Übertragung von Hautpartikeln und Haaren auf den Tatort minimieren, und er hatte den weiteren Vorzug, dass er Will aussehen ließ wie einen riesigen Marshmallow. Er war müde und hungrig, und er war sich ziemlich sicher, dass er roch. Obwohl seine Socken inzwischen trocken waren, fühlten sie sich auf der Blase an seiner Ferse an wie Schmirgelpapier.

Doch das alles war unwichtig. Jede Sekunde, die verstrich, gab Jason und Allisons Mörder die Freiheit, sich ungehindert zu bewegen und seine Flucht oder, schlimmer noch, seinen nächsten Mord zu planen.

Will blickte zu Marty Harris. Der Mann bewachte mit einem Übermaß an Gründlichkeit die Tür: Er hatte den Kopf an die Wand gestützt, seine Brille saß schief. Sein leises Schnarchen folgte Will die Treppe hinauf.

Charlie kniete mitten auf dem Flur und stellte eben einen Dreifuß auf. Gleichmäßig im Gang verteilt und bis zum Waschraum standen noch weitere Dreifüße. Ähnlich aussehende Männer in Tyvek-Anzügen stellten die Höhe so ein, wie Charlie es ihnen sagte. Sie waren schon seit Stunden da. Hatten den Tatort fotografiert, die Maße des Flurs, des Waschraums, von Jasons Zimmer und von seinem Schreibtisch und seinem Bett skizziert. Von innen nach außen hatten sie jeden Gegenstand in Jasons Zimmer dokumentiert. Schließlich hatten sie Dan Brock die Erlaubnis erteilt, die Leiche zu entfernen. Nachdem Jason weg war, hatten sie weitere Fotos geschossen, noch mehr Skizzen angefertigt und schließlich angefangen, die Indizien einzusammeln, die für den Fall relevant erschienen.

Jasons Laptop war völlig durchnässt. Es gab eine Cyber-Shot-Kamera von Sony mit einigen provokanten Unterwäscheaufnahmen von Allison. Jasons Studienpapiere und Notizbücher wirkten so, wie man es erwarten würde. Sein Kulturbeutel enthielt die üblichen Toilettenartikel und keine verschreibungspflichtigen Medikamente. Das stärkste Medikament in seinem Zimmer war ein abgelaufenes Fläschchen mit Excedrin PM.

Jasons Handy war interessanter, wenn auch nicht sehr viel hilfreicher. Der Nummernspeicher enthielt drei Nummern. Eine gehörte Jasons Mutter. Sie war nicht sehr erfreut, zweimal am Tag mit der Polizei über einen Sohn sprechen zu müssen, der ihr offensichtlich nicht sonderlich am Herzen lag. Die zweite Nummer führte zur Zentrale des Gebäudes für physikalische Technik, das über die Ferien geschlossen hatte. Die dritte Nummer führte zu einem Handy, das einmal klingelte und dann meldete, dass die Mailbox voll sei. Der Handyanbieter hatte keine Informationen darüber, wem die Nummer gehörte – es war ein Prepaid-Gerät –, was zu erwarten war, wenn man davon ausging, dass alle diese Studenten nicht genug Kredit hatten, um ein Handy auf den eigenen Namen zu bekommen.

Will nahm an, dass das Handy mit der vollen Mailbox Allison Spooner gehörte. Sie hatte Jason im Verlauf des Wochenendes dreiundfünfzigmal angerufen. Nach Sonntagnachmittag war jedoch kein Anruf mehr eingegangen. Jasons einziger eigener Anruf war drei Tage vor seinem Tod an seine Mutter gegangen. Von all den Details, die Will über die Opfer dieses Falls herausgefunden hatte, war Jason Howells trauriges, einsames Leben am deprimierendsten.

»Bin so weit«, sagte Charlie mit Aufregung in der Stimme.

Will starrte in den Flur und wünschte sich, er müsste diesen Ort nie wiedersehen. Das schäbige, hellbraune Linoleum auf dem Boden. Die abgeschabten, beschmutzten weißen Wände. Das Ganze wurde noch schlimmer durch den in der Luft hängenden Leichengeruch, obwohl der Junge schon vor Stunden abgeholt worden war. Vielleicht existierte das alles aber nur in Wills Kopf. Es gab Tatorte, die er schon vor Jahren gesehen hatte, die aber, so kam es ihm zumindest vor, ihre Spuren in seinen Geruchsorganen hinterlassen hatten. Allein der Gedanke an sie rief einen bestimmten Geruch hervor oder ließ ihm einen säuerlichen Geschmack in die Kehle steigen. Jason Howell war wohl für immer im Pantheon von Wills schlechten Erinnerungen gefangen.

»Doug, noch ein Stückchen nach links«, sagte Charlie. Er hatte den Tatort in drei Bereiche unterteilt: den Flur, Jasons Zimmer und den Waschraum. Sie waren übereinstimmend der Meinung, dass sie im Flur am wahrscheinlichsten etwas fanden. Die hier versammelten Männer hatten nicht aussprechen müssen, wie schwierig es war, in einem Gemeinschaftswaschraum für Jungen nach DNS zu suchen, und Will merkte, dass keiner von ihnen große Lust hatte, auf diesem speziellen Boden herumzukriechen.

Charlie hantierte mit dem Licht auf dem Dreifuß. »Das ist die ME-Red, von der ich dir erzählte habe.«

»Nett.« Will hatte sich bereits die Ohren vollquatschen lassen über die extrem faszinierenden Qualitäten der *Mobile Electromagnetic Radiation Emitting Diode*, was, soweit Will das beurteilen konnte, nur ein schickes Fremdwort war für ein riesiges Schwarzlicht, das eine größere Reichweite hatte als die Woods-Lampen, die man in der Hand herumtragen musste. Das Licht würde Spuren von Blut, Urin, Sperma oder von allem, was fluoreszierende Moleküle hatte, sichtbar machen.

Für die weniger sichtbaren Spuren hatten Charlie und sein Team den Gang mit Luminol eingesprüht, einer Chemikalie, die auf den Eisenanteil im Blut reagierte. Dank diverser Krimiserien war die Allgemeinheit inzwischen vertraut mit der Wirkung des Luminol. Nie gezeigt wurde allerdings, dass das blaue Leuchten der Spuren normalerweise nur etwa dreißig Sekunden anhielt. Deshalb mussten Kameras mit langer Belichtungszeit benutzt werden, um den Prozess aufzuzeichnen. Charlie hatte solche auf die Dreifüße in allen vier Ecken des Flurs montiert und noch weitere gestaffelt vor der Tür zu Jasons Zimmer. Zusätzlich hatte er die Überwachungskameras wieder nach unten gekippt, um alles in Echtzeit aufzunehmen.

Will stand oben am Treppenabsatz und schaute dem Team bei den letzten Vorbereitungen zu. Er fragte sich, ob der Mörder hier stehen geblieben war, um sich mental auf den Mord vorzubereiten. Es war alles sehr gut durchdacht: durch die Hintertür eindringen, Kameras hochschieben, die Treppe hinaufgehen. Mit der Waffe in der Hand und natürlich mit Handschuhen. Ein vorbereiteter Plan: Jason mit dem Baseballschläger wehrlos machen, ihn zum Bett zerren, mit einer Decke bedecken, wiederholt auf ihn einstechen. Die Decke verstecken, für den Fall, dass ihr verräterische Spuren anhafteten. Die Treppe wieder hinuntergehen, durch die Hintertür verschwinden.

Was ging einem Menschen durch den Kopf, bevor er in ein Zimmer eindrang und dem Bewohner mit einem Baseballschläger den Schädel zertrümmerte? Beschleunigte sich der Herzschlag des Mörders? Verkrampfte sich sein Magen so wie bei Will, wenn er an den grausigen Tatort dachte? Es hatte so viel Blut gegeben, so viel Gehirn und Gewebe war überall im Zimmer verspritzt, dass Charlie und sein Team gezwungen waren, ein Gitternetz auf dem Boden anzulegen, damit sie das Gemetzel überhaupt komplett dokumentieren konnten.

Was für eine Art von Mensch konnte über diesem Bett stehen und ein anderes menschliches Wesen so methodisch vernichten?

Und was war mit dem armen Jason Howell? Lena hatte wahrscheinlich recht, dass der Mörder Jason gut genug gekannt hatte, um ihn zu hassen, ihn zu verachten. In welches Schlamassel war Jason geraten, dass er zum Objekt einer solchen Wut werden konnte?

»Wir sind so weit.« Charlie nahm eine kleine Videokamera zur Hand und zog Will zu Jasons Zimmer. Zu Doug sagte er: »Kümmere du dich um das Licht.« Doug ging die Treppe hinunter, und Charlie erklärte Will, was er vorhatte. »Zuerst schauen wir, was das Luminol zum Vorschein bringt, und dann nehmen wir das Schwarzlicht.«

»Bereit?«, rief Doug.

»Bereit«, gab Charlie zurück.

Es wurde dunkel im Gang. Das Luminol reagierte schnell. Dutzende kleiner Ovale leuchteten blau vor Jasons offener Tür. Wo der Mörder versucht hatte, die Flecken wegzuwischen, waren Schlieren zu sehen, aber das Muster war trotzdem leicht zu verfolgen. Die Tropfen verrieten seine Bewegungen. Nachdem er Jason erstochen hatte, hatte der Mörder das Zimmer verlassen, war auf die Treppe zugegangen, hatte es sich dann anderes überlegt und sich in Richtung Waschraum bewegt.

»Ursprünglich hatte er offensichtlich vorgehabt, die Decke mitzunehmen«, sagte Charlie. Er hielt die Videokamera tief, um die Tropfen zu dokumentieren. Will konnte das regelmäßige, langsame Klicken der Langzeit-Belichtungskameras hören, die die Beweise aufzeichneten.

»Was ist damit?« Ein größerer Fleck, eher eine Pfütze, zeigte sich auf dem Boden vor der Waschraumtür. Knapp einen Meter darüber war an der Wand ein Muster zu erkennen.

Charlie drehte den LCD-Monitor der Kamera nach oben. Will sah die Bilder doppelt, als Charlie die leuchtenden Klecks aufnahm. »Unser Mörder kommt aus dem Zimmer, geht auf die Treppe zu und bemerkt dann, dass die Decke tropft. Er geht zum Waschraum, aber zuerst ...« Charlie richtete die Kamera auf den leuchtenden Fleck auf dem Boden. »Er lehnt etwas hier dagegen. Ich würde mal sagen, einen Baseballschläger oder Ähnliches. Das ist das Muster an der Wand.« Charlie zoomte näher an die Wand, wo sich die obere Rundung des Schlägers abzeichnete. »Aha, Fingerabdrücke.«

Charlie kniete sich hin und richtete die Kamera auf einen fast perfekten Kreis. »In Handschuhen, wie's aussieht.« Er ging noch näher dran. Der leuchtende Fleck wurde schwächer. »Wir verlieren ihn.«

Die Reaktionszeit des Luminols hing ab vom Eisengehalt des Bluts. Der Fleck verblasste langsam, und dann war auch die Pfütze auf dem Boden verschwunden. Charlie murmelte einen Fluch, als der Flur wieder dunkel wurde.

Charlie schaute sich auf dem Kameradisplay den Fingerabdruck noch einmal an. »Er trug eindeutig Handschuhe.«

»Latex?«

»Leder, glaube ich. Man sieht eine Maserung.« Er zeigte Will den Monitor, aber das Licht war viel zu intensiv für ihn, um mehr zu sehen als einen Fleck. »Wollen mal sehen, ob der Fleck mit den Dioden noch sichtbar wird. Schwarzlicht, bitte!«

Ein paar ploppende Geräusche waren zu hören, dann ein stetiges Summen. Der Flur erstrahlte wie ein Christbaum, jede hier je hinterlassene Flüssigkeit auf Proteinbasis leuchtete auf.

»Beeindruckend, was?« Charlies Lippen glänzten hellblau, wahrscheinlich von der Vaseline in seinem Lippenbalsam. Er kniete sich auf den Boden. Die Blutspur, die vor wenigen Augenblicken noch so hell geleuchtet hatte, war kaum noch sichtbar. »Unser Mörder hat ziemlich gründlich hinter sich hergeputzt.« Er machte noch ein paar Fotos. »Nur gut, dass er keine Bleiche benutzt hat, sonst würden wir von dem hier gar nichts sehen.«

»Ich glaube nicht, dass er vorhatte, eine Sauerei zu hinterlassen«, sagte Will. »Unser Kerl ist vorsichtig, aber die einzigen Dinge, die er mitgebracht hat, waren vermutlich die Waffen – das Messer und den Schläger. Er benutzte die Decke auf dem Bett, um die Spritzer aufzufangen. Erst wollte er sie mitnehmen, aber dann änderte er, wie du gesagt hast, seine Meinung, weil sie tropfte.« Will musste lächeln, als er ergänzte: »Neben den Kabinen ist ein Besenschrank, und darin habe ich sie gefunden.«

»Du bist ein Genie, mein Freund.« Sie gingen beide in den Waschraum. Charlie schaltete das Licht an. Will hielt sich die Hand vor die Augen, weil er das Gefühl hatte, als würden seine Augapfel durchstochen.

»Tut mir leid«, entschuldigte sich Charlie, »ich hätte dir sagen sollen, dass du die Augen schließen musst und nur ganz langsam öffnen darfst.«

»Danke.« Bei jedem Blinzeln explodierten Punkte vor Wills Augen. Er stützte sich an der Wand ab, damit er nicht über seine eigenen Füße stolperte.

Charlie stand mit seiner Videokamera vor dem Besenschrank. »Wir können auf den Fotos nachsehen, aber ich bin mir ziemlich sicher, diese Tür war zu, als wir hier reinkamen.« Seine Hände steckten noch in Latex. Vorsichtig drehte er den Knauf.

Der Schrank war flach, ein Metallregal nahm fast den ganzen Platz ein. Auf den einzelnen Ablagen war nichts Ungewöhnliches zu finden: große Behälter mit Reinigungsmitteln, ein Karton mit Lumpen, Schwämme, zwei Toilettensaugnäpfe, ein Mopp in einem gelben Eimer mit Rädern. Zwei Sprühflaschen hingen an Kordeln an der Innenseite der Tür. Gelbe Flüssigkeit zur Fleckentfernung. Blaue Flüssigkeit für Fenster und Glas.

Charlie dokumentierte den Inhalt der Fächer mit der Kamera. »Diese Reinigungsmittel haben Industriestärke. Sie enthalten wahrscheinlich dreißig Prozent Bleiche.«

Will erkannte das Windex-Logo auf einer der Sprühflaschen. Er hatte das gleiche Mittel zu Hause. Es enthielt Essig, um Fettflecken leichter entfernen zu können. »Essig und Bleiche kann man nicht mischen, oder?«

»Richtig. Sonst entsteht ein Chlorgas.« Charlie folgte Wills Blick zur Sprühflasche. Er lachte, als er verstand, worauf Will hinauswollte. »Bin gleich wieder da.«

Will atmete tief durch. Er hatte das Gefühl, in den letzten zwei Tagen den Atem angehalten zu haben. Bleiche leuchtete so hell wie Blut, wenn sie mit Luminol besprüht wurde, wodurch beweiskräftige Spuren verdeckt wurden. Essig dagegen ging eine natürliche Verbindung mit dem Eisen ein, wodurch es unter Luminol sichtbar wurde. Das erklärte, warum die Flecken im Flur so intensiv geleuchtet hatte. Der Mörder hatte das Windex benutzt, um den Boden zu wischen. Da hätte er ebenso gut Pfeile an die Flecken malen können.

Charlie kam mit Doug und einem weiteren Assistenten zurück. Sie arbeiteten im Tandem, schossen Fotos und gaben Charlie Pinsel und Pulver, damit er die Windex-Flasche auf

Fingerabdrücke untersuchen konnte. Charlie arbeitete methodisch, von oben nach unten und von einer Seite der Flasche zur anderen. Will hatte erwartet, dass er sofort Fingerabdrücke fand. Die Flasche war halb voll. Die Leute vom Putzdienst hatten es sicher benutzt, und der Schrank war nicht abgeschlossen. Auch die Studenten hatten Zugang dazu.

»Sie wurde abgewischt«, vermutete Will. Der Bereich um den Griff und der Griff selbst waren sauber.

»Noch nicht aufgeben«, murmelte Charlie. Der Pinsel tanzte über das Etikett. Alle knieten sich hin, als Charlie die Unterseite bestäubte.

»Bingo«, flüsterte Will. Auf der Unterseite erkannte er den Teil eines Fingerabdrucks. Das Schwarz leuchtete fast vor der dunkelblauen Flüssigkeit.

»Was siehst du?«, fragte Charlie. Er zog eine kleine Stablampe aus der Tasche und richtete sie auf das durchsichtige Plastik. »O Mann. Guter Fang, Adlerauge.« Er legte die Lampe weg und nahm einen Streifen transparentes Klebeband zur Hand. »Es ist ein partieller Abdruck, wahrscheinlich vom Zeigefinger.« Er kauerte sich auf die Hacken, um die Abdrücke auf dem Klebestreifen auf eine weiße Karte zu übertragen.

»Seine Handschuhe waren sicher blutig«, sagte Will. »Er musste sie ausziehen, als er den Boden wischte.«

Mit Dougs Hilfe stand Charlie auf. »Wir müssen das sofort ins Labor fahren. Ich kann ein paar Leute aufwecken. Es wird eine gewisse Zeit dauern, aber das ist ein guter Abdruck, Will. Das ist eine solide Spur.« Zu seinem Assistenten sagte er: »Die anderen Indizien sind im Transporter. In meinem Ausrüstungskoffer ist noch ein Pillenfläschchen. Nimm das auch mit.«

Will hatte die Flasche in Tommy Brahams Medizinschränken beinahe vergessen. »Hast du mit den Kapseln schon einen Schnelltest gemacht?«

»Ja.« Charlie ging den Flur entlang zur Treppe. Das Schwarzlicht reflektierte von den weißen Tyvek-Anzügen. »Es ist weder Koks noch Meth noch Speed oder sonst einer von den üblichen Verdächtigen. War der Junge Sportler?«

»Ich glaube nicht.«

»Es könnte ein Steroid oder ein anderer Leistungsverbesserer sein. Viele Sportler nehmen die inzwischen für den Muskelaufbau. Im Internet kommt man leicht dran. Ich habe einige Fotos ins Zentrallabor geschickt, vielleicht erkennen sie dort ja das Etikett oder die Kapseln. Die meisten dieser Händler stehen auf Markenzeichen. Sie lassen ihre Etiketten unverändert, damit ihr Produkt beworben werden kann.«

Will sah Tommy nicht als Gewichtheber, denn er war ziemlich mollig gewesen. Vielleicht war er nicht glücklich darüber. »Hast du auf der Flasche Fingerabdrücke gefunden?«

Charlie stand an seinem Ausrüstungskoffer. Er holte das Pillenfläschchen heraus, das in einer offiziellen Beweismitteltüte steckte und nicht mehr in dem Ziploc-Beutel, den Will in der Küche gefunden hatte. »Ich konnte zwei Abdrücke abnehmen. Der erste stammt von einem Erwachsenen. Der zweite war ein partielles Furchenmuster.« Er deutete auf die Haut zwischen Daumen und Zeigefinger. »Ich weiß nicht, ob er männlich oder weiblich ist, aber ich schätze, wer die Beschriftung auf das Etikett kritzelte, hatte die Flasche in der Hand, während sie es tat. Ich sage ›sie‹, weil es aussieht wie eine Frauenhandschrift.«

»Kann ich die Flasche behalten? Ich will sie herumzeigen und sehen, ob irgendjemand sie erkennt.«

»Ich habe schon ein paar Kapseln im Transporter.« Charlie gab ihm die Tüte, als sie die Treppen hinuntergingen. »Willst du noch immer zum Braham-Haus mitfahren? Ich glaube, ich kann jetzt einen meiner Jungs erübrigen, damit er die Garage bearbeitet.«

»Das wäre prima.« Will hatte ganz vergessen, dass sein Porsche noch vor dem Haus am Taylor Drive stand. Er schaute auf die Zeitansage seines Handys. Als er sah, dass es bereits nach zehn Uhr war, fühlte er sich noch erschöpfter als zuvor. Er dachte an Cathy Lintons Einladung zum Abendessen, und sein Magen knurrte.

Unten an der Tür war Marty inzwischen wieder aufgewacht. Er redete mit einem Mann, der bis auf die Hautfarbe das genaue Gegenteil von ihm war.

»Sind Sie Agent Trent?« Der Mann kam langsam auf Will zu. Er war gebaut wie ein in die Jahre gekommener Footballspieler. »Demetrius Alder.«

Will war zu sehr damit beschäftigt, den Reißverschluss seines Tyvek-Overalls aufzuziehen, um dem Mann die Hand zu geben. »Vielen Dank, dass Sie mit uns zusammenarbeiten, Mr Alder. Tut mir leid, dass wir Sie so lange aufgehalten haben.«

»Ich habe Lena alle Bänder gegeben. Ich hoffe, sie findet etwas.«

Will nahm an, dass er schon vor Stunden etwas von Lena gehört hätte, wenn sie auf den Überwachungsbändern irgendetwas Relevantes gefunden hätte. Dennoch sagte er zu Demetrius: »Ich bin mir sicher, sie bringen uns weiter.«

»Der Dekan wollte, dass ich Ihnen seine Telefonnummer gebe.« Er gab Will eine Visitenkarte. »Er hatte mich alle Gebäude kontrollieren lassen. Wir haben sonst nichts mehr gefunden. Die Wohnheime sind leer. Gleich nach den Ferien wird jemand kommen und die Kameras reparieren.«

Will setzte sich, damit er die untere Hälfte das Overalls ausziehen konnte. Dabei fiel ihm etwas ein, das Marty zuvor gesagt hatte. »Was ist mit dem Auto, das von der Überwachungskamera getroffen wurde?«

»Es stand vor der Laderampe. Nur gut, dass niemand darin saß. Die Kamera knallte voll durch das Schrägheckfenster.«

»Schrägheck?« Will richtete sich auf. »Was für ein Auto war das?«

»Ich glaube, es war eines dieser alten Dodge Daytonas.«

Aus dem Regen war ein leichtes Graupeln geworden, als Charlies Transporter den Autohof erreichte. Windböen rissen an dem Fahrzeug. Auf dem Parkplatz standen Pfützen. Es war unmöglich, zur Tür des Verwaltungsgebäudes zu kommen, ohne völlig durchnässt zu werden. Will spürte, dass seine Socken schon wieder nass wurden. Die Blase an seiner Ferse schmerzte inzwischen so sehr, dass er humpelte.

»Earnshaw«, sagte Charlie, und Will vermutete, dass er das leuchtende Neonschild über dem Gebäude meinte. In der Tür stand ein klapperdürrer Mann in Latzhose und einer Baseballkappe. Er hielt ihnen die Tür auf, als sie in das Gebäude rannten.

»Al Earnshaw.« Der Mann streckte ihnen beiden die Hand entgegen. Zu Will sagte er: »Sind Sie Saras Freund? Meine Schwester hat mir schon von Ihnen erzählt.«

Will nahm an, dass das die unheimliche Ähnlichkeit des Mannes mit Cathy Linton erklärte. »Sie war sehr freundlich zu mir.«

»Kann ich mir vorstellen.« Al bellte ein gutmütiges Lachen, aber er schlug Will so kräftig auf den Arm, dass er beinahe das Gleichgewicht verlor. »Das Auto steht da hinten.« Er deutete zu der Tür hinter der Empfangstheke.

Die Garage war groß, mit der üblichen Ansammlung von Nacktfoto-Kalendern. Es gab sechs Hebebühnen, drei auf jeder Seite. Die Werkzeugtruhen standen ordentlich nebeneinander, die Deckel waren fest verschlossen. Al hatte alle Propanheizstrahler angeschaltet, trotzdem war es immer noch beißend kalt. Die Rolltore in der Rückwand klapperten im Wind. Allisons Dodge Daytona stand auf dem Boden neben der letzten Hebebühne. Das Heckfenster war in der Mitte eingedrückt, wie Demetrius gesagt hatte.

»Haben Sie Allison angerufen, um ihr zu sagen, dass ihr Auto bei Ihnen steht?«, fragte Will.

»Wir rufen die Leute nicht an, wenn wir ihre Autos abschleppen. Überall auf dem Campus hängen Schilder mit unserer Telefonnummer. Ich dachte mir, der Besitzer ist sicherlich mit irgendjemandem über die Ferien nach Hause gefahren und wird sich schon bei uns melden, wenn er zurückkommt und sieht, dass sein Auto nicht mehr da ist.« Dann fügte Al noch hinzu: »Tommys Malibu steht auf dem Hof, wenn Sie ihn sehen wollen.«

Will hatte das Auto des jungen Mannes ganz vergessen. »Haben Sie schon herausgefunden, was kaputt ist?«

»Der Anlasser klemmte mal wieder. Er kroch immer unter die Motorhaube und schlug mit einem Hammer darauf, um ihn wieder zum Laufen zu bringen.« Al zuckte die Achseln. »Ich war so frei und habe ihn repariert. Gordons Pickup macht's nicht mehr viel länger. Er wird einen fahrbaren Untersatz brauchen.« Er zog einen Lumpen aus der Tasche und wischte sich die Hände ab. Die Geste hatte etwas von einem nervösen Tick. Seine Hände waren so sauber wie Wills.

»Kannten Sie Tommy gut?«, fragte Will.

»Ja.« Er steckte sich den Lumpen wieder in die Tasche. »Ich lasse euch jetzt allein. Ruft einfach, wenn ihr mich braucht.«

»Vielen Dank.«

Charlie ging zu dem Auto, stellte seinen Ausrüstungskoffer auf den Boden und öffnete den Deckel. »Sara?«, fragte er.

»Sie ist eine Ärztin aus der Stadt.« Dann korrigierte Will sich: »Ich meine aus Atlanta. Sie arbeitet am Grady Hospital. Aber sie ist hier aufgewachsen.«

Charlie gab ihm ein Paar Gummihandschuhe. »Wie lange kennst du sie schon?«

»Eine Weile.« Will brauchte länger als gewöhnlich, um die Handschuhe überzustreifen.

Charlie verstand die Botschaft. Er öffnete die Fahrertür. Die Angeln quietschten laut. Lionel Harris hatte recht gehabt mit dem Zustand des Autos. Es war mehr Rost als Farbe. Die Reifen waren völlig abgefahren. Der Motor war seit Tagen nicht mehr angelassen worden, aber der Geruch von brennendem Öl und Abgasen hing noch in der Luft.

»Schätze, er hat Regen abbekommen«, sagte Charlie. Das Armaturenbrett bestand aus festem Spritzgussplastik, aber die stoffbezogenen Sitze waren feucht und moderig. Durch die kaputte Heckscheibe war Wasser ins Innere gelaufen, hatte die Teppiche durchtränkt und die Bodenwanne geflutet. Charlie schob den Fahrersitz nach vorn, und Wasser spritzte ihm auf die Hose. In der trüben Flüssigkeit schwammen Papiere. Die Tinte war ausgewaschen. »Das wird ein Spaß«, murmelte Charlie. Wahrscheinlich wünschte er sich, er wäre noch auf dem Campus und würde mit seiner raffinierten Lampe spielen. »Schätze, wir sollten das korrekt machen.« Er holte seine Kamera aus dem Ausrüstungskoffer. Will ging um das Auto herum, während Charlie alles vorbereitete.

Die Heckklappe war mit einem ausgefransten Bungeeseil festgebunden worden. Die Scheibe hatte einen Sicherheitsbelag aus transparenter Folie, die die einzelnen Scherben zusammenhielt. Wie durch ein Spinnennetz schaute Will in den unordentlichen Kofferraum. Allison war beinahe so schlampig gewesen, wie Jason penibel war. Überall lagen Papiere, die Tinte vom Regen verschmiert. Will sah etwas Pinkfarbenes aufblitzen. »Da ist ihre Büchertasche.« Er bückte sich, um das Bungeeseil zu lösen.

»Moment mal.« Charlie hielt ihn zurück. Er kontrollierte die Gummidichtung des Fensters, um festzustellen, ob sie noch intakt war. »Sieht aus, als würde sie noch halten«, sagte er. »Trotzdem, sei vorsichtig. Du willst sicher nicht, dass dir die Scheibe auf den Kopf knallt.«

Ihm könnte Schlimmeres passieren, dachte Will. Er wartete geduldig, bist Charlie die Kamera auf ihn gerichtet hatte und mit getragener Stimme ins Mikro sagte: »Hier ist Agent Will Trent vom Georgia Bureau of Investigation. Ich bin Charles Reed, ebenfalls vom GBI. Wir befinden uns in Earnshaw's Garage am Highway neun in Heartsdale, Grant County, in Georgia. Es ist Dienstag, der sechsundzwanzigste November, etwa gegen zweiundzwanzig Uhr dreißig. Wir werden jetzt den Kofferraum eines Dodge Daytona öffnen, der dem Mordopfer Allison Spooner gehörte.« Er signalisierte Will, dass dieser jetzt anfangen könne.

Das Bungeeseil war zum Zerreißen gespannt. Will musste einiges an Kraft aufwenden, um es von der Stoßstange zu lösen. Die Heckklappe war schwer, und ihm fiel wieder ein, dass Lionel gesagt hatte, die Hydraulik sei kaputt. Allison hatte einen abgebrochenen Besenstiel benutzt, um die Klappe offen zu halten. Will machte es genauso. Winzige Glasstücke regneten auf ihn herab, als er die Klappe hochdrückte.

»Einen Augenblick«, sagte Charlie und zoomte auf die Büchertasche, die Papiere und den Fast-Food-Müll.

Schließlich gab er Will das Okay, die Tasche herauszuholen.

Will zerrte an dem Riemen. Die Tasche war überraschend schwer. Trotz der grellen Farbe schien das Gewebe wasserdicht zu sein. Unter dem wachsamen Auge der Kamera zog Will den Reißverschluss auf. Obenauf lagen zwei schwere Bücher, völlig trocken. An den Abbildungen von Molekülen auf dem Deckel sah Will, dass es sich wahrscheinlich um Allisons Chemiebücher handelte. Er fand auch vier Spiralnotizbücher, jedes mit andersfarbigem Einband. Will blätterte sie für die Kamera durch, doch die einzelnen Seite verschwammen vor seinen Augen. Er vermutete, dass es sich um Allisons Vorlesungsnotizen handelte.

»Was ist das?«, fragte Charlie. Aus dem blauen Notizbuch ragte ein Papierstreifen heraus.

Will schlug die entsprechende Seite auf. Es war eine Hälfte eines linierten Blatts. Auf der einen Seite sah man, dass es aus einem Spiralbuch herausgerissen worden war, auf der anderen standen zwei Zeilen Text. Nur Großbuchstaben. Mit Kugelschreiber. Will starrte das erste Wort an, versuchte, die Buchstaben zu erkennen. Wenn er müde war, las er immer am schlechtesten. Seine Augen wollten nicht fokussieren. Er hielt das Blatt vor die Kamera und sagte: »Würdest du mir die Ehre erweisen?«

Zum Glück fand Charlie diese Bitte nicht merkwürdig. Mit seiner Kamerastimme sagte er: »Dies ist ein Blatt, das in der pinkfarbenen Tasche gefunden wurde, die angeblich dem Opfer gehörte. Darauf steht: ›Ich muss mit dir reden. Wir treffen uns am gewohnten Ort.‹«

Will schaute sich die Zeilen noch einmal an. Jetzt, da er wusste, was dort stand, konnte er den Text besser entziffern. Zu Charlie sagte er: »Das ›Ich‹ kommt mir bekannt vor. Es sieht ganz ähnlich aus wie das auf dem falschen Abschiedsbrief.« Er deutete für die Kamera auf die Reißspuren am unteren Rand des Blatts. »Die am See gefundene Notiz wurde auf die untere Hälfte eines in zwei Teile gerissenen Blatts geschrieben.« Will wiederholte, was Charlie eben vorgelesen hatte. »›Ich muss mit dir reden. Wir treffen uns am gewohnten Ort.‹ Und dann muss man hinzufügen, was auf dem falschen Abschiedsbrief steht, nämlich: ›Ich will es vorbei haben.‹«

»Ergibt durchaus einen Sinn.« Charlies Stimme veränderte sich wieder, als er ankündigte, dass er die Aufnahme beenden werde. Er war so klug, ihre Spekulationen nicht aufzunehmen, denn ansonsten könnte ein künftiger Strafverteidiger sie vor Gericht verwenden.

Will starrte die Buchstaben auf der Seite an. »Was meinst du: Hat das ein Mann oder eine Frau geschrieben?«

»Ich habe keine Ahnung, aber es passt nicht zu Allisons Handschrift.« Will vermutete, dass er die Zeilen mit Allisons Notizen in dem Spiralbuch verglich. Charlie fuhr fort: »Ich habe in Jasons Zimmer einige seiner Notizen gesehen. Er schrieb alles nur in Großbuchstaben, wie das da.«

»Warum sollte Allison von Jason so eine Nachricht bekommen?«

»Er hätte ein Komplize bei ihrem Mord sein können«, vermutete Charlie.

»Möglich.«

»Und dann beschloss der Mörder, keine Zeugen zu hinterlassen.«

Allmählich bekam Will Kopfschmerzen. Irgendwie stimmte diese Theorie nicht.

Charlie fuhr fort: »Ich bin kein Profi, aber ich würde sagen, die Schrift in Allisons Tagebuch passt zu der Schrift auf dem Pillenfläschchen.«

»Ihr Tagebuch?«

»Das blaue Notizbuch. Es ist offensichtlich eine Art Tagebuch.«

Will blätterte es durch. Knapp die Hälfte der Seiten war beschrieben. Der Rest war leer. Er schaute auf die Beschriftung vorn auf dem Plastikdeckblatt. Fett gedruckt stand dort die Zahl 250 in einem Kreis. Er nahm an, dass es die Gesamtzahl der Seiten war. »Ist das nicht eine komische Wahl für ein Tagebuch?«

»Sie war einundzwanzig Jahre alt. Hast du vielleicht so ein Kleinmädchending mit Ledereinband und Schloss mit Schlüsselchen erwartet?«

»Eher nicht.« Will blätterte noch einmal durch die Seiten. Allisons Handschrift war grässlich, aber ihre Zahlen waren lesbar. Über jedem Eintrag stand ein Datum. Einige Einträge waren bis zwei Absätze lang, manchmal waren es nur eine Zeile oder zwei. Er blätterte zum letzten Eintrag. »Dreizehnter November. Das war vor zwei Wochen. Bis zu diesem Tag schrieb sie ziemlich regelmäßig.« Er blätterte zur ersten Seite. »Der erste Eintrag stammt vom ersten August. Das ist ein ziemlich neues Tagebuch.«

»Vielleicht fängt sie jedes Jahr an ihrem Geburtstag ein Neues an.«

Will erinnerte sich an Saras Notizen auf der Weißwandtafel im Bestattungsinstitut. Allison hatte zwei Tage vor Angie Geburtstag. »Sie wurde im April geboren.«

»Wollte ja nur mal spekulieren.« Charlie nahm die Kamera wieder zur Hand. »Schätze, wir sollten ein bisschen was davon auf Band bekommen. Sticht dir sonst noch irgendwas ins Auge?«

Will starrte das aufgeschlagene Tagebuch an. Allisons Handschrift sah aus wie eine Ansammlung von Schleifen und Krakeln. Er klopfte sich auf die Tasche. »Ich habe meine Brille im Handschuhfach gelassen.«

»Pech.« Charlie schaltete die Kamera ab. »Ich fahr dich zu deinem Auto, damit du anfangen kannst. Mit dem hier und dann noch mit dem Braham-Haus muss ich mich wohl auch auf eine Nachtschicht einstellen.«

15. Kapitel

Lena spürte, wie ein Zittern durch ihren Körper lief. Es war wie ein Erdbeben, ein leises Grollen, dann stand die Welt Kopf. Ihre Zähne hielten den Knebel in ihrem Mund fest. Die Muskeln verkrampften sich. Die Beine zuckten. Sie sah Lichtblitze. Es brachte nichts, dagegen anzukämpfen. Sie konnte nur daliegen und warten, bis das Gefühl nachließ.

Mit quälender Langsamkeit ließ der Anfall nach. Ihr Körper entspannte sich. Der Unterkiefer wurde schlaff. Ihr Puls verlangsamte sich, das Herz zappelte in ihrer Brust wie ein Fisch im Netz.

Wie hatte sie nur in diese Situation hineingeraten können? Wie hatte sie sich so leicht hereinlegen lassen können?

Sie war von Kopf bis Fuß gefesselt, ein ganzes Seil war um ihre Hände, ihren Körper, ihre Knöchel gewickelt. Sie bezweifelte, dass sie selbst ohne die Fessel etwas anderes tun könnte, als dazuliegen und zu schwitzen. Ihre Kleidung war durchnässt. Der Beton unter ihr hatte die Feuchtigkeit gestaut, sodass sie in einer Pfütze ihres eigenen Schweißes lag.

Und es war kalt, verdammt kalt. Sie spürte ihre Hände und Füße kaum noch. Angst überfiel sie, wenn sie an die nächste Attacke dachte. Viel mehr würde sie nicht mehr ertragen können.

War es die Infektion in ihrer Hand? War sie der Grund, warum sie so zitterte? Das Pochen war zu einem stechenden Schmerz geworden, der arhythmisch auf- und abschwoll. Ihr Leben lief nicht wie ein Film vor ihr ab, aber sie konnte nicht aufhören zu überlegen, was sie hierhergebracht hatte. Falls sie es schaffte, von hier wegzukommen, falls sie es schaffte, sich irgendwie zu befreien, dann musste sich alles ändern. Die Angst, die ihren Körper durchströmte, hatte eine Klarheit gebracht, die Lena bis dahin noch nie erlebt hatte. Lange Zeit hatte sie sich eingeredet, dass sie die Wahrheit verbog, um andere zu schützen – ihre Familie, ihre Freunde. Jetzt sah sie, dass sie nur sich selbst schützte.

Falls Brad überlebte, würde sie sich für den Rest ihres Lebens bei ihm entschuldigen. Sie würde Frank sagen, dass sie ihn falsch eingeschätzt hatte. Er war ein guter Mensch. Er hatte die ganzen Jahren zu ihr gehalten, obwohl Lena ihm nur eine wertlose Freundin gewesen war. Ihr Onkel war mit ihr durch die Hölle gegangen. Sie hatte ihn so oft weggestoßen, da war es fast ein Wunder, dass er immer noch aufrecht stand.

Und sie musste einen Weg finden, Sara allein gegenüberzutreten. Sie würde ihre Seele offenlegen, ihre Beteiligung an Jeffreys Tod gestehen. Sie hatte ihn nicht mit eigenen Händen getötet, aber sie hatte ihn in Gefahr gebracht. Lena war Jeffreys Partnerin gewesen. Sie hätte ihm den Rücken decken sollen, aber sie hatte tatenlos zugesehen, wie er ins offene Messer lief. Sie hatte ihn praktisch in diese Richtung gestoßen, weil sie zu feige war, sich der Situation zu stellen.

Vielleicht war das der Grund, der diese Anfälle auslöste. Die Wahrheit war wie ein Schatten, der durch ihre Seele kroch.

Lena verdrehte ihre gesunde Hand, um die Uhr sehen zu können. Das Seil schnitt ihr ins Handgelenk. Doch sie spürte den Schmerz kaum, als sie auf den Knopf für die Beleuchtung drückte.

23:54 Uhr.

Es war fast Mitternacht.

Lena wusste, dass sie das Revier gegen sechs Uhr verlassen hatte. Jared würde sich fragen, wo sie blieb. Oder vielleicht hatte Frank ihn abgepasst, und Jared war bereits auf dem Heimweg nach Macon.

Jared. Die Wahrheit würde ihr ihn für immer nehmen.

Die Strafe entsprach dem Verbrechen.

Sie biss die Zähne zusammen. Sie schloss die Augen, als sie die nächste Welle spürte. Das Zittern bewegte sich von den Schultern über die Arme bis in die Hände. Ihre Beine zuckten. Sie spürte, wie sich ihre Augäpfel nach oben drehten. Da waren Geräusche. Ächzen. Schreien.

Langsam öffnete Lena die Augen. Sie sah Dunkelheit. Plötzlich war sie wieder bei Bewusstsein. Sie war gefesselt. Geknebelt. Schweiß bedeckte ihren Körper. Der Gestank von Schweiß und Urin lag in der Luft. Sie drückte auf den Knopf ihrer Uhr. Im schwachen Schein sah sie die Haut an ihrem Handgelenk. Rote Streifen schlängelten sich zu ihrer Schulter, ihrem Herzen. Sie blickte auf die Anzeige.

23:58 Uhr.

Fast Mitternacht.

MITTWOCH

16. Kapitel

Sara hörte die Küchenuhr ticken, als die Zeiger über Mitternacht sprangen. Viel zu lange schon saß sie am Tisch und starrte das schmutzige Geschirr an, das sich in und um das Spülbecken türmte. Es war nicht nur Lethargie, die sie auf diesem Stuhl festhielt. Zur Renovierung der Küche ihrer Mutter gehörten auch zwei Spülmaschinen, die so modern waren, dass man nicht mehr hören konnte, ob sie liefen oder nicht, und doch bestand sie darauf, das Porzellan und die Töpfe und Pfannen mit der Hand abzuspülen. Oder sie bestand darauf, dass Sara es tat, was Cathys anachronistische Art noch empörender machte.

Eigentlich hätte diese gehirnlose Tätigkeit ein willkommenes Ende für Saras Tag sein können. Im Grady zu arbeiten, das war, als würde man versuchen, auf einem sich drehenden Karussell stillzustehen. Der Strom der Patienten riss nie ab, und Sara bearbeitete im Allgemeinen zwanzig Fälle gleichzeitig. Mit Konsultationen und der stationären Routinearbeit sah sie während ihrer Zwölf-Stunden-Schicht durchschnittlich zwischen fünfzig und sechzig Patienten. Dies alles zu verlangsamen, sich immer nur auf einen Patienten zu konzentrieren, hätte eigentlich viel einfacher sein müssen, aber Sara merkte, dass ihr Gehirn inzwischen anders funktionierte.

Sie erkannte, dass der beständige Druck in der Notaufnahme in vielerlei Hinsicht ein Segen war. Als Sara noch im Grant County gewohnt hatte, war ihr Leben viel gemächlicher verlaufen. Normalerweise frühstückte sie jeden Morgen mit Jeffrey. Zwei- oder dreimal pro Woche aßen sie bei ihrer Familie zu Abend. Sara war der Mannschaftsarzt des örtlichen Highschool-Footballteams. Im Sommer half sie beim Volleyballtraining. Ihre Freizeit war schier unbegrenzt, wenn sie ihren Tag richtig plante. Im Lebensmittelladen einzukaufen konnte Stunden dauern, wenn sie eine Freundin traf. Sie schnitt Artikel aus Zeitschriften aus, um sie ihrer Schwester zu schicken. Sie war sogar zum Lesezirkel ihrer Mutter gegangen, bis man dort anfing, zu viele ernsthafte Bücher zu lesen, als dass es noch Spaß gemacht hätte.

Im Gegensatz dazu hielt die Arbeitsbelastung in Atlanta Sara davon ab, zu viel über ihr Leben nachzudenken. Wenn sie es am Ende der Schicht endlich geschafft hatte, alle Krankenakten zu diktieren, konnte sie sich nur noch nach Hause schleppen und nach einem Bad auf der Couch einschlafen. Ihre freien Tage waren vergeudet mit Aktivitäten, die sie jetzt als Beschäftigungstherapie betrachtete. Die Hausarbeiten waren etwas, das sie schnell erledigen wollte. Mittag- und Abendessen mit Freunden legte sie so, dass sie nicht viel Zeit allein mit sich selbst hatte. Allein mit ihren Gedanken.

All diese gewohnten Lebenskrücken waren im Keller von Brocks Bestattungsinstitut verschwunden. Eine Autopsie erforderte natürlich eine hohe Aufmerksamkeit, aber ab einem gewissen Punkt waren die Handgriffe nur noch Routine. Masse, Gewicht, Biopsie, Bericht. Weder Allison Spooner noch Jason Howell hatten irgendwelche bemerkenswerten Hinweise auf die Art ihres Todes hinterlassen. Das Einzige, was sie miteinander verband, war das Messer, mit dem sie getötet worden waren. Die Stichwunden waren beinahe identisch – jede stammte von einer dünnen, scharfen Klinge, die vor dem Herausziehen gedreht worden war, um maximalen Schaden anzurichten.

Bei Tommy Braham hatte sie nur ein Objekt gefunden, das auffiel: Die Leiche hatte eine kleine Metallfeder in der Vordertasche seiner Jeans gehabt, wie sie normalerweise in Kugelschreibern verwendet wurde.

Das Licht im Flur sprang an. Cathy rief: »Das Geschirr wäscht sich nicht von allein.«

»Ja, Mama.« Sara starrte missmutig zum Spülbecken. Hare war zum Abendessen da gewesen, aber sie vermutete, dass das aufgetragene üppige Mahl vorwiegend für Will bestimmt gewesen war. Cathy liebte es, für ein empfängliches Publikum zu kochen, und diese Charakterisierung traf auf Will sicherlich zu. Ihre Mutter hatte jedes Geschirrstück im Haus benutzt, hatte den Kaffee in feinen Tassen mit Untertassen serviert, was Sara sehr reizend fand, bis ihre Mutter sie darüber informierte, dass Sara jedes einzelne Stück würde abspülen müssen. Hare hatte über den Ausdruck auf ihrem Gesicht gebrüllt wie ein Affe.

»Versuch's doch mal mit Naserümpfen, wenn du das Geschirr anstarrst«, schlug Tessa ihr vor, als sie in die Küche kam. Sie trug ein wogendes gelbes Nachthemd, das ein Zelt über ihrem Bauch bildete.

»Du könntest mir ja deine Hilfe anbieten.«

»Ich habe im *People*-Magazin gelesen, dass Geschirrspülen schlecht ist fürs Baby.« Sie öffnete den Kühlschrank und starrte die Essensberge darin an. »Du hättest den Film mit uns anschauen sollen. Er war lustig.«

Sara lehnte sich zurück. Im Augenblick konnte sie romantische Komödien nicht ertragen. »Wer hat da vor einer Weile angerufen?«

Tessa schob die Tupperware-Dosen auf den Ablagen hin und her. »Franks Ex. Erinnerst du dich noch an Maxine?« Sara nickte. »Er weigert sich noch immer, ins Krankenhaus zu gehen.«

Frank hatte an diesem Nachmittag im Polizeirevier einen leichten Herzanfall erlitten. Zum Glück hatte Hare nur ein Stückchen entfernt im Diner gesessen, sonst hätte es viel schlimmer kommen können. Vor fünf Jahren wäre Sara an Franks Seite geeilt. Als sie heute die Nachricht im Bestattungsinstitut erhielt, hatte sie nichts anderes gespürt als Traurigkeit. »Was wollte Maxine?«

»Dasselbe wie immer. Über Frank jammern. Er ist ein sturer alter Bock.« Tessa stellte einen Becher Cool Whip auf den Tisch und ging zum Kühlschrank zurück. »Alles in Ordnung mit dir?«

»Ich bin nur müde.«

»Ich auch. Schwanger sein ist harte Arbeit.« Mit einem gebratenen Hühnerschenkel in der Hand setzte sie sich Sara gegenüber und tauchte ihn in das Cool Whip.

»Bitte sag mir, dass du das nicht essen wirst.«

Tessa bot ihr den Schenkel an.

Obwohl sie es besser wusste, probierte Sara die fürchterliche Mischung. »Wow. Irgendwie zugleich süß und salzig.« Sie gab den Schenkel ihrer Schwester zurück.

»Ich weiß Bescheid, okay?« Tessa tauchte den Schenkel noch einmal in den Becher und biss ab. Sie kaute nachdenklich. »Weißt du, ich bete jeden Abend für dich.«

Sara musste lachen, bevor sie es unterdrücken konnte. Sie entschuldigte sich sofort. »Tut mir leid. Ich dachte nur …«

»Nur was?«

Sara dachte, dass sie genauso gut jetzt mit der Wahrheit herausrücken konnte. »Ich dachte nur, dass du an das alles nicht wirklich glaubst.«

»Ich bin Missionarin, du Idiotin. Was meinst du denn, was ich in den letzten drei Jahren mit meinem Leben gemacht habe?«

Sara versuchte, sich aus einem immer tiefer werdenden

Loch herauszukämpfen. »Ich dachte, du wolltest nach Afrika gehen, um Kindern zu helfen.« Sie wusste nicht, was sie sonst sagen sollte. Ihre Schwester hatte das Leben schon immer genossen. Manchmal war es fast so, als würde Tessa es für sie beide genießen. Sara hatte stets nur die Schule und dann ihre Arbeit im Kopf gehabt. Tessa war unterdessen mit allen Jungs, die ihr gefielen, herumgezogen, schlief mit jedem, auf den sie Lust hatte, und entschuldigte sich nie für irgendetwas. »Du musst zugeben, dass du keine typische Missionarin bist.«

»Vielleicht nicht«, räumte Tessa ein, »aber an irgendetwas muss man ja glauben.«

»Es fällt mir schwer, an einen Gott zu glauben, der meinen Mann in meinen Armen hat sterben lassen.«

»Du darfst nicht zulassen, dass du den Boden unter den Füßen verlierst, Sissy. Wenn dir jemand ein Seil zuwirft, solltest du es auch packen.«

Das hatte auch Cathy zu ihr gesagt, als sie Jeffrey verloren hatte. »Ich bin sehr froh, dass du etwas gefunden hast, das dir Frieden gibt.«

»Ich glaube, du hast auch etwas gefunden.« Tessa hatte den Schenkel aufgegessen, und jetzt löffelte sie mit dem Knochen noch mehr Cool Whip aus dem Becher. »Du bist anders als bei deiner Ankunft. Du machst die Arbeit, die du tun willst.«

»Davon weiß ich nichts.«

»Wo ist Will?«

Sara stöhnte. »Fang nicht wieder damit an.«

»Wenn du ihn das nächste Mal siehst, nimm das Band aus deinen Haaren. Du bist hübscher, wenn du sie offen trägst.«

»Bitte, bitte, hör auf.«

Tessa beugte sich über den Tisch und nahm ihre Hand. »Darf ich dir was sagen?«

»Solange du mir nicht rätst, einem verheirateten Mann nachzujagen.«

Tessa drückte Sara die Hand. »Ich liebe meinen Mann wirklich.«

Sara erwiderte vorsichtig: »Okay.«

»Ich weiß, du hältst Lem für langweilig und viel zu ernst und zu selbstgerecht, und glaub mir, er kann das alles sein, aber tausendmal am Tag, wenn ich ein Lied höre oder Daddy einen seiner blöden Witze erzählt, kommt mir als Erstes in den Sinn, dass ich es Lem erzählen will. Und ich weiß, dass er am anderen Ende der Welt genau das Gleiche denkt.« Sie hielt inne. »Das ist Liebe, Sara, wenn es Dinge in deinem Leben gibt, die du mit einem Menschen teilen willst.«

Sara wusste noch gut, wie sich das anfühlte. Es war, wie in eine warme Decke eingewickelt zu sein.

Tessa lachte. »O Gott, jetzt fange ich gleich an zu flennen. Wenn Lem nach Hause kommt, wird er denken, ich bin mit meinen Nerven völlig am Ende.«

Sara legte ihre Hand auf Tessas. »Es freut mich sehr, dass du jemanden gefunden hast.« Sie meinte das aufrichtig. Sie konnte sehen, dass ihre Schwester glücklich war. »Du verdienst es, geliebt zu werden.«

Tessa lächelte wissend. »Du aber auch.«

Sara kicherte. »Ich bin da einfach reingestolpert.«

»Ich gehe jetzt besser ins Bett.« Tessa stand ächzend auf. »Wasch dir die Hände. Du riechst nach Hühnchen und Cool Whip.«

Sara roch an ihren Händen. Ihre Schwester hatte recht. Noch einmal starrte sie das volle Spülbecken an und dachte, sie sollte besser gleich mit dem Geschirrspülen anfangen, damit sie bald ins Bett gehen konnte. Sie ächzte so laut wie Tessa, als sie vom Tisch aufstand. Ihr schmerzte der Rücken, weil sie den ganzen Tag gebückt dagestanden hatte. Ihre Augen waren müde. Sie suchte unter dem Spülbecken nach dem Spülmittel und hoffte, ihre Mutter hätte keines mehr, damit sie eine berechtigte Ausrede hatte, das Geschirr bis zum nächsten Morgen stehen zu lassen.

»Scheiße«, murmelte Sara, als sie das Dawn hinter einem Karton mit Spülmaschinenpulver fand, den ihre Mutter nie geöffnet hatte. Im Flur hörte sie Schritte. »Willst du noch mehr Cool Whip?«, fragte sie. Tessa antwortete nicht. »Sag mir jetzt nicht, dass du hier bist, um zu helfen.« Sie trat auf den Flur und sah dort nicht Tessa, sondern Will Trent.

»Hey.«

Er stand mitten im Flur, den Aktenkoffer in der Hand. Etwas war anders an ihm, aber Sara konnte nicht sagen, was. Er trug sogar noch dieselbe Kleidung, in der sie ihn die letzten beiden Tage gesehen hatte. Doch ingendetwas stimmte eindeutig nicht. Er hatte eine Traurigkeit an sich, die unübersehbar war.

Sie winkte ihn in die Küche. »Kommen Sie doch rein.« Sara stellte das Spülmittel auf die Arbeitsfläche. Will stand zögernd an der Küchentür.

»Tut mir leid«, sagte er. »Ihre Schwester hat mich hereingelassen. Ich habe durchs Fenster in der Tür geschaut, um zu sehen, ob noch jemand wach ist. Ich weiß, dass es spät ist.« Er hielt inne, sein Kehlkopf hüpfte beim Schlucken. »Es ist wirklich spät.«

»Ist alles in Ordnung?«

Er wechselte nervös seinen Aktenkoffer zwischen den Händen hin und her. »Bitte sagen Sie Ihrer Mutter, es tut mir leid, dass ich es zum Abendessen nicht geschafft habe. Wir hatten sehr viel zu tun, und ich …«

»Ist schon gut. Sie versteht das.«

»Haben die Autopsien …« Er verstummte und wischte sich mit dem Ärmel über die Stirn. Seine Haare waren feucht vom Regen. »Bei der Herfahrt kam mir der Gedankte, dass der Mord an Jason vielleicht eine Nachahmungstat war.«

»Nein«, erwiderte sie, »die Wunden waren identisch.« Sara hielt inne. Offensichtlich war etwas Fürchterliches passiert. »Setzen wir uns doch, okay?«

»Ist schon gut, ich …«

Sie setzte sich an den Tisch. »Kommen Sie. Was ist los?«

Er schaute über die Schulter zur Haustür. Sie spürte, dass er nicht hier sein wollte, aber wegzugehen schien ihm ebenfalls unmöglich zu sein.

Schließlich nahm Sara seine Hand und zog ihn auf den Stuhl. Er setzte sich, den Aktenkoffer auf den Oberschenkeln. »Das alles tut mir leid.«

Sie beugte sich vor und musste sich beherrschen, um nicht seine Hand zu halten. »Was tut Ihnen leid?«

Er schluckte noch einmal. Sie ließ ihm Zeit. Seine Stimme klang in dem großen Raum sehr leise. »Faith hat ihr Baby bekommen.«

Sara lächelte. »Alles in Ordnung mit ihr?«

»Ja, es geht ihr gut. Beiden geht es gut.« Er zog sein Handy aus der Tasche und zeigte ihr das Foto eines rotgesichtigen Neugeborenen mit einer rosafarbenen Strickmütze. »Schätze, es ist ein Mädchen.«

Faith hatte ihm in ihrer Nachricht sowohl das Gewicht als auch den Namen des Babys mitgeteilt. Sara las ihm vor: »Emma Lee.«

»Drei Komma acht Kilogramm.«

»Will …«

»Ich habe das da gefunden.« Er stellte den Aktenkoffer auf den Tisch und öffnete die Schlösser. Sie sah einen Stapel Papiere und eine Beweismitteltüte mit einem roten Siegel. Aus einem der Fächer zog er ein Collegenotizheft mit blauem Plastikeinband heraus. Schwarzes Fingerabdruckpulver sprenkelte den Einband. »Ich habe versucht, es abzuwischen«, sagte er und fuhr sich über den Schmutz vorn auf seinem Pul-

lover. »Es tut mir leid. Es war in Allisons Auto, und ich ...«
Er blätterte in dem Heft und zeigte ihr die krakelige Handschrift. »Ich kann nicht«, sagte er. »Ich kann einfach nicht.«

Sara wurde sich bewusst, dass Will sie kein einziges Mal angeschaut hatte, seit er die Küche betreten hatte. Er wirkte so niedergeschlagen, als würde ihm jedes Wort Schmerzen bereiten.

Saras Handtasche lag auf der Arbeitsfläche. Sie stand auf und holte ihre Lesebrille heraus. Zu Will sagte sie: »Mama hat einen Teller für Sie hergerichtet. Warum essen Sie nicht etwas, während ich mit dem hier anfange?«

Er starrte das Notizbuch vor sich auf dem Tisch an. »Ich habe keinen Hunger.«

»Sie haben das Abendessen verpasst, und wenn Sie das nicht essen, wird meine Mutter es Ihnen nie verzeihen.«

»Ich will Ihnen wirklich nicht ...«

Sara öffnete das Warmhaltefach. Ihre Mutter hatte wieder für eine ganze Armee gekocht, diesmal Roastbeef, Kartoffeln, Kohl, grüne Bohnen und Erbsen. Das Maisbrot war in Alufolie gewickelt. Sara stellte Will den Teller hin und holte dann Besteck und eine Serviette. Sie goss ihm ein Glas Eistee ein und holte eine Zitrone aus dem Kühlschrank. Dann schaltete sie noch den Ofen ein, damit sie den Kirschkuchen aufwärmen konnte, der auf der Arbeitsfläche stand.

Sie setzte sich Will gegenüber und zog das Notizheft zu sich heran. Sie schaute ihn über die Brille hinweg an. Er hatte noch keinen Finger gerührt. »Essen Sie!«

»Also wirklich ...«

»Das ist meine Bedingung«, sagte sie. »Sie essen. Ich lese.« Sie starrte ihn an, um ihm zu verstehen zu geben, dass sie sich davon nicht würde abbringen lassen.

Widerwillig griff Will zur Gabel. Erst als er einen Bissen Kartoffel im Mund hatte, schlug sie das Spiralnotizbuch auf.

»Ihr Name steht auf der Innenseite des Einbands, zusammen mit dem Datum, der erste August.« Saras Blick wanderte zur ersten Seite. »Erster August. Tag eins.« Sie blätterte die Seiten durch. »Jeder Eintrag hat dasselbe Format. Tag zwei, Tag drei …« Sie blätterte zum Ende. »Durchgehend bis zum Tag einhundertvier.«

Will sagte nichts. Er aß, aber sie merkte, dass ihm das Schlucken schwerfiel. Sara konnte sich kaum vorstellen, wie frustriert er war, weil sie ihm das Tagebuch vorlesen musste. Er betrachtete es offensichtlich als persönliches Versagen. Sie wollte ihm sagen, dass er nichts dafür könne, aber offensichtlich hatte es ihn so viel Überwindung gekostet, Sara um Hilfe zu bitten, dass sie ihn nicht noch mehr belasten wollte.

Sie blätterte zur ersten Seite zurück. »Tag eins«, wiederholte sie. »»Prof. C. war heute sarkastisch. Weinte danach für ungefähr zwanzig Minuten. Konnte einfach nicht aufhören. In Dr. Ks Stunde war ich wirklich sauer, da D hinter mir dauernd V Zettel zuschob und ich mich nicht konzentrieren konnte, weil sie die ganze Zeit lachten.‹«

Sara blätterte um. »»Tag zwei. Habe mich beim Beinerasieren ziemlich übel geschnitten. Hat den ganzen Tag wehgetan. Kam zwei Minuten zu spät zur Arbeit, aber L hat nichts gesagt. Hatte den ganzen Tag Angst, dass er mich anschreit. Ich halte das nicht aus, wenn er wütend ist.‹«

Sara las weiter, Seite um Seite mit Allisons Gedanken über L im Diner und J, der vergessen hatte, dass sie zum Mittagessen verabredet waren. Jeder Eintrag beschrieb Allisons Gefühle in den einzelnen Situationen, aber nie in Details. Sie war entweder glücklich oder traurig oder deprimiert. Sie weinte oft ungewöhnlich lang, was angesichts der Umstände sonderbar wirkte. Trotz der emotionalen Enthüllungen hatten die Berichte etwas Steriles, als wäre das Mädchen ein Beobachter, der das Leben an sich vorüberziehen sah.

Das ganze Tagebuch durchzulesen dauerte über eine Stunde. Will aß seinen Teller leer und dann noch einen Großteil des Kuchens. Er faltete die Hände auf dem Tisch und starrte die Wand an. Er ging in der Küche auf und ab, bis er merkte, dass sie wegen der Ablenkung langsamer las. Als Saras Stimme schwächer wurde, brachte er ihr ein Glas Wasser. Schließlich bemerkte er das Geschirr im Spülbecken, und sie las weiter, während er den Hahn aufdrehte und anfing abzuspülen. Vom langen Sitzen verkrampften sich ihre Beine. Schließlich stand Sara neben ihm am Spülbecken, damit es wenigstens so aussah, als würde sie ihm helfen. Will hatte alle Töpfe und Pfannen geschrubbt und bereits mit dem Porzellan angefangen, als Sara schließlich zum letzten Eintrag kam.

»Tag einhundertvier. Arbeit okay. Konzentration den ganzen Tag ziemlich schlecht. Letzte Nacht neun Stunden geschlafen. Über Mittag ein zweistündiges Nickerchen. Hätte eigentlich lernen sollen. Fühlte mich den ganzen Tag schuldig und deprimiert. Kein Wort von J. Vermute, inzwischen hasst er mich. Kann es ihm nicht verdenken.«« Sie schaute Will an. »Das ist alles.«

Er blickte von dem Brotteller in seiner Hand auf. »Ich habe die Seiten gezählt. Es sind zweihundertfünfzig.«

Sie schaute auf den Einband und sah die Seitenzahl. Das Mädchen hatte keine Seiten herausgerissen. »Zwei Wochen vor ihrem Tod hat sie aufgehört zu schreiben«, stellte Sara fest.

»Vor zwei Wochen passierte irgendetwas, das sie nicht aufschreiben wollte.«

Sara legte das Notizbuch auf den Tisch und griff zu einem Geschirrtuch. Will spülte viel gründlicher, als Sara es je getan hätte. Er wechselte oft das Wasser und trocknete die einzelnen Stücke immer gleich ab. Auf der Arbeitsfläche war nicht mehr viel Platz. Er hatte sogar Geschirr auf die Anrichte gestapelt. Sara würde alles noch einmal durchgehen und die Töpfe und Pfannen an ihren Platz stellen müssen, aber das wollte sie nicht vor Will tun.

Er sah das Geschirrtuch in ihrer Hand. »Ich habe schon eines.«

»Lassen Sie mich helfen.«

»Sie haben schon genug geholfen.« Sie dachte, er würde es dabei belassen, aber Will fuhr fort: »Heute war es schlimmer als sonst.«

»Stress ist ein verstärkender Faktor – wenn Sie müde werden oder etwas Emotionales passiert.«

Er polierte den Teller in seiner Hand. Sara sah, dass er nicht einmal seine Ärmel hochgekrempelt hatte. Die Bündchen seines Pullovers waren tropfnass. »Ich habe versucht, einen neuen Abwasserkanal zu meinem Haus zu graben. Deshalb bin ich mit der Wäsche hinterher«, erklärte er.

Sara hatte einen Gedankensprung erwartet, jetzt aber hoffte sie, ihn noch ein paar Augenblicke bei dem Thema halten zu können. »Mein Vater hat dieses Haus mit dem Geld der Leute gebaut, die versuchten, ihre Installationen selbst zu machen.«

»Vielleicht kann er mir ja ein paar Tipps geben. Ich bin mir sicher, der Graben ist inzwischen wieder voller Erde.«

»Sie haben ihn nicht verschalt?« Sara hörte auf, den Teller abzutrocknen. »Das ist gefährlich. Ohne Verschalung sollte man nicht mehr als eineinhalb Meter tief graben.«

Er warf ihr einen Seitenblick zu.

»Ich bin die Tochter meines Vaters. Rufen Sie mich an, wenn Sie wieder in Atlanta sind. Ich kenne mich mit Schaufelbaggern aus.«

Er griff zum nächsten Brotteller. »Ich glaube, Sie haben mir so viel geholfen, dass es für eine Weile reicht.«

Sara betrachtete sein Spiegelbild im Fenster über dem

Spülbecken. Mit gesenktem Kopf konzentrierte er sich auf seine Arbeit. Sie griff sich an den Hinterkopf und löste ihren Pferdeschwanz. Die Haare fielen ihr auf die Schultern.

»Kommen Sie, setzten Sie sich. Ich spüle weiter.«

Will hob den Kopf und sah sie verdutzt an. Sie dachte schon, er würde etwas sagen, stattdessen aber nahm er einen weiteren Teller und tauchte ihn in das schaumige Wasser.

Sara öffnete die Schublade, um das Besteck wegzuräumen. Die Haare hingen ihr vors Gesicht. Sie war froh um diesen Schutz.

»Ich hasse es, Geschirr herumstehen zu lassen«, sagte er.

Sie versuchte, witzig zu klingen. »Lassen Sie meine Mutter das nicht hören. Dann kommen Sie nie von hier weg.«

»Ich hatte mal diese Pflegemutter namens Lou.« Will wartete, dass sie den Kopf hob und ins Fenster schaute. »Sie arbeitete den ganzen Tag im Supermarkt, aber mittags kam sie immer heim, um mir mein Essen zu machen.« Er spülte den Teller ab und gab ihn Sara. »Abends kam sie immer erst heim, wenn ich schon im Bett lag und schlief, aber eines Abends hörte ich sie kommen. Ich ging in die Küche, und da stand sie in ihrer Uniform – sie war braun und zu eng für sie –, vor dem Spülbecken. Das Geschirr und die Reste des Mittagessens türmten sich darin. Während sie weg war, hatte ich überhaupt nichts getan. Den ganzen Tag nur ferngesehen.« Er blickte wieder hoch und sah Saras Spiegelbild. »Lou stand also da und schaute sich das Chaos im Spülbecken an und heulte einfach. Sie weinte mit ihrem ganzen Körper.« Er nahm den nächsten Teller vom Stapel. »Ich ging also in diese Küche und spülte jeden einzelnen Teller, den ich finden konnte, und für den Rest der Zeit, die ich bei ihr war, habe ich sie nie mehr hinter mir her putzen lassen.«

»Versuchte sie, Sie zu adoptieren?«

Er lachte. »Soll das ein Witz sein? Bis aufs Mittagessen ließ sie mich den ganzen Tag allein. Ich war acht Jahre alt. Man nahm mich ihr wieder weg, als der Schulpsychologe merkte, dass ich zwei Monate lang nicht mehr im Unterricht gewesen war.« Er zog den Stöpsel aus dem Becken. »Aber sie war eine nette Dame. Ich glaube, man hat ihr irgendwann ein älteres Kind überlassen.«

Sara stellte die Frage, bevor sie es verhindern konnte. »Warum wurden Sie nie adoptiert? Sie waren doch noch ein Kleinkind, als Sie ins System kamen.«

Will hielt die Hand in den Wasserstrahl, um die Temperatur zu kontrollieren. Sie glaubte schon, er würde die Frage ignorieren, aber schließlich sagte er: »Anfangs hatte mein Vater das Sorgerecht für mich. Nach wenigen Monaten nahm der Staat mich ihm weg. Es gab gute Gründe dafür.« Er drückte den Stöpsel in den Abfluss, damit das Becken sich wieder füllte. »Eine Weile war ich dann im System, dann kam ein Onkel und wollte es mit mir mal probieren. Er meinte es gut. Ich hoffe, er meinte es gut. Aber im Grunde genommen war er an diesem Punkt in seinem Leben nicht in der Lage, sich um ein Kind zu kümmern. Eine Weile wechselte ich zwischen ihm und Pflegeeltern und dem Kinderheim hin und her. Schließlich gab er es auf. Zu der Zeit war ich sechs Jahre alt, und da war es zu spät.«

Sara schaute hoch. Will starrte wieder ihr Spiegelbild an.

»Die Sechs-Jahres-Regel kennen Sie ja, oder? Sie und Ihr Mann haben doch versucht, ein Kind zu adoptieren. Also haben Sie sicher davon gehört.«

»Ja.« Sara hatte einen Kloß in der Kehle. Sie konnte ihn nicht anschauen. Sie trocknete eine Untertasse ein zweites Mal ab, obwohl kein Tropfen Wasser mehr darauf war. Die Sechs-Jahres-Regel. Sie hatte diesen Begriff in ihrer Kinderarztpraxis gehört, lange bevor Jeffrey je eine Adoption vorschlug. Ein Kind, das mehr als sechs Jahre im System gewesen war, wurde für eine Adoption als ungeeignet betrachtet. In dieser Zeit waren ihm schon zu viele schlimme Dinge passiert. Seine Erinnerungen waren zu fixiert, sein Verhalten zu festgefahren.

Offensichtlich hatte vor vielen Jahren irgendjemand in Atlanta diese Warnung ebenfalls gehört. Vielleicht von einem Freund oder sogar von einem vertrauenswürdigen Hausarzt. Die Betreffenden waren ins Kinderheim gegangen, hatten den sechsjährigen Will Trent gesehen und entschieden, dass er bereits zu gestört war.

»Klingt dieses Tagebuch für Sie wie das eines einundzwanzigjährigen Mädchens?«, fragte Will jetzt.

Sara musste sich räuspern, bevor sie sprechen konnte. »Ich bin mir nicht sicher. Ich kannte Allison nicht.« Sie zwang sich, über seine Frage nachzudenken. »Irgendwie eigenartig finde ich es schon.«

»Es klingt nicht wie ein Tagebuch, in dem jeder Eintrag mit ›Liebes Tagebuch‹ beginnt.« Er machte sich an den letzten Tellerstapel. »Es ist eher eine lange Liste von Klagen über Leute, Professoren, ihren Job, den Geldmangel, ihren Freund.«

»Sie klingt ein bisschen nach Jammerlappen.«

»Der Zweck des Jammerns ist doch, dass Leute einen hören und Mitleid haben.« Er fragte: »Klingt sie deprimiert?«

»Da besteht kein Zweifel. Das Tagebuch zeigt deutlich, dass sie stark damit zu kämpfen hatte. Sie hatte zuvor schon einmal versucht, sich umzubringen, was auf mindestens eine depressive Episode in ihrer Vergangenheit hindeutet.«

»Vielleicht hatte sie mit Jason und einer dritten Person eine Art Selbstmordvereinbarung?«

»Das ist eine grässliche Art zu sterben, wenn man sich umbringen will. Tabletten wären viel einfacher. Erhängen.

Von einem Gebäude springen. Außerdem denke ich, wenn sie eine Vereinbarung gehabt hätten, hätten sie es gemeinsam getan.«

»Haben Sie bei Tommy, Allison oder Jason irgendwelche Hinweise auf Drogenkonsum gefunden?«

»Keine äußerlichen Zeichen. Sie waren alle gesund, von durchschnittlichem oder leicht überdurchschnittlichem Gewicht. Die Blut- und Gewebeproben sind unterwegs ins Zentrallabor. In einer Woche bis zehn Tagen bekommen wir Ergebnisse.«

»Charlie und ich spielen mit der Theorie, dass Jason mit Allisons Mord zu tun haben könnte. Wir sind ziemlich sicher, dass der Mörder ihn benutzte, um Allison zum See zu locken.« Er drehte den Wasserhahn zu und wischte sich die Hände an der Jeans ab, während er zu seinem Aktenkoffer ging. »Das da steckte in dem Tagebuch.«

Sara nahm die Beweismitteltüte, die er ihr gab. Drinnen befand sich ein Zettel. »Das Papier kommt mir bekannt vor.« Sie las die Sätze vor. »›Ich muss mit dir reden. Wir treffen uns am gewohnten Ort.‹«

Will ergänzte, was auf dem angeblichen Abschiedsbrief stand. »›Ich will es vorbei haben.‹«

Sara setzte sich an den Tisch. »Jason hat Allisons falschen Abschiedsbrief geschrieben.«

»Oder er schrieb die komplette Nachricht an jemand anderen, und derjenige riss die untere Hälfte ab und steckte sie als Warnung an Jason in Allisons Schuhe.« Dann erkannte er seinen Denkfehler. »Aber warum hatte Allison die andere Hälfte dann in ihrem Tagebuch?«

»Kein Wunder, dass Ihr Gehirn müde ist.« Sara bekam schon Kopfschmerzen, wenn sie nur darüber nachdachte.

Will zog noch eine Plastiktüte aus seinem Aktenkoffer. »Das habe ich in Tommys Medizinschränkchen gefunden.

Charlie hat vor Ort einen Schnelltest gemacht, aber er kann nicht mit Sicherheit sagen, was es ist.«

Sara drehte das Pillenfläschchen, um das Etikett durch die Plastiktüte hindurch zu lesen. »Das ist merkwürdig.«

»Ich hatte gehofft, Sie wissen, was das ist.«

»›Tommy, nimm auf keinen Fall eine von denen‹«, las sie vor. »Ich bin keine Handschriftenexpertin, aber ich habe den Eindruck, dass Allison das geschrieben hat. Warum sagt sie Tommy, dass er die nicht nehmen darf? Warum wirft sie sie nicht einfach weg?«

Will hatte nicht sofort eine Antwort parat. Er lehnte sich zurück und starrte sie an. »Es könnte Gift sein, aber wenn man über Gift verfügt, warum sticht man dann jemanden in den Nacken?«

»Was sind das für Buchstaben unten auf dem Etikett?« Sara setzte sich die Lesebrille wieder auf, damit sie sie besser sehen konnte. »H-C-C. Was soll das heißen?«

»Faith hat das Kürzel durch den Computer laufen lassen, aber ich weiß nicht so recht, wie effektiv das war. Das Foto, das ich geschossen habe, war nicht sehr gut, und … Na ja, Sie wissen schon, ich konnte ihr ja sonst nicht weiterhelfen.«

»Haben Sie schon mal Ihre Sehkraft untersuchen lassen?«

Er schaute sie verwirrt an, als hätte er diese Frage von ihr nicht erwartet. »Meine Sehkraft ist nicht mein Problem. Mein eigentliches Problem habe ich schon mein ganzes Leben.«

»Bekommen Sie Kopfschmerzen, wenn Sie lesen? Wird Ihnen schlecht?«

Er nickte und zuckte gleichzeitig die Achseln. Sie merkte, dass er auf dieses Thema nicht weiter eingehen wollte.

»Sie sollten zu einem Augenarzt gehen.«

»Als könnte ich die Buchstabenkarte lesen.«

»Ach mein Lieber, ich kann Ihnen in die Augen leuchten und sehen, ob Ihre Linse scharf ist.«

Das Kosewort hing als Peinlichkeit zwischen ihnen. Will starrte sie an. Seine Hände lagen auf dem Tisch. Er drehte nervös seinen Ehering.

Sara versuchte, ihre Verlegenheit zu verbergen. Sie nahm das Pillenfläschchen und hielt es vor ihm in die Höhe. »Schauen Sie für mich das Kleingedruckte an.« Will schaute ihr kurz in die Augen, bevor er das Fläschchen in ihrer Hand fixierte. »Und jetzt halten Sie mal still.« Sie setzte ihm behutsam ihre Lesebrille auf die Nase und hielt ihm das Fläschchen wieder hin. »Ist das besser?«

Will wollte es offensichtlich nicht, schaute das Fläschchen aber trotzdem an. Überrascht blickte er zu Sara auf, bevor er das Etikett noch einmal anstarrte. »Es ist schärfer. Es ist nicht richtig scharf, aber es ist besser.«

»Weil Sie eine Brille brauchen.« Sie stellte das Fläschchen wieder auf den Tisch. »Kommen Sie in die Notaufnahme, wenn Sie wieder in Atlanta sind. Oder wir können gleich morgen in meine alte Praxis gehen. Wahrscheinlich haben Sie die Kinderklinik gegenüber dem Polizeirevier bereits gesehen. Ich hatte früher eine spezielle Buchstabentafel für ...« Sara verstummte abrupt.

»Was ist denn?«

Sie setzte sich die Brille selbst wieder auf und las das Feingedruckte auf dem Etikett noch einmal. »H-C-C. Heartsdale Children's Clinic. Meine alte Kinderklinik.« Sara hatte sich alle illegalen Möglichkeiten für dieses Pillenfläschchen überlegt und keine der legalen. »Das ist Teil eines Medikamentenversuchs. Anscheinend führt Elliot ihn von der Klinik aus durch.«

»Ein Medikamenten-*was*?«

»Pharmakonzerne müssen Medikamentenversuche für

Präparate durchführen, die sie neu auf den Markt bringen wollen«, erläuterte sie. »Sie bezahlen Freiwillige, damit sie an den Studien teilnehmen. Offensichtlich hat Tommy sich freiwillig gemeldet, aber ich kann mir nicht vorstellen, dass er den Verfahrensvorschriften entsprochen hat. Es gibt eine Grundregel, die unabdingbar für all die Studien ist, nämlich dass die Teilnehmer ihre Einwilligung nach erfolgter Aufklärung geben müssen. Tommy hätte das nicht tun können, weil er die Informationen nicht verstanden hätte.«

Will klang skeptisch. »Sind Sie sicher, dass es das ist?«

»Oben auf dem Etikett steht eine Nummer.« Sie deutete auf das Fläschchen. »Es ist eine Doppelblindstudie. Jeder Teilnehmer erhält vom Computer eine beliebige Nummer zugewiesen, die besagt, ob der Betreffende das echte Medikament bekommt oder ein Placebo.«

»Haben Sie solche Versuche auch schon durchgeführt?«

»Ich habe am Grady ein paar gemacht, aber die hatten meistens mit Chirurgie oder Verletzungen zu tun. Wir benutzten Infusionen und Injektionen. Wir hatten keine Placebos, und wir gaben keine Tabletten aus.«

»Liefen Ihre Studien genauso ab wie normale Medikamentenversuche?«

»Ich nehme an, die Vorgehensweisen und Dokumentationen sind vergleichbar, aber wir arbeiteten in Verletzungssituationen. Die Aufnahmeprotokolle waren anders.«

»Wie funktioniert so etwas, wenn es nicht in einem Krankenhaus passiert?«

Sara stellte das Fläschchen wieder auf den Tisch. »Die Pharmakonzerne bezahlen Ärzte, und die führen dann Studien durch, damit wir noch einen weiteren Cholesterinsenker bekommen, der ungefähr so gut funktioniert wie die zwanzig anderen Cholesterinsenker, die bereits auf dem Markt sind.« Sie merkte, dass sie ihre Stimme erhoben hatte. »Tut mir leid, dass ich so wütend bin. Elliot kennt Tommy. Er weiß, dass er behindert ist.«

»Wer ist Elliot?«

»Der Mann, dem ich meine Praxis verkauft habe.« Sara schüttelte noch immer ungläubig den Kopf. Sie hatte Elliot ihre Praxis verkauft, damit den Kindern der Stadt weiterhin geholfen würde und nicht, damit mit ihnen experimentiert würde wie mit Laborratten. »Das ergibt keinen Sinn. Die meisten Studien nehmen überhaupt keine Kinder als Probanden auf. Das ist zu gefährlich. Ihre Hormone sind noch nicht voll entwickelt. Sie verarbeiten Medikamente anders als Erwachsene. Und es ist so gut wie unmöglich, Eltern zu der Einwilligung zu bringen, dass ihre Kinder getestet werden, außer sie haben eine tödliche Krankheit und es ist der letzte Strohhalm zu ihrer Rettung.«

»Was ist mit Ihrem Cousin?«

»Hare? Was hat er damit zu tun?«

»Er ist doch ein Arzt für Erwachsene, nicht?«

»Ja, aber …«

»Lena hat mir erzählt, dass er in der Klinik Räumlichkeiten angemietet hat.«

Sara fühlte sich wie vor den Kopf gestoßen. Ihr erster Instinkt war, Hare zu verteidigen, dann aber dachte sie an das blöde Auto, das sie sich im strömenden Regen von ihm hatte vorführen lassen müssen. In einem Showroom in Atlanta hatte sie einen solchen BMW 750 gesehen, und der hatte über hunderttausend Dollar gekostet.

»Sara?«

Sie presste die Lippen fest zusammen, damit sie sich nicht verplapperte. Hare, der in *ihrer* Klinik an *ihren* Kindern Pillen ausprobierte. Der Verrat schmerzte wie ein Messerstich.

»Wie viel kann ein Arzt verdienen, wenn er einen Medikamentenversuch durchführt?«

Sara fiel das Sprechen schwer. »Hundertausende? Millionen, wenn man herumreist und auf Konferenzen spricht.«

»Was kriegen die Patienten?«

»Probanden ... Ich weiß es nicht. Das hängt davon ab, in welchem Stadium der Versuch sich befindet und wie lange man teilnehmen muss.«

»Es gibt unterschiedliche Phasen?«

»Das bezieht sich aufs Risiko. Je früher das Stadium, desto höher das Risiko.« Sie erläuterte: »Phase eins ist beschränkt auf zehn oder fünfzehn Personen. Abhängig von der Art des Versuchs, also davon, ob er ambulant oder stationär durchgeführt wird, können Probanden zehn- bis fünfzehntausend Dollar verdienen. Bei Phase zwei erweitert sich der Kreis der Probanden auf zwei- oder dreihundert Personen, die jeweils vier- oder fünftausend Dollar kriegen. Phase drei ist weniger gefährlich, deshalb gibt's auch weniger Geld. Man sucht sich Tausende von Probanden, die dann jeweils nur ein paar hundert Dollar kriegen.« Sie zuckte die Achseln. »Wie viel Geld sie verdienen, hängt von der Dauer des Versuchs ab, ob man die Leute nur für ein paar Tage oder für ein paar Monate braucht.«

»Wie lange dauern die großen Versuchsreihen?«

Sara legte die Hand auf Allisons Notizbuch. Kein Wunder, dass das Mädchen wie besessen ihre Stimmungen aufgeschrieben hatte. »Drei bis sechs Monate. Und man muss Protokolle über die Veränderungen abgeben. Die sind dann Teil der begleitenden Dokumentation zur Feststellung von Nebenwirkungen. Man will Bescheid wissen über die Stimmungen der Probanden, den Stresspegel, ob sie schlafen und wie viel. Sie kennen doch diese Warnungen, die man am Ende von Medikamentenwerbung immer hört? Die stammen direkt aus diesen Protokollen. Falls ein Proband von Kopfschmerzen oder Reizbarkeit berichtet, muss das mit aufgenommen werden.«

»Falls also sowohl Allison als auch Tommy an so einer Medikamentenversuchsreihe teilgenommen hätten, wären ihre Unterlagen in der Klinik?«

Sie nickte.

Will überlegte einen Augenblick. Dann nahm er das Fläschchen wieder in die Hand. »Ich glaube, das wird genug sein, um einen Durchsuchungsbeschluss zu bekommen.«

»Sie brauchen keinen.«

17. Kapitel

Lena hörte das stetige Geräusch tropfenden Wassers. Sie öffnete den Mund um den Knebel herum, als könnte sie die Tropfen auffangen. Ihre Zunge war so geschwollen, dass sie Angst hatte, daran zu ersticken. Die Dehydrierung verhinderte, dass sie schwitzte. Zittern war das Einzige, das sie gegen die Kälte aufbieten konnte, doch ihre Muskeln waren so schwach, dass sie ihr nicht mehr gehorchten. Als sie den Lichtknopf auf ihrer Uhr drückte, zeigte der blaue Schein die roten Striemen auf ihren Handgelenken wie Brandzeichen in ihrem Fleisch.

Sie bewegte sich, versuchte, ihre Schulter zu entlasten. Aufstehen konnte sie nicht. Der Raum drehte sich zu sehr. Entweder pochte ihr Arm, oder Schmerz schoss ihr durch die Beine, sooft sie es probierte. Weil Hände und Füße zusammengebunden waren, erforderte jede Bewegung eine Koordinationsfähigkeit, die sie nicht mehr besaß. Sie starrte in die Dunkelheit und dachte an das letzte Mal, als sie im Freien joggen gewesen war. Es war für die Jahreszeit untypisch warm gewesen. Die Sonne hatte hoch am Himmel gestanden, und als sie auf der Bahn im College lief, hatte ihr die Sonne aufs Gesicht, dann auf den Rücken gebrannt. Der Schweiß lief ihr in Strömen herab. Ihre Haut war heiß. Ihre Muskeln waren voller Spannung. Wenn sie es sich nur lange genug vorstellte, konnte sie fast ihre Schritte auf der Bahn hören.

Keine Schritte auf einer Aschenbahn. Schritte auf einer Holztreppe.

Lena strengte die Ohren an, um die Schritte zu hören, die zu ihr in den Keller kamen. Unter der Tür vor ihr tauchte ein Lichtstreifen auf. Schleifgeräusche deuteten darauf hin, dass etwas Schweres bewegt wurde – Metall über Beton. Wahrscheinlich Lagerregale. Der Lichtstreifen unter der Tür wurde heller. Lena schloss die Augen, als sie den Schlüssel im Vorhängeschloss klicken hörte. Die Tür ging auf, Lena öffnete die Augen langsam, um sie an das blendende Neonlicht zu gewöhnen.

Zuerst sah sie nur einen Lichtkranz um den Kopf der Frau, doch dann wurde Darla Jacksons Gesicht erkennbar. Lena sah die Haare mit den Strähnchen, die künstlichen Fingernägel. Merkwürdigerweise war Lenas erster Gedanke, wie die Frau es geschafft hatte, zwei Menschen heimtückisch zu ermorden, ohne sich die Nägel abzubrechen.

Darla kam über die aufgestapelten Waschbetonsteine herunter, die als Treppe in den tieferen Teil des Kellers dienten. Sie kniete sich vor Lena auf den Boden und kontrollierte, ob das Seil immer noch straff saß. Völlig unpassenderweise legte sie Lena die Hand auf die Stirn. »Sind wir noch da?«

Lena starrte sie an. Auch wenn sie nicht geknebelt gewesen wäre, hätte sie der Schwester nichts sagen können. Ihre Kehle war zu trocken. Ihr Gehirn konnte kaum einen klaren Gedanken fassen. Sie konnte die Wörter nicht bilden, um ihre Fragen zu artikulieren. Warum hatte Darla das getan? Warum hatte sie Jason umgebracht? Warum hatte sie Allison umgebracht? Das ergab alles keinen Sinn.

»Du bist im Keller der Klinik.« Darla drückte die Finger an Lenas Handgelenk, verhielt sich in jeder Hinsicht wie eine fürsorgliche Krankenschwester und nicht wie eine heimtückische Mörderin. Vor Stunden hatte Lena sie dabei ertappt, wie sie das Blut von dem Baseballschläger wusch, mit dem sie Jason den Hinterkopf zertrümmert hatte. Sie hatte die Handschuhe gebleicht, die sie benutzt hatte, und alles getan, um ihre Spuren zu verwischen. Und jetzt kontrollierte sie Lenas Puls und prüfte, ob sie Fieber hatte.

»Das ist eine Art Luftschutzbunker oder Tornadobunker oder sonst was«, sagte Darla. Sie schaute noch ein paar Sekunden länger auf ihre Uhr. »Ich bezweifle, ob Sara überhaupt noch weiß, dass es ihn gibt. Ich habe ihn vor einer Weile entdeckt, als ich nach einem Lagerplatz für Akten suchte.«

Lena schaute sich in dem Raum um. Im Licht erkannte sie die Betonwände, die kleine Metalltür. Darla hatte recht. Sie waren in einem Bunker.

»Ich mochte Tolliver nie sonderlich«, sagte sie jetzt. »Ich weiß, viele Leute haben dir die Schuld gegeben für das, was passiert ist, aber er war ein ziemliches Arschloch, lass dir das gesagt sein.«

Lena starrte die Frau weiterhin an, fragte sich, warum sie gerade diesen Augenblick wählte, um sich zu offenbaren.

»Und Sara ist auch nicht besser. Glaubt, sie kann übers Wasser laufen, nur weil sie einen Abschluss in Medizin hat. Als sie noch klein war, war ich oft ihr Babysitter. Nichts als eine kleine Besserwisserin.«

Lena machte sich nicht die Mühe, ihr zu widersprechen.

»Ich wollte dich nie töten«, sagte Darla. Lena spürte ein Lachen ihre Kehle hochsteigen, das als Stöhnen aus ihrem Mund kam. »Ich muss weg aus der Stadt, und ich weiß, du lässt mich nicht gehen, wenn ich dich freilasse.«

Da hatte sie allerdings recht.

»Daddy hatte einen Herzanfall.« Sie kauerte sich auf die Hacken. »Du weißt, dass Frank mein Daddy ist, nicht?«

Lena spürte ihre Augenbrauen in die Höhe schnellen. Ein Adrenalinstoß ließ sie das erste Mal seit Stunden klar denken. Frank hatte seine Tochter erwähnt, als sie vom Tatort des Mordes an Allison Spooner wegfuhren. Wusste er damals schon, dass Darla das Verbrechen begangen hatte? Auf jeden Fall deckte er sie. Lena konnte sich nicht an alles erinnern, was er vor Will versteckt hatte. Das Foto. Den Mitschnitt des 911er-Anrufs. Hatte Frank das gemeint, als er sagte, sie könne nicht sehen, was sie direkt vor Augen habe? O Gott, er hatte recht. Sie erkannte die Wahrheit nicht einmal, wenn sie ihr ins Gesicht sprang. Wie viele andere Hinweise hatte sie noch übersehen? Wie viele andere Menschen würden noch leiden müssen, weil sie blind gewesen war?

»Hast du eine Handtasche?«

Die Frage war so merkwürdig, dass Lena meinte, sie hätte sie sich eingebildet.

»Eine Brieftasche?«, fragte Darla. »Wo hast du deine Schlüssel?«

Lena antwortete nicht.

»Mit meinem beschissenen Accord kann ich die Stadt nicht verlassen. Seit Wochen leuchtet die Warnlampe für den Motor. Ich dachte mir, ich kauf mir ein neues Auto, wenn die Schecks gutgeschrieben sind, aber …« Sie kontrollierte Lenas Taschen und fand ihren Schlüsselring. Daran hingen ihr Haustürschlüssel sowie die Schlüssel für Franks Town Car und ihren Celica. »Hast du Geld bei dir?«

Lena nickte. Lügen hatte keinen Zweck.

Darla schaute in Lenas Gesäßtasche nach und zog zwei Zwanziger heraus. »Na ja, schätze, das reicht fürs Benzin.« Darla steckte die Scheine in die vordere Tasche ihrer Uniform. »Werde Daddy um ein bisschen Geld bitten müssen. Und das mag ich absolut nicht.« Sie strich den rosa Stoff ihrer Uniform glatt. »Schätze, ich sollte irgendwie Reue empfinden wegen dem, was passiert ist, aber die Wahrheit ist, ich will einfach nicht erwischt werden. Ich kann nicht ins Gefängnis gehen. Ich kann nicht eingesperrt sein.«

Lena starrte sie an.

»Wenn die mich einfach in Frieden gelassen und ihren Mund gehalten hätten, dann wäre das alles nicht passiert.«

Lena versuchte zu schlucken. Sie spürte, wie ihr Herz flatterte. Offensichtlich war sie noch dehydrierter, als sie angenommen hatte. Hände und Füße waren taub. Ihre Beine kribbelten. Ihr Körper verringerte den Blutfluss in die Gliedmaßen, um den Motor am Laufen zu halten.

»Daddy und ich kommen nicht gut miteinander aus.« Darla steckte die Hand in die vordere Tasche ihres Kittels. »Ich habe das Gefühl, meistens wäre es ihm lieber, wenn du seine Tochter wärst, aber unsere Familie können wir uns nicht aussuchen, oder?« Sie zog eine Spritze aus der Tasche. »Das ist Versed. Das nimmt dir die Angst und lässt dich einschlafen. Tut mir leid, dass ich nicht genug habe, um dich endgültig einzuschläfern, aber die Menge sollte die Sache einfacher machen. Viel länger wirst du eh nicht leben – vielleicht noch fünf oder sechs Stunden. Die Infektion in deiner Hand breitet sich ziemlich schnell aus. Wahrscheinlich spürst du bereits, dass dein Herzschlag sich verlangsamt.«

Lena versuchte zu schlucken.

»Du wirst spüren, wie dein Körper sich langsam abschaltet. Deine Nerven spielen verrückt. Normalerweise ist das sehr schmerzhaft. Manchmal erlebt man es bei vollem Bewusstsein, manchmal nicht. Willst du die Injektion?«

Lena schaute sich die Spritze mit der Schutzkappe an. Was für eine Wahl hatte sie?

»Kein Mensch wird kommen, um dich zu retten. Die Klinik macht erst am kommenden Montag wieder auf, und dann wird nur der Geruch verraten, dass du hier unten bist.« Sie blickte sich über die Schulter. »Schätze, ich sollte das Regal nicht mehr vor die Tür schieben, damit sie dich nicht allzu lange suchen müssen. Einige der Leute hier sind gar nicht so übel.«

Lena versuchte, etwas zu sagen, das einzige Wort zu formulieren, das jetzt noch wichtig war: *Warum?*

»Was ist?«

Lena stöhnte das Wort noch einmal. Wegen des Knebels brachte sie die Lippen nicht zusammen, aber wenigstens in ihren Ohren klang das Wort verständlich. »Warum?«

Darla lächelte. Sie verstand, was Lena wissen wollte, aber sie hatte nicht vor, ihr zu antworten. Stattdessen wiederholte sie ihr Angebot, indem sie die Spritze in der Luft schwenkte. »Willst du sie oder nicht?«

Lena schüttelte vehement den Kopf. Sie durfte nicht ohnmächtig werden. Sie durfte nicht loslassen. Ihr Bewusstsein war das Einzige, worüber sie noch die Kontrolle hatte.

Dennoch zog Darla die Kappe von der Spritze und jagte ihr die Nadel in den Arm.

18. Kapitel

Sara wartete in ihrem Auto darauf, dass Will aus der Wohnung über der Garage herunterkam. Er hatte um ein paar Minuten gebeten, um sich etwas anzuziehen, das weniger schmutzig war als die Sachen, die er den ganzen Tag getragen hatte. Sara war froh um die Zeit. So konnte sie versuchen, ihre Fassung wiederzugewinnen. Aus ihrer weißglühenden Wut war ein Schwelen geworden, aber wenn Will nicht gewesen wäre, hätte sie sich sofort hinters Steuer gesetzt und wäre zu Hares Haus gefahren. Warum überraschte es sie, dass ihr Cousin sich auf etwas so Fragwürdiges eingelassen hatte? Hare hatte nie ein Hehl daraus gemacht, dass er auf Geld aus war. Sara schätzte Geld ebenfalls, aber sie würde nie dafür ihre Seele verkaufen.

Die Fahrertür ging auf, und Will setzte sich hinters Lenkrad. Er trug ein weißes Hemd mit Button-down-Kragen und frische Jeans. Er sah sie eigenartig an. »Haben Sie meine Sachen gewaschen?«

Sara lachte über die Frage. »Nein.«

»Alle meine Sachen sind gewaschen. Und gebügelt.« Er zupfte an der Bügelfalte in seiner Jeans. »Und gestärkt.«

Sie kannte nur einen Menschen, der Jeans bügelte. »Tut mir leid. Meiner Mutter macht Waschen, Bügeln und so weiter Spaß. Ich kann es mir nicht erklären.«

»Ist okay«, sagte er, aber an seiner leicht gepressten Stimme merkte sie, dass es ihm unangenehm war.

»Hat sie irgendwas durcheinandergebracht?«

»Nein.« Er schob den Sitz so weit zurück, dass er nicht mit dem Kopf an die Decke stieß. »Ich kannte nur noch nie jemanden, der mir meine Wäsche macht.« Der Wahlhebel für die Automatik war gewöhnungsbedürftig, aber er hatte es schnell begriffen und schaltete auf Fahren. Die Scheibenwischer stellte er ab, als er auf die Straße einbog. Der Regen hatte nachgelassen. Sara konnte tatsächlich den Mond sehen, der zwischen den Wolken hervorlugte.

»Ich habe über den Abschiedsbrief nachgedacht.«

»Was ist damit?«, fragte sie.

»Wie wär's, wenn Jason ihn geschrieben hätte und Allison ihn irgendwo hätte abliefern sollen?«

»Glauben Sie, dass die beiden jemanden erpresst haben?«

»Möglich ist es«, sagte Will. »Es könnte sein, dass Allison es sich in Bezug auf die Erpressung anders überlegt hatte, ohne Jason etwas davon zu sagen.«

»Also reißt sie die untere Hälfte des Blattes ab, den Teil, auf dem steht ›Ich will es vorbei haben‹, und legt sie an der vereinbarten Stelle für den Mörder ab?«

»Aber der Mörder war bereits fest entschlossen, sie umzubringen. Er folgte ihr in den Wald. Wir wissen, dass er spontan agiert. Beim Mord an Jason benutzte er die Decke. Vielleicht erkannte er auch in der Nachricht einen unerwarteten Vorteil für sich.« Will schaute Sara an. »Der gefälschte Abschiedsbrief in Jasons Handschrift lag am Tatort des Mordes an Allison. Wenn Tommy da nicht mit hineingeraten wäre, dann wäre der Freund wahrscheinlich der Erste gewesen, den man verhört hätte.«

Schließlich verstand sie, worauf er hinauswollte. »Der Mörder wollte Jason den Mord an Allison in die Schuhe schieben. Wenn sie wirklich versucht hätten, ihn zu erpressen, hätte er sich so auch Jason vom Hals schaffen können.«

»Erzählen Sie mir von diesen Medikamententests. Wie funktionieren die?«

»Sie sind kompliziert, und nicht alle sind schlecht.« Sie hatte das Bedürfnis, es ihm zu erklären: »Wir brauchen Medikamententests. Wir brauchen neue Medikamente und medizinische Durchbrüche, aber Pharmafirmen sind Konzerne mit Aktieneignern und Topmanagern, die gerne viel Geld verdienen. Ein neues Viagra zu entwickeln bringt mehr Profit ein als ein Heilmittel gegen Krebs.« Ein wenig reumütig fügte sie hinzu: »Es ist verdammt viel profitabler, Krankheiten wie Brustkrebs zu behandeln, als zu verhindern, dass sie überhaupt erst entstehen.«

Will bremste ab. Obwohl es nicht mehr regnete, war die Straße noch immer überflutet. »Braucht man nicht Viagra, um die Entwicklung von Krebsmedikamenten zu finanzieren?«

»Im letzten Jahr gaben die zehn größten Pharmakonzerne dreiundsiebzig Milliarden Dollar für Werbung und weniger als neunundzwanzig Millionen für die Forschung aus. Da sagen Sie mir mal, worauf deren Hauptaugenmerk liegt.«

»Klingt, als würden Sie ziemlich gut darüber Bescheid wissen.«

»Darüber rege ich mich sehr gerne auf«, gab sie zu. »Ich will keine Kugelschreiber und Notizblöcke mit Pharma-Logos als Werbegeschenke. Ich will Medikamente, die funktionieren und die meine Patienten sich leisten können.«

Will hielt an. »Wissen Sie, ich glaube, wir fahren in die falsche Richtung.«

»Es ist ein Kreisverkehr.«

Er legte den Rückwärtsgang ein und fuhr dann eine weitere Runde. Sara wusste genau, wo sie waren. Wenn sie noch ein paar Meter weitergefahren wären, wären sie an ihrem alten Haus vorbeigekommen.

»Also«, sagte Will, »wie funktioniert das Ganze? Die Arzneifirma hat ein neues Medikament, das sie testen will, und dann?«

Sie wusste nicht, wie sie ihm seine Rücksichtnahme danken konnte, und beantwortete seine Frage. »Es gibt zwei Arten: Wohlstands- oder Lifestyle-Medikamente und Medikamente für den tatsächlichen medizinischen Bedarf.« Er schaute sie skeptisch an. »Das ist nicht auf meinem Mist gewachsen. Die Begriffe stammen von den Pharmariesen selbst. Im Grady haben wir nur Bedarfsmedikamente getestet. Sie helfen gegen ernste oder lebensbedrohende Leiden und chronische Krankheiten. Normalerweise testen nur Universitäten und Forschungskrankenhäuser diese Bedarfsmedikamente.«

Wieder fuhr Will langsamer, um tiefes Wasser zu durchqueren. »Und die Lifestyle-Dinger?«

»Diese Tests werden von ganz gewöhnlichen Allgemeinärzten und Standardlaboren durchgeführt. In medizinischen Zeitschriften gibt es alle möglichen Bekanntmachungen. Man muss sich für die Durchführung einer Studie bewerben. Wenn ein Arzt zugelassen ist, rüstet die Pharmafirma ihn aus und zahlt für alles. Werbung im Fernsehen und Radio und in den Printmedien. Verwaltungsangestellte und Büroausstattung. Stifte und Papier. Und wenn dann alles vorbei ist, zahlt die Firma dem Arzt Flüge um die Welt, damit er davon berichten kann, wie fabelhaft das neue Medikament ist, und verkündet dabei, dass dieser Arzt nicht beeinflussbar ist, weil er keine Anteile an der Firma hält.« Sie dachte an Elliot und seinen Thanksgiving-Urlaub. »Hier steckt das wirkliche Geld. Nicht in einem Aktienpaket, sondern im Fachwissen. Wenn man an der Frühphase einer Studie beteiligt ist, kann man Hundertausende von Dollars verdienen, nur indem man Vorträge hält.«

»Warum sollte ein Arzt es dann nicht machen wollen, wenn es so viel Geld bringt?«

»Weil es nicht viel Geld bringt, wenn man es richtig macht. Ich meine, ja, man verdient schon daran, aber man erledigt meistens Papierkram. Wir wissen alle, dass das ein notwendiges Übel ist, aber es kann auch eine wirklich schlimme Seite unseres Berufszweigs sein. Einige Ärzte gründen regelrechte Forschungsfabriken. Die Pharma-Repräsentanten nennen sie die ›großen Spieler‹, wie in Las Vegas. In solchen Kliniken können bis zu fünfzig Studien gleichzeitig laufen. Im Zentrum von Atlanta gibt es eine Handvoll davon, passenderweise in der Nähe des Obdachlosenheims.«

»Ich möchte wetten, es gibt im College eine ganze Menge von Studenten, die scharf darauf sind, schnelles Geld zu verdienen.«

»Einige meiner mittellosen Patienten melden sich für eine Studie nach der anderen. Es ist das Einzige, was sie vor dem Verhungern bewahrt. Wenn man es richtig anstellt, ist das ein großes Geschäft. Es gibt sogar Websites für professionelle Meerschweinchen. Die fliegen dann quer durchs Land und verdienen sechzig- bis achtzigtausend pro Jahr.«

»Die Ärzte stellen keine Erkundigungen über die Patienten an, um auszuschließen, dass sie das System ausnutzen?«

»Man muss nur seinen Führerschein vorzeigen, und manchmal nicht mal das. Sie schreiben den Namen auf eine Akte. Von da an ist man eine Nummer. Alles, was die über einen wissen, ist das, was man selbst angibt. Man kann ihnen erzählen, man ist Börsenmakler mit Schlaflosigkeit und Sodbrennen, obwohl man ein Obdachloser ist, der sich ein bisschen was dazuverdienen will. Es gibt keine weiteren Überprüfungen. Es gibt keine zentrale Namensdatei.«

»Tommy antwortet also auf eine Anzeige und meldet sich für so eine Versuchsreihe an. Und dann?«

»Er wird medizinisch und psychologisch untersucht. Für jede Studie gibt es unterschiedliche Kriterien, und jeder Teilnehmer muss den Richtlinien oder Protokollen entsprechen. Wenn man wirklich schlau ist, kann man sich in so eine Studie auch einschleichen.«

»Tommy war nicht richtig schlau.«

»Nein, und er hätte auch die psychologische Einschätzung nicht bestanden, wenn sie korrekt durchgeführt worden wäre.«

»Ist der Arzt dafür verantwortlich?«

»Vielleicht, vielleicht auch nicht. Es gibt viele gute Ärzte, die es richtig machen, aber die schlechten Ärzte schauen sich die Probanden nicht einmal an. Für die sind sie nur Formulare und Berichte, die unterschrieben werden müssen. Normalerweise setzen die sich sonntags an ihren Schreibtisch und ›prüfen‹ alle dreihundert Fälle, bevor am Montagmorgen der Studienleiter der Pharmafirma kommt.«

»Wer kümmert sich dann um alles? Die Krankenschwestern?«

»Manchmal, aber es ist nicht nötig, dass sie irgendeine medizinische Ausbildung haben. Es gibt CROs, Clinical Research Organisations, so etwas wie Leiharbeitsagenturen für medizinische Studien, und die bieten Zeitarbeitskräfte für Ärzte an, die solche Studien durchführen. In Texas gab es einen Arzt, der seine Frau alles machen ließ. Durch ein Versehen vertauschte sie das Testmedikament mit Pillen für ihren Hund. Ein anderer Arzt ließ eine Studie von seiner Geliebten durchführen. Sie sagte Probanden, nach vergessenen Einnahmen einfach beim nächsten Mal die doppelte Dosis zu nehmen, und die Hälfte von ihnen hatte danach permanente Leberschäden.«

»Okay, Tommy schafft also die psychologische Überprüfung. Und dann?«

»Dann kommt die medizinische Untersuchung. Er war gesund; ich bin sicher, dass er die überstanden hat. Als Nächstes kriegt er die Pillen. Er muss sein Protokoll führen. Er kommt in die Praxis, um Blut und Urin abzugeben, oder nur um sich zu melden. Wahrscheinlich einmal die Woche. Die Person, die mit ihm redet, nimmt nur sein Protokoll und den Bericht entgegen, was man Quellendaten nennt, und überträgt beides in die Fallakte. Der Arzt sieht dann nur die Fallakte.«

»Wo genau bricht das System zusammen?«

»Genau dort, wo Sie gesagt haben. Offensichtlich zeigte Tommy eine Reaktion auf das Medikament. Er geriet mit Leuten in Streit, das wissen wir aus den polizeilichen Einsatzberichten. Seine veränderte Stimmungslage hätte sich in seinem Protokoll niederschlagen müssen. Wer immer ihn bei seinen Praxisbesuchen befragte, hätte bemerken müssen, dass da was nicht stimmte.«

»Und falls diese Person vertuschen wollte, dass Tommy Schwierigkeiten hatte?«

»Derjenige könnte in der Fallakte falsche Angaben machen. Die werden in den Computer eingegeben und direkt an die Pharmafirma übermittelt. Keiner würde merken, dass etwas nicht stimmt, außer man würde es mit dem Quellenmaterial vergleichen, das komplett in eine Schachtel kommt und eingelagert wird, sobald die Studie abgeschlossen ist.«

»Falls Tommy wegen des Medikaments ausgeflippt wäre, hätte das die Studie zunichtegemacht?«

»Nicht unbedingt. Der Arzt könnte ihn als eine Protokollverletzung klassifizieren. Das heißt, er entspricht nicht den Richtlinien, die ihn zur Teilnahme an dieser Studie berechtigten. In die er mit seiner Behinderung sowieso nicht gehört hätte.«

»Was ist mit Allison?«

»Ihr Selbstmordversuch hätte sie ausgeschlossen, aber

wenn sie ihn nicht selbst eingestanden hätte, hätte niemand etwas davon gewusst.«

»Wer würde für Tommys Zulassung zu der Studie zur Verantwortung gezogen?«

»Eigentlich niemand. Man kann vor der Ethikkommission immer auf Nichtwissen plädieren. Rein juristisch erfordert jede Studie einen internen Überwachungsausschuss, der für die Wahrung ethischer Standards verantwortlich ist. Der setzt sich zusammen aus Personen vor Ort – Ärzten, Anwälten, Geschäftsleuten. Und aus irgendeinem Grund ist immer auch ein Priester oder sonst ein Geistlicher dabei.«

»Und auch diese Ethikkommission wird von der Pharmafirma bezahlt?«

»Alle werden von der Pharmafirma bezahlt.«

»Was ist mit Tommy? Wann bekommt er sein Geld?«

»Am Ende der Studie. Falls im Voraus gezahlt werden würde, würden die meisten gar nicht auftauchen.«

»Wenn also die Studie kurz vor dem Abschluss stand, konnte sich Tommy auf Geld freuen. Und auch Allison. Vielleicht auch Jason Howell.«

Sara wollte nicht darüber nachdenken, wer in dieser Schmuddelgeschichte den größten finanziellen Gewinn erzielen würde. »Bei einer dreimonatigen Studie kann man davon ausgehen, dass jeder Teilnehmer zwischen zwei- und fünftausend Dollar zu erwarten hätte.«

Will fuhr auf den Parkplatz der Klinik. Er schaltete auf Parken. »Wo ist dann das Problem? Wir haben Ärzte, die viel Geld verdienen. Die Teilnehmer werden auch bezahlt. Tommy hätte an der Studie nicht teilnehmen dürfen, aber es ist ja nicht so, dass er das ganze Projekt gefährdet hätte. Warum sollte irgendjemand deswegen zwei Menschen umbringen?«

»Der Schlüssel wird sein herauszufinden, wie viele andere Probanden noch Stimmungsschwankungen wie Tommy erlebten. Allison war deprimiert. Das geht aus ihrem Tagebuch hervor. Tommy flippte in letzter Zeit ziemlich oft aus und legte sich mit Leuten an, was er davor noch nie getan hatte. Im Gefängnis brachte er sich dann um. Ich will Lena nun wirklich keinen Freibrief ausstellen, aber es kann sein, dass Tommy wegen des Medikaments selbstmordgefährdet war. Wenn man im Verlauf einer Studie Häufungen von negativen Ereignissen feststellt, sollte sie sofort abgebrochen werden.«

»Es wäre also im Interesse des Arztes, keine dieser negativen Ereignisse festzustellen. Nicht wenn er das viele Geld, das ihn am Ende der Studie erwartet, unbedingt haben will.«

Sara spitzte die Lippen und dachte an Hare. »Genau.«

Sie schaute durch die Windschutzscheibe zur Klinik. Die Vordertür wurde von den Scheinwerfern erhellt. Sie sah die vertraute Einrichtung des Empfangsbereichs.

Will stieg aus und ging um das Auto herum, um ihr die Tür zu öffnen. »Wahrscheinlich sollte ich mit Ihnen gar nicht da reingehen. Ich weiß, Sie sind die rechtmäßige Besitzerin, und ich habe Ihre Erlaubnis und das alles, aber das Gesetz ist sehr streng, was die Einsichtnahme in medizinische Unterlagen angeht. Sie werden wohl die besorgte Bürgerin spielen und mir sagen müssen, was Sie gefunden haben.«

»Abgemacht«, sagte sie, und kurz schoss ihr durch den Kopf, dass es sowieso nicht viel bringen würde, wenn sie gemeinsam in den Akten lasen.

Mit den Schlüsseln in der Hand ging Sara zur Vordertür. Sie wusste nicht mehr, wann sie das letzte Mal in dem Gebäude gewesen war, aber sie hatte keine Zeit, darüber nachzudenken. Als sie den Schlüssel ins Schloss steckte, blickte sie zum Polizeirevier hinüber. Es war eine völlig natürliche Bewegung, sie hatte das jeden Morgen getan, weil Jeffrey immer vor dem Revier gewartet hatte, bis sich die Tür hinter ihr schloss.

Die Straßenbeleuchtung war hell, die Nachtluft frisch und klar, und endlich regnete es nicht mehr. Im Schatten neben dem Fenster von Jeffreys Büro sah sie einen Mann stehen. Der Mann drehte sich um. Sara keuchte auf. Ihre Knie gaben nach.

Will sprang aus dem Auto. »Sara?«

Sie rannte los, stieß Will beiseite und lief den Hang hinunter zum Revier. »Jeffrey!«, rief sie, so sicher war sie, dass er es gewesen war. Seine breiten Schultern. Seine dunklen Haare. Sein Gang – wie der eines Löwen kurz vor dem Sprung. »Jeffrey!« Sie stolperte und stürzte, als sie den Parkplatz erreichte. Der Asphalt zerriss ihr die Jeans. Sie schürfte sich die Hände auf.

»Tante Sara?« Jared kam mit den geschmeidigen Bewegungen seines Vaters zu ihr gelaufen. Er kniete sich vor sie hin und legte ihr die Hände auf die Schultern. »Alles in Ordnung?«

»Ich dachte, du wärst …« Sie umfasste seine Wangen. »Du siehst aus …« Sie schlang ihm die Arme um die Schultern und drückte ihn fest an sich. Sara konnte nicht anders. Sie weinte wie ein Kind. All die Erinnerungen, die sie so lange in Schach gehalten hatte, stürzten nun wieder auf sie ein. Es war beinahe unerträglich.

Jared strich ihr tröstend über den Rücken. »Ist gut«, flüsterte er. »Bin doch nur ich.«

Die Stimme seines Vaters. Sara wollte die Augen schließen und so tun, als ob. Sich völlig verlieren. Wie oft hatte sie mit Jeffrey auf diesem Parkplatz gestanden? Wie oft waren sie morgens gemeinsam zur Arbeit gefahren und hatten sich genau auf diesem Parkplatz zum Abschied geküsst? Und dann hatte er immer vor der Tür gestanden, zugesehen, wie sie den Hang hinaufging, die Tür aufschloss und in der Klinik verschwand. Manchmal hatte sie seinen Blick im Rücken gespürt und sich beherrschen müssen, um nicht umzukehren und ihn noch einmal zu küssen.

»Alles okay mit dir?«, fragte Jared. Seine Stimme klang verunsichert. Sie machte ihm Angst. »Tante Sara?«

»Tut mir leid.« Sie ließ die Hände sinken. Sie wusste nicht, warum sie sich entschuldigte, aber sie tat es noch einmal.

»Ist schon okay.«

»Ich dachte, du bist …« Sie konnte den Satz nicht beenden. Konnte den Namen seines Vaters nicht aussprechen.

Jared half ihr beim Aufstehen. »Mama sagt, ich sehe aus wie er.«

Sara konnte nichts gegen die Tränen tun, die ihr über die Wangen liefen. »Wann hast du es herausgefunden?«

»Ist irgendwie schwer zu verstecken.«

Sie lachte, und in ihren Ohren klang es schrill und verzweifelt. »Was tust du hier?«

Jared sah Will an. Sara hatte nicht gemerkt, dass er zu ihr gekommen war. Er stand ein paar Schritte entfernt, wollte sich offensichtlich nicht einmischen. »Das ist …« Sie musste sich zwingen, den Namen auszusprechen. »Das ist Jeffreys Sohn, Jared Long. Jared, das ist Will Trent.«

Will hatte die Hände tief in die Taschen geschoben. Er nickte dem Jungen zu. »Jared.«

»Warum bist du hier?«, fragte Sara. »Wegen Frank?«

Jared kratzte sich mit Daumen und Zeigefinger die Augenbraue. Unzählige Male hatte Sara Jeffrey genau das Gleiche tun sehen. Es bedeutete, dass er aufgeregt war, aber nicht genau wusste, wie er es sagen sollte. Jared schaute Will noch einmal an. Irgendetwas lief zwischen den beiden ab, das Sara nicht verstand.

Sie wiederholte die Frage. »Warum bist du hier?«

Mit brüchiger Stimme antwortete Jared: »Ihr Auto ist hier. Aber ich weiß nicht, wo sie ist.«

»Wer?«, fragte Sara, obwohl sie die Antwort bereits kannte. Lenas Celica stand auf dem Parkplatz.

»Sie wollte vor sechs Stunden nach Hause kommen.« Er sagte es zu Will. »Ich war im Krankenhaus und habe versucht, Frank zu erreichen. Ich finde einfach niemanden, der weiß, wo sie ist.«

»Nein«, hauchte Sara.

»Tante Sara ...« Jared streckte die Arme nach ihr aus, aber sie hielt ihn mit ausgestrecktem Arm zurück.

»Du bist doch nicht mit *ihr* zusammen.«

»Es ist nicht so, wie du denkst.«

»Ist mir egal. Es ist falsch.«

Er griff noch einmal nach ihr. »Tante Sara ...«

Sie wich zurück und stolperte gegen Will. »Das kannst du nicht tun.«

»Es ist nicht so, wie du denkst.«

»Was denke ich denn, Jared? Dass du mit der Frau schläfst, die deinen Vater ermordet hat?«

»Es ist nicht ...«

Will packte Sara an der Taille, als sie auf Jared zuspringen wollte.

»Sie hat ihn getötet!«

»Er hat sich selbst getötet.«

Sie hob die Hand, um ihm ins Gesicht zu schlagen. Jared stand absolut still da, schaute sie an und wartete auf den Schlag. Sara war plötzlich wie erstarrt. Sie konnte ihn nicht schlagen, sie konnte die Hand aber auch nicht sinken lassen.

»Er war Polizist«, sagte Jared. »Er kannte das Risiko.«

Sie ließ die Hand sinken, weil sie ihm jetzt wirklich wehtun wollte. »Hat *sie* dir das gesagt?«

»Ich weiß das selbst, Tante Sara. Mein Vater war mit Herz und Seele Polizist. Er machte seine Arbeit, und das kostete ihn das Leben.«

»Du weißt nicht, wer sie wirklich ist! Du bist zu jung, um zu verstehen, wozu sie fähig ist!«

»Ich bin nicht zu jung, um zu wissen, dass ich sie liebe.«

Seine Worte waren für Sara wie ein Schlag ins Gesicht. »Sie hat ihn getötet«, flüsterte Sara. »Du weißt ja gar nicht, was sie mir genommen hat. *Dir* genommen hat.«

»Ich weiß mehr, als du denkst.«

»Nein, das tust du nicht.«

Jareds Stimme wurde scharf. »Er machte seine Arbeit, und er trat den falschen Leuten auf die Füße, und niemand hätte ihn davon abbringen können. Du nicht, Lena nicht, ich nicht, niemand. Er traf seine eigenen Entscheidungen. Er war sein eigener Herr. Und er war verdammt stur. Wenn er sich einmal etwas in den Kopf gesetzt hatte, konnte niemand ihn davon abbringen, genau das zu tun, was er tun wollte.«

Sara merkte nicht, dass sie zurückwich, bis sie Will im Rücken spürte. Sie hielt sich an seinem Arm fest, zwang sich, nicht zusammenzubrechen. »Sie hat die Geschichte verdreht, um dich dazu zu bringen, Mitleid mit ihr zu haben.«

»So ist es nicht.«

»Sie ist eine Meisterin der Manipulation. Du siehst das jetzt noch nicht, aber es stimmt.«

»Hör auf damit.« Jared versuchte, ihre Hand zu fassen. »Ich liebe sie. Und Jeffrey hat sie auch geliebt.«

Sara konnte nicht mehr mit ihm reden. Sie konnte nicht mehr hier sein. Sie drehte sich Will zu und drückte ihren Kopf an seine Brust. »Bringen Sie mich weg von hier. Bitte, bringen Sie mich nach Hause.«

»Du kannst jetzt nicht gehen. Ich brauche deine Hilfe«, rief Jared.

Will legte den Arm um Sara und führte sie über die Straße.

Jared lief ihnen nach. »Du musst mir helfen, sie zu finden. Ich weiß nicht, wo sie ist.«

Wills Stimme klang hart. »Zieh Leine, Junge.«

»Jemand hat ihr die Reifen aufgeschlitzt. Sie geht nicht an ihr Handy.«

Noch immer den Arm um Saras Schultern, führte er sie den Hang hoch. Sie starrte hinunter auf den Rasen vor der Klinik. Der Regen hatte die Wurzeln ausgewaschen. Ihre Sohlen rutschten über feuchte Erdklumpen.

»Sie hat mich um sechs Uhr von ihrem Handy aus angerufen. Sie sagte, sie werde in einer Stunde zu Hause sein«, sagte Jared. Er versuchte, ihnen den Weg zu versperren, aber Will schob ihn mit einer Hand beiseite. »Sie hat gekündigt!«, schrie er. »Sie hat mir gesagt, sie hat gekündigt!«

Sie hatten den Parkplatz der Klinik erreicht. Will öffnete die Autotür und half Sara beim Einsteigen.

Jared knallte die Hand auf die Motorhaube. »Also komm! Sie ist verschwunden! Irgendwas stimmt nicht!« Er lief um das Auto herum und sank vor der offenen Tür auf die Knie. Er presste die Hände zusammen wie zum Gebet. »Bitte, Tante Sara, bitte! Du musst mir helfen, sie zu finden. Irgendwas stimmt nicht. Ich weiß, dass irgendwas nicht stimmt.«

Sein Gesicht war so voller Angst, dass Sara unschlüssig wurde. Sie schaute Will an, sah die Besorgnis in seiner Miene.

Seine Stimme klang verhalten, als er leise zu ihr sagte: »Bei mir hat sie sich auch nicht gemeldet.«

Jared weinte. »Bitte, sieh in der Klinik für mich nach. Ich weiß, dass ihr heute Morgen die Hand wehtat. Vielleicht wollte sie sich helfen lassen. Vielleicht ist sie umgekippt, oder ihr wurde schlecht, oder …«

Einen Augenblick lang schloss Sara die Augen und versuchte, ihre Gefühle zu sortieren. Sie wollte unbedingt weg von hier und den Namen dieser Frau in ihrem ganzen Leben nicht mehr hören.

»Sara«, sagte Will leise. Es war keine Frage, eher ein Schuldeingeständnis.

»Gehen Sie«, sagte sie. Sie konnte sowieso nichts dagegen tun.

Will legte ihr die Hand an die Wange, damit sie ihn ansah. »Ich bin gleich wieder da, okay? Ich schaue nur kurz in der Klinik nach.«

Sara antwortete nicht. Er schloss die Tür, und sie lehnte sich im Sitz zurück. Der Mond schien so hell, dass sie keine Scheinwerfer brauchte, um die beiden Männer vor der Tür zur Klinik zu sehen. Lena musste nicht einmal anwesend sein, um die Männer in ihrem Leben zu kontrollieren. Sie war wie ein Sukkubus, und ihr Sirenengesang umwölkte deren Verstand.

Als Will den Schlüssel im Schloss drehte, blickte er sich kurz nach Sara um. Sie betrachtete Jared jetzt mit einer gewissen Distanz. Er war dünner als sein Vater. Seine Schultern waren weniger muskulös. Die Haare waren länger, als Jeffrey sie getragen hatte, eher so wie Jeffreys Frisur in der Highschool. Ein Bild blitzte vor ihr auf: Lenas Hand in Jareds Haaren. Jetzt hatte sie alles an sich gerissen. Durch jeden Teil von Jeffreys Vermächtnis hatte sie eine Schneise der Vernichtung geschlagen.

Sara wandte den Kopf ab, als die beiden Männer die Klinik betraten. Sie konnte Jared nicht mehr ansehen. Es schmerzte zu sehr. Allein hier zu sein schmerzte zu sehr. Sie rutschte über die Mittelkonsole und setzte sich hinters Steuer. Sie drückte auf den Startknopf. Nichts passierte. Jeffrey hatte den Schlüssel mitgenommen.

Sara stieg aus und ließ die Tür offen. Sie schaute hoch zum Vollmond, der erstaunlich hell schien und den Rasen vor ihr beleuchtete. Sie dachte an den Bürgerkriegsbrief, den Jeffrey ihr vor langer Zeit vorgelesen hatte. Eine einsame Frau hatte ihn an ihren Mann in der Armee geschrieben. Sie fragte sich darin, ob derselbe Mond auch ihren Geliebten bescheine.

Sara ging zur Rückseite der Klinik. An der Wand hing ein Schild mit Hares Namen, aber ihre Wut über die Medikamentenstudie war längst verraucht. Sie konnte kein Quäntchen Mitgefühl für Allison Spooner oder Jason Howell mehr aufbringen, nicht einmal für den armen Tommy Braham, der irgendwie in diese ganze Geschichte hineingeraten war. All ihre Gefühle waren zu einem dumpfen Schmerz zusammengeschrumpft. Sogar ihr Hass auf Lena war verschwunden. Der Versuch, sie aufzuhalten, war wie ein Kampf gegen Windmühlen. Sara konnte absolut nichts tun, um sie zu stoppen. Die Welt konnte zusammenbrechen, aber Lena würde immer noch stehen. Sie würde sie alle überleben.

Der Garten hinter dem Haus war eine Schlammgrube. Elliot hatte sich um nichts gekümmert. Die Gartenmöbel waren verschwunden, die Schaukel abgebaut. Die Wildblumen, die Sara zusammen mit ihrer Mutter gepflanzt hatte, waren längst tot. Sie stand am Ufer des Bachs. Er war jetzt ein Fluss, das Rauschen des schäumenden Wassers übertönte alle anderen Geräusche. Der große Ahorn, der im Lauf der Jahre so viel Schatten gespendet hatte, war in den Fluss gestürzt. Sein Blätterdach berührte das gegenüberliegende Ufer. Sara sah, wie Erdbrocken abbrachen und mitgerissen wurden. Ihr Vater hatte Sara an diesen Bach zum Fischen mitgenommen. Eine halbe Meile stromabwärts gab es ein Feld großer Felsbrocken, wo Welse sich in den Wirbeln tummelten. Tessa hatte es geliebt, auf den Granit zu klettern und in der Sonne zu liegen. Einige der Felsen waren fast drei Meter hoch. Sara vermutete, dass sie jetzt vom Wasser bedeckt waren. Alles in dieser Stadt, egal wie stark, würde irgendwann weggespült.

Hinter sich hörte Sara einen Ast knacken. Sie drehte sich um. Eine Frau in rosa Schwesternuniform stand ein paar Schritte hinter ihr. Sie war außer Atem. Ihr Make-up war verschmiert, die Mascara zeichnete dunkle Halbmonde unter ihre Augen. Die roten Plastiknägel an ihren Fingern waren gesplittert und abgebrochen.

»Darla«, rief Sara, als sie die Frau erkannte. Sie hatte Franks älteste Tochter seit Jahren nicht gesehen. »Alles in Ordnung?«

Darla zögerte und schaute sich über die Schulter. »Schätze, du hast von Daddy gehört.«

»Weigert er sich noch immer, ins Krankenhaus zu gehen?«

Sie nickte und schaute sich wieder um. »Vielleicht könntest du mir helfen und ihn dazu bringen, dass er ein paar Tests machen lässt.«

»Für diese Aufgabe dürfte ich im Augenblick wohl nicht die Geeignetste sein.«

»Bist du sauer auf ihn?«

»Nein, aber ich …« Endlich meldete sich Saras Verstand. Es war fast drei Uhr nachts. Es gab keinen vorstellbaren Grund, warum Darla hier sein sollte. »Was ist denn los?«

»Mein Auto ist liegengeblieben.« Darla schaute sich zum dritten Mal über die Schulter. Doch sie schaute nicht zur Klinik. Sie schaute zur Polizeistation. »Kannst du mich zu Daddys Haus fahren?«

Sara spürte, dass ihr Körper auf eine Gefahr reagierte, die sie noch nicht so recht definieren konnte. Ihr Herz raste. Ihr Mund war ausgetrocknet. Irgendetwas stimmte hier nicht.

Darla bedeutete Sara, sie solle ihr voraus zum Parkplatz gehen. Ihre Stimme wurde hart. »Gehen wir.«

Sara legte sich die Hand in den Nacken und dachte an Allison Spooner am See, wie man ihr den Kopf in den Schlamm gedrückt hatte, während das Messer in ihren Nacken eindrang. »Was hast du getan?«

»Ich muss einfach weg von hier, okay?«

»Warum?«

Wieder klang ihre Stimme hart, als sie Sara aufforderte:

»Gib mir einfach deinen Autoschlüssel. Dafür habe ich jetzt keine Zeit.«

»Was hast du mit diesen Kindern gemacht?«

»Dasselbe, was ich auch mit dir machen werde, wenn du mir den verdammten Schlüssel nicht gibst.« An Darlas Taille funkelte etwas, dann hatte sie plötzlich ein Messer in der Hand. Die Klinge war etwa neun Zentimeter lang, die scharf geschliffene Spitze wirkte bedrohlich. »Ich will dir nichts tun. Gib mir einfach den Schlüssel.«

Sara trat noch einen Schritt zurück. Ihr Fuß sank im sandigen Ufer ein. Panik umklammerte ihre Kehle. Sie wusste, dass die Frau keine Skrupel hatte zu töten.

»Gib mir den Schlüssel!«

Hinter sich hörte Sara das Rauschen des angeschwollenen Flusses. Wo blieb nur Will? Warum brauchte er so lange? Sie schaute nach links und nach rechts, überlegte sich, in welche Richtung sie am besten laufen sollte.

»Tu's nicht«, sagte Darla, als könnte sie ihre Gedanken lesen. »Ich werde dir nichts tun. Gib mir einfach den Schlüssel.«

Sara konnte kaum sprechen. »Ich habe ihn nicht.«

»Lüg mich nicht an!« Darla blickte noch einmal zum Revier. Zur Klinik hatte sie noch kein einziges Mal zurückgeschaut. Entweder sie hatte sich bereits um Will und Jared gekümmert, oder sie wusste nicht, dass sie dort waren. »Sei nicht blöd, Kleine. Du weißt, wozu ich in der Lage bin.«

Mit zitternder Stimme fragte Sara: »Was passiert, wenn ich ihn dir gebe?«

Darla machte einen Schritt auf sie zu, verringerte den Abstand zwischen ihnen. Das Messer lag ruhig in ihrer Hand. Sie war jetzt nur noch einen knappen Meter entfernt. »Dann kannst du nach Hause zu Mama und Daddy gehen, und ich bin verschwunden.«

Sara war kurz erleichtert, doch dann traf die Wahrheit sie wie ein Schlag. So würde es sich nicht abspielen. Sie wussten beide, dass Sara nicht nach Hause gehen würde. Sie würde gleich über die Straße ins Polizeirevier laufen und ihnen erzählen, was passiert war. Darla würde es nicht einmal bis zur Stadtgrenze schaffen, bevor sie von Einsatzwagen umringt wäre.

»Gib mir die Schlüssel«, wiederholte Darla. Ohne Vorwarnung holte sie mit dem Messer aus. Mit einem zischenden Geräusch schnellte die Stahlklinge an Saras Gesicht vorbei. »Jetzt, verdammt noch mal!«

»Okay! Okay!« Sara steckte ihre Hand in die Tasche, ihr Blick blieb jedoch auf das Messer gerichtet. »Ich gebe dir den Schlüssel, wenn du mir sagst, warum du sie umgebracht hast.«

Darla starrte sie abschätzend an. »Sie haben mich erpresst.«

Sara machte einen kleinen Schritt zurück. »Die Studie?«

Darlas Arm entspannte sich ein wenig, doch das Messer war noch immer sehr nahe. »Ständig brachen Studenten ab, tauchten nicht auf, wie sie sollten. Ich brachte Jason dazu, doppelte Blutproben abzugeben und ein zweites Protokoll zu führen. Er zog Allison mit hinein, und schließlich auch noch Tommy. Wir wollten das Geld halbe-halbe teilen. Doch dann wurden sie gierig und meinten, sie wollten alles.«

Sara konnte den Blick nicht von dem Messer abwenden. »Du hast versucht, Jason den Mord an Allison in die Schuhe zu schieben.«

»Schlau warst du schon immer.«

»Wusste Hare Bescheid?«

»Was glaubst du, warum ich die Stadt verlasse? Er hat Tommys Unterlagen gefunden. Meinte, er werde es der Ethikkommission melden. Ich wollte nicht, dass Tommy etwas passiert.« Zeigte sie zum ersten Mal Reue? »Er wusste rein gar nichts von der Sache. Ich konnte nicht zulassen, dass sich jemand die Fallberichte zu genau ansieht.«

»Tommy hat auch die doppelte Dosis genommen«, vermutete Sara. »Er nahm doppelt teil, nahm die zweifache Dosis. Deshalb seine Stimmungsschwankungen. Sie sind der Grund dafür, dass er sich umbrachte, nicht wahr?«

»Ich habe keine Lust mehr, mit dir herumzuquasseln.« Sie streckte den Arm wieder aus. Das Messer war nur noch Zentimeter von Saras Gesicht entfernt. »Gib mir den Schlüssel.«

Sara gestattete sich einen schnellen Blick zur Klinik. Die Tür war noch immer geschlossen. »Ich habe ihn nicht.«

»Lüge mich nicht an, du blöde Kuh. Ich habe dich im Auto gesehen.«

»Ich …«

Darla sprang auf Sara zu. Sara hob abwehrend die Hände und machte einen Schritt zurück. Sie spürte, wie die Klinge ihr die Haut aufschlitzte, aber sie spürte keinen Schmerz. Das Einzige, was sie fühlte, war Panik, die ihr das Herz einschnürte, als der Boden unter ihren Füßen plötzlich nachgab und sie beide nach hinten taumelten.

Sara knallte mit dem Rücken auf die Erde. Darla bäumte sich auf, das Messer hoch über dem Kopf. Sara versuchte wegzukriechen und drehte sich instinktiv auf den Bauch, bevor ihr bewusst wurde, dass das exakt Allisons Position gewesen war, als ihr die Klinge in den Nacken gerammt wurde. Sara versuchte, sich wieder umzudrehen, aber Darla packte sie im Nacken. Sara stieß sich mit den Händen ab, trat mit den Füßen, tat alles, was sie konnte, um unter der Frau herauszukommen.

Doch anstelle der Klinge in ihrem Fleisch spürte Sara die Erde erzittern, den Boden unter sich nachgeben. Wieder hatte sie das Gefühl, frei zu fallen. Das Dröhnen des Flusses wurde lauter, als sie mit dem Gesicht voraus ins eisige Wasser fiel.

Sara keuchte auf, als die Kälte sie umhüllte. Wasser drang ihr in den Mund und in die Lunge. Sie konnte nicht sagen, wo oben und wo unten war. Ihre Hände und Füße fanden keinen Halt. Sie schlug um sich, versuchte, Luft zu bekommen, aber irgendetwas zog sie nach unten.

Darla. Sie spürte die Hände der Frau an ihrer Taille, die Finger gruben sich in ihre Haut. Sara wehrte sich, prügelte mit den Fäusten auf den Rücken der Frau ein. Ihre Lunge kreischte in der Brust. Sie riss das Knie nach oben, so fest sie konnte. Darlas Griff lockerte sich. Sara stieß sich hoch, durchbrach die Oberfläche und schnappte nach Luft.

»Hilfe!«, schrie sie. »Hilfe!« Sara schrie so laut, dass ihr der Hals schmerzte.

Darla tauchte neben ihr auf, den Mund weit offen, die Augen aufgerissen vor Panik. Ihre Hand umklammerte Saras Arm. Das Ufer war nur ein verschwommener Schemen, als die Strömung sie stromabwärts riss. Sara grub die Fingernägel in Darlas Handrücken. Blätter, Zweige, Äste schlugen ihr gegen den Kopf. Darla hielt sich noch immer an ihr fest. Sie war noch nie eine gute Schwimmerin gewesen, aber jetzt versuchte sie nicht mehr, Sara nach unten zu ziehen, sondern sie klammerte sich an ihr Leben.

Aus dem sonoren Rauschen des Wassers wurde ein ohrenbetäubendes Kreischen. Das Felsenfeld. Die hoch aufragenden Granitbrocken, auf die Tessa und Sara als Kinder geklettert waren. Sie sah sie vor sich, aufgereiht wie Zähne, die sie zerreißen wollten. Das Wasser teilte sich an den scharfen Kanten. Die Strömung wurde heftiger und riss sie immer schneller mit sich. Zehn Meter. Sieben Meter. Sara packte Darla unter der Achsel und stieß sie, so fest sie konnte, nach vorn. Das Krachen des Schädels der Frau an Granit klang wie das Dröhnen einer Glocke. Sara wurde gegen Darla geschleudert. Ihre Schulter knirschte. Ihr Kopf explodierte.

Sara kämpfte gegen das Schwindelgefühl an, das sie zu überwältigen drohte. Sie schmeckte Blut. Sie bewegte sich nicht mehr stromabwärts, sondern steckte in einer breiten Spalte im Fels fest. Weißwasser prasselte gegen ihre Brust und machte jede Bewegung unmöglich. Darlas Hand war zwischen Saras Rücken und dem Granit eingeklemmt. Ihr lebloser Körper wogte wie eine zerrissene Fahne. Ihr Schädel war aufgeplatzt, Flusswasser strömte in die Wunde. Sara spürte, wie die Hand von Darla von ihrem Arm abrutschte, dann trug die Strömung sie flussabwärts.

Sara hustete. Wasser drang ihr in den offenen Mund, stieg ihr in die Nase. Sie griff über sich, spürte flachen Stein. Sie musste sich umdrehen. Sie musste es irgendwie schaffen, auf den Felsen zu klettern. Sara zog die Knie an und stemmte die Füße gegen den Granit. Sie versuchte, sich hochzustoßen. Nichts passierte. Sie schrie, versuchte es immer und immer wieder – mit demselben Ergebnis. Das Wasser drückte sie langsam von dem Stein weg. Sie rutschte, verlor den Halt. Ihr Kopf tauchte unter die Oberfläche. Sie kämpfte, um wieder hochzukommen. Jeder Muskel in ihrem Körper zitterte vor Anstrengung. Es war zu viel. Ihre Schultern kreischten vor Schmerz. Die Oberschenkel brannten. Ihre Finger verloren den Halt. Sie konnte nicht mehr dagegen ankämpfen. Das Wasser war zu stark. Sie glitt weiter an dem Felsen entlang. Sara atmete einmal tief durch, saugte gierig die Luft ein, bevor ihr Kopf wieder untertauchte. Aus dem beständigen Tosen des stürzenden Wassers wurde völlige, totale Stille.

Sara presste die Lippen fest zusammen. Ihr Haar trieb vor ihr. Über sich konnte sie den Mond sehen, das helle Licht schaffte es irgendwie, die Wasseroberfläche zu durchdringen. Die Strahlen waren wie Finger, die nach ihr griffen. Unter der Stille in ihren Ohren hörte sie etwas. Der Fluss hatte eine Stimme, eine gurgelnde, beruhigende Stimme, die versprach dass auf der anderen Seite alles besser sein würde. Die Strömung sprach zu ihr, sagte ihr, sie könne ruhig loslassen. Sie wollte einfach aufgeben, an den Ort gehen, wo Jeffrey auf sie wartete. Nicht in den Himmel. Nicht in irgendein irdisches Ideal, sondern an einen Ort der Stille und des Trostes, wo nicht jeder Gedanke an ihn, jede Erinnerung an ihn eine frische Wunde öffnete, sooft sie atmete, sooft sie dort ging, wo sie gemeinsam gegangen waren. Sooft sie an seine wunderschönen Augen, seinen Mund, seine Hände dachte.

Sara griff durchs Wasser, berührte die Finger des durch die Oberfläche brechenden Mondlichts. Aus der Kälte war eine Hülle der Wärme geworden. Sie öffnete den Mund. Luftblasen blubberten an ihrem Gesicht hoch. Ihr Herz schlug langsam, lethargisch. Eine letzte Sekunde lang gestattete sie sich den Luxus des Aufgebens, bevor sie sich wieder an die Oberfläche zwang und ihren Körper so drehte, dass sie am Felsen einen Halt fand.

»Nein!«, schrie sie voller Wut auf den Fluss. Ihre Arme zitterten, als sie sich an der rauen Oberfläche des Felsens in die Höhe hangelte. Das Wasser riss an ihr wie eine Million Hände, die sie wieder hinunterziehen wollten, aber Sara kämpfte mit jeder Faser ihres Körpers, bis sie oben auf dem Felsen lag.

Sie drehte sich auf den Rücken und starrte in den Himmel. Der Mond schien hell, das Licht brach sich an den Bäumen, den Felsen, dem Fluss. Sara lachte so heftig, dass sie husten musste. Sie stemmte sich in eine sitzende Position hoch und hustete und spuckte das Wasser aus sich heraus.

Sie atmete tief ein, sog wieder Leben in ihren Körper. Das Herz pochte heftig in ihrer Brust. Die Schnitte und Quetschungen überall auf ihrem Körper machten sich bemerkbar. Schmerz weckte jede Nervenendung und sagte ihr, dass sie noch am Leben war. Sara atmete noch einmal tief durch. Die Luft war so frisch, dass sie sie in jedem Winkel ihrer Lunge spürte. Sie legte sich die Hand an den Hals. Ihre Kette war verschwunden. Ihre Finger fanden den vertrauten Ring von Jeffrey nicht mehr.

»O Jeffrey«, flüsterte sie, »ich danke dir.«

Danke, dass du mich hast gehen lassen.

Aber wohin gehen? Sara sah sich um. Der Mond schien so hell, dass es auch Tag hätte sein können. Sie war in der Mitte des Flusses, mindestens drei Meter von jedem Ufer entfernt. Wasser schäumte weiß um die kleineren Felsen in ihrer Umgebung. Sie wusste, dass einige von ihnen über zwei Meter in die Tiefe ragten. Sie testete ihre Schultern. Die Sehne knirschte, aber sie konnte sie noch bewegen.

Sara erhob sich. An einem Ufer stand eine Trauerweide, ihre wehenden Äste winkten sie zu sich unter ihre Krone. Wenn sie es auf einen der kleineren Felsen schaffte, ohne vom Wasser mitgerissen zu werden, könnte sie von dort ans Ufer springen.

Sie hörte einen Ast knacken. Blätter raschelten. Will kam auf die Lichtung. Sein Brustkorb bebte vom Rennen. Er hatte ein aufgerolltes Seil in der Hand. In seinem Gesicht konnte sie Angst, Verwirrung und Erleichterung lesen.

Sara hob die Stimme, um sich durch den Lärm des Wassers verständlich zu machen. »Was hat Sie so lange aufgehalten?«

Vor Überraschung klappte sein Mund auf. »Besorgungen«, sagte er, noch immer atemlos. »Bei der Bank war eine Schlange.«

Sie lachte so heftig, dass sie wieder husten musste.

»Alles okay?«

Sie nickte und kämpfte gegen den nächsten Hustenanfall an. »Was ist mit Lena?«

»Sie war im Keller. Jared hat einen Krankenwagen gerufen, aber ...« Er zögerte. »Sie ist in einem schlechten Zustand.«

Sara stützte die Hände auf die Knie. Wieder einmal brauchte Lena Hilfe. Wieder einmal war es an Sara, die Scherben zusammenzukehren. Merkwürdigerweise empfand sie diesmal nicht den üblichen Widerwillen oder den Zorn, der ihr beständiger Begleiter gewesen war seit jenem schrecklichen Tag, an dem sie ihren Mann hatte sterben sehen. Zum ersten Mal seit vier Jahren fühlte Sara Frieden. Tessa hatte recht – man durfte nicht den Boden unter den Füßen verlieren. Irgendwann musste man sich aufrappeln, sich den Staub abklopfen und mit dem Leben weitermachen.

»Sara?«

Sie streckte die Hand in Wills Richtung aus. »Werfen Sie mir das Seil zu.«

19. Kapitel

Will bremste ab, um mit seinem Porsche in die Caplan Road einzubiegen, entsprechend der Wegbeschreibung, die Sara ihm gegeben hatte. Sie hatte Pfeile neben die Straßennamen gezeichnet, und solange Will das Blatt in die richtige Richtung hielt, sollte er es zu Frank Wallaces Haus schaffen, ohne sich zu verfahren. Sara hatte ihm sogar ihre Lesebrille gegeben, die in seinem Gesicht so klein wirkte, dass er aussah wie Poindexters idiotischer Cousin. Dennoch hatte sie recht gehabt. Die Brille half ihm. Die Wörter auf der Seite spielten ihm zwar immer noch Streiche, aber wenigstens waren sie jetzt schärfer.

Sein Handy klingelte, Will suchte in seiner Tasche herum und steuerte dabei mit den Knien, weil er Angst hatte, die Wegskizze fallen zu lassen. In der Anruferkennung erkannte er Faiths Nummer.

»Wo waren Sie denn die ganze Zeit?«, wollte sie wissen. »Ich habe Ihnen drei Nachrichten auf die Mailbox gesprochen. Ich habe sogar Amanda angerufen.«

»Sollten Sie nicht eigentlich in Mutterschaftsurlaub sein?«

»Emma schläft, und ich habe keine Lust mehr, in diesem blöden Krankenhaus herumzuhängen.« Sie setzte zu einer Litanei von Beschwerden an, die mit dem schlechten Pudding begann, sich aber sehr schnell dem Thema Brustüberempfindlichkeit zuwandte.

An diesem Punkt unterbrach Will sie. »Ich habe meinen Bösewicht.«

»Was?« Faiths Stimme wurde schrill vor Überraschung, und ihm wurde bewusst, sie hatte nicht erwartet, dass er den Fall so schnell lösen würde.

»Vielen Dank für Ihr Vertrauen.«

»Ach, seien Sie doch still. Es ärgert mich ja nur, dass Sie es ohne mich geschafft haben.«

Faith neigte nicht gerade zu plötzlichen Ausbrüchen emotionaler Aufrichtigkeit. Will wusste deshalb, dass er darauf besser nicht eingehen sollte. Stattdessen erzählte er ihr von den Medikamententests und davon, was Darla Jackson alles angestellt hatte, um ihre Erpresser umzubringen und sich Lena Adams vom Hals zu schaffen.

»Von wie viel Geld reden wir?«, fragte Faith.

»Wir wissen nicht, wie viele Berichte sie fälschte. Vielleicht von Zehntausenden von Dollars.«

»O Mann. Wo kann ich mich melden?«

»Wäre eine Überlegung wert«, pflichtete Will ihr bei. Das Geld könnte er gut gebrauchen. Er freute sich nicht gerade darauf, nach Atlanta zurückzukehren und noch einmal seinen Vorgarten aufzugraben. »Lena ist noch im Krankenhaus. Ich glaube, die behalten sie noch eine Weile da.«

»Überrascht mich, dass Sara ihr geholfen hat.«

Auch Will war überrascht gewesen, aber er nahm an, dass man sich als Ärztin nicht aussuchen konnte, wem man half oder nicht. Trotzdem war nicht viel gesprochen worden, während Sara die Infusion setzte und Jared befahl, Wasser zu holen, dann weitere Decken und noch mehr Wasser. Will wusste nicht so recht, was davon den Zweck hatte, Lena zu helfen, und was, Jared vor einem Nervenzusammenbruch zu bewahren. Wie auch immer – sie hatte es geschafft, die dringend nötige Ruhe in die Situation zu bringen.

Von dem Augenblick an, als sie die Kinderklinik betraten, hatte Jared völlig durchgedreht. Sein planloses Verhalten hatte sie wertvolle Minuten gekostet. Er hatte Türen eingetreten, die gar nicht verschlossen war. Er hatte Schreibtische und Aktenschränke umgekippt. Als Will endlich die verschlossene Kellertür fand, war Jared so erschöpft gewesen, dass er Will kaum mehr helfen konnte, sie aufzubrechen.

Doch dann mobilisierte Jared seine letzten Kräfte. Ohne darauf zu achten, ob noch irgendjemand in den Schatten lauerte, war er die Treppe hinuntergestürzt. In der hinteren Wand des Kellers hatten sie eine zweite, verschlossene Tür gefunden. Tiefe Furchen im Beton zeigten an, wo früher ein Metallregal gestanden hatte, das die Tür verdeckte. Ein alter, aber solider Sperrriegel hielt die Tür fest verschlossen. Jared hatte wie ein Verrückter darauf eingeschlagen und sich dabei fast die Schulter ausgerenkt, bis Will mit einer Brechstange von der Werkbank zurückgekommen war.

Will musste gestehen, dass er erst, als die Tür endlich offen war, wieder an Sara dachte. Lena war kaum bei Bewusstsein, sie zitterte, hatte hohes Fieber. Ihr Körper war schweißnass. Jared weinte, als er das Seil um ihre Hände und Füße löste und Will anflehte, ihm zu helfen. Doch da war Will bereits wieder nach oben gelaufen. Er starrte den leeren BMW an, als er vom Fluss her ihre Schreie hörte. Es war reines Glück, dass sie es geschafft hatte, um Hilfe zu rufen, bevor Darla sie wieder ins Wasser gezogen hatte. Und es war noch mehr Glück, dass das Seil, mit dem Lena gefesselt gewesen war, lang genug war, um ihr dabei helfen zu können, wieder auf sicheren Boden zu gelangen.

Wobei es gar nicht nötig gewesen wäre. Will war sich ziemlich sicher, dass sie in der Lage gewesen wäre, sich selbst zu helfen. Nach der Hölle, die sie überlebt hatte, hätte es Will nicht überrascht, sie übers Wasser gehen zu sehen.

Im Handy hörte Will ein Baby gurgeln und eine andere Frau reden.

Faiths Stimme klang gedämpft, als sie zu der Schwester etwas sagte. Dann wandte sie sich wieder an Will: »Ich muss langsam Schluss machen. Man hat mir Emma zum Stillen gebracht. Nicht, meine Süße?«

Will wartete mehrere Sekunden Babygesäusel ab, dann wurde ihre Stimme wieder normal. »Ich bin froh, dass es Ihnen gut geht. Ich habe mir Sorgen gemacht um Sie, als Sie so allein da unten waren.« Ihre Stimme klang angespannt, als würde sie gleich weinen. In den letzten Monaten war Faith ziemlich emotional gewesen. Will hatte gehofft, nach der Geburt des Babys würde sie ein wenig gelassener sein, aber vielleicht würde es noch ein paar Monate dauern, bis sich ihr Hormonhaushalt wieder normalisiert hatte.

»Ich muss jetzt auch Schluss machen«, sagte er. »Ich bin schon fast bei Frank.«

Sie schniefte laut. »Halten Sie mich auf dem Laufenden.«

»Werde ich.«

Er hörte den Hörer auf der Gabel klappern und nahm an, das war Faiths Art, den Anruf zu beenden. Will steckte sich das Handy wieder in die Tasche. Er verglich ein Straßenschild mit der Wegskizze und bog ab. Ein letzter Pfeil verwies auf die Rückseite des Blatts. Will musste lächeln. Sara hatte ihm ein Smiley gezeichnet.

Er bremste den Porsche und suchte nach Hausnummern. Er schaute auf jeden Briefkasten, verglich die Adressen mit der Wegbeschreibung. Etwa nach der Hälfte der Straße hatte er gefunden, wonach er suchte. Franks Haus war ein Bungalow im Cottagestil, doch er hatte nichts Idyllisches oder Gemütliches. Traurigkeit lastete auf dem Anwesen wie eine dunkle Wolke. Die Regenrinnen hingen durch. Die Fenster waren schmutzig. Der Gartenzwerg war eine Überraschung; die leeren Flaschen Dewar's vor der Mülltonne waren es nicht.

Die Gittertür ging auf, als Will ausstieg. Lionel Harris lachte ihn an, offensichtlich genoss er die Überraschung.

»Guten Morgen«, sagte er. »Habe gehört, Sie waren gestern Nacht schwimmen.«

Will lächelte, obwohl er den kalten Schweiß auf seiner Haut spürte wie einen plötzlichen Regenschauer. Er brachte das Bild nicht aus dem Kopf, wie Sara oben auf diesem Stein gestanden hatte. »Es überrascht mich ein wenig, Sie hier zu sehen, Mr Harris.«

»Hab nur eben eine Kasserolle vorbeigebracht.«

Wills Verwirrung schien offensichtlich zu sein. Der alte Mann klopfte ihm auf den Rücken. »Unterschätzen Sie nie die Macht einer gemeinsamen Geschichte.«

Will nickte, obwohl er noch immer nicht verstand.

»Ich lasse Sie jetzt allein.« Lionel stützte sich auf seinen Stock und stieg die Stufen hinunter. Will sah ihn auf die Straße treten. Ein Nachbar winkte ihm zu, und er blieb für eine kurze Unterhaltung stehen.

»Frank wartet auf Sie.«

Will drehte sich um. In der Tür stand eine Frau. Sie war schon etwas älter, hatte hängende Schultern und unnatürlich rote Haare. Ihr Make-up war so dick aufgetragen wie bei ihrer Tochter. Unter einem Auge sah Will einen blauen Fleck. Ihr Nasenrücken war geschwollen. Irgendjemand hatte sie erst kürzlich geschlagen, und zwar ziemlich fest.

»Ich bin Maxine.« Sie hielt ihm die Gittertür auf. »Er wartet schon auf Sie.«

So deprimierend Franks Haus von außen war, drinnen war es noch schlimmer. Wände und Decke waren nach jahrelangem Zigarettenrauch vergilbt. Der Teppichboden war sauber aber abgenutzt. Die Möbel sahen aus wie aus einem Katalog der Fünfzigerjahre.

»Hier entlang.« Maxine bedeutete ihm, ihr nach hinten zu

folgen. Gegenüber der Küche lag ein kleines Schlafzimmer, das man in ein vollgestopftes Büro umgewandelt hatte. Ganz hinten im Haus gab es ein schäbiges Badezimmer mit avocadogrünen Fliesen. Frank lag in einem Krankenhausbett im letzten Zimmer. Die Jalousien waren heruntergelassen, aber hinter ihnen leuchtete das Sonnenlicht. Im Zimmer roch es muffig und feucht und nach Schweiß. In Franks Nase steckte ein Sauerstoffschlauch, trotzdem atmete er schwer. Seine Haut war gelb, der Blick glasig.

Neben dem Bett stand ein Stuhl. Will setzte sich, ohne dazu aufgefordert worden zu sein.

»Ich bin dann mal in der Küche«, sagte Maxine zu ihnen. »Sagt Bescheid, wenn ihr was braucht.«

Will drehte sich überrascht um, aber sie hatte das Zimmer bereits verlassen. Er wandte sich Frank zu. »Julie Smith?«

Aus dem tiefen Bariton des Mannes war ein leises, brüchiges Stimmchen geworden. »Ich ließ sie Sara anrufen.«

Will hatte bereits vermutet, dass etwas dergleichen passiert war. »Dass Tommy sich umgebracht hatte, wussten Sie bereits, bevor Sara hinkam.«

»Ich dachte …« Frank schloss die Augen. Seine Brust hob und senkte sich langsam. »Ich dachte, es ist besser, wenn Sara ihn findet. Dann würden weniger Fragen gestellt.«

Es hätte leicht so funktionieren können. Sara kannte Nick Shelton. Sie hätte, ohne es zu wollen, die Situation entschärfen können. »Warum ließen Sie Maxine sagen, Allison hätte einen Freund?«

Er hob die Schultern. »Es ist doch immer der Freund.«

Will vermutete, dass das einigermaßen der Wahrheit entsprach, aber Frank hatte in den letzten Tagen so viel gelogen, dass Will nicht wusste, ob der Mann zur Aufrichtigkeit überhaupt fähig war. Lionel Harris hatte nicht unrecht mit seinen Ansichten über Veränderung. Nicht viele Leute waren dazu in der Lage. Es musste schon etwas furchtbar Schlimmes oder furchtbar Gutes sein, das die Menschen dazu zwang, ihr Leben zu ändern. Für Will war offensichtlich, dass es bei Frank für lebensverändernde Erkenntnisse längst zu spät war. Auch ohne die Sauerstoffflasche roch er krank, sein Körper verfaulte bereits. Will wusste, im Leben eines jeden Menschen gab es einen Punkt, da es zu spät war, noch irgendetwas zu verändern. Man konnte nur darauf warten, dass der Tod einen bedeutungslos machte.

Frank stöhnte, als er versuchte, sich in eine bequemere Lage zu bringen.

»Kann ich Ihnen irgendetwas holen?«

Er schüttelte den Kopf, obwohl er offensichtlich Schmerzen hatte. »Wie geht's Lena?«

»Die Infektion ist schlimm, aber die Ärzte glauben, dass sie es schafft.«

»Sagen Sie ihr, dass es mir leidtut«, sagte Frank. »Sagen Sie ihr, dass mir alles leidtut.«

»Okay«, versprach Will, obwohl er, wenn es nach ihm ginge, nie wieder mit dieser Frau sprechen würde. Er hielt Lena Adams nicht für durch und durch schlecht, aber sie hatte gerade genug Verderbtheit in sich, dass Will einen schlechten Geschmack im Mund bekam. »Warum erzählen Sie mir nicht, was passiert ist?«

Frank starrte Will an. Seine Augen wurden feucht. »Haben Sie Kinder?«

Will schüttelte den Kopf.

»Darla war immer rebellisch und machte mir und Maxine die Hölle heiß.« Er hielt inne, um Luft zu holen. »Sie riss von zu Hause aus, als sie siebzehn war. Ich wusste nicht einmal, dass sie wieder in der Stadt wohnte, bis ich sie vor der Klinik sah.« Er hustete. Feine Blutspritzer sprenkelten die Bettdecke. »Sie machte gerade eine Zigarettenpause.«

»Warum rief sie wegen Tommy die Polizei?« Bei ihren kriminellen Unternehmungen schien das eine ziemlich riskante Aktion gewesen zu sein.

»Ich weiß nicht, ob sie Tommy Angst einjagen oder mich bestrafen wollte.« Frank griff nach dem Glas Wasser auf seinem Nachttischchen. Will half ihm, hielt den Strohhalm, damit er trinken konnte. Frank schluckte, das Geräusch war in dem winzigen Zimmer schmerzhaft laut. Dann lehnte er sich leise stöhnend zurück.

»Was haben Sie getan, als Sie den Einsatzbericht wegen Tommys Hund lasen?«, fragte Will.

»Ich ging in die Klinik und fragte sie, was eigentlich los wäre.«

»Darlas Name taucht in dem Bericht nicht auf.«

Darauf sagte Frank nichts.

Will hatte es satt, ihm alles aus der Nase ziehen zu müssen. »Sie haben Tausende von Befragungen durchgeführt, Chief Wallace. Sie wissen, welche Fragen ich stellen werde. Wahrscheinlich haben Sie bereits eine Liste im Kopf.« Er hielt inne und wartete darauf, dass Frank die Situation vereinfachte. Nach einer vollen Minute merkte Will, dass mit diesem Mann nie etwas einfach sein würde. »Wie reagierte Darla, als Sie sie zur Rede stellten?«

»Sie sagte mir, sie würde erpresst.«

»Wegen des Medikamententests?«

»Sie log ja nicht nur in Bezug auf diese beiden Leute. Es ging um eine ganze Reihe von Probanden. Sie hatte da ein System am Laufen – brachte sie dazu, die doppelte Dosis zu nehmen, damit es aussah, als würden mehr Studenten an der Studie teilnehmen, und wenn die Schecks dann kamen, wurde das Geld geteilt.«

»Wurde sie von allen erpresst?«

»Nur von Jason und Allison.«

»Sie hatte Ihnen die Namen genannt?«

»Nein.«

Will betrachtete ihn und versuchte herauszufinden, ob er log. Es war ein vergebliches Bemühen. »Was erzählte Darla Ihnen über die Erpresser?«

»Sie dachte, sie könnte sie auszahlen und sich die beiden so vom Hals halten. Der Junge stand ja kurz vor seinem Diplom. Sie dachte, wenn sie ihnen nur genug Geld gäbe, würden sie wegziehen.«

»Wie viel wollte sie von Ihnen?«

»Zehntausend Dollar. Ich hatte sie nicht. Aber auch wenn ich sie gehabt hätte, hätte ich sie ihr nicht gegeben. Ich hatte schon so viel Geld ausgegeben, um ihr immer und immer wieder aus der Patsche zu helfen, und wollte nicht noch mehr zum Fenster rauswerfen.«

Will fiel auf, dass Frank an eine zweite Möglichkeit überhaupt nicht gedacht hatte, nämlich seine Tochter zu verhaften und sie wegen ihrer Verbrechen ins Gefängnis zu schicken.

»Sie hatte so hart gearbeitet, um ihr Krankenschwesterdiplom zu bekommen«, fuhr Frank fort. »Ich hätte nie gedacht, dass sie …« Er verstummte. »Ich weiß auch nicht.«

»Sie war früher schon in Schwierigkeiten geraten?«

Frank konnte nur nicken.

»Gefälschte Schecks«, bemerkte Will. Darlas Fingerabdrücke waren registriert. Sie entsprachen den Fingerabdrücken, die Will und Charlie auf der Windex-Flasche im Schrank des Wohnheimwaschraums gefunden hatten. Will ging noch einen Schritt weiter: »Sie hatte auch *davor* schon Probleme.«

Frank nickte knapp. »Hin und wieder bekam ich einen Anruf. Ein Gefallen unter Kollegen, von einem Polizisten zum anderen. Austin. Little Rock. West Memphis. Sie kümmerte sich um alte Leute und knöpfte ihnen ihr Geld ab. Sie konnte das gut. Sie wurde nie erwischt, aber alle wussten, dass sie es war.«

Will wusste aus eigener Erfahrung, dass es ein Unterschied war zu wissen, dass jemand schuldig war, und es auch beweisen zu können. Und dass sie die Tochter eines Polizisten war, hatte Darla zusätzlich geschützt.

»Ich war mir so sicher, dass Tommy dieses Mädchen umgebracht hatte. Ich wollte einfach nicht, dass irgendetwas auf Darla zurückfiel.«

»Sie haben alles in Ihrer Macht Stehende getan, um dafür zu sorgen, dass Lena einen wasserdichten Fall hatte.«

Frank starrte Will mit triefenden Augen an und versuchte offensichtlich zu erraten, was er wusste.

In Wahrheit wusste Will rein gar nichts mit Sicherheit. Er nahm an, dass Frank Beweismittel versteckt hatte. Er nahm an, Frank hatte das Callcenter in Eaton dazu gebracht, die Herausgabe des Mitschnitts von Maxines 911er-Anruf hinauszuzögern. Er nahm an, der Mann hatte eine Ermittlung behindert, durch sein Verhalten andere in Gefahr gebracht und blindlings, wenn nicht sogar absichtlich, zum Tod von drei Menschen beigetragen.

Wie Frank gesagt hatte, es gab Wissen, und es gab Beweise.

»Ich wollte nie, dass Lena in das alles hineingezogen wird«, sagte Frank. »Von dieser Geschichte weiß sie überhaupt nichts. Das war allein ich.«

Will ahnte, dass Lena das Gleiche über Frank sagen würde. Solange er lebte, würde er diese enge Verbindung, die diese beiden aneinanderfesselte, nie verstehen. »Wann haben Sie herausgefunden, dass Darla damit zu tun hatte?«

»Als Lena ...« Er fing wieder an zu husten. Diesmal kam so viel Blut, dass er in ein Papiertuch spucken musste. »O Gott«, ächzte Frank und wischte sich den Mund ab. »Bitte entschuldigen Sie.«

Will bemühte sich, seinen Magen unter Kontrolle zu halten. »Wann kamen Sie darauf?«

»Als Lena mir sagte, dass noch ein Student auf die gleiche Art umgebracht worden war ...« Wieder verstummte er. »Ich konnte mir nicht vorstellen, dass Darla das getan hatte. Das würden Sie verstehen, wenn Sie Kinder hätten. Sie war mein Mädchen. Ich habe sie nachts in den Schlaf gewiegt. Ich sah sie heranwachsen von einem kleinen Mädchen zu ...« Frank beendete den Satz nicht, obwohl es offensichtlich war, zu was Darla sich entwickelt hatte.

»Wann haben Sie sie das letzte Mal gesehen?«

»Gestern Abend«, gab er zu. Und anstatt darauf zu warten, dass Will die richtige Frage stellte, sagte er von sich aus: »Wir gerieten in Streit. Sie meinte, sie müsse die Stadt verlassen, und wollte wieder Geld.«

»Haben Sie es ihr gegeben?«

Er schüttelte den Kopf. »Maxine hatte ein paar hundert Dollar in ihrer Handtasche. Auch die beiden gerieten in Streit. Ziemlich schlimm.« Er deutete auf den Sauerstoffschlauch, die Gitter an seinem Bett. »Als ich endlich aufgestanden war, lag Maxine auf dem Boden, und Darla schlug auf sie ein.« Frank presste die Lippen zusammen. »Ich hätte nie gedacht, dass ich so etwas je sehen würde – eine Tochter, die ihre eigene Mutter verprügelt. Mein Kind. Das war nicht die Tochter, die ich aufgezogen hatte. Das war nicht mein Kind.«

»Was passierte dann?«

»Sie stahl das Geld. Nahm auch aus meiner Brieftasche etwas. Fünfzig Dollar vielleicht.«

»Bei der Leiche fanden wir fast dreihundert Dollar.«

Frank nickte, als hätte er genau das erwartet. »Ich habe heute Morgen einen Anruf von Brock erhalten. Er sagte, man hätte sie hinter den Felsen aus dem Fluss gezogen.« Er sah Will an, als würde er diese Information nicht recht glauben.

»Das stimmt. Sie war in der Nähe des Colleges.«

»Brock meinte, ich müsse sie mir nicht gleich anschauen

Ich solle ihm Zeit geben, sie herzurichten.« Frank stockte der Atem. »Wie oft haben Sie das zu Eltern gesagt, die ihr Kind sehen wollten, weil Sie wussten, wie übel es verprügelt, zerstückelt, missbraucht worden war?«

»Sehr oft«, gab Will zu. »Aber Brock hat recht. So wollen Sie sie nicht in Erinnerung behalten.«

Frank starrte zur Decke. »Ich weiß nicht, ob ich sie überhaupt in Erinnerung behalten will.«

Will ließ diesen Satz einige Sekunden in der Luft hängen. »Gibt es sonst noch etwas, das Sie mir sagen wollen?«

Frank schüttelte den Kopf, und wieder wusste Will nicht so recht, ob er ihm trauen konnte. Der Mann war über dreißig Jahre lange Detective gewesen. Dass er nicht zumindest vermutet hatte, seine Tochter könnte mit diesen Verbrechen zu tun haben, war so gut wie unmöglich. Auch wenn Frank es nicht laut aussprechen wollte: Tief in seinem Inneren wusste er sicher, dass seine Untätigkeit Tommy Braham und Jason Howell das Leben gekostet hatte.

Vielleicht wusste er es aber auch nicht. Vielleicht hatte Frank den Selbstbetrug so perfektioniert, dass er sich sicher war, er habe alles richtig gemacht.

»Vielleicht sollte ich Sie jetzt besser in Ruhe lassen«, sagte Will.

Franks Augen waren geschlossen, aber er schlief nicht. »Früher ging ich mit ihr zur Jagd.« Seine Stimme war ein heiseres Flüstern. »Das waren die Zeiten, da wir gut miteinander auskamen.« Er öffnete die Augen und starrte an die Decke. Das einzige Geräusch im Zimmer war das leise Zischen der Sauerstoffflasche neben seinem Bett. »Ich brachte ihr bei, nie aufs Herz zu zielen. Das ist umgeben von Rippen und Knochen. Kugeln prallen davon ab. Und dann jagt man dem Tier stundenlang hinterher und wartet darauf, dass es stirbt.« Er legte die Hand seitlich an den Hals. »Man zielt auf den Hals. Durchtrennt alles, was das Herz versorgt.« Er strich sich über die schlaffe Haut. »Das ist eine saubere Art zu töten. Human.«

Will hatte die Tatorte gesehen. Die Morde an Allison Spooner und Jason Howell hatten nichts Humanes. Die beiden waren abgeschlachtet worden.

»Ich sterbe«, sagte Frank. Der Satz war keine Überraschung. »Bei mir wurde vor ein paar Monaten Krebs diagnostiziert.« Er leckte sich über die rissigen Lippen. »Maxine meinte, sie kümmert sich um mich, wenn ich ihr meine Pension überschreibe.« Wieder stockte ihm der Atem. Er lachte gequält auf. »Ich dachte immer, ich würde allein sterben.«

Will empfand eine überwältigende Traurigkeit über die Worte des Mannes. Frank Wallace *würde* allein sterben. Auch wenn vielleicht Menschen im selben Zimmer bei ihm wären – seine verbitterte Exfrau, einige noch immer blindlings loyale Kollegen –, war es doch das Schicksal von Männern wie Frank, so zu sterben, wie sie gelebt hatten: auf Armeslänge Abstand zu jedem anderen Menschen.

Will wusste das, weil er oft sein eigenes Leben und Sterben durch dieselbe Linse betrachtete. Er hatte keine Freunde aus der Kindheit, mit denen er noch Kontakt hielt. Es gab keine Verwandten, an die er sich wenden konnte. Faith hatte jetzt das Baby. Irgendwann würde sie einen Mann finden, dessen Gesellschaft sie ertragen konnte. Vielleicht gab es dann noch ein Baby. Wahrscheinlich würde sie sich einen Schreibtischjob suchen, um weniger Stress in ihrem Leben zu haben. Will würde aus ihrem Leben weichen wie die Flut, die vom Ufer zurückrollt.

So blieb nur Angie, und Will hatte keine große Hoffnung, dass sie ihm im Alter ein Trost sein würde. Sie lebte schnell und hart, zeigte die gleiche waghalsige Gleichgültigkeit wie ihre Mutter, die deswegen seit siebenundzwanzig Jahren in der Komastation eines staatlichen Krankenhauses lag. Die Hochzeit hatte sie, wenn überhaupt, noch weiter auseinandergebracht. Will hatte immer angenommen, dass er Angie überleben und eines Tages allein an ihrem Grab stehen würde. Dieser Gedanke machte ihn immer traurig, allerdings vermischt mit einer kleinen Spur von Erleichterung. Ein Teil von Will liebte Angie mehr als das Leben selbst. Ein anderer Teil von ihm betrachtete sie als Büchse der Pandora, die seine dunkelsten Geheimnisse enthielt. Wenn sie starb, würde sie ein wenig dieser Dunkelheit mit sich nehmen.

Aber sie würde auch einen Teil seines Lebens mit sich nehmen.

»Soll ich Ihnen noch irgendetwas bringen?«, fragte Will.

Frank hustete, ein trockenes, abgehacktes Geräusch. »Ich komme ganz gut allein zurecht.«

»Passen Sie auf sich auf.« Will zwang sich dazu, den Arm auszustrecken und Franks Schulter zu berühren, bevor er das Zimmer verließ.

Sara spielte mit den Windhunden im Vorgarten, als Will in die Einfahrt der Lintons einbog. Eine Seite ihres Gesichts war verfärbt. Der Schnitt an ihrem Arm hatte genäht werden müssen. Die Haare fielen ihr offen auf die Schultern.

Sie sah wunderschön aus.

Die Hunde kamen zu ihm gelaufen, als er ausstieg. Sara hatte ihnen schwarze Fleece-Westen gegen die Kälte übergestreift. Will streichelte die aufgeregten Tiere, so gut er konnte, ohne auf den Rücken zu fallen.

Sara schnalzte mit der Zunge, und sie ließen von ihm ab. »Ich nehme an, Frank war keine große Hilfe?«

Will schüttelte den Kopf und spürte einen Kloß in der Kehle. Früher hatte er seine Gedanken sehr gut verstecken können, aber irgendwie hatte Sara es geschafft, seinen Code zu knacken. »Ich glaube nicht, dass er noch lange zu leben hat.«

»Das habe ich gehört.« Offensichtlich wusste sie nicht so recht, wie sie mit dem bevorstehenden Tod eines langjährigen Freunds der Familie umgehen sollte. »Es tut mir leid, dass er so krank ist, aber ich weiß nicht, was ich nach alldem von ihm halten soll.«

»Vielleicht hätte er es verhindern können – zumindest für Jason.« Dann fügte Will noch hinzu: »Andererseits sehen die Leute nicht, was sie nicht sehen wollen.«

»Verdrängung ist keine sehr gute Entschuldigung. Darla hätte auch mich umbringen können. Sie *hätte* mich umgebracht, wenn das Ufer nicht abgerutscht wäre.«

Will schaute nicht hoch, weil er Sara nicht erkennen lassen wollte, was er dachte. Stattdessen bückte er sich, um Bobs Ohr zu kraulen. »Franks Exfrau ist bei ihm. Wenigstens stirbt er nicht allein.«

»Ein kleiner Trost.«

»Ich glaube, für ihn ist es wirklich einer«, entgegnete Will. »Einige Leute haben nicht einmal das. Einige Leute sind einfach ...« Will verstummte, bevor er klingen würde wie ein flennendes Kind. »Wie auch immer, ich glaube, ich werde nie herausfinden, was in dieser Woche wirklich passiert ist.«

»Müssen Sie das überhaupt?«

»Ich glaube nicht. Nichts wird Tommy zurückbringen, aber wenigstens ist sein Name reingewaschen. Darla wird niemandem mehr etwas tun. Und Frank steckt in seinem eigenen Gefängnis fest.«

»Und Lena kommt mal wieder davon.« Sara klang nicht mehr so verbittert wie früher.

»Mal sehen.«

Sara lachte. »Wollen wir wetten?«

Will überlegte sich eine clevere Erwiderung, zu der etwa

gehörte, dass er sie zum Essen ausführte, wenn sie wieder in Atlanta waren. Aber er war zu langsam.

»Brock hat heute Morgen angerufen«, sagte sie. »Er hat Lenas Toyota-Schlüssel in Darlas Tasche gefunden. Ich vermute, sie hatte vor, Lenas Auto zu nehmen und damit die Stadt zu verlassen.«

Er erinnerte sich an Lenas aufgeschlitzte Reifen. Irgendjemand vom Revier hatte Lena wohl ein Abschiedsgeschenk gemacht. »Offensichtlich hatte Darla gesehen, wie Sie aus dem Auto ausstiegen, und dann beschlossen, sich ein besseres Fahrzeug zu beschaffen.« Will hatte die ganze Zeit gewusst, dass der Mörder gut im Improvisieren war. »Hat Hare gesagt, warum er in den Akten nach Tommys Namen suchte?«

»Er hatte Tommy ein paarmal in der Klinik gesehen. Es ist nicht ungewöhnlich, dass Jungs in diesem Alter noch zu ihren Kinderärzten gehen, aber Tommy war ziemlich oft dort, mindestens einmal pro Woche. Nach dem Selbstmord wurde Hare neugierig und suchte in den Unterlagen nach Tommys Namen.« Sara zog an der Leine, als Billy Anstalten machte, an Wills Auto zu pinkeln. »Er hat bestätigt, was Darla gesagt hat. Er wollte zur Ethikkommission gehen und die Protokollverletzung melden.«

»Das ist gut, oder? Er wollte das Richtige tun.«

»Schon, aber er wird nicht aufhören, solche Studien durchzuführen.« Sie lächelte reumütig. »Das muss ich korrigieren: Er wird aufhören, sie in meiner Klinik durchzuführen, aber er wird sie weiterhin machen.«

»Haben Sie herausgefunden, was er testete?«

»Ein Antidepressivum. Sie werden es nächstes Frühjahr noch einmal mit einer anderen Dosierung versuchen.«

»Soll das ein Witz sein?«

»Das ist ein Milliarden-Dollar-Geschäft. Einer von zehn Amerikanern nimmt Antidepressiva, auch wenn Placebo-Studien zeigen, dass viele von ihnen absolut keinen Nutzen davon haben.« Sie nickte zum Haus hin. »Hare ist drinnen, das ist der Grund, warum ich in dieser Eiseskälte seit zwei Stunden mit den Hunden spazieren gegangen bin.«

»Ihre Leute sind nicht wütend auf ihn?«

Sie seufzte schwer. »Ach, meine Mutter wird ihm alles verzeihen.«

»Ich schätze, das ist in Familien eben so.«

Sie schien darüber nachzudenken. »Ja, so ist es in Familien.«

»Ich habe heute Morgen mit Faith gesprochen.« Sie hatte so viele Babyfotos geschickt, dass Wills Handyspeicher schon fast voll war. »Ich habe sie zuvor noch nie glücklich erlebt. Es ist komisch.«

»Ein Baby verändert alles«, entgegnete Sara. »Ich weiß das natürlich nicht aus eigener Erfahrung, aber ich sehe es an meiner Schwester.«

Bob lehnte sich gegen sein Bein. Will streckte die Hand aus und kraulte ihn. »Schätze, ich …«

»Ich wurde vergewaltigt.«

Will wusste nicht, was er sagen sollte, und hielt den Mund.

»Im College«, fuhr sie fort. »Das ist der Grund, warum ich keine Kinder bekommen kann.« Ihm war noch nie aufgefallen, wie grün ihre Augen waren, fast wie Smaragde. »Es dauerte vier Jahre, bis ich es meinem Mann sagen konnte. Ich schämte mich so. Ich redete mir ein, ich hätte das hinter mir und dass ich stark genug wäre, darüber hinwegzukommen.«

»Ich denke, niemand kann behaupten, Sie seien nicht stark.«

»Na ja, ich habe auch meine schlechten Tage.« Sie gab Billy mehr Leine, als er am Briefkasten herumschnüffelte. Sie starrten beide den Hund an, als wäre er viel faszinierender als er es tatsächlich war.

Will räusperte sich. Die Situation war ihm peinlich. Außer

dem war es kalt hier draußen, und er vermutete, Sara wollte nicht den ganzen Tag vor ihrem Elternhaus stehen und zusehen, wie er versuchte, etwas Bedeutungsvolles zu sagen. »Ich sollte jetzt langsam meine Sachen packen.«

»Warum?«

»Na ja ...« Will wusste nicht, was er sagen sollte, und kam sich verdammt blöd vor. »Die Feiertage. Ihre Familie. Sie wollen doch sicher mit ihr zusammen sein.«

»Meine Mutter hat genug für fünfzig Leute gekocht. Sie wäre am Boden zerstört, wenn Sie nicht blieben.«

Er wusste nicht, ob das Angebot aufrichtig gemeint war oder ob Sara nur höflich sein wollte. »In meinem Vorgarten herrscht ein ziemliches Chaos.«

»Ich helfe Ihnen, wenn wir wieder in Atlanta sind.« Sie grinste frech. »Ich zeige Ihnen sogar, wie man mit einem Schaufelbagger umgeht.«

»Ich will mich nicht aufdrängen.«

»Will, das ist kein Aufdrängen.« Sie ergriff seine Hand. Er schaute hinunter, strich mit dem Daumen über ihre Finger. Ihre Haut war weich. Er roch den Duft ihrer Seife. Allein ihre Nähe vermittelte ihm ein angenehmes Gefühl, als hätte diese Leerstelle in seiner Seele vielleicht die Chance, eines Tages einmal ausgefüllt zu werden. Er öffnete den Mund, um ihr zu sagen, dass er bleiben wollte, dass er nichts mehr wollte, als wieder zweitausend Fragen ihrer Mutter zu beantworten und das verschmitzte Grinsen ihrer Schwester zu sehen, wenn sie zwischen ihnen beiden hin und her schaute.

In diesem Augenblick klingelte das Handy in seiner Tasche.

Sie rümpfte die Nase. »Was ist denn das?«

»Wahrscheinlich noch ein Babyfoto von Faith.«

Wieder lächelte sie ihn frech an. »Lassen Sie sehen.«

Will war unfähig, Sara irgendetwas abzuschlagen. Mit seiner freien Hand kramte er nach dem Handy. Er hatte Emma

Lee Mitchell schon aus jedem denkbaren Winkel gesehen, und bestimmt war sie ein ganz süßes Baby, aber im Augenblick sah sie aus wie eine zornige Rosine in rosa Strickmütze.

Sara klappte das Handy auf. Ihr Lächeln verschwand schnell. »Es ist eine SMS.« Sie zeigte ihm das Display, schien sich dann aber zu besinnen, drehte es wieder zu sich und las laut vor: »Diedre ist endlich gestorben. Komm nach Hause.«

Will spürte einen plötzlichen Stich. »Angies Mutter.« Er sah auf ihre Hand hinab, die noch immer die seine hielt.

»Das tut mir leid.«

Will hatte nicht mehr geweint, seit er sechzehn Jahre alt war, aber jetzt spürte er Tränen in seinen Augen aufsteigen. Das Sprechen fiel ihm schwer. »Sie hing an lebenserhaltenden Maschinen, seit ich ein Junge war. Schätze, jetzt hat sie endlich …« Seine Kehle war so zugeschnürt, dass er kaum schlucken konnte. Angie hatte stets behauptet, ihre Mutter zu hassen, aber seit zwanzig Jahren besuchte sie sie mindestens einmal pro Monat. Will hatte sie oft begleitet – eine schreckliche, herzzerreißende Erfahrung. Oft hatte er eine schluchzende Angie in den Armen gehalten. Es war die einzige Situation, in der sie sich eine Blöße gab und sich Will auslieferte.

Plötzlich verstand er Lionel Harris' Bemerkung über die Macht einer gemeinsamen Geschichte.

»Sara …«

Sie drückte seine Hand. »Sie sollten nach Hause fahren.«

Will suchte nach den richtigen Worten. Er war hin- und hergerissen, er wollte bei Sara sein, aber er musste zu Angie.

Sara beugte sich vor und küsste ihn auf die Wange. Der Wind wehte ihre Haare über sein Gesicht. Sie legte ihm die Hand ans Ohr und sagte ihm: »Gehen Sie nach Hause zu Ihrer Frau.«

Und das tat er auch.

DREI WOCHEN SPÄTER

Epilog

Lena stand auf dem Friedhof und schaute auf Jeffrey Tollivers Grabstein hinunter. Sie kam sich ein wenig blöd dabei vor, Blumen auf ein leeres Grab zu legen, aber die Dinge in dem Sarg waren greifbarer als eine Urne voller Asche. Brad hatte eine Papierzielscheibe aus seiner ersten Qualifizierungsrunde an der Polizeiakademie gebracht. Frank hatte sein Einsatzbuch hineingelegt, weil Jeffrey ihn immer anschrie, dass er seine Berichte zu spät ablieferte. Lena hatte ihre goldene Marke gestiftet. Diejenige, die sie bis vor drei Wochen getragen hatte, war ein Duplikat. Dan Brock hatte sie zusammen mit den anderen Dingen in den Sarg gelegt, weil sie beide wussten, dass sie es unmöglich selbst tun konnte.

An dem Tag, als Jeffreys Sarg in die Erde gelassen wurde, waren alle Geschäfte an der High Street geschlossen gewesen. Auch Jared war nicht bei dem Begräbnis gewesen. Man hatte ihn schon vor Jahren auf seine Ähnlichkeit mit seinem Vater hingewiesen. Er wollte die Trauergäste nicht ablenken. Und er wollte Sara den zusätzlichen Schmerz nicht antun.

Er wollte jedoch in der Stadt sein, sich seinem Vater nahe fühlen, den Ort sehen, wo Jeffrey gelebt und geliebt hatte. Er hatte Lena vor dem Diner getroffen. Sie saß auf dem Bordstein und dachte über alle die Dinge nach, die sie verloren hatte. Im ersten Augenblick hatte sie gedacht, Jared wäre Jeffrey. Natürlich hatte sie ihn für Jeffrey gehalten. Er war ihm wie aus dem Gesicht geschnitten. Er war fast sein Wiedergänger.

Vielleicht hatte ein Teil von Lena sich wegen dieser Ähnlichkeit zu ihm hingezogen gefühlt. Sie hatte Jeffrey zu sehr verehrt, um je an etwas Romantisches zu denken. Er war ihr Mentor, ihr Held gewesen. Sie wollte genau so ein Polizist sein, wie er einer war. Genau so ein Mensch. Erst als er nicht mehr da war, hatte sie erkannt, dass er auch ein Mann war.

»Warum waren Sie nicht bei dem Begräbnis?«, hatte Jared sie gefragt.

Und Lena hatte geantwortet: »Weil ich diejenige bin, die deinen Vater getötet hat.«

Zwei Stunden hatte Jared zugehört, als Lena ihm ihr Herz ausschüttete, und dann hatte er sie noch einmal zwei Stunden lang zu überzeugen versucht, dass es nicht ihre Schuld war. Seine Jugend machte ihn leidenschaftlich, zu einem eisernen Verteidiger einer schnell gebildeten Meinung. Er hatte sich vor Kurzem an der Polizeiakademie eingeschrieben und das Grauen der Welt noch nicht gesehen. Er hatte noch nicht erkannt, dass es so etwas gab wie einen unrettbaren Menschen.

War sie unrettbar? Lena wollte es nicht glauben. Vor ihr lag ein Neubeginn. Ein leeres Blatt Papier, auf das sie den Rest ihres Lebens schreiben konnte. Die Innenrevision der Polizei war zu dem Schluss gekommen, dass Lena keine Schuld an Tommy Brahams Tod traf. In Will Trents Bericht gab es eine Menge Annahmen und nur wenige Beweise, vor allem da Lena ja nie dazu gekommen war, ihr Geständnis auf Band zu sprechen. Gordon Braham zog nach Florida, um in der Nähe der Familie seiner Frau zu sein. Zusammen mit Jason Howells Mutter strengte er eine Gemeinschaftsklage gegen Hareton Earnshaw und die Pharmafirma an, die den Test finanziert hatte. Für eine ungenannte Summe unterzeichnete er ein Papier, das die Polizei des Grant County von jeder Schuld freisprach.

Lena hatte zwei Operationen und eine Woche im Krankenhaus hinter sich, aber die Schädigung ihrer Hand war erstaun lich gering in Anbetracht der Tatsache, dass sie eine schlimme Staphylokokkeninfektion gehabt hatte. Dank Physiotherapie erhielten auch ihre Finger die Beweglichkeit zurück. Sie war sowieso Rechtshänderin. Ihre linke Hand brauchte sie nur, um ihre Marke zu zeigen, wenn sie eine Verhaftung vornahm. Und schon sehr bald würde sie viele Verhaftungen vornehmen. Vor zwei Tagen hatte Gavin Wayne angerufen, um ihr zu sagen, dass die Stelle bei der Truppe in Macon noch immer zu haben war. Lena hatte zugesagt, ohne groß darüber nachzudenken.

Sie war Polizistin. Es lag ihr im Blut. Ihre Selbstkontrolle war auf eine harte Probe gestellt worden. Ihre Entschlusskraft hatte versagt. Aber sie hegte keinen Zweifel daran, dass es auf der Welt nichts anderes gab, was sie sonst tun wollte.

Sie bückte sich und legte die Blumen auf Jeffreys Grab. Auch er war Polizist gewesen. Kein Polizist, wie Lena einer war, aber manchmal führten verschiedene Wege an dasselbe Ziel. Jeffrey würde das verstehen. Er hatte im Zweifel immer zu ihren Gunsten entschieden.

Lena schaute über die Reihen der Grabsteine auf dem Friedhof. Auf das Grab ihrer Schwester hatte sie bereits Blumen gelegt. Frank Wallace hatte noch keinen Grabstein, aber sie hatte ihm Gänseblümchen gebracht, weil er die immer gemocht hatte. In seinem Testament hatte er ihr ein bisschen Geld hinterlassen. Nicht viel, aber doch genug, dass Lena ihr Haus mit Verlust verkaufen und dennoch die Hypothek abbezahlen konnte. Den Rest hatte sie einem gemeinnützigen Rechtsbeistandfonds gestiftet, der Polizisten half, die auf die falsche Seite geraten waren. Sie ahnte, dass Frank damit einverstanden gewesen wäre.

Doch jetzt brauchte sie sein Einverständnis nicht mehr. Lena hatte keine Lust mehr, sich den Kopf darüber zu zerbrechen, was andere Leute über sie dachten. Zur Vorfreude auf ihr neues Leben gehörte auch, dass sie nicht mehr zurückblicken durfte. Das Einzige, das sie aus dem Grant County mitnahm, waren ihre Kleidung und ihr Verlobter, denn ohne die konnte sie nicht leben.

»Fertig?« Jared saß in seinem Pick-up. Er beugte sich zur Seite und stieß die Tür für sie auf.

Lena rutschte über den Sitz, damit er den Arm um sie legen konnte. »Hast du dich mit Sara ausgesprochen?« Jared hatte an diesem Vormittag Kaffee mit ihr getrunken, und Lena hatte das Gefühl, dass das Gespräch nicht sehr gut gelaufen war.

»Zerbrich dir deswegen nicht den Kopf.« Jared fuhr auf die Straße. Er überbrachte nicht gerne schlechte Nachrichten. »Sie wird schon noch zur Besinnung kommen.«

»Ich würde nicht darauf wetten.«

Er küsste sie auf den Kopf. »Sie weiß einfach nicht, wer du wirklich bist.«

»Nein, das weiß sie nicht.«

Er beugte sich leicht vor und schaltete das Radio ein. Joan Jett sang über ihren schlechten Ruf. Lena starrte in den Rückspiegel. Sie sah die Straße hinter sich verschwinden, das Grant County mit jeder Meile kleiner werden. Sie hätte gerne etwas empfunden, ein Gefühl des Verlusts, eine gewisse Nostalgie. Aber sie war einfach nur erleichtert, das alles endlich hinter sich zu haben.

Kannte Sara Linton Lena? Wahrscheinlich besser als sonst irgendein lebender Mensch. Aber das brauchte Jared nicht zu wissen. Er brauchte nichts zu wissen von den Fehlern, die sie gemacht hatte, oder von den Menschen, deren Leben sie zerstört hatte. In Macon würde alles anders werden. Das war ihr leeres Blatt Papier. Ihr Neubeginn.

Außerdem hatte Lena noch nie in ihrem Leben einen Mann die Wahrheit gesagt. Und damit wollte sie jetzt auch nicht anfangen.

Danksagung

Meine Wertschätzung geht an die üblichen Verdächtigen: Victoria Sanders, Kate Elton und Kate Miciak. Hinzufügen möchte ich auch gerne Gail Rebuck, Susan Sandon, Richard Gable, Margie Seale, Robbert Ammerlaan, Pieter Swinkels, Silvie Kuttny-Walser, Berit Böhm, Per Nasholm, Alysha Farry, Chandler Crawford und Markus Dohle. Und gerne auch Angela Cheng-Caplan – falls sie die Zuneigung aushält.

Israel Glusman, danke für deine Briefe, und Emily Bestler, danke dafür, dass du so ein tolles Kind großgezogen hast. Dr. David Harper half mir herauszufinden, wie man Menschen umbringt. Dr. David Worth half mir dabei, etwas über Augäpfel zu erfahren. Alle Fehler sind allein meine eigenen. Trish Hawkins hat mich die Legasthenie verstehen gelehrt. Debbie Teague danke ich für ihre unermüdlichen Erfahrungsberichte. Sooft ich über Will schreibe, denke ich an ihre erstaunliche Willensstärke. Mo Hayder: Danke für die kostenlose Recherche übers Flaschentauchen, Mann! Andrew Johnston biete ich meine Entschuldigung an, Sie wissen schon, wofür, und nein, Entschädigung gibt es keine. Dasselbe gilt für dich, Miss Kitty.

Dank an Beth Tindall von Cincinatti Media für den üblichen Web-Kram. Jamey Locastro kann mich jederzeit verhaften. Fiona Farrelly und Ollie Malcolm waren so freundlich, mir beim Verständnis des Problems zu helfen, um das sich diese Geschichte dreht und das ich an dieser Stelle nicht nennen will, für den Fall, dass die Leute dies hier lesen, bevor sie das Buch lesen, was sie aber eigentlich nicht tun sollten. Danke auch an diejenigen, die mir mit Gesprächen über dieses Thema halfen, die aber aus offensichtlichen Gründen nicht namentlich erwähnt sein wollen. An Speaker David Ralston: Ich danke Ihnen sehr dafür, dass Sie mir einige großartige Menschen vorgestellt haben. GBI-Direktor Vernon Keenan und John Bankhead, vielen Dank für Ihre Zeit. Ich werde nie wieder eine Waffe abfeuern, ohne an unseren wunderbaren Tag vor dem Frauengefängnis zu denken. Ich hoffe, ich habe die Arbeit, die Sie und alle Agenten und das unterstützende Personal beim GBI für den großartigen Staat Georgia leisten, in Ehren gehalten.

Mein Daddy brachte mir in kritischen Zeiten Suppe und Maisbrot, und von beidem werde ich – habe ich das schon gesagt? – wahrscheinlich noch mehr nötig haben. D. A. hat in diesem ganzen Prozess ein erstaunliches Durchhaltevermögen bewiesen. Du bist, wie immer, mein Herz.

An meine Leser: Ihr seid die Besten. Für weitere Lektüre versucht die *GPZ*-Anthologie, schaut euch die Ausgabe 15.05 des *Wired*-Magazins an, und falls ihr euch wirklich aufregen wollt, googelt Jessie Gelsinger. Für die Impulsiven unter euch ist auch GPGP.net eine interessante Seite. Und hey, Leute, wenn ihr schon online seid, sucht mich bei Facebook oder besucht meine Website karinslaughter.com. Ich bekomme sehr gerne Briefe – aber denkt daran: Dieser Text ist fiktional.